GOLDMANN

Buch

»Es scheint so, als hätte jedes Zeitalter zumindest einen Caligula, einen korrupten, absoluten Despoten. Unsere Caligulas sind die kriminellen Psychopathen, und davon haben wir mehr als nur einen.« Besser als Jake Grafton, Coonts-Lesern bereits aus seinen letzten drei Romanen bekannt, kann man das kaum ausdrücken. Einen dieser Despoten hat es jetzt jedoch erwischt: Chano Aldana, der wichtigste Drahtzieher des Medellin-Kartells, wurde von den kolumbianischen Behörden an die Vereinigten Staaten ausgeliefert und soll dort vor Gericht gestellt werden.

Nur, hinter Aldana stehen vier Milliarden Dollar. Genug, um Terroristen zu bezahlen, die Washington mit militärischem Knowhow und hochpräzisen Waffen in ein Chaos verwandeln können. Genug, um einen Attentäter anzuheuern, auf dessen Todesliste neben hochrangigen Politikern und Staatsbeamten auch der amerikanische Präsident persönlich steht. Und dem Hitman gelingt es tatsächlich, den Präsidenten schwer zu verletzen. Jake Grafton hat den Job, dem Killer das Handwerk zu legen und der fortschreitenden Anarchie einen Riegel vorzuschieben...

Mit seinem neuen Techno-Thriller *Angriff bei Nacht* faßt Stephen Coonts eines der heißesten Eisen der amerikanischen Gesellschaft an – das Drogenproblem. Sein knallharter Roman schildert erbarmungslos den Kampf entschlossener Demokraten gegen die Drogenbosse, denen ein Menschenleben soviel wert ist wie das Schwarze unter den Fingernägeln.

Autor

Stephen Coonts studierte Politologie an der Universität von West Virginia und war Offizier bei der Navy. Von 1971 bis 1973 flog Coonts mit flugzeugträgergestützten Bombern Luftangriffe gegen Ziele in Vietnam und Laos, wofür er mehrfach ausgezeichnet wurde. Der frühere Anwalt lebt heute in Boulder, Colorado.

Bereits erschienen:

Der Minotaur. Roman (41531)
Die Stunde der Jäger. Roman (9286)
Flug durch die Hölle. Roman (9751)

STEPHEN COONTS

ANGRIFF BEI NACHT

Aus dem Amerikanischen
von Wulf Bergner

GOLDMANN VERLAG

Die amerikanische Originalausgabe
erschien 1990 unter dem Titel »Under Siege«
bei Pocket Books, New York

Umwelthinweis:
Alle bedruckten Materialien dieses Taschenbuches
sind chlorfrei und umweltschonend.
Das Papier enthält Recycling-Anteile.

Der Goldmann Verlag
ist ein Unternehmen der Verlagsgruppe Bertelsmann

Umschlaggestaltung: Design Team München
Satz: IBV Satz- und Datentechnik GmbH, Berlin
Druck: Graphischer Großbetrieb Pößneck GmbH
Verlagsnummer: 41516
SN · Redaktion: Ulrich Hoffmann
Herstellung: Peter Papenbrok
Made in Germany
ISBN 3-442-41516-0

1 3 5 7 9 10 8 6 4 2

Für meine Eltern,
Gilbert und Violet Coonts

Kapitel eins

An diesem Dezemberabend war Walter P. Harrington auf dem inneren Autobahnring um Washington, D.C., unterwegs. Er fuhr in der linken Spur gen Osten und achtete darauf, daß die Tachometernadel auf genau 55 Meilen stand. Rechts strömte der Verkehr an ihm vorbei.

Harrington ignorierte die bösen Blicke, das gelegentliche Hupen und die hochgereckten Finger anderer Fahrer, die ihn rechts überholten. Er hielt seinen Blick fest auf die Straße gerichtet, sah aber zwischendurch auf den Tacho, um sich davon zu überzeugen, daß die Nadel auf exakt 55 stand. Das tat sie meistens. Genau 55 Meilen einzuhalten, war für ihn Ehrensache. Hätte der Tacho jemals versagt, wäre er auch ohne ihn zurechtgekommen. Er hatte schließlich viel Übung.

Er ignorierte auch den Wagen, der an seiner hinteren Stoßstange klebte, und dessen Fahrer die Lichthupe betätigte. Harringtons Rückspiegel war vorsorglich abgeblendet, damit solche Mätzchen erfolglos bleiben mußten.

Walter P. Harrington hatte keineswegs die Absicht, in die mittlere oder rechte Fahrspur überzuwechseln. Er fuhr *immer* in der linken Spur. Walter P. Harrington verhielt sich gesetzestreu. Die anderen nicht.

Der Fahrer hinter ihm wechselte die Spur, überholte rechts und drohte dabei mit der Faust. Harrington würdigte ihn keines Blickes. Er achtete auch nicht auf den nächsten Wagen, der sich von hinten an ihn heranschob: einen viertürigen weißen Chevrolet Caprice.

Die beiden Männer in dem Chevy trugen dünne Gummihandschuhe. Vincent Pioche, der Fahrer, nickte seinem Beifahrer zu. »Das ist er! Ein dunkelbrauner Chrysler. Und das Kennzeichen stimmt auch.«

Tony Anselmo, der Mann neben ihm, begutachtete den Verkehr um sie herum. »Keine Cops zu sehen.«

»Okay, was sollen wir tun?«

»Wir könnten ihn überholen und vor seinem Haus auf ihn warten.«

»Nachbarn, Kids«, wehrte Vinnie Pioche angewidert ab.

Die beiden Männer starrten Walter P. Harringtons Hinterkopf an. »Der kleine Arsch fährt in der linken Spur fünfundfünfzig«, stellte Tony fest.

»Ja, das stimmt, er ist 'n richtiges Arschloch. Aber er könnte nach rechts steuern und uns rammen, bevor wir an ihm vorbei sind.«

»Das schafft er nicht«, versicherte Tony Anselmo ihm. »Er ist sofort weg. Ohne noch mal zu zucken.«

»Draußen bei ihm kann gleich um die Ecke ein Cop wohnen, von dem wir nichts wissen. Oder irgendein Weib guckt aus dem Fenster und wartet bloß darauf, die Bullen rufen zu können. Ich hasse diese gottverdammten Vororte.«

Sie folgten Walter P. Harrington eine Meile, während sie die Risiken abwogen.

»Ich weiß nicht, Vinnie...«

»Am besten in einer Rechtskurve, weil sein Wagen dann geradeaus weiterfährt und in den Fahrbahnteiler aus Stahlbeton kracht. Gleichzeitig geb' ich Vollgas, und wir sind weg.«

»Aber wenn er nach rechts steuert, rammt er uns«, wandte Tony ein.

»Nicht, wenn du's richtig anfängst.« Als Tony keine Bewegung machte, warf Vinnie ihm einen strengen Blick zu. Das brachte ihn endlich auf Trab.

Tony Anselmo kroch über seine Lehne nach hinten und

ließ sich auf den Rücksitz fallen. Er mußte eine Pause machen, um wieder zu Atem zu kommen. Langsam wurde er zu alt für diesen Scheiß, das wußte er selbst am besten.

Unter einer Wolldecke auf dem Boden vor dem Rücksitz lagen zwei geladene Waffen: eine abgesägte Schrotflinte und eine Remington Model Four Auto Rifle .30-06. Nachdem Tony das linke hintere Fenster heruntergekurbelt hatte, griff er nach dem Gewehr und entsicherte es. Mit der Flinte wäre die Sache einfacher gewesen, aber die Schrotkugeln konnten von der Scheibe des anderen Wagens abprallen. Um ganz sicherzugehen, mußte man mit Schrot zwei- oder dreimal schießen – und so viel Zeit hatten sie nicht.

»Okay«, forderte er Vinnie auf, »du fährst rechts rüber, hängst dich neben sein Heck und bleibst da, bis 'ne Rechtskurve kommt. Und paß auf, daß dir genug Platz zum Beschleunigen bleibt.«

»Wird gemacht.« Vinnie betätigte seinen Blinker und wechselte in die mittlere Spur. Dort floß der Verkehr mit 65 bis 70 Meilen in der Stunde, während sie noch immer mit 55 daherkrochen. Als der Wagen vor ihnen davonzog, entstand sofort eine Lücke.

Tony sah sich nochmals nach Streifenwagen um. Er sah keinen – und auch kein Fahrzeug, das ein getarnter Streifenwagen hätte sein können. Harrington war deutlich sichtbar: Sein Kopf war sieben bis acht Meter entfernt. Er konzentrierte sich aufs Fahren, ohne nach links oder rechts zu schauen.

»Sieht gut aus. Von mir aus jederzeit, Vinnie.«

»Rechtskurve vor uns«, meldete Pioche. »Noch fünfzehn Sekunden. Fertig?«

Tony rutschte hinter den Beifahrersitz, beugte sich nach links und legte den Gewehrlauf auf die Unterkante des offenen Autofensters. »Fertig!«

»Noch fünf Sekunden.«

Anselmo konzentrierte sich auf Kimme und Korn seines Gewehrs. Aus knapp vier Metern Entfernung sollte er von einer beweglichen Plattform aus ein bewegliches Ziel treffen, das kleiner als ein Basketball war. Kein besonders schwieriger Schuß, aber immerhin auch kein ganz einfacher. Ein Schuß, der leicht danebengehen konnte.

»Es geht los!« Anselmo spürte die Beschleunigung. Aus dem Augenwinkel heraus sah er, wie sie zu Harringtons Chrysler aufschlossen.

Dann waren sie neben ihm. Harringtons Kopf war deutlich sichtbar. Tony führte den Gewehrlauf mit und versuchte, die Bewegungen ihres Wagens auszugleichen. Sein Zeigefinger krümmte sich um den Abzug.

Harringtons Kopf zerplatzte, als der Schuß fiel.

Vinnie trat das Gaspedal durch, und der Chevy schoß voran. Harringtons Wagen raste mit dem Toten am Steuer nach links auf den Fahrbahnteiler aus Stahlbeton zu.

»Los, fahr; fahr schon!« brüllte Tony aufgeregt.

In dem Wagen direkt hinter Pioche kreischte die entsetzte Beifahrerin ihren erschrockenen Ehemann am Steuer an. Er wich nach rechts aus, ohne seine Spur ganz zu verlassen. Aber während die Vorderfront des Chryslers funkensprühend die Barriere entlangschrammte, schwang das Autoheck schwerfällig in die mittlere Fahrspur hinaus. Der linke hintere Kotflügel des braunen Chryslers streifte den ausweichenden Wagen vorn links – eine sanfte Berührung, die den Chrysler bei seiner Drehung um 180 Grad unterstützte.

Die Frau kreischte, und der Mann versuchte, seinen schleudernden Wagen abzufangen, während sie an dem Chrysler vorbeischossen, der krachend und splitternd zum Stehen kam.

Die beiden Teenager auf dem Rücksitz drehten sich nach dem Chrysler um. Das Kreischen der Ehefrau wurde zu einem Schluchzen. »Hast du gesehen, wie der Mann geschossen hat, Jerry? *Jerry? Mein Gott!*«

Jerry McManus aus Owosso, Michigan, bemühte sich tapfer, die Spur zu halten, obwohl jetzt die ganze Wirkung eines massiven Adrenalinschocks einsetzte. Vor ihm beschleunigte die weiße Limousine mit dem Schützen und vergrößerte ihren Abstand. Im nächsten Augenblick füllte ein Lieferwagen die entstehende Lücke, und McManus verlor die Limousine aus den Augen.

Jerry McManus wollte bloß ins Motel zurück; er war ganz gemütlich mit 55 Meilen hinter diesen beiden Wagen hergefahren, während alle Einheimischen in den rechten Spuren Kriegen spielten, die Kids auf dem Rücksitz miteinander stritten und seine Frau von ihrer reichen Großtante faselte, die drüben in Arlington oder sonstwo lebte.

In Owosso, Michigan, gab es keine Autobahnen, und selbst wenn es welche gegeben hätte, hätte McManus sie nicht benützt, weil er direkt hinter der ihm gehörenden Tankstelle wohnte. Aber jetzt – auf ihrer *großen* Urlaubsreise, auf ihrer Pilgerfahrt zu den Touristenfallen, die seine Frau sich der Kinder wegen gewünscht hatte – waren sie auf gottverdammten Rennbahnen unterwegs, auf denen Verrückte sich gegenseitig abknallten. Und *dafür* hatten sie die Kids zwei Wochen lang die Schule schwänzen lassen!

»Wir fahren heim«, teilte Jerry McManus seiner Frau grimmig mit.

Sie sah zu ihm hinüber. Er wirkte finster entschlossen.

Hinter ihnen setzten die Teenager ihre unterbrochene Auseinandersetzung fort. Die beiden hatten sich die ganze Woche gestritten. Das mußte am hiesigen Klima liegen...

»Wir fahren heim«, wiederholte Jerry. »Heute.«

»Okay«, sagte Tony Anselmo, während er sein Fenster hochkurbelte, um die recht kühle Luft auszusperren. »Wir werden nicht verfolgt.« Er beschäftigte sich wieder mit seinem Gewehr. »Am besten nehmen wir die nächste Ausfahrt.«

Er nahm das Magazin ab und riß den Verschlußhebel zurück, damit die Patrone ausgeworfen wurde. Danach zerlegte er die Waffe in zwei Teile, die er in eine Tragetasche auf dem Boden zwischen den Sitzen steckte. Auch das Magazin, die lose Patrone und die leere Patronenhülse kamen in diese Tragetasche.

Vinnie nahm die nächste Ausfahrt, bog nach rechts in Richtung Stadt ab und fuhr nach zwei Blocks in eine schmale Seitenstraße. Als feststand, daß ihnen niemand folgte, parkte er dort.

Tony stieg aus, nahm die Tragtasche und ging nach hinten. In Sekundenschnelle hatte er das Kennzeichen aus der Halterung gezogen und durch ein anderes ersetzt. Das gestohlene erste Kennzeichen kam ebenfalls in die Tragtasche. Aus dem Kofferraum nahm er zwei Eierkartons und kippte sie mitsamt der faulen Eier, die sie enthielten, in die Tragtasche, deren Inhalt nun im wahrsten Sinne des Wortes zum Himmel stinken würde.

Mit der fest verschlossenen Tragetasche stieg er wieder vorn ein.

Eine halbe Meile von der Autobahn entfernt sahen sie eine große Wohnanlage. Vinnie Pioche fuhr langsam auf den Parkplatz. Der Müllcontainer stand ganz hinten. Fußgänger waren nirgends zu sehen. Tony Anselmo hüpfte hinaus, warf die Tragtasche in den Abfallbehälter und stieg rasch wieder ein. Der Wagen hatte keine zehn Sekunden gestanden.

Draußen auf der Autobahn kam der Verkehr zum Stehen. Ein State Trooper aus Maryland traf schon nach drei Minuten ein und blockierte die linke Spur in Richtung Osten mit seinem Streifenwagen. Nach einem raschen Blick in den Chrysler forderte er einen Krankenwagen und die Spurensicherung an. Wenig später hielt ein weiterer Trooper hinter ihm und begann, den Verkehr zu regeln.

Trotz vieler Gaffer blieb der Verkehr in Richtung Westen halbwegs flüssig, bis drüben ein weiterer Streifenwagen mit eingeschalteten Blinklichtern neben dem Fahrbahnteiler parkte. Damit kam der Verkehr auf der Ringautobahn im Norden von Washington, D.C., zum Erliegen.

Pioche und Anselmo fuhren in die Innenstadt und stellten den Chevy in einem Parkhaus ab. Zum Essen gingen sie in ein kleines italienisches Restaurant, in dem sie Stammgäste waren. Der Wirt bestand darauf, daß sie einen trockenen Roten aus dem Piemont versuchten – auf Kosten des Hauses. Sie schlürften den kühlen, kräftigen Wein, während sie die Karte studierten. Sie hatten reichlich Zeit.

Draußen auf den Straßen wurde es Nacht, und die Temperatur begann zu sinken. Gegen Morgen würde sie fast den Nullpunkt erreichen.

Ein Reporter und ein Fotograf der *Washington Post* fuhren von Osten an den Stau heran. Ihr Polizeifunk-Scanner hatte sie alarmiert. Nach einer halben Stunde im Kriechtempo hielt der am Steuer sitzende Reporter vor dem am Mittelstreifen geparkten Streifenwagen. Die beiden Männer stiegen auf der Fahrerseite aus und starrten sekundenlang das Wrack des braunen Chryslers jenseits der Barriere an. Ein Fernsehhubschrauber schwebte gerade so hoch über dem Tatort, daß sein Rotorstrahl die Abgase der vorbeikriechenden Autos zur Seite wirbelte.

Der Reporter ging auf den verantwortlichen Kriminalbeamten zu, der die Bergungsarbeiten beobachtete. Detective Eddie Milk hatte ein breites Gesicht, ein müdes Gesicht, wie der um diese Zeit auch längst nicht mehr taufrische Reporter bemerkte.

»Hallo, Eddie. Schöne Scheiße, was?«

Obwohl Milk Reporter wie diesen jungen Mann von der *Post* kannte und tolerierte, war er im Augenblick beschäftigt. Er beobachtete die Sanitäter, die den toten Walter P. Harrington auf ihre Tragbahre legten. Sie hatten es dabei nicht eilig. So hatte der Reporter Zeit, die praktisch kopflose Leiche genau zu betrachten. Der Fotograf begann zu blitzen. Er machte sogar eine Nahaufnahme von dem Toten, obwohl er genau wußte, daß die *Post* sie niemals bringen würde.

Dann war Milk endlich zu ein paar Auskünften bereit. »Wenigstens ein Schuß – vielleicht mehrere – durchs Beifahrerfenster. Einer hat den Fahrer von rechts am Kopf getroffen. Er ist sofort tot gewesen. Seine Personalien kann ich Ihnen nicht geben. Die kriegen Sie später auf dem Präsidium.«

»Irgendwelche Zeugen?«

»Soll das ein Witz sein?«

»Drogen oder Waffen im Auto?«

»Bisher nicht.«

Jack Yocke, der Reporter, war 28 Jahre alt, 1,86 groß und sportlich schlank. Er beobachtete schweigend, wie die Sanitäter den Toten in ihren Krankenwagen luden, hastig einstiegen und mit Blinklicht und Sirene davonrasten. Der Fotograf der *Post*, ein Schwarzer in Jeans und T-Shirt und mit einem Pferdeschwanz, stand auf dem Fahrbahnteiler und machte Aufnahmen von dem demolierten Chrysler.

Aus den vorbeikriechenden Wagen starrten blasse Gesichter das Autowrack, die Polizisten und den Fotografen an. Die Leiche war abtransportiert. Der Verkehr wurde wieder flüssiger.

Yocke sah sich langsam um. Er betrachtete den Verkehr, die Lärmschutzwälle auf beiden Seiten der Autobahn und die darüber hinausragenden Baumwipfel. Im Westen war gerade noch der Turm der Mormonenkathedrale zu erkennen.

»Mord auf Bestellung?«

»Woher soll ich das wissen?« grunzte der Cop.

»Gewehr oder Pistole?«

»Gewehr. Sie haben ja gesehen, was von seinem Kopf übriggeblieben ist.«

»Was wissen wir über das Opfer?«

»Es ist tot.«

»Geben Sie mir 'ne Chance, Eddie. Irgendwann kommt's doch raus – und ich hab' bald Redaktionsschluß.«

Der Cop warf Yocke einen mißmutigen Blick zu. »Gut, meinetwegen... Laut Führerschein ist er ein neunundfünfzigjähriger Weißer aus Maryland gewesen.«

»Wie wär's mit seinem Namen und seiner Adresse? Ich bringe sie erst, wenn ihr sie freigebt. Und ich lasse die Angehörigen in Ruhe.«

»Ihr Jungs lügt alle!« behauptete Milk. »Sie würden mich reinlegen, ohne mit der Wimper zu zucken. Nein!«

Der Reporter ließ ihn stehen, ging zu dem Chrysler hinüber und warf an den Leuten von der Spurensicherung vorbei einen Blick ins blutbespritzte Innere. Der Fotograf war mit seinen Aufnahmen fertig und hatte sie der Bildredaktion der *Post* bereits über Funk angekündigt. Jetzt stand er neben ihrem Dienstwagen.

Jack Yocke bedankte sich bei Milk, der ihn jedoch ignorierte, machte dem Fotografen ein Zeichen und setzte mit einer Flanke über die Barriere. Sein Kollege saß schon am

Steuer. Als Yocke seine Tür zuknallte, fuhr er mit quietschenden Reifen an. Der Reporter zog ein kleines Adreßbuch aus seiner Tasche, schlug eine Nummer nach und tippte sie ins Autotelefon.

»Zulassungsstelle.«

»Bob Lassiter, bitte.«

»Augenblick.«

Sekunden später hatte der Reporter seinen Mann am Apparat. »Hey, Bob. Jack Yocke. Wie geht's denn so?«

»Gib mir einfach das Kennzeichen, Jack.«

»Bob, du tust mir echt 'nen Gefallen. Ich brauche Maryland GY 3-7097.«

Schweigen. Yocke wußte, daß Lassiter jetzt das Kennzeichen in seinen Computer eintippte, und hielt seinen Bleistift bereit. Nach etwa 15 Sekunden sagte Lassiter: »Okay. Es gehört zu einem 1987er Chrysler New Yorker. Der Besitzer ist Walter P. Harrington, 686 Bo Peep Drive, Laurel.«

»Bo Peep?«

»Yeah. Originell, was? Vermutlich ein Neubaugebiet voller fetter Frauen, die nach Seifenopern süchtig sind.«

»Wie schreibt man Harrington?«

Lassiter buchstabierte den Namen.

»Danke, Bob.«

»Das ist diesen Monat schon die dritte Auskunft, Jack. Du hast mir Karten für das Spiel gegen die Giants versprochen.«

»Ich weiß, Bob. Ich bin dabei, sie zu besorgen.«

»Und versuch diesmal, bessere Plätze zu kriegen. Letztes Mal konnten wir nur die Ärsche der Redskins auf den Stehplätzen sehen.«

»Geht klar.« Yocke legte auf. Bob Lassiter würde keine Karten für das Spiel der Redskins gegen die Giants bekommen. Die hatte der Reporter bereits einem wichtigeren Informanten im Büro des Oberbürgermeisters versprochen.

Die nächste Nummer wußte Yocke auswendig. Er rief das Archiv der *Washington Post* an, in dem sämtliche früheren Ausgaben auf Mikrofilm zur Verfügung standen. Das umfangreiche Register war im Computer gespeichert.

»Susan Holley.«

»Susan, hier ist Jack Yocke. Ein spektakulärer Unfall auf der Ringautobahn. Ein Mann ist am Steuer erschossen worden. Siehst du mal nach, ob wir was über einen Walter P. Harrington, 686 Bo Peep Drive, Laurel, Maryland, haben?«

»Bo Peep?«

»Richtig. Und Harrington mit Doppel-R. Erinnerst du dich an die Autobahnmorde, die vor ein paar Jahren aus Kalifornien gemeldet worden sind? Kannst du feststellen, ob's was Ähnliches auch in Washington gegeben hat?«

»Todesschützen an der Autobahn, meinst du?«

»Na ja, alles über Schießereien auf der Autobahn.«

»Ich rufe zurück.«

»Danke.«

Yocke legte auf. Irgendein Gefühl sagte ihm, daß Harrington nicht das Opfer eines Scharfschützen am Autobahnrand geworden war, weil die äußeren Voraussetzungen dafür fehlten. Dieser Autobahnabschnitt zwischen Lärmschutzwällen war einfach nicht dafür geeignet...

Aber bevorzugten Autofahrer, die auf andere Autofahrer schossen, nicht im allgemeinen Pistolen? Er versuchte sich vorzustellen, wie jemand mit einem Gewehr zielte, während er sein Auto auf seiner Fahrspur hielt. Auch nicht gerade wahrscheinlich.

Was blieb also übrig? Ein Mann mit einem Gewehr in einem Auto, das von einem zweiten Mann gefahren wurde. Mord auf Bestellung? Wer, zum Teufel, war der Ermordete überhaupt?

Sein Bericht für die morgige Ausgabe würde viel Dramatik, aber nur wenig Tatsachen enthalten. Wegen der äußeren Umstände war dieser Autobahnmord eine Sensation. Aber die Hintergründe würden schwer aufzuklären sein. Yocke mußte versuchen, an Mrs. Harrington ranzukommen – falls es eine Mrs. Harrington gab –, um vielleicht von ihr zu erfahren, wer Grund gehabt haben könnte, sich den Tod ihres Mannes zu wünschen.

»Glaubst du an einen Drogenmord?« fragte der Fotograf.

»Keine Ahnung«, antwortete Jack Yocke. »Eine verrückte Sache! Die Tatwaffe muß ein Gewehr gewesen sein, aber ich weiß nicht, wo der Schütze hätte stehen sollen. Warum hat der Täter keine Pistole oder Maschinenpistole benutzt, wenn er aus nächster Nähe geschossen hat?«

»Killer aus der Drogenszene bevorzugen Uzis und Mac-10«, stellte der Fotograf fest.

»Dann hätte der Wagen wie Schweizer Käse ausgesehen.« Yocke seufzte. »In den letzten drei Jahren hab' ich jede Menge Mordopfer gesehen. Täter und Tatmotiv waren nie sonderlich rätselhaft. Aber das hier...«

Der Fotograf fuhr die Connecticut Avenue nach Süden entlang. Yockes Blick glitt ohne sonderliches Interesse über die Schaufenster. Dann richtete er sich plötzlich auf. »Dort hinüber!« verlangte er und deutete auf eine Einfahrt. »Park dort drüben!«

Der Fotograf, Harold Dorgan, gehorchte wortlos.

»Dort vorn neben der Buchhandlung. Augenblick, ich bin sofort wieder da!«

»Nicht schon wieder«, ächzte Dorgan.

»Hey, das dauert keine Minute.« Als der Wagen hielt, stieg Yocke aus und schlenderte zur Ladentür.

In der kleinen Buchhandlung waren im Augenblick keine Kunden. Hinter der Registrierkasse stand eine Verkäuferin: Mitte bis Ende Zwanzig, großgewachsen, gute Figur. Sie beobachtete Yocke durch eine große Brille, die viel zu tief auf ihrer Nasenspitze saß.

Der Reporter schenkte ihr sein nettestes Lächeln. »Hallo. Sind Sie die Geschäftsführerin?«

»Managerin, Besitzerin und Verkäuferin in einem. Was kann ich für Sie tun?« Sie hatte eine klare, volltönende Stimme.

»Jack Yocke von der *Washington Post.*« Er streckte ihr seine Hand hin, sie schüttelte sie. »Ob Sie wohl Exemplare meines Buchs *Die Macht der Armut* haben? Dann würde ich sie gern signieren.«

»Ja, natürlich. Ich kenne Ihren Namen aus der Zeitung, Mr. Yocke.« Sie kam hinter der Theke hervor. Sie trug Schuhe mit flachen Absätzen, war also noch größer, als Jack vermutet hatte – kaum fünf Zentimeter kleiner als er. »Hier drüben. Ich habe drei Exemplare, glaube ich.«

»Doch nur zwei«, sagte sie, als sie die Bücher aus dem Regal nahm. »Eines muß verkauft worden sein.«

»Halleluja!« grinste Jack. Mit seinem Füller schrieb er *Best Wishes, Jack Yocke* aufs Vorsatzblatt beider Bücher.

»Danke, Miss...?«

»Tish Samuels.«

Er beobachtete, wie sie die Bücher ins Regal zurückstellte. Sie trug keinen Ehering.

»Wie lange leben Sie schon in Washington, Mr. Yocke?«

»Knapp drei Jahre. Angefangen habe ich bei einer Zeitung in Louisville, Kentucky.«

»Gefällt Ihnen die Stadt?«

»Ich finde sie sehr interessant.« Jack wechselte das Thema. »Hören Sie, Tish, ich bin morgen abend zu 'ner Party eingeladen. Hätten Sie nicht Lust, mit mir hinzugehen? Ich könnte Sie nach Geschäftsschluß abholen, oder wir...«

Sie trat hinter die Kasse zurück und bedachte ihn mit einem amüsierten Lächeln. »Lieber nicht, Mr. Yocke. Trotzdem vielen Dank.«

Jack sah ihr in die Augen. »Ich habe einen Kurs an der Georgetown University belegt, und unsere Dozentin gibt eine Semesterabschlußparty. Da ihre Studenten sich kaum kennen, ist das 'ne Gelegenheit für alle, miteinander bekannt zu werden. Ganz ungezwungen. Sie würden mir wirklich eine Freude machen, wenn Sie mitkämen. Bitte!«

»Was studieren Sie denn?«

»Spanisch.«

Tish Samuels' Lächeln wurde freundlicher. »Samstags mache ich um fünf Uhr zu.«

»Okay, ich hole Sie ab. Wir gehen eine Kleinigkeit essen und danach auf die Party.«

Yocke lernte tatsächlich Spanisch. Er hoffte, aus der Lokalredaktion ausbrechen zu können und von der Auslandsredaktion nach Lateinamerika geschickt zu werden. Vielleicht ersparte ihm das die Ochsentour in Washington, wo zu viele Reporter Jagd auf zu wenig Stories machten – die dann ohnehin nur selten auf die Titelseite kamen.

Draußen im Wagen fragte Dorgan: »Wie viele Bücher hast du eigentlich signiert? Ein paar Dutzend?«

»Nö. Sie hat bloß zwei gehabt.«

»Wenn du für zwei schon so lange brauchst, schreibst du hoffentlich nie 'nen Bestseller!«

Um acht Uhr abends wußte Jack Yocke einiges mehr. In der *Post* war der verstorbene Walter P. Harrington nie erwähnt worden. Die Polizei hatte den Ermordeten von seiner Frau identifizieren lassen. Da sie den Ehering und die Geldbörse erkannt hatte, waren Namen und Adresse des Opfers der Presse offiziell mitgeteilt worden.

Yocke, der schon bereute, in der Zulassungsstelle angerufen und damit Lassiters Anspruch auf zwei Redskins-Tickets bekräftigt zu haben, schrieb das wenige, was er wußte, und garnierte es aus dem Gedächtnis mit reichlich Lokalkolorit. Nachdem er einige Tasten gedrückt hatte, um seine Story elektronisch dem zuständigen Redakteur zu schicken, überlegte er kurz, wie viele Tickets er bereits schuldig war. Zwei Tickets für jedes noch ausstehende Heimspiel dürften genügen, überlegte er sich.

Er holte sich gerade in der Lokalredaktion neue Aufträge, als ein Nationalreporter mit dem Computerausdruck einer Agenturmeldung hereinstürmte, die er auf seinem Terminal gelesen hatte. »Hey, hört euch das an, Jungs! Die Kolumbianer haben Chano Aldana geschnappt, einen der großen Bosse des Medellin-Kartells. Und sie wollen ihn noch heute nacht an uns ausliefern.«

Yocke stieß einen leisen Pfiff aus.

»Wo soll er inhaftiert werden?« fragte der Lokalredakteur.

»An einem ›vorläufig geheimgehaltenen‹ Ort. Eine Maschine der Luftwaffe ist bereits nach Bogotá unterwegs. Er soll nach Miami gebracht und dort U.S. Marshals übergeben werden. Mehr ist im Augenblick nicht zu erfahren.«

»Jetzt platzt die Bombe«, sagte Yocke, als der Nationalreporter wieder hinauslief. »Oder sie ist schon geplatzt«, fügte er hinzu, während er den großen Raum nach Ottmar Mergenthaler absuchte. Aber der politische Kolumnist, mit dem er wegen der Drogenproblematik in einer Art Dauerfehde lag, war nirgends zu sehen.

Um so besser, dachte Yocke. Der Kolumnist glaubte – und hatte diesen Standpunkt immer wieder bekräftigt –, bei Bereitstellung ausreichender Geldmittel und strikter Anwendung genügten die bestehenden Gesetze zur Bekämpfung des illegalen Drogenhandels. Yocke argumentierte dagegen,

Polizei und Gerichte führten einen aussichtslosen Kampf gegen die Drogensyndikate, die er mit riesigen Blutegeln verglich, die ihr sterbendes Opfer aussaugten.

Der verbale Schlagabtausch zwischen dem talentierten Newcomer und dem Profi mit dreißig Jahren Berufserfahrung hatte die beiden nicht daran gehindert, Freunde zu werden. Yocke und Mergenthaler mochten sich aufrichtig.

Während Yocke sich erneut seine Argumente zurechtlegte, sah er sich in der Redaktion der *Post* um. Hier arbeiteten gebildete, eingebildete und einigermaßen ausgebildete Leute, von denen jeder unterschwellig glaubte, Washington sei der Mittelpunkt der Welt – und die *Post* ihre Achse.

Die *Washington Post* und die *New York Times* waren Karrieregipfel, nach denen jeder Journalist strebte. Zumindest jeder mit Ehrgeiz. Yocke mußte es wissen, denn er hatte Ehrgeiz für drei.

Jack Yocke und der Fotograf waren nach Laurel unterwegs, um die Nachbarn der Harringtons zu interviewen, möglichst auch die Witwe, als Vinnie Pioche und Tony Anselmo aus dem kleinen Restaurant ins Dunkel einer Washingtoner Nacht hinaustraten.

Für den Rückweg zum Parkhaus ließen sie sich wieder Zeit. Eine an einer Straßenecke stehende Nutte trat einen Schritt auf sie zu, aber nachdem sie Vinnies Gesicht gesehen hatte, überlegte sie sich die Sache anders. Tony kannte diesen Blick, der Wasser gefrieren lassen konnte.

Als sie wieder im Wagen saßen, fuhren sie zu einer Autowerkstatt in Arlington und hupten einmal kurz, worauf sich das Hebetor sofort für sie öffnete.

Der Dicke, der sie erwartete, qualmte eine übelriechende Zigarre. Er gab ihnen die Schlüssel für einen zehn Jahre alten Ford. Tony sperrte den Kofferraum auf, in dem eine abgesägte Schrotflinte, eine Schachtel Patronen, dünne Gummihandschuhe und zwei 9-mm-Pistolen lagen. Bevor sie die Waffen oder den Wagen anfaßten, zogen sie die Gummihandschuhe an.

Vinnie starrte die Pistolen an, ließ sie dann aber liegen. Tony bediente sich und prüfte, ob das Magazin voll war, während sein Partner die Schrotflinte lud und fünf Reservepatronen in seine rechte Jackentasche steckte.

Tony setzte sich ans Steuer und drehte den Zündschlüssel nach rechts. Der Motor sprang sofort an, und die Tankanzeige stand auf voll. Er ließ den Motor laufen, während Vinnie es sich auf dem Beifahrersitz bequem machte und die Schrotflinte mit der Mündung nach rechts quer über seine Knie legte.

Anselmo nickte dem Zigarrenraucher zu, der das elektrische Tor wieder öffnete.

»Der Wagen ist okay«, sagte Tony zu Vinnie. Keine Antwort. Den größten Teil seines Gesprächsrepertoires hatte Vinnie bereits beim Abendessen erschöpft, indem er zu Tonys Bemerkungen über das Essen gegrunzt oder genickt hatte.

Vinnie Pioche hat die Manieren eines Warzenschweins, dachte Tony zum wiederholten Male, während sie über die Francis Scott Key Bridge nach Washington zurückfuhren. Trotzdem hätte man lange suchen müssen, um einen besseren Killer zu finden. Viele Jahre lang hatte jeder, der einen Auftrag ohne Komplikationen erledigt haben wollte, nach Vinnie geschickt. Er war *zuverlässig.* Oder er war es gewesen. Heutzutage reagierte er manchmal ein bißchen komisch – und deshalb war Tony dabei. *»Sorg dafür, daß alles klargeht, Tony.«*

Sie fanden einen Parkplatz in der Nähe des Reihenhauses, das ihr Ziel war: nur einen Block östlich der Vermont Avenue, etwa eine Meile nordöstlich der Innenstadt. Tony stellte den Motor ab und schaltete die Scheinwerfer aus. Die beiden Männer saßen schweigend da und beobachteten vorbeifahrende Autos, die durch die Schlaglöcher rumpelten.

Tony sah auf seine Armbanduhr. Sie würden ungefähr eine halbe Stunde warten müssen. Er verstellte den Rückspiegel etwas und rutschte tiefer unters Lenkrad.

Nach 26 Minuten fuhr langsam ein Taxi an ihnen vorbei. Tony beobachtete in seinem Außenspiegel, wie die Bremslichter aufleuchteten. Das Taxi hielt etwa in der Mitte des Blocks.

»Das sind sie«, sagte er und ließ den Motor an. »Aber denk dran – nicht die Frau!«

»Yeah, ich weiß.«

Vinnie stieg aus, drückte die Autotür leise ins Schloß, hielt die Schrotflinte an sein rechtes Bein gepreßt, so daß sie fast dahinter verschwand, und wartete.

Tony beobachtete, wie ein Mann und eine Frau aus dem Taxi stiegen, das wieder anfuhr. Vinnie begann die Straße zu überqueren.

Die Straße war menschenleer. Der Wind hatte aufgefrischt, und die Temperatur war spürbar gesunken. Tony drehte sich um und verfolgte, wie Vinnie die Straße überquerte und rasch auf die beiden zuging. Das Paar stand vor der Haustür, und die Frau kramte in ihrer Handtasche.

Vinnie blieb fünf Meter von dem Paar entfernt auf dem Gehsteig stehen, hob seine Schrotflinte und drückte ab, als der Mann sich halb nach ihm umdrehte.

Der Mann riß die Arme hoch und sackte nach hinten. Als er zusammenbrach, traf ihn Vinnies zweiter Schuß. Der Mann fiel seitlich von der Eingangstreppe herunter. Vinnie ging um die Treppe herum und schoß noch dreimal auf den Liegenden.

Die Schrotflinte krachte hell und laut. Die Frau stand auf der Treppe und sah zu.

Eine Pause, danach ein letzter Schuß, der dumpfer klang.

Dann kam Vinnie zum Auto zurück, steckte seine .45er ins Schulterhalfter zurück und hielt die Schrotflinte ans linke Bein gepreßt.

Tony Anselmo fuhr aus der Parklücke heraus und wartete.

Vinnie Pioche ging ruhig weiter. In einigen Häusern wurde Licht gemacht, Fenster gingen auf, sogar ein paar Köpfe zeigten sich. Vinnie sah nicht einmal auf. Er öffnete die Autotür und stieg gelassen ein. Und Tony fuhr ohne die geringste Hektik an.

Bevor sie um die Ecke bogen, sah Tony Anselmo in den Rückspiegel. Die Frau sperrte die Tür ihres Reihenhauses auf und blickte dabei auf den Toten hinab. Sie war großzügig honoriert worden und hatte gewußt, was geschehen würde.

Kapitel zwei

Den größten Teil des Fluges von Dallas nach Fort Worth verbrachte Henry Charon damit, von seinem Fensterplatz aus die Landschaft unter ihnen im Wechsel zwischen Sonnenschein und Wolkenschatten zu betrachten. Sein Sitznachbar, ein junger Rechtsanwalt mit Fönfrisur und goldenen Manschettenknöpfen, studierte irgendwelche Akten. Er hatte Charon mit einem kurzen Blick gestreift, als er Platz genommen hatte, und ihn dann sofort vergessen.

Die meisten Leute achteten nicht weiter auf Henry Charon, was ihm nur recht war. Als mittelgroßer, schlanker, sehniger Vierziger besaß er keine irgendwie auffälligen körperlichen Attribute. Schon früher war er der stille Junge gewesen, den Lehrer übersahen und Mädchen nicht wahrnahmen, und später der Jugendliche, der anderen bei ihren Pausenspielen zusah. Eine Lehrerin, die dann doch auf ihn aufmerksam geworden war, hatte ihn als leicht geistig behindert beurteilt – ein unbeabsichtigtes Lob für den Schutzpanzer, mit dem er sich schon damals umgeben hatte.

Henry Charon war keineswegs geistig behindert, sondern im Gegenteil überdurchschnittlich intelligent und ein scharfer Beobachter. Obwohl der junge Anwalt ihn geflissentlich ignorierte, hatte Charon seinen Sitznachbarn aufmerksam betrachtet. Er hätte seine äußere Erscheinung genau beschreiben können – bis hin zum Design seiner Manschettenknöpfe und der Tatsache, daß an einem Ende seines rechten Schnürsenkels die kleine Plastikhülle fehlte.

Außerdem hatte er das Gesicht des Rechtsanwalts katalogisiert und hätte ihn überall wiedererkannt. Das war eine wichtige Fähigkeit, die Henry Charon ständig trainierte. Als Menschenjäger war er darauf angewiesen, Gesichter aller Art wiederzuerkennen.

Natürlich war das nicht schon immer Charons Beruf gewesen, und während er sich automatisch die Gesichter in seiner Umgebung einprägte, dachte er über diese Tatsache nach.

Aufgewachsen war er in New Mexico auf einer kümmerlichen Ranch in den Ausläufern der Sangre de Cristo Mountains. Seine Mutter hatte er mit drei, seinen Vater mit vierundzwanzig Jahren verloren. Als einziges Kind hatte Charon die Ranch geerbt, auf der er manchmal wochenlang keinen anderen Menschen zu sehen bekam. Er hielt die Gebäude einigermaßen instand, versorgte das Vieh, wenn es unbedingt nötig war, und jagte ansonsten, ohne sich um Schonzeiten zu scheren.

Seit seinem zwölften Lebensjahr war Henry Charon das ganze Jahr über auf der Jagd. Er war nie von den Wildhütern geschnappt worden, obwohl sie ihn verdächtigt und ihm aufgelauert hatten.

Ende der siebziger Jahre hatten sinkende Viehpreise und ein Motorschaden seines alten Pickups sein Leben verändert. Ein Bankier in Santa Fé hatte ihn mit der Realität konfrontiert: Wenn es Charon nicht gelang, einen Nebenverdienst zu finden, würde er die Ranch eines Tages verlieren. Im Herbst dieses Jahres begann Charon, Jäger zu führen. Er inserierte in Dallas und Los Angeles und bekam so viele Anmeldungen, daß er Gäste abweisen mußte.

Trotz seiner schweigsamen, zurückhaltenden Art war Henry Charon in seinem neuen Beruf sofort erfolgreich. Seine Jäger bekamen immer starke Tiere vor die Flinte – oft sogar mehrere. Und wenn ein Großindustrieller etwas Hilfe brauchte, um seinen Elch oder Hirsch zur Strecke zu bringen, ging der Knall von Charons Büchse im Krachen der Magnumpatronen unter. In texanischen und südkalifornischen Country Clubs und Vorstandsetagen machten Berichte über erfolgreiche Jagdabenteuer die Runde. Charon verlangte statt der üblichen hohen Preise völlig überhöhte und war trotzdem auf Jahre hinaus ausgebucht.

Das nächste Ereignis, das sein Leben entscheidend veränderte, trat im Jahre 1984 ein – ein Abend des vorletzten Tages der Elchsaison, als er mit einem alten Klienten, der dieses Jahr allein gekommen war und ohne Murren die Pauschale für vier Personen gezahlt hatte, beim Kaffee am Lagerfeuer saß.

Der Klient suchte jemanden, der ihm einen Mann ermorden würde. Obwohl er das nicht ausdrücklich sagte, war seine Absicht unverkennbar. Er forderte Charon nicht auf, diesen Job zu übernehmen, aber irgendwie wurde klar, daß der Tod eines bestimmten Mannes aus dem Vorstand der Sparbank des Klienten 50000 Dollar in bar wert wäre.

Am nächsten Morgen schoß der Klient seinen Elch, und Charon brachte ihn zum 18-Uhr-Flug nach Santa Fé.

Henry Charon, den dieser Auftrag reizte, dachte eine Woche darüber nach. Objektiv gesehen war dies eine Jagd – und als Jäger war er unübertroffen. Schließlich packte er seine Reisetasche und machte sich auf den Weg nach Texas.

Das Ganze war lachhaft einfach. Nach dreitägiger Beobachtung stand fest, daß der Mann, um den es ging, jeden Tag auf derselben Strecke mit seinem schwarzen BMW in die Bank fuhr. Charon flog wieder nach Hause. Auf der Ranch sperrte er seinen Waffenschrank auf und nahm ein Gewehr heraus, das einer seiner Klienten letztes Jahr als zweite Waffe mitgebracht und bei ihm zurückgelassen hatte.

Drei Tage später fand der Mann in Arlington, Texas, durch einen Kopfschuß den Tod, als er morgens in die Bank fuhr. Die polizeilichen Ermittlungen ergaben, daß der Schuß von einem über 120 Meter entfernten Schrottplatz aus abgegeben worden sein mußte, während der BMW des Mannes an einer Ampel gewartet hatte. Augenzeugen gab es keine. Auf dem Schrottplatz waren keine Spuren zu entdekken. Das FBI identifizierte etwa ein Dutzend ehemaliger Scharfschützen als mögliche Täter. Alle wurden diskret vernommen; alle hatten unwiderlegbare Alibis. Der Fall blieb ungelöst.

Zwei Wochen später traf das Geld als Päckchen – ohne Absenderangabe – bei Charon in den Sangre de Cristo Mountains ein.

Der Bankier kam noch zweimal auf die Ranch hinaus. Er

war ein untersetzter Endfünfziger, der maßgearbeitete Cowboystiefel aus Alligatorleder trug. Er saß in dem alten Schaukelstuhl auf der Veranda, starrte die Berge vor dem blauen Himmel an und sprach davon, wie schwierig die Wirtschaftslage in Texas seit dem Einbruch des Ölgeschäfts geworden sei. Bei jedem Besuch erwähnte er die Namen von Bankiers im Großraum Dallas–Fort Worth. Der erste dieser Männer ertrank bei einem Angelausflug in Honduras, und der zweite verübte eines Abends, als er allein zu Hause war, Selbstmord mit einer Luger, die sein Vater aus dem Zweiten Weltkrieg mitgebracht hatte.

Zum letzten Mal sah Henry Charon seinen Klienten, als der einen zweiten Mann mitbrachte, ihn vorstellte, in seinen Mercedes stieg und in einer Staubwolke davonbrauste. Der neue Mann hieß Tassone. Aus Vegas, hatte der Bankier gesagt.

Tassone war so hager wie sein Chauffeur dick. Er sah sich ausdruckslos auf der Ranch um, bevor er es sich auf der Veranda bequem machte. »Verdammt ruhig hier draußen«, stellte er fest.

Charon nickte, um nicht unhöflich zu wirken. Gleichzeitig behielt er die Hügel in der Umgebung des Hauses im Auge.

»Wie ich höre, haben Sie ein besonderes Talent.«

Charon warf nochmals einen Blick in die Senke, durch die seine Zufahrt auf die Asphaltstraße hinausführte. Er zuckte mit den Schultern. Tassone hatte die Füße aufs Geländer gelegt.

»Ein talentierter Mann kann gut verdienen«, sagte Tassone. Als Charon sich nicht dazu äußerte, fügte er hinzu: »Wenn er überlebt.«

Charon setzte sich aufs Geländer, zog ein Bein etwas hoch und ließ seine Hände auf dem Oberschenkel ruhen.

»Und wenn er clever genug ist«, fügte der Mann hinzu.

Charon starrte ihn einen Augenblick prüfend an. »Was halten Sie davon, die Pistole aus Ihrem Schulterhalfter zu ziehen und auf den Boden zu legen?«

»Und wenn ich's nicht tue?« lautete die Gegenfrage.

Charon explodierte geradezu, riß sein Jagdmesser aus dem rechten Stiefel und war mit einem Satz bei dem Mann im Schaukelstuhl. Bevor Tassone reagieren konnte, hatte er das Messer an der Kehle und Charons Gesicht dicht vor seinem.

»Dann verscharre ich Sie hier draußen.«

»Und was ist mit Sweet?« Das war der texanische Bankier. »Er weiß, daß ich hier bin.«

»Sweet kommt in die gleiche Grube. Er ist leicht zu finden. Er ist nur 'ne Meile weit gefahren und wartet dort auf Sie.«

»Okay, nehmen Sie sich die Pistole.«

Charon trat mit der Pistole – einer Walther PPK – ans Geländer zurück. Er entlud die Waffe, drückte die Patronen aus dem Magazin und warf die leere Pistole Tassone zu, der sie wegsteckte, ohne Charon aus den Augen zu lassen.

»Woher haben Sie gewußt, daß Sweet nicht weggefahren ist?« fragte der Besucher.

»Die Straße führt durch die Senke dort unten.« Ein kurzes Nicken deutete die Richtung an. »Ich hab' auf Staub gewartet, aber es wurde keiner aufgewirbelt. In der Senke stehen Pappeln an einem Bach, der um diese Zeit noch Wasser führt. Dort sitzt er im Schatten und wartet auf Sie.«

»Vielleicht macht er zu Fuß einen Bogen, um in Schußposition zu kommen. Vielleicht findet er, daß Sie ihm nicht mehr nützen können.«

»Sweet ist nicht dumm. Er kennt mich von der Jagd und weiß genau, daß er bei diesem Spiel keine Chance gegen mich hätte. Aber Sie könnten unterwegs einen dritten Mann abgesetzt haben, der viel besser als Sweet ist. Darum habe ich aufgepaßt. Die halbwilden Rinder dort drüben sind überhaupt nicht unruhig. Und hinter dem Haus... Das wäre eine Möglichkeit, aber dort hat sich vor Ihrer Ankunft ein Fasanenschwarm niedergelassen.«

Tassone sah sich langsam um, als nehme er seine Umgebung erstmals richtig wahr. »Großstädte sind anders«, stellte er dann fest. »Keine scheuenden Rinder, keine Kuhscheiße, keine Fasane. Trauen Sie sich zu, auch dort zurechtzukommen?«

»Das Prinzip ist gleich.«

Der Besucher lehnte sich zurück, schlug die Beine übereinander und zündete sich eine Zigarette an. »Ich möchte Ihnen ein interessantes kleines Geschäft vorschlagen.« Eine Stunde später spazierte er die Zufahrt zu der Senke hinab, in der Sweet auf ihn wartete.

Damals hatte Charon den Bankier Sweet zum letzten Mal gesehen. Seither waren drei Jahre vergangen – drei geschäftige Jahre.

Nach der Landung in Washington, D.C., zog Henry Charon seine Reisetasche aus der Gepäckablage über den Sitzen und schloß sich der im Gang nach vorn drängenden Menge an. Wie immer sah die Stewardeß bei der Verabschiedung der Fluggäste durch ihn hindurch. Unbemerkt folgte Henry Charon dem dynamisch ausschreitenden Junganwalt ins Ankunftsgebäude des National Airport.

Charon ließ sich in der Menge treiben – nicht zu schnell, nicht zu langsam. Er machte einen Bogen um den Taxistand vor dem Terminal, ging zu den Bussen, überlegte sich die Sache aber doch noch anders, als er nur hundert Meter weiter eine U-Bahn stehen sah. Nachdem er den ausgehängten

Stadtplan studiert hatte, kaufte er sich am Kiosk einen eigenen Plan. Wenig später saß er in einem der gelben Wagen auf einem Fensterplatz.

Im zweiten Hotel, in dem er nachfragte, war ein Einzelzimmer frei. Charon trug sich unter falschem Namen ein und zahlte bar für vier Nächte im voraus. Er brauchte nicht einmal seinen gefälschten Führerschein vorzulegen.

Henry Charon brachte sein Gepäck aufs Zimmer, steckte den Zimmerschlüssel in die Tasche und brach zu einem Gang durch die Innenstadt auf. Er spazierte scheinbar ziellos herum, betrachtete jedoch alles aufmerksam, las die Straßenschilder und warf gelegentlich einen Blick auf seinen Stadtplan. Nach etwa einer Stunde fand er sich im Lafayette Park wieder – nur durch eine Avenue vom Weißen Haus getrennt.

Vom Südrand des einen Straßenblock großen Parks hatte er freien Blick über die achtspurige Avenue. Das von üppiggrünen Rasenflächen und einem drei Meter hohen schmiedeeisernen Zaun umgebene Weiße Haus wirkte wie eine Filmkulisse aus *Vom Winde verweht*. Die auf allen Seiten aufragenden Büro- und Verwaltungstürme aus Glas und Stahl ließen es noch anachronistischer aussehen.

Als Charon die Avenue überquerte, fielen ihm in den Gehsteig eingelassene Stahlbetonkegel auf, deren Spitzen durch massive Ketten verbunden waren. Wie er ganz richtig vermutete, sollten sie mit Lastwagenbomben durchbrechende Terroristen aufhalten. Ähnliche Barrieren sperrten die Zufahrten zum Weißen Haus an den Ecken des Grundstücks.

Auf dem Gehsteig drängten sich Touristen. Sie fotografierten durch die Gitterstäbe des Zauns und knipsten sich gegenseitig mit dem Weißen Haus als Hintergrund. Die meisten Touristen – mindestens die Hälfte – schienen Japaner zu sein.

Henry Charon ging weiter, bog beim Finanzministerium ab und folgte dem Zaun nach Süden. Blicke zum Weißen Haus hinüber zeigten ihm Wachposten in ihren Schilderhäuschen, Bäume und Blumen, die Auffahrt zum Portal. Im Schatten unter dem Vordach wartete eine schwarze Limousine auf irgendeinen Prominenten.

Er schlenderte nach Westen zur großen elliptischen Rasenfläche weiter. Touristen hasteten vorüber, ohne ihn auch nur eines Blickes zu würdigen. Der kleine Mann, der nicht zu existieren schien, fand einen Platz auf einer Bank, von dem aus er in Ruhe die Leute beobachten konnte.

Während der Justizminister Will Dorfman zuhörte, fiel ihm diese Charakterisierung wieder ein.

»Was passiert, wenn der Kerl freigesprochen wird?« fragte Dorfman zum zweiten Mal.

»Das wird er nicht«, antwortete Justizminister Gideon Cohen knapp. Im Gespräch mit Dorfman war er immer kurz angebunden.

»Auf der Geschworenenbank sitzen ein Dutzend Rentner und Putzfrauen, lauter kleine Leute, die noch nie von Chano Aldana oder dem Medellin-Kartell gehört haben, die nicht mal Zeitung lesen oder fernsehen. Die Verteidiger lassen keinen Geschworenen zu, der auch nur weiß, wo Kolumbien liegt. Und wenn die Geschworenen merken, was gespielt wird, haben sie vor Angst die Hosen voll.«

»Das Geschworenensystem funktioniert seit Jahrhunderten. Sie werden ihre Pflicht tun.«

Dorfman rückte den vor ihm liegenden Terminkalender zurecht. Er warf einen Blick auf die Vase mit frischen Blumen, die jeden Morgen erneuert wurden, und bediente sich aus einer Schale mit M&Ms. Seinem Besucher bot er keine an. »Glauben Sie diesen Scheiß wirklich?«

Cohen glaubte tatsächlich an das Geschworenensystem. Er wußte, daß die Feierlichkeit des Gerichtssaals, die Würde des Richters, der Ernst des Verfahrens und die möglichen Konsequenzen für den Angeklagten die Geschworenen beeindruckten, die zugegebenermaßen überwiegend aus einfachen Verhältnissen stammten. Trotzdem bildete der ehrliche Bürger, der die Last seiner Verantwortung spürte, das Rückgrat des Systems. Aber das würden Schein-Intellektuelle wie Dorfman nie begreifen. Cohen sah angelegentlich auf seine Uhr.

Dorfman verzog das Gesicht. Gideon Cohen stammte aus einer reichen Familie, hatte in Harvard studiert und war später zum Chef einer großen New Yorker Anwaltsfirma aufgestiegen – ein Mann, der aus staatsbürgerlichem Pflichtbewußtsein auf eine Million Dollar im Jahr verzichtete, um sich als Minister zur Verfügung zu stellen. Zu seinen liebsten Beschäftigungen gehörte es, auf Parties mit Gleichrangigen über die ihnen allen abverlangten finanziellen Opfer zu jammern. Und er war ein gottverdammter Snob! Seine ganze Einstellung ließ glasklar erkennen, daß Dorfman in Cohens New Yorker Kanzlei nicht mal einen Job als Laufbursche hätte kriegen können.

Als Cohen zum drittenmal auf seine Uhr sah, stand Dorfman auf und ging zur Verbindungstür, um nachzufragen, ob der Präsident schon Zeit für den Besucher habe.

Drei Minuten später ließ Dorfman sich im Oval Office, dem Arbeitszimmer des Präsidenten, in einen der Ledersessel fallen, während Cohen dem Präsidenten die Hand schüttelte. Der Präsident war bereits für Kennebunkport angezogen. Unmittelbar nach dieser Besprechung, um die Cohen gebeten hatte, würde er nach Maine fliegen.

»Wieder mal der Drogenkönig?« murmelte der Präsident, als er neben Cohen Platz nahm.

»Richtig, Sir. Die kolumbianischen Drogenkartelle stoßen wie üblich Morddrohungen aus, und die Senatoren aus Florida haben panische Angst.«

»Ich habe eben mit dem Gouverneur dort unten telefoniert. Er will unter keinen Umständen, daß das Verfahren in Florida – *irgendwo* in Florida – stattfindet.«

»Haben Sie die heutige Zeitung gelesen?«

Der Präsident verzog das Gesicht. »Mergenthaler sitzt wieder mal auf seinem hohen Roß.«

Ottmar Mergenthaler hatte in seiner Kolumne gefordert, da die Drogenkrise eine nationale Krise sei, müsse der Prozeß gegen Chano Aldana in Washington stattfinden. Und er hatte boshaft angedeutet, die Regierung agiere im Kampf gegen Drogenmißbrauch nur halbherzig. »Das hat Bob Cherry ihm eingeflüstert«, behauptete der Präsident. Cherry war der Erste Senator aus Florida.

»Ich bin dafür, daß wir Aldana in Washington vor Gericht stellen«, sagte Cohen. »Wir können den Saal mit FBI-Agenten füllen und diesen Kerl verurteilen, ohne daß jemand zu Schaden kommt.«

Der Präsident sah zu seinem Stabschef hinüber. »Will?«

»Politisch wär's clever, ihm hier in Washington vor Gott und der Welt den Prozeß zu machen. Für Peoria wäre das ein Beweis dafür, daß wir den Kampf ernst nehmen, auch wenn Mergenthaler etwas anderes behauptet. In Kolumbien würde das einigen Leuten den Rücken stärken – *falls* Aldana tatsächlich verurteilt wird.«

»Wie steht's damit, Gideon?« fragte der Präsident und sah zu seinem Justizminister hinüber. »Sollte der Kerl freigesprochen werden, wär's natürlich besser, wenn das in Florida passieren würde.«

»Den Generalstaatsanwalt dort unten können wir rausschmeißen, wenn er versagt«, meinte Dorfman grinsend.

»Chano Aldana wird verurteilt«, sagte Gideon Cohen nachdrücklich. »Ein Schwurgericht hat Rayful Edmonds verurteilt.« Der junge Rayful hatte an der Spitze eines Syndikats gestanden, das im Großraum Washington zweihundert Kilogramm Crack pro Woche – das war etwa ein Drittel des Gesamtumsatzes – vertrieben hatte. »Ein Schwurgericht wird auch Aldana verurteilen. Sollte das nicht passieren, können Sie Ihren Justizminister entlassen.«

Dorfman nickte ernsthaft. »Müssen wir vielleicht«, murmelte er. »Aber was bringt eine Verurteilung? Als Rayful hinter Gitter gewandert ist, hat der Straßenverkaufspreis für Crack sich nicht im geringsten verändert. Der Nachschub hat wie immer geklappt. Diese Leute sind nicht blöd!«

»Diese Drogensache ist ein verdammt heißes Eisen – mindestens so heiß wie die Abtreibungsfrage«, sagte der Präsident langsam. »Je weiter ich mich vorwage, desto mehr Leute erwarten greifbare Ergebnisse. Bennett und Sie verlangen, daß ich um kleiner Erfolge willen große Risiken eingehe – und trotzdem höre ich von allen Seiten, daß das Drogenproblem von Tag zu Tag schlimmer wird.«

»Ich weiß, Mr. President. Wir haben...«

»Was wäre nötig, um dieses Problem ein für allemal zu lösen, wirklich zu *lösen*?«

Gideon Cohen holte tief Luft und atmete langsam aus. »Den Vierten Verfassungszusatz widerrufen oder Drogen legalisieren. Das sind die einzigen Möglichkeiten.«

Dorfman sprang auf. »Sind Sie verrückt geworden?« brüllte er. »Mann, wie...«

Der Präsident brachte seinen Stabschef mit einer Handbewegung zum Schweigen. »Hat eine Verurteilung Chano Aldanas *irgendwelche* Auswirkungen auf das Problem?«

»Diplomatische, ja. Moralische, hoffentlich. Aber...«

»Würde die Verurteilung sich direkt auf den Drogenschmuggel in die Vereinigten Staaten auswirken?« erkundigte Dorfman sich.

»Natürlich nicht!« fauchte Cohen, der froh war, eine Zielscheibe für seine Frustration gefunden zu haben. »Auch nach der Verurteilung eines Mörders wird weitergemordet. Trotzdem müssen Mörder vor Gericht gestellt werden, weil eine zivilisierte Gesellschaft Mord nicht dulden kann. Er muß stets und überall bestraft werden.«

»Der Kampf gegen Drogenmißbrauch hat Ähnlichkeit mit dem gegen Windmühlenflügel«, meinte Dorfman. Er lehnte sich zurück und schüttelte den Kopf. »Energische Schritte sind nötig, das stimmt, aber der Präsident darf nicht als Zauderer, als Pfuscher dastehen. Das würden die Wähler ihm nie verzeihen. Erinnert ihr euch an Jimmy Carter?« Seine Stimme klang plötzlich wie Stahl. »Und der Präsident kann auch nicht für irgendeine verrückte Lösung eintreten. Dann würden die Wähler ihn aus dem Amt lachen.«

»Ich verlange kein politisches Harakiri«, sagte Cohen müde. »Ich will nur, daß der Prozeß gegen diesen Drogenkönig hier stattfindet, wo wir unliebsame Vorfälle verhindern können. Wir müssen dafür sorgen, daß niemand an die Geschworenen herankommt. Die Geschworenen müssen sich *sicher* fühlen. Dann wird Aldana auch verurteilt.«

»Hoffentlich!« meinte Dorfman sarkastisch.

»Will, Sie haben immer mehr Cops, mehr Richter, mehr Gefängnisse verlangt«, warf Cohen ihm vor. »›Die Therapieprogramme und präventiven Seminare überlassen wir den Demokraten‹, haben Sie gesagt. Okay, jetzt müssen wir Aldana hinter Gitter bringen. Das ist der Weg, auf den Ihre Politik uns geführt hat. Uns bleibt gar keine andere Wahl.«

»Ich schlage nicht vor, ihn wieder freizulassen«, knurrte Dorfman. »Ich frage mich nur, ob Sie der Mann sind, der ihn hinter Gitter bringen kann.«

Der Präsident hob abwehrend die Hände und stand auf. »Ich habe keine Lust, mich bei diesem Arschloch entschuldigen und ihm den Rückflug nach Medellin zahlen zu müssen. Lassen Sie Aldana nach Washington bringen – aber geben Sie das als Ihre Entscheidung bekannt, Gideon. Ich muß jetzt los. Mein Flugzeug wartet schon.« An der Tür blieb der Präsident noch einmal stehen. »Ach, noch was, Gideon...«

»Ja, Sir?«

»Bitte reden Sie nicht mehr von einem Widerruf des Vierten Verfassungszusatzes.«

Der Justizminister nickte.

»Immer mehr Leute geraten in Panik. Ted Kennedy sagt, daß Rauchen geradewegs zu Drogenmißbrauch führt. Die Abgeordnete Strader will in Washington an jeder Straßenecke einen Nationalgardisten aufmarschieren lassen. Irgend jemand will alle Drogenabhängigen in die Army stecken. Ein Kolumnist in Denver fordert, daß wir in Kolumbien einmarschieren sollen – als ob es Vietnam nie gegeben hätte!« Der Präsident öffnete die Tür. »Vielleicht sollten wir alle Drogenabhängigen in die Army stecken *und* die Army nach Kolumbien schicken.«

Dorfman lachte beifällig.

»Sie sind ein guter Justizminister, Gideon. Ich verlasse mich darauf, daß Sie weiter mitdenken. Nur keine Panik!«

Cohen nickte brav, als der Präsident über die Schwelle trat und die Tür hinter sich schloß.

Für seinen Rundgang ums Weiße Haus brauchte Henry Charon gut zwanzig Minuten. Auf der Westseite des Gebäudes war er durch eine Straße von einem grauen Steinmausoleum getrennt, das auf seinem Stadtplan als Executive Office Building gekennzeichnet war.

Er stand mit beiden Händen in den Hosentaschen davor,

als er einen Hubschrauber hörte und sich umdrehte. Die Maschine flog aus Südwesten an, sank zwischen den Bürogebäuden tiefer und tiefer und landete von Bäumen verdeckt hinter dem Weißen Haus.

Henry Charon kehrte um, ging nach Süden zurück und suchte eine Lücke zwischen den Bäumen, durch die er den Hubschrauber sehen konnte, fand aber keine. Zuletzt blieb er stehen und horchte auf das leise Pfeifen der im Leerlauf arbeitenden Düsentriebwerke.

Nach Charons Uhr hatte der Hubschrauber viereinhalb Minuten auf dem Boden gestanden, als der Triebwerkslärm plötzlich anschwoll. Sekunden später stieg der Hubschrauber hinter den Bäumen auf. Sein Bug senkte sich, als er anfing, sich vorwärts zu bewegen, während er sich in eine Rechtskurve legte. Das Flimmern der heißen Luft hinter den Triebwerken war deutlich sichtbar.

Die Maschine flog immer schneller nach Südosten. Schließlich verschwand sie hinter einem Gebäude jenseits des Finanzministeriums. Hinter welchem? Henry Charon sah auf seinen Stadtplan.

Mit den Händen in den Hosentaschen schlenderte Charon auf der Constitution Avenue am Weißen Haus vorbei nach Osten.

Im Redaktionsgebäude der *Washington Post*, sechs Block nördlich des Weißen Hauses in der Fifteenth Street NW, nahm Jack Yocke auf eigenen Wunsch an der nachmittäglichen Redaktionskonferenz teil. Je ein Redakteur der fünf Hauptressorts – Washington, Inland, Ausland, Sport und Feuilleton – stellte die wichtigsten Artikel vor, die seine Redaktion in der morgigen Ausgabe bringen wollte. Der Chefredakteur oder sein Stellvertreter bestimmte dann, welche Stories auf der Titelseite angerissen werden würden.

Yocke blätterte in der vor jedem Platz liegenden Zusammenfassung. Außer über den »Autobahnmord« von gestern nachmittag sollte über den »Haustürmord« von gestern nacht berichtet werden. Der Autobahnmord erinnerte an eine Agenturmeldung aus Los Angeles, aber er hatte sich hier in Washington ereignet, und die Tatwaffe war ein Gewehr gewesen. Walter P. Harrington, der Ermordete, war Hauptkassierer der Second Potomac Savings and Loan Bank gewesen. Seine Nachbarn hatten Yocke erzählt, Harrington sei ein Widerling, ein unausstehlicher Pedant mit einer ebenso unsympathischen Frau gewesen – aber auch ein fleißiger, angesehener Mitbürger, der seine Umgebung nie belästigt habe.

Der Haustürmord schien ein klassischer Fall von Mord auf Bestellung zu sein, aber der Ermordete – ein gewisser Judson Lincoln – hatte anscheinend keine Verbindungen zur Unterwelt gehabt. Yocke hatte vormittags zwei Stunden lang herumtelefoniert, ohne irgend etwas herauszufinden. Lincoln, dem in den Armenvierteln Washingtons zehn Scheckeinlösungsstellen gehört hatten, war in den letzten zwölf Jahren siebenmal in der *Post* erwähnt worden – immer als prominenter Geschäftsmann. Zweimal hatte die *Post* sogar ein Bild von ihm gebracht.

Was hätte man über diesen Fall berichten können? *»Judson Lincoln, ein prominenter Geschäftsmann ohne erkennbare Verbindungen zur Unterwelt, wurde gestern abend vor dem Stadthaus seiner Geliebten im Beisein der Dame von einem Berufskiller erschossen.«* Toller Aufmacher!

Der schwarze, ehrliche, angesehene 62jährige Judson Lincoln hatte eine Schwäche für vollbusige junge Frauen gehabt. Falls das seine größte Sünde gewesen war, saß er jetzt vermutlich Harfe spielend auf einer Wolke. Mit einer Gespielin dieser Art war Lincoln gerade aus dem Theater gekommen, als der Anschlag auf ihn verübt wurde. Hatte seine empörte Frau ihn ermorden lassen?

Darüber dachte Jack Yocke nach, während um ihn herum modisch lässig gekleidete Männer und Frauen Platz nahmen. Die meisten von ihnen waren jung: Ende Zwanzig oder Anfang Dreißig. Diese aggressiven, bis zur Höchstgrenze mit Hypotheken belasteten Absolventen von Elitecolleges hatten die schwergewichtigen Zigarrenkauer von einst verdrängt. Ob ihr neuer Journalismus besser war, blieb Auffassungssache, aber eines stand fest: Er kostete mehr, viel mehr. Die New-Age-Journalisten der *Washington Post* verdienten etwa das Doppelte des Reallohns, den Reporter mit blankgewetzten Hosen im Zeitalter der mechanischen Schreibmaschinen bekommen hatten.

Jetzt betrat ihr Führer, der Stellvertretende Chefredakteur Joseph Yangella, den Konferenzraum. Er war ein elegant gekleideter, modisch ergrauter und sozial verantwortungsbewußter Mann, den man nie angeheitert und mit einem Flittchen am Arm bei einem Boxkampf sehen würde. Yangella nickte nach links und rechts und nahm seinen Platz am oberen Tischende ein. Seine Hemdsärmel waren aufgerollt, seine Krawatte war wie immer gelockert. Weshalb trug er überhaupt eine? Er kam sofort zur Sache.

»Dieser kolumbianische Drogenboß – wo wird er vor Gericht gestellt? Ed?« Yangella sah über seine goldgeränderte Lesebrille hinweg.

»Wir hören alles mögliche«, antwortete der zuständige Redakteur. »Senator Cherry will kein Verfahren in Florida und macht sich für einen Prozeß in Washington stark. Das Justizministerium schweigt. Der Gouverneur von Florida ist fuchsteufelswild. Nichts aus dem Weißen Haus, obwohl der Justizminister vor einer Stunde hinübergefahren ist.«

»Kommt eine Pressemitteilung?«

»Vielleicht später. Schwer zu sagen.«

»Was wäre sonst Ihr Aufmacher?«

»Cherry und der Gouverneur.«

Der stellvertretende Chefredakteur nickte. Er warf einen Blick auf die nächste Zusammenfassung. »Wieder ein Bombenanschlag auf ein Flugzeug in Kolumbien?«

»Richtig«, bestätigte der Auslandsredakteur. »Siebenundsechzig Tote, darunter fünf Amerikaner. Das Medellin-Kartell hat sich dazu bekannt. Ein Vergeltungsschlag wegen der Auslieferung Aldanas. Das ist das fünfte oder sechste Flugzeugattentat in den letzten Jahren. Außerdem ist gestern wieder ein Richter ermordet und eine Bankfiliale in die Luft gejagt worden. Zu allen Meldungen gibt's Bildmaterial.«

Der für Meinungsumfragen zuständige Redakteur meldete sich zu Wort. »Ich habe hier eine Agenturmeldung über eine Umfrage, die eine Zeitung in Miami veranstaltet hat. Dreiundsiebzig Prozent der Befragten wollen nicht, daß Aldana in Florida vor Gericht gestellt wird.«

»Können wir hier in Washington eine Umfrage veranstalten?« fragte Yangella.

»Klar, aber das Ergebnis hätten wir frühestens morgen.«

Als nächstes wurden Themen der Auslandsredaktion besprochen: politische Ereignisse in Berlin, Moskau und Budapest – und eine Flutkatastrophe in Bangladesch. Danach diskutierten sie eine Minute lang über die vom Fernsehen live übertragenen Bemühungen, ein Kind aus einem Brunnen in Texas zu retten. Eine Dreiviertelminute genügte für eine neue Untersuchung, weshalb High Schools nachgewiesenen Analphabeten Abschlußzeugnisse überreichten.

Jack Yockes Berichte über den Autobahn- und den Haustürmord erwähnte der stellvertretende Chefredakteur mit keiner Silbe. Ein Mord ist ein Mord, sagte Yocke sich. Wer nicht das große Glück hat, von einer Schönheit aus einer stinkreichen oder politisch prominenten Familie auf spektakuläre Weise abgeschlachtet zu werden, kommt mit seinem Ableben nicht auf die Titelseite der *Washington Post.*

Als Joseph Yangella sich räusperte, um seine Entscheidungen bekanntzugeben, wurde die Tür geöffnet, und eine Frau aus der Inlandsredaktion streckte den Kopf herein.

»Pressekonferenz im Justizministerium in einer Dreiviertelstunde. Gerüchten nach wird Cohen bekanntgeben, daß Aldana in Washington vor Gericht gestellt werden soll.«

Yangella nickte dankend. Der Wuschelkopf zog sich zurück, die Tür wurde lautlos geschlossen.

»Okay«, sagte der stellvertretende Chefredakteur. »Aufmacher ist die Überstellung Aldanas nach Washington.« Er hakte die Stories ab, die er bekanntgab. »Meinungsumfrage in Miami, Anschlag auf Flugzeug und Gewalt in Kolumbien, Flutkatastrophe in Bangladesch, Kind im Brunnen, Analphabeten mit High-School-Abschluß. Fotos von der Absturzstelle und den Rettungsarbeiten. Gut, dann los!«

Alle standen auf und hasteten hinaus.

Nach dem Abendessen kaufte sich Henry Charon die *Washington Post* und die *Washington Times* und nahm sie mit auf sein Zimmer. Kurz nach 22 Uhr hatte er sie ausgelesen. Danach stand der Killer einen Augenblick am Fenster und blickte auf die Lichter der Großstadt hinaus. Er reckte sich, ging aufs Klo und zog einen Pullover und eine warme Jacke an. In der Zeitung stand, die Temperatur könne nachts bis auf 5°C sinken. Charon überzeugte sich davon, daß das Schloß seiner Zimmertür richtig einschnappte, als er den Raum verließ.

Kapitel drei

Jack Yocke und Tish Samuels konnten die Stimmen bereits vor der Wohnungstür hören. Als sie klingelten, wurde die Tür sofort von einem dunkelhaarigen schlaksigen Mädchen von etwa zwölf Jahren geöffnet. Es lächelte mit Zahnspangen und trat beiseite, um sie einzulassen.

»Hallo«, sagte Jack.

»Hallo, ich bin Amy. Meine Eltern sind irgendwo dort drinnen. Drinks gibt's in der Küche.« Sie sprach so schnell, daß sie sich beinahe verhaspelte.

»Jack Yocke.« Er streckte ihr ernsthaft die Hand hin. »Und Tish Samuels.«

Amy senkte den Kopf und errötete leicht, während sie ihnen die Hand schüttelte. »Freut mich, Sie kennenzulernen«, murmelte sie.

Ihre Gastgeberin fanden sie in der Küche, wo sie sich mit mehreren anderen Frauen unterhielt. Als sie sich nach ihnen umdrehte, sagte Yocke: »Mrs. Grafton, ich bin Jack Yocke, einer Ihrer Studenten. Das hier ist Tish Samuels.«

»Ich erinnere mich gut an Sie, Mr. Yocke. Sie haben diese Schwierigkeiten mit der Aussprache gehabt.« Sie gab Tish die Hand. »Schön, daß Sie mitgekommen sind. Darf ich Ihnen einen Drink mixen? Sandwiches gibt's im Eßzimmer.«

»Ihre Wohnung gefällt mir sehr, Mrs. Grafton«, sagte Tish Samuels.

»Nennen Sie mich doch einfach Callie.«

Nachdem Jack seiner Pflicht genügt hatte, ließ er Tish bei den Damen zurück und schlenderte ins Eßzimmer hinüber. Er begutachtete die Gäste mit geübtem Blick. Seine Mitstudenten kannte er; ihre Partner oder Partnerinnen waren leicht zu identifizieren. Aber er sah auch andere Gäste, die er nicht sofort einordnen konnte. Er war dabei, Leute zu begrüßen und an seinen Namen zu erinnern, als er den Mann, den er kennenlernen wollte, mit einer Bierflasche in der Hand an der Wand lehnen und einem untersetzten Bärtigen zuhören sah. Jack Yocke drängte sich lächelnd und nickend weiter durch die Menge.

Der Bärtige hatte das Gespräch an sich gerissen. Yocke hörte nur einige Bruchstücke: »...entscheidend, daß wahrer Kommunismus niemals ausprobiert worden ist... Kritiker übersehen meistens... als Ideal noch immer gültig...«

Der gefangene Zuhörer nickte gelegentlich ohne wirkliches Interesse. Seine randlose Brille saß auf einer großen Nase in seinem quadratischen Gesicht. Das schütter werdende kurze Haar war glatt zurückgekämmt. An seiner linken Schläfe war eine offenbar schon ältere gezackte Narbe zu sehen. Als er den Reporter entdeckte, der höflich grinsend wartete, sah Yocke in kühle graue Augen, die ihn sekundenlang interessiert betrachteten.

Yocke drängte sich heran und streckte die Hand aus: »Jack Yocke.«

»Jake Grafton.«

Grafton, der Anfang Vierzig zu sein schien, war 1,80 Meter groß und hatte erst einen winzigen Bauchansatz. Nach Aussage einiger Leute, mit denen Yocke gesprochen hatte, war dieser Mann für höchste Führungspositionen in der U.S. Navy prädestiniert. Natürlich nur, wenn er nicht vorher strauchelte. Und Jack Yocke, der zukünftige Starjournalist, brauchte Zugang zu solchen Männern auf dem Weg nach ganz oben.

»Unser Gastgeber«, bestätigte Yocke und wandte sich dann dem Bärtigen zu.

»Wilson Conroy.«

»Ah, richtig, Professor Conroy von der Georgetown University. Sie sind gewissermaßen eine Berühmtheit.«

Diese Feststellung schien den Professor nicht sonderlich zu freuen. Er grunzte irgend etwas und nahm einen Schluck von seinem Drink.

»Politische Wissenschaften, stimmt's?« Yocke wußte, daß er recht hatte. Conroy war eingetragenes Mitglied der Kommunistischen Partei Amerikas und Lehrstuhlinhaber an der Georgetown University. Vor einigen Jahren hatte die *Washington Post* einen Reporter in einige seiner Vorlesungen geschickt, in denen der Professor sich in einseitigen Debatten mit seinen Studenten, von denen ihm nur wenige rhetorisch gewachsen waren, als leidenschaftlich überzeugter Stalinist erwiesen hatte.

Die Reportage in der Sonntagsausgabe der *Post* war der Auslöser für weitere Kampagnen mit dem Ziel gewesen, den Professor aus dem Amt zu entfernen. In Kolumnen, Leitartikeln und einer Flut von Leserbriefen war das Prinzip der akademischen Freiheit teils angegriffen, teils erbittert verteidigt worden. Das alles hatte die Verkaufsauflage der *Post* gesteigert, aber ansonsten nicht das geringste bewirkt. Auch ein halbes Dutzend Abgeordnete hatte sich eingemischt, um sich vor ihren Wählern zu produzieren.

Conroy hatte es genossen, den Schurken zu spielen, bis im Herbst 1989 die kommunistischen Staaten Osteuropas wie Kartenhäuser zusammengebrochen waren. Seither hatte er jegliche Publicity gemieden und sich strikt geweigert, Interviews zu geben.

»Politische Wissenschaften, richtig.« Conroys Blick glitt nervös über die Gäste hinweg, die wie auf allen Cocktailparties laut durcheinanderredeten.

»Sagen Sie, Professor, was halten Sie vom Niedergang des Kommunismus in Osteuropa?«

Conroy drehte sich ganz nach dem Reporter um. Jake Grafton berührte leicht Yockes Arm, verließ dann seinen Platz an der Wand und bewegte sich auf die Sandwiches zu.

»Die dort Herrschenden haben den Kommunismus verraten. Sie lassen ihre Freunde im Stich, die an sie geglaubt und sie unterstützt haben.«

»Sie finden also, der Kommunismus habe nicht versagt?«

Die Lippen des Professors zitterten. »Das ist eine große Tragödie für die Menschheit. Die Kommunisten sind geldgierig geworden und haben ihre Seelen für Dollars verkauft; sie haben ihren Traum an amerikanische Kredithaie und Betrüger verkauft, die das arbeitende Volk versklaven...« Conroy ereiferte sich und sprach dabei lauter und lauter.

Als er eine Atempause einlegen mußte, fragte Yocke: »Aber was ist, wenn die anderen recht und Sie unrecht haben?«

»Ich habe *nicht* unrecht! Wir haben *niemals* unrecht!« Conroys Stimme klang hoch und zittrig. *»Ich habe nicht unrecht!«* Er wich mit steifen Armen einen Schritt von Yocke zurück. Sein leeres Glas fiel auf den Teppichboden. »Wir haben eine Chance gehabt, die Menschheit zum *Besseren* zu verwandeln. Wir haben eine Chance gehabt, eine wahre Gemeinschaft aufzubauen, in der alle Menschen Brüder gewesen wären – eine Welt der Werktätigen ohne Ausbeutung durch die Starken, die Geldgierigen, die Faulen, die...«

Nun waren die Augen aller auf ihn gerichtet. Die übrigen Gespräche waren verstummt. Conroy störte das nicht. Er war groß in Fahrt: »...aber haben die Ausbeuter triumphiert! Dies ist die beschämendste Stunde der Menschheit!« Seine Stimme klang heiser vor Erregung. »Die Kommunisten haben uns den Reichen und Mächtigen ausgeliefert. Sie haben uns in die *Leibeigenschaft*, in die *Sklaverei* verkauft!«

Dann stand plötzlich Callie Grafton neben ihm, legte ihm eine Hand auf die Schulter und flüsterte ihm etwas ins Ohr. Wilson Conroy schloß die Augen und ließ die Schultern hängen. Sie führte ihn behutsam nach nebenan, wo er vor neugierigen Blicken sicher war.

Die Gespräche kamen langsam wieder in Gang.

Jack Yocke, der allein zurückblieb, kam sich isoliert vor. Tish Samuels war nirgends zu sehen. Auf einmal hatte er gräßlichen Durst. Er machte sich auf den Weg in die Küche.

Dort war er dabei, sich einen Bourbon mit Wasser zu mixen, als Jake Grafton hereinkam.

»Wie heißen Sie gleich wieder?«

»Jack Yocke, Captain. Ich muß mich bei Ihrer Frau und Ihnen entschuldigen, fürchte ich. Aber ich hab' nicht geahnt, daß Conroy so loslegen würde.«

»Hmmm.« Jake holte sich ein Bier aus dem Kühlschrank, hebelte den Kronenkorken ab und nahm einen Schluck. »Was machen Sie beruflich?«

»Ich bin Reporter. *Washington Post.*«

Grafton nickte und trank noch einen Schluck Bier.

»Ihre Frau ist eine ausgezeichnete Dozentin. Der Kurs bei ihr hat mir viel Spaß gemacht.«

»Sie unterrichtet gern.«

»Das merkt man ihr auch an.«

»Haben Sie heute nachmittag etwas über diesen kolumbianischen Drogenboß, diesen Aldana gehört? Wo soll er vor Gericht gestellt werden?«

»Hier in Washington. Das hat das Justizministerium vor ein paar Stunden bekanntgegeben.«

Jake Grafton seufzte.

»Glauben Sie, daß es Schwierigkeiten geben wird?«

»Das würde mich nicht überraschen«, sagte Yockes Gastgeber. »Anscheinend bringt jedes Zeitalter mindestens einen Caligula hervor – einen absolut korrupten absoluten Despoten. Unsere sind kriminelle Psychopathen, und es scheint weit mehr als einen zu geben. Wie man hört, soll Chano Aldana vier Milliarden Dollar schwer sein. Erstaunlich, nicht wahr?«

»Ist unsere Regierung denn bereit, die gegenwärtigen Probleme der kolumbianischen Regierung mitzutragen?«

Jake Grafton schnaubte. »Meine Kristallkugel ist im Augenblick ein bißchen beschlagen. Wozu haben Sie einen Spanischkurs belegt, Jack?«

»Ich dachte, der würde mir beruflich nützen.« Das stimmte sogar. Jack Yocke hatte diesen Kurs in der Hoffnung belegt, einen Job in der Auslandsredaktion ergattern zu können, für die nur Reporter mit Sprachenkenntnissen in Frage kommen. Andererseits wollte er keine Gelegenheit verpassen, einen Mann kennenzulernen, der ihm später vielleicht nützen konnte, und war daher zur Semesterschlußparty gekommen, um Jake Grafton kennenzulernen. »Vielleicht kann ich Aldana in der Zelle interviewen.«

Graftons Kommentar bestand aus einem Schulterzucken.

»Sie sind in der Marine, nicht wahr?«

»Ja.«

»Im Stab der Vereinten Stabschefs?«

Die grauen Augen hinter der randlosen Brille musterten ihn prüfend. »Mmh-hmm.«

Yocke versuchte es mit einem Schuß ins Dunkel. »Was passiert Ihrer Meinung nach, wenn Aldana hier in Washington vor Gericht gestellt wird?«

Jake Grafton lächelte belustigt. »Viel Spaß noch, Jack«, sagte er im Hinausgehen.

Na schön, dachte Yocke, die Erschaffung der Welt hat auch sechs Tage gedauert.

Als es klingelte, trat er an die Küchentür, um die Neuankömmlinge begutachten zu können. Amy, die Tochter der Graftons, lief an ihm vorbei und öffnete die Wohnungstür.

»Hallo, mein Schatz!« Der Eintretende war ungefähr dreißig Jahre alt und knapp 1,80 groß; er hatte kurzgeschnittenes braunes Haar und ebenmäßige weiße Zähne. Er gab Amy eine in Weihnachtspapier verpackte Schachtel. »Für dich – von zwei Bewunderern. Fröhliche Weihnachten und so weiter!«

Das Mädchen nahm die Schachtel und schüttelte sie begeistert.

»Das läßt du lieber bleiben«, riet der Neuankömmling ihr ernsthaft. »Sollte das Ding zerbrechen, hört unsere Welt zu existieren auf. Raum und Zeit geraten aus dem Lot, und alles wird verdreht und gräßlich deformiert und eingesaugt – Felsen und Erde und Katzen und Kinder und alles.« Er machte ein schlürfendes Geräusch. »Der Mond vermutlich auch. Vielleicht sogar ein paar Planeten.«

Amy lächelte strahlend, schüttelte ihr Geschenk nochmals heftig und umarmte den Mann. »Oh, Toad! Ich danke dir.«

»Es ist von mir *und* Rita«, sagte er und fuhr ihr mit einer Hand durchs Haar.

»Ich lasse auch ihr danken.«

»Wird ausgerichtet.«

Als Amy davontrabte, stellte Jack Yocke sich vor.

»Ich heiße Toad Tarkington«, teilte der Neuankömmling ihm mit.

Noch ein Navy-Mann, dachte Jack Yocke unwillkürlich irritiert, mit einem dieser kindischen Spitznamen. Welchen Grafton wohl hat? »Toad, ja? Ich möchte wetten, daß Ihre Mutter zusammenzuckt, wenn sie hört, daß Sie 'ne Kröte sein sollen.«

»Früher hat sie so reagiert. Die subtilen Nuancen hat sie

nie mitgekriegt.« Tarkington machte eine hilflose Handbewegung und grinste dabei.

Jack Yocke wurde urplötzlich klar, daß er den redegewandten Mr. Tarkington nicht leiden konnte. »Die meisten Zivilisten verstehen wenig von den Feinheiten männlicher Bindungsrituale, nicht wahr? Aber ich finde sie putzig.«

Tarkingtons Grinsen verschwand schlagartig. Er betrachtete Yocke sekundenlang mit hochgezogenen Augenbrauen, bevor er sagte: »Sie sehen aus wie einer, der Verstopfung hat.«

Bevor Jack Yocke sich eine Antwort einfallen lassen konnte, sah er Tarkington schon von hinten.

Eine halbe Stunde später fand er Tish in einer Gruppe auf dem Balkon. Um diese Zeit war der Blick auf die Stadt, deren Lichter in der kühlen Nachtluft funkelten, am schönsten. Dieses Jahr genoß Washington einen ungewöhnlich langen Herbst, und obwohl es schon mehrere Kälteeinbrüche gegeben hatte, lag die Temperatur an diesem Abend bei etwa 12°C. Ganz weit links konnte man den Potomac River sehen, und gerade vor ihnen erhob sich das Washington Monument über der Skyline von Reston.

»Leute, das ist Jack Yocke«, stellte Tish ihn den auf dem Balkon versammelten fünf Gästen vor.

Die anderen nickten höflich, und einer von Yockes Kommilitonen setzte einen Monolog fort, den Yockes Auftauchen offenbar unterbrochen hatte. Er war über Fünfzig und nannte sich Brother Harold. »Okay, ich hab' mir also überlegt: Wozu all das Fasten, das Singen und Beten, die spezielle Kleidung und Mantras, die man sich merken muß? Ließe die Meditation sich aufs Wesentliche reduzieren, sozusagen auf eine unterschwellige Programmierung, dann könnte man ihren wahren Kern – die Transzendenz – einem größeren Publikum zugängig machen.«

»Können wir bald gehen?« flüsterte Yocke seiner Begleiterin zu.

»Gleich«, antwortete sie ebenso leise, um nichts von Brother Harolds Ausführungen zu verpassen.

Yocke bemühte sich, interessiert zu wirken. Aber er hatte diese Geschichte diesen Herbst schon dreimal gehört. Ganz im Gegensatz zu Jake Grafton oder Professor Conroy hätte Brother Harold sich liebend gern von ihm für die *Washington Post* interviewen lassen.

»...habe ich begonnen, Musik einzuführen. Natürlich nicht irgendwelche Musik, sondern sorgfältig ausgewählte Seelenmusik.« Er verbreitete sich über gregorianische Chorgesänge, Echokammern und Gehirnsphären, bevor er abschließend behauptete: »Das Ziel war Ekstase durch Schwingungen. Und das funktioniert! Ich bin *sehr* zufrieden. Nun haben meine Anhänger endlich Ruhe und Quieszenz gefunden. Die Methode ist erstaunlich transformativ.«

Yocke hatte endgültig genug. Er trat durch die Schiebetür ins Wohnzimmer zurück, um dort auf Tish zu warten. Toad Tarkington stand mit einem Bier in der Hand vor der Stereoanlage. Er würdigte Yocke keines Blickes. Der Reporter ignorierte ihn ebenfalls.

Augenblicke später gesellte Tish sich zu ihm. »Was bedeutet Quieszenz?« fragte sie, während sie die Schiebetür hinter sich schloß.

»Weiß der Teufel! Wetten, daß Brother Harold es auch nicht weiß? Komm, wir verabschieden uns von Mrs. Grafton und hauen ab!«

»Er ist so aufrichtig und ernsthaft.«

»Das sind alle Spinner«, murmelte Yocke, der angewidert an sein Gespräch mit Conroy dachte.

Callie Grafton stand an der Wohnungstür und verabschiedete ein anderes Paar, während ihre Tochter Amy neben ihr von einem Bein aufs andere trat. Callie, die für eine Frau ziemlich groß war, hielt sich sehr gerade. Heute abend wurde ihr zurückgekämmtes Haar von einer Spange zusammengehalten. Ihre Augen sehen müde aus, dachte Jack Yocke, als er sich für die Einladung zu der Party bedankte.

»Professor Conroy fehlt hoffentlich nichts, Mrs. Grafton? Tut mir leid, daß er gleich so in Fahrt gekommen ist.«

»Er hat sich ein bißchen hingelegt. Gegenwärtig erlebt er sehr schwierige Zeiten.«

Der Reporter nickte, Tish drückte ihr die Hand, und dann waren sie draußen im Korridor zum Aufzug unterwegs.

»Sie ist wirklich nett«, sagte Tish, sobald die Aufzugtür sich hinter ihnen geschlossen hatte. »Wir haben uns glänzend unterhalten.«

»Sie hat merkwürdige Freunde«, sagte Yocke und meinte damit Wilson Conroy.

»Seitdem der Kommunismus in Osteuropa und der Sowjetunion zusammengebrochen ist, wird Conroy von allen ausgelacht«, erklärte Tish ihm. »Er hat es ertragen, verhöhnt und gehaßt zu werden, aber...«

»Ertragen? Der kleine Stänkerer hat es *genossen*!«

»...aber das Lachen vernichtet ihn.«

»Deshalb hat Mrs. Grafton Mitleid mit ihm, was?«

»Nein«, sagte Tish Samuels geduldig. »Mitleid wäre tödlich für ihn. Sie ist Conroys Freundin, weil sonst niemand zu ihm hält.«

»Mmpf!«

Auf dem Weg zum Auto fragte sie: »Hast du Toad Tarkington kennengelernt?«

»Mmh-hmm.«

»Er und ich haben uns gut unterhalten. Seine Frau ist gerade nicht da, deshalb ist er allein gekommen. Ich finde ihn sehr nett.«

»Navy, stimmt's?«

»Schon möglich, aber ich hab' nicht danach gefragt.«

»Das Militär ist eine Washingtoner Krankheit. Jeder zweite Kerl, den man kennenlernt, ist beim Militär.«

»Und?«

Yocke sperrte die Beifahrertür auf und half Tish einsteigen.

»Ich mag die Militärs nicht«, sagte er, als er auf seinem Platz saß. Er steckte den Zündschlüssel ins Schloß und ließ den Motor an. »Ich mag ihre vereinfachende Weltsicht nicht; ich habe nichts übrig für ihre Rituale, ihre strikte Rangordnung, ihre Glorifizierung von Krieg und Leiden und Tod. Ich finde, daß sie den Staatshaushalt unnötig belasten. Der ganze Zauber irritiert mich.«

»Nun«, sagte Tish Samuels beschwichtigend, »im Grunde genommen sind die Leute beim Militär sicher nicht viel anders als wir.«

Jack Yocke spann seinen Gedankenfaden weiter. »Das Militär ist ein Fossil! Krieger sind ein Anachronismus auf einer Welt, die über fünf Milliarden Menschen zu ernähren versucht. Sie verursachen mehr Probleme, als sie lösen.«

»Schon möglich«, meinte Tish, sah aus dem Fenster und interessierte sich offenbar nicht sonderlich für seine profunden Erkenntnisse.

»Hast du Mrs. Graftons Ehemann kennengelernt?«

»Oh, wir haben kurz miteinander gesprochen. Er scheint auf seine ernste Art recht nett zu sein.«

»Darf ich dich irgendwohin zu 'nem Drink einladen?«

»Heute abend nicht, danke. Ich möchte lieber nach Hause. Vielleicht nächstes Mal.«

»Klar.« Der Reporter legte den Gang ein und fuhr an.

Nachdem er Tish Samuels vor ihrem Apartmentgebäude abgesetzt hatte, fuhr Jack Yocke in die Redaktion. Wie er vermutet hatte, arbeitete Ottmar Mergenthaler noch. Der Kolumnist saß in seinem Glaskasten in der Lokalredaktion vor seinem PC. Yocke öffnete die Tür und steckte den Kopf hinein.

»Hey, Ottmar, wie geht's?«

Mergenthaler setzte sich auf. »Nimm dir 'nen Stuhl, Jack.« Als der Reporter saß, fragte der Ältere: »Na, wie war's heute abend?«

»Okay, schätze ich.«

»Und was hältst du von ihm?« Mergenthaler hatte Yocke geraten, die Bekanntschaft des Ehemanns seiner Spanischdozentin Callie Grafton zu machen.

»Schwer zu sagen. Als ich ihm 'ne einfache Frage gestellt habe, hat er bloß gegrinst und ist weggegangen.«

»Rom ist auch nicht an einem Tag erbaut worden. Eine gute Informationsquelle ist das Ergebnis jahrelanger Bemühungen.«

Yocke riß sich ein Stückchen Nietnagel ab. »Grafton ist's scheißegal, was andere denken – über ihn oder sonst irgendwas.«

Mergenthalter faltete seine Hände hinter dem Kopf. »Vier Leute, die ich sehr respektiere, haben mich auf ihn aufmerksam gemacht. Einer von ihnen, ein erst vor kurzem pensionierter Vizeadmiral, hat sich am deutlichsten ausgedrückt. Er hat gesagt, ich zitiere: ›In Heer, Marine und Luftwaffe gibt es heute keinen begabteren Offizier als Jake Grafton.‹« Mergenthaler zog eine Augenbraue hoch. »Ein anderer hoher Beamter hat den Sachverhalt etwas anders ausgedrückt. Er hat gesagt: ›Jake Grafton ist ein Krieger.‹«

Jack Yocke schnaubte. »Solche Kerle brauchen wir wirklich, wo jetzt überall der Frieden ausbricht!«

»Bist du ein geborener Zyniker oder versuchst du, einer zu werden?«

»Die Militärs... sind eine verdammte Clique von Machos und Betonköpfen, deren Götze die phallische Kanone ist. Auch Grafton ist keine Ausnahme! Oh, er ist durchaus freundlich gewesen, aber ich hab's gespürt.«

Mergenthaler lächelte amüsiert. »Mein junger, unerfahrener Freund, wenn du die Leute mögen mußt, über die du schreibst, hast du den falschen Beruf gewählt.«

Jack Yocke grinste. »Und was schreibst *du* heute abend?«

»Wieder mal 'ne Drogenstory.« Er ging mit dem Mauszeiger an den Anfang seiner Kolumne zurück. Yocke stellte sich hinter ihn und las mit.

Die Kolumne war ein Nachruf auf drei junge Schwarze, die gestern auf den Straßen Washingtons umgekommen waren. Alle drei waren offenbar Crackdealer gewesen. Alle drei waren erschossen worden. Alle drei waren vermutlich von anderen jungen Schwarzen ermordet worden, die ebenfalls Crackdealer waren. Drei Morde lagen etwas, aber nicht wesentlich über dem Tagesdurchschnitt der US-Hauptstadt.

Mergenthaler mußte den größten Teil des Tages damit verbracht haben, die Verwandten der Mordopfer aufzusuchen; seine Kolumne enthielt Orts- und Personenbeschreibungen, die er nicht telefonisch eingeholt haben konnte.

Jack Yocke ließ sich auf seinen Stuhl zurücksinken. »Ottmar, du engagierst dich wirklich zu sehr.«

Der Ältere fand einen Ausdruck, der ihm nicht gefiel, und ersetzte ihn. Als er damit fertig war, murmelte er: »Zu sentimental?«

»Schwarze Crackheads interessieren keinen Menschen. Niemand schert sich darum, ob sie eingesperrt werden oder verhungern oder sich gegenseitig abschlachten. Das weißt du so gut wie ich, Ottmar.«

»Genau deshalb muß ich weitermachen. Ich muß die Leute dazu bringen, sich darum zu kümmern.«

Yocke verließ den Glaskasten des Kolumnisten und setzte sich an seinen Schreibtisch, um die Montgomery County Police anzurufen. Vielleicht war sie bei den Ermittlungen wegen des Autobahnmordes schon weitergekommen.

Jack Yocke hatte selbst über zwei Morde zu berichten – ob jemand sich für die Opfer interessierte oder nicht.

Nachdem alle Gäste gegangen waren, wusch Toad Tarkington in der Küche der Graftons ab, als Amy hereinkam und sich verlegen so hinstellte, daß er sie sehen konnte. Zu Toads Überraschung hatte sie sich irgendwann im Lauf des Abends mit Lippenstift und Wimperntusche verschönt. Er unterdrückte bewußt sein Grinsen. Dieses Jahr war Amy sichtlich in die Höhe geschossen und hatte weibliche Formen bekommen. Sie war nur noch einen halben Kopf kleiner als Callie.

»Gehörst du nicht schon ins Bett, Amy?«

»Oh, Toad, sei nicht so väterlich! Ich bin jetzt ein Teenager, weißt du.«

»Dann kannst du mir ja beim Abtrocknen helfen.«

Amy nahm sich ein Geschirrtuch. »Nette Party, was?« fragte sie, als sie die Bowle-Schüssel wegstellte.

»Yeah.«

»Kommt Rita zu Weihnachten?«

»Hoffentlich!« Als Marine-Testpilotin war seine Frau Rita im Augenblick in Nevada, um den neuen Tarnkappen-Jagdbomber A-12 der U.S. Navy zu erproben. Toad und Rita Tarkington waren beide Oberleutnants zur See. »Hängt natürlich vom Dienstplan ab«, fügte Toad resigniert hinzu.

»Liebst du Rita?« fragte Amy leise.

Bei Toad Tarkington schrillten sämtliche Alarmsignale.

Er hob den Kopf und sah zu dem Mädchen hinüber, das halb auf dem Küchentisch saß, mit einem Fuß wippte und seinen Blick unerschrocken erwiderte.

Er räusperte sich. »Wie kommst du darauf?«

»Na ja«, sagte sie mit gekonntem Augenaufschlag, »du bist nur fünfzehn Jahre älter als ich, und ich werde in fünf Jahren achtzehn, und...« Dann ging ihr die Luft aus.

Toad Tarkington biß sich kräftig auf die Unterlippe.

Er nahm seine Hände aus dem Wasser und trocknete sie sorgfältig ab. »Hör zu, Kleines. Du mußt erst mal erwachsen werden. Irgendwann begegnet dir Mr. Right. Vielleicht schon in fünf, sechs Jahren oder im College. Du mußt den Dingen ihren natürlichen Lauf lassen. Aber eines Tages lernst du ihn kennen. Er existiert schon und hofft darauf, eines Tages dir zu begegnen. Und wenn du ihn endlich findest, ist er bestimmt keine fünfzehn Jahre älter als du.«

Amy starrte ihm prüfend ins Gesicht.

Dann wurde sie langsam rot, während ihr Tränen in die Augen stiegen. »Du machst dich über mich lustig!«

»Nein, nein, Amy. Ich weiß, was es dich gekostet hat, dieses Thema anzuschneiden.« Er streckte eine Hand aus und tätschelte ihre Wange. »Aber ich liebe Rita sehr.«

Amy biß sich auf die Backe, wodurch ihre Lippen sich verzogen.

»Glaub mir, der richtige Mann für dich wartet schon irgendwo. Wenn du ihn triffst, wirst du ihn sofort erkennen. Und er wird wissen, daß er der Frau seines Lebens begegnet ist. Er wird in dein Herz blicken, darin einen warmen, wundervollen Menschen erkennen und sich schrecklich in dich verlieben. Wart's nur ab!«

»Warten? Das Leben kommt mir so... *endlos* vor!« Ihre Verzweiflung war fast mit Händen greifbar.

»Yeah«, sagte Toad. »Und Teenager leben in der Gegenwart. Erwachsen bist du an dem Tag, an dem du spürst, daß die Zukunft so real wie die Gegenwart ist. Kapiert?«

Er hörte ein Geräusch. Jake Grafton lehnte am Rahmen der Küchentür. Als er seine Hände ausstreckte, griff Amy nach ihnen.

Jake küßte sie auf die Stirn. »Für dich wird's allmählich Zeit, in die Falle zu gehen. Sag Toad gute Nacht.«

Sie blieb an der Tür stehen. Als sie sich umsah, glänzten ihre Augen noch immer feucht. »Gute Nacht, Toad.«

»Gute Nacht, Amy Carol.«

Die beiden Männer schwiegen, bis sie das Schloß von Amys Zimmertür einschnappen hörten.

»Sie wird wirklich schnell größer«, meinte Toad.

»Viel zu schnell«, sagte Jake Grafton. Er holte ein Bier aus dem Kühlschrank, das er Toad zuwarf, und nahm sich selbst auch eines.

Zehn Minuten später gesellte Callie sich im Wohnzimmer zu ihnen. Die beiden waren in eine Diskussion über die weitere Entwicklung in den Nachfolgestaaten der früheren Sowjetunion vertieft. »Womit ist zu rechnen, wenn die Verhältnisse sich geklärt haben?« fragte Callie. »Ist die Welt danach sicherer oder unsicherer als früher?«

Toad äußerte eine sorgfältig formulierte Meinung, während ihr Mann offen zugab: »Tut mir leid, das weiß ich nicht.«

Seine Antwort kam nicht unerwartet. Im Lauf der Jahre hatte sie Jake als Mann kennengelernt, der bereitwillig zugab, was er nicht wußte. Nach jahrelangem Umgang mit Dozenten und Professoren schien Jake frischen Wind in ihr Leben gebracht zu haben. Er wußte genau, wer und was er war, und versuchte nie, etwas anderes zu sein.

Während sie ihm heute abend zuhörte, mußte sie unwillkürlich lächeln.

»Ich will nicht das Thema wechseln, Captain«, sagte Toad Tarkington, »aber stimmt es, daß Sie jetzt Abteilungsleiter im Vereinten Stab sind?«

»Ja, das stimmt leider«, gab Jake zu. »Ich darf entscheiden, wer die Post öffnen und den Kaffee kochen muß.«

Toad nickte. Nach fast zwei Jahren in Washington wußte er nur zu gut, das diese Behauptung beinahe wahr war. »Nun, wie Sie wissen, ist Rita draußen in Nevada und fliegt das erste Serienmuster der A-12 ein. Damit dürfte sie mindestens ein Jahr beschäftigt sein, und die Navy hat ihr einen Bombenschützen zugeteilt, der wie sie die Testpilotenschule absolviert hat. Deshalb bin ich im Entwicklungsbüro für die A-12 sozusagen das Mädchen für alles geworden.«

Jake nickte, Callie ebenfalls.

»Deshalb hab' ich mir überlegt«, fuhr Toad fort, »ob ich mich vielleicht in Ihren Laden versetzen lassen könnte? Kaffee kochen und Botengänge machen könnte ich auch drüben bei Ihnen. Und dafür sogar ein Kreuz ins Kästchen für Dienstleistung im Vereinten Stab kriegen.«

»Hmmm.«

»Was halten Sie davon, Sir?«

»Dafür sind Sie zu jung.«

»Oh, Jake«, murmelte Callie. Toad lächelte ihr zu.

»Wirklich, Callie, er ist zu jung. Ich glaube nicht, daß es im Vereinten Stab Planstellen für Oberleutnants gibt. Wir sind ein *sehr* hoher Stab.«

»Dann wird's Zeit, daß ein paar jüngere Leute dazukommen«, erklärte Callie ihrem Mann. »Deiner Schilderung nach seid ihr das reinste Seniorenheim.«

»Ich bin *kein* Senior«, stellte Jake Grafton gekränkt richtig.

»Ich weiß, Liebster. Das wollte ich keineswegs andeuten.« Sie blinzelte Toad zu, der verständnisvoll grinste.

Dann stand der Oberleutnant von der Couch auf, verabschiedete sich, versprach, Rita einen schönen Gruß von den Graftons zu bestellen, und ging.

»Hör zu, Jake«, sagte Callie, »du solltest wirklich versuchen, ihn im Vereinten Stab unterzubringen.«

»Für seine Laufbahn wär's besser, wenn er seinen Dienst in Washington abkürzen und zu 'ner F-14-Staffel auf See zurückgehen würde.«

»Das weiß Toad natürlich auch. Aber er hält sehr viel von dir und möchte in deiner Nähe arbeiten. Das ist ein ziemliches Kompliment.«

»Ja, ich weiß.« Jake Grafton grinste unwillkürlich. »Der alte ›Horny Toad‹. Er ist ein guter Junge.«

Henry Charon stand im Nordosten Washingtons an den Rolladen eines aufgegebenen Lebensmittelgeschäfts gelehnt und beobachtete, wie schwarze Teenager ihre Ware mitten auf der Straße Autofahrern anboten. Manche Fahrer hielten, um etwas zu kaufen, andere winkten ab und fuhren weiter. In den Autos saßen Schwarze und Weiße, Männer und Frauen, hauptsächlich zwischen 20 und 40 Jahren. An den Straßenecken standen kleine Gruppen von jungen Schwarzen, checkten den Verkehr, beobachteten die wenigen Fußgänger und behielten Charon mißtrauisch im Auge.

Ein eisiger Wind trieb Abfälle die Straße entlang und drang sogar durch Henry Charons warme Sachen. Dabei war er wärmer angezogen als die meisten Crackdealer, die sich ständig bewegten, um einigermaßen warm zu bleiben. Von irgendwoher drang Hardrock aus einem Ghettoblaster.

Er stand noch keine fünf Minuten da, als ein großer, hagerer schwarzer Jugendlicher sich aus der Gruppe an der Straßenecke gegenüber löste und sich durch den Verkehr auf Charon zuschlängelte.

»Hey, Mann.«

»Hey«, sagte Henry Charon.

»Hey, Mann, willst'e den Gehsteig hier kaufen?«

»Ich seh' bloß zu.«

»Was ist, willst du Stoff?«

Charon schüttelte den Kopf. Die vier Teenager an der Ecke beobachteten ihn gespannt. Einer von ihnen setzte sich neben eine Mülltonne und griff dahinter, ohne Charon und seinen Befrager aus den Augen zu lassen. Charon hätte tausend zu eins gewettet, daß er hinter dieser Mülltonne eine geladene Schußwaffe griffbereit hatte.

»Ein Scheiß-*Tourist*!« sagte der magere Jugendliche angewidert. »Hau ab, Mann! Verschwinde, bevor du hier unter die Räder kommst!«

»Okay, ich geh' schon. Aber woher hast du gewußt, daß ich kein Cop bin?«

»Du bist kein Cop, Mann. Du siehst nicht aus wie einer. Du bist 'n schäbiger kleiner Tourist aus Nirgendwo. Und du störst hier bloß. Ich geb' dir zehn Sekunden Zeit, zu verschwinden, sonst mußt du deine Eier in der Hand tragen, kapiert?«

»Kapiert.« Henry Charon wandte sich ab und ging davon.

Zwei Straßenblocks weiter war die Kreuzung mit Balken und Stahlplatten abgedeckt. Darunter wurde ein neuer U-Bahntunnel gebaut.

Mit Hilfe seiner Taschenlampe suchte Charon den Eingang. Er fand ihn mit einer Sperrholzplatte vernagelt. Wenige Sekunden später war er offen.

Die Baustelle erinnerte an eine feuchte, dunkle, an einigen Stellen tropfnasse Höhle. Henry Charon tastete sich weiter und inspizierte die Tunneldecke, wenn er nicht gerade einen Platz für seine Füße suchte. Der Tunnel erstreckte sich vor und hinter ihm, so weit das Auge reichte.

Auf seinem Weg nach Süden mußte er über Baumaterial hinwegsteigen und sich manchmal bücken, um tiefhängenden Stromleitungen auszuweichen. Er begutachtete Wände und Decke des Tunnels und hielt Ausschau nach Lüftungsschächten, die es geben mußte. Er fand insgesamt drei.

Hier unten war es wärmer als auf der Straße. Und beinahe windstill, obwohl ein Streichholz zeigte, daß die Luft kaum spürbar nach Norden strömte. Eigentlich ganz angenehm. Charon knöpfte seine Jacke auf und ging weiter.

An einigen Stellen hatten die Arbeiter Schalungen für den Tunnelboden gebaut. Die vorgefertigten Stahlbetonelemente für Wände und Decke des Tunnels befanden sich bereits an Ort und Stelle. Wahrscheinlich waren sie im Zuge der Ausschachtungsarbeiten eingebracht worden.

Nach schätzungsweise 400 Metern erreichte Charon eine riesige Höhle. Der Lichtstrahl seiner Taschenlampe wirkte kümmerlich, als er die Säulen und die Bauschuttberge inspizierte. Hier entstand zweifellos ein U-Bahnhof. Eine Ebene tiefer führte ein weiterer Tunnel heran. Charon kletterte eine Leiter hinunter und ging in der neuen Richtung weiter.

In vier Wochen war dies seine dritte Erkundungsreise nach Washington – und zugleich Charons zweiter Aufenthalt in diesen Tunnels. Falls die Bauarbeiten Fortschritte machten, waren sie für ihn als Laien nicht erkennbar.

Tassone hatte ihn vor einem Monat auf seiner Ranch in New Mexico aufgesucht und eine Liste mit sechs Namen mitgebracht. Sechs Männer in Washington, die ermordet werden sollten. War das möglich? Würde Charon den Auftrag übernehmen? Henry Charon hatte sich die Liste angesehen.

»Der Präsident?«

»Yeah.«

»Ich soll den Präsidenten der Vereinigten Staaten ermorden?«

»Nein. Ich frage Sie, ob das möglich wäre. Sagen Sie ja, frage ich, ob Sie daran interessiert wären. Sagen Sie wieder ja, frage ich, wieviel das kostet. Erst wenn diese Fragen zur Zufriedenheit aller Beteiligten beantwortet sind, entscheiden wir, ob und wann wir weitermachen wollen.«

»Alle anderen auch?«

»Möglichst viele. Selbstverständlich ist Ihr Honorar um so höher, je mehr Sie umlegen.«

Charon hatte sich die sechs Namen eingeprägt und dann zugesehen, wie Tassone sie verbrannte und die Asche in den Wind streute.

»Okay, ich denke darüber nach.«

Was hielt Charon bei seinem dritten Erkundungsunternehmen in Washington davon?

Natürlich war es möglich, den Präsidenten zu ermorden. Der Präsident bekleidete ein öffentliches Amt und mußte von Zeit zu Zeit in der Öffentlichkeit auftreten. Auch der beste Sicherheitsdienst der Welt konnte einen Politiker nicht vor einem entschlossen handelnden Attentäter schützen. Der Sicherheitsapparat konnte lediglich dafür sorgen, daß kein Amateur eine Chance hatte, und den Schwierigkeitsgrad für einen Profi steigern.

Die wahren Probleme würden danach auftreten. In dieser Beziehung hegte Charon keine Illusionen. Das Attentat würde die intensivste Menschenjagd der amerikanischen Geschichte auslösen. Er durfte nicht hoffen, irgendwo Unterstützung zu finden. Wer dem Attentäter wissentlich geholfen hatte, würde erbarmungslos vernichtet werden – finanziell, beruflich, in jeder anderen Beziehung. Und angeklagte Mitverschwörer erwartete die Todesstrafe, falls sie verurteilt wurden, was ziemlich sicher war.

Bei sorgfältiger Planung war die Flucht vom Tatort für den Attentäter nicht allzu schwierig, aber sobald die Großfahndung anlief, würde das Netz sich enger und enger zuziehen. Je länger der Mörder auf freiem Fuß blieb, desto mehr würden die Jäger sich anstrengen.

Ja, es würde eine Jagd auf einen tollwütigen Wolf sein.

Für Henry Charon lag darin eine Herausforderung. Er hatte sein Leben in der Wildnis der Berge verbracht und in den letzten Jahren auch im Dschungel der Großstädte gejagt. Nach der Ermordung des Präsidenten würde *er* der Gejagte sein. Wenn er das Unerwartete tun, wenn er einen Schritt vor den Jägern bleiben konnte, würde diese Jagd sein größtes Abenteuer werden.

Und wenn er Pech hatte, wenn die Jäger ihn einholten, war es eben aus mit ihm. Nichts und niemand lebt ewig. Für den Berglöwen, den Elchbullen und Henry Charon war das Leben die Herausforderung. Der Tod holte irgendwann alle ein: Schnelle und Kühne, Langsame und Bedächtige, Kluge und Narren, jeden einzelnen von ihnen.

Jetzt erreichte Henry Charon eine Stelle des Tunnels, die er bei seinem letzten Besuch entdeckt hatte. Im Vorbeigehen hatte er sekundenlang einen kühleren Luftzug gespürt. Hinter einem Baugerüst hatte er in der hier noch nicht ausgekleideten Tunnelwand einen waagerechten Riß entdeckt, durch den ein schlanker Mann sich zwängen konnte. Dahinter lag ein von Ratten und Kakerlaken bewohnter alter Keller.

Nachdem Henry Charon mit der Taschenlampe hineingeleuchtet hatte, schlängelte er sich durch den unregelmäßig gezackten Riß im Mauerwerk. Dann befand er sich in einem trockenen Raum mit alten Ziegelwänden, einem Boden aus festgestampfter Erde und einer Betonplatte als Decke. Wie er an einem Nachmittag auf einem Spaziergang festgestellt hatte, befanden sich darüber eine Kiesschicht und ein asphaltiertes Basketballfeld.

Dieser Keller war mindestens hundert Jahre alt. Das dazugehörige Haus mußte vor dreißig, vierzig Jahren im Zuge der damaligen Begeisterung für Stadterneuerung abgerissen worden sein. Die Betondecke war nicht hier gegossen worden, denn sie lag nur auf dem Mauerwerk auf. Für den Abbruchunternehmer war es offenbar billiger gewesen, den Keller abzudecken, als ihn mit angefahrenem Bauschutt aufzufüllen.

Der einzige Ausgang dieses Raums führte durch den U-Bahntunnel. Das war die schlechte Nachricht. Die gute Nachricht war, daß der U-Bahntunnel den einzigen Zugang bildete. Falls man dieses Versteck ungesehen erreichte, war man hier unten für einige Zeit ziemlich sicher.

Er überprüfte das Vorratslager, das er letzte Woche – bei seinem vorigen Besuch in Washington – an zwei Abenden angelegt hatte. Konserven, Campinggaskocher, Erste-Hilfe-Kasten, zehn Liter Wasser, drei Wolldecken und zwei Taschenlampen mit Ersatzbatterien. Alles noch da. Eine der Decken betrachtete er genauer. Anscheinend hatte eine Ratte sie als Nest benützen wollen. Er schüttelte sie aus und legte sie wieder sorgfältig zusammen.

Henry Charon knipste seine Taschenlampe aus und blieb in der Nähe des Ausstiegs im Dunkel sitzen, um zu horchen. Der Verkehrslärm auf der Straße acht bis zehn Meter über ihm war immer da. Schwach, aber deutlich wahrnehmbar. Und als Charon seinen Kopf in den Tunnel hinausstreckte, hörte er ein leises Dröhnen, das näher zu kommen schien.

Als er danach wieder im Tunnel stand, inspizierte er den gezackten Riß mit der Taschenlampe. Er wollte keine sichtbaren Spuren seines Besuchs hinterlassen. Während er nach Süden weiterging, verhallte das Dröhnen allmählich. Trotzdem wurde es natürlich nicht ganz still. Der Verkehrslärm blieb schwach hörbar.

Hätte Tassone nur den Präsidenten auf seiner Liste gehabt, wäre allein das eine gewaltige Herausforderung gewesen, überlegte Henry Charon sich unterwegs. Das Attentat verüben, die danach einsetzende Großfahndung überstehen und einige Wochen später Washington verlassen, um auf die Ranch zurückzukehren. Dort jahrelang fürchten, FBI-Agenten könnten die Straße heraufgefahren kommen, und hoffen, sie würden niemals aufkreuzen.

Aber der Präsident war nur der erste auf Tassones Liste. Die anderen fünf waren erst nach dem Präsidenten fällig. Das war ein Nachteil, aber diese Reihenfolge war nur logisch. Hätte er zuerst den Vorsitzenden des Obersten Bundesgerichts oder den Justizminister erschossen, würde der Präsident vom Secret Service so abgeschirmt werden, daß ein Attentatsversuch zwecklos gewesen wäre. Deshalb mußte er das erste Ziel sein.

Diese Reihenfolge machte Charons Fluchtproblem zwangsläufig sehr komplex. Er mußte trotz laufender Großfahndung unterwegs sein und seine Ziele finden. Und entkommen, ohne seine Identität preiszugeben. Wieder und wieder.

War das zu schaffen? Konnte er es schaffen?

Plötzlich sah er vor sich einen Lichtschein und knipste die Taschenlampe aus. Nachdem er sich einige hundert Meter weitergetastet hatte, stand er vor einer hohen Absperrung aus Baustahlmatten. Hier stieß der neue Tunnel auf einen alten. Charon blieb in der Dunkelheit stehen und wartete.

Wenig später war wieder das Dröhnen zu hören – viel lauter, anschwellend, näher kommend, ständig zunehmend.

Während die U-Bahn mit ohrenbetäubendem Lärm an

ihm vorbeidonnerte, beobachtete Charon die deutlich sichtbaren sitzenden, stehenden, lesenden und sich unterhaltenden Fahrgäste. Dann war der Zug ebenso schnell verschwunden, wie er gekommen war, und das Dröhnen verhallte rasch.

Charon zog einen Plan des U-Bahnnetzes aus der Tasche und studierte ihn im Lichtschein seiner Taschenlampe. Er stellte fest, um welche Linie es sich handelte und prägte sich ihren Verlauf ein. Die Straßen und U-Bahnlinien Washingtons mußten ihm ebenso vertraut sein wie die Grate und Schluchten der Sangre de Cristos Mountains.

Nachdem er den Plan wieder eingesteckt hatte, untersuchte er sorgfältig den Bauzaun mit der eingelassenen Tür. Sie war mit einem Vorhängeschloß gesichert, das Charon notfalls knacken konnte. Er würde für alle Fälle ein Ersatzschloß des gleichen Fabrikats kaufen.

Eine Viertelstunde später war Charon wieder in der Höhle, die eines Tages ein U-Bahnhof sein würde. Er fand den Ausstieg zur Außenwelt, trat die Sperrholzplatte los, ging hinaus und drückte sie danach von außen wieder an.

Auf der Straße war es unangenehm kalt. Henry Charon knöpfte seine Jacke zu, nahm beim Weitergehen optische und akustische Reize in sich auf, prüfte das Terrain nochmals, suchte Deckung und prägte sich alles ein.

War es zu schaffen? Konnte *er* es schaffen?

Selbst wenn er alles genau richtig machte, blieben Tassone und seine unbekannten Auftraggeber potentiell gefährlich. Für wen arbeitete Tassone? Wie viele Leute in seiner Organisation wußten von dem Killer in New Mexico, von Tassones Reisen dorthin, von den Koffern voller Geld? Waren FBI-Spitzel darunter? Oder zukünftige FBI-Spitzel? Alkoholiker oder Drogensüchtige? Vielleicht Männer, die sich einer Geliebten anvertrauten oder an der Bar prahlten?

Alle, die seine Identität als Mörder des Präsidenten der Vereinigten Staaten kannten, stellten eine große Gefahr für ihn dar, solange sie lebten. Sie würden dieses wertvolle Geheimnis stets mit sich herumtragen. Sollten sie einmal verhaftet oder bedroht werden, konnten sie das Geheimnis jederzeit eintauschen oder verkaufen.

Das Projekt reizte Henry Charon. Die Vorbereitungen, die wachsende Spannung, die Tatausführung und die dann einsetzende Jagd... Allein der Gedanke an diese Abläufe war rauschhaft belebend. Trotzdem konnten gesichtslose Unbekannte ihn jederzeit ruinieren. Selbst wenn ihm die Flucht gelang, würde er für den Rest seines Lebens mit der Möglichkeit rechnen müssen, verraten zu werden.

Aber man mußte alles berücksichtigen, und eigentlich zählte nur die Jagd.

Henry Charon ging weiter, dachte an diese Jagd und stellte sich vor, wie sie sein würde.

Kapitel vier

Am Sonntag wachte T. Jefferson Brody allein in seinem französischen Bett in seiner 1,6 Millionen Dollar teuren Zehnzimmervilla in Kenwood auf. Nachdem er lange geduscht und sich rasiert hatte, zog er eine graue Flanellhose an und dazu eine Tweedjacke, die ihn einen Tausender gekostet hatte.

Zehn Minuten später fuhr er mit dem Mercedes rückwärts aus der Dreifachgarage und betätigte die Fernbedienung, damit das Garagentor sich elektrisch schloß.

Eigentlich hätte T. Jefferson Brody mit sich und der Welt zufrieden sein können. Erst am Freitag hatte er ein dickes Anwaltshonorar auf ein Washingtoner Bankkonto eingezahlt und ein ebenso dickes auf den Weg in die Schweiz gebracht. Seine Vermögenswerte konnten sich sehen lassen: Er lagerte vier Millionen Dollar, die versteuert waren, auf amerikanischen Konten und sechs Millionen, die er nicht versteuert hatte, auf Konten in der Schweiz. Mit dem schon halb bezahlten Haus, den drei Wagen, der Kunst und den Antiquitäten ergab das ein hübsches kleines Vermögen.

Aber T. Jefferson Brody wollte mehr, viel mehr. Er wußte, daß erheblich mehr zu verdienen gewesen wäre, wenn er seiner Leistung entsprechend entlohnt würde. Seine einzigartigen Dienste brachten seinen Mandanten tonnenweise Geld ein – aber er bekam immer nur Anwaltshonorare. Niemals angemessene Gewinnanteile. Natürlich kassierten Anwälte herkömmlicherweise Honorare für ihre Dienste, aber T. Jefferson Brodys Dienste waren nicht herkömmlich.

Auf der Fahrt zum Frühstück mit dem Vertreter seines ältesten, aber bestimmt nicht reichsten Mandanten überlegte T. Jefferson, ob er eine Honorarerhöhung ankündigen solle. Nein, er würde lieber abwarten und sich erst anhören, was der Mandant wollte.

Er überließ den Mercedes einem Pagen des Hotels Hay Adams und schritt zielbewußt durch die Hotelhalle zum Aufzug. Bei seinen Aufenthalten in Washington hatte Bernie Shapiro immer seine Ecksuite mit Blick auf den Lafayette Park und das Weiße Haus.

Bernie öffnete die Tür, grunzte etwas und schloß sie hinter dem Besucher. »Wann wird's bei euch mal kalt?«

»Verrücktes Wetter«, bestätigte T. Jefferson, während er seinen Mantel auszog. »Vielleicht wird das Klima tatsächlich wärmer.«

»Blödsinn! In New York hab' ich mir in den letzten Wochen fast den Arsch abgefroren.«

Bernie Shapiro war ein Bär von einem Mann. In seiner Jugend war er beängstigend gewesen; jetzt war er nur noch fett. Er ließ sich in einen Sessel fallen und zündete sich die erloschene Zigarre wieder an. »Frühstück kommt gleich«, murmelte er durch dichte Qualmwolken hindurch.

Der Anwalt nahm ebenfalls Platz, begutachtete die luxuriöse Ausstattung der Suite und sah zum Weißen Haus hinüber, das von seinem Platz aus gut sichtbar war.

Das Radio neben dem Bett spielte laut – für eine behagliche Unterhaltung zu laut – klassische Musik. Das war eine übliche Vorsichtsmaßnahme. Die Musik ließ die Fensterscheiben vibrieren und verhinderte ein Abhören mit Parabolmikrofonen, wie sie beispielsweise das FBI verwendete.

Die beiden Männer sprachen über die diesjährigen Chancen der Giants und Redskins, während sie aufs Frühstück warteten. Pünktlich zur vollen Stunde klopfte der Zimmerkellner an die Tür. Man war hier schließlich im Hay Adams.

Nachdem der Kellner in der weißen Jacke den Servierwagen hinausgerollt und die Tür hinter sich geschlossen hatte, holte Bernie aus seinem Aktenkoffer ein Gerät, das einem Transistorradio täuschend ähnlich sah. Das Gerät diente zum Aufspüren der elektromagnetischen Felder von Mikrofonen. Er zog die Antenne heraus, machte langsam einen Rundgang durch den Raum und führte das Gerät auch über Brodys Körper. Die Suche dauerte etwa zwei Minuten. Dann nickte Bernie zu dem gedeckten Tisch hinüber, schob die Antenne zurück und schaltete das Gerät aus.

»Wir haben beschlossen, zu expandieren«, sagte Bernie, als sie beim Frühstück saßen. »Da Firmenaufkäufe zur Steigerung des Gewinnpotentials groß in Mode sind, wollen auch wir mitziehen.«

»Sehr vernünftig«, murmelte T. Jefferson, während er sich über die Eggs Bénédict hermachte.

»Wir wollen in verschiedenen Großstädten ins Geschäft mit Scheckankäufen einsteigen. Hier in Washington haben wir eine kleine Firma ausfindig gemacht, die Sie für uns kaufen sollen. Sie führen die Verhandlungen wie immer selbständig, aber in unserem Auftrag.«

»Wie heißt die Firma, die Sie kaufen wollen?«

»*A to Z Checks.* Dem Inhaber ist am Freitagabend was zugestoßen, und die Firma gehört jetzt seiner Witwe. Machen Sie ihr ein Angebot, aber warten Sie damit lieber bis Dienstag. Die Beerdigung ist morgen. Die Firma hat zehn Filialen. Wir zahlen vierhunderttausend dafür, aber wenn Sie sie für weniger kriegen, gehört die Differenz Ihnen.«

»Okay.«

»Sollte die Witwe nicht verkaufen wollen, informieren Sie mich.«

»Wie hoch ist der durchschnittliche Jahresgewinn?«

»Ungefähr hundert Riesen.«

»Dann geht das Angebot in Ordnung. Aber warum wollen Sie diese Firma kaufen, wenn ich fragen darf?«

»Das hat mit der zweiten Hälfte unseres Projekts zu tun. Mit Crack wird hier in Washington 'ne Menge Geld verdient – sechs Organisationen haben sich den Markt aufgeteilt und sorgen gemeinsam dafür, daß keine Konkurrenz hochkommt. Diesen Organisationen geht's gut, und sie verdienen anständig, auch wenn's auf der Straße manchmal Revierkämpfe gibt...«

Bernie machte eine wegwerfende Handbewegung, als lohne es sich gar nicht, darauf einzugehen.

»Ihr eigentliches Problem ist die Geldwäsche. Und das ist genau die Dienstleistung, die wir zur Verfügung stellen. Mit diesem Geld kaufen wir staatliche Schecks an – Gehalts-,

Sozialhilfe-, Renten- und Pensionsschecks –, mischen private Schecks darunter, zahlen sie auf ein Firmenkonto ein und lassen das Geld über Scheinfirmen laufen, die es an legale Firmen zahlen, die uns gehören. Von anderen echten Firmen, die absolut keine Verbindungen zu den ersten haben, bekommen unsere Freunde dann ihr Geld zurück. Auf diese Weise beziehen sie ein nettes legales Einkommen aus Firmen, die ihnen gehören, und niemand kann ihnen auch nur das geringste nachweisen. Ich glaube, daß ihnen das gefällt, wenn sie's erst mal erklärt bekommen. Dafür brauchen wir Sie allerdings nicht.«

»Wieviel wollen Sie für diesen Service verlangen?«

»Zwanzig Prozent«, sagte Bernie grinsend.

Brody hatte Mühe, seinen Gesichtsausdruck zu beherrschen.

»Im Augenblick zahlen sie zehn, maximal fünfzehn Prozent. Deshalb werden sie anfangs nicht gerade begeistert sein. Aber sie werden einsehen, daß unser Angebot auch für sie vorteilhaft ist.«

»Genügen zehn Filialen, um das zu erwartende Geschäftsvolumen zu bewältigen?«

»Vermutlich nicht«, bestätigte Bernie. »Ich rechne mit einer Verdopplung innerhalb eines Monats und Filialgründungen in anderen Großstädten. *A to Z* steht ein explosives Wachstum bevor.«

»Um richtig operieren zu können, brauchen Sie eine Bank – vielleicht sogar zwei«, erklärte Brody seinem Mandanten, als sie sich Kaffee einschenkten.

»Yeah. In Alexandria dürfte es bald eine Savings and Loan Bank zu kaufen geben. Ihr Hauptkassierer ist am Freitag auf der Autobahn verunglückt. Ein gewisser Harrington.« Bernie grinste. »Freitage scheinen hier keine Glückstage zu sein.«

Der Rechtsanwalt nickte schmunzelnd.

»Dieser Harrington ist Freeman McNallys Geldwäscher gewesen«, fuhr Bernie fort. Auch McNally, der größte Crackdealer Washingtons, gehörte zu T. Jefferson Brodys Mandanten. Davon konnte Bernie Shapiro wissen – oder auch nicht. Brody hatte bisher überlebt, indem er *niemals* mit Mandanten über andere Mandanten sprach. Und er hatte nicht die Absicht, jetzt gegen diesen bewährten Grundsatz zu verstoßen.

»Ein Insider, der von Harringtons Geschäften wußte, hat sich an uns gewandt, und wir haben eine Vereinbarung mit ihm geschlossen. Morgen oder übermorgen wird die Bankaufsicht verständigt. Drei Tage später dürfte der Laden billig zu haben sein. Sie sollen ihn für uns kaufen.«

Diesmal grinste T. Jefferson Brody. »Okay, aber dazu brauchen wir ein paar Strohmänner. Eine Bank kauft man nicht so einfach...«

»Der Insider kriegt einen Anteil und besorgt uns drei bis vier Strohmänner. Wir bringen das Geld auf, und er leitet die Bank für uns. Für die juristische Abwicklung sind natürlich Sie zuständig.«

Sie besprachen fast eine Stunde lang alle Details. Danach hielt T. Jefferson Brody den Augenblick für gekommen, eine Honorarerhöhung anzusprechen. »Dieses neue Unternehmen müßte recht gute Gewinne abwerfen, Bernie.«

»Hoffentlich!« Bernie zündete sich eine neue Zigarre an.

»Deshalb möchte ich ein höheres Honorar.«

Bernie paffte seine Zigarre und starrte den Anwalt durch bläuliche Qualmwolken hindurch an. »Wir zahlen Ihnen fünfzig im Monat, Tee.«

»Ich weiß. Und ich leiste hervorragende Arbeit, durch die Sie Unsummen verdienen. Deshalb sollte ich fairerweise mehr bekommen, Bernie.«

»Sie halten sich aus allem raus«, stellte Bernie Shapiro fest. »Sollten wir untergehen, kann Ihnen nichts passieren. Sie riskieren nichts, investieren kein Geld und sind durchs Anwaltsgeheimnis geschützt. Fünfzig im Monat sind genug.«

Brody wollte etwas sagen, aber Bernie hob eine Hand. »Wir haben nie verlangt, daß Sie ausschließlich für uns arbeiten. Hätten wir den Verdacht, uns nicht mehr hundertprozentig auf Sie verlassen zu können, würden wir uns 'nen anderen Anwalt suchen. Wir würden sogar Blumen zu Ihrer Beerdigung schicken. Aber Sie sind vertrauenswürdig, deshalb zahlen wir Ihnen regelmäßig fünfzigtausend im Monat.«

T. Jefferson Brody öffnete den Mund und machte ihn wieder zu.

Bernie Shapiro lächelte. »Überlegen Sie mal, welche Vorteile das für Sie hat, Tee. Sie brauchen sich nicht mal die Mühe zu machen, uns eine Rechnung zu schicken. Sie bekommen regelmäßig Ihren Scheck – selbst wenn Sie im vergangenen Monat Urlaub auf den Bahamas gemacht haben, stimmt's?«

Brody nickte wortlos.

»Danke, daß Sie heute morgen vorbeigekommen sind, Tee. Am Dienstag fangen Sie mit der Witwe an.« Bernie stand auf und hielt ihm seinen Mantel hin. »Wir bleiben in Verbindung.«

»Klar.«

»Und denken Sie daran, Tee: Geldgier schadet der Seele.«

Während T. Jefferson Brody vor dem Hay Adams in sein Mercedes-Coupé stieg und davonfuhr, verließ Henry Charon sein weit bescheideneres Hotel zu Fuß. Sein Ziel an diesem Morgen war das Oberste Bundesgericht unmittelbar hinter dem Kapitol. Er umrundete es langsam, las die Namensschilder der reservierten Parkplätze und sah zu den Gebäuden in der 2nd Street hinüber. Dann schlenderte er dorthin weiter.

Ein Attentat war nichts anderes als eine Jagd. Für den Jäger kam es darauf an, sich so in Position zu bringen, daß er eine sich bietende Gelegenheit nutzen konnte. Er mußte zur rechten Zeit mit der richtigen Ausrüstung am rechten Ort sein und abdrücken, sobald die Umstände es erlaubten.

Ich hätte Scharfschütze beim Militär werden sollen, überlegte Charon sich nicht zum erstenmal. Er wäre gut gewesen, und die Arbeit hätte ihm Spaß gemacht. Aber Scharfschützen brauchten Kriege, um sich bewähren zu können. Killer wurden ständig gebraucht.

Er kam wieder auf das ungelöste Problem potentieller Verräter in der Gruppe oder Organisation zurück, für die er tätig werden sollte. Er hatte keine Ahnung, wer diese Leute waren, obwohl sich das wahrscheinlich mit vertretbarem Aufwand feststellen ließ. Aber was hätte ihm das genutzt?

Vielleicht wäre es besser gewesen, schon jetzt Vorbereitungen für ein dauerhaftes Verschwinden, für die Annahme einer anderen Identität zu treffen. Aber ihm fehlte die Zeit für gründliche Vorbereitungen. Und ein schlecht vorbereitetes Untertauchen konnte schädlicher sein, als gar nichts zu tun.

Blieben ihm danach sechs Monate für gründliche Vorbereitungen? Konnte er mit diesem halben Jahr rechnen?

Während er über diese und andere Fragen nachdachte, fand Henry Charon in einer parallel zur 2nd Street verlaufenden Seitenstraße einen Abfallcontainer, der direkt unter einer Feuerleiter stand. Er trat hinter den großen Metallbehälter, zog dünne Gummihandschuhe an und überzeugte sich durch einen Blick in die Runde, daß er nicht beobachtet wurde. Von dem Behälter aus konnte Charon die unterste Sprosse erreichen und die Leiter herunterziehen. Nach einem letzten Rundblick kletterte er nach oben.

Das Gebäude war nicht einmal mit einer Alarmanlage gesichert und hatte altmodische Fensterrahmen aus Holz. Er stieß einen Riegel mit seiner Kreditkarte auf und war Sekunden später im Inneren des Gebäudes. Der Lift funktionierte. Er fuhr damit ins oberste Stockwerk hinauf. An diesem Sonntagnachmittag waren alle Büros dunkel und verlassen. Henry Charon machte sich auf die Suche nach der Treppe.

Das einfache Schloß der Tür zum Dach ließ sich mühelos mit einem seiner Dietriche öffnen. Charon trat hinaus und orientierte sich rasch. Der Blick auf den Parkplatz des Obersten Bundesgerichts wurde durch teilweise entlaubte Zweige beeinträchtigt. Aber das störte ihn nicht. Er hatte schon oft durch viel dichteres Laub und aus weit größeren Entfernungen geschossen. Das Oberste Bundesgericht war etwa 100 Meter entfernt, das Kapitol ungefähr 500 Meter. Keines der benachbarten Gebäude war höher als dieses. Ein um das Flachdach führender Sims von einem halben Meter Höhe bot Deckung. Ausgezeichnet.

Dreißig Sekunden nachdem Charon die Tür aufgesperrt hatte, war sie wieder zu und abgeschlossen. Er lief die Treppe hinunter, kletterte aus einem Fenster auf die Feuerleiter und stieg zum Abfallcontainer hinunter. Eine Minute und neun Sekunden nachdem er die Tür zum Dach hinter sich geschlossen hatte, marschierte er bereits in Richtung Constitution Avenue davon.

Jack Yocke las seine Nachfolgestory über den Autobahnmord vom Freitag am Bildschirm sorgfältig durch und prüfte jedes Wort und jedes Satzzeichen.

Im Mittelpunkt seines Artikels stand die Vermutung eines

Lieutenants der Montgomery County Police, irgendein frustrierter Raser könnte Walter P. Harrington in einem Wutanfall abgeknallt haben, weil er aus Bosheit stets mit 55 Meilen auf der Überholspur gefahren sei. Neue Beweise gab es nicht. Das tödliche Geschoß war nicht gefunden worden. Tatzeugen hatten sich nicht gemeldet. Die Witwe war untröstlich. Die Beerdigung fand am Montag statt.

Als er dabei war, den Artikel elektronisch der Lokalredaktion zu übermitteln, kam Ottmar Mergenthaler aus seinem Glaskasten und nickte ihm zu.

»Hey, Jack, bist du gerade beschäftigt?«

»Im Augenblick nicht.«

»Dieser kolumbianische Drogenkönig gibt eine Pressekonferenz. Willst du mitkommen?«

»Klar.«

»Ich hol' bloß noch mein Tondbandgerät, dann geht's los.«

Im Auto fragte Jack: »Wie kommt man eigentlich zu solchen Riesenchancen?«

Mergenthaler lachte halblaut. »Ich kenne Aldanas Rechtsanwalt. Ein gewisser Thanos Liarakos, ein ganz ausgekochter Strafverteidiger. Wir kennen uns seit vielen Jahren. Er vertritt nur Gangster und Drogenschmuggler. Das sind die einzigen Leute, die ihn sich leisten können. Er ist oft genug erfolgreich, um horrende Summen verlangen zu können und trotzdem ausgebucht zu sein. Vorhin hat er angerufen und mir erzählt, daß Chano Aldana ein Fernsehinterview aus dem Gefängnis geben will. Wenn ich Lust hätte, sollte ich auch kommen.«

»Was wird er sagen?«

»Das weiß Liarakos auch nicht. Er hat Aldana dringend von Interviews abgeraten, aber sein Mandant besteht darauf.«

»Dann kann er nicht mehr behaupten, die Medienhysterie habe potentielle Geschworene beeinflußt und ein faires Verfahren unmöglich gemacht.«

»Genau! Aber Aldana scheint kein Mann zu sein, der auf Anwälte hört – und seien sie noch so teuer.«

»Ist er wirklich vier Milliarden Dollar schwer?«

»Woher soll *ich* das wissen, verdammt noch mal? Vermutlich weiß er's selbst nicht so genau.«

Vor dem Bezirksgefängnis herrschte Gedränge. Reporter und Kameramänner belagerten den Eingang. Nachdem Yocke und Mergenthaler sich bis zum Wachhabenden vorgearbeitet hatten, erlebten sie mit, wie der Sergeant und ein Fernsehmoderator sich vor laufenden Kameras anbrüllten.

»Sie müssen uns reinlassen. Wir sind die Presse!«

»Wer Sie sind, ist mir scheißegal. Reingelassen wird nur, wer auf dieser Liste steht.« Der Sergeant tippte mit dem Zeigefinger auf eine Namensliste. »Sie stehen *nicht* drauf. Verschwinden Sie, bevor wir 'ne Zelle für Sie finden. Und stellen Sie den verdammten Scheinwerfer ab!«

»Wir sind hier in *Amerika*!«

»Können Sie Lippen lesen, Arschloch? *Raus*!«

»Mergenthaler, *Washington Post*.« Während er dem Sergeanten seinen Presseausweis zeigte, protestierte der Fernsehmoderator erneut.

»Sie stehen auf der Liste. Durch die Tür dort drüben.«

»Ich hab' einen Kollegen von der *Post* mitgebracht.«

Yocke zeigte seinen Presseausweis vor und wurde durchgewinkt, während der Sergeant den Fernsehmann anfauchte: »Nein. Nein! *Nein!* Was kapieren Sie daran nicht?«

Zwei Polizeibeamte tasteten sie nach Waffen ab; ein dritter kontrollierte Mergenthalers Tonbandgerät. Danach ging es durch einen langen Korridor mit schmutzig-grünen Wänden, eine schlecht beleuchtete Treppe hinauf und durch eine weitere Sicherheitskontrolle. Hinter einer Stahltür, die sich automatisch öffnete und schloß, begann ein Korridor mit überfüllten Zellen, deren Insassen Schimpfworte grölten.

Durch eine weitere Stahltür wurden die Reporter in einen Vernehmungsraum geführt, in dem ein Fernsehteam schon dabei war, Scheinwerfer und zwei Kameras aufzubauen. Der Fernsehkorrespondent, den Yocke nur dem Namen nach kannte, nickte Mergenthaler zu und blätterte dann in seinem Notizbuch, während eine Maskenbildnerin ihn zurechtmachte. Sie kämmte ihn und benützte Haarspray. Ein Techniker testete sein Knopfmikrofon, während der uniformierte Cop an der Tür die Szene ausdruckslos beobachtete.

Mergenthaler suchte sich einen Platz außer Reichweite der Kameras. Yocke lehnte sich neben ihm an die Wand.

Die Minuten verstrichen. Fünf, zehn.

Gelegentlich hüstelte jemand, aber sonst standen alle nur schweigend da und warteten.

Durch eine der beiden anderen Türen betrat ein gutaussehender Schwarzhaariger in einem grauen Zweireiher den Raum. Er blinzelte ins Scheinwerferlicht und begrüßte den Fernsehmann und Mergenthaler.

»Mein Mandant kommt gleich. Die Sache läuft folgendermaßen ab: Er hat ein Statement abzugeben. Dann haben die Fernsehleute fünf Minuten Zeit für Fragen. Und zum Schluß kriegt Mergenthaler fünf Minuten.«

»Ich möchte nicht, daß Mergenthaler bei unserem Interview dabei ist«, sagte der Korrespondent.

»Wann wird es gesendet?« fragte Thanos Liarakos.

»Wahrscheinlich heute abend und in der Morgenshow.«

»Da sehe ich kein Problem.« Der Anwalt runzelte die Stirn. »Zuvorkommen kann er Ihnen nicht. Und Sie können auch seine Fragen filmen, wenn Sie wollen.«

Nein, das wollten die Fernsehleute nicht. Sie wollten unter keinen Umständen riskieren, daß Mergenthaler vor laufender Kamera klügere Fragen stellte als ihr Mann.

»Showbusineß«, flüsterte Mergenthaler Yocke säuerlich zu. Mit lauter Stimme fragte er dann: »Mr. Liarakos, wissen Sie, was Aldana sagen wird?«

»Nein.«

»Hat er mit Ihnen darüber gesprochen?«

»Nein.«

»Haben Sie Ihrem Mandanten geraten, eine Pressekonferenz zu geben?«

»Kein Kommentar.«

»Erheben Sie Einspruch, falls die Staatsanwaltschaft eine richterliche Anordnung beantragt, die Ihrem Mandanten verbietet, sich öffentlich zu äußern?«

»Darüber möchte ich jetzt nicht spekulieren.«

»Kann Aldana hier in Washington ein faires Verfahren erwarten?«

»Ich bezweifle, daß er irgendwo in den Vereinigten Staaten ein faires Verfahren erwarten kann.«

»Wie lange läßt er uns noch warten?« murrte der Fernsehkorrespondent.

»Eine Frage, Mr. Liarakos«, sagte Yocke. »Jack Yocke von der *Post.*«

»Haben Sie ihn mitgebracht, Ottmar?«

»Ja.«

»Okay. Legen Sie los.«

»Sind Sie sicher, daß Ihr Mandant Ihr Anwaltshonorar aus Einkünften bezahlt, die nichts mit kriminellen Aktivitäten zu tun haben?«

Liarakos runzelte die Stirn. »Kein Kommentar«, antwortete er knapp und verschwand durch die Stahltür nach draußen.

Der Fernsehmann grinste zu Yocke hinüber. Mergenthaler gestattete sich ein schwaches Lächeln.

Die Zeit verging langsam. Der Fernsehkommentator sah wiederholt auf seine Uhr.

Nach sieben Minuten wurde die Tür geöffnet. Zwei Cops kamen herein, danach zwei Männer, die Jack Yocke für U.S. Marshals hielt. Ihnen folgten Liarakos und ein südamerikanisch aussehender, mittelgroßer Mann mit schmalem Schnurrbart. Hinter den beiden tauchten weitere Cops und Marshals auf, aber Yocke hatte nur noch Augen für den Kolumbianer.

Während er auf einem Stuhl Platz nahm, flammten die Fernsehscheinwerfer auf. Aldana war rundlich, hatte ein volles Gesicht mit leichten Hängebacken und sah wie ein Bankier in mittleren Jahren aus, der seit seiner Schulzeit nie mehr geschwitzt hatte. Er trug eine leichte Hose, ein Hemd mit kurzen Ärmeln, keine Krawatte. Jetzt blinzelte er ins Scheinwerferlicht und sah sich wachsam um, während ein Techniker das Mikrofon an seinem Hemdkragen befestigte.

Nachdem der Techniker verschwunden und einer der Marshals aus dem Bild gescheucht worden war, begann der Korrespondent: »Wie Ihr Anwalt mitgeteilt hat, haben Sie ein Statement abzugeben, Señor Aldana.«

Aldana blickte direkt in die Kamera.

»Ich bin Chano Aldana«, begann er mit unüberhörbarem spanischen Akzent. »Ich bin euer schlimmster wahrgewordener Alptraum. Ich bin die hungernden Massen, denen ihr Nahrung verweigert habt. Ich bin der Sklave, den ihr in Ketten vor den Altar der erbarmungslosen Wucherer geführt habt. Ich bin die Kranken, die ihr euch zu heilen geweigert habt. Ich bin der Bettler, den ihr vom Festmahl vertrieben habt. Mir ist der Schlüssel zum bodenlosen Höllenschlund gegeben. Und ich habe ihn aufgesperrt.«

Der Fernsehkorrespondent stand sekundenlang mit offenem Mund da.

»Señor Aldana, sind Sie schuldig, die Ihnen vorgeworfenen Straftaten verübt zu haben?«

»*Ihr* seid die Schuldigen, nicht ich.«

»Sind Sie der Boß des Medellin-Kartells?«

»Ich bin ein Geschäftsmann aus der Dritten Welt.«

Als klar wurde, daß das die ganze Antwort war, hakte der Korrespondent nach: »Sind Sie ein Kokainschmuggler?«

»Ich habe niemals Kokain geschmuggelt.«

»Ihr Statement scheint anzudeuten, daß Ihre Leute Gewalt anwenden werden, falls Sie nicht freigelassen werden. Haben Sie das gemeint?«

»Ich habe gemeint, was ich gesagt habe – nichts anderes. Männer, die meinen Ruf kennen, werden Ihnen bestätigen, daß ich Wort zu halten pflege.«

Als Mergenthaler an der Reihe war und die Fernsehscheinwerfer nicht mehr brannten, fragte er: »Was haben Sie damit gemeint, als Sie gesagt haben: ›Mir ist der Schlüssel zum bodenlosen Höllenschlund gegeben‹?«

»Ich bin der, der aus dem Himmel vertrieben wurde. Ich bin der, den ihr vom Festmahl verjagt habt. *Mir ist der Schlüssel zum Höllenschlund gegeben, und ich habe ihn aufgesperrt.«*

»Wie wär's mit wenigstens einer vernünftigen Antwort? Sind Sie in den Kokainschmuggel verwickelt oder nicht?«

»Ich habe niemals Kokain geschmuggelt.«

»Beträgt Ihr Vermögen wirklich vier Milliarden Dollar?«

»Ich bin ein reicher Mann. Wie reich, weiß ich nicht.«

»Endlich eine ehrliche Antwort!«

Aldanas Oberlippe kräuselte sich verächtlich. Er kniff die Augen zusammen, und sein Blick schien den Journalisten durchbohren zu wollen, als er jetzt aufstand. Während die

Marshals ihn abführten, fixierte er Mergenthaler, bis die Stahltür ins Schloß fiel.

»Ich finde, der Kerl spinnt«, sagte Yocke im Auto.

Mergenthaler saß mit dem Zündschlüssel in der Hand wie gelähmt am Steuer. »Nur schade, daß Geraldo Rivera diesen Auftritt nicht mitbekommen hat.«

»Die Anstarrerei hat dich doch nicht etwa erschreckt?«

Mergenthaler sah zu dem Jüngeren hinüber. »Doch, das hat sie.«

Der Kolumnist betrachtete den Zündschlüssel, als sehe er ihn zum ersten Mal. »Er ist geisteskrank und befehligt eine ganze Armee von Killern, die in Kolumbien Hunderte von Politikern, Richtern und Polizeibeamten ermordet hat. Seine Männer haben Flugzeuge zum Absturz gebracht, Bombenanschläge auf Kaufhäuser verübt und Dutzende von Journalisten umgebracht, die sich nicht kaufen lassen wollten. Ihnen ist's egal, wen sie ermorden. Völlig egal!«

Ottmar Mergenthaler ließ den Motor an und fuhr los. »Doch, Jack, dieser Mann hat mir Angst eingejagt.«

Kapitel fünf

Die Begeisterung eines Amerikaners für Recht und Ordnung ist direkt proportional zu dem Ausmaß, in dem er seine persönliche Sicherheit oder seinen Lebensunterhalt gefährdet sieht. Verringert die von ihm wahrgenommene Bedrohung sich, schwindet auch seine Bereitschaft, polizeiliche Maßnahmen hinzunehmen.

Amerika ist weltweit die Nation mit der geringsten Polizeipräsenz. Der Durchschnittsamerikaner hat sein Leben lang nur flüchtige Kontakte mit der Polizei – abgesehen von den allgegenwärtigen Verkehrspolizisten, die lächerlich niedrige Geschwindigkeitsbegrenzungen überwachen, die das amerikanische Volk für unbedingt nötig hält, die jeder einzelne aber trotzdem fast immer ignoriert. Viele gesetzestreue Bürger haben noch nie mit einem Polizeibeamten gesprochen, und die große Mehrheit ist niemals in die peinliche Lage gekommen, Kontakt mit Polizeibeamten in Ausübung ihrer Dienstpflichten zu haben.

Keine paramilitärische Polizei patrouilliert auf Amerikas Straßen. Keine Geheimpolizei hört Telefone ab, öffnet Briefe oder wirbt Nachbarn als Spitzel an. Kein Polizeibeamter nimmt einen Amerikaner fest, weil er die Regierung oder den Präsidenten beleidigt oder Schmähbriefe an Politiker und Redaktionen geschrieben hat.

Unabhängig von der Intensität seiner Paranoia oder seines Hasses bleibt ein Amerikaner unbehelligt, solange sein Verhalten nicht die Schwelle zur Gewalttätigkeit überschreitet. In diesem Fall kann er damit rechnen, verhältnismäßig kurze Zeit in einer Zelle zubringen zu müssen, um dort über das Verwerfliche seines Tuns nachzudenken. Kein Erschießungskommando. Kein politisches Gefängnis. Kein Arbeitslager. Keine lebenslängliche Unterbringung in einer geschlossenen Anstalt. Das Recht eines Bürgers, seinen Nachbarn zu hassen, wird in Amerika geschützt wie sonst nirgends auf der Welt.

Trotz etlicher Einwanderungswellen aus allen haßerfüllten, von Kriegen zerrissenen Gebieten der Welt hat Amerika die Freiheit des einzelnen institutionalisiert. Die Gerichte haben sie – möglicherweise unbeabsichtigt – untermauert, indem sie energisch und selbstgerecht der oft wiederholten und höchst zweifelhaften Maxime, jedes Übel sei heilbar, Geltung verschafft haben. Nicht etwa im nächsten Leben, sondern hier in Amerika. Jetzt! Noch nie in der tragischen, blutigen Geschichte der Menschheit ist ein solch radikales, unlogisches Konzept von so vielen angeblich rationalen Wesen gewohnheitsmäßig akzeptiert und zur Richtschnur ihres Handelns gemacht worden.

So bleibt das Sozialgefüge intakt. Keine Gruppierung, und sei sie noch so klein, muß fürchten, ihre Klagen könnten ungehört bleiben. Alle werden zuhören. Zeitungen werden Druckerschwärze verspritzen, Nichtstuer sympathisieren und Geld spenden, Politiker Reden halten, Gerichte ein Heilmittel finden.

Und Amerika wird weiterleben.

Jack Yocke las seinen Text auf dem Bildschirm nochmals langsam durch. Dies war Amerika, wie er es sah – eine herrlich verrückte, pragmatische Nation. Amerikaner wollten Strafverfolgung, aber nicht zuviel. Sie wollten Ordnung, aber nicht zuviel. Sie wollten Gesetze, aber nicht zu viele. Und jetzt war dieser Schmelztiegel aus Freigeistern um Chano Aldana und seine vier Milliarden Dollar bereichert worden.

4 000 000 000 Dollar... Was man für vier Milliarden Dollar an Verbrechen aller Art kaufen konnte, überstieg das Vorstellungsvermögen eines gewöhnlichen Sterblichen. Und Aldana war genau der Mann, der vor diesem Kauf nicht zurückschrecken würde. Was kümmerte es ihn, wenn die Grundmauern Risse bekamen und das Haus einstürzte? Sein Vermögen war sicher angelegt. Und er hatte die Öffentlichkeit gewarnt.

»Dein Stil ist grauenhaft.« Ottmar Mergenthaler las hinter ihm stehend mit.

»Nicht gut genug für die *Post*, was?«

»Ganz entschieden nicht.«

»Aldana kann unmöglich gewinnen.«

»Du weißt es, und ich weiß es, aber er scheint's nicht zu wissen.«

»Ein Hauch von Lasterhaftigkeit gefällt den Amerikanern. Ein kleines illegales Vergnügen, für das man am Sonntagmorgen um Vergebung bittet – was ist schon dabei? Sollte Aldana jedoch versuchen, die Menschen hierzulande wie bei sich in Kolumbien einzuschüchtern, wird er früher oder später wie eine Mücke zerquetscht werden.«

»Das hat Liarakos ihm sicher auch zu erklären versucht.«

»Die geschickteste Taktik wäre, den Schwachen zu spielen. David gegen Goliath.«

»Chano Aldano *ist* Goliath«, sagte der Kolumnist trocken. Er zog sich einen Stuhl heran. »Das hat er heute nachmittag demonstriert.«

»Irgendwann werden wir den Besitz von Drogen legalisieren müssen, Ottmar. Im Augenblick will das keiner – aber niemand möchte in einem Polizeistaat Amerika leben, in dem kein Drogenhandel mehr möglich ist.«

»Sollte das eine wirkungsvoller arbeitende Polizei erfordern, bin ich dafür«, sagte Mergenthaler.

»Red keinen Scheiß! Das hast du dir nicht richtig überlegt. Du hast J. Edgar Hoover verabscheut. Du hast die Überzeugung vertreten, der Kongreßausschuß gegen unamerikanische Aktivitäten sei ein Krebsgeschwür am Körper Amerikas.« Mergenthaler wollte etwas einwenden, aber Yocke ließ ihn nicht zu Wort kommen. »Ich habe einige *deiner* früheren Kolumnen gelesen. Du kannst nicht auf einmal ganz andere Auffassungen vertreten.«

Mergenthaler wartete erst ab, ob Yocke wirklich ausgeredet hatte. »Ich bin in Holland gewesen und habe die Kids vor den Augen der Polizei im Haschrausch und für immer gehirngeschädigt auf Straßen und Plätzen herumliegen gesehen. Ich bin in holländischen Leichenhäusern gewesen und habe die Toten gesehen. *Ich bin in Washington im Leichenhaus gewesen und habe die Toten gesehen.* Dieses Scheißzeug ist kein Tabak, kein Alkohol. Zwei Crackjoints machen normalerweise schon süchtig. Legalisieren? *Nein! Tausendmal nein!*«

Jack Yocke warf die Hände hoch. »Allein im Jahr 1989 sind in Medellin viertausendfünfzehn Mordopfer ins Leichenhaus gebracht worden. Da Medellin ungefähr zwei Millionen Einwohner hat, sind das über zweihundert Morde auf hunderttausend Einwohner.« Yocke kniff die Augen zusammen. »In Washington liegt die Vergleichszahl bei achtzehn bis neunzehn. Das sind vierhundertachtunddreißig Morde im Jahr 1989. Sobald diese Zahl aufs Zehnfache gestiegen ist, Ottmar, werde ich dich fragen, wie's mit deinem Mitgefühl für die Drogenabhängigen bestellt ist, die wider besseres Wissen ihren ersten Zug genommen haben.«

»So schlimm wird's hier nicht.«

»Glaubst du etwa, daß die schwarzen Militanten und Liberalen, die in dieser Stadt das Sagen haben, das verhindern werden? Heute nachmittag hast du Aldana kennengelernt. Natürlich wird's genauso schlimm!«

»Hast du nicht selbst gesagt, daß Aldana früher oder später seine Strafe bekommen wird?«

»Aldana macht mir weniger Sorgen als die anderen Verbrecher, die sein Geld anlocken wird.«

Als Mergenthaler in seinen Glaskasten zurückging, versuchte Jack Yocke weiterzuarbeiten. Aber er war gereizt, unkonzentriert. Sein Blick fiel auf die erste Seite der heutigen *Post* mit einem Foto des Präsidenten beim Segeln vor Kennebunkport, Maine. Er winkte breit grinsend in die Kamera.

Jack Yocke knüllte die Zeitung zusammen und warf sie in seinen Papierkorb.

Der Rock Creek Park stellt Washingtons Versuch dar, den Central Park zu imitieren. Im Gegensatz zu dieser grünen Lunge New Yorks mit Bäumen und Rasenflächen ist der Rock Creek Park jedoch kein Fußgängerparadies. Das liegt zum Teil an den geographischen Gegebenheiten.

Der Rock Creek Park beginnt rund zwanzig Kilometer nördlich des Potomac Rivers in Maryland, als unerschlossener Geländestreifen an einem bescheidenen Bach, der sich nach Süden in Richtung Fluß schlängelt.

Nachdem der Rock Creek unter dem achtspurigen Autobahnring hindurchgeflossen ist, grenzen die bebauten Grundstücke einige hundert Meter weit unmittelbar ans Wasser an. Danach erreicht der Bach jedoch das Walter Reed Army Hospital mit seinen weiten Rasenflächen. Südlich des Krankenhausgeländes ist der Park auf einer Strecke von einigen Kilometern etwa einen halben Kilometer breit. Dort ist er eine freundliche Oase aus Büschen und Bäumen an den steil abfallenden, fast schluchtartigen Bachufern.

Beim Übertritt in den District of Columbia nimmt der Grünzug endlich parkartige Ausmaße an. Auf den nächsten sechs bis sieben Kilometern ist er etwa eineinhalb Kilometer breit und bietet Raum für einen Golfplatz und einen landschaftlich reizvollen Rundweg, der sich durch die bewaldeten, mit Felsblöcken übersäten Schluchten des Rock Creeks und seiner Zuflüsse schlängelt.

Wieder schmaler wird das Gelände im anschließenden National Zoological Park, der über die gesamte Breite des Parks reicht. Südlich des Zoos ist der Park nur wenige hundert Meter breit und wird von Brücken für einige der wichtigsten Straßen und Avenuen Washingtons überspannt.

Drei Kilometer südlich des Zoos ergießt sich der mit Streusalz von den Straßen und Kunstdünger von den Rasenflächen angereicherte Bach in den Potomac River. Seine Mündung liegt am Georgetown Channel genau Theodore Roosevelt Island gegenüber. Vor der eindrucksvollen Skyline der Hauptstadt setzt der Rock Creek Park hier einen bescheidenen grünen Akzent am Wasser.

Auf dem weitaus größten Teil seiner Länge besteht der Park aus unangenehm steilen, mit Felsblöcken übersäten und dicht mit Laubbäumen bewachsenen Hängen. Trotz des milden Herbstes hatten die Bäume Anfang Dezember ihr ganzes Laub verloren und sich in eine halb durchsichtige Wildnis aus grauen Ästen und Stämmen verwandelt, die einen Teil des Stadtlärms abhielt.

Obwohl Henry Charon vorsichtig auftrat, um nicht wegen abgebrochener Äste oder loser Felsbrocken zu stürzen, raschelte der dicke Laubteppich bei jedem Schritt. Ein kräftiger Dauerregen hätte das Laub so durchweicht, daß es geräuschlos begehbar war. Aber leider hatte es nicht geregnet.

Auf dem Ross Drive, einer der Aussichtsstraßen, die den Rock Creek entlangführten und im Berufsverkehr als Schleichweg diente, herrschte reger Verkehr. Charon, der den Steilhang mühelos meisterte, blieb gelegentlich stehen, um größere Felsformationen genauer zu betrachten, bevor er seinen Weg nach Norden fortsetzte.

Gelände dieser Art war ihm vertraut. Falls er hier fündig wurde, war dies ein wunderbares Gebiet, um sich zu verstecken. Und wenn diese Stadtindianer ihn hier jagten, bewegten sie sich in seinem Revier.

Er sah nochmals auf seinen Plan und stieg in Richtung Hügelkamm weiter. Dieser Kamm war nicht hoch – nur etwa dreißig Meter –, aber der Hang war für gewöhnliche Spaziergänger und Wanderer viel zu steil. Henry Charon hingegen geriet nicht einmal außer Atem, als er zu dem schmalen Hügelkamm hinaufstieg.

Kurz vor Einbruch der Abenddämmerung fand er ein geeignetes Versteck am Fuß der Felsformation, die den Abschluß des Hügelkamms bildete. Ein Felsspalt führte in eine kleine Höhle, die eigentlich eher ein Überhang war. Ein riesiger Felsblock verdeckte den größten Teil des Eingangs. Im Halbdunkel des Höhleninneren sah Charon zahlreiche Fußabdrücke, einige Bierdosen und viele Zigarettenstummel. Ein ideales Versteck, falls er jemals eines brauchte.

Charon nahm die nähere Umgebung unter die Lupe und achtete besonders auf die Spalten in der Felswand links neben der Höhle. Eine war mit Geröll angefüllt. Dort konnte er Vorräte und eine Schußwaffe verstecken – für alle Fälle.

Henry Charon verließ die Höhle und blieb davor stehen, um sich erneut zu orientieren. Er wußte bestimmt, daß er dieses Versteck wiederfinden würde. Nach einem letzten Rundblick ging er hügelabwärts davon.

Etwa eine halbe Stunde später stellte Thanos Liarakos seinen Jaguar in der Garage seines Hauses in Edgemoor ab.

Elizabeth, seine Frau, war in der Küche damit beschäftigt, Canapés auf einem Silbertablett anzuordnen. Die Gäste würden gegen 19 Uhr eintreffen. Sie küßte ihn auf die Wange, während er sich einen Drink einschenkte. »Na, wie war's heute?«

»Du hättest deinen Ohren nicht getraut. Der Mann ist tatsächlich verrückt. Auf der Pressekonferenz hat er behauptet, der Teufel zu sein.«

Sie musterte ihn prüfend. »Will er etwa auf Unzurechnungsfähigkeit plädieren?«

»Das habe ich ihm selbst vorgeschlagen. Er hat sich nicht dazu geäußert, bis ich die Psychologen und Psychiater erwähnt habe. Daraufhin hat er plötzlich nein gesagt – und damit war die Diskussion beendet.«

»Deine Mutter hat heute nachmittag angerufen.« Sie kehrte ihm den Rücken zu, während sie eine Sauce anrührte.

»Hmpf.« Elizabeth war letzte Woche 39 Jahre alt geworden, aber wenn er ihre schlanke Figur betrachtete, hätte sie ohne weiteres zehn Jahre jünger sein können.

»Sie hatte eben gehört, daß du Aldana verteidigen wirst.«

»Und das hat ihr nicht gepaßt.«

»Sie hat den reinsten Anfall bekommen. Sie wollte wissen, weshalb du einen Verbrecher in Schutz nimmst. ›Nach all diesen Jahren... mein kleiner Junge... ehr- und würdelos.‹ Kein angenehmes Gespräch.«

Liarakos sah in ihren großen Garten mit altem Baumbestand hinaus. Der Gärtner, der samstags bei ihm aushalf, hatte das Laub diesen Herbst dreimal zusammengerecht, aber nun lag wieder eine dicke Schicht auf der Abdeckung des Swimming-pools. Er würde sich am Wochenende selbst darum kümmern müssen.

»Ich hab' ihr gesagt«, fuhr Elizabeth fort, »daß jeder Angeklagte das Recht auf einen Verteidiger hat, aber du kennst sie ja...«

»Ja.«

»Ich hab' versucht, nett zu ihr zu sein, Thanos, ich hab's wirklich versucht! Aber ich kann ihr Gejammere einfach nicht mehr aushalten. Ihre Moralvorträge stehen mir bis hierhin!«

»Ich weiß.«

»Kannst du's ihr nicht noch mal erklären?« Elizabeth drehte sich nach ihm um. »Ich find's unfair, daß immer bloß ich ihr die Verfassung und das amerikanische Rechtssystem erklären soll. Ich könnte kotzen, wenn sie mit diesem ›Wiekann-mein-Thanos-so-was-tun‹-Scheiß anfängt! Sie hört nicht zu, sie will einfach nicht zuhören.«

»Okay, ich rede mit ihr.«

»Ehrenwort?«

»Großes Ehrenwort.«

Elizabeth arbeitete weiter.

»Wo sind die Mädchen?« fragte er.

»Oben. Während die Gäste hier sind, machen sie ihre Hausaufgaben. Und ich habe ihnen heute eine neue CD gekauft. Die hören sie sich jetzt zum elftenmal an.«

Liarakos schlenderte mit seinem Drink ins Wohnzimmer hinüber. Zum Glück hatte wenigstens Elizabeth Verständnis für seinen Beruf. Als sie angefangen hatten, miteinander auszugehen, war sie als Absolventin der Harvard Law School in die Firma eingetreten. Ein halbes Jahr später hatten sie ein langes Skiwochenende in Aspen verbracht und waren verheiratet zurückgekommen. Sie hatte natürlich aus der Firma ausscheiden müssen, aber er war damals gerade Juniorpartner geworden.

Seither war nicht alles glattgegangen, aber sie kämpften weiter. Ließen sich nicht unterkriegen.

Er dachte wieder an seinen neuen Mandanten, erwog mögliche Verteidigungsstrategien und rief sich die Anklagepunkte ins Gedächtnis zurück. Der Fall Aldana würde schwierig werden. Die Staatsanwaltschaft konnte zwei Kronzeugen aufbieten und besaß genügend Indizienbeweise, um die *Titanic* zum Sinken zu bringen. Und Aldanas seltsamer Auftritt bei seiner nachmittäglichen Pressekonferenz hatte seiner Sache bestimmt auch nicht gutgetan.

Die Fernsehnachrichten um 18 Uhr würde er selbst aufzeichnen. Und morgen früh würde er seine jungen Kollegen in der Firma darauf ansetzen, Beispiele für eine Vorverurteilung seines Mandanten in den Medien zu sammeln. Angesichts des überwältigenden Medienechos im Zusammenhang mit Aldanas Auslieferung war diese Taktik trotz der unglücklichen Pressekonferenz des Angeklagten keineswegs aussichtslos.

Liarakos sah auf seine Armbanduhr. In zehn Minuten kamen die Nachrichten. Am besten programmierte er den Videorecorder gleich jetzt.

Als er damit fertig war, ging er in die Küche zurück, um sich noch einen Drink zu holen. »Kann ich dir was helfen?«

»Danke, ich bin gleich fertig. Ich hab' alles unter Kontrolle.«

Alles unter Kontrolle. Das hatte man als Strafverteidiger nie. Diese Vorstellung war ihm fremd. Man konnte nur versuchen, die Angriffe des Staatsanwalts vorauszuahnen und abzublocken. Und selbst ein paar Trümpfe im Ärmel zu haben. Das Ganze nannte sich dann Schadensbegrenzung.

Wie konnte er den Schaden begrenzen, den die beiden Kronzeugen anrichten würden? Und was war mit Aldana, seinem Mandanten? War er kontrollierbar? Würde er auf gute Ratschläge hören? Liarakos schnaubte, denn die Antwort auf diese Frage kannte er bereits. Nun, hier ging es um Aldanas Hals, nicht um seinen eigenen. Trotzdem haßte er es, einen Prozeß zu verlieren. Er kämpfte auch in aussichtslosen Fällen bis zuletzt – darum brachte sein Verteidigerteam der Firma jährlich zwei Millionen Dollar an Honoraren ein.

Jetzt stellte er den Fernseher im Wohnzimmer an und blieb davor stehen, während Elizabeth das letzte Tablett mit Horsd'œuvres auf den Tisch stellte.

Aldanas Pressekonferenz war der Aufmacher. »Das mußt du dir ansehen, Elizabeth!«

Der Moderator kündigte an, Aldanas Statement spreche für sich selbst. Dann erschien der Kolumbianer auf dem

Bildschirm, und seine Stimme füllte das Wohnzimmer. *»Mir ist der Schlüssel zum bodenlosen Höllenschlund gegeben…«* Liarakos hörte seine Frau erschrocken tief Luft holen.

»Ziemlich eindrucksvoll, was?«

Im Anschluß an die Nachrichtensendung wurde Aldanas Statement wiederholt, und eine Gruppe von »Experten« – ein Anwalt, ein Psychiater und ein Dozent für lateinamerikanische Voodookultur – kam zu dem Schluß, er sei ein krimineller Größenwahnsinniger.

Dann klingelte das Telefon, und gleichzeitig ertönte der Türgong. Während Elizabeth hinausging, um die Gäste zu begrüßen, nahm Liarakos in seinem Arbeitszimmer den Hörer ab. Der Anrufer war der Seniorpartner seiner Firma.

»Ich habe eben unseren neuesten und berühmtesten Mandanten in den Nachrichten gesehen.«

»Yeah, ich auch«, stimmte Liarakos zu.

»Thanos, Sie müssen sich was einfallen lassen, um ihm den Mund zu stopfen. Durch diesen Auftritt hat er die Hälfte der Bevölkerung Amerikas von seiner Schuld überzeugt. Und zwar genau die Hälfte, die noch nicht dieser Meinung war.«

»Ich habe ihm dringend geraten, sich…«

»Thanos, er ist ein einzelner Mann. Unsere Firma besteht aus zweiundfünfzig Partnern und hundertzwölf Mitarbeitern, die über ein Dutzend der fünfhundert größten Firmen Amerikas und etwa hundertfünfzig kleinere vertreten. Unser Schwerpunkt liegt im Steuer- und Wirtschaftsrecht. Natürlich übernehmen wir auch Strafsachen, aber es gibt doch Unterschiede zwischen einem gewöhnlichen Verbrecher und diesem Mann, der es darauf anlegt, sich zweifelsfrei als der Antichrist persönlich zu erweisen.«

»Er ist unschuldig, solange ihm nichts nachgewiesen ist.«

»Das wissen Sie, und das weiß ich, aber die Öffentlichkeit weiß es vielleicht nicht. Ich will klare Verhältnisse, Thanos. Wir haben Ihnen nie Vorschriften in bezug auf Ihre Mandanten gemacht. Aber diese Firma riskiert keinen Bankrott für das zweifelhafte Vorrecht, den berüchtigtsten Verbrecher seit Al Capone verteidigen zu dürfen. Sorgen Sie dafür, daß der Mann die Klappe hält – oder fordern Sie ihn auf, sich einen anderen Verteidiger zu suchen. Habe ich mich klar genug ausgedrückt?«

»Sonnenklar, Harvey.«

»Schauen Sie morgen mal bei mir vorbei.« Harvey legte auf.

In dieser Beziehung war Harvey Brewster ein Dummkopf. Wenn er glaubte, die Firma könne sich aus der Verteidigung Chano Aldanas durch einfache Willenserklärung zurückziehen, stand ihm eine unangenehme Überraschung bevor. Der Druck auf den Richter, das Verfahren zu beschleunigen, würde gewaltig sein, und der Richter konnte diesen Druck auf Staatsanwalt und Verteidiger umlenken.

Liarakos wußte, daß der Richter nicht zögern würde, seine Autorität einzusetzen, denn er kannte ihn. Gardner Snyder war Anfang Siebzig, seit über dreißig Jahren Richter und der griesgrämigste Zyniker, den Liarakos jemals in der Robe eines Richters kennengelernt hatte. Genau deshalb hatte das Justizministerium dafür gesorgt, daß Snyder für den Fall Aldana zuständig war.

Elizabeth steckte den Kopf zur Tür herein. »Thanos, willst du nicht unsere Gäste begrüßen?«

Die Gäste kannten nur ein Thema: Aldanas Pressekonferenz. Wer sie nicht gesehen hatte, ließ sie sich von anderen schildern. Liarakos wurde mit Fragen bombardiert, die er lächelnd abwehrte. Dieses Lächeln war anstrengend.

Nach dem dritten Drink des Abends überlegte er sich gerade, daß er keinen vierten brauche, als Elizabeth ihm aus der Küche zuwinkte.

»Deine Mutter ist am Telefon. Sie ist auf Hochtouren.«

»Okay, ich nehm' drüben ab.«

Im Arbeitszimmer waren Jefferson Brody und eine Frau in eine ernsthafte Diskussion vertieft, aber er entschuldigte sich und komplimentierte sie hinaus.

»Hallo, Mom.«

»Thanos, Thanos, was hast du getan?«

»Nun, ich...«

Seine Antwort interessierte sie überhaupt nicht. »Ich habe diesen gräßlichen Kerl – *deinen Mandanten* – in den Abendnachrichten gesehen. Ich wollte dich anrufen, aber Freunde haben über eine Stunde lang mein Telefon blokkiert. Ich konnte gar nicht früher anrufen.«

»Mom, ich bin Rechtsanwalt. Ich...«

»Aber du brauchst dir deinen Lebensunterhalt nicht damit zu verdienen, daß du Drogenschmuggler verteidigst! Mein Gott, glaubst du denn, daß dein Vater und ich uns dein Studium vom Mund abgespart haben, damit du Gesindel wie diesen Ausländer verteidigst? Besitzt du keine Ehre? Hast du keine Moral? Was für ein Mann bist du, Thanos?«

»Mom, ich bin Anwalt... nein, *laß mich ausreden*! Ich bin Rechtsanwalt, und dieser Mann kann wie jeder Angeklagte verlangen, von einem Anwalt verteidigt zu werden.«

»Aber er ist *schuldig*!«

»Das ist er erst nach einem Schuldspruch der Geschworenen. Und er hat jedenfalls Anspruch auf Rechtsbeistand.«

»Ich bete zu Gott, daß du unterliegst, damit dieser Mann für seine Verbrechen büßen muß, Thanos. Er hat *Tausende* von Unschuldigen ins Unglück gestürzt – und dafür gehört er hinter Gitter! Thanos, du mißbrauchst deine Talente und deinen Glauben, wenn du diesem Mann hilfst.«

»Mom, ich habe nicht die Absicht, mich weiter darüber zu streiten.«

»Er sagt, daß er den Schlüssel zur Hölle hat. Und er hat ihn wirklich! Du hilfst diesem Gangster, im Geschäft zu bleiben. Du hilfst ihm, Unschuldige zu ermorden. Wie, im Namen deines toten Vaters, findest du nachts noch Schlaf?«

»Ich denke nicht daran, mir noch mehr anzuhören.«

»Doch, du hörst gefälligst zu! Du hörst deiner Mutter zu, die dich liebt und deine Seele retten will. Du mußt aufhören, solchen Leuten zu helfen. Thanos, mein Thanos, du brichst mir das Herz!«

»Mom, wir haben das Haus voller Gäste. Ich habe nicht die Absicht, sie zu beleidigen, indem ich im Arbeitszimmer bleibe und mir anhöre, wie du wegen einer Sache tobst, von der du nichts verstehst. Hast du denn kein Vertrauen zu mir?«

»Vertrauen zu dir? Wenn du dich für Verbrecher wie Aldana prostituierst? Pfui Teufel, mir wird übel!« Sie knallte ihren Hörer auf die Gabel.

Liarakos hatte plötzlich bohrende Kopfschmerzen. Er machte das Licht aus, setzte sich auf die Couch, lockerte seine Krawatte und streckte sich lang aus. Das Stimmengemurmel von nebenan wirkte beruhigend. Ohne es zu wollen, war er nach wenigen Minuten eingeschlafen.

Irgend jemand rüttelte ihn an der Schulter. »Daddy! Wach auf, Daddy.«

Das Licht blendete ihn. »Ha?«

Susanna, seine Zwölfjährige, stand neben ihm. »Daddy, ich weiß nicht, was mit Mommy ist. Sie hat sich oben im Bad eingesperrt und will nicht rauskommen.«

Thanos Liarakos sprang auf und stürzte hinaus. Er rannte durchs Wohnzimmer, ohne auf die neugierigen Blicke der Gäste zu achten, und nahm je zwei Treppenstufen auf einmal. Susanna lief im Nachthemd hinter ihm her und versuchte, mit ihrem Vater Schritt zu halten.

Er rüttelte an der Türklinke. Abgeschlossen! Er trommelte mit den Fäusten gegen die Tür. »Elizabeth! *Elizabeth, hörst du mich?«*

Nichts.

Nicht wieder. Bitte, lieber Gott, nicht schon wieder!

»Elizabeth, wenn du nicht *sofort* aufmachst, breche ich die Tür auf!«

Susanna und ihre jüngere Schwester standen im Flur und sahen leise schluchzend zu.

»Los, verschwindet in euer Zimmer!« Die beiden gehorchten wortlos.

Liarakos trat gegen die Tür. Die Mädchen standen in ihrer Zimmertür, beobachteten ihn mit großen Augen und schluchzten laut. Er stemmte sich von der Wand ab und trat mit aller Kraft gegen die Tür. Das Holz splitterte. Beim nächsten Tritt gab das Schloß nach.

Sie lag auf dem gefliesten Fußboden. Spuren eines weißen Pulvers um ihre Nasenlöcher. Pulverreste auf der Ablage vor dem Spiegel. Ein zusammengerollter Dollarschein in den Fingern der verkrampften Rechten. Ihre Pupillen waren riesig. Ihr Herz galoppierte wie ein Rennpferd.

Scheiße!

»Wo hast du den Stoff her, Elizabeth? Wer hat dir das Kokain gegeben?«

Er schüttelte sie heftig. Ihre Augen verschwammen.

»Hörst du mich? *Wer hat dir den Koks gegeben?*«

»Jeff... äh... Jeffer...«

Er ließ sie zu Boden sinken und lief ins Kinderzimmer hinüber. »Susanna, ruf einen Krankenwagen. Du brauchst nur neun-eins-eins zu wählen. Mommy ist krank.«

Die Zwölfjährige weinte laut. Er hielt sie auf Armeslänge

von sich entfernt und starrte ihr ins Gesicht. »Ich kann mich doch auf dich verlassen?«

Sie nickte wortlos und wischte sich mit dem Handrücken die Tränen ab.

»Braves Mädchen! Gut, du wählst neun-eins-eins, gibst unsere Adresse an und verlangst einen Krankenwagen.«

Wieder den Flur entlang am Bad vorbei und zur Treppe; wieder zwei Stufen auf einmal. T. Jefferson Brody stand an der Rückwand des Wohnzimmers.

Brody hob abwehrend die Hände, als Liarakos auf ihn losstürmte. »Hör zu, Thanos…«

»Los, raus mit dir, du Hundesohn!« Er legte seine ganze Wut in diesen Schlag. Brody klappte zusammen, und zwei Männer hielten Liarakos an den Armen fest.

»Los, raus mit euch! Verschwindet alle!« Er befreite seine Arme mit einem Ruck. »Schluß für heute! Haut ab, verdammt noch mal!«

Seine Handbewegung galt Brody, der auf dem Teppich hockte und sich das Kinn rieb. »Und nehmt dieses Stück Scheiße mit, bevor ich ihn umbringe!«

Kapitel sechs

Um 6.15 Uhr klingelte der Wecker auf Thanos Liarakos' Nachttisch. Er stellte ihn ab und wälzte sich aus seinem Bett. Er hatte weniger als eine Stunde geschlafen. Als er gegen drei Uhr aus dem Krankenhaus heimgekommen war, hatte er als erstes nach den Kindern und dem Dienstmädchen gesehen, das freundlicherweise bereit gewesen war, bei ihnen zu übernachten, als er es um Mitternacht angerufen hatte. Obwohl er todmüde war, hatte er nicht einschlafen können. Beim letzten Blick auf die Uhr war es schon fast halb sechs gewesen.

Liarakos duschte, rasierte sich und zog sich an. In der Küche schrieb er einen Zettel für die Mädchen:

> *Mit Mom ist alles in Ordnung. Sie liegt im Krankenhaus und hat geschlafen, als ich gegangen bin. Wenn ihr wollt, braucht ihr heute nicht in die Schule zu gehen, sondern könnt mit Marla zu Hause bleiben.*
>
> *Ich liebe euch beide*
> *Dad*

Als er rückwärts aus der Garage fuhr, warteten eine Fernsehreporterin und ein Kameramann am Ende der Einfahrt auf dem Gehsteig. Die beiden riefen ihm Fragen zu, während er auf sie zurollte. Dann tauchte ein weiterer Kameramann auf, der nicht daran dachte, Platz zu machen. Liarakos ließ den Jaguar langsam rückwärts weiterkriechen. Die Reporterin hielt ihr Mikrofon an sein Fenster und rief: »Bedroht Aldana uns Amerikaner? Ist er geisteskrank? Wieviel Honorar zahlt er Ihnen?«

Liarakos wußte, daß sie bei diesem absurden Theater keine Antworten erwartete. Ihre rhetorischen Fragen waren der ganze Zweck der Übung. *Das* war preisverdächtiger Fernsehjournalismus.

Die hintere Stoßstange des Wagens berührte leicht das Kamerastativ. Erst jetzt machte der Kameramann den Weg frei.

Liarakos ließ den Jaguar rückwärts auf die Straße rollen, schaltete auf Stufe D und trat das Gaspedal durch.

Der Morgen war grau und wolkenverhangen. Ein böiger Wind trieb raschelndes braunes Laub über die Fahrbahn. Hier und dort ließen kleine Wirbelwinde die Blätter im grauen Zwielicht sekundenlang kreiseln, bevor sie weitergetrieben wurden.

Seine Frau schlief noch. Die Vorhänge ihres Privatzimmers waren zugezogen. Thanos Liarakos sank im Mantel in den Besuchersessel.

Nach wenigen Augenblicken paßte sein Atemrhythmus sich ihrem an. Er spürte, daß er sich entspannte und einzunicken begann. Er wehrte sich nicht dagegen.

Als Enddreißiger hatte er vor einigen Jahren gemerkt, daß er sein gesamtes Leben betrachten konnte, als sei er ein unbeteiligter Beobachter und sein Leben ein Theaterstück, das er schon mehrere Male gesehen hatte. Das Stück wurde Tag für Tag, Szene für Szene vor ihm aufgeführt – aber er wußte, wie es gewesen war und wie es hätte sein sollen.

Jeder morgendliche Blick in den Rasierspiegel zeigte ihm, wie die Haut schlaffer, die Falten tiefer und das Haar grau und dünn werden würde. Er starrte sein schon nicht mehr junges Gesicht an, das bald alt sein würde.

Thanos Liarakos sah das Leben, wie es sein würde, und erinnerte sich zugleich daran, während er es noch lebte. Seine Leistungen und Erfolge, die ihm früher so wichtig erschienen waren, schrumpften aus dieser seltsamen Doppelperspektive erbarmungslos zusammen. Siege vor Gericht verloren ihren Reiz, und Katastrophen wirkten weniger schmerzhaft. Er hatte eine Möglichkeit gefunden, mit dem Leben zu leben – oder ein gnädiger Gott hatte sie ihm geschenkt. Das spielte keine Rolle. Nur die Perspektive war wichtig.

Im Halbschlaf drehte Liarakos jetzt das bunte Glas in seinem Kaleidoskop aus Vergangenheit und Zukunft und versuchte, ein Muster zu erkennen. Sein Vater war mit 50 Dollar und einem zweiten Hemd von Bord des Schiffs aus Griechenland gegangen und hatte sich zum Inhaber von fünf Sandwich-Shops hochgearbeitet, von deren Einnahmen alle drei Söhne studiert hatten. Seine Mutter hatte die Söhne großgezogen, während sein Vater zwölf bis fünfzehn Stunden pro Tag arbeitete.

Diese schwierigen, schönen Zeiten waren unwiderruflich vergangen. Aber wenn er mit seiner Mutter sprach, hörte er eine Stimme aus der Vergangenheit, auf die er bald würde verzichten müssen. Schon bald, nur allzu bald würde er an ihrem Grab stehen, an sie zurückdenken und spüren, wie das Leben ihm wie Sand zwischen den Fingern zerrann. Deshalb ertrug er ihre Anrufe und liebte sie trotzdem.

Seine Töchter waren seine Geschenke an die Menschheit, an die Zukunft und ihr unendliches Potential, an Gott und seine großen, unbegreiflichen Pläne für die menschliche Rasse. Die beiden Mädchen waren keine Talente, sondern ganz gewöhnliche Menschen. Sie und ihre Kinder würden arbeiten und lieben und heiraten und Kinder haben, wenn Thanos Liarakos und der Grieche aus dem Sandwich-Shop längst zu Staub geworden waren. Daher liebte er sie mit verzweifelter Intensität.

Elizabeth. Ah, die sanfte Elizabeth mit ihrem Mutterherzen, ihren leeren Wünschen und Sehnsüchten…

Eine Frau liebt man aus vielerlei Gründen. In der eigenen Jugend erscheint sie einem als Göttin. Aber zuletzt erkennt man, daß sie – wie man selbst – aus gewöhnlichem Ton besteht: mit Ängsten und Fehlern, mit eitlen, närrischen Träumen und kleinen Lastern. Und deswegen liebt man sie um so mehr. Während sie altert, klammert man sich immer fester an sie, bis sie einem wie die weibliche Hälfte des eigenen Ichs erscheint.

Nur sind deine Laster nicht so klein, Elizabeth. Du verkaufst deine Seele für dieses weiße Pulver. Es wird dich ins Grab bringen, deinen Ehemann vernichten, der dich liebt, und deinen Töchtern die Mutter rauben, die du mit ihrer Geburt zu sein versprochen hast.

Zwei Krankenschwestern kamen herein und knipsten die Lampe über dem Bett an. Thanos Liarakos schreckte hoch, blinzelte ins Licht und beobachtete die weißgekleideten Gestalten, die sich über Elizabeth beugten. Sie zogen ihre Lider hoch und prüften ihren Puls. Die robustere der beiden Schwestern legte ihr eine Manschette um den Oberarm, um den Blutdruck zu messen. Elizabeth stöhnte kurz. Sie war noch immer im Kokainrausch.

»Diesmal hat sie noch Glück gehabt«, murmelte die zweite Schwester, während sie den Tropf kontrollierte.

Liarakos sah auf seine Uhr. Schon fast acht. Durch die offene Tür drangen die Stimmen des Personals, das Essenswagen und Geräte über den Korridor schob, ins Zimmer. Er stemmte sich hoch und blieb einen Augenblick schwankend stehen, während sein Herz mit der plötzlichen Lageveränderung fertig zu werden versuchte.

Er stand noch am Fußende des Betts, als die Krankenschwestern wieder hinaushasteten.

Sie wirkte um Jahre gealtert. Ungekämmt und ohne Makeup schien Elizabeth für den Rest ihres Lebens erledigt zu sein. Kein Lachen mit den Kindern, keine sinnlichen kleinen Zärtlichkeiten, keine Abende am offenen Kamin mehr... Verbraucht. Ausgebrannt.

Liarakos rieb sich das Gesicht und überlegte, warum er nicht weinte. Ah, das lag an der verrückten Doppelperspektive. Er hatte dieses Stück schon einmal gesehen.

Aber er hätte wirklich weinen müssen. Dies war die Stelle, an der er weinen *sollte*.

An diesem Morgen erschien die *Washington Post* mit der Schlagzeile DER SCHLÜSSEL ZUR HÖLLE. Die großen schwarzen Buchstaben zogen sich quer über die Titelseite. Illustriert war der Bericht mit einem Foto, das Aldana beim Verlassen eines Flugzeugs auf der Andrews Air Force Base in Handschellen und mit finsterer Miene zeigte. Als Verfasser waren Ottmar Mergenthaler und Jack Yocke angegeben. Neben der Story begann Mergenthalers Kolumne.

Jack Yocke las die zehn Zentimeter von seiner Kolumne auf der Titelseite und schlug dann Seite A-12 auf, um den Rest zu lesen. Die Bundesregierung und das amerikanische Volk, schrieb Mergenthaler, sollten sich nicht von Chano Aldana einschüchtern lassen, der seine in Kolumbien mit gemischtem Erfolg angewandten Methoden offenbar auch hier einsetzen wollte. Falls er glaubte, das amerikanische Volk werde auf Terrorismus und Erpressung wie verängstigte Schafe reagieren, unterschätze er die Amerikaner.

Yocke schnaubte und warf die Zeitung auf seinen Schreibtisch. Am besten schenkte er Ottmar zu Weihnachten eine Seifenkiste, von der aus er als Volkstribun predigen konnte.

Sein Telefon klingelte. »Jack, eben ruft ein Reporter aus Dallas an. Er möchte mit dir über das gestrige Interview mit Aldana reden.«

»Ich beantworte keine Fragen, ich stelle sie.«

»Heißt das nein?«

»Ja.«

Nach einem Blick auf die Gesprächsnotizen und die unerledigte Post auf seinem Schreibtisch steckte er Notizblock und Bleistifte ein. Irgendwann mußte er diese Leute zurückrufen – vielleicht heute abend. Mit seinem Mantel über dem Arm machte Yocke sich auf die Suche nach seinem Redakteur. Vielleicht konnte er wie die Mehrzahl seiner Kollegen ins Gerichtsgebäude fahren, um sich mit ihnen im Hintergrund zu drängen, während Anklage gegen Chano Aldana erhoben wurde.

In einem zwei Türen vom Gerichtssaal entfernten schäbig möblierten Dienstzimmer nahm Thanos Liarakos auf dem Besucherstuhl vor dem Schreibtisch des für den Fall Aldana zuständigen Staatsanwalts William L. Bader Platz.

Bader galt als progressiver Staatsanwalt, der seine Anklageschriften sorgfältig ausarbeitete. Angeblich hatte er den Ehrgeiz, eines Tages Richter zu werden. Aber das nahm Liarakos ihm nicht übel, denn Bader war ein verdammt guter Jurist.

»Ich bin vorbeigekommen, um mit Ihnen über die Tricks zu reden, mit denen Ihre Leute dafür gesorgt haben, daß Richter Snyder für meinen Mandanten zuständig ist.«

»Welche Tricks?« Bader zog kaum merklich die Augenbrauen hoch.

»Die Unschuldsmiene können Sie sich sparen. Bei mir zieht die nicht mehr. Meine Informationen stammen aus erstklassiger Quelle.«

»Würden Sie lieber vor ›Maximum John‹ oder ›Hanging Jack‹ stehen?«

»Nein, aber Sie wissen ja, wie's gehen kann. Mein Mandant hätte Glück haben und Richter Worth kriegen können, wenn Sie nicht getrickst hätten.« Worth stand in dem – wahrscheinlich übertriebenen – Ruf, aus Prinzip zum Verteidiger zu halten und dem Staatsanwalt alle nur möglichen Knüppel zwischen die Beine zu werfen.

»Wozu beschweren Sie sich dann hier? Die Anhörung vor der Polizeirichterin fängt in zwanzig Minuten an. Beschweren Sie sich bei ihr.«

»Ich glaube nicht, daß es Ihnen recht sein kann, wenn die

Sache in der Presse breitgetreten wird, Will. In der Öffentlichkeit könnte der Eindruck entstehen, der Staat führe einen Rachefeldzug gegen Aldana und versuche, ihn zum Sündenbock für eigene Versäumnisse zu machen. Aber wenn Sie mir einen Gefallen tun, bin ich bereit, mich mit Richter Snyder abzufinden.«

»Was für einen Gefallen?«

»Beantragen Sie ein Redeverbot in der Öffentlichkeit. Für beide Seiten. Auch für den Angeklagten.«

Bader starrte auf die Schlagzeile der *Washington Post* auf seinem Schreibtisch. Danach lehnte er sich zurück und rieb sich die Nase – eine ziemlich große Nase, die aber gut in sein kantiges Gesicht paßte.

»Wollen Sie ein Verfahren oder eine Zirkusnummer?« fragte Liarakos.

»Der Dummkopf legt sich selbst die Schlinge um den Hals. Mir kann's gleich sein, ob er täglich zwei Pressekonferenzen gibt und dabei droht, ganz Amerika östlich von Pittburgh abzuschlachten.«

»Welche Wirkung das hätte, wissen Sie so wenig wie ich«, stellte Liarakos fest. »Aber wir wissen *beide*, daß wir ›Organe der Rechtspflege‹ sind. Darum plädiere ich für ein faires Verfahren, das nicht in eine Zirkusnummer ausarten darf!«

Bader schnaubte verächtlich.

»Wir müssen das Arschloch zustöpseln, bevor es den Brunnen vergiftet«, forderte Liarakos eindringlich. »Was ist, wenn niemand mit einem IQ über fünfzig mehr auf die Geschworenenbank will? Was ist, wenn zwei, drei Geschworene Angst davor haben, ihn zu verurteilen?«

»Darüber mache ich mir Sorgen, wenn's soweit ist. Der Kerl ist *Ihr* Mandant, verflucht noch mal! Sorgen Sie doch selbst dafür, daß er die Klappe hält.«

»Damit täten Sie nicht nur mir einen Gefallen, Will.«

Bader verzog das Gesicht, während er sich eine Augenbraue rieb. Liarakos konnte sich vorstellen, daß er überlegte, was Richter Snyder sagen würde, wenn der Staatsanwalt kein Redeverbot beantragte, obwohl der Angeklagte mit kaum verhüllten Drohungen weiter Schlagzeilen machte. Thanos Liarakos spürte, daß er gewonnen hatte. Er lehnte sich zurück und schlug die Beine übereinander.

»Schon gut, schon gut.«

Bader rief seine Sekretärin herein und diktierte ihr den Antrag. Als er fertig war, fragte er Liarakos: »Zufrieden damit?«

Der Verteidiger schlug eine Ergänzung vor, die den Antrag dringender machte. Ein einschlägiges Urteil zitierte er aus dem Gedächtnis. Will Bader nickte und wies die Sekretärin an, den Antrag sofort zu schreiben.

»Ach ja«, sagte der Staatsanwalt. »Solange Sie guter Laune sind, kann ich Ihnen ja verraten, daß ich heute die Beschlagnahme sämtlicher Vermögenswerte Aldanas beantragen werde. Was er besitzt – auch die Mittel, mit denen er Ihr Honorar zahlt –, hat er durch verbrecherische Aktivitäten zusammengerafft. Bis zum letzten Cent!«

Beide Männer wußten recht gut, welche Auswirkungen dieser Schritt haben konnte. Wurden sämtliche Vermögenswerte eines Angeklagten beschlagnahmt, konnte er das Honorar seines Anwalts nicht mehr bezahlen. Selbstverständlich mußte der Richter dann einen Pflichtverteidiger bestellen, dessen Möglichkeiten jedoch durch das gesetzlich vorgeschriebene Höchsthonorar für Pflichtverteidiger stark eingeschränkt waren. Indem der Staat das Vermögen eines Angeklagten auf zivilrechtlicher Grundlage beschlagnahmte, erhöhte er die Chancen für seine Verurteilung im Strafverfahren. Nach Ansicht der meisten Richter war dieser Antrag zulässig, weil ein Straftäter nicht die Möglichkeit haben durfte, den Gewinn aus seinen Verbrechen einzusetzen, um einer Verurteilung wegen eben dieser Verbrechen zu entgehen.

Die Kritiker – vor allem Strafverteidiger – wandten ein, daß der Staat damit das Pferd von hinten aufzäume: Vermögenswerte eines Angeklagten zu beschlagnahmen, bevor er wegen irgendeiner Straftat verurteilt war, schien die Unschuldsvermutung ad absurdum zu führen. Das Problem dabei war, daß Verbrechensgewinne real waren – das Geld war tatsächlich vorhanden –, während die Unschuld des Angeklagten bloß eine juristische Fiktion war, die in 99 Prozent aller Fälle widerlegt wurde. Der Angeklagte war schuldig – das wußten alle, nur die Geschworenen nicht. Deshalb schnappte der Staat sich vorsorglich das Geld.

Liarakos hatte natürlich mit diesem Antrag gerechnet. Die Frage war nur gewesen, wann Bader ihn stellen würde. Mit den Argumenten dafür und dagegen war er vertraut, weil er in früheren Fällen oft genug Einspruch gegen solche Anträge erhoben hatte. Teils mit, teils ohne Erfolg.

Er räusperte sich. »In diesem Zusammenhang interessiert Sie bestimmt, daß mein Mandant sich für den Fall eines zivilrechtlichen Beschlagnahmungsverfahrens von einem anderen Anwalt vertreten läßt. Unter uns gesagt: Ich bezweifle nicht, daß Sie einen Teil seines Vermögens konfiszieren können. Aber alles bekommen Sie nicht.«

»Jeder Dollar ist willkommen«, meinte Bader grinsend. »Ist doch nett, wenn Leute wie Aldana ihr Scherflein zur Verringerung des Haushaltsdefizits beitragen. Können wir übernächste Woche mit seinen Aussagen rechnen, wenn wir nächste Woche die Fragebogen zustellen?«

»Dafür bin ich nicht zuständig. Das müssen Sie den Anwalt fragen, den Aldana beauftragt hat.«

Falls Chano Aldana glaubte, schon jetzt Probleme zu haben, würde er staunen, wenn er die Fragebogen las. Alle seine Aussagen konnten im Strafverfahren gegen ihn verwendet werden. Aus diesem sehr guten Grund wurde gegen die meisten Beschlagnahmen kein Widerspruch eingelegt. Unabhängig vom Ausgang des Strafverfahrens würde Aldana um einiges ärmer nach Kolumbien zurückkehren.

Was Liarakos irgendwie nicht sonderlich berührte.

Schulter an Schulter mit drei Dutzend anderen Reportern stand Jack Yocke an der Rückwand des Gerichtssaals und machte sich Notizen auf seinem Stenoblock. »Übervoller Gerichtssaal... erwartungsvoll gespanntes Schweigen...«

Judith Lewis, die Assistentin von Strafverteidiger Thanos Liarakos, saß schon am Verteidigertisch, der mit einem kleinen Schild gekennzeichnet war. Der Stuhl neben ihr war frei, aber ganz rechts außen hatte ein Mann in braunem Jakkett und hellbrauner Hose Platz genommen.

»Der Dolmetscher«, antwortete ein Reporter, als Yocke ihn nach dem Mann fragte.

Am Tisch des Staatsanwalts saß eine weitere Frau – vermutlich eine Assistentin. Yocke fragte seinen Kollegen flüsternd nach ihrem Namen. Wilda Rodriguez-Herrera. Während der *Post*-Reporter sich den Namen aufschrieb, fragte er sich, weshalb die meisten Staranwälte heutzutage eine Assistentin hatten. Beide Frauen waren Ende zwanzig, Anfang dreißig – das genaue Alter ließ sich aus dieser Entfernung nicht feststellen – und trugen als Karrierefrauen konservative Kostüme, die sie einen Wochenlohn gekostet haben mußten. Yocke machte sich eine weitere Notiz.

Zwei U.S. Marshals führten Aldana herein, der einen dunklen Anzug mit dunkelbrauner Krawatte trug. Seine Hände waren mit Handschellen gefesselt. Während einer der Marshals sie ihm abnahm, sah Aldana sich rasch im Saal um. Alle Augen waren auf ihn gerichtet. Im Saal war es so still, daß ein metallisches Klirren zu hören war, als die Handschellen aufgeschlossen wurden.

Der Angeklagte saß am Verteidigertisch zwischen Judith Lewis und dem Dolmetscher. Einer der Marshals nahm innerhalb der Barriere direkt hinter ihm Platz, während der andere sich etwas weiter entfernt so hinsetzte, daß er Aldana und die Zuhörer gleichzeitig im Auge behalten konnte.

Judith Lewis flüsterte Aldana etwas zu. Er gab keine Antwort, sah sie nicht an, verzog keine Miene. Daraufhin schaltete sich der Dolmetscher ein. Aldana antwortete mit wenigen Worten, ohne ihn anzusehen. Er starrte den Gerichtsdiener an, der seinem Blick auswich, und konzentrierte sich dann sekundenlang auf Rodriguez-Herrera, die aber in ihren Akten blätterte und ihn nicht wahrnahm.

Als nächstes wurde er auf den Zeichner der *Washington Post* aufmerksam, der ihn aus einer Saalecke durch ein Fernglas auf einem Stativ beobachtete. Dabei veränderte sein Gesichtsausdruck sich erstmals: Seine Oberlippe kräuselte sich verächtlich, und er kniff die Augen zusammen.

Sekunden später war sein Gesicht wieder ausdruckslos. Aldana sah nach vorn und betrachtete angelegentlich die Fahnen hinter dem Richtertisch. Dann lehnte er sich zurück, schlug die Beine übereinander und setzte sich im nächsten Augenblick erneut auf.

Er ist nervös, dachte der Reporter und machte sich weitere Notizen. Er versucht, sich nichts anmerken zu lassen, aber er ist nervös. Vielleicht besitzt er trotz allem auch menschliche Züge.

Jack Yocke rief sich ins Gedächtnis zurück, was er über den Angeklagten wußte. Der in einem Elendsviertel von Medellin aufgewachsene Chano Aldana war an die Spitze des

Drogenkartells gelangt, weil er cleverer und brutaler als seine Rivalen gewesen war. Angeblich hatte er persönlich mehr als zwei Dutzend Männer ermordet und Hunderte – darunter auch einen kolumbianischen Präsidentschaftskandidaten – ermorden lassen. Auf Aldanas Konto gingen Sprengstoffanschläge auf Flugzeuge und Supermärkte; er hatte Richter töten und Polizisten foltern lassen.

Die letzten zwei Jahre sollte Aldana angeblich in irgendeinem Versteck im Amazonasgebiet verbracht haben. Kolumbianische Sicherheitskräfte hatten ihn geschnappt, als er in einem schwachen Augenblick beschlossen hatte, seine Lieblingsnutte aufzusuchen. Irgendwie hatte er die daraus entstehende Schießerei überlebt, bei der sechs seiner Leibwächter den Tod gefunden hatten.

Allen Schilderungen nach war Aldana eine erstaunliche Gestalt – ein südamerikanischer Al Capone hoch drei. Aber beim Anblick dieses schwarzhaarigen, etwas übergewichtigen Südamerikaners mit seinem schmalen Schnauzer fiel es Jack Yocke schwer, die über ihn verbreiteten Horrorgeschichten zu glauben. Staatsanwalt William Bader hatte eine Riesenaufgabe vor sich: Er mußte zwölf Amerikaner aus der Arbeiterklasse davon überzeugen, daß Chano Aldana *el Padrino* war.

Yocke war dabei, sich seine Eindrücke zu notieren, als ein Mann in der blauen Uniform eines Marineoffiziers den Saal betrat. Captain Jake Grafton. Auf seiner linken Brust bildeten das Pilotenabzeichen und die Ordensbänder einen bunten Fleck. Seine Orden und die vier goldenen Streifen an jedem Ärmel wirkten unter so vielen Zivilisten seltsam fehl am Platz.

Grafton sah sich um, erkannte offenbar, daß kein Sitzplatz mehr frei war, und lehnte sich in der Nähe des Eingangs an die Wand. Sein Blick begegnete dem des Reporters. Er nickte ihm zu, bevor er sich auf Chano Aldana konzentrierte, der sich nach dem Neuankömmling umgedreht hatte. Aldana sah wieder nach vorn.

Jake Grafton? Was hatte er hier zu suchen? Yocke notierte sich den Namen und malte drei Fragezeichen dahinter.

Im nächsten Augenblick wurde die Tür hinter dem Richtertisch geöffnet, und William Bader kam – von Thanos Liarakos gefolgt – herein. Bevor der Staatsanwalt neben Rodriguez-Herrera Platz nahm, streifte sein Blick Aldana und die Zuhörer.

Judith Lewis wechselte nach links außen, und Liarakos nahm neben dem Angeklagten Platz. Er sprach kurz mit Aldana, bekam eine Antwort und wandte sich dann an seine Assistentin.

Er sieht müde aus, dachte Yocke, während er den Verteidiger beobachtete. Liarakos, eine mittelgroße schlanke Erscheinung mit ergrauten Schläfen, trug gewohnheitsmäßig Maßanzüge für tausend Dollar. Jeder Zoll ein Staranwalt! Aber an diesem Morgen wirkte sein Gesicht, das die Geschworenen so liebten, irgendwie weicher, weniger auf Wirkung bedacht. Dann fiel Yocke die Erklärung ein: Bei dieser Verhandlung gab es keine Geschworenen.

»Bitte erheben Sie sich!« ordnete der Gerichtsdiener mit lauter Stimme an. Die Rechtsanwälte kamen der Anweisung respektvoll nach, während das Publikum mit den Füßen scharrend aufstand. Als Aldana zögerte, zupfte Liarakos ihn kaum merklich am Ärmel.

Die Richterin betrat den Saal und nahm hinter ihrem erhöhten Tisch Platz.

Der Gerichtsdiener leierte den unverständlichen Text herunter, mit dem jede Gerichtsverhandlung eröffnet wurde, und schloß mit der knappen Aufforderung: »Bitte Platz nehmen!«

Jack Yocke beobachtete weiter den Angeklagten. Aldana saß nach vorn gebeugt da und starrte die Richterin an: eine schicke Fünfzigerin mit straff zurückgekämmtem Haar und modischer Brille. Er ließ sie nicht aus den Augen, während sie die Anklage verlas, die ein Schwurgericht in Miami vor einigen Jahren gegen ihn erhoben hatte. Sein Dolmetscher wollte ihn auf die vor ihm liegende spanische Übersetzung aufmerksam machen, aber Aldana winkte ungeduldig ab.

»Worauf plädieren Sie?«

Liarakos stand halb auf. »Nicht schuldig, Euer Ehren.«

Die Richterin ordnete an, diese Erklärung zu Protokoll zu nehmen, und wandte sich danach an den Staatsanwalt. »Wie ich höre, möchten Sie einen Antrag stellen, Mr. Bader?«

»Ja, Euer Ehren. Darf ich zum Richtertisch kommen?«

Als sie nickte, trat er vor und übergab dem Protokollführer seinen Antrag, der abgestempelt und der Richterin vorgelegt wurde, während Bader dem Verteidiger des Angeklagten einen Durchschlag hinlegte.

»Die Staatsanwaltschaft beantragt für diesen Fall ein gerichtliches Redeverbot, Euer Ehren. Es soll für Anwälte beider Seiten und den Angeklagten gelten.«

»Irgendwelche Einwände, Mr. Liarakos?«

»Nein, Euer Ehren. Wir werden selbst einige Anträge stellen, und soviel ich gehört habe, wollen Sie nächste Woche in öffentlicher Sitzung darüber entscheiden?«

»Ganz recht.« Sie nannte den Termin. »Ihr Antrag ist genehmigt, Mr. Bader.« Sie überflog den Text und las dann vor: »›Den Vertretern von Staatsanwaltschaft und Verteidigung sowie dem Angeklagten wird hiermit untersagt, öffentlich oder mit Vertretern der Medien über diesen Fall, die Fakten, juristische Theorien, mögliche Zeugen, vorzulegendes Beweismaterial und sonstige Einzelheiten des Verfahrens zu sprechen. Sie werden verpflichtet, nichts öffentlich zu tun, zu sagen oder zu schreiben, was mögliche Geschworene irgendwie beeinflussen oder den ordentlichen Gang des Verfahrens behindern könnte.‹ Wollen Sie Haftverschonung gegen Kaution beantragen, Mr. Liarakos?«

»Nicht heute, Euer Ehren.«

»Mr. Bader?«

»Wir haben den Antrag gestellt, Euer Ehren, das Vermögen des Angeklagten als durch Straftaten erworben einzuziehen.« Im Saal entstand Unruhe, und die Richterin machte ein strenges Gesicht. Sie hob ihren Holzhammer, aber bevor sie ihn benutzen konnte, kehrte wieder Ruhe ein. Bader sprach weiter: »Wir möchten Sie bitten, einen Termin für die Anhörung festzusetzen.«

Nach kurzer Diskussion einigten die beiden Anwälte und die Richterin sich auf einen Montag im Januar.

»Diese Verhandlung ist auf kommenden Donnerstag vertagt.« Als die Richterin sich erhob, rief der Gerichtsdiener erneut: »Bitte erheben Sie sich!« Die Reporter packten ihre Mäntel und waren startbereit zum Wettlauf an die Telefone.

Während die U.S. Marshals ihm wieder Handschellen anlegten, führte Aldana ein hitziges Wortgefecht mit seinem Anwalt. Jack Yocke arbeitete sich unauffällig näher heran.

»Warum haben Sie keinen Einspruch erhoben?«

Liarakos sprach so leise, daß der Reporter ihn nicht verstehen konnte.

»Aber sie kann mir nicht den Mund verbieten!«

»Hören Sie, hier ist nicht der richtige Ort für...«

»Sind Sie mein Anwalt oder *deren* Anwalt?« fragte der Kolumbianer empört.

»Halten Sie endlich die Schnauze!« fauchte Liarakos. Dann wandte er sich an den nächsten Marshal. »Räumen Sie bitte den Saal und lassen mich kurz mit meinem Mandanten

sprechen. Sie können draußen im Flur warten. Wenn wir Sie wieder brauchen, klopft Ms. Lewis an die Tür.«

»Verlassen Sie bitte den Saal!« Die Zuhörer strömten hinaus.

Dicht vor der Tür drehte Jack Yocke sich noch einmal nach Chano Aldana um. Der Angeklagte funkelte Liarakos wütend an. Sein Körper, der nervöse Anspannung verriet, war wie sprungbereit geduckt.

Auf dem Flur beeilte Yocke sich, Jake Grafton einzuholen. »Augenblick, Captain! Jack Yocke von der *Post*. Wir haben uns auf der Party Ihrer...«

»Ich erinnere mich an Sie, Jack.« Grafton trug seinen dunkelblauen Uniformmantel über dem Arm und hielt die Mütze mit dem goldbestickten Schirm in der linken Hand. Yocke stellte fest, daß das blau-weiße Band der vom Kongreß verliehenen Ehrenmedaille in seiner Ordensschnalle fehlte. Vielleicht hatte Mergenthaler doch recht, wenn er behauptete, Grafton weigere sich, diesen Orden zu tragen, der ihm vor einigen Jahren verliehen worden war, nachdem er El Hakims Flugzeug über dem Mittelmeer mit seiner F-14 gerammt hatte.

»Ich bin neugierig, Kapitän. Sie hätte ich hier am wenigsten erwartet. Weshalb sind Sie hergekommen?«

»Ich wollte mir Aldana mal ansehen.«

»Dienstlich?«

Grafton war irritiert. »Wie meinen Sie das?«

»Sind Sie privat hier oder interessiert der Vereinte Stab sich aus irgendwelchen Gründen für Aldana?«

»Kein Kommentar.«

»Kommen Sie, Captain! Geben Sie mir 'ne Chance! Warum interessiert das Militär sich für Chano Aldana?«

Der Kapitän begann zu grinsen. Er setzte seine Mütze auf, nickte kurz und wandte sich ab.

Jack Yocke starrte ihm nach, bis ihm einfiel, daß er dringend telefonieren mußte.

»Du hättest sehen sollen, wie er reagiert hat, Ottmar! Richtig ausgeflippt ist er!«

»Banale Ausdrücke dieser Art mußt du dir abgewöhnen. Jack. Die Leute halten dich sonst für 'nen halben Analphabeten.«

»Ich sag' dir, Ottmar, das hättest du erleben sollen! Oh, er hat nicht richtig getobt. Und er hat Liarakos nicht tätlich angegriffen – aber dieser Blick! Dieser Mann *könnte* die Ermordung von Hunderten von Menschen befehlen. Er könnte sie sogar selbst erschießen. Ich bin nur drei Meter von ihm entfernt gewesen und habe seine Energie deutlich gespürt.«

»Vielleicht solltest du an Shirley MacLaine schreiben.«

»Hör zu, Ottmar. Aldana ist *kriminell und geisteskrank.*«

»Er sitzt hinter Gittern und wird Tag und Nacht bewacht. Was willst du mehr?«

Yocke winkte mürrisch ab. »Okay, von mir aus kannst du weiter wie 'ne geistig zurückgebliebene Hyäne kichern. Aber ich sage dir, daß wir eine Klapperschlange in der Tasche haben – und die Tasche ist aus dünnem Stoff. Verdammt noch mal, Aldana hat mir echt Angst eingejagt!«

»Mir auch«, gab Mergenthaler zu.

Das Telefon klingelte. Yocke nahm den Hörer ab.

»Jack, die Bankenaufsicht hat gerade eine Sparbank drüben in Maryland geschlossen. Fahren Sie hin und befragen Sie alle, die Sie erwischen können. Und versuchen Sie, diesmal ein paar Bankkunden zu interviewen.«

»Wie wär's mit einem Neurochirurgen, der auf seinen weihnachtlichen Skiurlaub in Aspen verzichten muß?«

»Ich hatte eher gehofft, Sie würden durch eifrige Nachforschungen auf eine weißhaarige alte Dame stoßen, die nur fünf Dollar in der Handtasche und keinen Zugang zu ihrem gesperrten Bankkonto hat.«

»Wie heißt die Bank?«

»Second Potomac Savings and Loan Bank.«

Wo hab' ich den Namen schon mal gehört? fragte Yocke sich, während er sein Notizbuch einsteckte und seinen Bleistiftvorrat überprüfte. Ah, richtig, dieser Harrington, der auf der Autobahn erschossen worden war... er hatte dort gearbeitet, nicht wahr?

Der Wind bewegte die kahlen Zweige der Bäume unter dem grauen Himmel fast feierlich hin und her. Henry Charon, der am Waldrand unter einer uralten Eiche saß, horchte auf das Rascheln der Zweige über ihm. Der Verkehrslärm der achtzig Meter entfernten Autobahn übertönte die leiseren Waldgeräusche – die Bewegungen eines Eichhörnchens auf Futtersuche, einzelne Vogelstimmen, Blätter im Wind.

Der Jäger versuchte, das Dröhnen der Autos und Lastwagen zu ignorieren. Statt dessen achtete er auf den böigen Wind, der abflaute und wieder zunahm, und schätzte Richtung und Geschwindigkeit einzelner Windstöße ab.

Der Rastplatz vor ihm war beinahe leer. In der entferntesten Ecke stand ein zehn Jahre alter Pickup aus Pennsylvania mit Campingaufbau. Der Fahrer hatte offenbar eine Pause eingelegt und schlief hinten. Ziemlich genau in der Mitte stand der Leihwagen, mit dem Charon zu diesem Rastplatz zwischen Baltimore und Philadelphia gefahren war. Um den Wagen zu mieten, hatte er einen seiner gefälschten Führerscheine und eine auf diesen Namen ausgestellte echte Visa-Karte vorgelegt.

Ein Kombi voller Kinder, Kissen und Koffer bog von der Autobahn ab und hielt vor den Toiletten. Kinder quollen aus dem Wagen und stürmten die kleinen Ziegelbauten.

Kennzeichen aus New Jersey. Drei Minuten später fuhr der Kombi an dem Pickup vorbei zur Ausfahrt.

Henry Charon klappte den Kragen hoch und knöpfte die Jacke ganz zu. Der Wind war eisig – zweifellos wegen der hohen Luftfeuchtigkeit. Trotzdem roch es nicht nach Schnee.

Und wenn es schneite, solange er noch in Washington war? Wie würde sich das auf sein Vorhaben auswirken?

Charon überlegte noch, als eine Limousine über den Rastplatz rollte. Am Steuer saß ein einzelner Mann. Tassone. Er fuhr langsam an dem Leihwagen vorbei, hielt neben dem Pickup, legte den Rückwärtsgang ein und stieß die dreißig Meter zur Toilette zurück. Dort stellte er den Motor ab und stieg aus.

Tassone sah sich um, während er im Toilettengebäude verschwand. Eine Minute später kam er wieder heraus und schlenderte zu der Stelle hinüber, wo Charon saß.

»Hallo.« Auch Tassone setzte sich ins Laub und lehnte seinen Rücken etwa zwei Meter von Charon entfernt an einem Baumstamm. »Wie geht's?«

»Bestens«, sagte Charon.

»Bald schneit's«, behauptete Tassone, indem er seine Hände in den Manteltaschen vergrub.

»Ich glaub' nicht.«

Tassone rutschte unbehaglich hin und her. »Setzen wir uns in den Wagen?«

»Hier sind wir ungestörter.«

»Was halten Sie von dem Job?«

»Sie müßten sich eine Liste aufschreiben.«

Aus der Innentasche seiner Jacke zog Tassone einen Kugelschreiber und einen kleinen Spiralblock. »Okay, ich höre.«

Charon zählte auf, was er alles brauchen würde. Er hatte sich nichts notiert, weil der Besitz einer Liste dieser Art unweigerlich belastend war. Tassone konnte alles selbst aufschreiben und riskieren, daß die Liste bei ihm gefunden wurde. Selbst dann konnte Charon weiterhin alles leugnen.

Tassone brauchte fünf Minuten, um sich alles aufzuschreiben. Charon ließ ihn die Liste wiederholen und ergänzte sie durch zwei Gegenstände, die er genau beschrieb.

Tassone studierte die Liste sorgfältig, stellte ein paar Fragen und steckte seinen Notizblock wieder ein.

»Es ließe sich also machen?« fragte er den Jäger.

»Ja.«

»Wann?«

»Bis wann können Sie alles beschaffen, was auf der Liste steht?«

»Das dauert ungefähr eine Woche, schätze ich. Einige dieser Sachen sind schwierig zu beschaffen, andere kosten einen Haufen Geld. Ich rufe Sie an.«

»Nein, ich rufe Sie an. Heute in einer Woche... genau um diese Zeit.« Beide sahen auf ihre Uhr.

»Okay.«

»Keine Namen.«

»Natürlich nicht. Sie übernehmen den Auftrag also?«

»Wie viele Leute – Sie mitgezählt – wissen von mir?«

»Zwei.«

»Nur zwei?«

»Richtig.«

Im Laub hinter ihnen raschelte irgend etwas. Henry Charon war blitzschnell auf den Beinen, benützte einen Baumstamm als Deckung und spähte in die Richtung, aus der das Geräusch gekommen war. Dann sah er die Ursache: ein rotes Eichhörnchen.

»Zehn Millionen, Cash, im voraus.«

Tassone stieß einen leisen Pfiff aus. »Ich...«

»Das ist für den ersten Namen auf Ihrer Liste. Jeder weitere kostet eine Million – allerdings ohne Garantie. Für jeden anderen, den ich erwische, zahlen Sie eine Million. Einverstanden?«

»Wollen Sie das Geld auf ein Schweizer Bankkonto?«

»Cash. In bar auf die Hand. Gebrauchte Zwanziger und Fünfziger ohne Nummernfolgen.«

»Okay.«

»Sind Sie berechtigt, diese Verpflichtung einzugehen?«

Jetzt stand Tassone auf. »Sie legen keinen um, bevor Sie das Geld haben, stimmt's?«

»Richtig.«

»Gut, ich sage Ihnen, daß Sie das Geld kriegen. Wie lange brauchen Sie für die Vorbereitungen?«

»Acht bis zehn Tage, sobald ich die Sachen auf der Liste habe. Zwei oder drei Wochen wären allerdings besser.«

»Vielleicht für Sie, aber nicht für uns. Wir möchten, daß Sie möglichst bald anfangen.«

»Erst mal sehen, wie Sie mit der Beschaffung meiner Ausrüstung zurechtkommen.«

»Okay«, sagte Tassone und klopfte sich die Hose ab. »Ich rufe Sie in einer Woche an.«

Als Jake Grafton in seine Dienststelle im Pentagon zurückkam, erwartete ihn eine Nachricht. Der Vorsitzende der Vereinten Stabschefs wollte ihn sprechen. Er rief dort an und erreichte einen Adjutanten, der ihm mitteilte, der General habe in einer Viertelstunde Zeit für ihn.

Für Jake würde dies die vierte Begegnung mit General Hayden Land sein. Die meisten der über tausend Offiziere im Vereinten Stab bekamen den ranghöchsten amerikanischen Soldaten selbst bei Sitzungen mit allen Stabschefs nur sehr selten zu sehen. Deshalb war es eine Auszeichnung, daß Land den Leiter der mit nur sieben Offizieren vergleichsweise winzigen Abteilung für Drogenbekämpfung sprechen wollte.

Grafton leitete diese Abteilung, die den Vereinten Stabschefs zuarbeitete, damit sie Fragen militärischer Zusammenarbeit mit zur Bekämpfung des Drogenschmuggels eingesetzten Organen der Exekutive entscheiden konnten. Den Job verdankte Jake der Tatsache, daß vor einem Jahr, als er zum Vereinten Stab gekommen war, der O-6 auf diesem Posten planmäßig zur Truppe zurückversetzt worden war. Grafton, der nichts von Drogenbekämpfung verstand, hatte fast zwei Monate gebraucht, nur um zu verstehen, wo das Militär überall Hilfestellung leistete.

Im vergangenen Jahr hatte die Arbeitsbelastung seiner Abteilung stark zugenommen, weil eine besorgte amerikanische Öffentlichkeit forderte, alle staatlichen Ressourcen für den Kampf gegen die Drogenterroristen zu nutzen. Die Stabschefs hatten diesem Druck widerstrebend nachgeben müssen, so daß Jake Grafton jetzt reichlich Arbeit hatte.

General Hayden Land, der erste Schwarze auf diesem Posten, galt allgemein als sehr begabter, hochintelligenter Offizier. Außerdem wurde ihm sehr viel politisches Fingerspitzengefühl nachgesagt. Er kam aus dem National Security Council, wo er die Verflechtung von Politik und Sicherheitsfragen und ihre Auswirkungen aufs Militär selbst kennengelernt hatte.

In General Lands Vorzimmer im Ring E des Pentagon hingen Originalgemälde, die schwarze amerikanische Soldaten im Einsatz zeigten. Während der Adjutant ihn anmeldete, hatte Grafton Zeit, sie zu betrachten. Eines zeigte Soldaten der Nordstaatenarmee in einem Granattrichter vor Petersburg, ein weiteres Kavalleristen im Kampf mit Indianern und ein drittes Piloten des Army Air Corps in Jagdflugzeugen des Zweiten Weltkriegs.

»Der General läßt bitten«, sagte der Adjutant, gerade als Graftons Blick auf ein viertes Gemälde fiel. Es zeigte einen trotzig mit seinem MG auf angreifende japanische Flugzeuge schießenden schwarzen Matrosen. Dorrie Miller an Bord der U.S.S. *West Virginia* in Pearl Harbor.

»Der Kunstgeschmack Ihres Chefs gefällt mir«, versicherte er dem Adjutanten, als er an ihm vorbei das Dienstzimmer des Vorsitzenden betrat.

»Captain Grafton, Sir«, meldete der Adjutant und zog sich zurück. Für einen Fünfzigjährigen hatte der General sich gut gehalten, fand Jake, während sein Blick über die untersetzte Gestalt, das kurze Haar und die makellose Uniform mit den vier silbernen Sternen auf den Schulterklappen glitt.

»Treten Sie näher, Captain, und nehmen Sie Platz. Ich habe heute morgen bei Ihnen angerufen, weil ich Ihnen vorschlagen wollte, sich Aldana anzusehen. Aber Sie sind schon unterwegs gewesen.«

»Ja, Sir, ich bin drüben gewesen.« Jake ließ sich in einen Sessel fallen. »Eigentlich mehr aus Neugier«, fügte er hinzu. »Der Staatsanwalt hat Redeverbot für beide Seiten beantragt und ist damit durchgekommen. Vielleicht verschafft uns das noch eine Gnadenfrist.«

General Land starrte nachdenklich aus dem Fenster zur Skyline von Arlington hinüber. »Fürchten Sie wirklich, daß die Sache rauskommt?«

»Wüßten nur amerikanische Soldaten davon, wäre ich optimistischer, Sir. Die wissen wenigstens, was Geheimhaltung bedeutet. Aber da die kolumbianische Polizei und unser Justizministerium beteiligt gewesen sind, ist der Fall aussichtslos. Ich gehe jede Wette ein, daß die Presse schon bald Wind davon bekommt. Vielleicht beantragt Thanos Liarakos – Aldanas Verteidiger – eine gerichtliche Prüfung der Rechtmäßigkeit der Verhaftung seines Mandanten. Ich bin kein Rechtsanwalt und kenne keinen, den ich fragen könnte, aber Liarakos scheint der Typ zu sein, der nicht so leicht lockerläßt.«

»Aber die Sache muß legal sein!« behauptete Hayden Land. »Schließlich hat der Justizminister persönlich unsere Unterstützung angefordert.«

»Ich sage nur, Sir, daß Liarakos diese Frage vor Gericht ansprechen könnte. Und die Presse ist möglicherweise schon hellhörig geworden. Am Wochenende ist ein Reporter, ein Student meiner Frau, auf einer Party in meinem Haus gewesen. Heute morgen hat er mich im Gerichtssaal gesehen und danach angehalten.«

»Ein Reporter welcher Zeitung?«

»Der *Washington Post*, Sir.«

Land grinste. »Mein Gott«, sagte er, »ich komme mir schon wie der gute alte Dick Nixon vor. Rechnen Sie etwa mit scheußlichen Enthüllungen?«

Grafton lachte. »Ich glaube nicht, daß Gideon Cohen einen Herzanfall bekommt, wenn er in der Zeitung liest, daß Aldana von amerikanischen Special Forces in Zusammenarbeit mit der kolumbianischen Polizei geschnappt worden ist. Als ich ihn gewarnt habe, daß alles rauskommen würde, hat er bloß mit den Schultern gezuckt. Er weiß, was uns erwartet.«

»Was ist mit diesem Aldana?«

»Ein Psychopath.«

»Hmmm. Bei seiner Gefangennahme hat er dem Major von den Special Forces gedroht, er werde ihn und alle seine Leute ermorden lassen.« Der General lächelte kalt. »Ich bin dagegen gewesen, daß wir uns in diese Sache hineinziehen lassen. Das Militär hat nichts mit Strafverfolgung zu schaffen. Das funktioniert nicht, kann nicht funktionieren, ist nicht gut fürs Militär oder unser Land. Aber als ich gehört habe, daß dieser Verbrecher unsere Männer bedroht hat, sind meine Zweifel geschwunden. Vielleicht hat Cohen doch recht. Vielleicht müssen wir mitmischen und ein paar Leute gewaltig in den Hintern treten.«

»Wenn Sie meine Meinung hören wollen, General, haben Sie anfangs richtig gelegen. Diese Kartellgangster haben die kolumbianischen Behörden bestochen, bedroht, erpreßt und gelegentlich unterwandert. An unsere Männer sind sie noch nicht rangekommen, aber sie werden's bestimmt versuchen. Wir sind nicht darauf eingerichtet, unsere eigenen Leute zu überprüfen. Wir nehmen Achtzehnjährige, die den schriftlichen Test und die Musterungsuntersuchung bestehen, und machen Soldaten aus ihnen. Loyalitäts- und Sicherheitsüberprüfungen sind Gebiete, mit denen wir uns nicht befassen sollten.«

»Möglicherweise bleibt uns nichts anderes übrig«, meinte der General. »Die Welt wandelt sich, und wir müssen uns mit ihr wandeln.«

Kapitel sieben

Als der Justizminister das Büro William C. Dorfmans im Weißen Haus betrat, lag die *Washington Post* so zusammengefaltet auf dem Schreibtisch, daß Mergenthalers Kolumne deutlich zu sehen war. Gideon Cohen nahm seufzend Platz, während er darauf wartete, daß der Stabschef ein Telefongespräch beendete.

»Nein, wir haben nicht die Absicht, den Text der Anklage zu veröffentlichen. Sie ist nicht zur Veröffentlichung bestimmt... Nein, wir haben nicht die Absicht, Mexiko aufzufordern, uns Mexikaner auszuliefern. Zwischen Mexiko und den Vereinigten Staaten existiert kein Auslieferungsvertrag.«

Er hörte noch einige Sekunden lang zu. »Verdammt noch mal, nein!« knurrte er dann und knallte den Hörer auf die Gabel.

»Dieser Blödmann will wissen, ob wir tatsächlich Kopfgeld auf diese Kerle aussetzen...« Dorfman tippte mit dem Zeigefinger auf die Kolumne. »...und Belohnungen dafür zahlen, daß sie die Leute hierher bringen, damit wir ihnen den Prozeß machen können.«

Cohen schlug die Beine übereinander. In seiner Kolumne in der *Post* hatte Ottmar Mergenthaler erstmals enthüllt, daß ein Schwurgericht in Los Angeles letzte Woche insgeheim Anklage gegen 19 prominente Mexikaner erhoben hatte. Die Anklage lautete auf Drogenschmuggel und Beteiligung an der Entführung und Ermordung des DEA-Agenten Enrique Camarena, dessen Leiche im März 1985 bei Guadalajara aufgefunden worden war.

Zu den Angeklagten gehörten der ehemalige Direktor der mexikanischen Bundespolizei – das dortige Gegenstück zum FBI – und sein Bruder, der ehemalige Leiter der mexikanischen Drogenfahndung. Und zu ihnen gehörte auch ein Arzt, der erst gestern in El Paso verhaftet worden war. Offenbar hatten mehrere Unbekannte den guten Doktor in einem Flugzeug begleitet, ihn wartenden FBI-Agenten übergeben und dann sofort den Rückflug angetreten.

»Haben Sie etwa vor, Kopfgeld zu zahlen?«

»Warum nicht?« lautete Cohens Gegenfrage. »Es ist völlig legal, Belohnungen an Leute zu zahlen, die der Justiz Verbrecher übergeben. Das ist eine seit Jahrhunderten bewährte...«

»Danke, bloß keinen Vortrag! Was versuchen Sie überhaupt zu erreichen?«

Vor zwei Jahren wäre Cohen noch wütend geworden. »Dem Gesetz Geltung zu verschaffen«, antwortete er ruhig. »Oder gehört das nicht mehr zu den Zielen dieser Regierung?«

Dorfman lehnte sich zurück und starrte den Justizminister an. Hinter den dicken Gläsern seiner Hornbrille wirkten seine Augen eulenhaft vergrößert. »Daß ich Sie nicht mag, dürfte Sie nicht überraschen.«

»Privat oder beruflich?« fragte Cohen.

Dorfman sprach weiter, als habe er diese Frage nicht gehört. »Ich habe dem Präsidenten vorgeschlagen, Ihren Rücktritt zu verlangen. Meiner Meinung nach stehen Sie nicht loyal zu dieser Regierung. Sie scheinen keinen Begriff von den politischen Realitäten zu haben, mit denen der Präsident jeden Tag, bei jeder Entscheidung umgehen muß.«

»Ehrlich gesagt, Dorfman, interessiert mich Ihre Meinung nicht im geringsten. Teilen Sie mir offiziell mit, daß der Präsident meinen Rücktritt fordert?«

Der Stabschef antwortete nicht gleich. »Nein«, knurrte er, nachdem er diesen Augenblick ganz ausgekostet hatte, »das tue ich nicht. Sie sollten bloß wissen, wo wir stehen.«

»Danke.« Cohen gab sich keine Mühe, seinen Widerwillen zu verbergen. Dorfmans billige Schauspielerei war so typisch für diesen Kerl!

Sobald der Pfadfindertrupp aus dem Oval Office kam, gingen Dorfman und Cohen zum Präsidenten hinein. Der offizielle Fotograf des Weißen Hauses war noch damit beschäftigt, den Präsidenten am Schreibtisch sitzend aufzunehmen. Cohen fand, der Präsident wirke noch sorgenvoller als sonst. Er achtete nicht sonderlich auf die Anweisungen des Fotografen.

»Kommen Sie zu mir rüber, Gideon. Er soll ein paar Aufnahmen von uns beiden machen.«

Wenige Minuten später verließ der Fotograf den Raum und schloß die Tür hinter sich. Dorfman klatschte die *Washington Post* auf den Schreibtisch des Präsidenten.

»Woher hat Mergenthaler diese Informationen?« wollte der Präsident wissen.

»Keine Ahnung.«

»Diese Regierung hat mehr undichte Stellen als ein altes Ruderboot. Wer dabei erwischt wird, daß er ohne Genehmigung eines Ministers Löcher in den Boden hackt, wird fristlos entlassen!«

»Falls wir jemand schnappen.«

Der Präsident nickte geistesabwesend. Im Zeitalter des Telefons mußte jede Regierung mit undichten Stellen rechnen. Andererseits hatte das Weiße Haus bisher bemerkenswert dichtgehalten. »Wann kommt der mexikanische Botschafter rüber?« fragte er seinen Stabschef.

»Vierzehn Uhr dreißig.«

»Was soll ich zu dieser Anklageerhebung sagen?« fragte er Cohen. »Und zu der Sache mit dem Kopfgeld?«

»Erklären Sie ihm, daß gegen diese neunzehn Personen handfeste Beweise vorliegen. Sagen Sie, daß Mexiko einen Auslieferungsvertrag unterzeichnen soll.«

Dorfman schüttelte den Kopf. »Darauf lassen die Mexikaner sich nie...«

Der Präsident unterbrach ihn. »Mergenthaler behauptet, daß die DEA ein paar dieser Männer entführen und hier vor Gericht stellen will.«

»Ja, das stimmt. Sein ganzer Artikel stimmt. Wie die DEA mir vorgetragen hat, will sie zwei oder drei der Hauptschuldigen in die Vereinigten Staaten bringen und hier verhaften lassen.«

Der Präsident griff nach der Zeitung und ließ sie wieder auf die Schreibtischplatte fallen. Dann starrte er Gideon Cohen an. »Nein.«

»Ja.«

»Nein, endgültig *nein*! Die Mexikaner schulden uns fünfzig Milliarden Dollar!« Er wiederholte die Zahl mißmutig: »Amerika erlebt seit neun Jahren die längste Konjunktur seiner Geschichte – und wir sind bis über beide Ohren verschuldet. Staatsverschuldung in Billionenhöhe, Zusammenbrüche von Sparbanken, Farmer am Rande des Ruins, Kreditkartenverschuldung auf Rekordhöhe, Zusammenbruch des Markts für Junk Bonds, Bankrott der Dritten Welt… und jetzt wollen auch die Nachfolgestaaten der Sowjetunion Wirtschaftshilfe! Ich komme mir wie ein armer Mann mit zwölf kranken Kindern und einem Aspirin vor.«

»Woher wissen wir, daß die Mexikaner daraufhin die Schuldenzahlungen einstellen würden?«

»Natürlich würden sie das tun! Stellen Sie sich bloß vor, wie Amerika reagieren würde, wenn die mexikanische Regierung ein paar prominente Amerikaner entführen ließe, um sie in Mexico City vor Gericht zu stellen. Halb Texas würde die alten Schrotflinten rausholen und nach Nuevo Laredo aufbrechen, um den Chili Peppers ein paar Manieren beizubringen.«

»Ich könnte ein Dutzend Senatoren nennen, die eine Kriegserklärung fordern würden«, fügte Dorfman hinzu.

»Unser Geld ist so oder so weg«, stellte der Justizminister unwiderlegbar logisch fest.

»Ich will mich nicht mit Ihnen streiten, Gideon.« Nachdem der Präsident das gesagt hatte, fuhr er fort: »Im Augenblick finanzieren ausländische Anleger rund dreißig Prozent unseres Defizits, indem sie Staatsschuldverschreibungen kaufen. Sollte Mexiko die Schuldentilgung einstellen, dürfte das restliche Mittelamerika diesem Beispiel folgen. Dann bricht das amerikanische Bankensystem zusammen, wenn es nicht vom Staat gestützt wird, wozu er verpflichtet ist, weil alle Einlagen bis zu hunderttausend Dollar staatlich garantiert sind. Zu retten sind die Banken nur durch Ausgabe neuer Staatsschuldverschreibungen, deren Verkauf durch höhere Zinssätze angekurbelt werden muß. Das funktioniert aber nur für kurze Zeit, so daß schon bald die Steuern erhöht werden müssen, was den Leuten noch mehr Geld aus der Tasche zieht. Letzten Endes gerät Amerika – und die gesamte Weltwirtschaft – dadurch in eine tiefe Rezession, die seine Fähigkeit zur Schuldentilgung weiter verringert. Soweit alles klar?«

»Und wenn die Staatsbank zur Rettung unserer Wirtschaft drastische Zinssenkungen beschließt, kaufen die Japaner und Europäer keine Staatsschuldverschreibungen mehr.«

»Genau!«

Cohen fuhr sich mit einer Hand durch sein spärlich gewordenes Haar. Er dachte an einen russischen Politiker, der ihm vor dem Zerfall der UdSSR anvertraut hatte: »Die Sowjetunion steht am Rande des Abgrunds.« Hier im Oval Office wurde etwas Ähnliches behauptet – nur ging es diesmal um die Vereinigten Staaten. Gideon Cohen lief ein kalter Schauder über den Rücken.

»Dann müßten wir den Dollar abwerten«, sagte der Justizminister langsam.

George Bush nickte zustimmend.

»Warum werten wir ihn nicht gleich ab und nehmen den Kampf gegen die Drogenschmuggler sofort auf?«

Während der Präsident sich mit den Handballen die Augen rieb, grinste Dorfman verächtlich. »Soll das ein Witz sein?« fragte der Stabschef.

»Das würde der Kongreß niemals billigen«, stellte der Präsident fest. »Würde ich auch nur einmal öffentlich eine Dollarabwertung vorschlagen, würden Sie bis ans Ende Ihrer Tage keinen Republikaner mehr in diesem Amt erleben. Nein, Gideon, ich habe nicht für diesen Job kandidiert, um der meistgehaßte Mann Amerikas zu werden. Ich *soll* tun, was das Volk will, und versuche, es zu tun. Das sehen Sie doch hoffentlich ein?«

»Mr. President, Ihre guten Absichten stehen außer Zweifel. Zumindest für mich. Aber ich weise darauf hin, daß das amerikanische Volk eine wirksame Lösung der Drogenproblematik erwartet. In Mexiko sind viele Staatsbedienstete – vor allem Polizisten – in den Drogenschmuggel verwickelt. Damit meine ich nicht, daß weggesehen wird, wenn eine Ladung Marihuana die Grenze passiert, sondern ich rede von der Folterung und Ermordung amerikanischer Drogenfahnder durch mexikanische Polizeibeamte. *Unsere Wähler verlangen, daß das aufhört!*«

»Die Wähler haben lange Einkaufslisten und entsenden Abgeordnete nach Washington, um sich Sachen besorgen zu lassen. Andererseits haben sie mich gewählt, damit ich den Laden zusammenhalte. Die Amerikaner sind nicht dumm: Sie wissen, daß eine Regierung nicht sämtliche Wünsche erfüllen kann. Ich habe den Auftrag, das zu tun, was im allgemeinen Interesse der Vereinigten Staaten liegt. *Und genau das tue ich!*«

»Mr. President, trotzdem: Die Drogen sind unser größtes innenpolitisches Problem. Mexiko verkörpert einen großen Teil dieses Problems. Diese Tatsache können wir nicht ignorieren.«

»Mexiko, das Land der *mordida*, der vielen kleinen Bestechungen«, sagte der Präsident mit unüberhörbar müder Stimme. »Jeder Mexikoreisende hat schon mal einen Beamten schmieren müssen. Hier fünf Dollar, dort einen Zehner. Und für größere Gefälligkeiten sind größere Summen fällig. Ich weiß noch, wie meine Frau und ich...«

»Denken Sie etwa, bei uns gäbe es keine Drogenkorruption?« fragte Cohen. »In den Vereinigten Staaten?«

Der Präsident und sein Stabschef wechselten einen Blick.

»Wie meinen Sie das?« fragte Dorfman.

»Amerikaner sind auch nicht besser als andere Leute. Der Verlockung des Geldes können nur wenige widerstehen. Die Verhältnisse in Mexiko kennen wir gut, weil die DEA seit Jahren dort unten arbeitet. Die hiesigen Ermittlungen hinken um Jahre hinterher.«

»Soll das heißen, daß das FBI gegen hohe amerikanische Beamte ermittelt? Nicht nur gegen County Sheriffs und Grenzpolizisten?«

Der Justizminister nickte.

Will Dorfman seufzte. »Das könnte sogar vorteilhaft sein«, erklärte er dem Präsidenten. »Ein Feldzug gegen Bestechlichkeit macht sich immer gut.«

»Dieser vielleicht nicht«, widersprach Cohen. Er beugte sich vor und sprach nur mit dem Präsidenten: »Stellen Sie sich vor, gegen ein Dutzend sehr hohe Persönlichkeiten würde Anklage erhoben... Schon möglich, daß Dorfman den PR-Aspekt im Griff hätte, aber der ›Krieg gegen Drogen‹ sähe dann wie einer dieser rot-weiß-blauen WIN-Buttons aus – bloße Show, aber kein Versuch, die *wahren* Probleme zu lösen. Wenn wir nicht bald entschlossen an die Lösung des Drogenproblems herangehen, müssen wir damit rechnen, daß die Wähler uns das übelnehmen.«

Der Präsident stand auf, trat ans Fenster und blickte in den Garten hinaus. »Na ja, wir sind schließlich nicht ganz untätig. Ich habe das Kopfgeld für diesen mexikanischen Arzt genehmigt. Ich habe die Ergreifung Aldanas durch amerikanische Soldaten genehmigt. Das ist noch nicht rausgekommen, aber es läßt sich bestimmt nicht geheimhalten. Welcher Entrüstungssturm dann losbricht, können Sie sich vorstellen! Wir tun, was wir können, und das wird der Wähler auch honorieren.«

Gideon Cohen nickte. »Mr. President, ich zweifle keineswegs an Ihrem Engagement. Aber die Öffentlichkeit sieht nicht genug davon. Die Öffentlichkeit sieht nur Werbefeldzüge mit einfallslosen Sprüchen. ›Sag einfach nein‹ ist ein dummer Witz. Der Oberbürgermeister von Washington konnte nicht ›nein‹ sagen. Der Chef der mexikanischen Bundespolizei konnte nicht ›nein‹ sagen. Der Präsident Panamas konnte nicht ›nein‹ sagen. Filmstars und Sportler können's nicht. Cops können's nicht. Abgeordnete und Senatoren können's nicht. *Und diese Namensliste wird rasch länger!«*

»Wer?« fragte der Präsident.

»Ich hab' nicht danach gefragt«, antwortete der Justizminister. »Ich will's gar nicht wissen.«

»Wirklich nicht?« Der Präsident drehte sich halb nach Cohen um und zog die Augenbrauen hoch.

»Ja, leider«, sagte Cohen ausdruckslos. »Wenn ich's nicht weiß, kann mir niemand vorwerfen, ich hätte einen Verdächtigen, gegen den ermittelt wird, absichtlich oder unabsichtlich gewarnt. Für Sie ist's auch besser, wenn Sie's nicht wissen. Ich garantiere Ihnen, daß ein paar dieser Leute herausbekommen, daß sie verdächtigt werden, und daraufhin versuchen, ihren Einfluß auszunützen. Das ist nur menschlich.«

Außer vielleicht Journalistikstudenten an irgendeiner Universität liest niemand jedes Wort einer beliebigen Ausgabe der *Washington Post*. Jack Yocke hegte den geheimen Ehrgeiz, der erste Mensch zu sein, der die *Post* von vorn bis hinten durchlas. Wahrscheinlich eines schönen Tages, wenn er mit Grippe im Bett lag. Aber bestimmt nicht heute. Er saß an seinem Schreibtisch und blätterte in der Zeitung, registrierte nur die Schlagzeilen und überflog die interessanten Artikel.

Sehr aufschlußreich waren die Kommentare zweier »Fachleute« zu einer Meldung vom Vortag. In Peru und Bolivien war der Preis für Kokablätter von hundert auf nur zehn Dollar für fünfzig Kilo gefallen. Der eine Kolumnist äußerte die Überzeugung, diese Tatsache bedeute, daß Amerika seinen Krieg gegen Drogen gewinne. Der andere, der in Wirtschaftskunde anscheinend nicht geschlafen hatte, war der Ansicht, der Preisverfall bedeute nur, daß in Peru und Bolivien dieses Jahr eine Rekordernte eingebracht worden sei, so daß die für die Rodung von Kokapflanzungen ausgegebenen Dollarmillionen vergeudet seien.

Jack Yocke blätterte in seinem Telefonverzeichnis. Die gesuchte Nummer fand er unter einem nur ihm bekannten Decknamen. Er wählte sie.

»Yeah, Mann.«

»Hey, hier ist Jack Yocke. Wie läuft's?«

»Zu glatt, Mann. Was gibt's?«

»Hast du heute schon die Zeitung gelesen?«

»Der Scheiß, den die Weißen schreiben, interessiert mich nicht. Weißt du doch.«

»Frage: Was macht der Straßenverkaufspreis?«

»Wie meinst du das?«

»Geht er rauf oder runter?«

»Unverändert, Mann – 'n Fünfer pro Pop. Manche reden davon, auf vier Dollar zurückzugehen, aber das will eigentlich niemand. Weniger Gewinn für alle, verstehst du?«

»Gibt's Lieferschwierigkeiten?«

»Nicht, daß ich wüßte.«

»Danke.«

»Bleib cool, Mann.«

Harrison Ronald Ford – der Mann, mit dem Yocke telefoniert hatte – legte den Hörer auf. Die *Washington Post*, die er angeblich nie las, lag aufgeschlagen auf dem Küchentisch. Der Bericht, für den Ford sich interessierte, stammte von Yocke. *Second Potomac Savings von Bankenaufsicht geschlossen*, lautete die Schlagzeile. Der vor kurzem ermordete Hauptkassierer Walter P. Harrington war offenbar in Geldwäsche verwickelt gewesen. Vorstand und Aufsichtsrat der Bank entsetzt: Gravierende Verstöße gegen Buchhaltungsvorschriften. Die Angestellten hatten geahnt, daß vieles nicht mit rechten Dingen zuging, aber keiner hatte den Mund aufmachen und seinen Job samt Pensionsberechtigung riskieren wollen. Nun waren sie doch beides los.

Harrison Ronald goß sich Kaffee nach und zündete eine neue Zigarette an. Ein Blick durch die schmutzige Fensterscheibe zum Haus gegenüber, dann schlug er das Kreuzworträtsel auf und griff nach einem Bleistift.

Er mochte Kreuzworträtsel. Er wußte seit langem, daß er am besten nachdenken konnte, während er die weißen Kästchen ausfüllte. Heute hatte er über vieles nachzudenken.

Ganz oben auf seiner Liste stand Freeman McNally. Er wußte, daß McNally sein Geld in Harringtons Sparbank gewaschen hatte. Was würde McNally jetzt tun? Die Wocheneinnahmen seiner Organisation betrugen fast drei Millionen Dollar in bar. Ungefähr ein Viertel davon ging für neuen Stoff an die Westküste; Gehälter, Bestechungsgelder und weitere Ausgaben verschlangen ebenfalls Hunderttausende. Trotzdem blieben Monat für Monat über vier Millionen Dollar übrig, die Freeman McNally irgendwie in legales Geld umwandeln mußte, das er und seine engsten Freunde ausgeben oder anlegen konnten.

Gewiß ein angenehmes Problem, aber eben doch eines. Freeman würde bestimmt eine originelle Lösung finden.

In dem einen Jahr, das Harrison Ronald Ford für die Organisation arbeitete, war sein Respekt vor Freeman McNally gewaltig gestiegen. McNally, der in der sechsten Klasse abgegangen war, besaß gesunden Menschenverstand, überlegene Intelligenz und die Fähigkeit, wie eine Katze auf den Beinen zu landen, wenn das Unerwartete eintrat – was so häufig passierte, daß ein normaler Geschäftsmann daran verzweifelt wäre.

An vielen Problemen McNallys waren Leute schuld, die für ihn arbeiteten: Sie wurden geldgierig oder drogensüchtig, sie gaben mit ihrem neuen Wohlstand in den falschen Kreisen an, oder sie waren von ihrer persönlichen Unverwundbarkeit überzeugt. McNally war der geborene Führer. Seine Einschätzungen waren fast immer richtig. Leute, die er für gefährlich hielt, verschwanden rasch und endgültig. Andere, die ihm korrigierbar erschienen, wurden belehrt und blieben in Vertrauensstellungen.

Wie alle Crackdealer führte McNally einen endlosen Kampf zur Verteidigung seines aus Häusern und Straßenekken bestehenden Reviers, in dem seine Straßenhändler sein Produkt verkauften. Für diesen Kampf war McNally von Natur aus sehr begabt. Er war geradezu die Verkörperung erbarmungsloser Effizienz.

Und wie jeder Crackdealer war McNally in einer Cash-and-carry-Branche tätig, die ständige Wachsamkeit erforderte. Auch auf diesem Gebiet brillierte Freeman McNally. Wie Harrison Ronald aus eigener Erfahrung wußte, hatten schlecht beratene Optimisten zweimal versucht, McNally zu betrügen. Für die meisten dieser Dummköpfe hatte das Abenteuer mit einem Genickschuß geendet. Einer war sogar – lebend – mit einer Kettensäge zerstückelt worden.

Aber obwohl Freeman McNally vieles mit anderen erfolgreichen Crackdealern gemeinsam hatte, war er in einem Punkt einzigartig. McNally erfaßte intuitiv, daß die größte Gefahr für seine Organisation von den Sicherheitsbehörden ausging: Polizei, DEA und FBI. Deshalb hatte er sich systematisch daran gemacht, diese Gefahr auf ein erträgliches Maß zu verringern. Er spürte Politiker, Cops und DEA-Fahnder auf, die käuflich waren – und kaufte sie.

Deshalb war Harrison Ronald Ford als verdeckter Ermittler in Washington im Einsatz, anstatt mit seinem Streifenwagen in Evansville, Indiana, unterwegs zu sein. Hier war er allerdings nicht als Harrison Ronald Ford, sondern als Sammy Z. bekannt.

Sir Galahads Mutter, 23 waagrecht, sechs Buchstaben, hinten ein E...

Ford war vor einem Jahr nach Washington gekommen und hatte sich dieses Loch als Unterkunft gemietet. Nachdem er zwei Wochen in Bars herumgelungert hatte, war er an einen Job als Schmieresteher bei einem von McNallys Zwischenhändlern gekommen. Und wer war ihm bei dieser Tätigkeit ungefähr einen Monat später an einem regnerischen Donnerstagabend über den Weg gelaufen? Kein anderer als sein alter Kumpel Jack Yocke, mit dem er in Evansville in der Schulmannschaft Baseball gespielt hatte!

Er hatte ihm die Wahrheit gesagt, und der Reporter schien dichtgehalten zu haben. Seit damals waren zehn Monate vergangen, und Harrison Ronald lebte noch immer. Er hatte sogar Karriere gemacht, lieferte Ware aus und erledigte persönliche Aufträge für Freeman.

Er war dicht dran. Ganz dicht. Er kannte die Namen von zwei Cops und einem Politiker, die auf Freemans Liste standen. Aber er hatte noch keine Beweise, die vor Gericht standgehalten hätten.

Die mußten zu finden sein. Irgendwann würde er die Beweise auftreiben. Wenn er lange genug lebte.

Elaine... Galahads Mutter hieß Elaine.

Wenn dieser Fuchs Freeman McNally nicht vorher mißtrauisch wurde.

Yocke sollte der Teufel holen! Wozu mußte dieser Weiße ihn ausgerechnet heute anrufen? Nun, schlimmstenfalls würde Jack Yocke einen verdammt guten Nachruf auf ihn schreiben.

Der jäh verstorbene Judson Lincoln hatte in einem dreigeschossigen Stadthaus in einer schicken Wohngegend etwa zwei Kilometer nordöstlich des Weißen Hauses residiert. T. Jefferson Brody parkte seinen Mercedes etwa einen Block entfernt und ging zu Fuß hin.

Er wurde erwartet. Er hatte die Witwe am Morgen angerufen und ihr mitgeteilt, er sei daran interessiert, die Firma ihres verstorbenen Mannes zu kaufen. Sie hatte sich offenbar mit ihrem Anwalt beraten und ihn dann zurückgerufen, um einen Termin um 14 Uhr vorzuschlagen.

Am Telefon hatte Mrs. Lincoln ruhig und gefaßt gewirkt, aber auf so etwas kann man sich nie verlassen. Vermutlich erwartete ihn ein anstrengender Nachmittag mit einer schniefenden Witwe, vielleicht ein paar ungezogenen Blagen und bestimmt einem überbezahlten fetten Anwalt, der jede Vertragsklausel einzeln bemängeln würde. Wie eine Gewitterwolke am Horizont würde die Frage im Raum stehen: Wer hat Judson Lincoln, einen prominenten schwarzen Geschäftsmann und eine Säule unserer Gesellschaft, ermordet? Und dann noch die Polizei! Die Bullen würden die Witwe gnadenlos ausquetschen, ohne dadurch auch nur ein Stückchen weiterzukommen.

Nun, dem allen fühlte T. Jefferson Brody sich gewachsen.

Nachdem Brody auf den Klingelknopf gedrückt hatte, zupfte er das blaue Zwanzigdollartuch in der Brusttasche seiner Anzugjacke zurecht. Er würde es der Witwe hoffentlich nicht anbieten müssen, aber... Dann rückte er seine Krawatte gerade, überzeugte sich davon, daß die Jacke unter seinem Kamelhaarmantel korrekt zugeknöpft war.

Die Tür wurde von einer Schwarzen in kompletter Dienstmädchenuniform inklusive weißem Spitzenhäubchen geöffnet. Brody gab ihr seine Geschäftskarte und sagte: »Ich möchte zu Mrs. Lincoln.«

»Bitte legen Sie ab, Sir.« Nachdem er seinen Mantel ausgezogen hatte, sagte sie: »Folgen Sie mir bitte, Sir.«

Sie führte ihn fünf Meter durch die Diele ins Arbeitszimmer.

Mrs. Lincoln war eine hochgewachsene Schönheit mit sehenswerter Figur. Wie Brody anerkennend feststellte, betrug ihre Taillenweite höchstens 55 Zentimeter – und ihre Oberweite fast das Doppelte. Judson Lincoln mußte verrückt gewesen sein, wenn er sich mit Nutten abgegeben hatte, obwohl zu Hause dieses Prachtstück auf ihn wartete!

Dann lächelte sie.

T. Jefferson Brody spürte, wie er weiche Knie bekam.

»Ich bin Deborah Lincoln, Mr. Brody. Dies ist mein Anwalt Jeremiah Jones.«

Brody nahm seinen Kollegen erst jetzt wahr. Jones war Mitte Zwanzig, trug sein Haar mit viel Gel glatt zurückgekämmt, zeigte miserable Zähne und ein Wiesellächeln. »Ja, ja, Mr. Brody. Deborah hat mir erzählt, daß Ihr Mandant sich für die Firma ihres Mannes interessiert. Wie tragisch, daß er ihr so früh entrissen worden ist!«

Während Brodys Auge sich an der Witwe ergötzte, fiel ihm auf, daß sie das unglückliche Hinscheiden ihres Gatten sehr gut zu verkraften schien. Gerade jetzt kam es wieder zu kurzem Blickkontakt mit Jones, nach dem beide lächelten. Als sie dann zu Brody hinübersah, schien sie Mühe zu haben, überzeugend die Trauernde zu spielen.

»Tragisch«, bestätigte Brody nach einem weiteren Blick zu Gigolo Jones hinüber. »Äh, nun, das Leben muß weitergehen. Ich bedaure, Sie schon jetzt stören zu müssen, aber... äh, meinen Mandanten geht es darum, ihr Interesse anzumelden, bevor Sie... äh... bevor Sie...«

Die schöne Deborah Lincoln ergriff die Hand ihres Anwalts und drückte sie, während sie Brody fasziniert lauschte.

»...sie möchten die Firma kaufen«, schloß Brody ziemlich lahm, während seine Gedanken galoppierten.

Ja, Deborah Lincoln. Ja, du brauchst wirklich einen Mann, der dich in deiner Not tröstet. Aber warum diesen schmierigen kleinen Zuhälter? Warum nicht T. Jefferson Brody?

»Ich kann Ihnen ein ausgezeichnetes Angebot unterbreiten.« Brody schenkte der Witwe sein ehrlichstes Lächeln.

Die Verhandlung mit Deborah Lincoln und Rechtsanwalt Jones dauerte eine ganze Stunde. Brody bot 350000 Dollar, der Anwalt forderte 450000 Dollar. Nach gesittetem Hin und Her erklärte Mrs. Lincoln sich freundlicherweise bereit, einem auf 400000 Dollar lautenden Kompromiß zuzustimmen. Jones hielt ihre Hand, sah ihr in die Augen und versuchte ihr einzureden, sie müsse mehr verlangen, aber ihr Entschluß stand fest.

»Vierhunderttausend ist fair«, meinte sie. »Auf ungefähr soviel hat Judson die Firma selbst geschätzt.«

Sie lächelte Jones zu und drückte seine Hand. Als die beiden nicht hinsahen, verdrehte T. Jefferson Brody leidend die Augen.

Zuletzt wurde vereinbart, daß Mrs. Lincoln und Mr. Jones morgen um 15 Uhr zu Brody kommen würden, um den

Kaufvertrag, die Mietverträge und einige andere Papiere zu unterzeichnen. Und T. Jefferson Brody würde dafür sorgen, daß der Scheck bereitlag.

Nachdem Brody ihnen die Hand geschüttelt hatte, begleitete das Dienstmädchen ihn hinaus, half ihm in den Mantel und hielt ihm die Haustür auf.

Draußen auf dem Gehsteig, wo ihn niemand mehr beobachten konnte, gestattete T. Jefferson Brody sich ein breites Grinsen.

Die Haustür wurde von einer jungen Frau mit einem Wollschal um den Kopf geöffnet. »Ja.«

»Sie haben eine Wohnung zu vermieten?« Henry Charon zog hoffnungsvoll die Augenbrauen hoch.

»Ja. Bitte kommen Sie herein! Draußen ist's viel zu kalt. Höchstens sieben, acht Grad, stimmt's?«

»Eher zehn, glaub' ich.«

»Die Wohnung ist oben. Schlafzimmer, Bad, Wohnzimmer und kleine Küche. Eigentlich ganz hübsch.«

Sie standen jetzt unten im Hausflur. Das Apartmenthaus in der New Hampshire Avenue war alt, aber recht sauber. Die junge Frau trug eine schwarze Hornbrille mit so starken Gläsern, daß ihre Augen ins Komische vergrößert wurden. Charon starrte fasziniert in diese riesigen braunen Augen. Bei jeder Änderung der Blickrichtung sah er die Muskeln um die Augen herum deutlich zucken.

»Kann ich das Apartment bitte mal sehen?«

»Es kostet neunhundert im Monat«, sagte die junge Frau entschuldigend. Sie hatte eine angenehme Stimme und sprach jedes Wort klar und deutlich aus. »Regelrecht obszön, aber was will man dagegen machen?«

Um glaubwürdig zu wirken, verzog Charon das Gesicht. »Ich möchte es mir trotzdem ansehen.«

Ihr Blick war mitfühlend, als sie sich nach der Treppe umdrehte. »Sie ziehen erst nach Washington?«

»Richtig«, bestätigte er.

»Oh, die Stadt wird Ihnen gefallen! Sie ist so lebendig, so aufregend! Wirklich eine intellektuell stimulierende Stadt!«

Das Apartment lag im zweiten Stock. Das Wohnzimmer führte zur New Hampshire Avenue hinaus, aber unter dem Schlafzimmer lag eine parallel zum Gebäude verlaufende Gasse. Vor diesem Fenster war die Eisenkonstruktion einer Feuertreppe zu sehen. Charon entriegelte das Fenster, schob es hoch und steckte den Kopf hinaus. Die Feuertreppe führte bis zum Dach hinauf.

Er schloß das Fenster, während seine Führerin ihm erklärte, wie die Heizung funktionierte. Luftheizung, keine individuellen Thermostate, den ganzen Winter lang stets 18°C.

»Sie müssen kommen und sich die Küche ansehen.« Sie führte ihn weiter. »Sie ist klein, aber gemütlich und gut eingerichtet. Ideal für zwei Personen, aber Sie können darin auch für vier kochen – sogar für sechs bis acht, wenn's mal sein müßte.«

»Sehr schön«, sagte Henry Charon und warf ihr zu Gefallen einen Blick in den Kühlschrank. »Wirklich sehr schön.«

Danach zeigte sie ihm das Bad. Ausreichend heißes Wasser, versicherte sie.

»Die Nachbarn?« fragte er, als sie im Wohnzimmer standen.

Sie senkte die Stimme, als vertraue sie ihm ein Geheimnis an. »Alle, die hier wohnen, sind *sehr* nett. Zwei Doktoranden – zu denen gehöre ich –, eine Archivarin, eine Krankenhausärztin, ein freiberuflicher Schriftsteller und ein Rechtsanwalt. Oh, und eine Bibliothekarin.«

»Hmmm.«

»Dies ist seit über einem Jahr die erste freie Wohnung in diesem Haus. Fünf Leute haben sich schon dafür interessiert, aber der Hausbesitzer besteht auf hundertfünfzig Dollar Mieterhöhung. Das ist für viele leider zu teuer.«

»Das kann ich mir vorstellen.«

»Der Vormieter ist an AIDS gestorben.« Sie sah sich traurig um und richtete ihre riesigen Augen dann auf Charon. Er starrte in sie hinein. »Er hat so gelitten. Und nachdem er gestorben war, hat sein Freund sich das Apartment einfach nicht mehr leisten können.«

»Ja, ich verstehe.«

»Und was machen Sie beruflich?«

»Ich bin Fachberater für Rationalisierung. Vor allem für staatliche Stellen.«

Er stellte ihr weitere Fragen, bloß um ihre Stimme hören und die ausdrucksvollen Augen beobachten zu können. Sie studierte Politische Wissenschaft, hoffte auf eine Dozentenstelle an einer Privatuniversität und bekam einen Mietnachlaß dafür, daß sie das Haus verwaltete. Die Gegend war an sich ruhig mit nicht zuviel Verkehr; sie wohnte seit zwei Jahren in diesem Haus und war in Newton, Massachusetts, aufgewachsen. Sie hieß Grisella Clifton.

»Na schön«, seufzte Henry Charon zuletzt, obgleich es ihm widerstrebte, das Gespräch zu beenden. »Sie haben mich überzeugt. Ich nehme die Wohnung.«

Zwanzig Minuten später verließen sie miteinander das Haus. Neben ihrem Auto – einem klapprigen VW-Käfer – blieb sie stehen. »Ich freue mich sehr, daß Sie jetzt bei uns wohnen, Mr. Tackett.«

Henry Charon nickte und sah zu, wie sie ihren Volkswagen aus der Parklücke rangierte. Sie hielt das Lenkrad mit beiden Händen umklammert und beugte sich so weit nach vorn, daß es fast ihre Nasenspitze streifte. Das Käferheck trug mehrere Aufkleber: ›FRAUEN FÜR DEN FRIEDEN!‹, ATOMKRAFT? – NEIN, DANKE‹, ›DIESES AUTO IST EINE ATOMWAFFENFREIE ZONE‹.

Am Mittwochnachmittag gelangte T. Jefferson Brody zu dem Schluß, daß Jeremiah Jones kein besonders guter Anwalt war. Während Mrs. Lincoln die Ölgemälde an den holzgetäfelten Wänden betrachtete und den kleinen Akt aus Bronze bewunderte, für den Brody 11 000 Dollar gezahlt hatte, blätterte Jones den Kaufvertrag durch, stellte zwei dumme Fragen und interessierte sich nicht einmal für die ellenlangen Haftungsklauseln, die seiner Mandantin das gesamte Risiko aufbürdeten. Jones ist ein Schaf! dachte Brody. Ein schwarzes Schaf, fügte er, innerlich über seinen eigenen Scherz grinsend, hinzu.

Mrs. Lincoln unterzeichnete die Schriftstücke in Anwesenheit von Brodys Sekretärin, die sie dann versiegelte, als Zeugin unterschrieb und in zwei Stapel aufteilte: einen für Mrs. Lincoln und einen für Brodys Mandanten, die natürlich weiter anonym blieben. Als Käuferin trat lediglich eine ABC Corporation auf, die genau einen Tag alt war.

»Sie verstehen bestimmt«, sagte Brody zu Jones, »weshalb meine Mandanten mir nicht gestatten, ihre Identität preiszugeben.«

»Klar doch!« Jones machte eine wegwerfende Handbewegung. »Kommt öfters vor.«

Brody übergab einen bestätigten Barscheck einer New Yorker Bank über 400 000 Dollar. Nachdem Jones ihn begutachtet hatte, reichte er ihn Mrs. Lincoln, die ihn nach einem kurzen Blick achtlos in ihre Handtasche steckte.

Jones sah auf seine Uhr und stand auf. »Tut mir leid, ich muß weiter. Ich habe einen Termin im Büro, zu dem ich sonst zu spät komme. Deborah, können Sie mit dem Taxi heimfahren?«

»Natürlich. Jeremiah. Oh, wie wär's, wenn Ihre Sekretärin diesen Scheck für mich einreichen würde? Tun Sie mir den Gefallen?«

»Wenn Sie auf der Rückseite unterschreiben.«

»Einen Augenblick.« Mrs. Lincoln nahm den Scheck aus ihrer Handtasche, drehte ihn um und leistete ihre Unterschrift. Sie hielt Jones den Scheck hin. »Vielen Dank!«

»Nichts zu danken. Ich rufe Sie morgen an.«

Jones schüttelte Brody die Hand und ging.

»So, Mr. Brody, jetzt habe ich Sie lange genug aufgehalten«, sagte Deborah Lincoln. »Ich werde Ihre Sekretärin bitten, mir ein Taxi zu rufen.«

T. Jefferson stand auf. »Hat mich gefreut, Sie kennenzulernen, Mrs. Lincoln.«

»Nennen Sie mich bitte Deborah.«

»Deborah. Ich kann mir vorstellen, wie schrecklich diese Tragödie mit Ihrem Mann... Hoffentlich hat die Polizei Ihnen nicht allzusehr zugesetzt.«

»Oh«, sagte sie leicht angewidert, »zuvorkommend sind diese Männer nicht gerade gewesen. Sie haben mir praktisch vorgeworfen, *ich* hätte ihn umbringen lassen. Anscheinend ist ein Profi am Werk gewesen.« Sie versuchte zu lächeln. »Peinlich war natürlich auch, daß es Judson vor dem Haus seiner Schlampe erwischt hat, wenn Sie wissen, was ich meine.«

»Ja, ich verstehe«, bestätigte Brody ernst und gab ihr die Hand.

»Wissen Sie, Deborah, ich weiß nicht recht, wie ich's sagen soll, aber ich habe das Gefühl, daß es Ihnen von jetzt an recht gutgehen wird.«

»Nun, das hoffe ich auch, nachdem die Firma nun verkauft ist. Für mich bedeutet das eine große Erleichterung. Ich habe nie was von Judsons Geschäft verstanden, Mr....«

»Jefferson, bitte.«

»Jefferson, und die ABC Corporation hat einen fairen Preis gezahlt, denke ich.« Sie griff nach ihrer Handtasche und betrachtete nochmals die Gemälde und die kleine Skulptur. »Ein sehr geschmackvolles Büro.«

»Äh... dürfte ich Sie zum Abendessen einladen? Würde Ihnen das gefallen?«

Sie musterte ihn überrascht. »Oh, Mr.... Jefferson. Wie aufmerksam von Ihnen! Ja, das wäre sehr nett.«

Brody sah auf seine Rolex. »Schon fast vier Uhr. Für heute haben wir genug gearbeitet, finde ich. Was halten Sie davon, erst in eine nette kleine Bar zu gehen? Später weiß ich dann ein hübsches Restaurant.«

»Das klingt wundervoll!«

Der Abend erwies sich als einer der angenehmsten, an den T. Jefferson Brody sich erinnern konnte. Die schwarze Schöne mit der atemberaubenden Figur wußte, wie man Männern schmeichelt. Sie ließ ihn über sein Lieblingsthema reden – T. Jefferson Brody – und entlockte ihm eine drastisch geschönte Version seines Werdegangs. Berufliche Triumphe, reiche Mandanten, Urlaub in Europa und der Karibik – nach ein paar Drinks schilderte Brody sein Leben als endlose Erfolgsstory. Und er genoß jeden Schritt auf diesem Weg, weil er sich die Erfolge verdient hatte.

Nach dem Dinner – natürlich Châteaubriand für zwei Personen – und einem zwölf Jahre alten Beaujolais für 250 Dollar setzte Jefferson Brody die Witwe mit dem prachtvollen Busen in seinen Mercedes und fuhr sie in seine bescheidene 1,6-Millionen-Dollar-Hütte in Kenwood.

Er führte sie durchs Haus und nannte die Markennamen seiner Besitztümer, als seien das die Namen gefährlicher

Raubtiere, die er im finstersten Afrika nur mit einem Speer bewaffnet gejagt und erlegt habe. Majolikateller von Rosselini, eine *Trompe-l'œil*-Wandtäfelung, italienische Ledersitzmöbel, Tisch- und Bettwäsche mit Jesurum-Spitze, echte Chippendale-Stühle, Fabergé-Eier… In gewisser Beziehung waren das alles Trophäen.

Nach dem Rundgang führte er sie in die Bibliothek zurück, wo er ihnen Drinks mixte. Sie trank einen Wodka-Tonic, während er sich einen Scotch mit Soda genehmigte. Bei gedämpfter Beleuchtung und sanften Vivaldi-Klängen aus den Klipsch-Lautsprechern ließ T. Jefferson Brody seine Fingerspitzen über die Schenkel der Witwe gleiten und küßte ihre willigen Lippen.

Drei Schlucke Scotch und ebenso viele Minuten später schlummerte er friedlich ein. Der Rest seines Drinks lief sein Hosenbein hinunter und tropfte auf den kostbaren Keschan.

Mrs. Lincoln schaffte es, sich unter Brody hervorzuwinden und den Lichtschalter zu finden. Sie schloß ihren Büstenhalter wieder und zog ihr Kleid gerade, bevor sie nach dem Telefonhörer griff.

Als Jefferson Brody aufwachte, fiel helles Sonnenlicht durchs Fenster. Er blinzelte in die Helligkeit und machte eine unvorsichtige Bewegung, die seinen Kopf beinahe platzen ließ. Sein Kopf dröhnte wie eine Trommel: Er hatte den schlimmsten Kater seines Lebens.

»Mein Gott…«

Seine Erinnerungen waren wirr. Deborah Lincoln, die Frau mit dem wundervollen Busen… sie war in… nein, sie war *hier*. Hier in diesem Haus! Sie küßten sich, und er hatte seine Hand… und nichts! Überhaupt nichts mehr. An mehr konnte er sich nicht erinnern.

Wie spät ist es?

Er tastete nach seiner Uhr. Nicht an seinem Handgelenk.

Die Rolex! Nicht am Handgelenk!

T. Jefferson Brody riß die Augen auf und biß seine Zähne zusammen, als die Kopfschmerzen einsetzten. Seine Armbanduhr war verschwunden. Er sah sich um. Fernseher und Videorecorder fehlten ebenfalls. Wo die Klipsch-Lautsprecher gestanden hatten, hingen nur noch blanke Drahtenden herab. Seine Geldbörse lag ausgeleert mitten auf dem Teppich. *Großer Gott…*

Er torkelte ins Speisezimmer hinüber. Der Geschirrschrank stand weit offen, der Schrank war leer! Das Spode-Porzellan, das Tafelsilber, die Kristallgläser… *fort*!

»Ich bin ausgeraubt worden!« krächzte Brody. *»Verdammt noch mal, ich bin ausgeraubt worden!«*

Er stolperte ins Wohnzimmer weiter. Die Fabergé-Eier, die Stiche, alle leicht zu transportierenden kleinen Kostbarkeiten: weg, weg, weg!

Polizei! Er mußte die Polizei anrufen. Er machte sich auf den Weg in die Küche, wo das nächste Telefon stand.

Auf dem Apparat lag eine Zeitung. Brody wischte sie beiseite, nahm den Hörer ab und versuchte, sich auf die Tasten zu konzentrieren.

Dann fiel ihm etwas Rotes auf der Zeitung ins Auge. Ein großer roter Kreis um das Foto einer häßlichen dicken Schwarzen. Der Kreis… das war *Lippenstift*! Er bückte sich und starrte die Zeitung an. Der Lokalteil der *Washington Post* von gestern. Die Bildunterschrift: *Mrs. Judson Lincoln, hier auf dem National Airport, unterstrich bei der Beisetzung ihres ermordeten Gatten seine großen Verdienste um unsere Stadt und ihre Bürger.*

»Mal sehen, ob ich alles richtig mitgekriegt hab', Tee. Sie haben dieser Frau, die Sie für Mrs. Lincoln gehalten haben, vierhundert Riesen gezahlt. Sie haben sie zum Abendessen eingeladen. Sie hat Ihnen gestern abend K.o.-Tropfen eingeflößt und Ihr Haus ausgeräumt?«

»Yeah, Bernie. Der Vertrag ist natürlich wertlos. Makulatur. Ich hab' keine Ahnung, wer sie ist, aber ich sitze hier vor einem Foto von Mrs. Judson Lincoln in der gestrigen Zeitung, und das Miststück, das den Vertrag unterschrieben und das Geld kassiert hat, ist nicht sie.«

»Hat sie schöne Titten gehabt, Tee?«

»Yeah, schon, aber...«

Bernie Shapiro hatte ein hohes, nasales He-he-he-Lachen, das Übelkeit erregen konnte, wenn man unter den Nachwirkungen von K.o.-Tropfen litt. Brody hielt den Hörer von seinem Ohr weg. Shapiro kicherte und prustete, bis er einen Hustenanfall bekam.

»Hören Sie Bernie«, protestierte Brody, als Shapiro nicht mehr hustete, »das ist überhaupt nicht witzig! Immerhin hat sie Ihr Geld!«

»O nein, Tee. Sie hat vierhundert Riesen von *Ihrem* Geld! Wir haben Ihnen *unsere* vierhundert gegeben, damit Sie diese gottverdammte Firma kaufen, und ich möchte Ihnen raten, genau das zu tun. Ich gebe Ihnen achtundvierzig Stunden Zeit, Tee. In spätestens achtundvierzig Stunden möchte ich den Kaufvertrag auf meinem Schreibtisch haben – und zwar unterschrieben von der echten Witwe Mrs. Judson Lincoln! Sind Sie auf meiner Wellenlänge?«

»Yeah, Bernie. Aber es wäre verdammt nett, wenn Sie mir helfen würden, dieses schwarze Miststück aufzuspüren und mein Geld zurückzukriegen.«

»Sie haben doch nicht etwa die Polizei verständigt?«

»Nein. Ich wollte erst mit Ihnen reden.«

»Na, dann haben Sie endlich mal was richtig gemacht. Ich überleg's mir, ob ich Ihnen helfe, Ihre schwarze Freundin zu schnappen, Tee, aber bis dahin sollten Sie sich mit der Sache Lincoln beeilen. Ich hab' keine Lust, Sie noch mal daran zu erinnern.«

»Klar. Klar, Bernie.«

»Beschreiben Sie mir die Frau.«

Brody beschrieb sie.

»Und dieser sogenannte Anwalt – wie hat der ausgesehen?«

Brody beschrieb Jeremiah Jones von seinen schlechten Zähnen bis hinunter zu den affigen Lacklederschuhen.

»Schön, vielleicht frage ich ein bißchen rum, Tee. Aber vergessen Sie nicht: Sie haben achtundvierzig Stunden Zeit.«

»Yeah.«

»Machen Sie keine Dummheiten!« Am anderen Ende wurde aufgelegt.

Jefferson Brody legte ebenfalls auf, griff nach dem Eisbeutel und drückte ihn vorsichtig an seine Stirn. Das half ein bißchen. Am besten schluckte er noch drei Aspirin.

Er mußte sich erst mal ein paar Stunden hinlegen. Ja, das war's! Die Füße hochlegen.

Aber zuerst machte er einen weiteren Rundgang durchs Haus und katalogisierte in Gedanken alle verschwundenen Kostbarkeiten. Dafür hätte er diese schwarze Nutte erwürgen können! Vielleicht gelang es ihm, Bernie nach Abschluß des Vertrags mit Mrs. Lincoln dazu zu bringen, einen Killer auf sie anzusetzen.

Als T. Jefferson Brody im Flur an der Tür zur Garage vorbeikam, überfiel ihn eine finstere Vorahnung. Er öffnete die Tür und warf einen Blick in die Garage. Leer. Hatte er den Mercedes gestern abend nicht reingefahren? Oder hatte er ihn in der Einfahrt gelassen?

Er drückte auf den Knopf, der das Garagentor öffnete. Das

Tor bewegte sich langsam, majestätisch nach oben und gab den Blick auf eine leere Einfahrt frei.

Nein! Sie hatte ihm auch noch seinen verdammten Mercedes geklaut!

Kapitel acht

Warum? Sag mir, warum?«

»Weil ich wollte«, fauchte Elizabeth. »Ist das so schwer zu begreifen?«

Thanos Liarakos rieb sich die Nase und zupfte am rechten Ohrläppchen. Seine Mitarbeiter, die diese Angewohnheit kannten, hätten daran gesehen, daß er unter Streß stand. Falls auch seine Frau die Bedeutung dieser Geste kannte, ignorierte sie sie jetzt. Sie umschlang ihre Knie mit den Armen und starrte den in die Bettwäsche eingewebten Namen des Krankenhauses an.

»Dieses Zeug bringt dich um«, stellte er nach kurzer Pause fest.

Sie grinste höhnisch.

»Was soll ich zu dir sagen? Soll ich von den Kindern reden? Soll ich dir erzählen, wie sehr ich dich liebe? Soll ich dich wieder einmal warnen, daß du Russisches Roulett spielst? Und daß du *verlieren* wirst?«

»Ich bin keiner deiner halb schwachsinnigen Geschworenen. Erspar mir deine Beredsamkeit.«

»Du verkaufst deine Seele für dieses weiße Pulver, Elizabeth. Du prostituierst deine Würde. Deine Intelligenz. Dein Menschentum. Wirklich! Du tauschst alles, was das Leben lebenswert macht, für ein paar Minuten Wohlbefinden ein. Gott, bist du dumm!«

»Warum verschwindest du nicht, wenn du so von mir denkst? Ich hab' keine Lust, mich von dir als Hure bezeichnen zu lassen, du Dreckskerl!«

»Was *willst* du eigentlich, Elizabeth?«

Sie funkelte ihn an und verschränkte die Arme.

»Möchtest du heimkommen?«

Sie schwieg hartnäckig.

»Hör zu, jetzt müssen die Tatsachen auf den Tisch. Du bist kokainsüchtig. Nach deiner Entlassung in einigen Tagen fährst du wieder in die Klinik. Ich habe dich bereits angemeldet und einen Scheck hingeschickt.« Das würde ihr dritter Klinikaufenthalt sein. »Du bleibst dort, bis du endgültig kuriert bist, ein für allemal entwöhnt. Du lernst dort, für den Rest deines Lebens ohne Kokain zurechtzukommen. *Dann* kannst du wieder heimkommen.«

»Gott, du stellst es so hin, als hätte ich 'nen häßlichen Virus oder 'ne peinliche kleine Geschlechtskrankheit!«

»Du *kannst* dir das Koksen abgewöhnen, Elizabeth.«

»Du bist dir deiner Sache so verdammt sicher! *Ich* muß damit leben, verstehst du? Was, wenn ich's *nicht* kann?«

»Wenn du's *nicht* kannst, reiche ich die Scheidung ein. Ich beantrage das Sorgerecht und bekomme es auch. Du kannst huren und stehlen, um deine Sucht zu finanzieren, und wenn die Leute aus dem Leichenhaus anrufen, sorgen die Mädchen und ich dafür, daß du eine christliche Beerdigung und einen hübschen Grabstein bekommst. Und wir legen dir jedes Jahr zum Muttertag frische Blumen aufs Grab.«

Elizabeth liefen Tränen übers Gesicht. »Vielleicht wär's besser, gleich Schluß zu machen«, flüsterte sie. Aber nicht rechtzeitig genug. Ihr Mann hörte nicht mehr, was sie sagte. Er hatte bereits den Raum verlassen.

Als der Lastwagen des Möbelverleihs um 9 Uhr kam, war Henry Charon in dem Apartment in der New Hampshire Avenue. Grisella Clifton war nicht da, was ihn leicht enttäuschte. Er zeigte den beiden Männern, wohin sie Bett, Couch, Kommode, Tisch, Stühle, Sessel und Fernseher stellen sollten, und gab danach jedem einen Zehner Trinkgeld.

Um 11 Uhr war er in einem Apartment, das er in Georgetown gemietet hatte, als der Lastwagen eines Möbelverleihs aus Arlington kam. Vierzig Minuten später hatten Fahrer und Beifahrer die Möbel aufgestellt. Er gab beiden ein Trinkgeld und schloß die Tür hinter sich ab, als er das Apartment verließ.

Punkt 13 Uhr war er in dem Apartment am Lafayette Circle. Die Technikerin, die das Telefon anschließen sollte, verspätete sich um eine halbe Stunde. Sie war mit ihrer Arbeit fast fertig, als die Möbel kamen – diesmal von einer Verleihfirma in Chevy Chase.

Kurz nach 16 Uhr kaufte er ein Auto von einer älteren Dame in Bethesda. Er hatte fünf Leute angerufen, die Verkaufsanzeigen für Gebrauchtwagen aufgegeben hatten, und sich für sie entschieden, weil sie den Eindruck machte, eine ältliche Einsiedlerin zu sein.

Das war sie tatsächlich. Und etwas anderes war noch besser: Sie starrte ihn kurzsichtig durch eine starke Brille an. Sie erklärte ihm umständlich, weshalb sie sich von ihrem sieben Jahre alten zweitürigen Chevrolet trennte. Er nickte verständnisvoll. Der Wagen war noch für drei Monate zugelassen. Charon zahlte bar und fuhr damit zum nächsten Sears Auto Service Center, um ihn gründlich durchsehen und neu bereifen zu lassen. Während der Wartezeit aß er in der Einkaufspassage nebenan einen Hamburger.

Als er danach zum Auto Service Center zurückschlenderte, kam er an einem Elektronikgeschäft vorbei. Er betrat den Laden. Zehn Minuten später kam er mit einem Polizeifunkempfänger heraus. Am Abend las er in der Wohnung am Lafayette Circle die Bedienungsanweisung durch und spielte mit den Knöpfen und Schaltern. Der Empfänger arbeitete mit Strom aus der Steckdose, aber auch mit Batterien. Charon lag auf seinem Bett ausgestreckt und hörte den Polizeifunk ab. Um die Frequenzen zu entlasten, verwendeten die Dispatcher in der Einsatzzentrale und die Polizeibeamten gewohnheitsmäßig Zahlencodes mit zwei Ziffern. Morgen würde er in die Bibliothek gehen und versuchen, eine Aufstellung dieser Zahlencodes zu finden. Und er würde weitere Polizeifunkempfänger kaufen – aber in jedem Laden nur einen.

Morgen sollten die Telefone in den beiden anderen Apartments angeschlossen werden. Und morgen würde er Proviant, Verbandzeug und Medikamente einkaufen. Morgen abend konnte er dann anfangen, Verpflegung, Wasser und Sanitätsmaterial in sein U-Bahn-Versteck zu schaffen.

In der Nacht darauf konnte er vielleicht ein ähnliches Depot im Rock Creek Park anlegen.

So viel zu tun und so wenig Zeit.

Während er weiter den Polizeifunk abhörte, ging er in Gedanken nochmals seine Liste durch.

Das eigentliche Problem, für das er noch keine Lösung hatte, war die Zeit nach der Jagd. Das FBI würde seine Fingerabdrücke finden – in diesem Punkt machte Henry Charon sich keine Illusionen. Und da die sichergestellten Abdrücke keinem der Millionen von gespeicherten Fingerabdrücken entsprachen, würden die FBI-Agenten sich irgendwann für Verstecke wie seine Ranch interessieren. Sie hatten reichlich Zeit – auch wenn die Politiker lärmend schnelle Erfolge fordern würden – und konnten mit der Unterstützung jedes Polizeibeamten in ganz Amerika rechnen.

Irgendwann würde er ihnen ins Netz gehen. Es sei denn, das FBI stellte die Fahndung ein, weil es glaubte, den Täter bereits gefaßt zu haben. Das Täuschungsmanöver brauchte nicht einmal lange vorzuhalten; mit jedem Tag, der verstrich, wurde die echte Fährte kälter und kälter. Wahrscheinlich genügte etwa ein Monat.

Warum also nicht eine falsche Fährte legen?

Am nächsten Nachmittag war Jack Yocke kurz vor 15 Uhr dabei, seinen Bericht über den Zusammenbruch der Second Potomac Savings and Loan Bank abzuschließen. Die Ermittler waren sich darüber einig, der ermordete Walter P. Harrington habe seine Bank benützt, um Gelder von Crackdealern zu waschen. Von hiesigen Dealern – oder von auswärtigen? Dazu wollte keiner was sagen, nicht mal im Vertrauen.

Und jemand hatte ihm mit einem Gewehr den Kopf abgeschossen, während er auf dem Autobahnring mit 55 Meilen in der linken Spur unterwegs gewesen war. Seine Witwe hatte ausdrücklich beteuert, er sei *immer* 55 gefahren.

Jedenfalls war das kein über Harringtons Verkehrserziehung erboster Autofahrer gewesen. Nicht mit einem Gewehr als Tatwaffe.

Money, money, money. Hatte der am Abend des selben Tages ermordete zweite Mann nicht auch mit Geld zu tun gehabt? Hatte ihm nicht eine Firma gehört, die Schecks ankaufte?

Yockes Telefon klingelte. Er klemmte sich den Hörer zwischen Kinn und Schulter, um weitertippen zu können. »Yocke.«

»Jack, in der Kindertagesstätte der Shiloh Baptist Church gleich neben dem Jefferson Project hat's eine Schießerei gegeben. Vor gut zwanzig Minuten. Fährst du mal hin? Ich schicke auch einen Fotografen los.«

»Wird gemacht.«

Yocke überflog seine Story, speicherte sie und überließ es dem Terminal, sich selbst abzuschalten.

Das Jefferson Project war nicht die schlimmste Wohnsiedlung Washingtons, aber auch nicht die schönste. Es war einfach durchschnittlich. Seine Bewohner lebten in einer Welt aus Schmutz und Armut, in der der Crackhandel bei Tag und Nacht florierte und Männer heimlich kamen und gingen, damit ihre Freundinnen nicht den Anspruch auf Sozialhilfe verloren.

Jack Yocke stellte seinen Dienstwagen zwei Blocks vom Jefferson Project entfernt ab und ging zu Fuß weiter. Als er um die Ecke bog, hatte er sie vor sich: langgestreckte, viergeschossige graue Mietskasernen, jeweils vier pro Straßenblock, die unter dem kalten bleigrauen Himmel allmählich zu verfallen begannen.

Irgend etwas an dieser Szene war auffällig. Richtig, die Straße war menschenleer. Die jungen Schwarzen, die sonst die Gehsteige bevölkerten und Weißen aus den Vororten Crack verkauften, waren verschwunden. Die Cops waren da.

Yocke bog auf einen Gehsteig zwischen Wohnblocks ab, marschierte zielstrebig weiter und hörte das Echo seiner Schritte, das von Mauern aus Hohlblocksteinen und grauen, vorhanglosen Fenstern zurückgeworfen wurde.

Weißer Mann, weißer Mann, hallten die Echos wider und wider. Weißer Mann, weißer Mann…

Die Shiloh Baptist Church stand am Westrand der Wohnsiedlung, von der sie durch eine schmale Straße getrennt war. Vor der Kirche parkten Streifenwagen mit eingeschaltetem Blinklicht. Ein Cop behielt die Fahrzeuge im Auge.

Yocke zeigte seinen Presseausweis vor. »Hier soll's eine Schießerei gegeben haben?«

Der Cop war ein Schwarzer Anfang Fünfzig mit Schmerbauch. Der Lederriemen, der seine Pistole im Halfter festhielt, war gelöst. So ließ sich die Waffe blitzschnell ziehen. Der Uniformierte deutete mit dem Daumen über die Schulter und grunzte etwas Zustimmendes.

»Kann ich reingehen?«

»Wenn sie die Leiche rausgebracht haben. In ungefähr zehn Minuten.«

Der Reporter zückte Notizblock und Bleistift. »Wen hat's erwischt?«

»Die Leiterin der Kindertagesstätte. Wie sie geheißen hat, weiß ich nicht.«

»Was ist passiert?«

»Soviel ich gehört hab', haben ein paar Streifenwagen drüben auf der Grant Avenue gehalten.« Das war die Parallelstraße zu dieser, auf der sie standen. »Die Dealer sind durch die Siedlung abgehauen. Ein Cop hat einen von ihnen verfolgt. Der Kerl ist in die Kirche geflüchtet und durch die Kindertagesstätte zum Ausgang gerannt. Die Frau ist ihm nicht schnell genug ausgewichen, also hat er sie erschossen. Ein einziger Schuß. Genau ins Herz.«

Aus dem Funkgerät am Gürtel des Cops drang eine Stimme. Er hielt es mit der linken Hand an sein Ohr. Seine Rechte blieb in der Nähe des Pistolengriffs.

Andere Cops durchsuchten die leerstehenden Gebäude westlich der Kirche. Ihre verschlüsselten Meldungen kamen aus den Funkgeräten der geparkten Streifenwagen.

»Wo sind die Kinder gewesen, als die Frau erschossen worden ist?« fragte Yocke den Uniformierten, als sein Funkgerät einen Augenblick verstummte.

»Wo sollen sie gewesen sein? Natürlich am Tatort. Sie haben alles mitgekriegt.«

»Wann?«

»Ungefähr zwanzig vor drei.«

»Aber den Mörder haben Sie noch nicht?«

Der Cop spuckte auf den Gehsteig. »Noch nicht.«

»Personenbeschreibung?

»Ein junger Schwarzer, sechzehn bis achtzehn Jahre, sehr schlank, einsfünfundsiebzig bis einsachtzig groß, mittellanges Haar. Er hat Jeans, Tennisschuhe, 'ne schwarze Lederjacke und 'ne rote Baseballmütze getragen. So beschreibt ihn der Cop, der ihn verfolgt hat. Die Kinder sagen bloß, daß er 'ne große Waffe gehabt hat.«

Große Waffe, schrieb Yocke sich auf. Klar, jede echte Pistole, deren echte Geschosse echtes Blut fließen ließen, war für Kinder eine große Waffe. Groß wie wahrgewordene Alpträume, groß wie das personifizierte Böse, groß wie der plötzliche Tod.

»Wie alt sind die Kinder?«

»Zwischen ein paar Monaten und fast sechs Jahren.«

»Der Name des Cops, der den Dealer verfolgt hat?«

»Fragen Sie den Lieutenant.«

»Sonst noch irgendwas?«

»Ihre Zeitung ist ein Mistblatt.«

Yocke steckte seinen Notizblock weg und schlug den Mantelkragen hoch. Der kalte Wind nahm zu. Müll und Abfälle wurden über die Straßen und durch die Häuserschluchten getrieben.

»Vielleicht regnet's bald«, meinte der Cop, als er Yocke zu dem bleigrauen Himmel aufblicken sah.

»Möglich.«

»Der Herbst ist zu trocken gewesen. Wir brauchen Regen.«

»Wie viele Jahre sind Sie schon bei der Polizei?«

»Zu viele.«

Die Minuten verstrichen endlos langsam. Yocke begann

vor Kälte zu zittern, während der Polizeifunk von Mißerfolgen berichtete. Der Todesschütze war nirgends zu finden.

Dann kam Harold Dorgan, der Fotograf der *Washington Post*. Er machte ein paar Aufnahmen, während Yocke weiter zitterte.

Nach fast zwanzig Minuten brachten die Sanitäter endlich die Leiche heraus. Sie lag auf einer fahrbaren Krankentrage unter einem weißen Laken, das von Querriemen gehalten wurde, damit der Wind es nicht wegwehte. Die Sanitäter schoben sie in den Krankenwagen und stiegen selbst ein. Der Fahrer setzte sich ans Lenkrad, schaltete die Blinklichter aus und fuhr davon.

»Jetzt können Sie rein«, erklärte der Cop Yocke.

Der düstere Kirchenvorraum war schmuddlig und hätte einen frischen Anstrich gebraucht. Irgendwo im Hintergrund war lautes Schluchzen zu hören. Nach links führte eine Steintreppe hinauf. Vermutlich in die Sakristei. Yocke folgte dem Korridor auf das Weinen zu. An seinem Ende stand eine Tür offen.

Eine junge Frau hatte die Kinder um sich versammelt. Ungefähr ein Dutzend. Gott, wie klein sie alle waren! Ein Kriminalbeamter sprach halblaut mit zwei uniformierten Cops. Zwei Spurensicherer packten ihre Sachen zusammen. Seltsamerweise stand keiner in der Nähe der unübersehbaren Kreidesilhouette auf dem Fußboden.

Der Pressefotograf, der Yocke gefolgt war, begann die weinenden Kinder und ihre Betreuerin aufzunehmen.

Der Lieutenant war Mitte Vierzig. Sein Hemd war nicht mehr frisch, und er hätte eine Rasur gebraucht. Und Pfefferminzpastillen, wie Yocke feststellen mußte. Nachdem der Fotograf ein Dutzend Bilder geschossen hatte, erklärte der Lieutenant ihm, das genüge für diesmal, und scheuchte ihn hinaus.

Die Ermordete hieß Jane Wilkens. 36 Jahre alt, ledig, drei Kinder. Todesursache war ein 9-mm-Geschoß, das ihren Körper mitsamt dem Herzen durchbohrt hatte und in der Nähe des Ausgangs zum Spielplatz in die Wand geknallt war. Jane Wilkens hatte einen Schrei ausgestoßen, als der Mann mit der Pistole hereingestürmt war. Er hatte sie aus zwei Meter Entfernung mit einem Schuß niedergestreckt. Dann war er an ihr vorbeigelaufen, hatte die Tür zum Spielplatz aufgerissen und war nach draußen verschwunden.

Niemand hatte beobachtet, in welche Richtung er geflüchtet war. Der Spielplatz war mit einem eineinhalb Meter hohen Maschendrahtzaun umgeben, den ein junger Mann an jeder beliebigen Stelle leicht überwinden konnte.

Die Tatwaffe war nirgends gefunden worden, deshalb hatten die Cops Anweisung, bei der Suche vorsichtig zu sein. »Wahrscheinlich 'ne Neun-Millimeter-Magnum«, sagte der Lieutenant. »Die Kugel hat den Putz und eine Gipskartonplatte durchschlagen und einen Hohlblockstein zersplittert. Beinahe hätte sie den auch noch durchschlagen.«

»Der Täter ist von 'nem Cop verfolgt worden«, stellte Yocke fest.

»Yeah – von Patrolman Herry Phelps.«

»Warum?«

»Weil er weggelaufen ist.«

»Wie meinen Sie das?«

»Nun, als drüben auf der Grant Avenue ein paar Streifenwagen gehalten haben, sind ein Dutzend Kids blitzschnell abgehauen. Officer Phelps hat diesen einen bis hierher verfolgt. Der Verdächtige hat eine Waffe gezogen und sich mehrmals umgesehen, bevor er in der Kirche verschwunden ist. Officer Phelps ist weitergelaufen, hat den Schuß gehört und hat sofort versucht, Erste Hilfe zu leisten. Aber die Verletzte ist wenige Sekunden später gestorben.«

»Jane Wilkens könnte also noch leben, wenn Phelps darauf verzichtet hätte, diesen Kerl zu verfolgen?«

»Hören Sie, was Sie da andeuten, paßt mir nicht«, knurrte der Lieutenant. »Und ihr Gesicht gefällt mir auch nicht. Officer Phelps hat seine Pflicht getan. Wir versuchen, hier für Recht und Ordnung zu sorgen, Mr. *Washington Post*!«

»Ja, aber...«

»Los, los, verschwinden Sie!«

»Hören Sie, ich...«

»Sie sollen den Tatort verlassen! Los, raus!«

Jack Yocke ging.

Dorgan saß vor der Kirche auf dem Randstein. Yocke setzte sich neben ihn. Der übergewichtige Cop, der den Eingang bewachte, ignorierte sie.

»Was denkst du?« fragte Dorgan.

»Überhaupt nichts. Das hab' ich schon vor Jahren aufgegeben.«

»Ich gehe zur Grant rüber, um ein paar Aufnahmen zu machen, und fahre dann in die Redaktion zurück. Die Kids sind ein paarmal ganz gut im Bild, glaube ich. Wirklich schlimm, daß sie das haben miterleben müssen.«

»Yeah.«

»Paß auf, daß du nicht überfallen wirst.« Dorgan stand auf, rückte seine Kameratasche zurecht und marschierte davon. Yocke sah ihm nach.

Der Randstein wurde ihm allmählich zu kalt. Er stand auf, klopfte sich den Hosenboden ab und ging auf dem Gehsteig hin und her.

Nach einiger Zeit kamen die Kinder heraus. Jedes trug eine braune Papiertüte. Yocke beobachtete, wie sie in der Wohnsiedlung verschwanden.

Wenige Minuten später tauchte auch der Lieutenant auf. Er ignorierte Yocke und nahm auf dem Beifahrersitz eines

Streifenwagens Platz. Der Uniformierte, der ihn begleitete, setzte sich ans Steuer.

Der Reporter sah einen Mann auf sich zukommen. Mit erhobenem Kopf und in den Jackentaschen vergrabenen Händen kam er rasch näher.

Er will hierher, dachte Yocke und beobachtete ihn weiter. Der Mann war Anfang Fünfzig und hatte eisgraues kurzes Haar. Schokoladenbraune Haut spannte sich straff über Kinn und Backenknochen.

Der Blick des Mannes streifte Yocke und den Cop, während er in der Kirche verschwand, ohne auch nur eine Sekunde stehenzubleiben.

Yocke stützte sich auf die Steinbrüstung, die früher einen mit Gras bewachsenen Vorplatz abgegrenzt hatte. Die Temperatur war um mindestens fünf Grad gefallen; der Himmel war noch grauer. Als er sich eben fragte, ob er in die Redaktion zurückfahren oder versuchen sollte, nochmals hineinzukommen, traf ihn der erste Regentropfen.

Er überquerte die Straße, um durchs Jefferson Project zu seinem Wagen zurückzugehen. Dicke Regentropfen ließen kleine Staubwolken von den Gehsteigplatten aufsteigen. Dann kam ihm ein Cop entgegen: die Pistole in der herabhängenden rechten, das Funkgerät in der erhobenen linken Hand. Er ignorierte den Reporter.

Der Dienstwagen war unbeschädigt. Alle vier Reifen noch dran, die Windschutzscheibe heil, keine Tür aufgebrochen. Ein kleines Wunder.

Jack Yocke ließ den Wagen langsam durchs Jefferson Project rollen. Aus einem Impuls heraus fuhr er zur Kirche zurück und parkte davor.

Alle Cops waren verschwunden.

Yocke schloß das Auto ab und ging hinein.

Im Vorraum blieb er stehen, um zu horchen. Durch die offene Tür der Kindertagesstätte drangen Stimmen nach draußen. Er ging darauf zu.

Die junge Schwarze, die zuvor die Kinder getröstet hatte, weinte an der Schulter des grauhaarigen Mannes mit der auffällig straffen Gesichtshaut, den Yocke hereinkommen gesehen hatte.

»Sind Sie ein Reporter?« fragte der Mann.

»Ja.« Yocke begutachtete die Kinderstühle, fand sie viel zu klein und blieb lieber stehen.

»Ich möchte, daß Sie sich aufschreiben, was ich Ihnen erzähle. Und schreiben Sie's in Ihrer Zeitung! Das ist der einzige Nachruf, den Jane kriegen wird.«

Yocke zog sein Notizbuch.

»Jane Wilkens ist die Mutter meiner Kinder gewesen. Trotzdem haben wir nie zusammengelebt. Ich hätte sie auf der Stelle geheiratet, aber das wollte sie nicht. Sie hat gewußt, daß ich heroinsüchtig gewesen bin und rückfällig werden würde, wenn ich in dieser verdammten Siedlung leben müßte. Aber *sie* konnte nur hier wohnen, wo ihre Arbeit war. Diese Kinder sind ihre Arbeit gewesen. Sie hat sich bemüht, einige von ihnen zu retten. Sie ist im Jefferson Project aufgewachsen, aber sie hat's geschafft, dort rauszukommen. Nach der High School hat sie ein Stipendium an der George Washington University bekommen und Biologie studiert. Sie hat ein paar Jahre in ihrem Beruf gearbeitet und dann alles aufgegeben, um hierher zurückzukommen. Um diese Kindertagesstätte zu leiten. Um mit den Kindern zu arbeiten.«

»Warum?«

»Sind Sie schon mal in den Wohnblöcken gewesen? Haben Sie sich dort umgesehen? Versuchen Sie mal, sich vorzustellen, wie's wäre, dort zu wohnen... Kein Privatleben, papierdünne Wände, hungrige Kinder, überall Müllberge,

Glühbirnen durchgebrannt. Türen eingetreten, Schnapsverkauf in einer Wohnung, Crackverkauf in der nächsten, weiße Frauen aus den Vororten bei den Straßendealern, überall der Gestank von Scheiße und Pisse und Dreck und Hoffnungslosigkeit. Ich hab' ihn heute abend wieder gerochen, als ich die Straße entlanggekommen bin. Die Kinder wachsen wie kleine Ratten in diesem Misthaufen auf – ohne Liebe, ohne Essen, ohne irgend jemand, der sich um sie kümmert. Jane wollte ihnen geben, was ihre Mütter ihnen nicht geben konnten: ein bißchen Liebe. Sie wollte ein paar von ihnen retten. Nicht alle, das wäre unrealistisch gewesen, aber vielleicht ein paar. Sie auch vor ihren Müttern retten, die alle süchtig sind und sich verkaufen, um ein paar Dollar zu verdienen, um wieder Stoff kaufen zu können.«

»Letzte Woche hat Jane zwei Kinder ins Krankenhaus gefahren«, berichtete die junge Frau. »Ein schlimm unterernährtes kleines Mädchen und einen Jungen mit Lungenentzündung. Solche Sachen hat sie dauernd gemacht.«

Der Mann schüttelte leicht irritiert den Kopf. »Aber Jane hat nie versucht, den Handel zu behindern«, stellte er fest. »Sie hat sich nie eingemischt, Süchtige nie kritisiert, nie mit der Polizei gesprochen. Sie hat immer nur versucht, die Kinder zu retten. Die Kinder...«

»Wie heißen Sie?«

»Tom Shannon. Ich bin städtischer Arbeiter; ich fahre eine Straßenkehrmaschine. Und ich bin Präsident einer Sektion von Narcotics Anonymous – der größten Sektion der Stadt. Ich bemühe mich, Leuten zu helfen, die sich selbst helfen wollen. Ich hab' versucht, drüben im Jefferson Project eine Sektion aufzubauen, aber dort hat das keinen Menschen interessiert. Man muß den Willen haben, sich selbst zu helfen. Vielleicht ist *das* der Fehler gewesen. Jane hat versucht, ein paar Kinder zu retten, und ich hab' versucht, die Erwachsenen zu retten, die sich helfen lassen wollen, aber niemand hat etwas für die Süchtigen getan. Niemand ist gegen den Handel vorgegangen. Daran ist Jane gestorben.«

»Sie ist von einem Mann erschossen worden.«

»Nein, der Crackhandel hat sie auf dem Gewissen! Der Kerl, der abgedrückt hat, ist ein Süchtiger gewesen, ein Dealer. Er hat Stoff in der Tasche gehabt. Deshalb ist er vor den Cops weggelaufen. Er hat Jane erschossen, weil sie schreiend vor ihm aufgetaucht ist. Aus keinem anderen Grund. Bloß weil sie dagewesen ist. Alle Leute, die mit Crack Geld verdienen, haben sie umgebracht, ganz genauso, als hätte jeder von ihnen selbst abgedrückt. Denen ist egal, wer dabei zu Schaden kommt. Denen ist's egal, ob die ganze Welt hochgeht, solang' sie ihren Gewinn machen. *Die* haben Jane umgebracht, alle miteinander!«

Die auf einem Stuhl zusammengesunkene junge Frau trocknete ihre Tränen und hörte Tom Shannon zu, der Yocke in die Augen sah.

»Aber ich sag' Ihnen, und das können Sie meinetwegen auch schreiben, ich hab's satt, immer bloß ein Opfer zu sein. Jane ist ein Opfer gewesen, und ich bin ein Opfer gewesen. Aber damit ist jetzt Schluß! *Ich will kein Opfer mehr sein!*«

Kapitel neun

Bernie, hier ist Jefferson Brody. Ich hab's geschafft! Die Witwe hat unterschrieben.«

»Freut mich, das zu hören, Tee.«

»Sie hat ziemlich gemauert, aber...«

»Yeah. Ich hab' immer gewußt, daß Sie's schaffen würden. Das hab' ich auch den Jungs gesagt. Tee hat Scheiße gebaut, aber er macht's wieder gut. Wartet's nur ab!«

»Ich bin Ihnen dankbar, daß…«

»Schicken Sie mir den Vertrag. Wir reden in ein paar Tagen miteinander.«

»Bernie, haben Sie die Frau schon gefunden? Ich wäre…«

»Bin noch dabei, Tee. Sobald ich was weiß, melde ich mich wieder.«

Am anderen Ende wurde aufgelegt. T. Jefferson Brody ließ den Hörer sinken und starrte die dunkelgetäfelte Wand seines Arbeitszimmers an. Er hatte Mrs. Lincoln 450 000 Dollar für die Firma ihres Mannes zahlen müssen, aber den kleinen Aufpreis würde er wohl kaum auf Bernie abwälzen können. Obwohl Bernie ein guter Mandant war, hatte er seine rauhen Ecken und Kanten.

Die schwarze Schlampe mit den großen Titten, die ihn reingelegt und ausgeraubt hatte… *sie* würde dafür büßen müssen. T. Jefferson Brody würde ihr eine Lektion erteilen, die sie nie vergessen würde. Und dem kleinen Winkeladvokaten, der mit ihr zusammengearbeitet hatte. Er rieb sich die Hände, während er sich vorstellte, wie er Rache nehmen würde.

Aber das mußte noch warten.

Er drückte die Ruftaste seiner Gegensprechanlage. »Hilda, verbinden Sie mich bitte mit Senator Cherrys Büro«, forderte er seine Sekretärin auf.

»Ja, Mr. Brody.«

Nachdem Thanos Liarakos bei der Krankenhausverwaltung die nötigen Unterschriften geleistet hatte, fuhr er zu seiner Frau in den zweiten Stock hinauf und half ihr, aus dem mitgebrachten Koffer etwas Passendes auszusuchen. Sie fuhr sich nur ein paarmal mit einem Kamm durchs Haar und verzichtete auf Make-up und Lippenstift, obwohl alles im Koffer lag. Liarakos äußerte sich nicht dazu. Dann konnten sie endlich das Krankenhaus verlassen.

»Wohin fahren wir?« fragte Elizabeth, als sie im Wagen saßen.

Als ob sie's nicht wüßte! dachte er. »Zum Flughafen«, murmelte Liarakos.

»Ohne einen Abstecher nach Hause, damit ich mich von den Kindern verabschieden kann?«

»Red keinen Unsinn, Elizabeth! Du hast heute morgen mit ihnen telefoniert und weißt genau, daß sie jetzt in der Schule sind.«

»Ich wollte nur ein paar Minuten im eigenen Haus sein. Und ich brauche noch ein paar Sachen.«

»Ich habe alles eingepackt, was du angegeben hattest.«

»Ich hab' was vergessen.«

»Du reist sofort in die Klinik ab. Und ich meine *sofort*!«

»Du bist widerlich.«

Er zog nach rechts und hielt am Randstein. Der Fahrer hinter ihm scherte hupend aus. Liarakos achtete nicht auf ihn.

»Du kannst hier aussteigen oder in die Klinik fahren. Du hast die Wahl.«

»Ich hab' kein Geld.«

Liarakos stellte den Ganghebel auf P und starrte aus dem Fenster.

»Oh, Thanos, du weißt, wie sehr ich dich liebe! Du weißt, wie sehr ich die Kinder liebe! Ich rühr' keinen Stoff mehr an. *Ich versprech's dir!* Weißt du, was wir tun, Darling? Wir fahren nach Hause und legen sanfte Musik auf, und ich ziehe das kostbare Negligé an, das du mir zum Geburtstag geschenkt hast. Und dann zeig' ich dir, wie sehr ich dich liebe.« Ihre Finger berührten seinen Arm, fuhren durch sein Haar. »Darling, das ist wie früher, als wir eben erst verheiratet waren und keine Kinder hatten. Oh, Thanos, ich...«

»Du weißt nicht, was mich das kostet, Elizabeth. Du hast keine Ahnung.«

»Darling, ich...«

»Du hast nicht die *geringste* Ahnung!« Er stieß ihre Hand fort.

»Du liebst nicht *mich*«, fauchte Elizabeth. »Du denkst nur an deine kostbare Anwaltspraxis und fürchtest dich vor deinem Boß. Aber ich garantiere dir, daß er...«

Liarakos griff über sie hinweg und öffnete die Beifahrertür.

»Raus!«

Sie begann zu weinen.

Er beobachtete den vorbeifließenden Verkehr. Sein Gesicht blieb abgewandt, seine rechte Hand lag auf dem Lenkrad, seine rechte Schulter war etwas hochgezogen.

Elizabeth schluchzte noch immer unkontrolliert, als ein Streifenwagen neben ihnen hielt. Der Zeigefinger des Uniformierten beschrieb einen Kreis. Liarakos öffnete sein Fenster. »Bitte fahren Sie weiter, Mister.«

Liarakos stellte den Ganghebel auf D und ließ den Wagen anrollen. Neben ihm putzte Elizabeth sich die Nase und schluchzte weiter.

Auf der Autobahn zum Dulles Airport blieb der Verkehr bei leicht überhöhter Geschwindigkeit flüssig. Liarakos parkte, holte ihren Koffer aus dem Kofferraum und kam nach vorn, um Elizabeth die Tür zu öffnen. Sie putzte sich theatralisch zum letzten Mal die Nase und stopfte das Papiertaschentuch in den Abfallbehälter neben dem Zigarrenanzünder.

Er nahm ihren Arm und begleitete sie zum Terminal.

»Ich hab' bloß fünf Dollar zweiundsiebzig in meiner Handtasche.«

»In der Klinik brauchst du kein Geld.«

»Aber was ist, wenn ich woanders zum Friseur gehen möchte? Und ich muß vielleicht mit einem Taxi in die Klinik fahren.«

»Du wirst am Flughafen abgeholt. Wie bei den früheren Aufenthalten auch. Hast du das vergessen?«

»Aber was ist, wenn doch niemand kommt, Thanos? Dann sitze ich fest. Gib mir 'nen Hunderter für kleinere Ausgaben.«

»Hör endlich auf, Elizabeth! Du machst die Sache für uns beide um so schlimmer.«

»*Du* hast keine Ahnung, wie schwierig alles für *mich* ist. Das ist das eigentliche Problem. Du denkst nur an dich. Wenn du mich liebst, müßtest du auch mal an *mich* denken! Ich bin deine *Frau* – oder hast du das vergessen?«

»Ich hab's nicht vergessen.«

Er gab der Hostess den Flugschein und stellte den Koffer auf die Waage. »Bitte einen Fensterplatz.«

»Nur Mrs. Liarakos?«

»Ja.«

Die Hosteß nannte die Flugsteignummer. »Ihr Flug wird in einer Viertelstunde aufgerufen.«

»Danke.«

Sie warteten in der Nähe des Flugsteigs. Liarakos stand am Fenster und beobachtete die zwischen den Flugzeugen verkehrenden Busse. Elizabeth suchte sich bewußt einen etwas weiter von ihm entfernten Platz.

Er beobachtete ihr Spiegelbild in der Fensterscheibe. Alle ihre Bewegungen erschienen ihm seltsam träge. Früher hätte Elizabeth hier ihre Puderdose aus der Handtasche geholt, um sich durch einen Blick in den Spiegel davon zu überzeugen, daß Frisur und Make-up tadellos waren. Heute nicht. Sie saß einfach nur da, hielt ihre Handtasche mit beiden Händen fest und beobachtete ohne großes Interesse die Vorbeigehenden.

Als ihr Flug aufgerufen wurde, begleitete Liarakos sie zum Einchecken. Er beugte sich zu ihr hinüber und flüsterte ihr zu: »Gute Besserung, Darling!«

Sie starrte ihn ausdruckslos an, wandte sich ab und ging zum Bus hinaus.

Er trat wieder ans Fenster und beobachtete Elizabeth, die jetzt im Bus saß. Sie blickte nicht zu ihm hinüber, sondern sah angestrengt geradeaus. So blieb sie sitzen, bis die Türen sich schlossen und der Bus davonrollte.

An diesem Abend teilte Captain Jake Grafton seiner Frau mit, daß Oberleutnant Toad Tarkington seinem Wunsch entsprechend zu den Vereinten Stabschefs versetzt wurde.

»Wie schön«, antwortete Callie. »Hast du schrecklich Mühe gehabt, das zu erreichen?«

»Nicht sehr.«

»Weiß Toad es schon?«

»Noch nicht. Ich sag's ihm morgen oder übermorgen.«

»Du errätst bestimmt nicht, wer heute nach der Vorlesung auf 'nen kleinen Schwatz vorbeigekommen ist.«

Das interessierte Jake Grafton wenig, aber er wußte, daß sie von ihm erwartete, daß er wenigstens zu erraten versuchte, wer der Besucher gewesen war. »Der Kommunistenprofessor, dieser...«

»Nein. Jack Yocke, der Reporter von der *Washington Post*. Er hat sich für die Einladung bedankt und...«

Jake konzentrierte sich wieder auf den Leitartikel über die weltpolitischen Auswirkungen der zunehmenden Spannungen zwischen den GUS-Staaten. Aber schon kurze Zeit später fiel ihm auf, daß Callies Stimme fragend klang. »Was hast du gesagt, Schatz?«

»Jack hat vorgeschlagen, ihr beiden könntet euch mal zum Frühstück treffen. Würde dir das gefallen?«

»Nein.«

Der Captain suchte die Stelle, an der er gewesen war.

»Hmmm, warum denn nicht?«

Jake ließ die Zeitung sinken und sah zu seiner Frau hinüber, die ihn mit hochgezogener rechter Augenbraue musterte. Der Teufel mochte wissen, wie sie's schaffte, bloß eine Augenbraue hochzuziehen! Er hatte es ein paarmal allein im Bad versucht, ohne Erfolg.

»Wir sind weder Freunde noch Bekannte. Wir haben noch keine zwei Dutzend Worte miteinander gewechselt. Und ich habe nicht den Wunsch, ihn besser kennenzulernen.«

»Jack ist ein glänzender, sozial engagierter Journalist, dessen Bekanntschaft durchaus lohnend wäre. Er hat ein ausgezeichnetes Buch geschrieben, das auch du mit Gewinn lesen würdest: *Die Macht der Armut.*«

»Er will mich über Interna des Pentagons aushorchen. Und ich könnte ihm absolut nichts erzählen. Ein Treffen wäre reine Zeitvergeudung für uns beide.«

»Jake...«

»Callie, ich *mag* den Kerl nicht. Ich hab' keine Lust, eine Stunde lang zuzuhören, wie er mich auszuhorchen versucht. Nein.«

Sie seufzte resigniert. Jake raschelte mit seiner Zeitung und hob sie demonstrativ hoch.

Aber Callie ließ nicht locker. »Ich habe sein Buch gelesen«, sagte sie. »Er hat's mir geschenkt.«

»Ich hab's auf dem Nachttisch gesehen.«

»Es ist ausgezeichnet. Stilistisch gut und mit vielen Einsichten, die...«

»Sollte ich jemals Marineoberbefehlshaber werden und das unbezwingbare Bedürfnis haben, mich der Presse anzuvertrauen, rufe ich als ersten Jack Yocke an. Das verspreche ich dir!«

Callie wechselte das Thema. Als Jake nur einsilbig grunzte, gab sie schließlich ganz auf. Ihr Mann merkte nichts davon. Er war ganz in einen Bericht über Fidel Castros letzte Rede vertieft, in der der Diktator eine nochmalige Halbierung der Fleisch- und Reisrationen bekanntgegeben hatte. Außerdem würde Kuba sein Öl nach Ausbleiben der sowjetischen Lieferungen in Zukunft gegen Devisen von Mexiko kaufen. Das bedeutete weitere Opfer, die das kubanische Volk nach Castros Überzeugung jedoch bereitwillig auf sich nehmen würde. Kuba war zwar von den sowjetischen Genossen schmählich verraten worden – aber *viva la revolución!*

Der sozial engagierte Journalist, von dem Callie gesprochen hatte, hegte unkeusche Gedanken. Er hatte Tish Samuels in ihrem Apartment abgeholt, das sie sich mit einer unscheinbaren Freundin teilte, und war mit ihr auf der Nachhochzeitsparty eines befreundeten Reporters, der sich vor ein paar Wochen mit einer Kieferchirurgin eingelassen hatte. Anfangs war Yocke ein miserabler Gesellschafter gewesen, aber nach zwei Stunden und ein paar Drinks war er wieder fröhlich und gesellig.

Seine gute Laune schien auch auf Tish abgefärbt zu haben, denn sie summte leise vor sich hin, als er sie später im Auto küßte. Er küßte sie nochmals, und sie erwiderte seinen Kuß, was er als höchst angenehm empfand.

Dann steckte er widerstrebend den Zündschlüssel ins Schloß und ließ den Motor an. »Wohin?« fragte er.

»Zu dir?«

»Ich wohne auch mit einem Freund zusammen. Der ist heute abend zu Hause.«

»Okay, in die Buchhandlung.«

Jack Yocke fuhr los. Auf dem leeren Parkplatz vor der Ladenzeile stellte er den Wagen ab und starrte die unbeleuchteten Schaufenster an.

»Komm«, sagte Tish mit einer Hand auf dem Türgriff. »Worauf wartest du noch?«

Jack griff ins Handschuhfach und zog etwas rotes Rüschiges heraus. »Würdest du die tragen?«

Es waren zwei. Tish hielt sie ans Licht. »Was hast du da? *Strumpfbänder?*«

»Yeah.« Er zuckte mit den Schultern und grinste hoffnungsvoll.

Sein Grinsen war nett, irgendwie ein bißchen mitleiderregend, fand Tish. »Eine kleine Vorliebe, was?«

»Nun, ich...«

»Das soll ein Witz sein, stimmt's?«

»Nein. Ich dachte, du...«

»Strumpfbänder.« Tish seufzte. »Jesus, Strumpfbänder hab' ich seit dem High-School-Abschlußball nicht mehr getragen.« Sie sah ihm genau ins Gesicht. »Also gut, von mir aus, du Fetischist.«

Sie tastete nach dem Gurtschloß. Er griff zu ihr hinüber, um ihr zu helfen. Sie schob seine Hände beiseite. »Ich zieh' sie doch nicht gleich im Auto an!«

»Ich...«

»Ach, halt den Mund! *Strumpfbänder!*«

Du lieber Gott, dachte Tish, während sie auf dem Weg zur Ladentür in ihrer Handtasche nach dem Schlüsselbund angelte. Ist das mit einunddreißig mein Schicksal? Sex mit leicht zurückgebliebenen großen Jungen, deren Vorstellungen von Erotik geradewegs aus dem Bordell stammen?

»Gibt's denn keine Männer mehr?« murmelte sie.

Zum Glück bekam Jack Yocke, der sich davon überzeugte, daß ihnen niemand folgte, diesen Kommentar nicht mit.

Hätte er weniger gut ausgesehen, wäre er weniger nett gewesen...

Sie schloß die Tür auf, hielt sie für ihn offen und sperrte hinter ihm zu. Das einzige Licht kam von Straßenlaternen und fiel durch die Schaufenster in den Laden. Sie ging an den Lichtschaltern vorbei. Hinter sich hörte sie Yocke über irgend etwas stolpern.

Als er zum zweitenmal stolperte, fiel ein Bücherstapel um. Sie griff nach seiner Hand und führte ihn zwischen den Stapeln hindurch ins Büro. Yocke half ihr, den Mantel auszuziehen. Auf der durchgesessenen Couch standen ein halbes Dutzend Bücherkartons, die sie auf den Fußboden stellten.

Während sie sich im Halbdunkel auszogen, fragte Tish: »Wozu Strumpfbänder?«

»Wenn du nicht willst, brauchst du sie nicht zu tragen.«

»Warum hast du mich dann gebeten, sie zu tragen?«

»Nun...«

Dann berührte er ihre nackte Haut. Alle ihre Zweifel verschwanden schlagartig.

Als er später keuchend auf ihr lag, sagte sie plötzlich: »Wir haben die Strumpfbänder vergessen!«

Er streichelte ihre Schenkel. »Nicht weiter wichtig.«

»Du bist ein ziemlich guter Liebhaber, weißt du. Für 'nen Fetischisten, meine ich.«

Er küßte sie.

»Jetzt mal ganz ehrlich: Was war das mit den Strumpfbändern? Ich möcht's wissen.«

»Ist das dein Ernst?«

»Ja.«

»Nun, ich habe die Erfahrung gemacht, daß Frauen manchmal ihre Meinung ändern. Aber wenn ich sie durch etwas Harmloses ablenke, komme ich öfter ans Ziel.«

»Ohhh... duuu...«

»Du mußt doch zugeben, daß die Strumpfbänder dich so beschäftigt haben, daß du nicht auf die Idee gekommen bist, dir die Sache anders zu überlegen, nicht wahr?«

Tish bäumte sich kurz auf und stieß ihn zugleich von sich weg, so daß er zu Boden plumpste. Dann schloß sie die Bürotür und machte Licht. Als ihre Augen sich ans helle Licht gewöhnt hatten, sah sie Yocke leicht benommen zwischen den Bücherkisten auf dem Rücken liegen.

Sie fand die Strumpfbänder und streifte sie über. Danach stand sie neben ihm auf einem Bein und massierte mit dem anderen Fuß seine Brust und seinen Bauch.

»Na, gefällt dir das?«

»Und wie!« sagte Jack Yocke.

Patrolman Harrison Ronald Ford aus Evansville, Indiana, alias Sammy Z., beobachtete den dicken Weißen, der den Gehsteig entlangschlenderte, ohne nach links oder rechts zu sehen. Er benahm sich, als gehörten sämtliche Häuser dieser Straße ihm, und als sei er unterwegs, um die Miete zu kassieren. Alles an ihm verkündete, er sei *ein wichtiger Mann.*

Harrison Ronald rutschte auf der kalten Betontreppe etwas zur Seite und beobachtete, wie der Unbekannte anfing, Hausnummern abzulesen. Zuletzt blieb er im schwachen Lichtschein der nächsten Straßenlaterne stehen, sah zu Ford auf und wollte die Stufen zu ihm heraufkommen.

»Wohin, Dicker?«

»Hab' 'nen Termin.«

»Großartig. Dann hast du bestimmt auch 'nen Namen.«

»Tony Anselmo.«

»Was hältst du davon, auf dem Gehsteig zu warten, während ich mal nachfrage?«

Während Anselmo sich auf den Gehsteig zurückzog, checkte Harrison Ronald erneut die Straße. Kein Verkehr. Niemand in den geparkten Wagen. Keine Fußgänger mit Ausnahme der Wachposten an den Straßenecken. Die Posten waren zwar unbewaffnet, aber keiner von ihnen war weiter als drei Meter von einer versteckten Uzi entfernt. Abgesehen von den Wachposten, die nicht ganz ins Bild paßten, schien dies ein typisches Wohngebiet des schwarzen Mittelstands zu sein. Hier wurde kein Crack verkauft.

Fords geübtem Blick erschien alles normal.

Er klopfte an die Tür und verschwand im Haus, als sie geöffnet wurde.

In der Diele saß ein weiterer Posten mit einer Uzi auf den Knien. Er nickte, als Harrison an ihm vorbeiging. Der zweite Mann war schon wieder dabei, die Haustür abzusperren und zu verriegeln.

Freeman McNally saß in der Küche, knabberte Kekse, trank Milch und las eine Zeitung. Er hatte etwa zwanzig Pfund Übergewicht und eine größer werdende Stirnglatze. Trotzdem waren unter dem Fett Muskeln verborgen, mit denen er sich leichtfüßig bewegte. Als Ford hereinkam, sah er von seiner Zeitung auf.

»Ein gewisser Tony Anselmo sagt, daß er 'nen Termin hat.«

»Wie sieht er aus?«

»'n fetter Weißer, ungefähr fünfzig, wohlhabend.«

»Laß ihn rein. Wenn du ihn durchsucht hast, gehst du wieder raus.«

»Klar, Freeman.«

Draußen auf dem Gehsteig sagte Ford: »Sie kennen dich. Du kannst reingehen.« Er folgte Anselmo die Treppe hinauf.

Drinnen zielte der Wachposten mit seiner Uzi auf Anselmos Bauch. »An die Wand, Arme hoch, Beine breit.«

Ford tastete den Dicken rasch nach Waffen ab. »Das machst du wie 'n Cop«, knurrte Anselmo.

»Er ist clean«, verkündete Ford dem Posten, verließ das Haus und setzte sich wieder auf die Treppe.

Harrison Ronald hatte von Fat Tony Anselmo gehört. Während er eine Zigarette rauchte und auf die Nachtgeräusche der Großstadt horchte, rief Ford sich ins Gedächtnis zurück, was er über ihn wußte. Tony Anselmo war Soldat in einer New Yorker »Familie« unter Zubin Costellos Führung. Zu seinen drei, vier wichtigsten Unterführern gehörte Bernie Shapiro, für den Anselmo angeblich arbeitete. Bei seinem einzigen Auftritt vor Gericht hatte Anselmo, der in jüngeren Jahren rund ein Dutzend Morde verübt haben sollte, es irgendwie geschafft, statt wegen Mordes nur wegen Mitführens einer versteckten Waffe verurteilt und schon nach einem halben Jahr wieder entlassen zu werden.

Schöner wär's gewesen, dachte Ford, wenn Freeman ihn zum Bleiben aufgefordert hätte. Irgendwann würde es dazu kommen, wenn er lange genug lebte. Aber vorerst noch nicht.

Während er rauchend auf der Treppe saß, überlegte Harrison Ronald, von wem die Initiative zu diesem Treffen ausgegangen sein mochte – von Tony oder von Freeman? Und er stellte Vermutungen über das Thema ihrer Verhandlungen an. Sicher nicht der Einkauf von Rohware, denn die bezog Freeman in beliebiger Menge von der Westküste.

Geld, dachte Ford. Wahrscheinlich ging es darum, Geld zu waschen oder zu investieren. Costellos Familie hatte vermutlich auf beiden Gebieten viel Erfahrung.

Oder um Bestechung von Beamten. Auch das war eine Möglichkeit.

Als die Glut seiner Zigarette beinahe den Filter erreicht hatte, zündete Ford sich mit dem Stummel eine neue Zigarette an. Er sah automatisch nach den Wachposten und beobachtete dann den fast senkrecht aufsteigenden Zigarettenrauch.

Kalt. Heute nacht würde es verdammt kalt werden. Harrison Ronald klappte den Kragen seiner Lederjacke hoch und sah auf seine Armbanduhr.

»Warum eine Buchhandlung?« fragte Jack Yocke.

Tish und er lagen unter seinem Mantel auf der Couch in dem kleinen Büro hinter dem Verkaufsraum. Sie trug noch immer die Strumpfbänder.

»Das klingt jetzt komisch«, antwortete sie. »Aber ich mußte irgendwas tun, um Geld zu verdienen, und ich liebe Bücher – deshalb bin ich rumgefahren, bis ich ein Viertel gefunden hatte, in dem es weit und breit keine Buchhandlung gab, und habe dort einen Laden gemietet.«

»Vernünftige Methode.«

»Das habe ich mir auch eingebildet. Ich habe fest an den Erfolg meiner Buchhandlung geglaubt. Ha! In Wirklichkeit verdiene ich kaum meinen Lebensunterhalt. Andererseits bin ich seit zwei Jahren im Geschäft und habe nirgends Schulden. Das ist auch etwas.«

»Allerdings! Nicht viele Leute können das von sich sagen.«

»Aber jetzt zu dir: Warum eine Zeitung?«

»Oh, ich hab' mir eingebildet, das wäre trotz der Arbeitszeiten, des Termindrucks und der Redakteure etwas für mich. Das nennt man Optimismus! Manchmal komme ich mir wie ein Leichenbestatter vor. Oder wie ein Geistlicher. Alle diese zerstörten Leben! Ich verbringe meine Zeit damit, von einer Tragödie zur anderen zu rasen. ›Wer was wann wie warum, Ma'am, und buchstabieren Sie den Namen des Täters bitte noch mal?‹ Ich sehe so viel Blut wie der Fahrer eines Notarztwagens. Und ich stelle Fragen, die Geistliche und Leichenbestatter nie zu stellen brauchen. ›Warum hat Ihr Mann Sie Ihrer Ansicht nach mit dem Messer angegriffen, Mrs. Butcher?‹ ›Was hat der Täter gesagt, bevor er abgedrückt hat, Mr. Target?‹ ›Warum ist er für Sie noch immer ein guter Junge, obwohl er sein Opfer gequält, vergewaltigt und ermordet hat, Mrs. Spock?‹ «

»Die Arbeit stelle ich mir anstrengend, aber lohnend vor.«

»Sie wäre lohnend«, bestätigte Jack Yocke, »wenn man die Zeit hätte, richtig zu recherchieren und zu schreiben. Aber die hat man nie. Man sieht sich das Blut an, telefoniert wie wild herum und schreibt fünfzig, sechzig Zeilen, die der Redakteur auf die Hälfte zusammenstreicht oder überhaupt nicht nimmt. Dann wartet man und recherchiert weiter. Eine Sackgasse nach der anderen. Zuletzt hat man eine gute Story und wird plötzlich von einer Woge anderer Reporter überrannt, weil der Redakteur endlich merkt, daß das eine verdammt gute Story ist – die Yocke aber leider nicht allein bewältigen kann.«

»Warum bleibst du dann dabei?«

»Keine Ahnung«, antwortete er wahrheitsgemäß.

»Was könntest du sonst tun?«

»Mir ist nie was eingefallen.«

Tish stand von der Couch auf und machte Licht. Während er zusah, streifte sie die Strumpfbänder ab und gab sie ihm zurück. Dann begann sie sich anzuziehen.

»Komm, zieh dich an und fahr mich heim. Ich brauche etwas Schlaf, damit ich morgen um neun wieder frisch und munter im Laden stehen kann. Um diese Zeit kommen die kleinen alten Damen vorbei, um zu fragen, ob neue ›galante‹ Titel reingekommen sind.«

»›Galante‹ Titel?«

»Gewagte Liebesabenteuer. Sanfte Pornographie. Damit verdiene ich mir die Miete.«

»Soll das ein Witz sein?«

»Leider nein. Letzte Woche hab' ich drei Amy Tans und nur eine Fay Weldon verkauft. Zum Heulen, sag' ich dir!«

»Vielleicht brauchst du 'nen Laden in besserer Lage.«

»Was ich brauche, ist ein von mir geschriebenes erstklassiges Fickbuch – so heiß, daß es jeder alten Jungfer das Höschen schmilzt.« Sie beobachtete ihn, während sie ihre Bluse zuknöpfte. »Daran schreibe ich gerade. Willst du's sehen?«

»Klar.«

Tish zog eine Schublade auf und holte das Manuskript heraus. Es bestand aus etwa hundert Seiten, die sie auf der alten Schreibmaschine hier im Büro getippt hatte. Er blätterte darin herum und überflog einige Seiten.

»Unanständige Ausdrücke sind tabu. Sein Schwanz ist immer sein Geschlecht.«

»Scheint in Ordnung zu sein«, sagte er, gab es zurück und bückte sich nach seiner Hose.

Als er sich aufrichtete, las Tish mit gerunzelter Stirn in ihrem Manuskript. Im nächsten Augenblick warf sie es in die Schublade zurück. »Lauter Scheiße, aber solches Zeug verkauft sich. Und wenn Scheiße ein Renner ist, muß ich eben Scheiße schreiben!«

Zwanzig Minuten später sagte Tish vor dem Apartmentgebäude, in dem sie wohnte: »Bleib gleich sitzen. Bis zum Eingang schaff' ich's allein.«

Er küßte sie flüchtig auf die Wange.

»Rufst du mich wieder an – oder bleibt's bei dieser einen Nacht?«

»Ich rufe wieder an.«

»Versprochen?«

»Yeah.«

Als Jack Yocke wegfuhr, kam er sich schäbig vor. Aber was bedeutete schon eine weitere Lüge in einer Welt, die voll davon war?

Harrison Ronald – Sammy Z. – hatte ab 5 Uhr morgens frei. Einer seiner Kollegen setzte ihn vor dem Wohnblock ab, in dem er hauste. Er ging nach oben und kochte sich eine Kanne Kaffee. Dann machte er sich am Küchentisch über das Kreuzworträtsel in der *Washington Post* her.

Nachdem Tony Anselmo gegangen war, hatte Freeman Sammy Z. und einen weiteren Mann zu einem Cracklabor in einem schäbigen Motel in der New York Avenue geschickt. Dort übernahmen sie eine Lieferung, sahen den Chemikern bei der Arbeit zu und flirteten mit einer heißen Neunzehnjährigen mit brombeergroßen Brustwarzen – und einer Aversion gegen BHs –, bis ihr Begleitfahrzeug eintraf. Dann machten sie sich zu fünft daran, den Straßenhandel mit Crack zu beliefern. Dabei lieferten zwei Zwischenhändler die Einnahmen dieser Nacht ab – schätzungsweise sechzig Riesen. Und Freeman gehörten im Augenblick elf Verkaufsstellen in Washington und Umgebung!

Sammy Z. brachte das Geld in das kleine Haus, das Freemans Bruder für drei, vier Nächte benutzte. Als Buchhalter, Kassierer und Zahlmeister wechselte der ältere McNally sein Büro ständig und willkürlich. Freeman wußte immer, wo er sich aufhielt, und gab Sammy Z. beim Wegfahren die Adresse.

Die Zustellung von Geld oder Drogen war riskant. Der von Freeman Beauftragte saß auf dem Rücksitz des Wagens und hatte seine schußbereite Uzi auf den Knien. Im Begleitfahrzeug saßen zwei oder drei ebenfalls mit Uzis und Pistolen bewaffnete Männer. Der Fahrer des ersten Wagens blieb stets unter der zulässigen Höchstgeschwindigkeit, befolgte alle Verkehrsregeln und achtete darauf, niemals bei Gelb über eine Kreuzung zu fahren. Die vorher festgelegte Route führte willkürlich kreuz und quer durch die Stadt, und die Fahrzeuge wechselten von Nacht zu Nacht.

Vor dem schmutzigen Küchenfenster wurde der Himmel hellgrau, als Harrison Ronald gleichzeitig mit dem Kreuzworträtsel und seiner dritten Tasse Kaffee fertig wurde. Er stellte die Kaffeemaschine ab, holte einen Wintermantel aus dem Kleiderschrank und sperrte die Wohnungstür hinter sich zu.

Im Augenblick fuhr er einen zehn Jahre alten verrosteten Chrysler, der Freeman McNally gehörte. Die Limousine war einmal dunkelblau gewesen. Jetzt war sie nur dunkel und schmutzig. Die Sitze waren durchgesessen. Der eingedrückte Kotflügel vorn links und die Motorhaube waren von einem Amateur mit dem Vorschlaghammer ausgebeult worden. Die Windschutzscheibe wies mehrere große Sprünge auf. Insgesamt ein für Washington typischer fahrbarer Schrotthaufen.

Das einzige, was einem aufmerksamen Beobachter an dem alten Wagen hätte auffallen können, waren brandneue Michelin-Gürtelreifen – mit der Innenseite nach außen montiert, damit das Markenzeichen nicht zu sehen war. Ebenso unsichtbar war der unter der eingebeulten Motorhaube verborgene riesige Achtzylinder, der den originalen V-6-Motor ersetzte. Gemeinsam mit einem neuen Getriebe, verbessertem Fahrwerk und verstärkten Bremsen verhalf dieses Meisterwerk eines hochbegabten Tuners dem alten Schlitten zu ungeahnten Fahrleistungen.

Nachdem der Motor angesprungen war, was er an kalten Morgen höchst unwillig tat, und sich etwas warmgelaufen hatte, fuhr Harrison Ronald auf die Straße hinaus. Er behielt seine Rückspiegel ständig im Auge und legte es darauf an, bei Gelb über Kreuzungen zu fahren. Nachdem er sich davon überzeugt hatte, daß ihm niemand folgte, fuhr er zur Ringautobahn. In Richtung Stadt staute sich der Berufsverkehr, aber in Gegenrichtung floß der Verkehr zügig. Auf der Autobahn folgte er den Schildern zur I-95 South nach Richmond.

Der Morgen war grau und windig. Der Regen vor einigen Tagen hatte die durstige Erde getränkt und den Staub gebunden. Aber da der Herbst so trocken gewesen war, brauchte die Erde noch viel Regen.

Er verließ die Autobahn bei Fredericksburg. Fünf Minuten später fuhr er am Empfang eines Motels vorbei und parkte vor der einem Hügel zugewandten Rückseite des Haupttrakts.

Harrison Ronald Ford stand auf dem fast leeren Parkplatz und reckte sich gähnend. Wichtig ist ein guter Beruf, hatte seine Großmutter gesagt, mit regelmäßiger Arbeitszeit und guten Zukunftsaussichten.

Er klopfte an die Tür von Zimmer 212.

»Augenblick!«

Die Tür wurde geöffnet. »Rein mit Ihnen!«

Der Weiße, der Ford grinsend die Hand schüttelte, war groß und hager; er hatte einen hervorstehenden Adamsapfel und eine Adlernase. Er hieß Thomas F. Hooper. Special Agent Hooper leitete die FBI-Abteilung Drogenbekämpfung. Hooper hatte Ford in Evansville angeworben. Für einen harmlosen Einsatz als verdeckter Ermittler, hatte er behauptet, der Ihre Beförderungschancen bei der Polizei erheblich vergrößern wird. Beides gelogen, wie er mittlerweile unbekümmert zugab.

»Wie wär's mit 'nem Frühstück?«

»Ich könnte was vertragen.«

»Gut. Freddy ist zu McDonald's gefahren, um was zu holen. Er müßte bald wieder da sein.«

Ford ließ sich in den Sessel fallen und streckte die Beine aus.

»Wie geht's?«

»Freeman ist verdammt beschäftigt. Er scheffelt Geld, als hätte er 'ne eigene Druckerei.«

Hooper holte einen Kassettenrecorder aus seinem Aktenkoffer und steckte ihn unter dem Schreibtisch ein. Nachdem er seinen Namen, das Datum und Fords Namen diktiert hatte, hörte er sich die Aufnahme an, um sicherzugehen, daß das Gerät funktionierte.

Harrison Ronald beobachtete ihn.

»Sie sind müde.«

»Amen.«

»Kaffee macht Sie wieder wach. Können wir anfangen?«

»Okay.«

Ford hatte vor einer Woche zum letzten Mal mit Hooper gesprochen. Deshalb schilderte er die vergangene Woche Minute für Minute – mit Namen, Personenbeschreibungen, Adressen, Umsätzen, geschätzten Erlösen und dergleichen. Er hatte nichts aufgeschrieben, sich keine Notizen gemacht; das wäre zu gefährlich gewesen. Aber nach acht Monaten wußte er natürlich, was Hooper und das Justizministerium brauchten, und lieferte es selbständig.

Freddy, Hoopers Assistent, kam zehn Minuten später herein. Ford erzählte weiter, während sie sich Kaffee und Frühstückswaffeln mit Ei, Käse und Würstchen teilten.

Ford sprach fast eine Stunde lang. Als er fertig war, hatte Hooper Fragen, massenhaft Fragen. So ging es noch über eine Stunde lang weiter. Danach kannte Hooper Fords Beobachtungen von vergangener Woche fast so gut wie Ford selbst.

Zuletzt fragte Hooper: »Und wie beurteilen Sie die Lage?«

Harrison Ronald ließ sich eben von Freddy Kaffee aus einer Thermoskanne nachschenken. »Offenbar gibt's in der Stadt ein Überangebot an Crack. Der Stoff läßt sich nicht mehr so schnell absetzen wie früher. Und ich glaube, daß Freeman von Costellos Mob unter Druck gesetzt wird, sein Geld bei ihm waschen zu lassen – vermutlich gegen höhere Provision. Irgendwer hat Walter Harrington und die Second Potomac ausgeschaltet. Deshalb haben Freeman und die anderen Dealer jetzt große Probleme.«

»Was tut Freeman voraussichtlich?«

»Schwer zu sagen. Ich hab' noch nichts aufschnappen können. Aber eines weiß ich: Freeman ist ein verdammt cleverer Bursche. Und seinen Erfolg verdankt er bestimmt nicht der Tatsache, daß er untätig zusieht, wenn andere sich an seinem Besitz vergreifen. Ich vermute, daß er sich wehren wird. Er ist der Typ dafür.«

Diesmal war Freddy anderer Meinung. Er war Ende Vierzig, ebenfalls ein Weißer, und seit Beginn seiner Dienstzeit beim FBI als Drogenfahnder im Einsatz. »Ich vermute, daß Freeman und die anderen das jetzige Überangebot an Kokain reduzieren werden. Tun sie's nicht, müssen sie versuchen, sich gegenseitig Marktanteile abzujagen. Bisher machen *alle* gute Geschäfte und verdienen einen Haufen Geld. Verdammt viel Geld! Aber wenn sie 'nen Bandenkrieg anfangen, ist's vorbei mit dem späteren Rückzug in ein geruhsames Privatleben.«

»Die großen Bosse haben nichts füreinander übrig«, wandte Harrison Ronald ein.

»Geschäft ist Geschäft, und Geld ist Geld«, stellte Freddy fest.

»Was soll *ich* tun, Jungs, wenn die Ballerei losgeht?«

»Abhauen«, sagte Hooper lakonisch.

»Und bloß keine Zivilisten umlegen!« fügte Freddy warnend hinzu.

»Ich soll einfach abhauen?«

»Richtig«, bestätigte Hooper. »Als Toter sind Sie für uns wertlos.«

»Haben Sie denn schon genug Belastungsmaterial?«

»Wir haben genug, um Freeman und die meisten seiner Leute für dreißig Jahre hinter Gitter zu bringen.«

»Und die Cops und Politiker, die sich bestechen lassen?«

Hooper stellte den Recorder ab und nahm die Kassette heraus. Er kennzeichnete sie mit dem Kugelschreiber aus seiner Hemdtasche.

»Und die Cops und Politiker?« wiederholte Ford.

»Sie haben uns viel Material beschafft. Weit mehr, als wir erwartet hatten. Aber wenn jemand Sie unter die Erde bringt, stehen wir mit leeren Händen da. Klar, wir wissen viel, aber wir hätten dann keinen Zeugen mehr, der vor Gericht aussagen kann.«

»Ich glaube nicht, daß ich in absehbarer Zeit in die Führungsriege aufsteigen werde. Freeman hat vier Stellvertreter, von denen zwei seine Brüder sind. Alle vier sind Multimillionäre, die jederzeit ihr Leben für Freeman McNally opfern würden.«

»Vielleicht läßt sich das arrangieren«, meinte Freddy.

»Hey, wie meinen Sie das?«

»Darüber brauchen Sie sich nicht den Kopf zu zerbrechen. Geben Sie mir die persönlichen Daten der vier.« Freddy zückte Notizbuch und Bleistift.

»Augenblick, verdammt noch mal! Wir sind schließlich Cops! Ich hab' nicht die Absicht, einen dieser Leute kaltzumachen – außer in Notwehr.«

»Wir verlangen nicht, daß Sie jemanden umlegen, und tun's selbst natürlich auch nicht. Mann, wir sind doch nicht in Argentinien! Aber vielleicht können wir einen dieser Jungs für einige Zeit aus dem Verkehr ziehen, damit für Sie ein Platz am Futtertrog frei wird.«

Harrison Ronald Ford sprach zehn Minuten lang. Er berichtete alles, was er über die vier Männer wußte: die Namen ihrer Frauen, ihrer Geliebten und ihrer Kinder, was sie aßen, worüber sie lachten, was sie tranken und wie oft sie ihr eigenes Produkt nahmen.

Nach seinem Bericht herrschte zunächst Schweigen, bis Hooper fragte: »Wie gefällt Ihnen der Wagen, den Sie jetzt fahren?«

»Große Klasse!« Ford lächelte schwach. »Sie sollten wirklich mal mitfahren. Der reinste Rennwagen!«

»Versuchen Sie zu überleben, Harrison. Bitte.«

»Ich werd's versuchen.« Harrison Ronalds Lächeln wurde zu einem breiten Grinsen. »Das verspreche ich Ihnen!«

»Sie können jederzeit aussteigen, das wissen Sie.«

»Yeah.«

»Das ist mein Ernst. Wir haben weit mehr, als wir anfangs erhofft hatten. Wenn Sie nach Evansville zurückwollen, brauchen Sie nur zu sagen, daß wir Ihnen ein Flugticket besorgen sollen.«

»Danke, ich mache erst mal weiter. Ich bin neugierig, welche Rolle Tony Anselmo spielen wird.«

»Neugier hat schon viele Cops das Leben gekostet.«

»Ja, ich weiß.«

Auf der Rückfahrt nach Washington überlegte Ford sich – nicht zum ersten Mal –, daß er im Marine Corps hätte bleiben sollen. Nach zwei Jahren College war er als Zwanzigjähriger zur Marine gegangen und hatte sich für vier Jahre verpflichtet. Die zweite Hälfte seiner Dienstzeit hatte er auf Okinawa verbracht: als Ausbilder für unbewaffneten Nahkampf. Im Corps hatte er sich wohl gefühlt. Aber seine Freundin lebte in Indiana und wollte nicht fort. Deshalb quittierte er seinen Dienst, kehrte heim und bewarb sich bei der Polizei, während er Janet zu überreden versuchte, ihn zu heiraten.

Die Polizei nahm ihn einen Tag vor dem Nachmittag, an dem Janet ihm den Laufpaß gab. Die älteste Geschichte der Welt. Während seiner langen Abwesenheit war sie mit anderen ausgegangen. Er war ein wunderbarer Mensch, aber sie liebte ihn nicht mehr. Sie hoffte, sie würden für immer Freunde bleiben.

Bei der Marine hatte er vieles gelernt, was jetzt dazu beitragen konnte, ihn am Leben zu erhalten – auch Selbstvertrauen und Streßbeherrschung. Und Nahkampf ohne Waffen, von dem Mitglieder von Straßenbanden im allgemeinen keine Ahnung hatten. Gelegentlich begegnete man einem Karatekämpfer, der sich für unbesiegbar hielt. Aber während er zu einem dieser tödlichen Tritte ausholte, fiel man brutal über ihn her, brach ihm das Bein und zerquetschte ihm die Luftröhre. Und die Jungs mit den Uzis übten niemals mit ihren Maschinenpistolen. Sie waren Mörder, keine Kämpfer.

Wenn alles vorbei war, würde er vielleicht zum Corps zurückgehen. Warum nicht?

Kapitel zehn

Am Dienstagabend hatte Jake Grafton eben erst die Wohnungstür hinter sich zugemacht, als das Telefon klingelte. Callie ging an den Apparat. Nachdem sie mit dem oder der Unbekannten einige freundliche Sätze gewechselt hatte, hielt sie ihm den Hörer hin. »Für dich, Jake.«

»Hallo.«

»Captain Grafton, hier ist Jack Yocke von der *Washington Post.*«

»Guten Abend.«

»Entschuldigen Sie, daß ich Sie zu Hause belästige, aber von einem unserer Korrespondenten in Südamerika ist eben ein Bericht eingegangen, den ich gern mit Ihnen abgeklärt hätte. Offenbar hat die U.S. Army eine Spezialeinheit nach Kolumbien geschickt, die Chano Aldana nach einem erbitterten Feuergefecht mit seiner Leibwache festgenommen hat. Die kolumbianische Polizei scheint beteiligt gewesen zu sein, aber nach unseren Informationen ist dieses Unternehmen von der U.S. Army geplant und durchgeführt worden.«

»Wie kommen Sie darauf, daß ich Ihnen in dieser Sache behilflich sein könnte?« Er stellte irritiert fest, daß Callie ihn aufmerksam beobachtete. Aus Gründen, die Jake nicht nachvollziehen konnte, mußte sie einen Narren an diesem Kerl gefressen haben.

»Seit ich Sie bei der Anklageeröffnung im Fall Aldana gesehen habe«, sagte Yocke, »habe ich mich sachkundig gemacht. Sie leiten die Abteilung Drogenbekämpfung im Vereinten Stab. Folglich muß diese kleine Sache über Ihren Schreibtisch gelaufen sein.«

»Sie haben meine Frage nicht beantwortet, Mr. Yocke. Wie kommen Sie darauf, daß ich Ihnen in dieser Sache behilflich sein könnte?«

»Soll das heißen, daß Sie nicht wollen?«

»Mr. Yocke, ich trinke morgens Kaffee und gehe jeden Tag zum Mittagessen. Alles, was ich sonst in meiner Dienststelle tue, ist geheim. Mehr kann ich Ihnen wirklich nicht sagen.« Callie runzelte die Stirn. Jake kehrte ihr entschlossen den Rücken zu. »Ich schlage vor, daß Sie's mit der Informationsstelle des Pentagons versuchen.«

»Haben Sie die Nummer zufällig parat, Kapitän?«

»Die steht im Telefonbuch.« Jake legte auf, ohne sich zu verabschieden.

»Jake, das ist unhöflich gewesen.«

»Unsinn, Callie!«

»Doch, du...«

»Muß ich mir etwa gefallen lassen, daß dieser Grünschnabel mich zu Hause anruft und geheime Informationen verlangt? Unsinn! Wenn du ihn wiedersiehst, kannst du ihm ausrichten, daß er solche Scherze in Zukunft unterlassen soll. Außer seine Nase möchte Bekanntschaft mit meiner Faust machen.«

»Er hat bestimmt nicht gewußt, daß die Informationen geheim sind«, behauptete Callie, aber ihr Mann war bereits ins Schlafzimmer unterwegs, um sich umzuziehen.

Jake hat recht, sagte sie sich. Ein Reporter sollte seine Grenzen kennen. Aber Yocke ist noch jung. Er lernt bestimmt rasch. Vor allem im Umgang mit Jake.

Als Harrison Ronald Ford abends zur Arbeit in Freeman McNallys Haus kam, trat Ike Randolph ihm an der Tür entgegen.

»Freeman will dich sprechen.«

Dabei grinste er hämisch. Harrison kannte dieses Grinsen, das er immer dann aufsetzte, wenn anderen etwas Unangenehmes bevorstand.

Ike tastete ihn nach Waffen ab. Reine Routinesache, aber an diesem Abend war Ike gründlicher als sonst – bestimmt absichtlich.

Ike Randolph, verurteilt wegen bewaffneten Raubüberfalls, verurteilt wegen Vergewaltigung, verurteilt wegen Unzucht mit Kindern... Um Ike zu mögen, mußte man schon ein Übermaß an christlicher Nächstenliebe aufbringen. Wie Harrison erfahren hatte, war Ike gemeinsam mit Freeman aufgewachsen.

Mom McNally hatte sie großgezogen und Kautionen gestellt, als sie wegen Ladendiebstahls und später wegen Diebstahls von Autozubehör verhaftet worden waren. Aber sie hatte nicht genug Geld gehabt, um sie freizubekommen, als sie bei Überfällen auf Touristen geschnappt worden waren. Ike, der Mann mit dem Revolver, wurde wegen Straßenraubs angeklagt; Freeman bekannte sich schuldig, Schmiere gestanden zu haben. Trotzdem mußte Freeman nach der Urteilsverkündung noch 30 Tage sitzen, während Ike auf Bewährung freikam. Darüber lachten die beiden noch heute bei gemeinsamen Trinkgelagen.

An diesem Abend versetzte Ike Harrison einen kleinen Stoß, nachdem er ihn abgetastet hatte.

»Hey!«

»Halt's Maul. Arschloch! Los, Freeman wartet schon!«

McNally saß im Wohnzimmer, das nach hinten hinausführte, auf dem Sofa. Auch seine beiden Brüder waren da. Ike schloß die Tür hinter ihnen.

»Hab' dich heute morgen angerufen«, sagte Freeman.

Harrison Ronald konzentrierte sich darauf, ein unschuldiges Gesicht zu machen.

»Wo bist du gewesen?«

»Unterwegs. Das bin ich manchmal.«

»Werd ja nicht frech, Z.! Das laß ich mir von keinem bieten!«

»Hey, Freeman, ich bin bloß weggefahren, um zu bumsen.«

»Wie heißt sie?« warf Reuben McNally ein – der fürs Geld zuständige älteste Bruder.

»Ihr kennt sie nicht.«

Freeman stand auf und trat auf Harrison zu, der noch überlegte, ob er McNally den Arm brechen und als Schutzschild benützen sollte, als Freeman ihm ins Gesicht schlug. »Letzten Mittwoch bist du auch nicht in deiner Wohnung gewesen. Ich will jetzt die Wahrheit hören, Bruder, sonst kannst du dich auf was gefaßt machen! *Wie heißt sie?*«

Nun schien der richtige Augenblick gekommen zu sein, ein ängstliches Gesicht zu machen. Harrison machte eines, was lächerlich einfach war. Sein Mund war vor Angst trokken. »Sie heißt Ruthola und ist verheiratet. Wir kennen uns schon länger. Ich fahr' jeden Mittwochvormittag zu ihr, wenn die Kleine im Kindergarten ist. Ehrlich, Freeman, ich bin bloß unterwegs, um zu bumsen.«

Freeman grunzte etwas Unverständliches und starrte Harrison in die Augen. Ford zwang sich dazu, seinen Blick zu erwidern. McNallys dunkelbraune Augen wirkten beinahe schwarz. Der Drang, ihn anzugreifen, war fast überwältigend. Harrison ballte die Fäuste, während er dagegen ankämpfte.

»Ruf sie an.«

»Mann, ihr Alter könnte zu Hause sein!«

»Dann ist eben Schluß mit eurer Romanze. Die ist dir doch nicht wichtiger als dein Leben, stimmt's?«

»Mir nicht.«

»Ruf sie an.«

Freeman McNally nahm den Hörer des Telefons auf dem Tisch neben der Couch ab und deutete auf einen zweiten Apparat auf einem Tischchen am Fenster. Ford griff benommen nach dem Hörer und wählte.

Am anderen Ende klingelte es. Einmal. Zweimal. Dreimal... Harrison hielt den Atem an.

»Hallo«, sagte eine Frauenstimme.

»Ruthola, hier ist Sammy.«

Schweigen. In dieser Sekunde wußte Harrison Ronald Ford, daß er ein toter Mann war. Ein eisiger Schauer erfaßte ihn. Dann hörte er ihre Stimme zischen: »Warum hast du angerufen? Du hast mir *versprochen*, es nicht zu tun!«

»Hey, Babe, ich kann nächste Woche nicht kommen. Muß geschäftlich verreisen. Das wollt' ich dir nur sagen.«

»Bitte, Darling, ruf mich nicht an, wenn er *daheim* ist!« flehte sie verzweifelt. »Du hast's *versprochen*! Ruf mich morgen um zehn an, Lover.« Sie legte auf.

Harrison Ronald ließ langsam den Hörer sinken. Seine Finger zitterten kaum merklich.

Freeman lachte hämisch. Während die anderen ihn anstarrten, fuhr er sich mit einer Hand durchs Haar. »Taugt sie was in der Kiste?« fragte er schließlich.

Harrison wollte nonchalant mit den Schultern zucken, aber daraus wurde eher ein nervöses Zucken.

»Wo arbeitet ihr Alter?«

Fords Magennerven verkrampften sich. Warum nicht einfach die Wahrheit sagen? Er brachte sie heraus: »Beim FBI.«

Die drei McNallys starrten ihn sprachlos erstaunt mit offenen Mündern an. Harrison versuchte zu grinsen, aber daraus wurde nur eine Grimasse.

»Du spinnst wohl?« brüllte Ike hinter ihm los. *»Ausgerechnet die Frau eines...«*

Freeman begann zu kichern. Dann lachte er. Auch die anderen begannen zu lachen. Das Lachen wurde brüllend laut. Freeman McNally klatschte sich auf die Oberschenkel.

Harrison drehte sich langsam um. Sogar Ike lachte. Harrison stimmte ins allgemeine Gelächter ein. Seine Erleichterung war so groß, daß sie in Hysterie umzuschlagen drohte. Tränen liefen ihm übers Gesicht, während sein Zwerchfell unkontrollierbar zuckte.

Vor acht Monaten, als Hooper ihm erklärt hatte, er werde vielleicht einmal ein Alibi brauchen, und ihn für diesen Fall mit Ruthola bekannt gemacht hatte, hatte Ford sich die Sache nicht wie heute vorgestellt und nicht geahnt, wie zum Zerreißen gespannt seine Nerven sein würden.

Ruthola Barnes, verheiratet mit Special Agent Ziggy Barnes, hatte es gewußt. »Ich mache das nicht zum ersten Mal«, hatte sie ihm erklärt. »Verlassen Sie sich auf mich! Melden Sie sich als Sammy und reden Sie mit mir, als kämen wir gerade aus dem Bett, als stünden wir noch nackt in der Küche, um Kaffee zu kochen. Den Rest erledige ich.«

Das war vor acht Monaten gewesen. Seither hatte er nicht mehr mit ihr gesprochen. Aber als er sie gebraucht hatte, war sie zur Stelle gewesen.

Ah, Ziggy Barnes, du glücklicher Mann!

Für einen Strafverteidiger liegt der Schlüssel zum Erfolg in der Vorbereitung, und niemand bereitete sich gründlicher vor als Thanos Liarakos. Ab Donnerstag morgen vertiefte er sich in unzählige Protokolle von Zeugenaussagen, die von der Staatsanwaltschaft geliefert wurden, so schnell die Leute dort drüben ihren großen Kopierer bedienen konnten.

Die Wortprotokolle würden Zehntausende von Seiten umfassen, hatte der Staatsanwalt der Richterin erklärt. Ausgesagt hatten Dealer, Großhändler, Schmuggler – Piloten,

Begleitpersonal, Bootsbesatzungen, Fahrer – und weitere Insider aus der Drogenszene. Zur Vernehmung durch DEA oder FBI gehörte auch die Frage, wann und wo sie welche Drogenmengen bekommen hatten – und natürlich von wem.

Liarakos' Mitarbeiter hatten sich zwei Tage lang mit diesem Stapel befaßt und alle interessanten Stellen mit gelben Haftnotizen gekennzeichnet. Erschwert wurde ihre Suche durch die Tatsache, daß der Staatsanwalt bisher noch keine Zeugenliste vorgelegt hatte. So war es unvermeidlich, daß vieles von dem, was die Verteidiger lasen, später irrelevant bleiben würde – außer Liarakos versuchte, selbst Zeugen vorladen zu lassen, deren Aussagen hoffentlich entlastend sein würden.

Entlastend: ein hübsches Wort, das sich mit »die Geschworenen täuschend und verwirrend« übersetzen ließ.

Täuschung und Verwirrung gehörten zu den unverzichtbaren Elementen jedes Gerichtsverfahrens. Eine von Strafrechtlern und hohen Richtern mit Vorliebe zitierte Theorie besagte, im Duell zwischen Staatsanwaltschaft und Verteidigung offenbare sich zwangsläufig die Wahrheit. Aber wem sie sich offenbarte, war eine Frage, die nie gestellt wurde.

Der Verteidiger hatte vor allem dafür zu sorgen, daß die im Gerichtssaal ans Tageslicht kommende Wahrheit den Interessen seines Mandanten entsprach. Darauf verstand Thanos Liarakos sich besonders gut.

Er war bereits zu dem Schluß gekommen, seine Argumentation müsse auf den Begriff abzielen, den die Geschworenen von Chano Aldana hatten. Daß die Staatsanwaltschaft genügend Beweise besaß, um ein Dutzend Männer und Frauen davon zu überzeugen, daß Aldana tief in den Drogenschmuggel verstrickt war, stand für ihn außer Zweifel. Darüber hinaus bezeichnete die Anklage ihn jedoch als den großen Boß des Medellín-Kartells, als ein südamerikanisches Ungeheuer, das die Seelen von Menschen kaufte und alle terrorisierte, die sich nicht kaufen ließen.

Liarakos wollte erreichen, daß die Geschworenen zur Überzeugung gelangten, wenn Staatsanwalt William C. Bader nicht beweise, daß Aldana die Verkörperung des Bösen sei, könne er nicht verurteilt werden. Was Liarakos vor Gericht sagte oder tat, würde die Geschworenen dazu zwingen, sich zu fragen: Ist Aldana das Böse in Person? Ist dieser Mann, der hier vor uns sitzt, Adolf Hitlers geisteskranker Neffe? Ist dieser etwas übergewichtige Gentleman in seinem Sportsakko von Sears der geistige Erbe Iwan des Schrecklichen? Gelang es Liarakos, die Geschworenen davon zu überzeugen, die Meßlatte sehr hoch zu legen, würde das Beweismaterial nicht für eine Verurteilung ausreichen.

Liarakos' größter Aktivposten war Chano Aldana selbst. Er wirkte so durchschnittlich, so völlig normal. Er konnte zur rechten Zeit lächeln, zur rechten Zeit bekümmert dreinblicken. Und trotz aller Zeugenaussagen würde Chano Aldana weiter wie der Unterlegene aussehen. Sogar die riesige Zahl der von der Staatsanwaltschaft aufgebotenen Zeugen ließ sich gegen die Anklage verwenden – Liarakos würde fragen, ob das nach all diesen Jahren, nach all diesem Aufwand für Tausende von Vernehmungen wirklich *alles* sei, was der Staatsanwalt zu bieten habe?

Schwierig würde es allerdings werden, Aldana zu kontrollieren. Er schien eine geradezu pathologische Abneigung dagegen zu haben, sich Anweisungen zu fügen, und besaß den Charme eines tollwütigen Hundes. Trotzdem mußte es eine Möglichkeit geben…

Darüber dachte Liarakos nach, als Judith Lewis, seine erste Assistentin, einen weiteren Stapel mit gelben Haftis verzierter Protokolle hereinbrachte.

Sie legte diesen Stapel auf seinen Schreibtisch und nahm davor Platz. »Ich glaube nicht, daß die damit durchkommen«, sagte sie, als Liarakos aufsah.

»Warum nicht?«

»Falls diese Protokolle typisch für das von der Staatsanwaltschaft gesammelte Beweismaterial sind, reichen sie nicht für eine Verurteilung aus. Sie bestehen zum größten Teil aus nicht verwertbaren Informationen aus zweiter Hand. Als Beweise brauchbar wären sie nur, wenn wir dumm genug wären, uns auf Erörterungen über Aldanas Charakter einzulassen – sonst nicht. Der ganze Stapel hier enthält keine Aussage eines Zeugen, der direkten Kontakt mit Aldana gehabt hat.«

»Der Staatsanwalt hat bestimmt besseres Material. Wir haben es nur noch nicht bekommen.«

»Bestimmt nicht! Ich wette mit Ihnen um ein Monatsgehalt, daß er keines hat.« Sie schluckte trocken. »Chano Aldana wird wegen Mangels an Beweisen freigesprochen.«

Liarakos starrte sie prüfend an. »Das ist unsere Aufgabe, Judith. Wir *bemühen* uns, einen Freispruch zu erreichen.«

»Aber er ist schuldig!«

»Wer sagt das?«

»Den Scheiß können Sie sich bei mir sparen! Er ist schuldig, das steht fest.« Sie schlug die Beine übereinander und sah aus dem Fenster.

»Schuldig ist er erst nach einem Schuldspruch der Geschworenen.«

»Das können Sie meinetwegen glauben, wenn's Ihnen hilft, aber mir brauchen Sie damit nicht zu kommen. Er hat sich damit gebrüstet, die Ermordung von mindestens drei Präsidentschaftskandidaten veranlaßt zu haben. Ich habe gestern eine halbe Stunde mit dem Mann gesprochen.« Bei der Erinnerung an dieses Gespräch fuhr sie leicht zusammen. »Er hat's getan«, stellte sie fest. »Er hat sie beseitigen lassen, als seien sie Kakerlaken!«

»Kolumbien hat darauf verzichtet, ihn wegen Mordes anzuklagen, Judith. Kolumbien hat ihn an die Vereinigten Staaten ausgeliefert. Wir haben ihn nicht gegen eine Mordanklage zu verteidigen.«

»Kolumbien hat ihn nicht anklagen *können*. Machen wir uns doch nichts vor! Vor einigen Jahren sind fünfundvierzig kommunistische Guerillas mit einem gepanzerten Fahrzeug in den Keller des Justizpalasts in Bogotá eingedrungen. Sie haben das Gebäude einen Tag lang besetzt gehalten und alle Richter erschossen. Aldana hatte sie angeheuert. An diesem einen Tag sind über hundert Menschen ermordet worden! Aldana in Kolumbien vor Gericht stellen? Ausgeschlossen!«

»Judith, wir *wissen* nicht, daß er das getan hat! Wir sind Rechtsanwälte. Selbst wenn er tausend Verbrechen verübt hätte, müßte er bis zum Schuldspruch der Geschworenen als *nicht schuldig* gelten.«

»Wortklauberei«, murmelte Judith Lewis verächtlich. »Als Kind habe ich den Unterschied zwischen Gut und Böse gelernt, und jetzt, wo ich nach einem teuren Studium endlich erwachsen bin, soll ich Ihnen glauben, das Böse sei lediglich eine Frage des Etiketts? Unsinn, Mr. Liarakos! Ich *weiß*, daß Chano Aldana in jedem einzelnen Anklagepunkt schuldig ist. Er ist ein Drogenschmuggler, ein Terrorist, ein Erpresser und ein Massenmörder, der es verdient, im heißesten Höllenfeuer gebraten zu werden.«

»Nur wenn der Staatsanwalt ihm die Straftaten nachweisen kann«, stellte Liarakos fest. »Nur wenn die Geschworenen *sagen*, die Staatsanwaltschaft habe sie ihm nachgewiesen.«

»Das kann sie nicht.«

»Dann hätte sie keine Anklage gegen ihn erheben sollen.«

»Ich kündige«, sagte sie einfach.

Sie stand auf, ging zur Tür und verließ den Raum. Die Tür blieb hinter ihr offen.

Thanos Liarakos dachte einen Augenblick über ihre Aussage nach. Dann folgte er ihr. Sie stand in ihrem Büro und zog ihren Mantel an. »Mrs. Lewis, kommen Sie bitte noch mal in mein Büro, damit wir über diese Sache reden können?«

Sie kam im Mantel mit. Als Liarakos im Vorzimmer zur Seite trat, ging sie in sein Büro voraus. Er schloß die Tür und drehte sich nach ihr um.

»Was meinen Sie mit ›kündigen‹?«

»Ich kündige. Ist das nicht klar genug? Es drückt haargenau das aus, was ich meine.«

»Heißt das, daß Sie an einem anderen Fall oder vielleicht für einen anderen Partner arbeiten möchten?«

»Nein. Das heißt, daß ich hier kündige. Ich gebe den Beruf auf. *Ich höre auf!* Ich hab' keine Lust mehr, die Anwältin zu spielen. Dafür fehlt mir die nötige Robustheit.«

Sie drängte sich an ihm vorbei. An der Tür blieb sie noch einmal stehen. »Meinen letzten Gehaltsscheck können Sie der Heilsarmee schicken. In meinem Büro ist nichts mehr, was ich mir noch holen möchte.«

»Nehmen Sie ein paar Tage frei und überlegen Sie sich die Sache noch mal. Sie haben drei Jahre Law School und drei Jahre Praxis hinter sich. Das sind sechs Jahre Ihres Lebens.«

»Nein. Ich weiß, daß Sie für richtig halten, was Sie tun. Aber ich halt's für falsch. Und ich *will* es nicht für richtig halten müssen.«

»Judith...«

»Nein, Mr. Liarakos. Ich werde keine einzige Minute meines Lebens mehr damit vergeuden, die verfassungsgemäßen

Rechte eines Drogenhändlers einzufordern. Ich werde keinen Dollar mehr anrühren, der damit verdient worden ist, daß wir einem Drogenhändler geholfen haben, ungeschoren davonzukommen. Nein.«

Diesmal versuchte er nicht mehr, sie aufzuhalten.

Er saß an seinem Schreibtisch und starrte den Stapel Protokolle an.

In der untersten Schublade seines Schreibtischs bewahrte er eine Flasche alten Scotch auf. Jetzt holte er sie heraus und kippte sich einen Schuß in eine leere Kaffeetasse.

Als er sich nachschenkte, klingelte das Telefon.

»Ja?«

»Am Telefon ist eine Dame, die aus Kalifornien anruft. Sie will ihren Namen nicht sagen. Die Angelegenheit sei privat, sagt sie.«

»Meine Frau?«

»Nein, Sir. Ihre Stimme kenne ich.«

»Verbinden Sie mich, bitte.«

Im Telefon klickte es.

»Thanos Liarakos«, meldete er sich.

»Mr. Liarakos, hier ist Karen Allison von der California Clinic.«

»Ja?«

»Ihre Frau scheint nachts die Klinik verlassen zu haben. Mr. Liarakos. Auf dem Gelände ist sie jedenfalls nicht mehr. Sie hat ihren Koffer mitgenommen.«

»Ja«, sagte er.

»Tut mir leid, Mr. Liarakos. Wir haben alles Menschenmögliche getan.«

»Ja«, sagte er und legte auf.

Am Freitagvormittag fuhr Henry Charon nach Baltimore, um zu telefonieren. Vom Parkplatz eines Einkaufszentrums aus sah er drei Telefonzellen in der Nähe der Toiletten. Da er zu früh dran war, aß er in einem Schnellrestaurant zu Mittag, ließ sich beim Kaffee Zeit und machte einen Schaufensterbummel.

Drei Minuten vor der vollen Stunde postierte er sich vor den Telefonzellen und wartete. In einer erklärte eine Frau ihrem Ehemann lautstark, die herabgesetzten Bettlaken seien *wirklich* preisgünstig. Zwei Minuten später hängte sie ein – offenbar als Siegerin – und marschierte davon. Sie hatte nur einmal flüchtig zu Charon hinübergesehen, ohne ihn eines weiteren Blickes zu würdigen.

Henry Charon wählte. Die Nummer, die Tassone ihm gegeben hatte, gehörte angeblich zu einer Telefonzelle in Pittsburgh. Zumindest stimmte die Vorwahl 412 – das hatte Charon kontrolliert. Er fütterte den Apparat mit Quarters aus einer Zehndollarrolle.

Tassone meldete sich beim zweiten Klingeln. »Ja.«

»Sie haben meine Lieferung?«

»Ja. Wo und wann?«

»Raststätte Breezewood, Pennsylvania. Morgen um fünfzehn Uhr.«

»Okay.« Am anderen Ende wurde eingehängt.

Charon verließ die Telefonzelle und ging zu seinem Wagen zurück. Bevor er den Motor anließ, studierte er eine Straßenkarte, die er danach ordentlich zusammengefaltet hinter die Sonnenblende steckte.

Vier Stunden später war Charon in Philadelphia, wo er eine Fahrkarte für den Bus kaufte, der morgen um 7.15 Uhr nach Pittsburgh fahren würde. Nachdem er in einem Schnellrestaurant gegessen hatte, fuhr er durch den Norden Philadelphias, bis er ein billiges Motel fand, in dem er bar zahlte.

Am nächsten Morgen war er schon um 5 Uhr auf den

Beinen. Er stellte seinen Wagen in einem Parkhaus unmittelbar neben dem Busbahnhof ab und betrat eine halbe Stunde zu früh den Warteraum.

Der Bus fuhr auf die Minute pünktlich ab. Charons Gepäck bestand lediglich aus einem Rucksack auf dem Sitz neben ihm. Der Bus war mit nur elf Fahrgästen besetzt. Charon saß weit hinten, damit der Fahrer ihn nicht im Rückspiegel beobachten konnte.

Zwei Reihen vor ihm saß auf der anderen Seite des Mittelgangs ein Pärchen, das sich nach einer halben Stunde, als der Bus eben seine Reisegeschwindigkeit auf dem Pennsylvania Turnpike erreichte, einen Joint anzündete. Der Marihuanageruch war süßlich schwer. Henry Charon wartete darauf, daß der Busfahrer den Zigarettenqualm sehen und anhalten würde. Aber der Bus hielt nicht. Nach einem zweiten Joint schliefen die Frau und der Mann ein.

Henry Charon betrachtete die draußen vorbeiziehende Landschaft und fragte sich, wie es sein würde, dort zu jagen.

In Harrisburg stiegen vier Fahrgäste aus und drei Fahrgäste zu. Das Pärchen schräg vor Charon zündete sich den nächsten Joint an. Einer der Neuzugestiegenen schimpfte, was die Raucher mit Lachen quittierten. Der Busfahrer ignorierte die ganze Sache.

Kurz nach 12 Uhr hielten sie auf dem Parkplatz der Autobahnraststätte Breezewood. Der Fahrer kündigte eine halbstündige Mittagspause an, stieg aus und hastete ins Restaurant hinüber. Die meisten Fahrgäste folgten ihm etwas langsamer.

Henry Charon nahm seinen Rucksack mit, ging im Fernfahrerteil des Gebäudes aufs Klo und schloß sich in eine WC-Kabine ein. Als er eine Stunde später wieder herauskam, war der Bus längst ohne ihn weitergefahren.

Charon kaufte sich eine Zeitung und ging dann ins Restaurant hinüber, wo er sich an einen Fenstertisch setzte und die Speisekarte studierte.

Senator Bob Cherry genoß den Ruf, ein Politiker alten Schlages zu sein. Der Mittsiebziger war im Zweiten Weltkrieg Marineflieger gewesen und hatte sieben japanische Flugzeuge abgeschossen. Nach Krieg und Jurastudium war Cherry in die Politik gegangen und hatte es geschafft, sich nach acht Jahren als Abgeordneter in Florida und Washington, D.C., in den Senat wählen zu lassen, dem er seither angehörte.

Dort im exklusivsten Gentlemen's Club der Welt, spielte Senator Cherry, eine große, hagere Erscheinung mit durchdringendem Blick und knarrender Stimme, eine wichtige Rolle. Als Drahtzieher hinter den Kulissen der Parteiführung und Vorsitzender des Ausschusses zur Überwachung der Regierung hatte er gewaltigen Einfluß. Minister baten ihn zum Frühstück, Präsidenten luden ihn zum Mittagessen ein, und alle Gastgeberinnen Washingtons wetteiferten darum, ihn zum Dinner begrüßen zu dürfen. Was Cherry wollte, bekam er im allgemeinen auch.

Seit seine Frau vor zehn Jahren gestorben war, umgab Bob Cherry sich mit Sekretärinnen, die vor allem groß und gutgebaut sein mußten. Jede blieb etwa zwei Jahre bei ihm. Seine jetzige Assistentin war Mitte Zwanzig und eine ehemalige Miss Georgia.

T. Jefferson Brody, mit dem er heute zu Mittag aß, mußte sich beherrschen, um sie nicht dauernd anzustarren. Andererseits kannte er Bob Cherry gut genug, um zu wissen, daß der alte Bock es genoß, wenn jüngere Männer ihn um seine Geliebte beneideten. Als guter Diplomat starrte T. Jefferson Brody deshalb Miss Tina Jordan bewundernd an. Und als sie aufstand, um auf die Toilette zu gehen, folgte sein Blick anerkennend ihrem Hüftschwung.

Brody seufzte wehmütig. »Eine tolle Frau!«

»Stimmt«, bestätigte Bob Cherry grinsend. »Um was geht's, Jefferson?«

Brody zog einen Scheck über 5000 Dollar aus der Innentasche seiner Jacke und gab ihn dem Senator. »Eine Spende für Ihre Aktion zur Förderung der Wählereinschreibung.«

Der Senator starrte den Scheck an. »FM Development Corporation? Nie davon gehört.«

»Ein im ganzen Land aktiver Baukonzern. Errichtet überall Einkaufszentren und dergleichen. Hat schon früher für Ihre Aktionen gespendet.«

»Oh, das hab' ich vergessen. Und es heißt ja auch immer, daß das Gedächtnis zuerst nachläßt.« Er faltete den Scheck zusammen und steckte ihn ein. »Na gut, ich danke Ihnen und der FM Corporation. Jede Spende zum Besten der Demokratie ist hochwillkommen.«

»Was meinen Sie, wie könnte unsere Wirtschaftshilfe für Rußland aussehen?« fragte Brody, der genau wußte, daß Wirtschaftspolitik ein Steckenpferd des Senators war.

Cherry trank einen kleinen Schluck Wein. »Wahrscheinlich läuft sie auf Steuererleichterungen für Firmen hinaus, die mit russischen Partnern Joint Ventures gründen. Irgendwas in dieser Richtung. Amerikanische Firmen könnten den Russen vieles beibringen und ihnen mit Kapital, erfahrenen Managern und so weiter helfen. Wenn Steuererleichterungen winken, müßten unsere Firmen nur kleine oder gar keine Gewinne machen. Das sollte ziemlich gut funktionieren, weil…«

T. Jefferson Brody hörte nur mit halbem Ohr zu. Er dachte über diese »Politischen Aktionskomitees« nach, die selbst von den Wahlrechtsreformern nicht angetastet worden waren. Abgeordnete und Senatoren durften private Kriegskassen besitzen, über die sie praktisch frei verfügten, solange sie das Geld nicht direkt für ihren Wahlkampf ausgaben. Deshalb förderten sogenannte PAKs die Wählereinschreibung, dienten der politischen Erziehung der Bevölkerung, ermittelten die Chancen von Präsidentschaftskandidaten und so weiter.

Das Geniale an diesen nicht dem Wahlkampf dienenden PAKs war jedoch, wie Brody neidlos anerkannte, daß der jeweilige Politiker Ehefrau, Sohn, Tochter und zwei, drei Freundinnen auf die PAK-Gehaltsliste setzen und dadurch das Familieneinkommen aufbessern konnte. Darüber hinaus konnte er mit Spendengeldern eigene Aufwendungen bestreiten, falls sie auch nur entfernt mit dem Zweck des PAKs zu tun hatten.

So waren die PAKs von Abgeordneten und Senatoren eigentlich bloß Spesenkonten. Privat waren die Politiker verzweifelt bemüht, nicht mit einem Gehalt auskommen zu müssen, das nur viermal so hoch wie das eines Durchschnittsamerikaners war, während sie öffentlich unentwegt verkündeten, was sie wieder alles zur Verbesserung der Lage dieses Durchschnittsbürgers getan hatten. Schwer und drückend, erzählten sie den Wählern, sei die Last öffentlicher Ämter.

Andererseits fand T. Jefferson Brody, der seinerseits vor dem Gedanken zurückschreckte, mit nur 90000 Dollar im Jahr auskommen zu müssen, die Heuchelei vieler Politiker keineswegs schlimm. Ihre Geldgier war sogar ein wirklicher Vorteil. Auf dem Capitol Hill streckte immer irgendeine bedürftige Seele die Hand aus. Und T. Jefferson Brody verdiente gut daran, daß er seine Mandanten beriet, wie diese Hände am besten zu füllen waren.

Als Miss Tina Jordan an ihren Tisch zurückkam, warf Brody einen Blick auf seine Uhr. Zum Abendessen war er mit Senator Hiram Duquesne verabredet, der eine Wahlkampfspende erwartete. Hiram gehörte zu den Glücklichen, die vor dem 8. Januar 1980 ins Amt gekommen waren und deshalb bei ihrem Ausscheiden alle unverbrauchten Wahlkampfgelder behalten durften. Zum Glück besaß die Firma FM Developments einen Fonds zur Unterstützung der Hiram Duquesnes dieser Welt, die sich ihre goldenen Jahre wahrhaft vergolden lassen wollten.

Auch Bob Cherry gehörte zu diesen Bevorzugten, fiel Brody jetzt ein. Zweifellos würde er Miss Jordan nächste Woche bei ihm anrufen und ihn an diese Tatsache erinnern lassen. Darauf konnte Brody sich schon jetzt freuen. Er sah wieder auf seine Armbanduhr. An sich hatte er längst einen anderen Termin...

Trotzdem wollte er Bob Cherry und seine Geliebte auf keinen Fall drängen. Deshalb schlug er noch einen Nachtisch vor. Miss Jordan trank zierlich einen Cappuccino, während der Senator ein Stück Käsekuchen aß und Brody die schöne Aussicht bewunderte.

Als die Rechnung kam, ließ Brody sie geschickt verschwinden. Cherry tat so, als habe er das nicht bemerkt.

Nach einer Stunde stand Henry Charon auf, zahlte an der Kasse des Restaurants seine Rechnung – sie betrug *weit* weniger, als Brody gerade von seiner goldenen Kreditkarte hatte abbuchen lassen – und ging in den Laden für Geschenke und Reisebedarf hinaus. Nachdem er sich zwanzig Minuten dort aufgehalten hatte, verbrachte er weitere zwanzig Minuten auf der Toilette. Um 14.45 Uhr saß er wieder auf einem Fensterplatz im Restaurant und konnte so beobachten, wie Tassone zehn Minuten später mit einem neutralen Lieferwagen vorfuhr.

Tassone stieg aus, warf einen Blick in die Runde, während er seine Fahrerhandschuhe auszog, steckte die Handschuhe ein und überquerte den Parkplatz. Punkt 15 Uhr betrat er das Restaurant. Nachdem er sich flüchtig umgesehen hatte, trat er an Charons Fenstertisch in der Ecke.

»Hallo.«

»Trinken Sie 'nen Kaffee mit?« murmelte Charon.

»Yeah.« Als die Bedienung kam, bestellte auch Tassone sich einen Kaffee.

»Ich hab' alles mitgebracht.«

»Wirklich alles?«

»Alles.«

Henry Charon nickte, während er noch einmal den Parkplatz absuchte.

»Wie viele Leute wissen von dieser Sache?« fragte Charon, als Tassone seinen Kaffee vor sich stehen hatte.

»Nun, einige der Sachen, die Sie haben wollten, sind verdammt schwer zu beschaffen gewesen. Die Leute, die sie geliefert haben, kennen mich natürlich als Käufer. Aber die halten alle dicht. Sie haben heiße Ware geliefert und gutes Geld dafür bekommen.«

»Wer noch?«

»Der Geldgeber. Er ist natürlich eingeweiht.«

»Und alle Leute, die für ihn arbeiten?«

»Unsinn! Außer ihm und mir weiß keiner davon. Und ich habe nicht die Absicht, Ihnen zu erzählen, wer er ist! Nach der Geldübergabe kriegen Sie mich übrigens nicht wieder zu sehen. Sollten Sie wie vereinbart Anspruch auf weitere Zahlungen haben, bringt Ihnen jemand anderer das Geld.«

»Ich will Sie gar nicht wiedersehen.«

»Und noch was: Tassone ist nicht mein richtiger Name.«

Henry Charon grinste schwach. Er beobachtete, wie der andere einen Schluck Kaffee trank. Dann schob er ihm einen gelben Zettel über den Tisch. »Den brauchen Sie, damit Sie das Fahrzeug zurückkriegen. Mittwoch nächster Woche.

Auf dem Gelände eines Gebrauchtwagenhändlers in Philadelphia.« Er diktierte Tassone die Adresse.

»Und das Geld? Wo und wann?«

»Bei mir in New Mexico. Heute in einer Woche. Nur Sie allein.«

»Ich verstehe«, antwortete Tassone seufzend. »Trauen Sie sich das wirklich zu?«

»Yeah.«

»Wann? Das interessiert meinen Auftraggeber.«

»Sobald ich fertig bin. Nicht vorher.« Tassone wollte etwas sagen, aber Charon sprach weiter: »Er braucht nicht mehr lange zu warten.«

Der Lieferwagen war in Pennsylvania zugelassen. Henry Charon verließ den Parkplatz und folgte den Schildern zur I-70 nach Osten. Das Fahrzeug war praktisch neu – nur 326 Meilen alt – und fast vollgetankt. Auch Charon trug am Steuer dünne Lederhandschuhe. Eine halbe Stunde nach der Abfahrt aus Breezewood überquerte er die Grenze nach Maryland.

Wo immer es ging, fuhr er die erlaubte Höchstgeschwindigkeit von 55 Meilen. Aber die endlos lange Steigung östlich von Hagerstown schlich er mit 35 Meilen in der rechten Fahrspur hinauf. Und als es wieder bergab ging, blieb er im dritten Gang, um die Bremsen des überladenen Fahrzeugs zu schonen.

In Frederickburg bog er auf die I-270 nach Washington ab. Der Verkehr war schwach, und Charon rollte mühelos in der rechten Spur mit.

Der Lagerraum, den er letzte Woche gemietet hatte, lag im Nordwesten Washingtons. Der für Charon schlimmste Augenblick kam, als er rückwärts in die enge Einfahrt rangieren mußte und dabei die Ecke eines Gebäudes streifte. Er begutachtete den zum Glück sehr geringen Schaden und versuchte es erneut. Diesmal gelang es ihm, den Lieferwagen rückwärts ans offene Garagentor des Lagerraums zu fahren.

Mit dem zweiten Schlüssel am Schlüsselring ließ sich die Hecktür des Lieferwagens aufsperren. Charon entlud ihn rasch. Erst nachdem er das Garagentor wieder heruntergezogen hatte, stellte er sich hin und machte Inventur.

Vier Pistolen, Gewehre, Munition, Erste-Hilfe-Ausrüstung, Konservenbüchsen, Mineralwasserdosen, warme Kleidung und lange grüne Kisten mit dem mehrfach wiederholten Aufdruck U.S. ARMY in Schablonenschrift. Henry Charon öffnete eine Holzkiste nach der anderen und inspizierte den Inhalt. Auch das übrige gelieferte Material begutachtete er eingehend.

Eine halbe Stunde später setzte er sich wieder ans Steuer und lenkte den Lieferwagen vorsichtig durch die enge Zufahrt auf die Straße hinaus.

Bisher schien die Sache gut zu klappen, fand Charon. Alles war wie geplant da. Alles rechtzeitig und in der richtigen Reihenfolge zu erledigen – darin lag die Schwierigkeit! Noch lief alles nach Plan. Als nächstes mußte er dieses Fahrzeug nach Philadelphia zurückbringen und seinen eigenen Wagen abholen.

Henry Charon grinste, als er auf die nach Norden führende I-95 einfuhr. Dies würde die beste Jagd seines Lebens werden.

Kapitel elf

Jack Yocke saß mürrisch und verdrossen vor seinem Computer, als Ottmar Mergenthaler vorbeikam, stehenblieb und sich auf die Schreibtischkante setzte. »Ich hab' deine Story gelesen«, sagte er. »Über die Ermordung von Jane Wilkens drüben im Jefferson Project.«

»Hmpf.«

»Sie ist gut, wirklich gut.«

»Aber sie wird jetzt nicht genommen. Erst für irgendeine Sonntagsausgabe, für die ein Füller gebraucht wird. Wenn sie überhaupt genommen wird.«

»Trotzdem ist die Story gut.«

»Zu viele Mordgeschichten sind schlecht für die Zeitung, sagen sie. Die Matronen in Bethesda wollen solchen Scheiß nicht lesen. Das Weiße Haus und die politischen Reporter beanspruchen ohnehin den meisten Platz. Was könnte auch wichtiger sein als Senator Horsebutts sorgfältig erwogene Auffassung darüber, was die Nachfolgestaaten der Sowjetunion tun müssen, um sich für amerikanische Wirtschaftshilfe zu qualifizieren?«

»Woran arbeitest du heute?«

»Oh, ich versuche nur, Polizei, DEA, FBI oder der Federal Home Loan Bank Board das Eingeständnis zu entlocken, daß eine Verbindung zwischen dem Mord an Walter Harrington – Hauptkassierer der Second Potomac – und dem Mord an Judson Lincoln besteht. Lincoln hat in Washington Scheckankaufstellen betrieben. Sie sind gerade an eine völlig unbekannte ABC Corporation verkauft worden.«

»Weshalb vermutest du einen Zusammenhang zwischen diesen Morden?«

»Die Männer sind mit etwa vier Stunden Abstand erschossen worden – offenbar von Profis. Beide haben mit Geld zu tun gehabt. Zumindest Harrington ist als Geldwäscher tätig gewesen. Das können lauter Zufälle sein, aber ich vermute einen Zusammenhang.«

»Was sagen die Ermittler?«

»Nichts, gar nichts! Sie hören bloß zu und grunzen: ›Kein Kommentar.‹ «

»Was gibt's sonst Neues?«

»Die Welt dreht sich einfach weiter.«

»Das ist was für Seite eins.«

»Dieses Blatt braucht mehr richtige Reporter. Keine einfachen Polizeireporter wie mich, sondern begabte Spürhunde, die *wirkliche* Nachrichten bringen – mit wem Senator Horsebutt jeden Dienstagabend ins Bett geht und eine Stellungnahme seines Arztes, wie er das in seinem Alter schafft. Wozu berichten wir über Probleme im Jugendstrafvollzug, wenn wir uns mit reichen und berühmten Arschlöchern befassen und dadurch weit mehr Zeitungen verkaufen könnten?«

»Hör auf, dich selbst zu bemitleiden!«

»Ja, ich bin wehleidig, ich weiß.« Yocke reckte sich grinsend. »Aber Selbstmitleid ist Balsam für gequälte Seelen, Ottmar. Du solltest es auch mal damit versuchen.«

»Damit hab' ich aufgehört, als ich mir das Rauchen abgewöhnt habe.«

»Gegen welche Windmühlen reitest *du* heute an?«

»Ganz so sehe ich meine Kolumne nicht, Sancho. Meine literarischen Ergüsse sind in Wirklichkeit das Herz dieser Zeitung, die dir übrigens dein unverdient großzügiges Gehalt zahlt.«

Ottmar Mergenthaler stand auf, warf Yocke ein zusammengefaltetes Blatt hin, das er mitgebracht hatte, und ging davon. Yocke faltete es auseinander. Auf dem Blatt stand Mergenthalers dreispaltige Kolumne für die morgige Zeitung.

Ungenannt bleiben wollende Quellen aus dem Justizministerium wurden mit der Aussage zitiert, das gegen Chano Aldana vorliegende Beweismaterial sei so dünn, daß ein Freispruch wegen Mangels an Beweisen durchaus möglich sei. Mergenthaler machte Ministerium und Staatsanwaltschaft Vorwürfe, weil sie trotz dieser Sachlage eine Anklageerhebung durchgedrückt hatten. Und er geißelte die Verantwortlichen, die Himmel und Erde in Bewegung gesetzt hatten, um einen Mann aus Kolumbien nach Washington zu holen, obwohl sie wußten, daß die Beweise vermutlich nicht für eine Verurteilung ausreichen würden.

Yocke knüllte das Blatt zusammen und warf es in den Papierkorb.

Am nächsten Morgen hätte Mergenthalers *Post*-Kolumne in William C. Dorfmans Büro eigentlich eine Riesenexplosion auslösen müssen, aber erstaunlicherweise wurde sie im Weißen Haus vorerst übersehen. Vor dem frühen Nachmittag hatte niemand Zeit, einen Blick in die Zeitung zu werfen, denn um 7 Uhr morgens schlug eine andere Nachricht wie eine Bombe ein: In Kuba war die Revolution ausgebrochen.

Am Abend zuvor hatten Soldaten bei einer Kundgebung in Havanna, auf der über 40000 Menschen gegen die Kürzung der Lebensmittelrationen protestiert hatten, in die Menge geschossen. Nach unbestätigten Meldungen sollte es über hundert Tote und wesentlich mehr Verletzte gegeben haben, wobei die Angaben je nach Quelle wild schwankten. An diesem Morgen kämpfte die halbe Armee gegen Castro ergebene Truppen. Studenten hielten Radio Havanna besetzt und hatten die Demokratie ausgerufen.

Die *Washington Post*, die bessere Informationsquellen als das Weiße Haus oder das Außenministerium hatte, wußte um 6.30 Uhr von der Revolution – nur eine Stunde nachdem die Studenten im Radio verkündet hatten: »*Communismo está muerto*« – Der Kommunismus ist tot.

Jack Yocke hörte die Meldung um 8.05 Uhr im Polizeipräsidium, stürmte aus dem Gebäude und raste in die Redaktion der *Post*.

Dort platzte er in eine Redaktionskonferenz und stieß hervor: »Ich spreche Spanisch!« Aber keiner der Redakteure, die über Kuba diskutierten, schien ihn zu hören. Yocke trat ungeduldig von einem Fuß auf den anderen. Dies war die Chance, auf die er gewartet hatte. Das *wußte* er!

Er lief hinaus, um Ottmar Mergenthaler zu suchen. Der Kolumnist kam gerade aus dem Büro von Chefredakteur Ben Bradlee. Yocke fing ihn ab.

»Ottmar, ich muß mit dir reden. Du mußt mir helfen. Ich muß nach Kuba.«

»Klar, Jack. Klar.«

»Ich spreche Spanisch. Ich hab's extra gelernt. *Du hörst nicht zu, Ottmar!* Ich bin der richtige Mann für Revolutionen. Polizeireporter bin ich lange genug gewesen. Ich hab' eine Chance verdient. Ottmar, du alter Trottel, *ich spreche Spanisch*!«

»Schon gut, Jack – aber ich schreibe hier nur die Kolumnen.«

»Leg ein gutes Wort bei Bradlee für mich ein. Ruf meinetwegen Donnie Graham an, wenn's sein muß. Aber sorg dafür, daß ich nach Kuba komme!«

Mergenthaler blieb stehen, holte tief Luft und verdrehte die Augen. Dann machte er kehrt und marschierte zu Bradlees Büro zurück. »Du wartest hier, verdammt noch mal!« knurrte er, als Yocke ihm dicht auf den Fersen blieb.

Mann, wär' das 'ne Chance! sagte Jack Yocke sich, während er wartete. Für ihn sprach, daß er jung und ledig war, nicht viel verdiente und Spanisch sprach. Wie rudimentär seine Spanischkenntnisse waren, brauchte er Bradlee und Mergenthaler nicht auf die Nase zu binden. Aus ihrer Sicht hatte er vor allem keine nervösen Angehörigen, die der *Post* zusetzten, wenn er nichts mehr von sich hören ließ, und sprach vielleicht sogar etwas Spanisch, wie er behauptete.

Dann kam Ottmar zurück.

»Okay, Ben redet mit der Auslandsredaktion. Bring deinen Reisepaß für den Fall mit, daß sie ein Visum für dich beantragen wollen. Aber du wärst nur Zulieferer für die Regulären. Merk dir das, Junior.«

Yocke schüttelte ihm die Hand. »Danke, Ottmar«, sagte er breit grinsend. »Dafür bin ich dir 'nen Gefallen schuldig.«

An diesem Tag löste Jack Yocke die Probleme, wie sie kamen. Die ersten traten auf, als es darum ging, seinen Koffer zu packen.

Was nimmt man mit, um über eine Revolution zu berichten? Frische Unterwäsche, klar. Anzug und Krawatte? Hmmm, weshalb eigentlich nicht? Tennisschuhe waren bestimmt gut, zwei Sommerhosen und Polohemden. Er stopfte alles in einen Kunstlederkoffer und warf Rasierzeug, Zahnbürste und Zahncreme hinterher.

Sein Paß lag in der obersten Kommodenschublade unter den Taschentüchern. Yocke verzichtete darauf, Taschentücher mitzunehmen.

Mit seinem Laptop, dessen Erhalt er bei der *Post* quittiert hatte, in der rechten und dem Koffer in der linken Hand fuhr er im Taxi voll nervöser Vorfreude in die Redaktion zurück. Er riß sich gewaltig zusammen, um sich die Nervosität nicht anmerken zu lassen, während er anstand, bis er Geld und Tickets bekam. Sie ließen ihn tatsächlich ziehen!

Wirklich sicher fühlte Yocke sich erst auf der Fahrt zum Flugplatz. Im Taxi lehnte er sich zurück und grinste breit. Dies war seine große Chance! Was er bisher geschrieben hatte, war nur Vorbereitung auf diese Story gewesen. Und er war zuversichtlich. Er fühlte sich *bereit*.

Nachdem Jack Yocke eingecheckt und seinen Koffer aufgegeben hatte, kaufte er an einem Kiosk eine Stange Marlboro. Er nahm die Packungen heraus und steckte sie um den Computer in seine Tasche. Dann ging er in die Bar, um sich die neuesten CNN-Nachrichten anzusehen.

Während Yocke einen Kaffee trank, versicherte ein CNN-Korrespondent im Weißen Haus den Zuschauern, der Präsident verfolge die weitere Entwicklung in Kuba aufmerksam.

Diese Sprachreglung hatte William C. Dorfman für die Pressestelle des Weißen Hauses ausgegeben.

Tatsächlich sprach der Präsident in diesem Augenblick mit Dorfman und dem Vorsitzenden der Republikaner über eine Sache, die wichtiger als eine Revolution in Kuba war. Der amerikanische Wähler hatte den Demokraten vor kurzem im Kongreß eine noch größere Mehrheit beschert, und die beiden loyalen Republikaner, die ab Januar arbeitslos sein würden, wollten staatlich versorgt werden.

Dorfman schlug Botschafterposten vor und nannte mehrere afrikanische Kleinstaaten südlich der Sahara. Der Parteivorsitzende glaubte, die beiden würden lieber Staatssekretäre in irgendwelchen Ministerien werden. »Wer, zum Teufel, will nach Afrika?«

Die Männer im Oval Office legten die Füße hoch und hatten es keineswegs eilig. Dorfman hatte die meisten Termine abgesagt, damit der Präsident die Entwicklung in Kuba aufmerksam verfolgen konnte.

Mittags ging der Präsident ins Lagezentrum hinunter, um sich informieren zu lassen. Er war um 12.15 Uhr wieder zurück, und während ein leichter Lunch serviert wurde, stellte er den Fernseher an, um zu sehen, was die Medien sagten. In Kubas Provinzen hatten Militäreinheiten vor den Massen kapituliert, die Lebensmittel forderten und die Unterkünfte belagerten. Fidel Castro war im Fernsehen aufgetreten und hatte »Konterrevolutionäre im Sold der Yankee-Imperialisten» für die »Unruhen« verantwortlich gemacht. Er gab bekannt, die Verräter, die Radio Havanna an diesem Morgen besetzt hatten, seien ergriffen und an die Wand gestellt worden.

»Dort gibt's keine organisierte Opposition«, erklärte der Präsident seinen Gästen. »Der Dampfkessel ist einfach geplatzt.«

Während die CNN-Nachrichten eine Story über mehrere Dutzend Großfirmen brachten, die in West Virginia riesige Flächen aufkauften, um dort Mülldeponien für die gesamte Ostküste anzulegen, winkte ein Assistent Dorfman heraus und zeigte ihm Mergenthalers Kolumne.

»Verbinden Sie mich mit Cohen«, knurrte der Stabschef, sobald er sie überflogen hatte, und ging in sein Büro, um von dort aus zu telefonieren.

»Ich rufe wegen Mergenthalers Kolumne an, Gideon.«

»Was ist damit?« Cohen war ebenso kurz angebunden.

»Irgend jemand aus Ihrem Haus hat ihm erzählt, daß die Beweise gegen Aldana nicht ausreichen.«

»Ich weiß nicht, wessen Meinung das ist. Meine jedenfalls nicht.«

»Wird Chano Aldana verurteilt oder nicht?«

»Ich bin kein Hellseher, Will.«

»Soll ich das dem Präsidenten sagen?«

»Sollte der Präsident Informationen über den Fall Aldana wünschen, kann er sie gern haben. Wir haben Berge von Beweismaterial, das wir noch gründlich auswerten. Wir halten

Aldana für schuldig und werden versuchen, ihm seine Schuld nachzuweisen.«

»Der Präsident wird wollen, daß Sie das in einer Pressemitteilung sagen.«

»Haben Sie schon mit ihm darüber gesprochen?«

»Noch nicht, aber…«

»Sollte er eine Pressemitteilung wünschen, geben wir eine heraus. Aber ich rate davon ab. Sobald wir anfangen, Indiskretionen durch Pressemitteilungen zu dementieren, haben wir zu tun wie der Zauberlehrling. Rufen Sie mich an, wenn der Präsident entschieden hat.« Der Justizminister legte auf.

Der Präsident wünschte eine Pressemitteilung. Dorfman ließ Cohen diese Tatsache von seinem jüngsten Assistenten ausrichten.

Auf dem Flughafen Miami holte Jack Yocke seinen Koffer vom Gepäckband und suchte sich eine Telefonzelle, in der noch ein Telefonbuch auslag. Nachdem er eine Adresse nachgeschlagen hatte, nahm er sich vor dem Ankunftsgebäude ein Taxi.

Die Adresse 2422 South Davis Avenue lag mitten im Kubanerviertel der Stadt. Alle Geschäfte warben hier auf spanisch. Aus den Radios vorbeifahrender Autos drangen lateinamerikanische Rhythmen. Nachdem Yocke sein Taxi bezahlt hatte, blieb er kurz auf dem Gehsteig stehen und beobachtete die vorbeiströmenden Menschenmassen.

Die Ladenfronten erinnerten an Mexiko. Vielleicht sah Kuba ähnlich aus: eine Art Matamoros East ohne Nutten, Touristen und Sexshows.

Der mit freier Hand gemalte schwarze Schriftzug auf einer Glastür zwischen einem Herrenausstatter und einer Wäscherei lautete: CUBA LIBRE. Wie der Drink.

Jack Yocke öffnete die Tür. Er ging einen kurzen Flur entlang und stieg die Treppe hinauf. Die ausgetretenen Stufen knarrten unter seinem Gewicht. Oben stand er vor einer weiteren Tür, diesmal ohne Glas. Sie war nicht abgeschlossen.

Das kleine Büro war leer. Zwei Türen führten vermutlich in weitere Büros. Hinter der rechten waren Männer- und Frauenstimmen zu hören, die lautstark diskutierten. Yocke stellte sein Gepäck ab und nahm Platz.

Er schlug die Beine übereinander und versuchte zu verstehen, worüber gesprochen wurde. Aussichtslos. Diese Leute redeten nicht Spanisch wie Mrs. Grafton. Sie hätten ihren Kurs belegen sollen.

Das Telefon klingelte. Und klingelte. Und klingelte. Währenddessen ging die Diskussion unbeirrbar weiter.

Schließlich hörte das Klingeln auf. Wenig später öffnete eine Frau die Tür und erschrak, als sie Yocke sah. »Wer sind Sie?«

»Mein Name ist Jack Yocke.«

»Wie lange sitzen Sie schon hier?« fragte die Milchkaffeeschönheit mit starkem Akzent.

»Erst ein paar Minuten.« Tatsächlich schon eine Viertelstunde. »Die Tür ist offen gewesen, und ich...«

»Wir haben geschlossen!«

Aus dem anderen Büro kam ein kleiner, schlanker Mann Anfang Fünfzig mit Stirnglatze und leicht hervorquellenden Augen, der Yocke prüfend musterte. »Den kenne ich nicht«, erklärte er der Frau. Sein Akzent war schwächer, aber trotzdem deutlich wahrnehmbar.

Yocke klappte seine Geldbörse auf und zeigte der Kubanerin breit lächelnd seinen Presseausweis. »Jack Yocke von der *Washington Post.*«

Der Mann riß ihm den Ausweis aus der Hand und starrte ihn ungläubig an. »Sie sind ein Reporter?«

»Ja. Ich…«

»Raus! Und nehmen Sie Ihren Ausweis mit.« Der Mann schmiß ihm den Presseausweis vor die Füße. »Los, los, verschwinden Sie! Mit Leuten wie Ihnen wollen wir nichts zu tun haben!«

Yocke hob den Ausweis auf und steckte ihn ein. »Sagen Sie mir bitte noch Ihren Namen für meine Story?« fragte er, während er nach seinem Gepäck griff. »Ich kann nicht viel Spanisch, aber *motonave* und *viaje por mar* und ein paar andere Ausdrücke sind mir geläufig. Ich weiß, daß Santa Clara eine kubanische Stadt ist. Und ich kann eins und eins zusammenzählen.«

»Tienes las orejas grandes y la mala lengua.«

»Genau! Große Ohren und loses Mundwerk – das bin ich.«

Die beiden starrten ihn verblüfft an. Das Telefon begann erneut zu klingeln. Sie ließen es klingeln.

»Was wollen Sie?« fragte der Mann wieder auf englisch.

»Das gleiche wie Sie. Ich will nach Kuba.«

»Warum?«

»Ich bin Reporter. Dort gibt's 'ne Revolution«, antwortete Yocke grinsend.

Das Telefon klingelte weiter. Der Mann und die Frau wechselten einen Blick.

»Nein«, sagte sie.

»Sí.« Der Mann trat einen Schritt zur Seite. »Kommen Sie rein.«

»Warum gehen Sie nicht ans Telefon?«

»Reporter!« knurrte der Mann unwillig. »Sie haben uns jahrelang ignoriert oder als Spinner belächelt, und nun treiben Sie uns zum Wahnsinn. ›Eine Story, *bitte* eine Story! Erzählen Sie uns von Kuba und Fidel Castro!‹ *Jetzt* wollen Sie uns einen Teil der Tinte gönnen, die Sie sonst für Football oder Berichte über närrische reiche Männer und törichte Filmsternchen verwenden, was? Wirklich, *Señor*, Sie haben einen jämmerlichen Beruf!«

Im Büro nebenan saßen weitere Kubaner: zwei drahtige Mittdreißiger. Aber sie musterten Yocke mit den kältesten Blicken, denen er je ausgesetzt gewesen war.

Der schmächtige Mann, der ihm den Vortritt gelassen hatte, schloß sorgfältig die Tür und sagte: »Aber wir wollen erst einmal feststellen, was Sie wirklich von Beruf sind, *Señor.*«

Yocke drehte sich nach ihm um. »Was sollte ich sein, wenn ich kein Reporter bin?«

Der Mann trat hinter den Schreibtisch, zog eine Schublade auf, nahm einen Revolver heraus und zielte damit auf Yocke. »Hmmm, lassen Sie mich nachdenken. Eine schwierige Frage. Ob Sie mir dabei helfen können?«

Die Revolvermündung wirkte groß wie die einer Kanone. Jack Yocke grinste nervös. Keiner der anderen lächelte.

»Vielleicht gehören Sie zu Fidels Leuten. Vielleicht kommen Sie von der CIA. Das sind Möglichkeiten, die sich einem sofort aufdrängen. Stellen Sie Ihre Sachen ab und setzen Sie sich.«

Yocke stellte seine Sachen ab und setzte sich.

»Hände auf den Tisch!« befahl der Kubaner ihm. »Und keine Bewegung, *Señor*, sonst sind Sie sehr schnell sehr tot.«

Die beiden anderen kamen herüber, leerten Yockes Taschen, wobei sie darauf achteten, außerhalb des Schußfelds zu bleiben, und legten alle gefundenen Gegenstände auf den Schreibtisch.

»In die Ecke mit Ihnen, *Señor*! Mit dem Gesicht zur Wand.«

Jack Yocke gehorchte.

Er hörte, wie die Tür geöffnet und nach einigen Sekunden wieder geschlossen wurde. Und er hörte, daß sein Gepäck kontrolliert wurde.

»Sie könnten meinen Redakteur bei der *Washington Post* anrufen und ihn bitten, mich zu beschreiben.«

»Halten Sie mich für einen Dummkopf, *Señor*? Als Agent Fidels oder der CIA hätten Sie natürlich eine hieb- und stichfeste Legende. Alles andere wäre enttäuschend. Nicht so zucken, *por favor*! Der Schußknall dieser Waffe in geschlossenen Räumen ist unerträglich.«

Einige Minuten später forderte der kleine Mann, der als einziger gesprochen hatte, den Reporter auf: »Umdrehen!«

Jack Yocke drehte sich um. Der Inhalt seiner Geldbörse war auf der Schreibtischplatte verstreut. Einer der Kubaner hatte den Laptop eingeschaltet, tippte darauf herum und starrte fasziniert den Bildschirm an. Der dritte Mann kniete auf dem Fußboden und wühlte in Yockes Koffer.

Der kleine Kubaner hatte seinen Revolver griffbereit vor sich liegen, während er Zigarettenpackungen aufriß. Er zerkrümelte die Zigaretten in Häufchen aus Papier und Tabak und schlitzte einzelne Filter mit dem Daumennagel auf. Zwei Minuten später war er mit dieser Arbeit fertig und wischte die Überreste vom Tisch. Der größte Teil landete im Papierkorb; der Rest ging auf den Fußboden.

Der schmächtige Mann klopfte sich die Tabakkrümel von den Händen, griff wieder nach seinem Revolver und zielte damit auf Yocke.

»*Ahora bien*, kommen wir also zur Sache. Die Wahrheit!«

»Ich heiße Jack Yocke. Ich bin Reporter der *Washington Post*. Heute morgen bin ich aus Washington nach Miami gekommen, um nach Kuba weiterzureisen. Ich hab' mir überlegt, daß vielleicht keiner meiner Kollegen auf die Idee kommen würde, mit Exilkubanern rüberzufahren. Deshalb habe ich am Flughafen im Telefonbuch nachgeschlagen und die Adresse von Cuba Libre gefunden. Dann bin ich mit einem Taxi hergekommen. Das ist die Wahrheit.«

Der Schmächtige starrte ihn an. Die beiden anderen beendeten ihre Arbeit und musterten Yocke ebenfalls.

»Wir haben keine Zeit für Ihre Spiele. Wir haben zu arbeiten.«

»Bitte, nehmen Sie mich nach Kuba mit!«

»Wie kommen Sie darauf, daß wir nach Kuba wollen?«

»Hören Sie, Mister, es *muß* Kubaner geben, die jetzt in ihre Heimat zurückwollen. Und ich muß irgendwie dorthin. Was soll ich also tun – ein Flugzeug chartern und mit dem Fallschirm abspringen? Verdammt, meine Zeitung will Berichte aus Kuba und hat *mich* losgeschickt, damit ich sie liefere. Wenn Sie nicht wollen, schreibe ich keine Story über Sie und erwähne nicht mal Ihre Namen. Macht Ihnen das Sorgen? Sie können eine vertrauliche Quelle sein. Ich bitte Sie um Hilfe – aber nach Kuba komme ich auch ohne Sie!«

Die drei Männer wechselten schweigende Blicke.

Dann legte der Bewaffnete seinen Revolver in die Schublade zurück. Er schüttelte den Kopf. »Ihr Amerikaner!«

Er hieß Hector Santana. Die Namen der beiden anderen wurden nicht genannt, aber Yocke erfuhr sie später: Jesús Ruiz und Tomás García. Die drei berieten sich halblaut in einer Ecke des Büros, bevor Santana sich wieder an den Reporter wandte.

»Sie müssen wissen, wie gefährlich unser Vorhaben ist. Es ist sogar sehr gefährlich. Wir benutzen ein schnelles Motorboot. Unterwegs müssen wir Ihrer Küstenwache ausweichen und uns vor der kubanischen Marine in acht nehmen, die noch wachsamer ist. Sollten uns die Amerikaner stoppen, bekommen wir große Schwierigkeiten. Sollten uns die Kubaner aufbringen, sind wir tot.«

»Darüber bin ich mir im klaren. Ich will trotzdem mit.«

»Das sagen Sie so leichthin! Eine Tretbootfahrt auf einem See im Park? Würden Sie wirklich Ihr Leben für Ihren Arbeitgeber, für eine Reportage aufs Spiel setzen?«

»Na ja, so ausgedrückt klingt's ein bißchen dumm, aber... Ja, das würde ich.«

»Sie sind ein *Narr.*«

»Und Sie wären ebenso tot wie ich.«

»Ja, aber wir kämpfen für unser Land – für *Kuba.* Sie setzen Ihr Leben für Geld, für Ruhm, für ein Nichts aufs Spiel. Sie sind wirklich ein großer Narr.«

»Okay, Sie haben mich gewarnt und über die Risiken aufgeklärt. Aber ich möchte trotzdem mit.«

Santana zuckte großmütig mit den Schultern. »Dann müssen Sie bei uns bleiben und dürfen nicht mehr telefonieren. Von Havanna aus können Sie überallhin telefonieren, falls Sie eine Verbindung bekommen. Aber nicht vorher.«

»Gut, einverstanden.«

»Und wir verlassen uns natürlich auf Ihre Diskretion. Keine Stories über uns, keine Namen. Niemals! Das müssen Sie uns schwören.«

»Ich schwör's Ihnen. Wann sind wir in Havanna?«

Gegen Mitternacht fuhren die drei Kubaner mit Jack Yocke bei stetigem Regen zu einem Jachthafen. Wie er hieß, erfuhr Yocke nie, weil er eine schwarze Augenbinde tragen mußte, die er erst abnehmen durfte, als er unter Deck in einer kleinen Kabine stand. Sein Führer stellte den Kunstlederkoffer ab, verließ die Kabine und schloß die Tür hinter sich.

Die Bootsmotoren liefen mit gedämpftem Brummen, das Deck und Wände vibrieren ließ. Nachdem Yocke einige Minuten lang im Dunkel auf der Koje gesessen hatte, versuchte er die Kabinentür zu öffnen. Sie war abgesperrt. Ein Blick aus dem winzigen Bullauge zeigte ihm nur schwarzes Wasser und schimmernde Lichter.

Kurze Zeit später legte das Boot ab. Das Deck neigte sich etwas; die Vibrationen wurden stärker, das Motorengeräusch lauter. Er sah auf seine Armbanduhr: 0.46 Uhr.

Yocke versuchte abzuschätzen, wie groß die Jacht war. Bestimmt nicht klein, aber auch kein Schiff. Sie reagierte zu rasch auf Ruderausschläge. Er streckte sich im Dunkel auf der Koje aus und versuchte zu schlafen.

Nach etwa einer halben Stunde veränderten sich die Bewegungen der Jacht. Sie begann merklich zu rollen und zu stampfen. Als später das Motorengeräusch lauter wurde, verstärkten sich auch diese Bewegungen.

Der Tag war lang gewesen. Jack Yocke schlief ein.

Irgendwann später wachte er auf. Die Jacht kämpfte mit schwer arbeitenden Motoren gegen rauhe See an. Sie schien Höchstfahrt zu laufen. Yocke stemmte sich in seiner Koje ein und war sofort wieder weg.

Um 5 Uhr rüttelte Hector Santana ihn wach. »Jetzt können Sie an Deck kommen.«

Das Boot stampfte noch immer merklich. Schlimmer als beim Einschlafen, aber nicht mehr so stark wie vor einigen Stunden. Yocke mußte schreien, um den Motorenlärm zu übertönen: »Wo sind wir?«

»Querab Andros Island.«

»Im Golfstrom?«

»Den haben wir schon durchquert.«

Die einzigen Lichtquellen im Ruderhaus waren mehrere rote Lämpchen, die einen Kartentisch und den Kreiselkompaß des Rudergängers beleuchteten. Der Regen hatte aufgehört. Das Boot schien ein gigantischer Kabinenkreuzer zu sein. So hoch über dem Wasser war das Schlingern noch ausgeprägter. Yocke suchte sich einen Griff zum Festhalten.

Hinter der Jacht erstreckte sich geisterhaft weißes Kielwasser schnurgerade ins Dunkel. Am schwarzen Nachthimmel war kein einziger Stern zu sehen.

Yocke hörte eine Lautsprecherstimme, die Nachrichten auf spanisch verlas. Als seine Augen sich ans Dunkel gewöhnt hatten, konnte er vier oder fünf Männer ausmachen, die sich ums Radio scharten.

»Wie kommt die Revolution voran?«

»In den Städten wird gekämpft. Große Teile der Armee stehen noch auf Fidels Seite.«

»Wo legen wir an?«

»Caibarién.«

»Wann?«

»Morgen früh vor Tagesanbruch.«

»Wieviel Fahrt machen wir?«

»Achtundzwanzig Knoten.«

Nach einer kurzen Pause fragte Yocke: »Ist das Ihr Boot?«

»Es gehört einem Freund.«

»Nett von ihm, daß er's Ihnen für diesen Törn überläßt.«

»Er meldet es heute abend als gestohlen.«

»Warum wollen Sie nach Kuba zurück?«

»Weil es meine Heimat ist.«

Yocke musterte ihn prüfend. Seine Augen hatten sich so ans Halbdunkel gewöhnt, daß er Santanas Gesichtsausdruck erkennen konnte. »Nein, das stimmt nicht! Ich habe Ihnen gestern abend gesagt, wozu ich nach Kuba will, aber Sie haben mir nicht erzählt, welchen Grund Sie und Ihre Freunde haben. Und ich habe nicht danach gefragt.«

»Das ist uns aufgefallen. Sehr gute Manieren für einen Reporter. Zu gut, hat Tomás gefunden. Nein, hab' ich gesagt, er ist *diplomático*. Zuletzt hat Tomás sich auch überzeugen lassen.«

»Wollen Sie's mir jetzt erzählen?«

»Vielleicht später. Wir werden sehen. Falls Sie dann noch leben.« Damit ging Santana nach unten.

Kapitel zwölf

Mit Tagesanbruch verblaßte das Dunkel zu einem Schiefergrau. Grauer Himmel über grauer See. Nirgends Schiffe, keine Küste, nichts als Grau in allen Richtungen.

Der Rudergänger ging mit der Fahrt auf zwei bis drei Knoten herunter, wodurch das Boot langsam zu schlingern begann. Am Heck hinter der erhöhten Brücke brachten die kubanischen Passagiere Schleppangeln mit kleinen Fischen als Köder aus. Ein Mann erkletterte die erhöhte Angelplattform. Dorthin wäre Jack Yocke ihm nicht für viel Geld gefolgt. Das Schlingern mußte dort oben noch viel stärker sein.

Dann wurden Sandwiches und Kaffee heraufgebracht. Yocke aß zwei Bissen, bevor ihm klar wurde, daß das ein Fehler gewesen war. Er spuckte über die Reling, und der Wind trieb einen Teil des Erbrochenen bis zu den Anglern am Heck. Erst fluchten sie, dann lachten sie nur noch.

»Gehen Sie runter und legen Sie sich hin«, riet Santana ihm.

Aber schon zwei Minuten später war Yocke wieder an Deck – und spuckte weiter. In dem beengten Raum unter Deck war das Schlingern noch unerträglicher.

Zuletzt lag er auf dem Vorderdeck, kroch an die Reling, um sich zu übergeben, und blieb ansonsten schicksalsergeben auf dem Rücken liegen.

Stunden vergingen. Sein Magen war wie ausgepumpt leer.

Yocke fühlte sich todkrank. Gelegentlich hörte er die Kubaner auf der Brücke lachen. Aber das war ihm gleichgültig. Ihm war's gleich, ob er augenblicklich starb. Nichts war diese Tortur wert.

Irgendwann hörte er ein Flugzeug. Eine Düsenmaschine. Oh, was hätte er dafür gegeben, bequem in einem stabilen Sessel sitzen zu können, der nicht endlos rollte und stampfte! Dieses endlose Auf und Ab, Auf und Ab...

Da er inzwischen absolut nichts mehr im Magen hatte, rollte er sich in fötaler Haltung zusammen und würgte, bis die Tränen kamen.

Als Jack Yocke sich endlich besser fühlte, war es auf seiner Uhr nach Mittag. Er setzte sich auf. Die Sicht war besser geworden – etwa fünf, sechs Kilometer –, und die Wolkendecke war aufgerissen, so daß die Sonne an einigen Stellen durchschien und das Meer tiefblau aufleuchten ließ. Das helle Licht tat seinen Augen weh. Er stand auf, klammerte sich an der Reling fest und hangelte sich zur Brücke zurück. Wie hatte er's in seinem Zustand bloß geschafft, aufs Vorderdeck zu kommen?

»Hier, trinken Sie einen Schluck Wasser«, forderte Santana ihn auf, und er gehorchte.

Sein Magen rebellierte noch immer, aber längst nicht mehr so schlimm wie zuvor.

Jetzt betrachtete er zum ersten Mal bewußt seine Reisegefährten, von denen fünf an Deck zu sehen waren: Santana, die beiden Männer von gestern – Jesús Ruiz und Tomás García – und zwei weitere Kubaner, deren Namen er nie erfuhr. Ruiz war der Rudergänger, während García mit Kopfhörern vor dem Funkgerät hockte.

Santana nickte zu García hinüber. »Vor etwa zwei Stunden hat uns eine Maschine der U.S. Coast Guard überflogen. Sie hat uns mit Radar geortet, aber nicht visuell identifizieren können. Aber sie hat unseren Standort und unseren Kurs natürlich ihrem Hauptquartier in Miami gemeldet, das sie vermutlich an die beiden Küstenwachkutter, die irgendwo hier draußen stationiert sind, weitergegeben hat.«

»Wo stationiert?«

»Das wüßte ich auch gern.«

»Haben wir unseren Kurs nach dem Überflug geändert?«

»Ja. Wir laufen jetzt nach Nordosten – in Richtung Andros Island.«

»Was könnten sie uns anhaben? Wir sind doch nur hier draußen, um zu angeln.«

»Genau«, bestätigte Santana. Er kontrollierte automatisch die Angelruten und die Winkel ihrer Leinen.

»Kein Glück, was?« fragte Yocke.

»Heute morgen, als Sie seekrank waren, hat ein Thunfisch angebissen. Danach habe ich die Köder wegnehmen lassen. Wir schleppen jetzt leere Haken nach.«

»Vielleicht sollten wir versuchen, etwas zu fangen.«

»Wir dürfen unseren Treibstoff nicht im Kampf mit einem Fisch vergeuden. Und der Fisch würde sinnlos getötet. Das«, fügte Hector Santana mit einem bedeutungsvollen Blick hinzu, »wäre eine Sünde.«

Jack Yocke verfolgte die Nachrichten, die teils auf englisch, teils auf spanisch aus dem Radio kamen, und beobachtete die Männer. Er vermied es, ein Gespräch mit ihnen anzufangen, und außer Santana sprach ihn auch keiner an.

Die Kubaner hockten den ganzen Nachmittag lang nervös und aufgeregt diskutierend vor dem Radio. Die Revolution war in vollem Gange; Menschen, die sie kannten und liebten, riskierten alles, sogar ihr Leben – und sie dümpelten auf einer Luxusjacht untätig auf hoher See herum.

Yocke war so ungeduldig wie die anderen. Er versuchte sich einzureden, sein Interesse sei rein beruflich bedingt. Aber auch sportlich, weil er auf der Seite der Schwächeren stand, und dieser Gedanke weckte in ihm leichte Schuldgefühle, über die er sich dann ärgerte. Schließlich konnte er nichts dafür, daß er kein Kubaner war – oder daß Kuba sich unter dem *Maximo Lider* zu einem bitterarmen Paradies hungernder Werktätiger zurückentwickelt hatte.

Gegen Abend besserte die Sicht sich erheblich. Unmittelbar vor Sonnenuntergang konnte Yocke im Osten und Nordosten eine etwa zwanzig Kilometer entfernte Küste ausmachen. Die Entfernung war schwer zu schätzen, und er hatte keine Lust, danach zu fragen. Bei Einbruch der Dunkelheit wurden die Schleppangeln eingeholt und verstaut.

Als es Nacht geworden war und die einzigen Lichtquellen wieder die roten Lämpchen im Ruderhaus waren, gab Santana dem Rudergänger eine kurze Anweisung. Ruiz ging auf Gegenkurs und schob die beiden Leistungshebel nach vorn. Das Heck sank tiefer, und der Bug stieg aus dem Wasser, als die Schrauben das Boot vorwärts trieben.

Santana beugte sich über den Kartentisch, Ruiz stand am Ruder. Das Boot glitt durch die Nacht. García spielte mit dem LORAN-Empfänger, und die beiden anderen fungierten als Ausgucke.

Yocke stand auf der Backbordseite der Brücke, wo er nicht störte, und starrte ebenfalls in die Dunkelheit. Er entdeckte die schwachen Lichtblitze an Backbord voraus als erster und machte Santana auf sie aufmerksam.

Ruiz nahm sofort das Gas weg. Das Boot dümpelte in rabenschwarzer Nacht in der leichten Dünung. Mit einer abgeblendeten Taschenlampe blinkte Santana mehrmals in die Richtung, aus der die Lichtblitze gekommen waren. Sobald das Signal beantwortet wurde, gab Ruiz wieder Gas.

Nach etwa fünf Minuten und einer weiteren hastigen Besprechung am Kartentisch drehten die Kubaner bei. Ein Mann ging nach vorn, um den Anker zu werfen. Irgendwo vor ihnen hörte Jack Yocke leises Brandungsrauschen an einer Küste. Oder an einem Riff.

Santana kam einen Augenblick zu ihm herüber. »Sie bleiben hier und geben keinen Laut von sich«, flüsterte er. »Sollte was passieren, gehen Sie in Deckung und rühren sich nicht.« Um das Gesagte zu unterstreichen, tippte er mit einem Revolver an den Arm des Amerikaners.

Daß sie Gesellschaft hatten, merkte Yocke in dieser stockfinsteren Nacht erst, als das andere Boot leicht gegen ihres stieß. Fremde Männer kamen an Bord. Nach kurzer Besprechung am Heck machten sich alle außer Ruiz, der im Ruderhaus blieb, an die Arbeit.

Soviel Yocke beurteilen konnte, dauerte das Umladen mindestens eine halbe Stunde. Eine schwere Kiste nach der anderen wurde von dem kleineren Boot auf die Jacht gehoben und vorsichtig nach unten getragen. Über 30 Kisten, vielleicht drei Dutzend.

Schließlich legte das andere Boot ab. Ruiz ließ die Motoren an, wartete, bis der Anker wieder an Bord war, und schob dann die Leistungshebel nach vorn. Als die Jacht Fahrt aufnahm, drückte er die Hebel allmählich bis zum Anschlag nach vorn. Als der Bug in Wellentäler zu klatschen begann, setzte Yocke sich im Ruderhaus auf den Boden.

Nach einiger Zeit kamen Santana und die anderen von unten herauf und standen lachend und scherzend auf der Brücke. Sie ließen eine Flasche kreisen, mit der Santana zu Yocke ging, um ihm einen Schluck anzubieten.

Yocke schüttelte den Kopf. »Mein Magen…«

»Ja, ich verstehe. Vielleicht nach der Ankunft in Kuba.«

»Was haben Sie in diesen Kisten?«

»Das erzähle ich Ihnen lieber nicht. Sie sind schließlich bloß ein Anhalter, stimmt's?«

»Verblüffend, wie Ihr Akzent kommt und geht.«

»Akzente sind nützlich. Sie sind wie Kleidungsstücke. Man kleidet sich immer der Rolle entsprechend.«

»Beim Anblick dieser Kisten ist mir klargeworden, was für ein Idiot ich bin.«

Santana nahm einen Schluck aus der Flasche und fuhr sich mit dem Handrücken über die Lippen. »Schon möglich. Aber das ist immerhin ein Fortschritt. Die meisten Narren werden niemals weise.« Der Kubaner rülpste. »Ein Schluck ist noch drin. Wer weiß, vielleicht ist's Ihr letzter.«

Jack Yocke griff nach der Flasche und leerte sie. Der Rum brannte bis in den Magen hinunter. Er holte kräftig aus und warf die Flasche weit ins Kielwasser. Aber er sah sie nicht ins Meer klatschen.

»Das weiß keiner von uns, stimmt's?«

»Ganz recht«, bestätigte Santana unbekümmert und ging zurück, um an dem LORAN-Empfänger herumzustellen und sich halblaut mit Ruiz und García zu beraten.

Yocke streckte sich vor dem Ruderhaus an Deck aus und war nach wenigen Minuten eingeschlafen.

Als er aufwachte, schlingerte das Boot nicht mehr wie zuvor. Es lief jetzt – noch immer mit Höchstfahrt – heftig stampfend senkrecht zur Dünung.

Alle Männer waren an Deck und starrten nach Backbord. Der Reporter gesellte sich zu ihnen. García neben ihm zeigte ins Dunkel.

Nun sah auch Yocke ein eben erkennbares weißes Topplicht mit einem zweiten darunter. »Kubanisches Patrouillenboot.«

»Hat es uns gesehen?«

»*Sí.*«

Yocke ging zu Santana hinüber, der neben dem Rudergänger stehend die Seekarte studierte.

»Wo sind wir?«

»Hier.« Santana tippte auf einen Punkt etwa zehn Seemeilen nördlich der kubanischen Küste. »Das Patrouillenboot hat uns im Radar.«

»Wir könnten nach Osten ablaufen.«

»Nein. Auch von dort haben wir Radarsignale empfangen. Im Osten – allerdings viel weiter entfernt – steht ein zweites Patrouillenboot. Wir versuchen, zwischen den beiden durchzuschlüpfen.«

»Sie haben einen Radarwarner?«

»Ja, ein Gerät, wie es amerikanische Autofahrer benutzen. Wir haben es für andere Frequenzen umgebaut. Funktioniert ganz gut.«

»Was haben Sie vor?« Yocke starrte die Topplichter erneut an. Waren sie schon näher herangekommen oder bildete er sich das nur ein?

»Wir können versuchen, in seichteres Wasser auszuweichen. Allzu viele Möglichkeiten haben wir nicht.«

»Sie könnten nach Norden abdrehen.«

Santana studierte angelegentlich die Seekarte.

»Das ist doch besser, als sich abknallen zu lassen?«

»Kopf runter! Und kommen Sie mir nicht in die Quere!«

Das ließ Yocke sich nicht zweimal sagen.

Nach kurzer Beratung auf der Brücke übernahm Santana das Ruder, während die anderen Kubaner unter Deck hasteten.

Yocke beobachtete die Lichter, die tatsächlich näher gekommen waren, als er das Aufblitzen sah. Santana hatte es ebenfalls wahrgenommen und legte das Ruder hart Backbord. Yocke hörte das Rumpeln, mit dem die Granate über sie hinwegflog, und wenig später ein Klatschen. Zuletzt hörte er auch den Mündungsknall.

Santana drehte rasch nach Steuerbord ab. Der nächste Schuß lag zu kurz, aber schon viel näher.

Die Sterne schienen heller zu leuchten. Yocke sah auf seine Armbanduhr. Wenige Minuten nach 4 Uhr. Er blickte nach Süden. Lichter. Vielleicht Kleinstädte oder Dörfer. Kuba. Großer Gott, da mußte man lange schwimmen! Und in diesen Gewässern wimmelte es von Haien…

Er dachte an Haie und fragte sich, wohin einen die Strömung treiben würde, als er das dritte Mündungsfeuer sah. Das Patrouillenboot war deutlich näher herangekommen.

Die dritte Granate schlug vor dem Bug ein.

»Die nächste trifft«, sagte Yocke so laut, daß Santana es hören mußte.

»Beten Sie!« rief der Kubaner.

Seine Landsleute kamen von unten heraufgehastet. Zwei von ihnen liefen nach vorn; die beiden anderen bezogen auf der Backbordseite der Brücke Stellung. Jeder von ihnen hatte ein dunkelgrünes Rohr auf der Schulter, das an eine Bazooka aus dem Zweiten Weltkrieg erinnerte.

»Hierher zu mir, Yocke!« befahl Santana ihm. »Kann's losgehen?« fragte er seine Leute.

»Sí, Adelante!«

Santana hielt mit Höchstfahrt auf das Patrouillenboot zu, dessen nächster Schuß sie wieder weit verfehlte. Jack Yocke starrte nach vorn und versuchte, die Entfernung zwischen den Booten abzuschätzen. Die Männer auf dem Vorderdeck lagen auf ihre Ellbogen gestützt da und zielten mit den Rohren auf das angreifende Patrouillenboot.

Wieder ein Schuß! Diesmal wich Santana nach Backbord aus. Als Jack Yocke schon glaubte, die kubanische Marine habe erneut danebengeschossen, explodierte die Plattform über der Brücke und überschüttete das Bootsheck mit Trümmern. Santana riß die Leistungshebel zurück.

»Der nächste trifft!« rief Yocke.

»Runter mit euch! Volle Deckung!«

»Die bringen uns um!« brüllte Yocke, weil Santanas Gelassenheit ihn aufbrachte.

»Wir müssen noch näher ran.«

»Scheiße«, murmelte Yocke und warf sich aufs Deck des Ruderhauses.

Die Sekunden verstrichen. Wie durch ein Wunder blieb die nächste Detonation aus. Yocke lief der Schweiß in die Augen. Er lag auf dem Bauch und wartete. Als die Schießerei endlich vorbei zu sein schien, richtete er sich auf einem Knie auf und spähte nach draußen. Das Patrouillenboot schien jetzt zum Greifen nahe zu sein.

Wieder ein Aufblitzen. Diesmal explodierte eines der großen Brückenfenster rechts neben Yocke. Er spürte, daß etwas Scharfkantiges sein Gesicht traf, und riß instinktiv den Arm hoch.

»Feuer!« brüllte Santana.

Einer der Männer hinter Yocke schoß als erster. Ein greller Lichtblitz, dann verließ die Rakete mit dumpfem Zischen die Abschußvorrichtung und erhellte das Meer mit dem Feuerschein ihres Abgasstrahls.

Dann schoß der Mann neben ihm. Wieder ein Lichtblitz, als das Triebwerk zündete, und das dumpfe Zischen.

Die beiden Männer auf dem Vorderdeck schossen fast gleichzeitig.

Jack Yocke, der von den Feuerstrahlen halb geblendet war, versuchte trotzdem, die Raketen zu verfolgen.

Eine prallte gegen einen Wellenberg und detonierte. Viel zu kurz.

Die nächste traf das Patrouillenboot und detonierte aufblitzend. Eine weitere schlug fast an derselben Stelle ein. Die vierte mußte danebengegangen sein.

Yocke drehte sich um. Die beiden Männer hinter ihm hasteten den Niedergang hinunter. Santana schob die Leistungshebel nach vorn. Während die Jacht Fahrt aufnahm, steuerte er nach Süden von dem Patrouillenboot weg.

Nach einer halben Minute waren die Männer wieder mit neuen Raketen an Deck.

Sie knieten schußbereit da und warteten.

Das Patrouillenboot war offenbar schwer getroffen. Sein Bug drehte nach Norden, und aus dem Schiffsrumpf quoll ölig-schwarzer Rauch.

Santanas neuer Kurs würde ungefähr einen halben Kilometer hinter dem Heck des Patrouillenboots vorbeiführen, schätzte Yocke.

Genau querab griffen Leuchtspurgeschosse nach ihnen. Der Mann hinter Yocke schoß eine weitere Rakete ab. Sie traf das kubanische Patrouillenboot dicht über der Wasserlinie.

Dann waren sie vorbei, und die Entfernung vergrößerte sich rasch.

»Verdammt, was sind das für Dinger?« fragte Yocke.

»Panzerabwehrraketen.«

»Wie viele haben Sie dort unten?«

»Weniger als vorher.«

»Wo haben Sie die her?«

»Wann hören Sie endlich auf, dumme Fragen zu stellen?«

»Sorry.«

Das qualmende Patrouillenboot lag im Wasser und blieb rasch achteraus zurück. Yockes Gesicht brannte. Als er es berührte, hatte er Blut an den Fingern.

Backbordseite und Rückwand des Ruderhauses sahen schlimm aus. Die Granate hatte das große Fenster zersplittert und die tragende Rückwand glatt durchschlagen. Zum Glück war ihr Aufschlagzünder dabei nicht aktiviert worden, sonst hätten die Granatsplitter aus den Männern auf der Brücke Hackfleisch gemacht. Die Glasfaserverkleidungen waren durch die Triebwerksstrahlen der abgeschossenen Raketen teilweise angeschmolzen.

Zum Teufel mit diesen Idioten!

Jack Yocke ging nach unten, fand die Kabine, in der er bei der Abfahrt aus Miami geschlafen hatte, und machte Licht. Er zitterte wie Espenlaub. Während ihm Blut vom Kinn auf Hemd und Hose tropfte, saß er auf der Koje und bemühte sich, wieder gleichmäßig zu atmen.

Zehn Minuten später war er vor dem Spiegel über dem Waschbecken damit beschäftigt, Glassplitter aus seinen Schnittwunden zu ziehen, als Hector Santana hereinkam.

»Na, wie fühlen Sie sich?«

»Was wollen Sie hören – die Wahrheit oder derbes Macho-Geschwätz?«

»Was Sie für richtig halten.«

»Ich hätt' mir beinahe in die Hose gemacht.«

Santana grinste nur.

Yocke wich seinem Blick aus und konzentrierte sich auf einen Glassplitter über seiner linken Augenbraue. »Warum haben Sie mich mitgenommen?«

»Tomás und Jesús wollten Sie gleich in Miami umlegen. Sie sollten uns offenbar ausspähen. Und selbst als Reporter hätten Sie uns durch verfrühte Berichterstattung schaden können. Aber ich vermeide gern unnützes Blutvergießen. Deshalb haben wir Sie mitgenommen.«

»Wie großzügig von Ihnen! Was hätten Sie getan, wenn wir nachts einem Küstenwachkutter begegnet wären? Nachdem wir die Waffen an Bord genommen hatten?«

»Wahrscheinlich wären wir abgehauen.«

»Das glauben Sie doch selbst nicht! Sie hätten auch angegriffen.«

»Glauben Sie meinetwegen, was Sie wollen.«

»Hätten wir dieses Gefecht überlebt, hätten Sie mich umgebracht.«

Der Kubaner zuckte mit den Schultern. »Diese Waffen sind unter größten Opfern beschafft worden. Drei Männer haben dabei ihr Leben verloren. Wir brauchen die Waffen für unseren Kampf gegen die *Fidelistas*, in dem viel auf dem Spiel steht. Aber Sie sind bei uns aufgekreuzt und haben Ihre Nase in Dinge gesteckt, die Sie nichts angehen. Sie wollten zur Revolution mitgenommen werden, als sei die Revolution gegen Castro eine kubanische Zirkusvorstellung, für die Sie leider keine Karte mehr bekommen hatten. Sie wollten heimlich ins Zirkuszelt schlüpfen!«

Hector Santana holte tief Luft. »Und einen schönen Tag noch«, sagte er über die Schulter hinweg, als er die Kabine verließ.

Jack Yocke starrte sein Spiegelbild an. Einige der tieferen Schnittwunden bluteten noch immer.

Bei Tagesanbruch glitt die Jacht langsam durchs seichte Wasser einer Flußmündung hinter einer Insel. Die Überreste der Plattform über der Brücke standen bizarr schräg. Im blassen Morgenlicht sah das demolierte Ruderhaus nicht besser aus als vor einer halben Stunde. Die Glasfaserverkleidung war rauchgeschwärzt.

Während Yocke zusah, steuerte Santana das Boot in eine unter Bäumen verborgene kleine Bucht. Ein halbes Dutzend Männer kam an Bord und trug die Panzerabwehrraketen in den olivgrünen Holzkisten, auf denen in Schablonenschrift groß U.S. ARMY stand, über eine Planke zu einem zwischen den Bäumen kaum sichtbaren Lastwagen.

Sobald die Raketen umgeladen waren, kletterten die Männer auf ihren Lastwagen und fuhren davon. Auch die vier anderen Kubaner fuhren mit. Santana blieb mit Yocke im Ruderhaus zurück. »Schön«, sagte er, »das wäre erledigt.«

»Was passiert jetzt?« fragte der Reporter.

»Wenn Sie nicht schwimmen wollen, rate ich Ihnen, an Land zu gehen. Vergessen Sie Ihr Gepäck nicht, und nehmen Sie meine Sporttasche aus dem Salon mit. Und den hier.« Santana zog seinen Revolver aus dem Hosenbund und warf ihn Yocke zu, der ihn auffing.

Während der Amerikaner im Sand stehend zusah, steuerte Santana die Jacht einige hundert Meter von der Küste weg, stellte die Motoren ab und ging nach vorn, um Anker zu werfen. Nachdem er minutenlang unter Deck verschwunden war, kam er wieder herauf, hechtete ins Wasser und begann zu schwimmen. Im Licht der Morgensonne leuchtete das Wasser blaßblau. Santana war offensichtlich ein ausgezeichneter Schwimmer.

Er stand neben Yocke und streifte seine nassen Sachen ab, als ein dumpfer Krach übers Wasser hallte, während die Überreste der Brückenplattform langsam über Bord kippten. Zehn Sekunden später folgte eine zweite Detonation: stärker, aber trotzdem merkwürdig gedämpft.

Santana öffnete seine Sporttasche. Erst als er Unterhose und Hose anhatte, sah er wieder zu der Jacht hinüber. Sie lag mit leichter Schlagseite vorn deutlich tiefer im Wasser.

»Wie tief ist das Wasser dort draußen?«

»Ungefähr zwanzig Meter. Dort ist die Fahrrinne.«

»Bei diesem klaren Wasser dürfte sie aus der Luft sichtbar sein.«

»In den nächsten Tagen sucht kein Flugzeug die Küste ab. Und danach spielt's keine Rolle mehr. Dann sind wir schon in Havanna.«

»Oder tot«, fügte Jack Yocke hinzu.

»Sehr scharfsinnig beobachtet. Sie erfassen die Situation wirklich bemerkenswert rasch.«

»Ja, ja, schon gut.«

Das Vorderdeck war bereits ganz unter Wasser, als Santana aufstand und sich den Sand von der Hose klopfte. Er steckte seinen Revolver unter dem heraushängenden Hemd in den Hosenbund. »Also los!« sagte er, nahm seine Tasche über die Schulter und setzte sich in Bewegung, während Yocke hastig seine Sachen aufklaubte.

Nach etwa hundert Metern blieb Yocke auf einer niedrigen Düne stehen, sah sich um und konnte gerade noch beobachten, wie das Wasser die Brücke der Jacht verschluckte. Hector Santana ging weiter, ohne sich auch nur umzudrehen.

»Mein Feldzug mit Cortez«, murmelte Jack Yocke halblaut. Er zog den Traggurt des Laptops straffer und griff nach seinem Kunstlederkoffer. »Oder vielleicht: *Zu Fuß durch Kuba* von Jack Yocke, Starreporter und Vollidiot.«

Eine Stunde verging, während sie marschierten. Yocke bekam Durst und sagte es auch. Santana schwieg.

Sie folgten einer unbefestigten Straße durch Zuckerrohrfelder. Das hellgrüne Zuckerrohr war kniehoch und wurde von schwachen Luftströmungen bewegt, die den Marschierern keine Kühlung brachten. Weit vor ihnen im Süden zogen Gewitterwolken über Hügeln oder niedrigen Bergen auf. »Gibt's auf Kuba Gebirge?« fragte Yocke. Keine Antwort.

Sie kamen an mehreren unbewohnten Hütten vorbei. Vor einer schreckten sie ein mageres Huhn auf. Sonst war nirgends ein Lebewesen zu sehen.

»Wo stecken alle?« fragte der Reporter. »Sollten wir uns nicht nach Wasser umsehen? Hier gibt's bestimmt 'nen Brunnen oder so was.« Santana marschierte schweigend weiter. »Blöde Idee, Jack«, murmelte Yocke so laut, daß der Kubaner es hören mußte.

»Hey, Hector«, sagte er fünf Minuten später, »wollen Sie mir nicht erzählen, wohin wir unterwegs sind? Falls wir nach Havanna marschieren, müßte ich mein Gepäck etwas erleichtern. Wie steht's damit?«

Als Santana wieder keine Antwort gab, trat Yocke näher an ihn heran und brüllte: *»Hey, Arschloch!«*

»Haben Sie sich schon mal überlegt«, fragte Santana geduldig, »daß Unwissenheit besser ist, falls wir vom Militär geschnappt werden? Für Sie, für mich, für alle?«

Sie marschierten noch eine Stunde weiter. Dann kamen weitere Hütten in Sicht, auf die Santana zusteuerte. Er betrat einen Hof, machte Yocke ein Zeichen, er solle stehenbleiben, und klopfte an die Tür. »María? Carlos?«

Santana verschwand in der Hütte. Der Reporter setzte sich auf seinen Kunstlederkoffer, zog die Schuhe aus und massierte seine schmerzenden Füße. Ein mageres Huhn sah ihm neugierig zu. Gab es in Kuba auch fette Hühner?

In einem Anbau neben der Hütte verrostete ein mit Unkraut überwuchertes altes Auto. Ein uralter Chevrolet. Nicht einmal die ursprüngliche Farbe war mehr zu erkennen. Die Heckscheibe fehlte. Auf der Rückbank hatten offenbar schon mehrmals Hühner gebrütet.

Wenigstens war er nicht seekrank. Das war immerhin etwas. Er war hungrig genug, um eines dieser mageren Hühner roh zu verschlingen. Während er noch überlegte, wie er's anstellen sollte, eines zu fangen, trat Santana mit einer jungen Frau aus dem Haus. Sie blieb bei Yocke stehen, während Santana zu dem Chevrolet ging, sich ans Steuer setzte und den Anlasser betätigte.

Zur Yockes Verblüffung stieß der Motor blaue Qualmwolken aus und sprang an.

Santana fuhr rückwärts auf den Hof hinaus. Die junge Frau öffnete die hintere Tür und wischte Stroh und Hühnermist vom Rücksitz. Santana ließ den Motor laufen und stieg aus. »Okay, damit fahren wir nach Havanna.«

»Sie woll'n mich wohl verarschen?«

»Stellen Sie Ihre Sachen in den Kofferraum.«

»Kann ich einen Schluck Wasser haben?«

»Drinnen im Haus. Essen haben sie selbst keines. Sie brauchen gar nicht danach zu fragen.«

Die junge Frau ging mit ihm hinein. In einem Schaukelstuhl saß eine zahnlose Alte, die ihm zunickte. Seine Begleiterin schöpfte ihm ein Glas Wasser aus dem in der Küche stehenden Eimer. Nachdem er es mit einem Zug geleert hatte, gab sie ihm noch eines.

»Sprechen Sie Englisch?«

»Ein bißchen«, antwortete sie.

»Wie heißen Sie?«

»María.«

»Kennen Sie Santana?«

»Wen?«

Yocke nickte nach draußen. »Santana.«

»Oh, Pablo.« Sie lächelte. »Er ist mein Bruder.«

Yocke gab ihr das Glas zurück. *»Gracias.«*

»De nada.«

Santana wartete am Steuer. Der Reporter öffnete die Beifahrertür. »Sie sitzen hinten«, erklärte Santana ihm. »María fährt mit.«

Yocke klopfte den Rücksitz etwas gründlicher ab und setzte sich. Der Mistgeruch würde schwächer werden, wenn sie unterwegs die Fenster offenließen. María kam mit drei Plastikkanistern voll Wasser aus dem Haus, stellte sie in den Kofferraum und stieg neben ihrem Bruder ein.

Als sie vom Hof rollten, hörte Yocke das Getriebe mahlen.

Oder das Differential. Vielleicht sogar beides. »Mit diesem Schrotthaufen kommen wir nie nach Havanna.«

»Besser als Marschieren«, meinte Santana.

Nach gut einem Kilometer erreichten sie eine in Ost-West-Richtung verlaufende Asphaltstraße. Santana bog nach Westen ab.

In den ersten Stunden kamen sie gut voran – mit 40 bis 50 Stundenkilometern, schätzte Yocke. Die Tachometernadel blieb links am Anschlag stehen. Die wenigen anderen Fahrzeuge waren in Gegenrichtung unterwegs: mit Menschen vollgepackte Lastwagen und überfüllte uralte Straßenkreuzer. Ab und zu begegneten sie auch kleineren Gruppen, die zu Fuß nach Westen zogen.

Auf beiden Seiten der Straße erstreckten sich Zuckerrohrfelder bis zum Horizont: sanft gewellte hellgrüne Felder unter heißer Sonne. Hier und da standen verlassene Hütten, zwischen denen nicht einmal Hühner scharrten, an der Straße.

Nach drei Stunden erreichten sie eine Kleinstadt mit Menschenmassen auf den Straßen. Der Chevrolet brauchte fast eine Stunde, um sich hindurchzuquälen, und Santana beugte sich mehrmals aus dem Fenster, um Leuten, die sich um Transistorradios scharten, zuzurufen: *»Que pasa?«*

»Die Gefängnisse haben sich geleert«, teilte er Yocke einmal mit. »Die Wachen haben sich geweigert, auf die Befreier der Gefangenen zu schießen.«

Westlich dieser Kleinstadt war die Straße mit Flüchtlingen verstopft: mit Männern, Frauen, Kindern, Alten und Lahmen. In jedem Dorf, an jeder Einmündung schwoll der Flüchtlingsstrom weiter an.

Der Chevrolet fuhr kaum schneller als die Menge der Marschierenden, die sich wie Wasser, das ein Boot umströmt, vor dem Wagen teilte und hinter ihm wieder schloß.

Gegen Mittag begann der Kühler zu kochen. Die drei stiegen aus, setzten sich in den schmalen Schatten des Autos und beobachteten die vorbeiziehenden Menschenmassen. Einige der Flüchtlinge trugen Enten und Hühner, denen sie die Beine zusammengebunden hatten. Einmal kam auch ein Mann vorbei, der sein über die Schultern gelegtes Schwein mitschleppte.

Nach einiger Zeit war der Kühler des alten Wagens soweit abgekühlt, daß er mit Wasser aus den Plastikkanistern aufgefüllt werden konnte. Sie schraubten den ausgeleierten Kühlerverschluß auf und banden ihn sorgfältig mit Draht fest. Santana stieg ein und betätigte den Anlasser. Auch diesmal sprang der Motor erstaunlich gut an. Mit einem Blick gen Himmel hob Jack Yocke dankend die gefalteten Hände und setzte sich wieder in den Hühnermist.

Am Spätnachmittag gab der Autokühler endgültig den Geist auf. Unter der Motorhaube quollen Dampfschwaden hervor.

Sie schoben den Wagen von der Straße ins nächste Zukkerrohrfeld und nahmen mit, was sie tragen konnten. Jack Yocke brauchte unbedingt seinen Computer. Er nahm Rasierapparat und Zahnbürste aus dem Koffer und steckte sie ein. Nachdem er Hemd und Socken gewechselt hatte, ließ er den Rest zurück.

Santana und seine Schwester María hatten sich schon in den nach Westen ziehenden Menschenstrom eingereiht. Der Reporter nahm den Trageriemen des Laptops über die Schulter und beeilte sich, sie einzuholen.

Kurz vor Sonnenuntergang kamen sie an einem ausgebrannten Schützenpanzer sowjetischer Bauart vorbei, der etwa zwanzig Meter von der Straße entfernt in einem breiten Graben stand. Jack Yocke ging hinüber, um ihn sich anzusehen.

Eine Panzerabwehrrakete hatte die Seitenpanzerung glatt durchschlagen; detonierende Munition und der Brand hatten das Innere des Fahrzeugs verwüstet. Yocke sah mehrere verkohlte Leichen, und im Graben lagen weitere Uniformierte, die nur geringe Brandverletzungen aufwiesen. Sie waren von hinten mit Genickschüssen hingerichtet worden. In der Sonnenhitze waren die Toten schon so aufgedunsen, daß ihre Uniformen prall ausgefüllt waren.

Einer der Männer war sehr jung, eigentlich noch ein Kind. Er war vermutlich seit dem Morgen tot. Fliegen krochen über Mund, Augen und Ohren. Als die Abendbrise sich drehte, bekam Yocke eine konzentrierte Dosis des Gestanks ab.

Er stolperte würgend aus dem Graben.

Santana und seine Schwester warteten auf ihn. Sie reihten sich wieder in den Menschenstrom ein, der in der Abenddämmerung nach Westen zog.

Gegen 21 Uhr erreichten sie die Außenbezirke Havannas.

Auf allen Straßen herrschte Gedränge. Es gab Wasser, aber nirgends Essen. Wer noch ein Huhn besaß, machte mit irgendwelchen brennbaren Materialien Feuer, um es zu braten. Dichte Rauchschwaden trieben über die Straßen; ihre unter flackernden Straßenlaternen entstehenden Schatten tauchten die Menge in gespenstisches Halbdunkel. Vereinzelt torkelten grölend und singend Betrunkene vorbei.

Wie Santana erfuhr, waren nachmittags staatliche Lagerhäuser geplündert worden, aber die Plünderer hatten die Lebensmittel selbst gegessen. *Mañana* – morgen – würden die Yankees Lebensmittel schicken. Dieses Gerücht wurde oft wiederholt, während überall hungrige Kinder weinten.

Fidel Castro werde vom Revolutionsausschuß gefangengehalten, verkündeten Radios, deren Lautsprecherstimmen aus allen offenen Fenstern schallten. Castro, sein Bruder und weitere Spitzenfunktionäre des Regimes sollten morgen auf der Plaza de Revolución durch Erschießen hingerichtet werden. *Viva Cuba! Cuba Libre!*

Übermüdete Menschen streckten sich auf den Gehsteigen aus, um zu schlafen. Ganze Familien. Die Menge wirbelte und strömte um sie hinweg in Richtung Stadtmitte – zur Plaza de Revolución mit ihren Ministerien. Yocke folgte Hector Santana und seiner Schwester.

Der Amerikaner war todmüde. Ihr endlos langer Marsch, der Mangel an Essen und Schlaf – das alles forderte jetzt seinen Tribut. Am liebsten hätte er sich auf dem ersten freien Quadratmeter Gehsteig ausgestreckt, um bis in alle Ewigkeit zu schlafen.

Aber Yocke schleppte sich weiter, folgte Santana und ließ sich in der Menge durch schlechtbeleuchtete Straßen, Lärm und Rauch treiben.

Als sich der erste Blick auf die Plaza öffnete, blieb er verblüfft stehen. Auf diesem mehrere Hektar großen Platz waren mehr Menschen versammelt, als Jack Yocke jemals an einem einzigen Ort gesehen hatte. Sie standen dichtgedrängt Schulter an Schulter, und während er sie verwundert anstarrte, begannen Zehntausende *»Cu-ba, Cu-ba, Cu-ba!«* zu skandieren. Ihr rhythmisch pulsierender Sprechchor hallte von den Gebäuden am Platzrand wider und schien sie bis in ihre Grundfesten zu erschüttern.

Dann merkte Yocke, daß er Santana aus den Augen verloren hatte. Aber das kümmerte ihn nicht mehr. Im Augenblick wollte er nur noch schlafen.

Er machte kehrt, verließ die Plaza und ging die Straße zurück, die er gekommen war. Alle Seitenstraßen waren voll von schlafenden Menschen. Yocke tastete sich in die nächste hinein, fand glücklich einen Platz und streckte sich aus. Hier waren die Rufe von der Plaza de Revolución nur noch gedämpft zu hören, aber das *»Cu-ba, Cu-ba, Cu-ba«* wurde wie eine heidnische Beschwörungsformel endlos wiederholt.

Mit diesem vieltausendstimmigen Sprechchor im Ohr schlief Jack Yocke erschöpft ein.

Die Hinrichtung Castros fand am nächsten Morgen gegen 10 Uhr statt. Der Diktator kam zuerst an die Reihe. Er wurde auf das Podium geführt, von dem aus er seine Landsleute über drei Jahrzehnte lang angegeifert hatte. Hinter ihm wurden seine engsten Mitarbeiter aufgestellt. Alle wurden in Handfesseln vorgeführt.

Yocke hörte eine über den Platz hallende Lautsprecherstimme die Anklage verlesen. Er verstand nur Bruchstücke davon, aber das war jetzt nicht weiter wichtig. Er schob, drängelte und bahnte sich mit den Ellbogen einen Weg durch die Versammlung, um näher ans Podium heranzukommen.

Aus der Menge wurden zehn Männer und Frauen bestimmt, die aufs Podium kommen durften. Castro wurde an die Wand gestellt und mußte sich nach den Freiwilligen umdrehen, denen Soldaten ihre schußbereiten Sturmgewehre übergaben.

Der Sprecher verkündete noch das Urteil, als irgend jemand abdrückte. Castro ging zu Boden.

Er wurde wieder auf die Beine gestellt. Der Sprecher war verstummt.

Irgend jemand brüllte einen Befehl. Die zehn Gewehre hämmerten los.

Der Diktator brach zusammen und blieb liegen.

Die Soldaten nahmen ihre Gewehre zurück, und die Freiwilligen wurden vom Podium geschickt. Sofort drängten sich wieder andere vor. Sobald zehn Männer und Frauen ausgewählt waren, wurden die anderen mit Gewalt zurückgetrieben, während drei weitere enge Mitarbeiter des Diktators sich neben dem Toten aufstellen mußten. Eine stotternde Salve fällte sie alle drei.

Diese Szene wiederholte sich noch dreimal. Danach schritt ein Mann mit einer Pistole die Reihe entlang und schoß jedem eine Kugel in den Kopf. Nach sechs Schüssen mußte er stehenbleiben, um nachzuladen. Dann folgten sechs weitere Schüsse. Und zuletzt noch drei.

»Viva Cuba! Viva Cuba! Viva Cuba!«

Erstmals seit Beginn des Dramas riß der Reporter sich vom Podium los, hatte wieder Augen für die Menschen um ihn herum. Sie weinten. Männer, Frauen, Kinder … alle Gesichter waren tränennaß. Ob sie das Verlorene oder das Gewonnene beweinten, konnte Jack Yocke nicht beurteilen.

Gegen 14 Uhr schlich Yocke knapp zwei Kilometer von der Plaza entfernt an einem Luxushotel vorbei, das offensichtlich aus der schlechten alten Zeit vor Fidel Castro stammte, als eine Stimme seinen Namen rief.

»Jack Yocke! *Hey, Jack! Hier oben bin ich!«*

Er hob den Kopf. Auf einem Balkon im zweiten Stock stand wild winkend Ottmar Mergenthaler. »Mein Gott, Jack, wo hast du bloß gesteckt?«

Kapitel dreizehn

Nach drei Stunden an seinem ersten Tag als kleiner Oberleutnant im Vereinten Stab fragte Toad Tarkington sich, ob Captain Grafton etwa doch recht gehabt hatte. Vielleicht hätte er wirklich ein Bordkommando beantragen sollen. Jetzt saß er in einem fensterlosen Großraumbüro im Pentagon und studierte eine dicke Vorschriftensammlung, die er genau kennen und beachten sollte.

Hier würde er für Büroklammern und Kaffee zuständig sein. Das ahnte er bereits. Obwohl er angeblich nicht der einzige kleine Oberleutnant im Vereinten Stab war, hatte er noch keinen weiteren zu Gesicht bekommen.

Ein weiblicher Korvettenkapitän der U.S. Navy beobachtete ihn vom übernächsten Schreibtisch aus. Vorsicht! Toad blätterte um und las die Unterschrift der nächsten Weisung. Irgend etwas über Uniformen, blankgeputzte Schuhe und dergleichen. Er zeichnete sie in dem vorgesehenen Kästchen ab, sah unauffällig zu der Aschblonden hinüber, die ihn noch immer beobachtete, und gab vor, weiterzulesen.

Das Telefon auf dem Schreibtisch summte. Sein erster Anruf! Er griff nach dem Hörer, der ihm vor Aufregung beinahe aus den Fingern geglitten wäre.

»Oberleutnant Tarkington, Sir.«

»Robert Tarkington?« fragte eine Frauenstimme.

»Genau!«

»Mr. Tarkington, hier spricht Schwester Hilda Hamhokker im Zentrum für Seuchenbekämpfung.«

Er sah sich um. »Ja?«

»Ich rufe an, um zu fragen, ob Sie eine gewisse Rita Moravia kennen.«

»Augenblick. Rita Moravia... eine kleine, stämmige Frau mit tätowierten Armen und einer großen Warze an der Nase? Ja, die kenn' ich, glaub' ich.«

»Sie wissen, was wir mit ›kennen‹ meinen, Mr. Tarkington? Sie ist eine unserer Patientinnen und hat Sie als Sexualpartner benannt.«

»Die Liste ihrer Partner ist ehrbar kurz, hoffe ich.«

»Nein, leider tragisch lang! Wie das Telefonbuch von Manhattan, Mr. Tarkington. Wir telefonieren seit drei Monaten herum und sind jetzt erst beim Buchstaben T.«

»Ja, ich *kenne* sie, Schwester Hamhocker.«

»Möchten Sie Miss Moravia im biblischen Sinn noch mal erkennen, Mr. Tarkington?«

»Ah, jetzt wär's genau richtig! Vor aller Augen hier auf meinem Schreibtisch. Aber die tätowierte kleine Stämmige ist ja nie da. Niemals!«

»Mein armer, armer Horny Toad. Ist's schon so schlimm?«

»Ja, Rita, so schlimm ist's schon. Kommst du jemals wieder heim?«

»In einer Woche gibt's Weihnachtsurlaub, Lover. Ich komme mit United Airlines auf dem National Airport an.« Sie nannte ihm die Flugnummer und die Zeit. »Holst du mich ab?«

»Mach dich schon mal darauf gefaßt, auf dem Parkplatz erkannt zu werden.«

»Mit dem Rücksitz wäre ich vielleicht einverstanden.«

»Okay, dann auf dem Rücksitz.«

»Versprochen ist versprochen, Toad! Bye.«

»Bye, Baby.« Er legte auf und holte tief Luft.

Die Langeweile war zurückgekehrt und drohte, in Totenstarre überzugehen, als Captain Jake Grafton hereinkam, sich umsah und auf Tarkingtons Schreibtisch zusteuerte.

Toad stand auf und rückte den Besucherstuhl zurecht. Dabei fiel ihm wieder einmal auf, wie kümmerlich seine beiden Ärmelstreifen im Vergleich zu den vier Streifen des Captains wirkten.

»Bleiben Sie um Himmels willen sitzen! Wenn Sie hier vor jedem ranghöheren Offizier aufstehen, sind Ihre Schuhe bald durchgewetzt.«

»Ja, Sir.« Tarkington sank auf seinen Stuhl zurück.

»Na, wie läuft's?«

»Ich bin gerade damit fertig, die Kenntnisnahme der Vorschriftensammlung abzuzeichnen.« Der Oberleutnant seufzte. »Was tun Sie eigentlich hier, Sir?«

»Schwer zu sagen. Das scheint sich jede Woche zu ändern. Im Augenblick analysiere ich Einsätze von DEA und FBI zur Bekämpfung des Drogenschmuggels. Was könnte das Militär tun, um sie zu unterstützen – und wieviel würde das kosten? Eigentlich ganz abwechslungsreich.«

»Klingt spannend.«

»Das ist es allerdings! Und es hat absolut nichts mit der Ausbildung von Flugzeugbesatzungen oder Maßnahmen zur Erhaltung ihrer Kampfkraft zu tun.«

»Echt aufregend, was?« fragte Toad grinsend.

Der Captain erwiderte sein Grinsen. Er kannte Tarkington seit Jahren; zu Toads liebenswertesten Eigenschaften gehörte seine Weigerung, irgend etwas ernst zu nehmen. Das war ein bei Berufsoffizieren sehr seltener Charakterzug, denn Männer wie er lernten eigentlich frühzeitig, daß buchstäblich alles *sehr wichtig* war, weil es für ihre weitere Laufbahn entscheidend sein konnte.

Toad Tarkington jedoch schien diesen um ihn herum stattfindenden Wettstreit gar nicht wahrzunehmen. Eines Tages würde auch er vermutlich erkennen, daß er wie alle anderen nur ein kleines Rädchen in einem großen Getriebe war. Aber diese Erkenntnis hatte hoffentlich noch ein paar Jahre Zeit.

»Und welche Rolle soll ich hier im Kampf gegen die Mächte des Bösen spielen?« fragte Toad.

»Sie sind einer von nur etwa dreißig jüngeren Offizieren, die im Vereinten Stab hospitieren. Fürs erste kommen Sie als Assistent in meine Abteilung.«

»Donnerwetter!« Tarkington war sichtlich begeistert. »Als erstes verfasse ich eine Denkschrift, die Sie den Vereinten Stabschefs vorlegen können: ›Wer keine Disziplin hält, fliegt raus!‹ Keine Angst, ich drücke mich diplomatischer aus, poliere das Ganze und verpacke die Aussage in Zuckerwatte. Dann folgen Denkschriften für DEA und FBI. Wir...«

»Wir fangen morgen früh um sieben Uhr dreißig an«, unterbrach Jake ihn. Er stand auf und sah sich nochmals um. »Wie gefällt Ihnen der Laden hier?«

»Die vielen verschiedenen Uniformen erinnern mich an einen Busfahrerkongreß.« Toad sprach etwas leiser. »Finden Sie nicht auch, daß die Jungs von der Luftwaffe aussehen, als arbeiteten sie bei Greyhound?«

»Ich will Ihnen den Rat geben, Tarkington, den mein Daddy mir gegeben hat, als er mich in den Bus gesetzt und zur Marine geschickt hat: ›Schnauze halten und auf gute Verdauung achten, dann kann nichts schiefgehen.‹« Jake Grafton machte kehrt und marschierte davon.

Toad lehnte sich auf seinem Stuhl zurück und sah ihm grinsend nach.

»Ich habe Ihre geschmacklose Bemerkung leider mitbekommen, Oberleutnant«, teilte der weibliche Korvettenkapitän ihm mit.

Toad fuhr zusammen. Die Aschblonde erinnerte ihn an Miss Sampson, seine Lehrerin in der dritten Klasse. Bestimmt war sie ebenso humorlos.

»Entschuldigen Sie, Ma'am.«

»Unsere Kameraden in der Luftwaffe sind sehr stolz auf ihre Uniform.«

»Ja, Ma'am. Ich habe sie nicht beleidigen wollen.«

»Wer ist der Captain gewesen?«

»Captain Grafton, Ma'am.«

»Er hat sich sehr leger mit Ihnen unterhalten, Oberleutnant.« Aus ihrem Mund klang »Oberleutnant« wie der niedrigste Dienstgrad der guatemaltekischen Nationalgarde. »Bei uns im Vereinten Stab herrscht ein viel förmlicherer Ton.«

»Das glaube ich.« Toad versuchte es mit einem Lächeln.

»Dies ist eine *militärische* Organisation.«

»Ich werd's mir merken«, versicherte Tarkington ihr und verschwand in Richtung Toilette.

Henry Charon ließ seinen Wagen vor dem verlassenen Farmhaus ausrollen und stellte den Motor ab. Er kurbelte sein Fenster herunter, stieg aber noch nicht aus, sondern betrachtete erst einmal die überwucherten Felder vor den unbelaubten Bäumen im Hintergrund.

Die tiefhängende Wolkendecke schien fast die Bäume zu berühren. Die kalte Luft roch nach Schnee.

Er war der unbefestigten Straße, die eigentlich nur eine Fahrspur durch den Wald war, sechs Kilometer weit gefolgt – auch durch ein Schlammloch, dessen Tiefe er zuerst mit einem Stock ausgelotet hatte. Die auf dem Weg erkennbaren schwachen Reifenspuren – vermutlich von Jägern – waren mindestens vier Wochen alt. Keine neueren Spuren. Deshalb hatte er sich für diesen Weg entschieden, nachdem er drei weitere begutachtet hatte.

Er befand sich tief im Monongahela National Forest – vier Autostunden von Washington entfernt in den Bergen West

Virginias. Henry Charon holte tief Luft und lächelte. Eine herrliche Gegend.

Er zog seine gefütterte Jacke an, setzte eine warme Mütze auf, sperrte den Wagen ab und ging die Fahrspur entlang zurück. Unterwegs inspizierte er einen verwilderten Obstgarten, der früher auf einem Hektar Fläche reiche Apfelernten geliefert haben mußte.

Nach etwa eineinhalb Kilometern verließ er die Straße und stieg bergauf. Er ließ sich Zeit und blieb zwischendurch häufig stehen, um zu horchen und sich umzusehen. Charon bewegte sich wie ein Schatten durch die grauen Bäume, erreichte den Hügelrücken und folgte ihm nach links. Er wollte einen Rundgang um die Farm machen und sich davon überzeugen, daß keine Menschen in der Nähe waren.

Nach einer Stunde war er wieder bei seinem Wagen. Er öffnete den Kofferraum und holte eine Zielscheibe heraus, die er an das baufällige Farmhaus nagelte.

Zuerst kamen die 9-mm-Pistolen an die Reihe: vier identische Smith & Wesson, mit denen er auf zehn Schritt Entfernung in beidhändiger Schußhaltung je ein Magazin auf die Scheibe leerschoß. Eine, deren Abzug merklich schwergängig war, wurde ausgesondert. Danach sammelte er alle leeren Patronenhülsen ein. Eine übersehene Hülse wäre nicht weiter schlimm gewesen – aber er wollte keine 40 Patronenhülsen zurücklassen.

Nachdem er eine neue Zielscheibe angenagelt hatte, nahm er die Gewehre mit und vergrößerte die Entfernung auf 50 Meter.

Auch die Gewehre waren identisch: drei Winchester Modell 70 Kaliber 30-06 mit justierbaren Zielfernrohren 3 x 9. Nach drei Schüssen mit der ersten Waffe begutachtete er das Trefferbild durch sein Fernglas und stellte das Zielfernrohr entsprechend ein. Die Treffer der dritten Serie lagen so dicht beieinander, daß man sie mit einem Zehncentstück hätte zudecken können. Auch diesmal steckte er die verschossenen Patronenhülsen sorgfältig ein.

Nachdem er das Einschießen mit dem zweiten und dritten Gewehr wiederholt hatte, vergrößerte er die Entfernung auf 100 Meter. Er schoß dreimal, kontrollierte die Scheibe und schoß erneut.

Die letzte Dreiergruppe aus allen Gewehren bildete eine Pyramide nicht größer als ein Fünfcentstück etwa zwei Zentimeter über seinem Zielpunkt. Und das mit Fabrikmunition.

Henry Charon war zufrieden, als er die Gewehre sorgfältig abwischte, in weiche Gewehrhüllen steckte und in den Kofferraum zurücklegte.

Die letzte Waffe trug er einige hundert Meter weit bergauf. Dann kam er zum Auto zurück, wendete vor dem Farmhaus, fuhr bis zur ersten Kurve und stellte es dort ab. Vom Rücksitz nahm er einen Packen alter Zeitungen. Die angenagelten Zielscheiben riß er im Vorbeigehen ab und legte sie dazu.

Am Gegenhang ragte knapp unterhalb des Waldrandes ein größerer Felsen auf. Von dort aus konnte Charon durchs Fernglas gerade noch die Waffe erkennen, die er jenseits des kleinen Tals unter den Bäumen zurückgelassen hatte. Mindestens dreihundert Meter, schätzte er. Eher vierhundert Meter.

Mit Zeitungspapier, den Zielscheiben und etwas trokkenem Holz machte er ein kleines Feuer. Als es hell brannte, lief er zum Gegenhang zurück.

Die Waffe steckte in einem olivgrünen Metallrohr, auf dem in gelber Schablonenschrift die lachhaft einfache Gebrauchsanweisung stand. Er hielt sich daran. Das Rohr auf die rechte Schulter, Visier aufklappen, Stromversorgung einschalten, Fadenkreuz aufs Ziel richten, Signalton abwarten. Da war er schon! Der Sensor hatte eine Wärmequelle erfaßt.

Henry Charon drückte ab.

Ein greller Lichtblitz, dann fauchte die Rakete los. Laut, aber nicht unerträglich laut. Sie zischte mit einer Flammenspur zum Gegenhang hinüber und detonierte über dem Felsen – anscheinend genau im Feuer.

Mit dem leeren Metallrohr unter dem Arm ging Charon zu dem Felsen zurück. Tatsächlich hatte die Rakete das Feuer angesteuert und war am nächsten Baumstamm dahinter detoniert. Splitter des Gefechtskopfs hatten die Bäume in weitem Umkreis erheblich beschädigt. Der getroffene Baum und mehrere andere würden ohne Zweifel eingehen.

Befriedigend. Sehr befriedigend. Hoffentlich funktionierten die beiden anderen Raketen ebenso gut.

Er trat das Feuer aus, verstreute das angekohlte Holz und scharrte Erde über die Feuerstelle.

Eine Viertelstunde später ließ Henry Charon den Motor seines Wagens an. Das leere Abschußgerät und die verschossenen Patronenhülsen lagen alle im Kofferraum. Auf der Fahrt hierher hatte er auf halber Strecke eine Stelle gefunden, wo er sie gut vergraben konnte. Hell genug war es noch.

Kapitel vierzehn

Harrison Ronald Ford fuhr an diesem Abend McNallys getuneten alten Chrysler. Reines Glück, wie er später feststellte. Um 21 Uhr holte er seinen bewaffneten Begleiter in einem Seven-Eleven ab und fuhr mit ihm zum alten Sanitary-Bakery-Lagerhaus in der Fourth Street NE am Rand des Güterbahnhofs. Der Aufpasser sagte nicht viel – das tat er nie. Er war Mitte Zwanzig und nannte sich Tooley.

Ford stellte seinen Wagen auf der Parkfläche vor der Südfront des Lagerhauses ab, auf der nur zwei Autos standen. Er stieg aus, ging mit Tooley zu der mit aufgeschweißten Eisenprofilen verstärkten Stahltür und öffnete sie. Tooley machte niemals eine Tür auf, sondern überließ das seinem Fahrer. Er wurde dafür bezahlt, daß er aufpaßte und notfalls schoß, und dachte gar nicht daran, mehr zu tun.

Wie üblich überwachte Ike Randolph das Strecken und Portionieren der Ware. Freeman McNally, der dieses Lagerhaus erst seit drei Tagen benutzte, würde den Betrieb demnächst wieder verlagern, wenn er das Gefühl hatte, ein Ortswechsel sei zweckmäßig. Nicht daß er jemals näher als eine Meile an diesen Umschlagplatz herangekommen wäre. Dafür hatte er Ike und die anderen. Falls die Cops das Gebäude umstellten und durchsuchten, mußten seine Leute den Kopf dafür hinhalten.

»Okay«, sagte Ike und breitete einen großen Stadtplan aus, »heute nacht fahrt ihr folgende Strecke. Paßt auf!« Während er zeigte, wie Harrison Ronald fahren und wo er die Ware ausliefern sollte, sahen Tooley und einer der Bewacher aus dem zweiten Wagen ihm über die Schulter. Als Ike fertig war, wiederholte Harrison die Route, um zu beweisen, daß er sie sich eingeprägt hatte.

»Stimmt genau.«

Die Bewacher aus dem zweiten Wagen sagten nicht viel. Beide waren Anfang Zwanzig, trugen teure, modische Kleidung und waren typische Dealer, die mehr Geld hatten, als sie vernünftig ausgeben konnten. Und das war genau der Eindruck, den sie zu erwecken versuchten. In der Welt, in der diese jungen Männer ihr Leben verbrachten, hatten Dealer das meiste Geld und die besten Frauen – sie hatten *Status.* Heute abend standen diese beiden jungen Revolverhelden wie gewöhnlich herum und spielten die harten, durch nichts zu erschütternden Burschen.

Die hübsche Kleine war auch wieder da, und Harrison Ronald flirtete mit ihr, um den Schein zu wahren. Sie flirtete bereitwillig mit, während Tooley gelangweilt zusah.

»Sie ist 'ne Nutte, Mann«, erklärte er Harrison, als sie durchs leere Erdgeschoß des Lagerhauses zum Ausgang unterwegs waren. Harrison trug die Ware in einer großen braunen Papiertüte. »Sie braucht selbst so viel von dem Stoff, den sie verpackt, daß Freeman sie dafür *zahlen* läßt, daß sie dort arbeiten darf.«

»Was hast du gegen sie, Tooley? Will sie's dir nicht machen?«

»Von der würd' ich lieber die Finger lassen, Z. Oder hast du vielleicht Lust, dir was zu holen?«

Der Wachposten an der Tür händigte Tooley und der Besatzung des zweiten Wagens 9-mm-Brownings aus. Während Harrison zusah, zog Tooley das Magazin heraus, überzeugte sich davon, daß es voll war, und schob es wieder hinein. Er spannte den Hammer, zog den Schlitten weit genug zurück, um die Patronenhülse in der Kammer zu sehen, ließ den Hammer wieder herab und steckte die Pistole in seine Manteltasche. Auch die beiden anderen Männer vollzogen dieses allabendliche Ritual.

Als nächstes gab der Wachposten Tooley eine Uzi. Nachdem er nachgesehen hatte, ob das Magazin voll war, lud er die Maschinenpistole durch und sicherte sie. Dann griff er nach der hingehaltenen großen Tüte und steckte die Uzi hinein. Die Bewacher kontrollierten ihre MPs, steckten sie unter ihre Mäntel und gingen zu ihrem Fahrzeug, während der Wachposten sie durch ein schmutziges kleines Fenster beobachtete. Erst auf ein Zeichen der beiden öffnete er die Tür erneut und nickte Tooley und Harrison Ronald zu.

Tooley nahm auf dem Rücksitz des Chrysler Platz, während Harrison Ronald sich ans Steuer setzte und die Ware in den Fußraum vor dem Beifahrersitz legte. Er ließ den Motor an und fuhr nach Norden, Richtung Rhode Island Avenue. Das zweite Fahrzeug, ein schwarzer Pontiac Trans-Am, folgte mit vier Wagenlängen Abstand.

Ford sah in den Rückspiegel. Tooley hatte die Uzi herausgeholt und begutachtete ihre Sicherung.

»Laß das Scheißding unten, bevor es jemand sieht!«

»Fahr gefälligst weiter, Blödmann.«

»Und ziel damit woanders hin!«

Tooley grinste. Sein Grinsen war häßlich. Er ließ die Uzi mitten auf Fords Rücken gerichtet. »Du sollst weiterfahren. Arschgeige.«

An der Rhode Island Avenue stand die Ampel auf Rot. Ford bremste und sah erneut in den Rückspiegel. Tooley saß einfach nur da, beobachtete seinen Hinterkopf und hielt die MP auf seinen Rücken gerichtet.

»Rechts abbiegen«, verlangte er.

»Du hast gehört, was Ike gesagt hat.«

»Heute fahren wir anders.« Er drückte Harrison die Mündung seiner Uzi in den Nacken.

Die Ampel wurde grün.

»Los! Rechts abbiegen!«

Ford ließ seine Füße auf Kupplung und Bremse, beobachtete Tooley im Rückspiegel und versuchte, seinen Gesichtsausdruck zu deuten.

»Fahr endlich, Z., sonst puste ich dein Gehirn durch die Windschutzscheibe!« Tooley rammte ihm die Mündung seiner MP ins Genick.

Harrison Ronald bog rechts ab.

»Und was jetzt?«

»Du tust einfach, was ich dir sage.«

»Freeman bringt dich um. Langsam.«

»Wer soll's ihm erzählen, Mann? Du?«

»Er findet dich. Das tut er immer.«

»Dein Problem ist dein Mundwerk. Dagegen weiß ich ein gutes Mittel. Vorn an der Thirteenth biegst du links ab.« Tooley sah sich um, ob der Trans-Am ihnen folgte. Der andere Wagen war hinter ihnen.

Beim Abbiegen kontrollierte Tooley wieder, ob der zweite Wagen dranblieb. In diesem Augenblick machte Harrison Ronald sich steif, schoß hoch und drehte sich halb nach hinten um. Sein kurz angesetzter Handkantenschlag traf Tooley unter dem Kinn.

Der Mann mit der Uzi stieß einen erstickten Schrei aus und begann zu würgen. Die MP fiel zu Boden, als er sich mit beiden Händen an die Kehle griff. Harrison trat auf die Bremse, brachte den Wagen zum Stehen, drehte sich um und schlug mit aller Kraft gegen seine Hände. Tooley sackte mit zerquetschtem Kehlkopf zusammen.

Heck- und Frontscheibe splitterten, als eine Kugel beide durchschlug und das Sicherheitsglas spinnennetzartig zerspringen ließ.

Harrison Ronald Ford ließ die Kupplung kommen, während er gleichzeitig das Gaspedal durchtrat. Die Reifen quietschten, und aus den Radkästen stieg blauer Qualm auf, als das Drehmoment des getuneten Motors zupackte. Ford schleuderte bremsend um die nächste Ecke und gab sofort wieder Gas. Der röhrende Motor reagierte mit Vorwärtsschub, der ihn in den Sitz drückte.

Aber der Trans-Am blieb dran. Mehrere Schüsse, von denen einer durch die Heckscheibe ging. Auf dem Rücksitz rang Tooley weiter verzweifelt nach Luft. Seine Halssehnen traten wie Taue hervor, und er strampelte krampfhaft mit den Beinen.

Harrison Ronald bog noch einmal rechts ab, überquerte die Rhode Island Avenue trotz Gegenverkehr in einer weiten Linkskurve und beschleunigte weiter.

Jetzt saß er wirklich in der Scheiße! Die beiden Kerle in dem Trans-Am mußten ihn umlegen. Schafften sie's nicht, ließ Freeman McNally *sie* so sicher erledigen, wie morgen die Sonne aufging.

Fünfzig, sechzig, siebzig Meilen... Er schlängelte sich mit Vollgas durch den langsamen Verkehr. Der Motor arbeitete einwandfrei, und die Reifen sorgten für gute Bodenhaftung. Trotzdem ließ der Pontiac sich nicht abschütteln.

Was tun? Laß dir was einfallen! Rechts ausholen, um einem Linksabbieger auszuweichen, und wild hupend bei Rot über die nächste Kreuzung. Achtzig... Er nahm etwas Gas weg, weil er Angst davor hatte, noch schneller zu fahren.

Cops... Wo ist die Scheißpolizei mit ihren Radarpistolen und Verwarnungsblocks?

Die Ampel an der South Dakota Avenue würde er bei Grün erwischen. Amen. Im letzten Augenblick machte er eine Vollbremsung und nahm die Kurve auf zwei Rädern.

Wieder aufs Gas. Um einen Lastwagen herum, wegen einer Limousine scharf bremsen, leicht schleudern, dann vorbei, zurück in die rechte Spur und wieder Vollgas.

Aber der Trans-Am blieb unbeirrbar hinter ihm. Mündungsfeuer aus dem rechten Fenster. Eine Kugel knallte durch die Heckscheibe, und er spürte drei, vier Einschläge in der Karosserie.

Vor der Bladensburg Road fuhr er am Mittelstrich klebend neunzig. Wieder eine grüne Ampel. Halleluja! Er bremste stotternd, ging auf etwa fünfzig herunter und benutzte die ganze Straßenbreite, um weit ausholend nach rechts abzubiegen.

Jetzt war er in Richtung Kapitol unterwegs, das bei diesem Tempo in wenigen Minuten erreicht sein mußte. Dort würde es von Cops wimmeln. Im Augenblick wünschte Harrison Ronald sich nichts mehr, als eine Sirene zu hören und die Blinklichter eines Streifenwagens auftauchen zu sehen.

Aber während er hektisch lenkte, immer wieder bremste und anderen Autos auswich, wurde ihm klar, daß er seine Verfolger niemals würde abhängen können. Obwohl er einen verdammt schnellen Wagen fuhr, hatten die beiden Kerle in dem Trans-Am den entscheidenden Vorteil auf ihrer Seite. Im Gegensatz zu Harrison Ronald, der sich bemühte, keinen Fußgänger zu überfahren, war ihnen das egal. Mit dem Entschluß, Freeman McNally zu berauben, hatten sie ihr Leben verwettet. Kam dabei eine kleine alte Dame unter die Räder, hatte sie eben Pech gehabt.

Harrison Ronald hielt die Hupe gedrückt. Er trat das Gaspedal ganz durch und raste mit achtzig bei Gelb über die Ampel an der New York Avenue.

Sein Abstand zu den Scheinwerfern des schwarzen Pontiacs hatte sich auf fast fünfzig Meter vergrößert. Im Rückspiegel sah er, wie der Trans-Am einen bei Grün in die Kreuzung einfahrenden Wagen streifte. Ein Kotflügel flog davon, und der Mann am Steuer mußte kämpfen, um seinen schleudernden Wagen abzufangen. Der Pontiac raste weiter.

Wild hupend und ständig auf- und abblendend raste Harrison Ronald die durchgezogene Mittellinie entlang. Das konnte nicht ewig gutgehen. Und es ging nicht gut. Die nächste Ampel zeigte bereits Gelb. Bis er sie erreichte, würde sie auf Rot umspringen.

Er nahm den Fuß vom Gas. Der Trans-Am im Rückspiegel wurde sofort wieder größer.

Wieder Mündungsfeuer aus dem Beifahrerfenster. Eine Kugel bohrte sich ins Armaturenbrett. Eine surrte als Querschläger davon. Dann ein Schlag gegen seinen linken Oberarm und ein brennender Schmerz, der ihn laut aufschreien ließ. Sekundenlang wurde ihm schwarz vor den Augen.

Weiter! Vor ihm rollte ein großer Reisebus von links nach rechts über die Kreuzung. Dahinter noch einer. Die Lücke war gerade groß genug. Er *mußte* es schaffen. Harrison Ronald gab Vollgas und schoß durch die Lücke.

Hinter sich hörte er kreischende Reifen... und den dumpfen Knall, mit dem der Pontiac sich in den Bus bohrte.

Harrison Ronald bremste scharf. Er hatte Mühe, den Wagen mit nur einer Hand unter Kontrolle zu bringen. An der nächsten Kreuzung bog er nach links auf die Ninth Street ab und schwamm im Verkehr mit. Sobald sein Schock etwas abgeklungen war, fuhr er in eine ruhige Seitenstraße, parkte bei erster Gelegenheit und stellte den Motor ab.

Tooley, der auf dem Rücksitz zusammengesackt war, sah tot aus. Seine Lippen und die heraushängende Zunge waren geschwollen; seine blicklosen Augen starrten ins Leere.

Irgendwann während der Verfolgungsjagd war einer der Kokainbeutel geplatzt, und das weiße Pulver hatte sich im ganzen Fußraum vor dem Beifahrersitz verteilt.

Harrison Ronald zog sein Taschentuch heraus und rieb damit über Schalthebel, Lichtschalter, Instrumentenbrett, Rückspiegel und Lenkrad. Verflucht, seine Fingerabdrücke waren natürlich überall zu finden! Trotzdem...

Nachdem er den Türgriff abgewischt und ein letztes Mal das Lenkrad poliert hatte, stieg er aus. Er steckte den Schlüssel ein, nahm sich zwei Sekunden Zeit, um auch den äußeren Türgriff abzureiben, und ging davon. Auf dem Gehsteig machte er den Zündschlüssel von seinem Schlüsselring los, an dem auch sein Wohnungsschlüssel hing. Nachdem er ihn mit dem Taschentuch blankgerieben hatte, ließ er den Zündschlüssel in den nächsten Gully fallen.

Drei Blocks weiter kam er zu einer Telefonzelle, die noch funktionierte. Er wählte 911 und meldete den Chrysler als gestohlen. Als der Beamte seinen Namen wissen wollte, hängte er ein.

Das Sirenengeheul hallte von den Gebäuden wider und schien aus allen Richtungen gleichzeitig zu kommen. Sein linker Arm brannte wie Feuer, und der zerfetzte Jackenärmel war blutgetränkt.

Als zweite Nummer wählte Harrison Ronald die Privatnummer von Special Agent Thomas F. Hooper. »Wir müssen miteinander reden. Sofort. Es hat Schwierigkeiten gegeben.«

Harrison Ronald Ford hockte auf den Stufen zum Lincoln Memorial, als Hooper um die Ecke kam und langsam zu ihm hinaufstieg. Ford hatte sich einen Platz im Schatten gesucht – außerhalb der Scheinwerfer, von denen die Säulen um ihn herum angestrahlt wurden.

»Wie geht's?«

»Der Scheißarm brennt wie Feuer.«

In einer U-Bahntoilette hatte Harrison Ronald sein Unterhemd ausgezogen und in Streifen gerissen. Nun saß er mit offener Jacke und aufgeknöpftem Hemd da und drückte einen zusammengelegten Stoffstreifen gegen seinen linken Oberarm.

»Wie schlimm ist's?«

»Bloß ein Streifschuß. Tut aber verdammt weh.«

»Soll ich Sie zu 'nem Arzt bringen?«

»Nee. Ich laß mich später bei Freeman verarzten.« Von Ärzten versorgte Schußwunden mußten der Polizei gemeldet werden, deshalb hatte er keine Lust, Freeman erklären zu müssen, wie es ihm gelungen war, diese Meldepflicht zu umgehen.

Der FBI-Mann starrte ihn im Halbdunkel prüfend an. »Sie haben Glück gehabt.«

»Allerdings!«

»Irgendwann ist's vorbei damit.«

»Wird wohl so sein.«

»Warum hören Sie nicht einfach auf? Wir schnappen uns McNally und bringen ihn mit dem vor Gericht, was wir haben.«

Harrison dachte schweigend darüber nach. Dreißig Schritte von ihnen entfernt saß eng umschlungen ein junges Paar, das den Lichterglanz der Großstadt bewunderte. Von seinem Platz aus mußte der weiße Obelisk des Washington Monuments vor dem schwarzen Himmel sichtbar sein. »Wie viele Tote?«

»Nach ersten Meldungen neun oder zehn. Plus der Kerl, den Sie im Wagen umgebracht haben.«

»Der hätte mich erschossen, sobald wir dort waren, wo er hinwollte.«

»Ja, ich verstehe. Sie konnten nicht anders.«

»Ich hab's tun müssen.«

»Ja, ich verstehe! Bloß keine Aufregung, Mann. Der Scheißkerl hat nichts anderes verdient.«

Harrison nahm den improvisierten Druckverband von seinem Arm und hielt ihn ins Licht. Frisches Blut. Er blutete noch immer. Er legte ihn neu zusammen und schob ihn wieder unters Hemd.

»Ich hab' mir nicht anders zu helfen gewußt. Wenn man die Cops braucht, sind sie nie da.«

»Alle auf den Freeways unterwegs, um die Raser aufzuschreiben«, stimmte Hooper zu. Nach kurzer Pause fragte er: »Auf wen ist der Chrysler zugelassen?«

»Auf irgend 'nen Stadtstreicher. Die angegebene Adresse ist ein unbebautes Grundstück. In Wirklichkeit gehört er Freeman McNally, aber das könnt ihr nie beweisen. Und er trägt jede Menge Fingerabdrücke von mir.«

»Vielleicht auch von ihm?«

»Nicht daß ich wüßte.«

»Schade!«

Yeah, wirklich schade. Zehn oder elf Tote! Scheiße!

»Kommen Sie, Harrison«, drängte der FBI-Mann. »Sie haben genug geleistet. Ich bringe Sie zu einem Arzt. Morgen nehmen wir Ihre Aussage zu Protokoll – und abends sitzen Sie schon im Flugzeug nach Evansville.«

»Haben Sie 'ne Zigarette für mich?«

»Nein.«

»Holen Sie mir eine aus der Innentasche und geben Sie mir Feuer, ja?«

Hooper tat ihm den Gefallen.

»Wissen Sie«, sagte Harrison Ronald nach dem zweiten Zug, »ich glaube, daß diese Geschichte mich Freeman näherbringen wird. Irgend jemand hat versucht, ihn zu berauben. Er wird sich brennend für alles interessieren, was ich weiß, und danach wird er sich an jemand rächen.«

»Was wissen Sie denn?«

»Nichts. Absolut nichts.«

»Vielleicht könnten wir uns etwas ausdenken, das Sie wissen könnten.«

»Zu gefährlich, Mann. Er würde's überprüfen lassen. Stimmt was nicht, bin ich tot. Einfach so. Freeman McNally belügen ist wie Russisches Roulette spielen. Man erzählt 'ne Lüge und hält den Atem an, während man darauf wartet, ob einem das Gehirn aus dem Kopf spritzt.«

»Irgendwie sollten wir von dieser Sache profitieren können«, meinte Hooper etwas enttäuscht.

»Noch ein paar Tage. Sie werden schon sehen. Nur noch ein paar Tage.« Harrison Ronald seufzte. »Na los, helfen Sie mir auf! Mein Arsch ist 'n Eisklumpen, und ich krieg' steife Beine. Ich muß zu Freeman.«

»Was ist, wenn er Sie verdächtigt, Sie hätten mit den anderen gemeinsame Sache gemacht und bloß irgendwie Scheiß gebaut?«

»Auch 'ne Möglichkeit«, sagte Harrison Ronald verdrossen. »Aber die hätten Sie für sich behalten können, Mann.«

»Wie wollen Sie das ausschließen?« faßte Hooper nach. »So könnt's doch laufen!«

»Dann freut's mich, Sie kennengelernt zu haben.«

»Wie wär's, wenn wir Sie verdrahten? Wir könnten ganz in der Nähe bereitstehen.«

»Sie woll'n mich wohl verarschen?«

Hooper blieb sitzen und beobachtete, wie Ford die Stufen hinabstieg und sich auf den Weg zur Vorderfront der Gedenkstätte machte. Da um diese Zeit keine U-Bahnen mehr verkehrten, hatte er einen langen Marsch vor sich. Aber vielleicht rief er Freeman von unterwegs aus an.

Der FBI-Mann fröstelte. Der Stein war kalt, und die Luft war kalt, und ihm war kalt. Er zog seinen Mantel eng um sich und sah zu den Lichtern von Arlington hinüber.

Kapitel fünfzehn

ELF TOTE BEI DROGENJAGD, verkündete die Schlagzeile der Morgenausgabe.

Auf dem Rücksitz seiner Limousine, die ihn ins Weiße

Haus brachte, las Stabschef William C. Dorfman die Story mit wachsendem Entsetzen. Sechs Fahrgäste waren getötet und fünf verletzt worden, als gestern abend um 22.20 Uhr ein 1988er Pontiac Trans-Am in einen Bus mit japanischen Museumsdirektoren und ihren Angehörigen gerast war. Die Japaner waren nach einem Empfang in der National Collection of Fine Arts auf der Rückfahrt ins Hotel gewesen, als der Pontiac ihren Bus seitlich gerammt hatte – nach Zeugenaussagen mit mindestens siebzig Meilen die Stunde. Seine beiden Insassen waren sofort tot gewesen. Im Wrack ihres Wagens hatte man zwei Uzis gefunden.

Kurz zuvor war ein Ehepaar aus Silver Spring tödlich verunglückt, als dieser Wagen, der eine ältere Limousine jagte, auf der Bladensburg Road an einer Kreuzung einen Frontalzusammenstoß verursacht hatte. Der Fahrer eines Sattelschleppers hatte dem Pontiac ausweichen müssen, war ins Schleudern geraten und hatte den Honda des Ehepaars aus Maryland unter sich begraben.

Und als ob das alles nicht schon genug gewesen wäre, war die Leiche eines etwa 25jährigen Schwarzen in einem von Kugeln durchsiebten Chrysler in einer kleinen Straße entdeckt worden – drei Blocks vom Weißen Haus entfernt. Die Polizei vermutete, der Pontiac habe diesen Wagen verfolgt. In dem Chrysler waren zehn Pfund Crack und Kokain sowie ebenfalls eine Uzi gefunden worden.

Der Bericht enthielt Schilderungen von drei oder vier Augenzeugen, die gesehen hatte, wie der Beifahrer des Pontiacs auf den Chrysler geschossen hatte, während die beiden Wagen mit Geschwindigkeiten bis neunzig Meilen die Stunde durch die Bladensburg Road und die Maryland Avenue gerast waren. Bisher waren acht durch Schüsse beschädigte Fahrzeuge bekannt, aber die Polizei rechnete mit weiteren Schadensmeldungen.

Die Story war mit zwei Aufnahmen illustriert. Eine zeigte den durchlöcherten Chrysler; auf dem anderen wurde eine blutüberströmte Japanerin im Kimono zu einem Notarztwagen geführt.

Dorfman ließ die Zeitung sinken und schaltete den kleinen Fernseher der Limousine ein. Ein Lokalsender zeigte den demolierten Bus, in dessen Flanke sich der fast bis zur Unkenntlichkeit zertrümmerte Pontiac gebohrt hatte. Dann folgten Aufnahmen von weinenden, blutenden Unfallopfern, die von Sanitätern weggeführt wurden.

O Gott! Wozu hatte diese Japanerin ausgerechnet einen Kimono tragen müssen?

Als wären die Debatte über betrügerische Insidergeschäfte bei Sparbanken und die Krisen in Kuba und in den Nachfolgestaaten der Sowjetunion nicht schon genug! Und um die Sache wirklich perfekt zu machen, sollte der Präsident an diesem Nachmittag eine Pressekonferenz geben. Eine wahre Horrorvorstellung! Die Reporter würden sich in ihn verbeißen.

Dorfman stellte den Fernsehton ab und griff nach dem Autotelefon.

»Warum bin ich letzte Nacht nicht über dieses Busunglück informiert worden?« brüllte er den Mitarbeiter an, der sich meldete. Er ignorierte das Stottern des Mannes, weil er die Antwort bereits kannte. Laut Dienstanweisung war der Stabschef sofort über nationale Sicherheitskrisen und internationale Zwischenfälle zu unterrichten, aber ein Busunglück hier in Washington gehörte in keine dieser Kategorien. Trotzdem mußte er irgendwas tun, um Dampf abzulassen, und dieser Mitarbeiter war ein einladendes Ziel. Der kleine Kriecher hielt sich stets nur an seine Anweisungen, zeigte niemals die geringste Eigeninitiative.

Ich muß aus diesem Scheißgeschäft aussteigen, bevor

mich der Schlag trifft, sagte Dorfman sich. Ich habe fast dreißig Pfund Übergewicht, ich nehme diese verdammten Blutdruckpillen, dieser Scheiß bringt mich noch um. Eher früher als später.

Als Dorfman in sein Büro stürmte, sprach ein Mitarbeiter ihn an, bevor er losbrüllen konnte. »Der japanische Botschafter will den Präsidenten sprechen. Noch heute vormittag.«

»Holen Sie den Pressechef her! Und wo ist die Denkschrift, die Cohen uns letzte Woche rübergeschickt hat? Die mit seinen Vorschlägen zur Bekämpfung des Drogenhandels?«

Eine halbe Minute später lag Cohens Denkschrift auf seinem Schreibtisch. Mal sehen. Der Justizminister will neues Geld drucken lassen, um gehortete Dollarbestände wertlos zu machen – das können wir tun. Dann sind zwar die Banken, die Hersteller von Geldwechselautomaten und die kleinen alten Damen mit einem Vermögen unter der Matratze sauer, aber... Erheblich mehr Richter und Staatsanwälte für Verfahren gegen Drogenhändler – okay, die soll er haben. Ein großangelegtes Rehabilitationsprogramm für Drogenabhängige – wie soll das finanziert werden? Zusammenschluß von DEA und FBI zu einer Superbehörde – Jesus, da werden die Demokraten aufheulen!

Personalausweise für alle Amerikaner? Dorfman schrieb *nein* daneben und unterstrich dieses Wort doppelt. Mehr Gefängnisse, keine Bewährungsstrafen bei Drogenvergehen, Straffung von Gerichtsverfahren, erschwerte Entlassung gegen Kaution, verstärkte Mitwirkung des Militärs bei der Bekämpfung des Drogenschmuggels...

Dorfman las die vielen Punkte durch und schrieb *ja, nein* oder *vielleicht* daneben. Ursprünglich hatte er diese Ausarbeitung nur überflogen und als weiteres Beispiel für Cohens mangelnde Sensibilität für politische Realitäten beiseite gelegt. Nun, befand er jetzt: Die Realität ändert sich eben schnell.

Als der Pressechef hereinkam, hob Dorfman nicht einmal den Kopf. »Was wollen Sie über das Busunglück sagen?«

»Daß der Präsident dazu eine Erklärung auf seiner Pressekonferenz abgeben wird. Die Regierung drückt den japanischen Bürgern, die gestern nacht Angehörige verloren haben, im Namen des amerikanischen Volkes ihr Beileid aus. Ein Zitat des Präsidenten, der von einer Tragödie spricht.«

»Lassen Sie mich das Zitat sehen.« Dorfman las den kurzen Text und gab den Zettel zurück. »Okay. Was sagt der Präsident auf der Pressekonferenz?«

»Ich habe zwei Redenschreiber darauf angesetzt. In spätestens einer Stunde kann ich Ihnen was zeigen.«

»Gut, dann los!«

Zwei Minuten später war Dorfman mit Cohens Denkschrift in der Hand auf dem Weg zum Präsidenten.

Seine Sekretärin rief ihm aus dem Vorzimmer nach: »Der Justizminister ist am Telefon! Er will rüberkommen und den Präsidenten sprechen. Gemeinsam mit dem FBI-Direktor.«

»Okay.«

Im Oval Office hatten Dorfman und der Präsident eine Strategie zur Bewältigung der durch den Tod von sechs japanischen VIPs ausgelösten PR-Krise festgelegt und waren dabei, sie genauer auszuarbeiten, als eine Viertelstunde später der Justizminister und der FBI-Direktor hereingeleitet wurden.

»Wie steht's mit dieser Bus-Sache?« fragte der Präsident den FBI-Direktor.

»Offiziell arbeiten wir daran, gehen allen Hinweisen nach und lassen eine Autopsie der drei Toten in den Autos durchführen. Sobald wir wissen, wer sie sind, verfolgen wir ihre

Spuren zurück. Zu Ihrer persönlichen Information: Den Wagen, der gejagt worden ist, hat einer unserer verdeckten Ermittler gefahren. Er sollte zehn Pfund Coke und Crack für Freeman McNallys Drogensyndikat ausliefern, als die mitfahrenden Bewacher versucht haben, die Ware zu klauen. Das sind die drei Toten – zwei im Pontiac, einer im Chrysler.«

Dorfman wollte seinen Ohren nicht trauen. Er starrte den FBI-Direktor an. »Langsam! Wie war das mit dem verdeckten Ermittler?«

»Unser Mann hat den Chrysler gefahren.«

»FBI?«

»Ein Polizeibeamter, den wir uns für diesen Job ausgeliehen haben.«

»Ein Cop ist wie ein Geisteskranker durch Washington gerast und hat *den Tod von elf Menschen verursacht?*«

»Was, zum Teufel, hätte er Ihrer Ansicht nach tun sollen?« fragte der FBI-Direktor. »Sich abknallen lassen?«

»Mein Gott, das sollten Sie den japanischen Botschafter fragen! Vielleicht weiß er eine Antwort. Mir fällt gerade keine ein.«

Der Präsident unterbrach die Diskussion. »Bei unserem Mann alles okay?«

»Hat 'nen Streifschuß abgekriegt. Sonst fehlt ihm nichts. Aber der Schock sitzt natürlich tief.«

»Haben Sie genug in der Hand, um Freeman McNally verhaften zu können?«

»Nein, Sir«, antwortete Gideon Cohen. »Wir haben die Aussagen des verdeckten Ermittlers, aber wir brauchen mehr als nur einen einzigen Zeugen. Seine Angaben beruhen zum größten Teil auf Hörensagen. Er hat kaum persönlichen Kontakt mit McNally gehabt.«

»Wann?«

»Bald. Aber noch nicht jetzt.«

»Dafür nagelt die Presse uns ans Kreuz«, murmelte Dorfman.

»So was hat früher oder später passieren müssen«, behauptete Gideon Cohen.

»Wie meinen Sie das?«

»In der Drogenszene hier im District of Columbia passieren jedes Jahr über vierhundert Morde. Also ist's bloß eine Frage der Zeit gewesen, wann ein paar Touristen oder Politiker ins Kreuzfeuer geraten würden.«

»Das nehm' ich Ihnen nicht ab! Diese Drogenjagd durch die City läßt auf schlampige Polizeiarbeit schließen, finde ich. Wo hat die uniformierte Polizei gesteckt, als die Kerle auf der Constitution Avenue Al Capone und Dutch Shultz gespielt haben?«

Cohen winkte ab. »Dorfman, denken Sie doch mal realistisch! Wären letztes Jahr vierhundert Angehörige des weißen Mittelstands im Howard County ermordet worden, hätte es noch vor dem Unabhängigkeitstag einen Marsch auf Washington gegeben. Die Leute hätten euch Politiker strampelnd und kreischend aus dem Kapitol gezerrt und die ganze verdammte Bande aufgehängt.«

»Ich glaube, daß wir unsere Zeit vergeuden, wenn wir die Schuld nur bei der Polizei suchen«, sagte der Präsident trokken. »Der japanische Botschafter kommt gleich herüber, um mir Vorwürfe zu machen. Ganz Amerika ist empört. Was letzte Woche politisch unmöglich war, ist jetzt möglich. Mehr kann ein Politiker nie tun, Gideon – das Mögliche. Ich bin nicht der Rattenfänger. Ich kann sie nicht in eine Richtung führen, in die sie nicht wollen. Und ich habe nicht vor, mich dafür zu entschuldigen. Ich bin auch nicht Jesus Christus.«

Der Präsident nahm Cohens Wunschzettel von seinem

Schreibtisch. »Ein Personalausweis für jeden Amerikaner? Aussichtslos. Das Oberste Gericht hat entschieden, daß sie als Zeichen politischen Protests Fahnen verbrennen dürfen. Diese Ausweise benutzen sie dann als Toilettenpapier.«

»Ausweise wären praktisch gewesen, aber...«

»Ein obligatorisches Rehabilitationsprogramm für Drogenabhängige? Für schätzungsweise zehn Milliarden Dollar im Jahr? Woher sollen wir das Geld nehmen? Für eine weitere Bundesbehörde, die so groß und unbeweglich ist, daß sie zuletzt keinem mehr helfen kann?«

»Das wäre...«

»Eine Revision der Strafprozeßordnung«, fuhr der Präsident fort. »›Straffung der Verfahren‹ heißt das große Schlagwort. Aber um das durchzusetzen, bräuchten wir eine Verfassungsänderung. Und obwohl viele Leute das Gegenteil behaupten, bin ich nicht dumm genug, um dafür zu plädieren, diese Büchse der Pandora zu öffnen.«

Der Justizminister schwieg.

»Einige Ihrer Vorschläge sind brauchbar. Die habe ich angekreuzt. Gideon, Sie setzen sich mit Will und dem Finanzminister zusammen und legen den Kostenrahmen fest. Dafür haben Sie zwei Stunden Zeit. Dann gehen wir alle zur Pressekonferenz hinüber und versuchen, mit heiler Haut davonzukommen.« Er holte tief Luft. »Vorher will der japanische Botschafter, einer der besten Freunde Amerikas im japanischen Außenministerium, mir noch erläutern, was er von amerikanischer Strafverfolgung hält.« Der Präsident wandte sich an den FBI-Direktor. »Sie können gleich dableiben und gemeinsam mit mir schwitzen.«

In seinem Glaskasten im Pentagon las Captain Jake Grafton mit professionellem Interesse die Berichte in der *Washington Times* und der *Post* über die wilde Jagd und den spektakulären Unfall am vorigen Abend. Als Leiter der Abteilung Drogenbekämpfung im Vereinten Stab verfolgte er routinemäßig die Berichterstattung über das Drogenproblem. Er wußte recht gut, daß die Medien die Probleme für die Wähler definierten, die ihrerseits Prioritäten für die Politiker setzten. Obwohl Grafton als Berufsoffizier einfachere, klarer definierte Probleme zu lösen gehabt hatte, befähigte sein Geschichtsstudium ihn dazu, dieses Prinzip jeder funktionierenden Demokratie instinktiv zu erfassen.

Jake konnte hören, wie einer seiner Kollegen, ein Oberstleutnant der Luftwaffe, Toad Tarkington im Glaskasten hinter ihm die Bedienung der Computerterminals erklärte. Auf jedem Schreibtisch stand ein Terminal. Tarkington schien alle Erklärungen sofort zu begreifen. Jake warf einen Blick auf seinen dunklen Bildschirm und lächelte gequält. Für ihn war die Beherrschung des Computers eine Herkulesarbeit gewesen, während Tarkington das alles zuzufliegen schien.

Außer dem Aufmacher über das Busunglück brachte die *Post* einen Korrespondentenbericht, den der Captain mit Interesse las. Er stammte von Jack Yocke, zur Zeit in Havanna, und war der erste Artikel einer fünfteiligen Serie.

Die Story handelte von einer Landarbeiterfamilie und ihrem Treck in die Hauptstadt, um den Sturz Castros persönlich mitzuerleben. Woher diese Menschen kamen, was sie aßen, was sie sahen, wo sie schliefen, was sie für sich und ihre Kinder wollten – das waren die Handlungsstränge, die Yocke verwob. Seine kraftvolle, streckenweise ergreifende Schilderung beeindruckte Jake Grafton. Vielleicht hatte der junge Reporter doch mehr Format, als…

Sein Telefon klingelte. Jake legte die *Post* weg und griff nach dem Hörer.

»Kommen Sie bitte zu mir, Captain!«

Vier Minuten später stand er vor seinem Boß, einem Zweisternegeneral des Heeres. Nach seiner Versetzung zum Vereinten Stab hatte Jake den Organisationsplan studiert und festgestellt, daß zwischen ihm und dem Vorsitzenden der Vereinten Stabschefs, einem Viersternegeneral des Heeres, 57 Generale und Admirale standen. Generalmajor Franks war die Nummer 57 von oben. Jake Grafton wußte bereits, wie gering dieser Abstand in Wirklichkeit war.

»Captain, der Vorsitzende läßt Sie bitten, in sein Dienstzimmer zu kommen. Er fährt in ein paar Minuten ins Weiße Haus und möchte, daß der Leiter der Abteilung Drogenbekämpfung ihn begleitet.«

»Ja, Sir«, sagte Jake Grafton und trat ab. Er fragte General Franks nicht, worum es gehe, denn das wußte Franks vermutlich selbst nicht.

An diesem Morgen war Hayden Land ungewöhnlich kurz angebunden. »Im Weißen Haus herrscht helle Aufregung. Dorfman hat mich hinbefohlen. Befohlen! Der Mann ist der reinste Neandertaler.«

Der Adjutant des Generals begleitete seinen Boß und Grafton ins Weiße Haus. Unterwegs in seiner Limousine erläuterte Land den beiden jüngeren Offizieren, worum es diesmal ging. »Der Präsident wird neue Initiativen zur Bekämpfung des Drogenschmuggels ankündigen. Sein Stab hat zwei Vorschläge ausgearbeitet, die uns betreffen. An der Grenze nach Mexiko soll die Zahl der Heerespatrouillen erhöht und in der Karibik oder im Golf von Mexiko soll eine ganze Trägerkampfgruppe stationiert werden.«

»In der Karibik?« fragte Jake Grafton überrascht.

»Dahinter steckt die Idee, daß Trägerflugzeuge mithelfen sollen, verdächtige Schiffe und Flugzeuge aufzuspüren und abzufangen.«

»Das tun wir schon jetzt mit AWACS-Flugzeugen der

Luftwaffe, Sir. Dort draußen bewegt sich nichts ohne unser Wissen. Und der Träger müßte irgendwo abgezogen werden – wahrscheinlich aus dem Mittelmeer. Dann haben wir nur noch einen Träger dort.«

»Ich habe heute morgen mit dem Marineoberbefehlshaber gesprochen«, sagte General Land. »Genau diese Einwände hat er auch vorgebracht. Sie brauchen heute nur zuzuhören. Ich verspreche mir davon effektive Stabsarbeit, falls der Präsident die Verlegung befiehlt, was er vermutlich tun wird. Sein Stab glaubt, auf die Sache mit den verunglückten japanischen Touristen sofort reagieren zu müssen. Anscheinend hat der Präsident sich davon überzeugen lassen.«

»Ja, Sir«, bestätigte Grafton. Er fuhr sich mit einer Hand durch sein schütter werdendes Haar. »Ich bezweifle, daß durch einen Träger im Golf von Mexiko auch nur eine einzige Kokainladung mehr abgefangen wird. Aber eine Verlegung für längere Zeit würde unsere Kampfkraft im Mittelmeer erheblich schwächen. Sie wäre dann halbiert!«

Der Adjutant ergriff erstmals das Wort. »Stimmt es, Sir, daß vorgeschlagen wird, Luftwaffe und Marine zu ermächtigen, Flugzeuge abzuschießen, die auf die Signale von Abfangjägern nicht reagieren?«

General Land nickte.

»Dieser Vorschlag geistert schon eine Weile herum«, warf Jake ein. »Zivile Pilotenvereinigungen haben lautstark dagegen protestiert. Weiß der Teufel, wie irgendein Arzt, der mit seiner Skyhawk dahintuckert, reagieren wird, wenn er zum ersten Mal eine F-16 leibhaftig neben sich sieht. Cessnas und Pipers, die brennend über den Küsten Floridas abstürzen, liefern dann erstklassige Fernsehbilder.«

»Dann müssen die Ärzte und Zahnärzte eben anderswo fliegen«, sagte Land in einem Ton, der ihre Diskussion beendete. »Die Drogenproblematik ist jetzt hochexplosiv geworden, und die Regierung wird mit allem zuschlagen, was ihr in die Hände fällt. Wer dabei nicht zu Schaden kommen will, hält sich verdammt noch mal besser raus.«

Dieser Kommentar schien die Atmosphäre im Weißen Haus auf den Punkt zu bringen. Jake blieb im Hintergrund und befolgte General Lands Befehl: Er hielt eisern die Klappe. Er hörte zu, wie William C. Dorfman den eingeladenen Abgeordneten und Senatoren die Anordnungen des Präsidenten erläuterte, bevor der sie selbst begründete.

»Gentlemen, das amerikanische Volk hat die Nase voll. Ich habe die Nase voll. Wir müssen den Drogenhandel stoppen. Wir dürfen nicht zulassen, daß er ungehindert weitergeht.«

Senator Hiram Duquesne ergriff das Wort. »Mr. President, im Augenblick sind alle wütend, aber früher oder später werden die Leute wieder vernünftig. Ich werde jedenfalls nicht schweigend zusehen, wie die Rechte amerikanischer Bürger von Cops und Soldaten auf Hexenjagd zertrampelt werden.«

»Dies ist keine Hexenjagd, Hiram«, stellte der Präsident richtig. »Wir machen Jagd auf Drogenschmuggler und Dealer.«

Einige lächelten, aber keiner lachte.

»Wie lange soll dieser Ausnahmezustand dauern?« hakte Duquesne nach. Jake hatte den Senator vor einem Jahr im Rahmen des A-12-Projekts kennengelernt. In den seither vergangenen zwölf Monaten schien Duquesne keineswegs friedfertiger geworden zu sein.

»Ich habe keinen Ausnahmezustand ausgerufen.«

»Bezeichnen Sie ihn meinetwegen, wie Sie wollen«, knurrte Hiram Duquesne. »Wie lange?«

»Bis wir Erfolg sehen.«

»Die neuen Geldscheine werden einiges kosten«, wandte

ein anderer Senator ein. »Soll die Aktion etwa nächstes Jahr wiederholt werden?«

»Das wird sich zeigen.«

»Diese Verschmelzung von FBI und DEA«, sagte Senator Bob Cherry, »wird im Kongreß auf wenig Gegenliebe stoßen, glaube ich. Was Amerika am wenigsten braucht, ist eine größere, noch mächtigere Polizeibürokratie.«

»Mir geht's um wirksamere Arbeit.«

Cherry schüttelte den Kopf. »Durch Zusammenlegung erreichen Sie die erst recht nicht. Jedes Mehr an Bürokratie bedeutet einen Verlust an Effizienz. Mehr Bürokraten sind träger, nicht fleißiger. Und eine riesige Polizeibürokratie, die niemand mehr kontrollieren kann, ist bestimmt nichts, was unser Land braucht oder will.«

»Wir müssen es trotzdem versuchen«, sagte der Präsident.

»Viel Glück dabei«, antwortete Cherry.

»Aber dazu brauche ich auch Sie, Bob. Ich brauche die Unterstützung beider Parteien. Ich bitte Sie um Ihre Hilfe.«

»Mr. President, wir im Kongreß stehen wegen dieser Sache von letzter Nacht mindestens so sehr unter Beschuß wie Sie. Unsere Wähler wollen wissen, warum man als Tourist riskieren muß, auf offener Straße ermordet zu werden, nur um die Hauptstadt dieses Landes besuchen zu können. Mein Büro ist heute morgen das reinste Tollhaus gewesen. Wir haben die Telefonhörer neben die Apparate legen müssen. Aber der Kongreß ist nicht bereit, sich unter Druck setzen zu lassen. Eines kann ich Ihnen versprechen: Wir prüfen Ihre Vorschläge sofort und stimmen allen zu, die erfolgversprechend sind. Schnellstens. Aber die Übrigen...« Er zuckte mit den Schultern.

Beim Abendessen erzählte Jake Grafton seiner Frau von seinem Besuch im Weißen Haus.

»Im Fernsehen hat einer der Kommentatoren gesagt, das sei eine Panikreaktion des Präsidenten«, erklärte Callie ihm.

Jake Grafton schnaubte. »Erst letztes Jahr haben sie ihn als Schlappschwanz bezeichnet. Der arme Kerl kriegt von allen Seiten Prügel.«

»Glaubst du, daß seine Maßnahmen Erfolg haben werden? Ist die Drogenkrise zu lösen?«

Der Captain überlegte, bevor er antwortete. »Einfache Lösungen gibt's nicht. Es gibt viele Kleinigkeiten, die sich alle irgendwie auf das Problem auswirken können. Aber das Patentrezept, das nur auf seine Entdeckung wartet, gibt's bestimmt nicht.«

»Dann gibt's also weiter Drogen?«

»Auf irgendeinem Niveau, ja. Wir Menschen haben gelernt, mit Alkohol und Tabak und Prostitution zu leben – und in Zukunft eben auch mit Drogen.«

»Auch wenn sie das Leben von Menschen ruinieren?« fragte seine Tochter Amy.

Jake Grafton kaute ein Stück Schinken, während er darüber nachdachte. »Viele Dinge können unser Leben ruinieren. Manche Leute werden so dick, daß ihr Herz versagt. Sie verüben Selbstmord mit Messer und Gabel. Sollte es ein Gesetz geben, das die tägliche Nahrungsmenge beschränkt?«

»Drogen sind was anderes«, wandte Amy ein.

»Allerdings!« sagte Callie nachdrücklich und funkelte Jake aufgebracht an.

Als kluger Mann wechselte Grafton das Thema.

Später fragte Callie: »Hast du den umwerfenden Bericht in der *Post* gelesen, den Jack Yocke über Kuba geschrieben hat?«

»Ja.«

»Ich lade ihn und seine Freundin für Samstag zum Abendessen ein – falls er bis dahin wieder zurück ist. Morgen versuche ich mal, ihn in der Redaktion zu erreichen.«

»Oh.«

»Hör zu, Jake, damit brauchst du gar nicht anzufangen! Er ist bei mir im Kurs, und ich kenne ihn als intelligenten, talentierten jungen Mann. Du solltest dir die Zeit nehmen, ihn ebenfalls kennenzulernen.«

»Sieht nicht so aus, als bliebe mir 'ne andere Wahl.«

»Nein, Liebster, du weißt, daß das nicht stimmt.«

»Okay, okay. Von mir aus kannst du ihn einladen. Wenn du ihn für 'nen netten Kerl hältst, ist er bestimmt einer. Bei mir hast du schließlich auch recht gehabt.«

»Vielleicht solltest du ihn dir noch mal ansehen, Callie«, bemerkte Amy keck und verschwand in ihrem Zimmer, um Hausaufgaben zu machen.

Kapitel sechzehn

Der Wind kam mit Stärke sechs bis sieben aus Nordwest. Kleine Schneeflocken wurden fast waagrecht gegen die Salbeibüsche und Wacholdersträucher an den Felshängen getrieben. In höheren Lagen zeigten die Kiefern einen Anflug von Weiß, aber die aus der Schlucht heraufführende Straße war noch schneefrei.

Aus einem Fenster seines Wohnzimmers blickte Henry Charon erneut nach draußen.

Im Laufe des Tages würde der Schnee eine geschlossene Decke bilden, die über Nacht beträchtlich anwachsen würde. Wie hoch sie wurde, hing vom Feuchtigkeitsgehalt der über die San Juan Mountains ziehenden Wolken ab. Die Luft war jedenfalls kalt genug. Sie drang unter der Tür und durch Fensterritzen in den Raum, so daß er ihren Eishauch auf dem Gesicht spürte.

Charon schob ein weiteres Kiefernscheit in den Holzofen. Dann ging er ins Schlafzimmer, nahm seine alte Colt-Pistole Kaliber .45 aus der Kommode und überzeugte sich davon, daß sie durchgeladen war. Er steckte sie hinten in den Hosenbund und zog sein übergroßes Sweatshirt herunter, damit sie nicht zu sehen war. Dann ging er ins Wohnzimmer zurück.

Er saß gern in dem alten Schaukelstuhl am Ofen, wo er das Fenster rechts neben sich hatte. Von hier aus konnte er die Scheune und die Straße und einige Hügel sehen. Die normalerweise sichtbaren Berge verschwanden an diesem Morgen hinter tiefhängenden Wolken.

Eigentlich schade, daß dieses Leben nicht ewig so weitergehen konnte. Hier zu sitzen und den Winter zu beobachten, an Sommerabenden auf der Veranda den Grillen zuzuhören, im Morgengrauen mit einem Gewehr unter dem Arm aus dem Haus zu treten, um auf die Pirsch zu gehen... Das hatte er sein Leben lang getan, und es hatte ihm viel Freude gemacht.

Sehr viel Freude.

Aber diese andere Jagd würde die eigentliche Herausforderung seines Lebens sein, vor der alles andere verblaßte. Und er würde seinen Preis dafür zahlen müssen. Das hatte ihn das Leben gelehrt. Vielleicht war dies der letzte Morgen, an dem er hier sitzen, Scheite in den Ofen schieben und dem fallenden Schnee zusehen konnte. Deshalb ließ er seinen Blick wieder über Salbei, Wacholder und Kiefern gleiten, um sich alles einzuprägen.

Kurz vor 10 Uhr sah er das Auto die Straße heraufkommen. Der Schnee blieb bereits liegen. Er zog seine Lederjacke an und trat auf die Veranda hinaus.

»Hey«, sagte Tassone, als er ausstieg.

»Kommen Sie rein.«

»Ich hab' was für Sie im Kofferraum. Helfen Sie mir tragen.«

Der Kofferraum enthielt eine Reisetasche und zwei Seesäcke. Sie ließen die Tasche stehen und trugen die Seesäcke hinein. Die Säcke waren olivgrün mit U.S. Army gestempelt und mit Vorhängeschlössern gesichert.

»Brrr!« sagte Tassone, als er seine Last abgesetzt hatte. »Verdammt kalt draußen.«

»Der Winter ist da.«

Tassone warf Charon einen Schlüsselring zu und trat an den Ofen, um sich zu wärmen.

Charon sperrte die Vorhängeschlösser auf. Die Seesäcke waren voll Geld – in Bündeln von Zwanzigern und Fünfzigern.«

»Fünf Millionen pro Sack«, sagte Tassone. »Zählen Sie ruhig nach.«

Henry Charon griff tief hinein, um sich davon zu überzeugen, daß beide Seesäcke voll Geld waren. »Das ist nicht nötig, glaub' ich.«

»Ein schöner Haufen Geld.«

»Wollen *Sie* den Job übernehmen?«

»Nein, danke. Ich möchte weiterleben. Mein Leben ist mir mehr wert als das.«

»Ich hoffe, auch am Leben zu bleiben.«

Tassone nickte wortlos. Charon ließ die Vorhangschlösser wieder einschnappen und trug die Seesäcke ins Schlafzimmer hinüber. Als er zurückkam, hatte der Besucher seinen Mantel ausgezogen und saß im Schaukelstuhl.

»Ich hab' Kaffee, wenn Sie einen wollen.«

»Yeah. Ich trinke einen mit. Schwarz.«

Sie hielten ihre Kaffeebecher in den Händen und horchten auf das Heulen des Windes. Draußen schneite es weiter.

»Was haben Sie vor? Danach, meine ich.«

Henry Charon überlegte kurz. »Ich möchte weiter hier leben. Mir gefällt's hier.«

»Einsam, möchte ich wetten.«

Henry Charon zuckte mit den Schultern. Er hatte sich hier nie einsam gefühlt.

Die beiden tranken schweigend ihren Kaffee. Etwas später legte Charon Holz nach.

»Was halten Sie von den anderen Namen auf der Liste?«

»Ich tue, was ich kann. Das hab' ich Ihnen gesagt.«

»Eine Million pro Auftrag. Zwei, drei Monate später bringe ich Ihnen das Geld hierher. Soll ich's dalassen, falls ich Sie nicht antreffe?«

»Yeah«, sagte Henry Charon nachdenklich. »Yeah, das wäre gut. Irgendwann komme ich hierher zurück.« Hoffentlich! »Legen Sie das Geld einfach unter die Veranda. Dort ist's trocken.«

»Gleichzeitig mit Ihnen sind in Washington noch ein paar andere Mordkommandos im Einsatz.«

»Das haben Sie mir bisher nie gesagt.«

»Ich hab's bisher nicht gewußt. Deshalb erzähle ich's Ihnen jetzt. Sie können aussteigen, wenn Sie wollen.«

»Ich will nicht aussteigen. Aber das ändert natürlich einiges.«

»Ich weiß.«

Henry Charon starrte ins Schneetreiben hinaus. Verdammt, das bedeutete noch intensivere Fahndung! Aber wenn er durchhielt, wurde vielleicht eines dieser Teams gefaßt. Das konnte die Fahnder von ihm ablenken.

»Okay«, sagte Tassone, trank seinen Kaffee aus und stellte den Becher aufs Fensterbrett. »Ich muß weiter, bevor die Straße zugeschneit ist. Mein Rückflug aus Albuquerque ist für sechs Uhr gebucht. Ich fahre lieber gleich los.« Er stand auf und zog seinen Mantel an.

»Passen Sie beim Runterfahren auf. Die Straße ist an manchen Stellen bestimmt eisig.«

»Yeah, damit hat's vorhin schon angefangen.«

»Bleiben Sie in den Kurven auf der Innenseite, dann kann nicht viel passieren.«

Charon folgte Tassone auf die Veranda hinaus und sah ihm nach, als er zu seinem Auto ging. Dann griff er mit der rechten Hand nach hinten unter sein Sweatshirt und zog die Pistole aus dem Hosenbund. Er hielt sie mit ausgestreckten Armen in beiden Händen.

Als Tassone die Autotür öffnen wollte, drückte Charon einmal ab.

Das großkalibrige Geschoß warf Tassone zu Boden.

Henry Charon kam mit schußbereiter Pistole die drei Stufen herab und ging auf den im Schneematsch Liegenden zu.

Tassone sah mit Verwirrung im Blick zu ihm auf. »Warum?« Dann erschlafften alle seine Muskeln, und er hörte zu atmen auf.

Charon setzte ihm die Pistolenmündung an die Schläfe und tastete nach seiner Halsschlagader. Er fühlte einen schwachen Puls, der im nächsten Augenblick erstarb. Die Kugel hatte ihn unter dem linken Schulterblatt getroffen und war auf der Körpervorderseite ausgetreten.

Der Killer ließ den Hammer seiner Pistole nach vorn gleiten und steckte die Waffe wieder in den Hosenbund. Dann ging er ins Haus zurück, um Jacke, Mütze und Handschuhe zu holen.

Warum? Weil Tassone der einzige Verbindungsmann

zwischen Henry Charon und dem unbekannten Auftraggeber war. Ohne ihn ließ sich die Beweiskette niemals schließen. Er hatte sterben müssen, der Trottel. Und er war wirklich ein Trottel gewesen. Das FBI würde herausbekommen, wer die Schußwaffen und die Flak-Raketen Typ Stinger gekauft hatte. Und die Fährte würde zu Tassone führen, der jetzt nicht mehr existierte. Wirklich eine dumme Frage!

Er hatte Tassone im Freien erschossen, weil er drinnen im Haus keine Blutflecken oder Einschußlöcher wollte. Hier draußen würden Regen und Schnee alles Blut wegschwemmen.

Oben am Bergwerk war die Sicht schlecht, weniger als hundert Meter. Die verwitterten Bretter und Balken des baufälligen Holzschuppens über dem Schacht waren morsch und konnten jederzeit einstürzen. Das Bergwerk war Ende der fünfziger Jahre aufgegeben worden. Henry Charon stieg bergauf weiter, holte in weitem Bogen aus und kam auf der alten Straße zurück. Nachdem er sich davon überzeugt hatte, daß kein anderer Mensch in der Nähe war, zerrte er den Toten von der Ladefläche, schleppte ihn zum Schacht und warf ihn hinein. Die Reisetasche folgte.

Als nächstes band er ein Dreißigmeterseil an die vordere Stoßstange des Pickups, ruckte prüfend daran und ließ es in den Schacht hinunter. Dann holte er eine Spule mit zweiadriger Litze aus der Werkzeugkiste auf der Ladefläche und ließ reichlich Draht in die Tiefe ablaufen. Zuletzt steckte er eine Taschenlampe, vier Stangen Dynamit und einen Zünder ein, sah sich noch einmal um und kletterte schließlich am Seil in den Schacht hinunter.

Unten arbeitete er rasch. Er schleppte den Toten gut fünfzehn Meter weit in den nächsten Stollen, holte dann die Reisetasche und stellte sie neben die Leiche. Auch das Bonbonpapier und die Geldbörse legte er daneben.

Die Dynamitstangen klemmte er zwischen den Fels und einen massiven Eichenholzstempel, der eine brüchige Stelle im Gestein abstützte. Die blanken Enden der Litze, die er in den Schacht hinabgelassen hatte, verband er mit dem Zünder, den er in eine der Dynamitstangen steckte. Nachdem er die Sprengladung mit Geröll verdämmt hatte, sah er sich ein letztes Mal mit der Taschenlampe in der Hand um.

Hatte er irgend etwas vergessen?

Leihwagenschlüssel? In seiner Tasche. Okay.

Charon atmete nicht einmal schwer, als er wieder oben angelangt war. Er zog das Seil aus dem Schacht herauf.

In seiner Werkzeugkiste hatte er eine kleine Zündmaschine. Er klemmte die beiden Enden der Litze in die Anschlüsse, zog das Uhrwerk auf und löste den Mechanismus aus. Zehn Sekunden später folgte ein dumpfer Schlag, den er an den Fußsohlen spürte. Als er mit seiner Taschenlampe in den Schacht leuchtete, war der Boden unter einer Wolke aus Gesteinsstaub verborgen.

Henry Charon ging zu seinem Pickup zurück, stieg ein und ließ den Motor an. Er stellte die Heizung höher. Die Sichtweite betrug jetzt keine dreißig Meter mehr. Der Schnee lag schon etwa zehn Zentimeter hoch.

Tassones Verschwinden würde natürlich auffallen, aber Charon war überzeugt, daß jemand, dem der Tod des Präsidenten zehn Millionen Dollar wert war, seinen Laufburschen nicht sonderlich vermissen würde. Und Charon würde versuchen, möglichst viele der auf der Liste stehenden Leute zu erledigen. Klar, Tassone war nicht mehr da, um die weiteren Zahlungen zu überbringen, und Charon wußte nicht, an wen er sich hätte wenden müssen, um zu kassieren, aber das ließ sich nicht ändern. Irgend jemand würde bekommen, wofür er bezahlt hatte – und nur das war wichtig.

Und zehn Millionen waren genug. Mehr als genug. Jedenfalls mehr, als Henry Charon in zwei Leben hätte ausgeben können.

Als er nach einer Viertelstunde versuchte, die Litze hochzuziehen, gab sie nicht nach. Vermutlich irgendwo eingeklemmt. Charon warf das Seil wieder in den Schacht und ließ sich daran hinunter. Der Staub hatte sich inzwischen fast völlig gesetzt. Seine Taschenlampe zeigte ihm, daß der Stollen blockiert und die Litze unter einem großen Felsblock eingeklemmt war. Charon schnitt sie ab und kletterte wieder das Seil hinauf.

Oben packte er Seil, Litze und Zündmaschine ordentlich in die Werkzeugkiste. Auf der Bergabfahrt zur Ranch geriet sein Pickup einmal ins Schleudern, aber Charon fing ihn rechtzeitig ab. Die Rückfahrt dauerte fast eine Stunde. Unten lagen erst zwei, drei Zentimeter Schnee.

Im Haus schob er reichlich Holz in den Ofen, wusch den Kaffeebecher ab, aus dem Tassone getrunken hatte, und stellte ihn in den Schrank zurück. Dann kochte er sich frischen Kaffee. Als er durchgelaufen war, goß Henry Charon sich einen Becher voll und ließ sich behaglich in den Schaukelstuhl zurücksinken.

»Ihr Besuch ist da, Mr. Brody.«

Der Rechtsanwalt drückte auf die Sprechtaste seiner Gegensprechanlage. »Ich lasse bitten.«

T. Jefferson Brody stand auf und ging zur Tür, um Freeman McNally zu begrüßen. Nachdem er die Tür sorgfältig geschlossen und Freeman die Hand geschüttelt hatte, zeigte er auf den roten Besuchersessel. »Freut mich, dich zu sehen.«

»Yeah, Tee. Wie geht's denn so?«

»Ziemlich gut.« Brody kehrte hinter den Schreibtisch zurück und ließ sich in seinen Chefsessel für 1800 Dollar fallen. »Wie laufen die Geschäfte?«

»Ach, du weißt schon«, sagte McNally mit einer vagen Handbewegung. »Immer Probleme. Nichts klappt richtig.«

»Ja, das stimmt.«

»Hast du in den letzten Tagen ferngesehen?«

»Du meinst die Sache mit dem Auto, das in den Bus gerast ist. Yeah, ich hab' davon gehört.«

»Einer meiner Fahrer. Die Kerle im zweiten Wagen wollten seine Ladung klauen. Er kann von Glück sagen, daß er's überlebt hat.«

»Und jetzt hast du Druck«, sagte Brody und bezog sich auf die Pressekonferenz des Präsidenten und seine angekündigten Maßnahmen. Die Zeitungen waren voll davon.

»Yeah. Darum bin ich hier. Ein paar dieser Dinge, die der Präsident durchsetzen will, könnten uns verdammt schaden. Ich glaube, daß es Zeit wird, die Abgeordneten und Senatoren zu mobilisieren, für die wir immer gespendet haben.«

»Ich habe mich schon gefragt, wann's soweit sein würde.«

»Jetzt ist's soweit. Diese Zusammenlegung von DEA und FBI ist schlecht für uns Geschäftsleute. Yeah, im Fernsehen sagen sie ganz richtig, daß die neue Behörde unbeweglich sein wird, aber irgendwann weiß sie doch zuviel. Ich meine, wenn alles an einer Stelle gesammelt wird, kommt irgendwann doch was raus, das mir verdammt schaden könnte.«

»Was noch?«

»Na ja, das mit dem neuen Geld. Das wär 'n echter Schlag. Ich hab' immer ungefähr zehn Millionen Cash vorrätig, um fürs Tagesgeschäft flüssig zu sein.«

»Ja, ich verstehe.«

»Irgendwie geht das gegen uns Schwarze, verstehst du? Die schwarzen Leute sind nicht bei den weißen Banken und wären darum die großen Verlierer. Scheiße, alle Weißen haben ihr Geld auf der Bank, in Aktien und so weiter. Aber die schwarzen Frauen und armen Familien bunkern ihr bißchen Geld in Keksdosen und unter der Matratze. Die verdammten Bankgebühren sind viel zu hoch – außer man hat den Kontostand eines Weißen.«

»Ein gutes Argument! Ich werd's vorbringen.«

»Yeah. Und dann die Sache mit der neuen Regelung für Gerichtskautionen. Auch die geht gegen die Schwarzen. Die Weißen haben Häuser und teure Autos und so weiter, die sie als Kaution stellen können. Ein Schwarzer muß die Kaution in bar stellen. Dazu braucht er Cash.«

Nachdem Freeman noch ein paar weniger wichtige Punkte angesprochen hatte, erkundigte Brody sich: »Wer steckt hinter dem Überfall auf deinen Fahrer?«

»Ich bin mir nicht sicher, aber ich tippe auf Willie Teal. Er hat seine Ware über Kuba bezogen, und damit ist's vorläufig aus. Ich schätze, daß er verbreitet hat, er würd' für gute Ware erstklassig zahlen – und das muß meine Leute wohl in Versuchung geführt haben. Aber das läßt sich nicht mehr feststellen, weil die drei Schwachköpfe, die mich bestehlen wollten, jetzt tot sind.«

»Damit haben sie dir viel Mühe erspart«, sagte Brody lächelnd.

»Das wär' keine Mühe gewesen. Die Leute müssen den Wunsch haben, ehrlich zu sein, sonst ist man schnell raus aus dem Geschäft. Das gehört mit dazu.«

T. Jefferson Brody hob warnend den Zeigefinger, als seine Gegensprechanlage summte. »Ja?«

»Senator Cherry ist am Telefon, Sir.«

Brody nickte Freeman zu. »Das wird dir gefallen!« Er drückte auf einen Knopf seines Lautsprechertelefons. »Hallo?«

»Bob Cherry. Wie geht's, Jefferson?« Der Ton war ein bißchen blechern, aber sonst recht gut.

»Ausgezeichnet, Senator. Und Ihnen?«

»Nun, ich habe vorhin mit meinem Wahlkampfmanager die Kosten für den nächsten Wahlkampf durchgesprochen... Sie wissen doch, daß ich mich in zwei Jahren zur Wiederwahl stelle?«

»Ja, Sir. Hatte ich mir bereits vorgemerkt.«

»Da einige Ihrer Mandanten in der Vergangenheit so großzügig gewesen sind, hoffe ich jetzt, daß sie vielleicht auch zu meinem Wahlkampffonds beitragen werden.«

»Sir, darüber muß ich mit meinen Mandanten reden, aber ich bin optimistisch. Sie sind schon immer der Meinung gewesen, gute Regierungsarbeit müsse belohnt werden.« Der Rechtsanwalt blinzelte zu Freeman McNally hinüber, der breit grinsend zuhörte.

»Ich wollte, mehr Leute wären dieser Meinung. Lassen Sie wieder von sich hören.«

Nachdem Brody aufgelegt hatte, erklärte er Freeman McNally, was es mit diesem Anruf auf sich hatte. Freeman warf seinen Kopf in den Nacken und lachte schallend. »Sie rufen einfach an und verlangen Geld?«

»Richtig.«

»Wenn ich das könnte, würd' ich mich aus dem Geschäft zurückziehen. Bloß ein paar Leute beschäftigen, die rumtelefonieren, und mir sonst 'nen schönen Tag machen.«

»Aber du bist eben nicht im Kongreß.«

»Yeah. Mein Geschäft ist ein bißchen direkter. Sag mal, gehört Willie Teal auch zu deinen Mandanten?« Seine joviale Stimmung war schlagartig verflogen.

»Nein.«

»Freut mich, das zu hören. Wie steht's mit Bernie Shapiro?«

»Hmmm… Ich will ganz offen sein, Freeman. Ich spreche niemals über die Identität oder die Geschäfte meiner Mandanten. Niemals! Das weißt du.«

Freeman McNally stand auf, machte einen kleinen Rundgang durch den Raum und betrachtete dieses und jenes. »Hübsche Sachen hast du hier«, stellte er fest.

T. Jefferson Brody winkte bescheiden ab, was McNally jedoch nicht wahrnahm.

McNally stand am Fenster und kehrte dem Anwalt den Rücken zu. »Bernie Shapiro gehört zu Costellos Familie. Er und seine Leuten drängen ins Waschgeschäft. Das kostet mich 'ne Menge Geld. Und ich zahl' nicht gern mehr für den gleichen Service.«

Brody äußerte sich nicht dazu.

Freeman setzte sich auf die Schreibtischkante, so daß er auf T. Jefferson Brody hinunterschauen konnte. »Tee, ich will dir 'nen Rat geben. Du bist 'n guter Anwalt für bestimmte Sachen. Du kennst viele Leute und bewegst dich in Kreisen, in die ich nie käme. Aber sollte ich jemals hören, daß du ohne meine Erlaubnis mit anderen über meine Geschäfte redest, bist du zwei Stunden später tot.« Er senkte den Kopf und starrte Brody direkt in die Augen. »Hast du verstanden?«

»Freeman, ich bin Rechtsanwalt. Was wir besprechen, unterliegt dem Anwaltsgeheimnis.«

»Hast du verstanden, Tee?«

»Klar doch«, flüsterte Brody heiser.

»Gut.« Freeman stand auf und trat wieder ans Fenster, um hinauszusehen.

Nach einer Viertelminute versuchte Brody, wieder aufs Geschäftliche zu kommen. Mit Gangstern wie McNally ging er seit zehn Jahren erfolgreich um, und obwohl es manchmal kritische Augenblicke gab, durfte man sie nicht glauben lassen, man habe etwa Angst vor ihnen. »Denkst du, daß du mit Shapiro ins Geschäft kommst?«

»Schwer zu sagen. Am liebsten nicht. Ich glaube, daß dieses Arschloch den Kerl umgelegt hat, der mein Geld gewaschen hat. Und ich glaube, daß er auch den Kerl umgelegt hat, der uns mit Scheckankäufen geholfen hat. Einen Typ namens Lincoln. Shapiro hat der Mieze, die er ausgehalten hat – Sweet Cherry Lane heißt sie –, Geld gegeben, damit sie mithilft, ihn aus dem Weg zu räumen.«

T. Jefferson Brody befiel eine schlimme Ahnung. »Wie sieht diese Lane aus?« fragte er leise.

Freeman wandte sich vom Fenster ab. Er kam zurück und ließ sich in den Besuchersessel fallen. »Schokoladebraun, riesige Titten, Wespentaille, groß und stattlich. Klasseweib, wie man so hört.«

»Okay, nehmen wir mal an, jemand wollte diesem Miststück eine Lektion erteilen – ließe sich das arrangieren?«

Über McNallys Gesicht breitete sich ein Grinsen aus. »Laß hören, Tee.«

»Sie hat mich ausgenommen, Freeman.« Brody schluckte. »Ehrlich! Sie hat mein Auto, meine Uhr und 'ne Menge Zeug aus meinem Haus geklaut. Und die vierhundert Riesen, die Shapiro für Lincolns Firma bezahlen wollte.«

»Echt?«

»Ja! Die verfluchte Schlampe hat sich als die Witwe ausgegeben, alles unterschrieben, den Scheck kassiert, mir K.O.-Tropfen eingeflößt und mich ausgenommen.«

»Scheiße, was für 'n Anwalt bist du eigentlich, Tee? Warum hast du keinen Ausweis verlangt, bevor du ihr die vier Riesen gegeben hast?«

»Das Weib hat mich reingelegt«, knurrte Brody. »Jetzt will ich's ihr heimzahlen. Hilfst du mir dabei?«

Freeman McNallys Grinsen verschwand, als er sah, wie

aufgebracht der Anwalt war. Er stand auf. »Muß ich mir überlegen, Tee. Inzwischen kümmerst du dich um diese Abgeordneten und Senatoren. Ich hab' verdammt viel gutes Geld in sie investiert und will jetzt 'ne Gegenleistung. Sieh zu, daß das hinhaut. Dann können wir darüber reden.«

Er blieb an der Tür stehen und sprach, ohne Brody anzusehen. »Ich laß nie was Privates an mich ran. Bei mir gibt's nur das Geschäft. So weiß jeder, wo er steht. Sobald 'ne Sache persönlich wird, macht man Fehler, geht Risiken ein. Das ist nicht gut.« Freeman schüttelte den Kopf. »Nicht gut.« Er verließ den Raum.

Brody starrte die Tür an und kaute auf seiner Unterlippe herum.

Als Ottmar Mergenthaler gegen halb drei lächelnd und mit federndem Schritt vom Mittagessen zurückkam, konnte Jack Yocke der Versuchung nicht widerstehen. »Na, wieder fröhlich in die alte Tretmühle, Ottmar?«

Mergenthaler setzte sich grinsend auf den Besucherstuhl. »Nun, Jack, wenn man der berühmteste Kolumnist Amerikas und eine Woche lang nicht erreichbar gewesen ist, können's manche Spitzenpolitiker kaum noch erwarten, ihre kleinen Geheimnisse loszuwerden. Noch zwei Wochen länger, dann würden sie an Verstopfung eingehen.«

»Cheeseburger auf dem Gehsteig?«

»Wahrhaft köstliche Fettucine und dazu ein sehr trokkener Chianti.« Ottmar küßte seine Fingerspitzen.

»Wer ist der Spitzenpolitiker gewesen – oder muß das geheim bleiben?«

»Lies meine morgige Kolumne. Aber falls du nicht so lange warten kannst: Bob Cherry.«

»Ihr habt über Kuba geredet, stimmt's? Hast du ihm gesagt, daß er meine Artikel lesen soll?«

»Nein, über den Unfall mit den Japanern und die Initiativen im Kampf gegen den Drogenhandel. Ein heilloses Durcheinander! Das halbe Land kreischt, der Präsident habe überreagiert, und die andere Hälfte kreischt, er habe nicht genug getan. So prügeln beide Seiten auf ihn ein. Warum vernünftige Männer in die Politik gehen, werde ich nie begreifen.«

»Gibt's Hinweise darauf, wem die zehn Pfund Drogen gehört haben?«

»Nein, aber das Komische ist, daß Cherry angedeutet hat, die Regierung wisse bestens Bescheid.«

»Was soll das heißen?«

»Na ja, als Leiter des Überwachungsausschusses dürfte er informiert sein. Aber er hat die Frage nach dem Stand der Ermittlungen mit einem Schulterzucken beantwortet und bloß gemurmelt: ›Das ist kein Thema.‹«

»Und was soll das heißen? Das sie's wissen und nichts sagen?«

»Genau!« bestätigte Mergenthaler. »Normalerweise muß man bei Cherry verdammt aufpassen. Er spielt gern den Allwissenden, den in alles Eingeweihten. Aber das stimmt nicht immer. Heute beim Mittagessen hat er mir und zwei Kollegen den Eindruck vermittelt, das FBI habe einen Mann in die Drogenszene eingeschleust. Und er hat *gewußt,* daß er diesen Eindruck erweckt hat, und an unserer Reaktion gesehen, das wir das für sehr wichtig gehalten haben.«

»Eingeschleust? Als verdeckten Ermittler?«

Ottmar Mergenthaler nickte.

»Das willst du doch nicht etwa bringen?«

»Ich muß leider. Die beiden anderen bringen's auch. Darauf kannst du Gift nehmen.«

»Aber du kannst Cherry nicht als Quelle nennen.«

»Richtig. Trotzdem ist das eine Art Antwort auf eine legitime Frage: ›Was tut die Regierung, um die Leute, die indirekt den Tod von elf Menschen mitten in Washington verursacht haben, zur Verantwortung zu ziehen?‹ Cherrys Antwort darauf: ›Diese Frage stellt sich nicht.‹«

»Und wenn Cherry das zu drei Journalisten gesagt hat, wem hat er's dann noch erzählt?«

»Eben. Wie ich Cherry kenne... und ich kenne ihn gut! Mir ist nur nicht klar, ob er von selbst geplaudert hat oder dazu veranlaßt worden ist.«

»Wüßte man das«, meinte Jack Yocke nachdenklich, »könnte man auch den Wahrheitsgehalt besser beurteilen.«

»Was die Regierung wohl den Japsen erzählt hat?«

»Du könntest den japanischen Botschafter anrufen und ihn fragen.«

»Gute Idee!« Mergenthaler stand auf, nickte Yocke zu und schlenderte davon.

Jack Yocke zog hastig sein Telefonverzeichnis heran, fand die gesuchte Nummer und wählte sie.

Das erste Klingeln. Das zweite. Das dritte. Los, geh endlich dran!

»Sammy.«

»Jack Yocke. Bist du allein?«

»Hier sind bloß ich und Jesus.«

»Wird dein Telefon abgehört?«

»Scheiße, woher soll ich das wissen, Mann?«

»Ah, immer freundlich und liebenswürdig! Okay, Mr. Black Power, ein Senator hat soeben einem unserer Kolumnisten gegenüber angedeutet, die Regierung sei über den Zusammenstoß mit dem Touristenbus bestens informiert. Unser Mann hat den Eindruck gewonnen, die Feds hätten jemand in die Szene eingeschleust.«

»Sag das noch mal, aber langsamer!«

Yocke wiederholte seine Mitteilung.

»Das ist alles?«

»Reicht's etwa nicht?«

»Wer ist dieser Senator gewesen?«

»Bob Cherry.«

»Danke, Mann.«

»Morgen steht's in der Zeitung. Das wollt' ich dir nur sagen.«

»Danke.«

Harrison Ronald Ford legte den Hörer auf und wandte sich wieder seinem Kreuzworträtsel zu. Er starrte es an, ohne die Wörter wirklich zu sehen. Dann sprang er auf, hastete zum Ausguß und übergab sich.

Aufgeflogen! Es ist rausgekommen! *Hooper* – dieses *Arschloch!*

Seine Magennerven verkrampften sich, und er würgte nochmals.

Er drehte den Wasserhahn auf, um das Erbrochene wegzuspülen. An seiner Unterlippe hing noch ein Speichelfaden.

Als er zum drittenmal würgen mußte, war sein Magen schon leer. Er starrte sein Telefon an und war versucht, nach dem Hörer zu greifen. Zu gefährlich! Das Arschloch McNally hatte überall seine Spitzel.

Endlich ließ der Brechreiz nach. Ford schlüpfte in seine Lederjacke und knallte die Wohnungstür hinter sich zu.

»Hooper, Sie gottverdammter *Scheißkerl! Wollen Sie mich umbringen?*« brüllte Harrison Ronald ins Telefon.

»Ganz ruhig, Mann. Wovon reden Sie überhaupt?«

Ford wiederholte, was er vor wenigen Minuten von Jack Yocke erfahren hatte.

»Geben Sie mir Ihre Nummer. Ich rufe Sie in zehn Minuten zurück.«

»Ich bin in 'ner Telefonzelle, Arschloch! Diese Scheißnummer kann keiner anrufen, weil unser Scheißbürgermeister nicht will, daß Scheißdealer ihre Geschäfte über solche Scheißtelefone abwickeln.«

»Gut, rufen Sie mich in zehn Minuten wieder an.«

»In zehn Minuten bin ich vielleicht schon so mausetot wie Ma Bell, Arschloch! Sollte ich nicht zurückrufen, ist meine Beerdigung am Mittwoch. Und mein Sarg bleibt bei der Aufbahrung geschlossen!«

Er hängte den Hörer krachend ein und sah sich um, ob ihn etwa jemand brüllen gehört hatte. Zum Glück war kein Mensch in der Nähe.

Thomas F. Hooper schlug im Behördenverzeichnis eine Telefonnummer nach und wählte sie. »Senator Cherry, bitte. Hier ist Special Agent Hooper vom FBI.«

»Tut mir leid, Sir«, antwortete eine Frauenstimme. »Senator Cherry ist in einer Sitzung. Worum geht's denn?«

»Das darf ich leider nicht sagen. Wann könnte ich mit einem Rückruf rechnen?«

»Heute wahrscheinlich nicht mehr. Vielleicht morgen vormittag?«

»Ich schlage vor, daß Sie jemand losschicken, um den Senator suchen zu lassen. Sollte der Senator nicht binnen einer Viertelstunde Special Agent Thomas Hooper unter 893-9338 anrufen, schicke ich eine Gruppe meiner Leute los, um ihn ins FBI Building transportieren zu lassen. Sorgen Sie dafür, daß er diese Nachricht bekommt, sonst steht ihm eine sehr unangenehme Erfahrung bevor.«

»Wiederholen Sie bitte die Nummer?«

Hooper wiederholte sie.

Dann wählte er die Vermittlung der *Washington Post.* »Jack Yocke, bitte.«

Der Reporter meldete sich nach dem dritten Klingeln.

»Mr. Yocke, hier ist Special Agent Thomas Hooper vom FBI. Soviel ich weiß, haben wir einen gemeinsamen Freund.«

»Ich kenne viele Leute, Mr. Hooper. Von welchem gemeinsamen Freund ist die Rede?«

»Von dem, mit dem Sie vor einer knappen halben Stunde telefoniert haben.«

»Sie sind beim FBI, sagen Sie?«

»Rufen Sie mich im FBI Building an.« Hooper legte auf.

Dreißig Sekunden später klingelte sein Telefon.

»Hooper.«

»Jack Yocke, Mr. Hooper. Sie verstehen, daß ich vorsichtig sein muß.«

»Unser Freund erzählt mir, daß Sie ihm von einem Gespräch berichtet haben, das einer Ihrer Kollegen mit Senator Cherry geführt hat. Wer ist dieser Kollege?«

»Ottmar Mergenthaler.«

»Und wer ist noch dabeigewesen?«

Yocke nannte ihm die beiden anderen Journalisten – und die Zeitungen, für die sie schrieben.

»Mr. Yocke, ist mein Freund ein guter Freund von Ihnen?«

»Ja.«

»Dann rate ich Ihnen dringend, die Andeutungen des Senators, dieses Gespräch und seinen Namen keinem Menschen gegenüber zu erwähnen.«

»Das versteht sich von selbst, glaube ich.«

»Gut! Danke.«

»Nichts zu danken.«

Hooper ging zu seiner Sekretärin hinaus. »Ist Freddy schon aus Kuba zurück?«

»Er ist kurz nach acht zum Dienst gekommen und vormittags im Justizministerium gewesen.«

»Versuchen Sie, ihn zu finden.«

Während Hooper wartete, malte er die Namen der drei Journalisten und ihrer Zeitungen in Druckschrift auf seinen Notizblock. Wenig später kam Freddy Murray herein. »Wie war's in Kuba?«

»Wir haben Zaba. Und genug Beweismaterial, um Chano Aldana auf den elektrischen Stuhl zu bringen.«

»Großartig. Aber hier geht's um ein dringenderes Problem. Senator Bob Cherry hat mit diesen drei Journalisten zu Mittag gegessen.« Er schob den Zettel über seinen Schreibtisch. »Cherry hat angedeutet, die Regierung kenne die Hintergründe des spektakulären Unfalls von neulich, weil sie einen Agenten in die Szene eingeschleust habe.«

»Scheiße!« sagte Freddy. »Das hat er erst heute morgen erfahren – und schon ausgeplaudert!«

»Du gehst jetzt rauf zum Direktor, erklärst seinem Assistenten, wo das Problem liegt, und fragst, ob der Direktor bereit ist, die Chefredakteure dieser Zeitungen anzurufen, um eine Veröffentlichung zu verhindern. Laß mich so schnell wie möglich wissen, was daraus geworden ist.«

»Das kann die Sache für ein, zwei Tage aus den Zeitungen raushalten, aber damit ist sie nicht vom Tisch. Ganz zurücknehmen läßt sich seine Aussage nicht mehr, Tom.«

»Ich rede mit Cherry.«

»Na, dann viel Glück! Wahrscheinlich hat er 'nem Dutzend Leute davon erzählt.«

Hooper rieb sich die Stirn. »Geh zum Direktor.«

Er rieb sich erneut die Stirn und versuchte nachzudenken, als sein Telefon wieder klingelte. »Hooper.«

»Okay, ich bin's noch mal. Ich hab' mich etwas beruhigt. Sorry.«

»Schon gut, Harrison. Wo sind Sie jetzt?«

»Warum?«

»Ich schicke einen Mann vorbei, der Sie abholt. Ihr Einsatz ist beendet.«

»Wie ist die Sache rausgekommen?«

»Wir haben den Präsidenten und die wichtigsten Ausschußvorsitzenden informiert. Einer der Senatoren hat danach mit drei Journalisten zu Mittag gegessen und ihnen gegenüber Andeutungen gemacht.«

»Scheiße!«

»Wo stecken Sie?«

»Jetzt müssen *Sie* sich mal abregen. Freeman hat mir nach diesem Vorfall den Kopf getätschelt. Er hat mich in den engeren Kreis aufgenommen. Irgendwann heute nacht trifft er sich mit Fat Tony Anselmo. Da laufen große Dinge. Ich bin ganz nahe dran, Tom. Ehrlich!«

»Sie machen *Schluß,* Harrison. Ich will Sie nicht als Leiche sehen. Ihr Tod wäre nicht nur schlecht für Ihre Gesundheit, sondern würde mich auch um meinen einzigen Zeugen bringen. Wir haben genug, um Freeman und seine Partner für ein paar Jahre einzulochen, und ich will nicht gierig sein. Sie machen *Schluß.*«

»Hören Sie, Tom, ich bin ein großer Junge und trage seit vorigem Jahr keine Windeln mehr. Ich mache erst Schluß, wenn ich's für richtig halte.«

»Harrison, *ich* leite die Ermittlungen. Vielleicht können wir Cherrys Äußerungen ein paar Tage aus den Zeitungen raushalten, aber wahrscheinlich hat er auch anderswo geplaudert. Das weiß niemand. Mir gegenüber wird er vermutlich lügen. Mit Ihrer Weigerung setzen Sie *Ihr* Leben aufs Spiel.«

»Zwei Nächte. Noch zwei Nächte, dann lassen wir sie hochgehen.«

»Sie sind ein gottverdammter Idiot!«

»Das sagen alle. Wir reden morgen weiter.« Er hängte ein.

Hooper legte auf und starrte das Telefon an.

Als es erneut klingelte, ließ er seine Sekretärin im Vorzimmer abnehmen. Sie meldete sich über die Gegensprechanlage. »Senator Cherry, Sir.«

Er nahm ab. »Senator, hier ist Special Agent Hooper. Wir müssen miteinander reden. Sofort.«

»Wie ich höre, haben Sie sich vor einigen Minuten meiner Sekretärin gegenüber drohend geäußert, Hooper. Was, zum Teufel, ist eigentlich bei Ihnen drüben los?«

»Ich muß Sie wegen einer äußerst dringenden Sache wirklich so bald wie möglich sprechen, Senator. Tut mir leid, wenn Ihre Sekretärin meinen Anruf als Drohung aufgefaßt hat.«

Der Senator regte sich noch ein bißchen auf, aber Hooper verstand es, ihn zu besänftigen. »Na schön«, sagte Cherry zuletzt, »ich will zu einem Empfang in der französischen Botschaft, aber vorher hätte ich Zeit. Könnten Sie gegen achtzehn Uhr vorbeischauen?«

»Senator, ich kenne die ungeschriebenen Regeln, aber ich kann nicht einfach vorbeikommen. Sie müssen mich hier aufsuchen.«

Am anderen Ende herrschte sekundenlang frostiges Schweigen. »Okay«, stimmte Cherry dann mißmutig zu.

»Wenn Sie sich bei uns am Haupteingang melden, werden Sie zu mir begleitet.«

Special Agent Hooper war dabei, in der Ermittlungsakte zu blättern, als sein Assistent Freddy Murray aus dem Büro des Direktors zurückkam.

»Der Direktor hat alle drei Zeitungen angerufen«, berichtete er. »Die Chefredakteure sind bereit, nichts zu bringen, bis die Story anderswo publik wird. Dann müßten sie nachziehen. Damit wäre dieses Leck gestopft – zumindest vorläufig.«

»Danke, Freddy.«

»Wir müssen unsere Ermittlungen abschließen, Tom, und ein paar Verhaftungen vornehmen. Der Druck ist schon jetzt verdammt groß und wird unerträglich werden. Während ich beim Direktor gewesen bin, hat der Justizminister angerufen. Der Minister hatte mit dem Präsidenten gesprochen. Hast du heute Zeitung gelesen?«

Hooper breitete drei Schriftstücke vor sich aus. »Wozu haben wir dieses Unternehmen eigentlich angefangen?«

Das wußte Hooper natürlich genau, aber er dachte gern laut nach. Freddy Murray fand diese Eigenart vorteilhaft, den so wußten seine Mitarbeiter, ohne ihren Boß fragen zu müssen, in welche Richtung seine Gedanken gingen. Deshalb spielte er bereitwillig mit. »Um rauszukriegen, wer beim FBI Geld von McNally nimmt.«

»Und was haben wir rausgekriegt?«

»Nichts.«

»Richtig.«

»Also...« Hooper kratzte sich mit dem Radiergummi seines Bleistifts am Kopf. »Also...«

»Wir haben mehr als genug, um McNally aus dem Verkehr zu ziehen«, stellte Freddy fest. »Niemand kann behaupten, dieses Unternehmen sei erfolglos gewesen. Ford hat uns wertvolle Informationen geliefert, mit denen wir sofort zu einem Schlag gegen die hiesige Drogenszene ausholen können.«

»Wer sind die drei Kerle, die wir verdächtigt haben?«

»Wilson, Kovecki und Moreto.«

»Sind diese Berichte nicht noch im Computer?« Hooper tippte auf die vor ihm liegenden Schriftstücke. Freddy warf einen Blick darauf. Es handelte sich um ihre wöchentlichen Arbeitsberichte, die an den stellvertretenden Direktor gingen. In jedem wurde Harrison Ronald Ford erwähnt.

»Ich nehm's an.«

»Was hältst du davon, die Berichte umzuschreiben?« Wir fabrizieren einfach vier neue Dossiers – je eine für McNallys engste Mitarbeiter –, in denen immer einer von ihnen als unser Spitzel genannt wird. Danach lassen wir jeden der Männer scheinbar zufällig einen Blick in eines der Dossiers werfen. Na, was hältst du davon?«

Freddy überlegte. »Damit riskieren wir, daß jemand ermordet wird, fürchte ich.«

»Hör zu, Harrison baumelt an einem alten, morschen, ausgefransten Seil über der Schlangengrube. Bald macht die Nachricht die Runde, daß die Feds einen Mann in der Szene haben. Sobald McNally das hört, macht er sich auf die Suche nach dem Verräter – darauf kannst du Harrisons Arsch verwetten. Unsere wichtigste Aufgabe ist, dafür zu sorgen, daß unser Mann am Leben bleibt; in zweiter Linie müssen wir rauskriegen, wer von unseren Leuten bestechlich ist. Viel Zeit bleibt uns dafür nicht mehr, Freddy.«

»Trotzdem gefällt mir das nicht.«

»Hast du 'nen besseren Vorschlag?«

»Vier Dossiers. Drei Verdächtige. Für wen ist das vierte gedacht?«

»Bob Cherry.«

Freddy verzog das Gesicht. »Das verstößt gegen die Spielregeln«, wandte er ein.

»Für Messerstechereien gibt's keine Spielregeln«, knurrte Hooper. »Frag Freeman McNally.«

»Warum Cherry?«

»Warum nicht? Der Scheißkerl hat das Gerücht in die Welt gesetzt. Jetzt soll er's auch beweisen können – indem er einen Namen nennt.«

»Was ist, wenn unser kleines Gespräch heute abend den gewünschten Erfolg hat und er in Zukunft dichthält?«

»Hast du schon mal mit Cherry zu tun gehabt? Er hält sich für einen der zwölf Apostel.«

»Okay, wir lassen ihn also ›zufällig‹ einen Blick in ein gefälschtes Dossier werfen. Und danach reden wir mit ihm? Das haut nicht hin, Tom. Wir bestellen ihn her, um ihm Vorwürfe wegen seiner Geschwätzigkeit zu machen, und lassen gleichzeitig geheime Ermittlungsakten rumliegen? Das ist doch ein gefundenes Fressen für ihn! Damit macht er uns fertig!«

Hooper drehte sich mit seinem Stuhl um und starrte aus dem Fenster. »Hast du 'ne bessere Idee?«

»Das mit dem Dossier für den Senator lassen wir lieber«, schlug Freddy vor. »Ich bin mehr für die indirekte Methode. Wir sind scheißfreundlich zu ihm, und sobald schönstes Einvernehmen herrscht, bringen wir den vierten Namen ins Spiel. Senator Cherry hat schließlich Anspruch darauf, informiert zu werden. Schön, soll er seine Informationen kriegen!«

Sie machten sich daran, mit dem Computer zu arbeiten. Alle Angaben in den Dossiers mußten auf den jeweiligen Mann zutreffen. Das erforderte einige Überlegung. Als die zweite Ermittlungsakte fertig war, fragte Freddy plötzlich; »Was ist, wenn McNally zwei oder mehr Namen zugetragen werden? Wo stehen wir dann?«

Sie diskutierten darüber. Nach längerer Debatte einigten sie sich darauf, daß McNally dahinter ein Täuschungsmanöver wittern und nicht nur diese Namen, sondern das ganze Gerücht, in der Szene operiere ein verdeckter Ermittler, für unglaubwürdig halten würde. Danach arbeiteten sie am dritten Dossier weiter.

Mittags schickte Hooper seine Sekretärin für den Rest des Tages nach Hause. Sie wollte nicht, aber er bestand darauf. »Und erzählen Sie niemand davon.«

»Aber ich kann doch nicht einfach…«

»Wir sehen uns Montag morgen.«

Bis 15 Uhr hatten Hooper und sein Assistent ein handtellergroßes Loch in die Gasbetonwand zwischen dem Vorzimmer und Hoopers Büro gebohrt und gesägt. Auf Hoopers Seite der Wand wurde es mit einem von rückwärts durchsichtigen Spiegel zugehängt. Draußen im Vorzimmer war es durch einen der scheußlichen Kunstdrucke der Sekretärin getarnt. Freddy trabte den Korridor entlang und holte einen Staubsauger aus der Besenkammer, um die Spuren des Wanddurchbruchs zu beseitigen.

Die Verdächtigen wurden einzeln zu Hooper gerufen, um für einen Posten in einer neuen Abteilung interviewt zu werden, deren Aufbau Hooper erst gestern empfohlen hatte, um die vor kurzem vom Präsidenten angekündigten Maßnahmen in die Tat umsetzen zu können.

Wilson interessierte sich in der Viertelstunde, die Hooper ihn warten ließ, kein einziges Mal für die Akten auf dem Schreibtisch. Als Hooper endlich hineinging, erklärte Wilson ihm knapp, er habe kein Interesse daran, auf einen neuen Posten versetzt zu werden. Aber er freue sich, in die engere Wahl gekommen zu sein.

Mit Kovecki, dem zweiten Mann, hatten sie mehr Glück. Er sah sich das gefälschte Dossier, in dem Freemans Buchhalter Reuben McNally denunziert wurde, wenigstens flüchtig an. Aber von den drei Ordnern auf dem Schreibtisch interessierte ihn nur seine eigene Personalakte, die er gründlich studierte. Er war noch dabei, als Hooper geräuschvoll ins Vorzimmer stürmte, um ihn zu warnen.

Auch Moreto interessierte sich für die Ordner. Er suchte sich das gefälschte Dossier mit dem Namen Billy Enright heraus und überflog es rasch. Dann trat er ans Fenster und sah hinaus. Er stand noch dort, als Hooper hereinkam.

Zwischen den Interviews rief der Direktor bei Hooper an. »Ich möchte, daß Sie mit Ihrem Mann am Montag vor dem Schwurgericht erscheinen. Die Staatsanwaltschaft bereitet übers Wochenende die Anklagen vor. Am Montagabend beginnen Sie, die Kerle zu verhaften.«

»Ja, Sir.«

»Hooper«, sagte der Direktor, »diese Anordnung kommt aus dem Weißen Haus. Ich erwarte, daß Sie sie ausführen.«

Kurz nach 18 Uhr traf der Senator ein. Während die ehemalige Miss Georgia im Vorzimmer den jungen FBI-Agenten bezauberte, der die beiden hinaufbegleitet hatte, widmeten Thomas Hooper und Freddy Murray sich dem großen Mann. Sie informierten ihn ausführlich über das gesamte Unternehmen und erwähnten auch den Namen ihres Spitzels: Ike Randolph. Ähnlich zutreffend waren ihre übrigen Informationen, die jedoch zu dem paßten, was der Senator bereits wußte. Natürlich mit keinem Wort erwähnt wurden der geplante Ausflug vors Schwurgericht am Montag und die Verhaftungen, die nach der Anklageerhebung folgen sollten.

Um 19.32 Uhr schloß Hooper endlich sein Büro ab und ging mit Freddy zur U-Bahn.

Kapitel siebzehn

Mr. Liarakos, bitte. Hier ist Jack Yocke von der *Washington Post.*«

»Tut mir leid, Mr. Yocke«, sagte die Frauenstimme am anderen Ende bestimmt, »aber Mr. Liarakos ist heute nicht für Pressevertreter zu sprechen.«

»Nun, wir bringen morgen einen Bericht über die Auslieferung General Julio Zabas aus Kuba. Das FBI hat ihn heute morgen aus Havanna herübergebracht. Nach Auskunft einer Sprecherin des Justizministeriums soll er in Washington vor Gericht gestellt werden. Justizministerium und Weißes Haus behaupten übereinstimmend, Chano Aldana, den Mr. Liarakos vertritt, habe General Zaba persönlich durch hohe Zahlungen dazu bewogen, Drogenschmugglern kubanische…«

»Wirklich, Mr. Yocke, Mr. Liarakos ist heute nicht…«

»Möchte er sich vielleicht zu diesem Bericht äußern?«

»Und wenn nicht?«

»Dann schreibe ich, daß Mr. Liarakos sich geweigert hat, sich zu diesem Bericht zu äußern.«

»Einen Augenblick, bitte.«

Jack Yocke legte die Füße auf den Schreibtisch und klemmte den Hörer zwischen Wange und Schulter ein. Aldana und Zaba. *Die A-Z Connection.* Schade, daß sein Redakteur ihm diese Überschrift nicht durchgehen lassen würde.

Sie meldete sich wieder. »Mr. Yocke?«

»Hier.«

»Sie können folgendes schreiben: Angesichts des von Richter Snyder in der Sache Aldana erlassenen Redeverbots sieht Mr. Liarakos sich nicht in der Lage, zu dieser Angelegenheit Stellung zu nehmen.«

»Okay. Ich hab's mitgeschrieben. Danke.«

Er war gerade beim letzten Absatz seines Artikels, als das Telefon klingelte. »Yocke.«

»Hallo, hier ist Tish. Tut mir leid, aber ich konnte nicht früher zurückrufen.«

»Hör mal, hättest du Lust, morgen mit mir zum Abendessen zu den Graftons zu gehen? Ich wollte dich letzte Woche anrufen, aber dann hab' ich plötzlich verreisen müssen.« Das war halb gelogen. Jack hatte nicht vorgehabt, sie wieder anzurufen, aber Mrs. Grafton hatte ihn ausdrücklich gebeten, Tish Samuels mitzubringen. Jack fragte sich, wie Mrs. Grafton auf Tishs kleine Rede über ihre literarischen Ambitionen reagiert hätte.

»Ich habe deine Berichte aus Kuba gelesen. Sie sind ausgezeichnet.«

»Danke. Ich bin dort gewesen und hab' schrecklich viel um die Ohren gehabt.«

»Du entschuldigst dich zuviel, Jack. Ich komme gern mit zu den Graftons. Wann holst du mich ab?«

Du entschuldigst dich zuviel? Nur bei Frauen, dachte Jack Yocke. Woher kommt das?

Eine halbe Stunde später diskutierte er mit Mergenthaler über General Zaba, als die Telefonistin ihn an seinen Platz zurückholte. »Ihr Gespräch nach Kuba.« Er hatte ein Gespräch mit Pablo Oteyza alias Hector Santana angemeldet.

Yocke nahm den Hörer ab. »Jack Yocke.«

»Pablo Oteyza.«

»*Señor,* ich bin der Reporter, den Sie…«

»Ich erinnere mich an Sie, Jack.«

»Meinen Glückwunsch zu Ihrer Aufnahme in die Interimsregierung.«

»Danke.«

»Ich habe Ihnen meine Berichte aus Kuba geschickt. Haben Sie sie schon bekommen?«

»Noch nicht. Die Post funktioniert nur schlecht. Aber da bisher keine Flutwelle von Medienvertretern über uns hereingebrochen ist, nehme ich an, daß Sie Ihr Versprechen gehalten und in Ihrer Berichterstattung bestimmte Dinge ausgespart haben.«

»Ja, *Señor.* In meinen Artikeln werden Sie nichts finden,

was Sie oder die amerikanische Regierung in Verlegenheit bringen könnte.«

»Oder meine amerikanischen Freunde.«

»Richtig. *Señor,* ich weiß, daß Sie ein vielbeschäftigter Mann sind. Hier ist vorhin bekanntgegeben worden, daß General Zaba ausgeliefert und nach Washington gebracht worden ist, wo er vor Gericht gestellt werden soll. Was können Sie mir über ihn erzählen?«

»Zaba ist ein Komplize von Chano Aldana gewesen. Er hat kubanische Patrouillenboote und Marineeinrichtungen für den Drogenschmuggel zur Verfügung gestellt. Wir haben den FBI-Agenten alles gegen ihn zusammengetragene Beweismaterial überlassen und ihnen ermöglicht, seine Untergebenen zu verhören. Sie sind sehr zufrieden gewesen.«

»Ist mit weiteren Auslieferungen zu rechnen?«

»Schon möglich. FBI und Staatsanwaltschaft werden einige Zeit brauchen, um das übergebene Material auszuwerten. Und es bleibt abzuwarten, ob Zaba aussagen will. Sollte gegen weitere Kubaner Anklage wegen Drogenschmuggels erhoben werden, muß über jedes Auslieferungsgesuch einzeln entschieden werden. Und ich habe den FBI-Leuten schon mitgeteilt, daß wir kleine Befehlsempfänger nicht ausliefern werden.«

»Was ist an dem Gerücht dran, daß Zabas Auslieferung eine Gegenleistung für amerikanische Wirtschaftshilfe gewesen sein soll?«

»Im Namen der neuen Regierung kann ich erklären, daß Kuba und die Vereinigten Staaten auf vielen Gebieten zusammenarbeiten werden. Amerikanische Wirtschaftshilfe steht auf der Liste unserer Prioritäten ganz obenan.«

»Sie reden ganz wie ein Politiker.«

»Ich *bin* Politiker, Jack. Ich freue mich schon jetzt auf Ihre Berichte aus Kuba.«

»Danke, daß Sie sich die Zeit genommen haben, meine Fragen zu beantworten.«

»Gern geschehen.« Oteyza legte auf.

Jack Yocke schrieb seinen Artikel über General Zaba fertig und machte sich daran, Ergänzungen einzufügen.

Die Behauptung, Harrison Ronald Ford sei am Freitagabend sorgenvoll in die Arbeit gefahren, wäre eine Untertreibung gewesen. Nach seinem zweiten Telefongespräch mit Special Agent Hooper war er über eine Stunde lang ziellos durch die Straßen gelaufen und dann widerstrebend in seine Wohnung zurückgekehrt.

Er hatte seinen schweren .45er Colt hervorgeholt, ein volles Magazin eingeschoben und die Waffe durchgeladen. Mit dem gesicherten Colt unter seinem Kopfkissen hatte er versucht, etwas Schlaf zu finden.

Aber er lag nur da, starrte die Zimmerdecke an und fragte sich, wer gerade was zu wem sagte.

Warum, zum Teufel, hatte er auf zwei weiteren Nächte bestanden? Auf zwei weiteren Nächten, in denen er darauf wartete, daß jemand ihm sein dummes Gehirn rauspustete.

Eigentlich hatte er geglaubt, sein Vorrat an Nervenstärke sei erschöpft, seitdem er neulich nachts sechs Kilometer weit vom Lincoln Memorial zu McNallys Ausweichquartier im Nordwesten der Stadt marschiert war. Dort hatte er seine nächtlichen Abenteuer Billy Enright, einem frettchenartigen kleinen Mann, geschildert, der ihn in einem Schlafzimmer hatte sitzen lassen, während er hinausging, um mit Freeman zu telefonieren.

Er hatte fast eine Stunde lang dagesessen, auf jedes Geräusch, auf jeden gedämpften Schritt gehorcht und sorgenvoll gewartet. Dann war Freeman hereingekommen, hatte sich seine Schußverletzung und die Schnittwunden von

Glassplittern angesehen und darauf bestanden, daß Harrison von einem richtigen Arzt versorgt wurde. Im Wohnzimmer hatte Billy den Fernseher eingeschaltet, der immer wieder die Unfallstelle, die blutenden Verletzten und den zertrümmerten Wagen zeigte. Als Freeman und Billy endlich genug hatten, fuhren sie ihn zu irgendeinem Quacksalber, der seine Zulassung als Arzt verloren hatte, weil er seinen Patientinnen gegen Freßsucht und Langeweile wahllos Psychopharmaka verschrieben hatte.

In dieser Nacht war Freeman ganz in Sorge. Sein Gesichtsausdruck drückte Besorgnis, dann aber Vergnügen aus, als er hörte, wie Sammy Z. den Kerl auf dem Rücksitz mit einem Handkantenschlag erledigt hatte. Und er lachte über die wilde Verfolgungsjagd und den spektakulären Zusammenstoß. Wie bei den ›Keystone Cops‹! Hahaha.

»Das hast du gut gemacht, Z., echt gut.«

»Tut mir leid, daß deine Ware weg ist, Freeman, aber ich wollt' nicht blutend und mit zehn Pfund Shit unter dem Arm durch die Straßen rennen. Und den Wagen hab' ich schnell loswerden müssen. Er hat wie'n Schweizer Käse ausgesehen.«

»Völlig richtig, Z., Mann. Mach dir deswegen keine Sorgen.«

»Das mit dem Wagen tut mir auch leid.«

»Vergiß die Scheißkiste! Du kriegst 'ne andere.« McNally schnipste mit den Fingern. »Dieser Tooley! Ich möcht' gern wissen, wer diesen Schwanzlutscher angestiftet hat, mich zu beklauen. Das hat der Blödmann sich nie allein ausgedacht!«

»Ich könnt' rumfragen«, schlug Billy Enright vor. »Vielleicht 'ne Belohnung für Hinweise aussetzen.«

»Zehn Riesen.« Freeman holte ein dickes Bündel Geldscheine aus der Hosentasche. Er teilte es ohne nachzuzählen in der Mitte und gab Harrison Ronald eine Hälfte. »Hier. Ich zahl' meine Schulden. Du hast für mich gearbeitet, darum bin ich dir was schuldig.«

Harrison warf einen Blick auf die Scheine und steckte sie ein. »Danke«, sagte er angenehm überrascht.

»Setz lieber bloß fünf Riesen aus«, forderte McNally Enright auf. »Wenn wir zuviel bieten, kommen die Leute auf komische Ideen. Fünf Riesen sind genug.«

Harrison Ronald stand sich jetzt also gut mit Freeman McNally. Vielleicht. Jedenfalls hatte McNally ihm die Schlüssel eines Ford Mustang zugeworfen, den er an diesem Abend fuhr. Und der Packen Geldscheine, den er in seiner Wohnung gezählt hatte, war 43 Hunderter dick gewesen.

Ein gutes Verhältnis? Vielleicht. In bezug auf Freeman McNally machte Ford sich keine Illusionen. Er hätte 4300 Dollar dafür bezahlt, um den entsetzten Gesichtsausdruck eines Opfers zu sehen, dem er seine Pistole an den Kopf setzte und abdrückte.

Sollte McNally das Gerücht gehört und zu dem Schluß gekommen sein, Sammy Z. sei ein Cop, würde er trotzdem der selbe alte Freeman McNally bleiben, bis er dieses Grinsen aufsetzte und das Geschäftliche erledigte.

Das Geschäftliche erledigen. Das war Freemans Wahlspruch, Jesus, wie gut er sich darauf verstand!

Nun, das Geschäft mit Coke und Crack war nichts für Zauderer und Empfindsame. Und wer McNally kannte, wäre niemals auf die Idee gekommen, ihn in eine dieser beiden Kategorien einzuordnen.

Während Ford den Mustang durch dichten Verkehr lenkte – *nur noch sieben Einkaufstage bis Weihnachten!* –, setzte er sich wieder mit der Frage nach dem Warum auseinander. Warum hatte er darauf bestanden, noch zwei Nächte weitermachen zu dürfen?

Diese Frage hatte ihn den ganzen Nachmittag über beschäftigt, ohne daß dabei eine befriedigende Antwort herausgekommen wäre. Natürlich fand er, Freeman und seine Jungs gehörten für längere Zeit hinter Gitter, und er fand auch, um das zu erreichen, könne man einige Risiken eingehen. Aber die Sache betraf ihn nicht persönlich – außer daß er alle diese Schweine haßte. Warum war *er* also bereit, sein Leben zu riskieren, um McNally, seine Freunde und möglicherweise ein paar bestechliche Cops hinter Gitter zu bringen?

Diese Frage bereitete ihm Unbehagen. Harrison Ronald war kein Held. Die Möglichkeit, als einer zu gelten, machte ihn verlegen.

Nein, wenn er ehrlich darüber nachdachte – und er war ein ehrlicher Mann –, spürte er eine gewisse Erregung bei dem Gedanken an die Gefahr, der er sich aussetzte. Sie brannte einen aus, sie versetzte einen in Todesangst, aber sie war jedenfalls nie langweilig. Alle Gefühle kamen unverfälscht und ungefiltert rüber.

Der Spannungseffekt war ihm ein bißchen peinlich, weil er auch mit etwas Heldentum gewürzt war.

Noch zwei Nächte. Halt durch, Harrison Ronald Ford, Evansville Police Department.

Er parkte den Wagen in einer Seitenstraße und nickte dem im Schatten stehenden Wachposten zu, der von einem Bein aufs andere trat, um sich warmzuhalten. Dieser Mann hieß Will Colby und hatte Sammy Z. schon mehrfach bei Lieferfahrten begleitet. Harrison Ronald klopfte an der Hintertür.

Falls er für einen Cop gehalten wurde, konnte er sich auf einen heißen Empfang gefaßt machen. Während er darauf wartete, wischte er sich mit seinem Handschuh den Schweiß von der Stirn und sah erneut zu Colby hinüber, der die Seitenstraße im Auge behielt.

Temperatur unter dem Gefrierpunkt bei leichtem Wind – und Ford schwitzte! Wo bleibt der erregende Kitzel, Held? Er zwang sich bewußt dazu, seine verkrampften Muskeln zu entspannen.

Ike Randolph öffnete die Tür und sah sich um.

»Hey, Ike.«

Ike machte eine Kopfbewegung nach hinten, und Harrison Ronald betrat das Haus.

»Am besten trinkst du vorher 'nen Kaffee«, sagte Ike, als sie durch die Küche gingen. »Du bist für vorn eingeteilt.«

Harrison füllte einen Styroporbecher mit dampfend heißem Kaffee. »Wann kommen sie?«

»Zehn. Hast du 'ne Kanone?«

»Nee.«

»Hol dir eine aus dem Schlafzimmer und geh vorn raus.«

Harrison Ronald wählte einen Smith & Wesson .357, überprüfte die Trommel und steckte den Revolver dann in die Tasche seiner halblangen Seemannsjacke. Diese Jacke hatte er sich gekauft, weil sie gut wärmte und tiefe Taschen und einen großen Kragen hatte. In der Drogenbranche wurde verdammt viel im Freien rumgestanden – genau wie bei der Polizei.

Eine merkwürdige Übereinstimmung. Er ging mit dem Kaffeebecher in der Hand den Flur entlang, nickte dem Mann mit der Uzi zu und trat aus dem Haus.

Den dort postierten Mann kannte er nur dem Gesicht, aber nicht dem Namen nach. »Okay, du bist abgelöst. Irgendwas Besonderes?«

»Bloß kalt wie am Nordpol«, sagte der Kerl, lief die Stufen hinauf und verschwand nach drinnen.

Soweit so gut. Drei Minuten überlebt und gute Aussichten auf weitere. Amen.

Er stand noch immer draußen, als um 21.55 Uhr ein

grauer Cadillac mit New Yorker Nummernschildern am Randstein hielt. Der Mann auf dem Beifahrersitz stieg aus. Fat Tony Anselmo. Sein Fahrer stellte den Motor ab.

Anselmo musterte den Wachposten nur flüchtig, ging an ihm vorbei zur Haustür hinauf und klingelte. Die Tür wurde sofort geöffnet, und er trat ein.

Der Fahrer rutschte so tief unters Lenkrad, daß nur noch die obere Hälfte seines Gesichts unter dem schwarzen Filzhut zu sehen war. Aus acht Meter Entfernung war sein Gesicht wegen der Lichtreflexe der Straßenlaternen auf der Windschutzscheibe schwer zu erkennen, aber Harrison Ronald wußte, wer er war: Vincent Pioche, Berufskiller im Dienst von Costellos New Yorker Familie. Nach Freddy Murrays Auskunft rechnete das FBI ihm über zwanzig Morde zu. Die genaue Zahl wußte niemand – vermutlich nicht einmal Pioche. Intelligenz war nicht gerade seine Stärke.

Wer von Verbrechen leben will, überlegte sich Ford, sollte entweder ein Genie oder leicht schwachsinnig sein. Die Leute zwischen diesen beiden Extremen hatten ständig Schwierigkeiten, denn die dachten zuviel – und doch nicht genug. Zum Beispiel Tooley.

Diese Überlegung brachte ihn dazu, über sich selbst nachzudenken. Er hatte die High School absolviert und zwei Jahre College vorzuweisen. Er konnte Bankauszüge lesen und dienstliche Berichte schreiben. Aber das hätte Tooley vermutlich auch gekonnt, wenn er irgendwelche Berichte zu schreiben gehabt hätte.

War er so clever wie Freeman McNally, Doktor der Crackologie?

Allein beim Gedanken daran bekam er eine Gänsehaut. Der Wind war eisig, und er stand seit über einer Stunde hier draußen. Er begann auf und ab zu marschieren.

Gegen 22.30 Uhr kam Ike heraus und löste ihn ab, damit er sich drinnen aufwärmen konnte. Er ging auf die Toilette und holte sich einen Becher Kaffee.

Harrison Ronald stand neben dem Wachposten mit der Uzi in der Diele und schlürfte seinen Kaffee, als die Wohnzimmertür geöffnet wurde. Fat Tony Anselmo kam, schon wieder im Mantel, heraus. Freeman hinter ihm.

Als Freeman den Besucher hinausbegleitete, folgte Harrison den beiden.

Sie blieben nebeneinander stehen und beobachteten, wie Tony Anselmo einstieg. Als der Cadillac anfuhr, sagte McNally: »Da fahren die beiden Kerle, die vor ein paar Wochen Harrington und Lincoln umgelegt haben.«

»Wie hast du das rausgekriegt?« fragte Harrison Ford, weil er das Gefühl hatte, sich dazu äußern zu müssen.

»Man kann alles rauskriegen, wenn man weiß, wen man fragen muß, und genug Geld hat.«

Freeman ging wieder hinein. Ike nickte, und Harrison kam widerstrebend die Stufen hinunter.

Yeah, wer genug Geld ausgibt, kann alles rauskriegen – zum Beispiel auch, wer der verdeckte Ermittler in McNallys Organisation ist.

Am Samstagmorgen um 8 Uhr traf Harrison Ronald Ford sich mit Special Agent Hooper und seinem Assistenten in dem Motel in Fredericksburg. Als erstes übergab er ihnen die 4300 Dollar, die Freeman ihm geschenkt hatte. Hooper erklärte ihm, der Betrag werde in einen Fonds zur Bekämpfung der Drogenkriminalität eingezahlt.

Beim Kaffee berichtete Harrison Ronald: »Freeman sagt, daß Fat Tony Anselmo und Vinnie Pioche vor ein paar Wochen zwei Kerle namens Harrington und Lincoln umgelegt haben.«

»Wie hat er das rausgekriegt?« wollte Freddy wissen.

»Er sagt, daß er die richtigen Leute gefragt und für diese Auskunft bezahlt hat.«

»Okay, wir bleiben am Ball. Vorläufig ermittelt noch die hiesige Polizei. Soviel ich weiß, hat sie nicht die geringsten Anhaltspunkte.«

»Hat er gewußt, weshalb?« fragte Hooper.

»Dazu hat Freeman sich nicht geäußert. Gestern abend ist Fat Tony eineinhalb Stunden lang bei ihm gewesen. Ich glaube, daß es um Geldwäsche gegangen ist. Dazu würden auch die beiden Morde passen...«

»Am Montag sagen Sie als Zeuge vor dem Schwurgericht aus. Erhebt es Anklage gegen McNally und seine Bande, können wir sofort anfangen, die Kerle zu verhaften.«

Harrison Ronald Ford nickte. Er betrachtete seine Hände. Sie zitterten.

»Sie haben keinen Grund, heute abend noch mal hinzugehen. Diese Kerle laufen uns nicht weg.«

»Gestern abend hab' ich die Sache mit Anselmo und Pioche aufgeschnappt. Vielleicht werden dadurch zwei ungelöste Morde aufgeklärt. Wer weiß, was ich diesmal mitkriege?

»Das Risiko ist zu groß«, widersprach Freddy. Er zog seinen Stuhl näher an Fords heran. »Das Gerücht von einem Polizeispitzel könnte tagsüber die Runde machen. Möglicherweise beschließen sie heute abend, Sie sicherheitshalber zu liquidieren.«

»Könnte, könnte!« äffte Harrison Ronald ihn aufgebracht nach. *»In den letzten zehn Monaten hätten sie mich jederzeit umbringen können. Daß ich noch lebe, ist sowieso ein Wunder, Sie Arschloch!«*

Nach diesem Ausbruch herrschte zunächst Schweigen. Dann stand Freddy vom Stuhl auf und setzte sich aufs Bett.

Hooper übernahm den Stuhl und rückte damit noch näher an Ford heran, bis der Abstand zwischen ihnen nur knapp einen halben Meter betrug.

»Warum wollen Sie zurück?« fragte Hooper halblaut.

»Weil ich Angst habe. Das wird immer schlimmer. Ich werde mit jedem Tag ängstlicher.«

»Sie sind ausgebrannt«, behauptete Freddy. »Das kann jedem passieren. Sie sind nicht Supermann.«

»Freeman McNally krepiert nicht oder wird plötzlich fromm, wenn Sie ihn verhaften, Freddy. Auch im Gefängnis bleibt er das gleiche alte Arschloch. Und irgendwann sagt sein Strafverteidiger ihm meinen wahren Namen. Ich muß lernen, damit zu leben, sonst bin ich erledigt!«

Thomas Hooper seufzte. »Ich sehe die Sache anders. Könnte Freeman freikommen, indem er Sie umlegt, würde er's natürlich sofort tun. Aber wenn er rauskriegt, daß er reingelegt worden ist, sitzt er schon. Und Ihr wahrer Name kommt *niemals* raus, das garantiere ich Ihnen!«

Das schien Harrison Ronald nicht recht zu glauben. »Früher bin ich nach jeder Schicht über meine Angst hinweggekommen«, murmelte er. »Mit 'nem Kreuzworträtsel, 'nem Drink und ein paar Stunden Schlaf. Danach bin ich wieder normal gewesen. Das klappt jetzt nicht mehr. Ich hab' ständig Angst. Den Whiskey hab' ich aufgeben müssen, sonst wär' ich ständig besoffen.«

»Sie brauchen nicht wieder zurück.«

»Doch, ich *muß* zurück! Begreifen Sie das denn nicht? *Ich bin wie gelähmt vor Angst.* Gehe ich nicht zurück, sitzt sie mir für den Rest meines Lebens im Nacken. Ist das so schwer zu kapieren? Wie soll ich daheim in Evansville jemals wieder nachts allein im Streifenwagen sitzen können? Wie soll ich 'nen Raser anhalten und nach hinten zu ihm gehen können? Wie soll ich's schaffen, 'nen Betrunkenen zu verhaften, der mit 'ner Pistole rumfuchtelt? Ich bin halbtot vor Angst, aber ich muß sie irgendwie in den Griff kriegen, sonst kann ich nicht weitermachen, Mann. So einfach ist das!«

Kapitel achtzehn

Gegen 9 Uhr flog der Präsident übers Wochenende nach Camp David, seinem Landsitz in den Bergen nordwestlich von Frederick, Maryland, um mit seinem Außenminister und dem Nationalen Sicherheitsberater über außenpolitische Fragen zu konferieren. Aber bevor er seinen Hubschrauber bestieg, führte er ein weiteres Gespräch mit Dorfman und Justizminister Gideon Cohen.

»Wieviel weiß dieser Zaba?«

»Mehr als genug, um Chano Aldana endgültig hinter Gitter zu bringen«, erklärte Cohen dem Präsidenten. »Wir wissen von mindestens einem halben Dutzend persönlicher Treffen mit Aldana – vier in Kuba, zwei in Kolumbien. Er hat Untergebenen befohlen, Drogentransporte aus Kolumbien nach Kuba zu unterstützen. Und er selbst hat mindestens vier Weitertransporte in die Vereinigten Staaten überwacht.«

»Sagt er aus?« fragte Dorfman, den es irritierte, daß Cohen wie immer das Pferd von hinten aufzäumte.

»Noch nicht. Richter Snyder hat gestern einen Pflichtverteidiger für ihn bestellt. Einen gewissen Szymanski aus New York.«

»Der Winkeladvokat, der die Verantwortlichen für die Bankenpleite in Minneapolis freibekommen hat?«

»Ja. David Szymanski. Er hat einen erstklassigen Ruf als Anwalt, und Richter Snyder hat bei ihm angefragt, ob er bereit sei, als Pflichtverteidiger zu fungieren. Er ist einverstanden gewesen.«

»Szymanski könnte die Niagarafälle zum Versiegen bringen«, stellte Dorfman sarkastisch fest. »Wenn er's nicht schafft, daß sein Mandant den Mund hält, leidet Zaba an lebensgefährlicher Logorrhöe.«

»Ich habe mit dem Außenminister über diesen Fall gesprochen. Er hält es für wichtig, daß wir Zaba einen erstklassigen Anwalt stellen. Da wir vermutlich die Auslieferung weiterer Kubaner beantragen wollen, müssen wir den Kubanern zeigen, daß Ausgelieferte ein faires Verfahren erwartet. Ich habe Richter Snyder persönlich gebeten...«

»Okay, okay«, unterbrach der Präsident ihn. »Packt Zaba nun aus oder nicht?«

»Ich glaube, daß er's tut«, antwortete Cohen. »Die Kubaner haben ihm erklärt, wenn er mit uns zusammenarbeite, könne er damit rechnen, als freier Mann auf die Insel zurückzukehren. Zu Hause kann er dann alles auf Castro abwälzen.«

»Der praktischerweise tot ist«, warf Dorfman ein.

»Kuba wird sein Geständnis zweifellos als Beweis für die Korruption des alten Regimes veröffentlichen.«

»Zweifellos«, stimmte der Präsident zu. »Sind Sie bereit, sein Geständnis zu honorieren?«

»Wenn Szymanski einen Handel vorschlägt, ja. Zaba muß bereit sein, gegen Chano Aldana auszusagen. Dann ruht das Verfahren gegen ihn bis nach der Urteilsverkündung im Fall Aldana.«

»Wird Aldanas Verteidiger nicht lautstark dagegen protestieren?« fragte Dorfman.

»Ja.«

»Was ist mit den Verhaftungen von Drogenhändlern am Montagabend?« erkundigte sich der Präsident. »Läuft alles planmäßig?«

»Ja, Sir.«

»Sie und ich und der FBI-Direktor geben am Dienstagmorgen eine Pressekonferenz. Planen Sie die bitte ein, Will.«

»Ja, Sir.«

»Noch etwas, Will: Veranlassen Sie, daß die Reporter weit genug zurückgedrängt werden, damit ich auf dem Weg zum Hubschrauber keine Fragen beantworten muß.«

Der Stabschef verließ den Raum. Als sie allein waren, sagte der Präsident: »Gideon, ich weiß, daß Sie und Dorfman sich nicht ausstehen können, aber ich brauche euch beide.«

»Das Arschloch glaubt, die Weisheit mit Löffeln gefressen zu haben!« sagte Cohen erbittert.

Der Präsident zog verwundert die Augenbrauen hoch. Er hatte noch keinen Wutanfall Cohens erlebt – Anwälte aus vornehmen New Yorker Kanzleien gestatteten sich offenbar nur selten Gefühlsausbrüche. »Das stimmt«, bestätigte er mit schiefem Lächeln, »aber er ist ein *von mir ernanntes* Arschloch.«

Cohen zuckte mißmutig mit den Schultern.

»Ich kann's unmöglich allen recht machen. Dorfman ist sozusagen mein Blitzableiter. Er steckt vieles ein, was mir zugedacht gewesen ist. Das ist sein Job.«

Der Justizminister nickte.

»Diese Drogensache… Wir müssen stur weitermachen. Wir geben uns Mühe, und das versteht der Wähler. Nur Neunmalkluge und Fernsehprediger erwarten Wunder. Aber ich will nicht, daß jemand unter Druck gesetzt wird. Wir haben den Auftrag, das verdammte System funktionsfähig zu erhalten.«

Harrison Ronald kam gegen Mittag in seine Wohnung zurück. Er sperrte die Tür ab, verriegelte sie und fiel mit seiner Pistole in der Hand aufs Bett. Sekunden später schlief er bereits.

Kurz nach 17 Uhr schreckte er hoch. Einen Stock über ihm hatte jemand eine Tür zugeknallt. Er hatte noch immer die Pistole in der Hand. Er öffnete und schloß seine Finger um den Griff, wog sie prüfend in der Hand und horchte auf die Geräusche im Haus.

Wenn alles vorbei war, würde er sofort heimfliegen. Heim nach Evansville. Weihnachten bei seiner Großmutter. Er hatte seit fünf, sechs Monaten nicht mehr mit ihr telefoniert. Sie wußte nicht einmal, wo er steckte. Beunruhigend für sie, aber besser für ihn. Sie wurde allmählich alt und zog gern Freundinnen oder den Pfarrer ins Vertrauen.

Zum Glück war die Sache bald vorbei. Noch eine Nacht. Wenn er in drei Stunden dieses Loch verließ, würde er niemals zurückkommen. Seine Hinterlassenschaft konnte der Hauswirt behalten: den altersschwachen Fernseher, die Kleidungsstücke, das Geschirr zweiter Wahl, die Töpfe und Pfannen, alles. Harrison Ronald Ford würde geradewegs in die reale Welt zurückkehren.

Er war Hooper gegenüber ehrlich gewesen, als er über sein Motiv zum Weitermachen gesprochen hatte. Er mußte lernen, mit seiner Angst zu leben – nicht nur mit der vor Freeman McNally, sondern mit der Angst überhaupt. Im Marine Corps hatte er die Erfahrung gemacht, daß man sie nur besiegen konnte, indem man ihr mutig entgegentrat.

Zehn Monate in diesem Loch. Zehn Monate in der Hölle. Aber morgen um diese Zeit würde er schon heraus sein.

Er lag auf dem Bett, horchte auf die Geräusche im Haus und dachte an das Leben, in das er zurückkehren würde.

Thomas Liarakos war in seinem Arbeitszimmer, als er die Mädchen kreischen hörte: »Mommy, Mommy, du bist wieder da!«

Sie stand von den beiden umringt in der Diele und starrte ihn an. Frisur und Kleidung waren ungepflegt. Sie stand einfach da und sah ihm entgegen, während die Mädchen lachend um sie herumtanzten und an ihren Händen zerrten.

»Umarm sie, Elizabeth.«

Erst jetzt sah sie in die zu ihr aufblickenden Gesichter. Sie fuhr ihnen mit den Händen durchs Haar, beugte sich über sie und küßte sie.

»Geht ein bißchen nach oben, Mädchen«, sagte er, »und laßt Mommy und Daddy miteinander reden. Nein, geht lieber in die Küche und helft Mrs. Hammer, das Abendessen zu machen. Mommy bleibt zum Essen da.«

Sie umarmten ihre Mutter nochmals und liefen in die Küche hinaus.

»Hallo, Thomas.«

»Komm rein und setz dich.« Er deutete auf die Tür seines Arbeitszimmers.

Sie wählte den alten Ohrensessel, den sie letztes Jahr hatte aufpolstern lassen. Er setzte sich ihr gegenüber und musterte sie prüfend. Strähniges Haar, Tränensäcke unter den Augen, Falten um die Mundwinkel.

»Warum bist du zurückgekommen?«

Elizabeth machte eine vage Handbewegung und starrte an ihm vorbei die Wand an.

»Du bist nicht in der Klinik geblieben. Sie haben angerufen und gesagt, du seist nachts verschwunden.«

Sie holte tief Luft und sah ihm in die Augen.

»Noch immer süchtig, wie ich sehe.«

»Ich dachte, du wärst froh, mich wiederzusehen. Die Mädchen haben sich gefreut.«

»Wenn du willst, kannst du zum Abendessen bleiben. Danach verschwindest du wieder.«

»Warum tust du mir das an?«

»Red keinen Scheiß! Das tust *du* dir an. Und wie du aussiehst! Einfach schrecklich.«

Sie blickte an sich herab, als nehme sie ihren ungepflegten Zustand erstmals wahr.

»Willst du nicht raufgehen, duschen, dir die Haare waschen und saubere Sachen anziehen? Wir essen in einer Dreiviertelstunde.«

Sie gab sich einen Ruck, stand auf, nickte mehrmals und verließ dann den Raum. Liarakos folgte ihr und blieb einige Minuten unten stehen, bevor er langsam die Treppe hinaufstieg. Er wartete im Schlafzimmer, bis er die Dusche laufen hörte, und ging dann wieder nach unten.

Er hatte impulsiv gesagt, sie werde zum Essen dableiben, aber jetzt bereute er diese Äußerung. Konnte er seine Gefühle zwei Stunden lang im Zaum halten? Er liebte und haßte sie gleichzeitig. Diese starken gegensätzlichen Strömungen zerrten an ihm.

Haß. In ihrer törichten Schwachheit und Selbstsucht hatte sie alles für dieses weiße Pulver aufgegeben. Die Kinder aufgegeben, *ihn* aufgegeben... ja, *ihn!* War das Haß oder Wut?

Liebe. Gewiß, auch Liebe. Ohne Liebe gäbe es keinen Haß, nur Kummer.

Eigentlich war das alles unwichtig. Die Mädchen würden erwachsen werden, ihr eigenes Leben führen und diese Auftritte vergessen; er würde wie bisher jeden Morgen aufstehen, sich rasieren und ins Büro fahren. Sein weiterer Weg war bereits vorgezeichnet: Alter, Gebrechlichkeit, Pflegeheim und Grab. Nichts davon war wichtig. Auf lange Sicht war alles verdammt unwichtig.

Trotzdem stand er auf dieser verbrauchten alten Erde gefangen da und fühlte sich wie von unsichtbaren Kräften zerrissen.

Das Abendessen war eine Katastrophe. Die Mädchen erzählten aus der Schule, aber Elizabeth hörte kaum zu, sondern konzentrierte sich auf ihren Teller – und darauf, Messer und Gabel richtig zu benutzen und sich zwischendurch die Lippen mit der Serviette abzutupfen. Plötzlich schob sie ihren Stuhl zurück und murmelte: »Entschuldigt mich einen Augenblick.« Sie bückte sich nach ihrer Handtasche.

Liarakos schnappte sie sich. »Die kannst du dalassen.«

Seine Frau starrte ihn zuerst ausdruckslos an. Dann verzerrte sich ihr Gesicht zu einer wütenden Fratze.

Liarakos warf ihr die Handtasche zu. Sie fing sie, stand auf und verschwand in Richtung Toilette.

»Eßt weiter, Mädchen«, sagte er.

»Bleibt Mommy bei uns?«

»Nein.«

Sie fanden sich damit ab und aßen schweigend weiter. Als sie fertig waren, schickte er sie nach oben. Minuten später kam Elizabeth ins Eßzimmer zurück: wie auf Wolken gehend, mit gefaßter Miene.

Er saß da und beobachtete, wie sie aß. Schließlich legte sie die Gabel weg und rührte nichts mehr an.

»Willst du nicht wissen, wo ich gewesen bin?«

»Nein.«

»Könntest du mich ein Stück mit dem Auto fahren oder mir Geld fürs Taxi geben?«

»Wie du dein Ziel erreichst, interessiert mich nicht. Leb wohl.«

»Thomas, ich...«

»*Leb wohl*, Elizabeth. Nimm deine Handtasche und geh. Auf der Stelle! Laß dich hier nicht wieder blicken.«

»Danke für...«

»Wenn du nicht sofort gehst, fliegst du raus!«

Sie starrte ihn sekundenlang an und stand dann auf. Nach einer halben Minute hörte er, wie die Haustür leise geöffnet und ins Schloß gezogen wurde.

Harrison Ronald sah zum dreißigstenmal auf seine Armbanduhr. Noch zwei Stunden und vier Minuten, bis er wieder dort sein mußte.

Er musterte sein Gesicht in dem gesprungenen Spiegel über der zerschrammten Kommode. Würden Sie in seinem Gesicht lesen können? Für *ihn* war das Schuldbekenntnis so klar erkennbar, als sei es ihm auf die Stirn geschrieben. *Ich bin's gewesen! Ich bin der Polizeispitzel! Ich bin der Verräter!* Whitey hat seinen Onkel Tom bei euch gottverdammten Niggern eingeschleust, um eure schwarzen Ärsche hinter Gitter bringen zu können.

Wenn Freeman McNally ihn danach fragte, würde sein Gesicht zersplittern wie dünnes Glas.

Zwei Stunden und zwei Minuten.

Kaffee? Er hatte an diesem Abend bereits drei Tassen getrunken. Das war mehr als genug Koffein. Kein Whiskey. Kein Bier. Kein Alkohol, Punktum.

Gott, wie er sich morgen abend besaufen würde! Mindestens drei Tage lang!

Falls er morgen abend noch lebte, natürlich.

Zwei Stunden und eine Minute.

Er griff nach der Pistole und wog sie prüfend in der Hand. Heute abend würde er sie einmal mitnehmen. In diesen zehn Monaten war er nie bewaffnet gewesen, aber heute... Vielleicht verschaffte sie ihm den entscheidenden Vorteil, weil die anderen nicht damit rechnen würden.

Genau zwei Stunden.

Captain Jake Grafton war guter Laune. Er hatte einen schönen Tag mit seiner Tochter verbracht und den größten Teil seiner Weihnachtseinkäufe erledigt. Callie war allein unterwegs gewesen, um Geschenke für Amy – und vermutlich auch eines für ihn – zu kaufen. An diesem Abend lächelte der Captain erst zu Amy Carol, dann zu Callie am anderen Ende des Eßtischs hinüber. Zwei schöne Frauen. Er konnte seinem Schicksal dankbar sein.

Graftons Blick wanderte den Tisch entlang zu Toad Tarkington, der nur Augen für seine neben ihm sitzende Frau Rita Moravia hatte. Toad mußte aufpassen, daß er sich dabei nicht den Hals verrenkte. Auch Amy starrte Rita unverwandt an. Amy bewunderte Rita, die Testpilotin der U.S. Navy, aber an diesem Abend beobachtete sie Rita mit einem ganz merkwürdigen Gesichtsausdruck.

Als Callies Blick seinem begegnete, nickte Jake zu Amy Carol hinüber und zog fragend die Augenbrauen hoch. Seine Frau schüttelte fast unmerklich den Kopf und sah weg.

Eines dieser Geheimnisse unter Frauen, dachte Jake Grafton, die wir Männer nicht verstehen und die uns auch nichts angehen. Er seufzte leicht.

Dem Ehepaar Tarkington gegenüber saßen Jack Yocke und seine Begleiterin Tish Samuels. Sie war eine liebenswürdige junge Frau mit freundlichem Lächeln und netten Worten für jedermann. In mancher Beziehung erinnerte sie Jake an Callie: ihre Kopfhaltung, ihre Art, konzentriert zuzuhören, ihre ins Schwarze treffenden Kommentare... Auch Tish hörte Rita, die gerade eine Fliegergeschichte erzählte, aufmerksam zu. Als Rita fertig war, lächelte Tish und sah zu Yocke hinüber.

Ob der Reporter das wußte, war Jake nicht klar, aber Tish war offensichtlich in ihn verliebt. Yocke wirkte legerer, unverkrampfter als bei seinem ersten Besuch bei den Graftons.

Aber vielleicht beruhte dieser Eindruck nur auf Jakes eigener guter Laune.

Wie immer, wenn Jake Grafton entspannt war, sprach er nur wenig. Er aß mit Genuß, trank ab und zu einen Schluck Rotwein und ließ die Tischgespräche an sich vorbeiplätschern.

»Ich habe Ihre Berichte aus Kuba gelesen«, sagte Callie zu Yocke, »und finde sie ausgezeichnet.«

»Oh, danke«, antwortete Jack Yocke, den dieses Kompliment sichtlich freute.

Callie stellte eine Frage, die dazu führte, daß Yocke von Kuba erzählte. Selbst Toad riß sich von Rita los, hörte aufmerksam zu und warf gelegentlich eine Frage ein.

Anfangs war Yockes Bericht nur oberflächlich, aber das änderte sich, als detaillierte Fragen kamen. Auch Jake Grafton hörte jetzt aufmerksam zu.

»...am meisten beeindruckt hat mich die Überzeugung der kleinen Leute, der Arbeiter und Bauern, vor ihnen liege eine bessere Zukunft. Und dann ist mir klargeworden, was sie damit meinten: Sie wollten *Demokratie* und damit das Recht, ihre Gesetzgeber selbst zu wählen. Wir Amerikaner genießen diesen Zustand schon so lange, daß wir richtig blasiert geworden sind. Heutzutage ist es modern, über Politiker zu spotten und über die Schweine zu lachen, die sich für Wahlkampfgelder prostituieren und schamlos um Stimmen betteln. Aber für Menschen, die unter der Knute eines Diktators stehen, die sich von einem selbsternannten Cäsar mit großartigen Ideen herumkommandieren lassen müssen, sieht die Demokratie verdammt gut aus.«

»Glauben Sie, daß diese neuen Demokratien die Geduld haben werden, Erfolge abzuwarten und Irrtümer zu tolerieren?« fragte Jake Grafton.

Der Reporter sah zu ihm hinüber. »Das weiß ich nicht«,

gestand er ein. »Man braucht viel Vertrauen, um an die Gutwilligkeit und Klugheit seiner Mitmenschen zu glauben. Klar, in manchen Staaten wird die Demokratie Wurzeln schlagen – aber sie muß tief genug wurzeln, sonst reißt der erste große Sturm sie aus. Es gibt überall Demagogen, die den sofortigen Aufschwung versprechen, wenn man sie nur ans Ruder ließe.«

»Wie steht's mit der Demokratie in Amerika? Modetrend oder Dauerbrenner?«

»Jake!« sagte Callie tadelnd. »Was für eine Frage!«

»Eine gute Frage«, versicherte Yocke ihr. »Die Forderung, das System abzuschaffen, gehört zu den am weitesten verbreiteten Irrtümern. In Amerika haben wir eine Menge Probleme – und reichlich zweihundertfünfzig Millionen Bürger, die Lösungen vorschlagen. Ich muß es wissen, denn ich lebe davon, über diese Probleme zu schreiben.«

»Sie haben die Frage nicht beantwortet«, sagte Toad Tarkington grinsend.

»Weil ich's nicht kann«, gab Jack Yocke zu.

»Ich glaube nicht, daß irgend etwas uns dazu bringen könnte, unsere Republik aufzugeben«, erklärte Callie.

»Was meinen Sie, Captain?« fragte Tish Samuels.

Jake schnaubte. »Klar, die Wurzeln reichen tief, aber wenn der Sturm schlimm genug wäre... Wer außer mir möchte einen Kaffee?«

Während Callie den Kaffee einschenkte, sah Jake, wie Rita halblaut mit Amy sprach. Der Teenager hörte mit finsterem Gesichtsausdruck zu, sprang dann auf und lief hinaus.

Jake legte seine Serviette weg und entschuldigte sich. Er kam nicht an Callie vorbei. Sie drückte ihm die Kaffeekanne in die Hand und folgte Amy in ihr Zimmer.

»Wie trinken Sie ihn, Toad?« Grafton beugte sich über die Schulter des jungen Offiziers.

»Aus der Tasse.«

»Rita, haben Sie nichts gehört, was Sie diesem Clown beibringen könnten? Seine alten Nummern werden allmählich langweilig.«

Sie nickte Jake lächelnd zu. »Ja, ich weiß. Aber nachdem er jetzt bei Ihnen arbeitet, habe ich gehofft, Sie würden ihm ein bißchen auf die Sprünge helfen.«

»Sie arbeiten bei Captain Grafton?« fragte Jack Yocke interessiert.

»Ich gehe mal 'nen Augenblick zu Callie und Amy«, kündigte Rita an, schob ihren Stuhl zurück und stand auf. Jake und Toad sahen ihr nach, als sie hinausging.

»Yeah«, sagte Toad zu dem Reporter, »er wird mich einfach nicht los. Tatsächlich habe ich Captain Grafton bei seinem heroischen Kampf zur Verteidigung der freien Welt gegen die Mächte des Bösen und so weiter schon manchmal kleine Dienste erwiesen. Erst gestern habe ich ihm den Vorschlag gemacht, ein Batmobil zu kaufen und bei mir unterzustellen, bis er's mal braucht. Er hat hier nämlich keine Garage.«

»Was machen Sie beide drüben im Pentagon?« fragte Yocke.

»Alles streng geheim«, antwortete Toad mit gesenkter Stimme. »Wir entwerfen Abwehrpläne für den Fall, daß Kanada uns angreift. Wir vermuten, daß als erstes die Detroiter Autowerke zerstört werden. Überraschungsangriff, vermutlich an einem Sonntagmorgen. Danach…«

»Toad!« knurrte Jake.

Tarkington machte eine hilflose Geste zu Tish Samuels hinüber, die amüsiert lächelte. »Mehr darf ich nicht sagen. Jedenfalls ist das ein allerstrengstes Geheimnis, die bekanntlich die besten sind. Wenn die Kanadier das jemals rauskriegen…«

Während sie das Geschirr abräumten, sagte Jake zu Toad: »Rita scheint sich von ihrem Absturz letztes Jahr wieder ganz erholt zu haben.«

»Sie hat ein paar Narben«, sagte Toad, »aber sie hat alle Ärzte verblüfft. Und mich auch.«

Das Geschirr stand in der Spülmaschine, und sie saßen beim Kaffee im Wohnzimmer, als Amy und Rita Hand in Hand zurückkamen. Beiden schienen geweint zu haben. Callie war in die Küche unterwegs, und Jake folgte ihr.

»Was ist passiert?«

»Amy betet Rita an und ist in Toad verknallt.« Callie verdrehte die Augen. »Hormone!«

»Puh!«

Callie umarmte ihn lächelnd. »Ich liebe dich.«

»Ich liebe dich auch, Weib. Aber wir müssen zu den Gästen zurück.«

»Bist du nicht auch froh, daß wir Yocke eingeladen haben?«

»Er ist ein netter Junge.«

Angst wächst exponential mit der Annäherung an das gefürchtete Objekt. Diese Entdeckung machte Harrison Ronald auf der Fahrt zu Freeman McNallys Haus im Nordwesten Washingtons.

Er spürte sie deutlich: eine betäubende, lähmende Benommenheit, die zugleich Brechreiz und Fluchtwünsche in ihm hervorrief.

Er achtete immer weniger auf den Verkehr um sich, war sich dieser Tatsache bewußt und konnte nichts dagegen machen. Das gehörte zu den weiteren Eigenschaften der Angst. Ein bißchen ist notwendig, damit man hellwach blieb und in potentiell gefährlichen Situationen angemessen reagiert. Aber zuviel Angst lähmt. Sie verwandelt sich in Entsetzen, das Geist und Körper blockiert. Und wird die Schraube nur noch eine Umdrehung weiter angezogen, entsteht daraus Panik, und alle Muskeln erhalten von dem kurzgeschlossenen Gehirn nur noch einen Befehl – Flucht!

Er fuhr langsamer und langsamer. Sprangen die Ampeln auf Grün um, mußte er sich dazu zwingen, aufs Gaspedal zu treten. Ein Autofahrer hinter ihm ließ den Motor seines Wagens aufheulen und schoß mit hochgehaltenem rechten Mittelfinger an ihm vorbei. Ford ignorierte ihn.

Trotzdem kam er irgendwann an. Er parkte an seinem gewohnten Platz in der Seitenstraße neben McNallys Haus. Der Wachposten blieb im Schatten des hohen Zauns stehen. Harrison Ronald stellte den Motor ab. Nein, er würde nicht kotzen. Unter keinen Umständen!

»Jetzt oder nie«, sagte er laut. Der Klang seiner eigenen Stimme, die einigermaßen fest klang, beruhigte ihn seltsamerweise. Er öffnete die Autotür und stieg aus. Der Wachposten kam mit beiden Händen in den Jackentaschen auf ihn zu.

Scheiße! Jetzt passiert's gleich!

»Bist du's, Z.?«

»Yeah, Mann.«

»Hier ist niemand. Du sollst zur Sanitary fahren und dort 'ne Ladung abholen.«

Ford blieb neben dem Wagen stehen und starrte den Mann an. Irgendwas stimmte hier nicht. Los, denk nach! Schneller! Das alte Lagerhaus der Sanitary Bakery...

»Dein Beifahrer wartet dort.«

Harrison Ronald drehte sich um, öffnete die Autotür und stieg ein. Er hatte Mühe, sich daran zu erinnern, was er mit dem Zündschlüssel gemacht hatte. Nicht in dieser Tasche, auch nicht in dieser... endlich! Ins Zündschloß stecken und nach rechts drehen.

Als der Motor lief, überflutete ihn eine Woge der Erleichterung. Er stellte den Wahlhebel auf R und ließ den Mustang zurückrollen.

Alles ist cool. Alles ist cool wie 'n gottverdammter Eiswürfel.

Schau nach hinten, Idiot. Oder willst du den nächsten Wagen rammen?

Während der Wachposten auf seinen Platz zurückging, wendete Harrison Ronald auf der Seitenstraße.

In seine Erleichterung mischte sich eine gewisse Enttäuschung. *Dafür* hatte er einen ganzen Tag lang Blut und Wasser geschwitzt? *Für nichts!*

Eigentlich hätte er jetzt abhauen können. Warum nicht? Er hatte sich selbst bewiesen, daß er den Tag durchstehen konnte. Darauf kam es an. Heute nacht würde nichts mehr passieren, und weshalb sollte er noch eine Ladung Drogen für Freeman McNally ausfahren? Das FBI hatte mehr als genug Beweise gegen ihn in der Hand. Wozu noch einen weiteren liefern?

Was versuchst du zu beweisen, Harrison? Du hast schon lange nicht mehr ruhig geschlafen, du hast seit zehn Monaten vor Angst die Hosen voll, du hast einen Mann umgebracht, du hast genügend Beweise gesammelt, um McNally und seine Freunde lebenslänglich hinter Gitter zu schicken – *aber du mußt überleben, um aussagen zu können.*

Wozu willst du noch 'ne Nacht riskieren? Verlier das Wesentliche nicht aus den Augen: *Du hast diesen Tag überstanden.*

Aber er wußte, was er zu tun hatte. Er bog aus der Seitenstraße in Richtung Georgia Avenue ab und gab Gas.

»Wie gut kennen Sie Captain Grafton?« wollte Jack Yocke von Toad Tarkington wissen. Die beiden standen gegen 22

Uhr auf dem Balkon und blickten über die Stadt hinaus. Es war recht frisch, aber der Wind hatte sich gelegt.

»Hmmm, wahrscheinlich so gut, wie man einen Vorgesetzten als jüngerer Offizier überhaupt kennen kann. Ich glaube, daß er mich persönlich mag, aber im Dienst bin ich nur einer von den Jungs.«

»Wie ich gehört habe, soll er einer der besten Offiziere der Navy sein.«

»Er ist der Beste, den ich kenne«, stellte Toad fest. »Sie haben Papierkram zu erledigen? Damit wird Captain Grafton fertig. Kritische Entscheidungen sollen überlegt getroffen oder klug verteidigt werden? Dann ist er Ihr Mann. Sie brauchen einen militärischen Führer? Holen Sie sich Grafton! Ein gefährlicher Flugauftrag? Dafür gibt's keinen Besseren als ihn. Sie wollen einen Offizier, der stets das *Richtige* tut, ohne an mögliche Konsequenzen zu denken? Dann brauchen Sie Jake Grafton.«

»Wie steht's mit Ihnen?«

»Mit mir? Ich bin bloß ein kleiner Oberleutnant. Ich fliege, wenn's befohlen wird, schlafe, wenn's befohlen wird, und scheiße, wenn's auf dem Dienstplan steht.«

»Woher weiß Grafton, was das Richtige ist?«

»Hey, was soll diese Ausfragerei? Können Sie denn nie aufhören?«

»Ich bin bloß neugierig. Was Sie mir erzählen, kommt nicht in die Zeitung.«

»Das will ich hoffen! Sonst komme ich vorbei und zerbreche Ihren Bleistift.«

»Woher weiß er's also?«

»Er besitzt gesunden Menschenverstand. Der ist hier in Washington verdammt selten. Aber gesunder Menschenverstand ist Jake Graftons Stärke.«

Jack Yocke schmunzelte.

»Vorsicht!« warnte Toad ihn. »Dieses Lächeln kann Sie Ihren Presseausweis kosten. Immerhin steht hier Ihr Ruf als humorloses Arschloch auf dem Spiel.«

Der Reporter grinste. »Geschieht mir recht! Tut mir leid, daß ich Sie neulich bei unserer ersten Begegnung so angemacht habe. Aber ich hatte 'nen schlechten Tag.«

»Hab' auch schon mal einen gehabt«, murmelte Toad Tarkington. Er stampfte mit den Füßen. »Allmählich wird's kalt. Kommen Sie, wir gehen rein.«

Harrison Ronald stand neben dem Mustang und starrte den rechten Vorderreifen an. Platt.

Auf der Rhode Island Avenue rauschte der Verkehr vorbei. Als er das Zerren am Lenkrad gespürt und ein Poltern gehört hatte, war er auf den Parkplatz eines Schnellrestaurants abgebogen.

Pech, dachte er, als er jetzt den Kofferraum öffnete und sich auf die Suche nach Wagenheber und Radschlüssel machte. Auf dem Weg zu seinem Rendezvous mit dem Schicksal verliert Galahads Pferd ein Hufeisen. Warum kommt so was nie im Film vor?

Der Wagenheber funktionierte gut, aber die Radmuttern waren festgerostet. Der Teufel sollte Freeman holen! Er ließ die Reifen anscheinend niemals auswuchten oder wechseln. Er hatte so verdammt viel Geld, daß er sich um nichts kümmerte.

Harrison Ronald brauchte einen Hammer oder ein Stück Rohr als Verlängerung. Er saß frustriert auf dem Asphalt und versetzte dem Radschlüssel einen Tritt. Der Schlüssel flog weg und beschädigte die Radmutter. Er versuchte es noch mal. Und noch mal. Endlich ließ die Mutter sich drehen.

Ein Streifenwagen bog auf den Parkplatz und hielt vor

dem Schnellrestaurant. Zwei weiße Cops. Sie stiegen aus, beobachteten einen Augenblick schweigend, wie Ford sich mit dem Radschlüssel abmühte und gingen dann hinein.

Jesus, hatten sie die Umrisse der Pistole, die unter seiner Jacke hinten im Hosenbund steckte, nicht gesehen? Arschlöcher. Auf eine Waffe hätten sie als erstes achten müssen.

Während er die letzte Mutter lockerte, warf er einen Blick durch das große Fenster. Die Cops tranken Kaffee und flirteten mit dem Mädchen hinter der Theke.

Er schrammte sich einen Fingerknöchel auf, der zu bluten begann. Aber der Knöchel würde nicht lange bluten. Fett und Schmutz würden die Haut versiegeln, bis kein Blut mehr austrat. Sein Vater hatte ständig aufgeschürfte Hände gehabt, in deren Schrammen sich Fett und Schmutz festsetzten, so daß sie nur langsam verheilten, um dann wieder aufgerissen zu werden. Als kleiner Junge hatte er die breiten, abgearbeiteten Hände seines Vaters angestarrt und gefragt: »Tun sie nicht weh?«

Dad, wo immer du bist, meine Hände sind steif und tun verdammt weh, ich frier' mir auf dem Asphalt den Arsch ab, und meine Nase läuft.

Er fuhr sich mit dem Jackenärmel über die Nase.

Was erwartest du überhaupt? Daß die Cops dir beim Reifenwechsel helfen? Wach endlich auf!

Jack Yocke merkte, daß er Tish Samuels anstarrte. Er beobachtete sie schon seit einigen Minuten, als ihm klar wurde, was er gerade tat. Er sah sich um, ob das irgend jemand aufgefallen war. Jake Grafton erwiderte seinen Blick. Yocke lächelte flüchtig und nahm seine vorige Beschäftigung wieder auf.

Okay, sie ist also keine *Playboy*-Schönheit, sie wird nie auf dem Titelbild von *Cosmos* erscheinen. Aber sie ist auf unverwechselbare Weise apart. Sie ist intelligent, spontan und herzlich. Und sie versteht es, sich im Leben zu behaupten.

Er holte sich einen neuen Drink und setzte sich damit auf die Couch, um Tish Samuels zu beobachten.

Vielleicht wurde er einfach nur älter. Irgendwie erschienen ihm seine ehrgeizigen Ziele weniger wichtig als früher, und er verlor rasch den Glauben an seine eigenen Überzeugungen. Wie viele seiner Kollegen glaubten wirklich, daß der Wähler letztlich doch die richtige Entscheidung treffen würde? Als eingebildete, egoistische Bilderstürmer – mit Jack Yocke tapfer in ihrer Mitte mitmarschierend – glauben sie nur an sich selbst.

Okay, Jack. Wenn dein bißchen Gehirn und Intelligenz nicht ausreichen – was dann? Woran glaubst du *wirklich?*

Während er darüber nachsann, betrachtete er seine Schuhe, und vor seinem inneren Auge erschienen die Menschen auf der Straße nach Havanna, die in Staubwolken gehüllt unter brennender Sonne ins Unbekannte zogen.

Harrison Ronald wendete vor dem Lagerhaus der Sanitary Bakery und parkte rückwärts ein. Außer dem Mustang standen sechs Autos da. Der reinste Massenauflauf heute abend.

Er ging zur Tür und klopfte an.

Der Aufpasser schloß die Tür hinter ihm, verriegelte sie und nickte zur Treppe hinüber. »Du sollst raufkommen, erster Stock, ganz hinten.«

Das Innere des Lagerhauses war unbeleuchtet. Das einzige Licht kam von Straßenlaternen, deren schwacher Schein durch schmutzige Fenster hoch an der Außenwand hereinfiel. Aber er kannte sich hier aus und ging zielsicher auf die Treppe zu, während seine Augen sich ans Halbdunkel gewöhnten.

Erster Stock, ganz hinten. Dort oben gab es nur leerstehende Büros mit einer dicken Staubschicht, Abfällen, Rattendreck und uralten Möbeln, die so heruntergekommen waren, daß der letzte Mieter sie dagelassen hatte.

Er vergewisserte sich, daß die Pistole hinter seinem Rükken fest im Hosenbund steckte, und kontrollierte, ob sie gesichert war. Wäre doch schade, sich in den Arsch zu schießen, Harrison Ronald.

Er stieg die Treppe hinauf und wandte sich nach links. In diesem Augenblick hörte er ein lautes Stöhnen. Eine Männerstimme.

Er blieb abrupt stehen. Das Stöhnen wiederholte sich. Ein tiefer, animalischer Laut.

Harrison Ronald stand wie gelähmt und horchte angestrengt. Da! Schon wieder!

Seine Hand glitt wie von selbst unter die Jacke und faßte nach der Pistole. Aber er ließ die Waffe stecken und zog die Hand leer heraus.

Kein Mensch zu sehen. Nur die Fenster, der schwache Lichtschein und die schwarzen Umrisse der das Dach tragenden Pfeiler. Und dieser Laut.

Entsetzen erfaßte ihn. Er begann zu zittern, während der heisere animalische Laut ihn zu umschlingen schien und geisterhaft durch den weiten, leeren, halbdunklen Raum hallte. Ein Mann, der nicht mehr schreien konnte, der sich bereits die Lunge aus dem Leib gebrüllt hatte, der nicht mehr reden, jammern, beten oder betteln konnte, der kaum noch bei Bewußtsein war. Ein Mann, der jetzt nur stöhnte, weil er noch atmete.

Aber das war nicht alles. Was bedeutete dieser *Geruch?* Er sog prüfend die Luft ein. Verbranntes Fleisch. Ja, verbranntes Fleisch, der beißende Gestank von verbranntem Fleisch.

Harrison Ronald Ford ging zögernd weiter. Auf die Tür

zu, die einen Spalt weit offen stand, so daß ein schmaler Streifen Licht herausfiel.

Das Stöhnen wurde lauter. Nun war auch eine Stimme zu hören.

»Du hast deine Brüder verraten, deine *Blutsbrüder* verraten. Sie an die weißen Schweine verkauft, dein eigen Fleisch und Blut verkauft, uns alle *verkauft*...« Das war Freeman McNally. Ford erkannte die Stimme. »*Was hast du dafür gekriegt? Geld? Das kannst du nie mehr ausgeben. Weiber? Mit denen ist jetzt Schluß für dich! Ha!*«

McNally war übergeschnappt. Völlig verrückt. Seine Stimme war eine Oktave zu hoch und klang fast hysterisch.

»Erschießt mich.«

Schweigen.

Ein Aufschrei. »*Erschießt mich doch!*«

Harrison Ronald Ford stieß die Tür auf. Der Gestank nach verbranntem Fleisch war überwältigend.

In der Mitte des Raums war ein nackter Mann unter einer von der Decke baumelnden Glühbirne an einen Stuhl gefesselt. Ein grausig zugerichtetes Wesen, das kaum noch als Mensch erkennbar war. Erstaunlicherweise war nur wenig Blut zu sehen.

»Steck die Kanone weg, Sammy.«

Er sah sich um. Auf Stühlen an der Wand saßen weitere Männer. Auf dem Fußboden stand ein hochkant gestelltes Bügeleisen, an dem noch Hautfetzen klebten. Ein dünner Rauchfaden stieg auf.

»Weg mit der Kanone, Sammy.« Das war Freeman, der am Fenster stand. Der Revolver in seiner Hand zielte auf Harrison Ronald.

Ford sah nach unten. Tatsächlich hielt er seine Pistole in der Hand. Er ließ sie langsam sinken und starrte dann wieder zu dem Gefesselten hinüber.

»Erschießt mich.«

»Dieser Scheißkerl hat uns verraten. Er hat die Feds über uns informiert. Jetzt hat er's endlich zugegeben.«

Ich könnte sie alle erschießen, überlegte Harrison sich, während sein Daumen bereits nach dem Sicherungsknopf tastete. Sieben Schuß, fünf Männer. Erst Freeman, dann die anderen. So schnell ich abdrücken kann.

Freeman kam auf ihn zu, blieb neben ihm stehen und drehte sich mit verschränkten Armen nach seinem Opfer um.

»Na, wie findest du diesen Scheißkerl? Wir haben uns schon als Kinder gekannt. *Und er hat mich verraten.*« Freeman schüttelte verächtlich schnaubend den Kopf. Schweißtropfen flogen ihm von der Stirn. »Und ich hab' die ganze Zeit dich in Verdacht gehabt, Sammy. Scheiße!«

McNally ging kopfschüttelnd ans Fenster zurück. Dort drehte er sich um und deutete mit seinem Revolver auf Ford. »Du hast 'ne Kanone. Erschieß ihn.« Das sagte er so lässig, als bestelle er eine Pizza.

Der Gefolterte hob sein gräßlich entstelltes Gesicht und sah mit einem Auge zu Harrison auf.

»Erschieß ihn!« wiederholte Freeman nachdrücklich.

Harrison trat zögernd einen Schritt näher. Das Auge folgte ihm. Die verbrannten Lippen bewegten sich. Er beugte sich über den Mann. »Erschieß mich«, flüsterten die Lippen.

Harrison entsicherte seine Pistole mit dem Daumen. Er hob die Waffe und zielte damit auf die blutige Stelle, wo das Ohr gesessen hatte. Das abgetrennte Ohr lag auf dem Fußboden neben dem Bügeleisen.

»Sorry, Ike«, sagte Ford und drückte ab.

Kapitel neunzehn

Ike Randolphs Leiche lag im Kofferraum des Mustangs, als Harrison Ronald ihn auf der E Street vor dem FBI Building parkte. Freeman hatte ihn angewiesen, die Leiche fortzuschaffen, sie irgendwo abzuladen. Der grausig zugerichtete Tote war bestimmt ein Denkanstoß für alle, die etwa mit dem Gedanken gespielt hatten, Freeman McNally zu hintergehen.

Yeah, Freeman. Wie du meinst, Mann. Vier von ihnen hatten die Leiche in den Kofferraum geworfen, und Harrison war damit weggefahren. Er hatte ihnen nicht zum Abschied zugewinkt.

Und jetzt beschäftigte ihn Freemans Denkanstoß.

Inzwischen war die Sonne aufgegangen.

Sonntag morgen. Acht Uhr. Noch waren die Straßen und Parkplätze leer. In wenigen Stunden würden die Einkaufszentren in den Vororten öffnen, und Kunden, die in letzter Minute Weihnachtseinkäufe machten, würden die Parkplätze füllen und sich in den Konsumtempeln drängen. Auch die Einkaufspassagen der Innenstadt würden einen Käuferansturm erleben, aber bis dahin waren es noch zwei Stunden. Im Augenblick gehörten die Straßen den Trinkern und Obdachlosen. Der Wind trieb Papier und Müll aus übervollen Abfallkörben vor sich hin.

Harrison blieb mit abgestelltem Motor am Steuer sitzen und horchte in die Stille.

Er hatte 's geschafft. Er lebte noch.

Seine Hände zitterten.

Erleichterung traf ihn wie ein Keulenschlag, und er begann zu schluchzen.

Er war müde, todmüde. Tränen liefen ihm übers Gesicht. Er hatte keine Kraft mehr, sich zu bewegen.

Geschafft.

Verdammt, ich muß zu Hooper. Muß ihm die Schlüssel von Ike Randolphs Leichenwagen geben und dann endlich mal schlafen.

Er dachte daran, den Wagen abzuschließen, ließ es dann aber bleiben, stieg die wenigen Stufen zum Eingang hinauf und durchquerte die Eingangshalle. Er steuerte auf den Glaskasten mit einem Mann vom Bewachungsdienst Federal Security zu. Der Uniformierte sah ihm mißtrauisch entgegen.

»Tom Hooper. Rufen Sie ihn an.«

»Und wer sind Sie?«

»Sam... Harrison Ronald Ford. Evansville Police Department. Er erwartet mich.«

»Wenn Sie dort drüben warten wollen, Sir, rufe ich an und frage, ob er da ist.«

Er trat zurück, damit der Rent-a-cop seine Hände beobachten konnte. Aber er konnte sich vor Müdigkeit nicht mehr auf den Beinen halten. Er rutschte an der Wand nach unten, legte seine Arme auf die hochgezogenen Knie und ließ den Kopf darauf ruhen.

So hockte er weinend da, als Thomas Hooper ihn sechs Minuten später ansprach.

»Im Kofferraum liegt ein Toter.«

»Wer?« Freddy und Hooper starrten Ford an.

»Ike Randolph. Sie haben ihn gefoltert. Sieht echt schlimm aus.«

Die FBI-Agenten wechselten einen Blick.

»Wir müssen die Leiche irgendwo abladen.«

»Warum?« fragte Freddy verständnislos.

»Das müssen wir, Mann«, beteuerte Harrison.

»Jetzt hören Sie mal zu. Morgen gehen wir wie geplant vors Schwurgericht. Montag abend, spätestens Dienstag morgen erhebt es Anklage wegen Mordes. Dann schnappen wir uns Freeman McNally und seine engsten Vertrauten und sperren sie ein. Eine Entlassung gegen Kaution kommt bei Mord nicht in Frage. Dann legen wir dem Schwurgericht das übrige Material vor, das für ein paar hundert Anklagepunkte reichen dürfte.«

Harrison war todmüde. »Nein, *ihr* hört mir mal zu. Freeman hat mir heute nacht freigegeben. Aber wenn die Leiche nicht irgendwo auftaucht, wird er mißtrauisch. Als erstes kontrolliert er meine Wohnung, ob ich da bin. Und das bin ich nicht, Mann, das garantiere ich euch! Dorthin geh' ich *nie* wieder. Dann *weiß* Freeman, was passiert ist. Vielleicht haut er ab. Vielleicht verschanzt er sich in seinem Haus, so daß ihr ihn mit Gewalt rausholen müßt. Vielleicht beauftragt er 'nen Berufskiller, mich umzulegen. *Ich will nicht mein Leben lang in dieser Angst leben müssen!*«

»Wir können nicht einfach einen Toten auf der nächstbesten Straße zurücklassen und...«

»Warum nicht?« fragte Harrison Ronald.

»Verdammt noch mal, wir sind schließlich die Cops!«

»Wir legen ihn irgendwo hin, warten eine halbe Stunde und rufen die Polizei an. Warum nicht?«

Hooper dachte ans Schwurgericht und die Anwälte. Die Tatsache, daß das FBI eine rasche Anklageerhebung wünschte, war keine Garantie dafür, daß es auch so kommen würde. Unter Umständen konnte so was eine Woche dauern. Und während er dasaß und Harrison Ronald beobachtete, wurde ihm klar, daß sie tun mußten, was Ford verlangte. Er würde keine Woche durchhalten.

»Wo steht Ihr Wagen?«

»Gleich draußen auf der Straße.«

»Komm, Freddy. Bringen wir's hinter uns!«

»Kann er nicht wenigstens in die Tiefgarage fahren, damit unsere Laborleute die Leiche fotografieren können?«

»Scheiße, sind Sie verrückt?« brüllte Harrison los. »Daß ich nach zehn Monaten noch am Leben bin, verdanke ich *nur* der Tatsache, daß niemand gewußt hat, daß ich ein Cop bin. Jetzt wollen Sie Ihren Laborleuten den Wagen, die Leiche und mich zeigen? Sehe ich aus wie 'n Selbstmörder?«

»Vergiß es, Freddy«, sagte Hooper. »Wir müssen in unseren Berichten ein bißchen kreativ sein. Wäre nicht das erste Mal. Zumindest bei mir nicht.«

Unterwegs im Auto sprachen sie weiter darüber. Sie fuhren nach Fort McNair hinunter. Am Ostrand des Kasernengeländes lag ein ehemaliger Parkplatz. Durch den Asphalt wucherte Unkraut. Überall lagen Bierdosen und Abfälle.

Nach Westen und Norden hin wurde der Parkplatz durch eine zweieinhalb Meter hohe Ziegelmauer begrenzt. Dahinter standen große alte Häuser: Unterkünfte für in Washington stationierte hohe Heeresoffiziere. Nach Osten hin wurde der Platz von Privathäusern begrenzt, aber Büsche und Bäume versperrten die Sicht. Ein von einem hohen Maschendrahtzaun umgebenes Umspannwerk bildete die südliche Begrenzung des fast einen Hektar großen Areals.

Sie vergeudeten keine Zeit damit, sich umzusehen. Ford fuhr rückwärts an die Ziegelmauer, entriegelte den Kofferraum von innen und ließ den Motor laufen. Die drei Männer stiegen aus und gingen nach hinten.

Nach einem Blick in den Kofferraum begann Freddy zu würgen.

»Mein Gott, das...«

»Seht euch seine Hände an! Sie haben ihm die Finger weggebrannt!«

»Los, ihr Scheißer«, knurrte Ford. »Packt an!«

Sie legten den Toten hinter dem Auto ab und stiegen wieder ein. Harrison fuhr an. Freddy würgte noch immer.

»Eines verstehe ich nicht«, meinte Harrison nachdenklich. »Wie ist er auf Ike gekommen? Warum hat er ausgerechnet ihn für den Spitzel gehalten?«

»Er hat's von Senator Cherry erfahren.«

»Wie das?«

»Wir haben Cherry gesagt, Ike sei unser V-Mann.«

Harrison Ronald bremste scharf und sah zu Hooper auf dem Beifahrersitz hinüber. »Soll das heißen, daß er ein Cop gewesen ist?«

»Nee, bloß ein Gangster. Aber nachdem Cherry schon mal geplaudert hatte und wir ihm nicht wirkungsvoll den Mund verbieten konnten, wollten wir Ihnen Rückendeckung geben. Also haben wir ihm einen Namen genannt – Ike Randolph.«

Harrison sah wieder nach vorn. Seine Finger umklammerten das Lenkrad, streckten sich und packten wieder zu.

»Und Freeman hat ihn ermordet. Dafür sitzt er lebenslänglich. Pech für Ike, aber...«

»Freeman hat Ike nicht ermordet«, sagte Harrison Ronald so leise, daß Freddy sich auf dem Rücksitz nach von beugte.

»Wie war das?«

»Freeman hat Ike nicht ermordet. Ich bin's gewesen. Okay, er hat ihn gefoltert, er hat ihn verstümmelt, aber er wollte, daß auch andere ihren Spaß daran haben. *Ich* hab' ihn erschossen.«

»Sie?« fragte Freddy bestürzt.

»Die Sache war klar: Ike oder ich, Mann. Hätte ich nicht abgedrückt, wäre ich in dieser Minute bis zur Unkenntlichkeit verbrannt tot. Genau wie Ike.«

»Weiterfahren! Fahren Sie weiter, verdammt noch mal!«

befahl Hooper ihm. »Wir können nicht wie drei Scheißtouristen mitten auf der Straße stehenbleiben. So kann ganz Washington Ihr Kennzeichen ablesen.«

Harrison fuhr wieder an.

»*Sie* haben ihn erschossen«, murmelte Freddy, der noch immer damit kämpfte.

»Scheiße, was haben Sie anderes erwartet?« brüllte Harrison, der die beiden Kerle und sich selbst satt hatte. »Arschlöcher! *Weiße* Arschlöcher! Ihr habt *gewußt,* daß Ike Randolphs Todesurteil gesprochen war, sobald Cherry den Mund aufmacht. Und jetzt ist er tot. So mausetot, wie ich wäre, wenn jemand ihm meinen Namen geflüstert hätte.«

»Warum haben Sie den Toten nicht ausgeladen, bevor Sie zu uns gekommen sind?« wollte Freddy wissen.

»Weil ich wollte, daß Sie ihn sehen. Ike ist ein pathologisches Arschloch gewesen, aber *das* hatte er nicht verdient. Ich wollte daß ihr hochnäsigen FBI-Agenten ihn seht, daß ihr ihn riecht und daß sein Blut an euren sauberen weißen Hemden klebt. Verklagt mich doch!«

Unterwegs auf dem Interstate nach Frederick, Maryland, schätzte Henry Charon die Wolkenuntergrenze auf mindestens 1500 Meter. Es war diesig bei höchstens zehn Kilometern Sicht. Nicht wie draußen im Westen, wo man selbst an schlechten Tagen 70, 80 Kilometer Sicht hatte.

Er wußte, wohin er wollte: zu einen kleinen Picknickplatz am Potomac River. Mitte Dezember, eine Woche vor Weihnachten, war dort bestimmt niemand. Der Platz war menschenleer gewesen, als Charon ihn letzte Woche inspiziert hatte, nachdem er eine Funknavigationskarte und eine Straßenkarte zu Rate gezogen hatte. Er hatte einige Linien gezogen und einige Berechnungen angestellt.

Kurz vor Frederick verließ er die Interstate und fuhr auf

einer Landstraße nach Süden weiter. Ihr Asphaltband schlängelte sich durch fruchtbares Farmland am Monocacy River. Gepflegte Häuser und Scheunen standen in der Nähe der Straße, und auf den Weiden graste Vieh.

Gleich nach einer ehemaligen Tankstelle bog Henry Charon nach rechts auf eine unbefestigte Straße ab, der er 4,2 Meilen weit folgte. Die Abzweigung, die er suchte, lag in einem Wäldchen. Dort vorn!

Keine frischen Reifenspuren im Schlamm. Und nicht zuviel Schlamm. Gut.

Er stellte den Wagen ab und zog seinen Parka und Handschuhe an. Bevor er seine Füße auf den Boden setzte, zog er ein Paar Galoschen über seine Jagdstiefel und ließ die Schnallen zuschnappen.

Sein Kontrollgang dauerte eine halbe Stunde. Keine Jäger oder Angler am Fluß, niemand auf den Feldern im Norden.

Das einzige vom Parkplatz aus sichtbare Haus stand knapp einen Kilometer entfernt in Virginia auf dem anderen Ufer des Potomac Rivers. Er suchte das Haus und seine Umgebung mit dem Fernglas ab. Nirgends ein Mensch zu sehen.

Ab und zu flog ein Sportflugzeug über ihn hinweg. Charon sah nicht einmal auf. Er befand sich nur 16 Seemeilen nördlich des Flughafens Dulles International und sieben bis acht Seemeilen nördlich von Leesburg. Der Flugplatz Harper's Ferry lag etwa 15 Seemeilen entfernt im Westen. Deshalb war mit Flugzeugen zu rechnen.

Er nahm die Flugfunkempfänger aus dem Kofferraum und ging damit zu einem Kieshaufen in Ufernähe, auf den er sich setzte. An diesem Platz wurde sein Blickfeld nach Süden und Südosten nur durch die Bäume jenseits des Flusses begrenzt und reichte vom Zenit bis etwa zehn Grad über den Horizont. Das war genug. Mehr als genug.

Nachdem er beide Empfänger eingeschaltet hatte, prüfte

er die Batterien. Er hatte erst an diesem Morgen frische Batterien eingesetzt und für alle Fälle Reservebatterien im Auto. Beide Anzeigen waren im grünen Bereich.

Den ersten Empfänger stellte Charon auf 126,1 MHz ein, die VHF-Frequenz des Nordsektors von Dulles Approach. Bei ausgezogener und leicht nach rechts geneigter Antenne war der Empfang zufriedenstellend. Seinen zweiten Empfänger stellte er auf die UHF-Frequenz 384,0 MHz ein. Er wußte ziemlich sicher, daß nur die Frequenz 126,1 in Frage kam, aber er wollte kein Risiko eingehen.

Die Empfänger begannen, den üblichen Funkverkehr zwischen Fluglotsen und Piloten auszuspucken. Charon stellte sie mit etwas Abstand in den Kies und drehte die Lautstärkeregler zurück. Sie brauchten nicht laut zu sein, denn sein Gehör war ausgezeichnet – trotz der vielen tausend Gewehrschüsse, die er in seinem Leben ohne Ohrenschützer gehört hatte.

Dann holte er sich die Thermoskanne mit Kaffee und die Sandwichs, die er an diesem Morgen am Drive-in-Schalter eines Schnellrestaurants gekauft hatte. Er aß langsam und kostete jeden Bissen aus. Der Kaffee kühlte zu rasch ab, aber er trank ihn trotzdem, denn er hatte einen langen Nachmittag vor sich.

Vielleicht. Wer konnte das schon wissen?

Alle Planungen, alle Vorbereitungen waren beendet. Henry Charon war so bereit, wie er jemals sein würde. Er dachte an die vergangenen drei Wochen, an die Pläne, die er geschmiedet und an die Zufälle, für die er Vorsorge getroffen hatte.

Die Chancen standen vier zu eins. Heute hatte er 25 Prozent Chancen, das hatte er sich ausgerechnet. Wie immer befand das Wild, das er jagte, sich im Vorteil – aber das war ihm als Jäger gerade recht.

Henry Charon grinste. Als er den letzten Bissen gegessen und den letzten Schluck getrunken hatte, legte er das Papier und den Styroporbecher auf den Rücksitz seines Wagens. Dort wurde es nicht weggeweht, aber er konnte es bei erster Gelegenheit irgendwo loswerden.

Er setzte sich wieder auf den Kieshaufen und konzentrierte sich auf den Funkverkehr.

Zwischendurch stand er gelegentlich auf, suchte seine Umgebung mit dem Fernglas ab und nahm dann wieder seinen Platz ein.

Der kleine Picknickplatz lag unter einer der beiden Routen, die der Hubschrauber, der den Präsidenten von Camp David ins Weiße Haus zurückbrachte, seiner Beurteilung nach nehmen konnte. Charon nahm an, der Hubschrauber werde dem Flugplatzverkehr in Frederick und Gaithersburg ausweichen. In diesem Fall konnte er östlich an den beiden Flugplätzen vorbeifliegen und das Weiße Haus auf Südkurs über Silver Spring und Bethesda erreichen. Flog der Hubschrauber dagegen westlich an Frederick vorbei, mußte er auf seiner Route den Potomac entlang nach Washington hinein eigentlich diesen kleinen Picknickplatz am Fluß überfliegen.

Nach eingehendem Kartenstudium hatte Charon der Route den Fluß entlang den Vorzug gegeben. Im Sinkflug über Washington würde der Hubschrauber die Lärmbelästigung dichtbebauter Gebiete animieren, wenn er dem Fluß nach Süden folgte. Das erschien ihm als gutes Argument für die Festlegung der Rückflugstrecke.

Trotzdem war er kein Pilot und verstand so gut wie nichts von Flugsicherungsverfahren. Er hatte keine Zeit gehabt, andere Flüge von und nach Camp David zu beobachten oder das Unternehmen so zu proben, daß alles wie am Schnürchen klappte. Deshalb mußte er ziemlich viel improvisieren. Aber je häufiger er sich in dieser Gegend sehen ließ, um alles vorzubereiten, desto größer war die Wahrscheinlichkeit, daß irgend jemand sich an ihn erinnerte.

Heute würde er's versuchen. Bot sich die Gelegenheit, würde er schießen. Bot sich keine, würde er eine andere herbeiführen.

Die Chancen standen vier zu eins. Vielleicht noch schlechter. Aber sie mußten genügen.

Er seufzte, beobachtete die Vögel und horchte auf das Rauschen des Flusses, wenn die Flugfunkempfänger gerade einmal stumm waren. Zwischendurch stand er immer wieder auf, um seine Umgebung mit dem Fernglas abzusuchen. Zwischen Parkplatz und Ufer standen drei Picknicktische mit jeweils einem kleinen gemauerten Grill. Es mußte hübsch sein, im Sommer einen Ausflug hierher zu machen – falls man einen der Tische ergattern konnte.

Kurz nach 15 Uhr hörte er den Anruf, auf den er gewartet hatte. Er kam auf der VHF-Frequenz.

»Dulles Approach, hier Marine One, steigen auf dem Flug von Papa vierzig nach Papa sechsundfünfzig auf dreitausend, kommen.« Diese Gebiete kannte Charon: Sperrgebiet 40 war Camp David, Sperrgebiet 56 umgab das Weiße Haus.

»Marine One, Dulles Approach, squawken Sie vier-eins-vier-zwo Ident.«

Ein Cessnapilot rief Approach, aber sein Anruf blieb unbeantwortet. Henry Charon schaltete seinen UHF-Empfänger ab und legte ihn in den Kofferraum.

»Marine One, Dulles Approach, Radarkontakt. Frei zum Flug laut Flugplan nach Papa sechsundfünfzig in allen Höhen unter fünftausend. Melden Sie dreitausend sowie jede weitere Höhenänderung, kommen.«

»Marine One frei laut Flugplan. Höhenänderung melden. Wir halten vorerst dreitausend.«

»Verstanden. Cessna fünf-eins-sechs-eins Yankee, wiederholen Sie Ihren Anruf.«

Ein letzter Rundblick mit dem Fernglas, das er danach an seinem Hals baumeln ließ. Aus dem Kofferraum holte er einen zusammengerollten Teppichbodenrest, mit dem er einen Teil des Kieshaufens abdeckte. Eine zweite Rolle diente als zusätzliches Polster.

Eines der eineinviertel Meter langen Rohre legte er neben sich auf den Teppichboden, nachdem er es sorgfältig auf Beschädigungen untersucht hatte. Das zweite behielt er in den Händen.

Er setzte sich so in den abgedeckten Kies, daß sein Kreuz gut unterstützt wurde, aber die Raketenabgase trotzdem frei entweichen konnten. Natürlich würde das FBI diese Stelle finden, und die Rauchspuren würden beweisen, daß die Flak-Rakete hier abgeschossen worden war. Er wollte bloß vermeiden, daß der heiße Abgasstrahl seinen Rücken traf. Das Abschußrohr mit der Stinger hielt er quer über seinen Knien.

Dann saß er da, wartete und zählte die Minuten. Bei einer Reisegeschwindigkeit von 120 Knoten legte der Hubschrauber in jeder Minute zwei Meilen zurück. Die Entfernung hatte er mit 24 Meilen gemessen. Zwölf Minuten Flugzeit. Bei Rückenwind oder höherer Geschwindigkeit auch weniger. Charon wollte 18 Minuten lang warten. War der Hubschrauber bis dahin nicht in Sicht gekommen, flog er diesmal eine andere Strecke. Nach spätestens 18 Minuten würde er wegfahren und sich etwas anderes einfallen lassen.

Vielleicht benutzte Marine One nicht diese Route. Das ließ sich natürlich nicht voraussagen. Aber er würde es bald wissen.

Und der Hubschrauberpilot hatte Dulles Approach nicht von Camp David aus gerufen. Er war zwei, drei Minuten vorher gestartet und hatte sich schon im Steigflug befunden. Folglich würde er weniger als zwölf Minuten brauchen.

Die Minuten verstrichen, während er den Himmel absuchte. Sechs, sieben, acht...

Dann hörte er das typische Knattern eines Hubschraubers. Er sah in die Richtung, aus der es kam. Aber die Bäume hinter ihm würden ihm die Sicht nehmen, bis die Maschine fast genau über ihm war.

Er schaltete beide Abschußvorrichtungen ein und hielt das Fernglas bereit.

Da war er! Ziemlich hoch und etwas links von ihm. Ungefähr eineinhalb Kilometer entfernt.

Er suchte ihn durchs Fernglas, das er geübt mit dem Daumen scharfstellte. Genau! Ein VIP-Hubschrauber des Marine Corps, wie der, den er auf dem Rasen des Weißen Hauses gesehen hatte.

Charon ließ sein Fernglas sinken und hob das Rohr auf die rechte Schulter. Visier aufklappen, Stromversorgung einschalten, Fadenkreuz aufs Ziel richten... Signalton abwarten. Er drückte ab.

Die Rakete fauchte los.

Henry Charon ließ das leere Rohr fallen und griff nach dem zweiten Gerät. Visier. Stromversorgung. Fadenkreuz. Signalton. Schuß!

Während die zweite Flak-Rakete unterwegs war, warf Charon beide Rohre, die Teppichbodenreste und das Fernglas in den Kofferraum seines Wagens.

Erst dann sah er auf. Die erste Stinger war bereits detoniert und hatte vor leicht verhangenem Himmel eine schmutziggraue Sprengwolke zurückgelassen. Der Hubschrauber kippte mit zur Seite schwingendem Bug ab.

Rumms! Der Gefechtskopf der zweiten Rakete detonierte mit einem grellen Lichtblitz.

Die Vorwärtsbewegung des Hubschraubers hörte auf, und er begann in einer engen Spirale kreiselnd zu fallen.

Henry Charon griff nach dem Flugfunkempfänger.

»Mayday! Mayday! Mayday! Marine One hat völligen Hydraulikausfall und Ausfall eines Triebwerks! Wir müssen notlanden!«

»Marine One, hier Dulles, wiederholen Sie.«

Die Stimme klang jetzt höher, aber der Pilot konnte noch klar denken, hatte nicht den Kopf verloren. *»Dulles, Hydraulik und ein Triebwerk sind ausgefallen. Der Kopilot ist tot. Wir sinken und... äh... alarmieren Sie den Rettungsdienst. Wir müssen notlanden!«*

Charon stellte den Empfänger ab und legte ihn sorgfältig auf einen der Teppichbodenreste im Kofferraum. Dann knallte er den Kofferraumdeckel zu.

Er sah sich um. Nichts liegengeblieben.

Bevor der Killer einstieg, sah er nochmals zu dem getroffenen Hubschrauber hinüber. Schon viel tiefer, mehrere Kilometer südöstlich, mit stark geneigtem Bug fallend. Schnelles Kreiseln, ungefähr eine Umdrehung pro Sekunde. Das würde ein schlimmer Absturz werden.

Henry Charon setzte sich ans Steuer, ließ den Motor an und fuhr davon.

Kapitel zwanzig

Henry Charon stellte das Autoradio auf einen Washingtoner Lokalsender ein und fuhr in Richtung Frederick nach Norden. Im Radio diskutierte eine Moderatorin mit

Anrufern über die Angemessenheit staatlicher Maßnahmen zur Bekämpfung der AIDS-Krise. In Frederick bog er auf die I-70 nach Osten ab. Beim ersten Rastplatz verließ er die Interstate.

Er parkte im rückwärtigen Teil des Rastplatzes, streifte die Galoschen ab und legte sie in den Kofferraum. Dann wikkelte er die beiden olivgrünen Metallrohre sorgfältig in die Teppichbodenreste, die er mit starkem grauen Textilklebeband umwickelte. Nachdem er den Kofferraum wieder geschlossen und sich vergewissert hatte, daß der Wagen abgesperrt war, ging er auf die Toilette.

Auf der Weiterfahrt hörte er wieder Radio, als ein Ansager die laufende Sendung mit einer wichtigen Meldung unterbrach:

»Ein Hubschrauber des U.S. Marine Corps mit dem Präsidenten der Vereinigten Staaten und mehreren hohen Persönlichkeiten an Bord ist in Nordvirginia nördlich des Dulles Airports abgestürzt. Rettungsmannschaften vom Dulles Airport sind im Einsatz. Nähere Einzelheiten sind gegenwärtig noch nicht bekannt. Bleiben Sie auf Empfang; wir halten Sie über die weitere Entwicklung auf dem laufenden.«

Der Sender nahm keine weiteren Anrufe entgegen. Die Moderatorin verabschiedete sich hastig, und zwei Journalisten begannen, über diese Meldung und ihre Konsequenzen zu diskutieren. Sie erwähnten die Tatsache, daß der Präsident das Wochenende in Camp David verbracht und sich vermutlich auf dem Rückflug nach Washington befunden hatte, als der Unfall passiert war. Die beiden sprachen von einem Unfall. Sie verlasen eine Liste der Persönlichkeiten, die Wochenendgäste des Präsidenten gewesen waren, und stellten Vermutungen über die Ursache des Hubschrauberabsturzes an. Sie tippten beide auf technisches Versagen oder einen Zusammenstoß mit einem anderen Luftfahrzeug. Daraus schloß Charon, daß sie nicht gerade viel von Hubschraubern verstanden.

Er stellte das Radio ab.

Nun war's soweit. Die Jagd hatte begonnen, und er war der Gejagte.

Er bog von der Interstate ab und folgte eine Viertelstunde lang einer kurvenreichen Landstraße, bis er zu einer Müllkippe kam. Er hielt am Kassenhäuschen neben der Schranke.

Die Frau im Kassenhäuschen hörte Radio.

»Fünf Dollar«, sagte sie geistesabwesend.

Er zog seine Geldbörse und gab ihr den Schein. Sie hielt ihm ein kleines Schreibbrett hin. Auf dem Vordruck sollte er durch Unterschrift bestätigen, daß er kein gefährliches Material abladen werde. Falsche eidesstattliche Erklärungen werden strafrechtlich verfolgt! warnte eine Zeile in Fettdruck.

»Was ist passiert?« fragte Charon, während er etwas Unleserliches als Unterschrift hinkritzelte.

»Der Hubschrauber des Präsidenten ist abgestürzt.«

»Tatsächlich? Ist er tot?«

»Das weiß man noch nicht.«

Charon gab ihr das Schreibbrett zurück und wurde durchgewinkt.

Wieder ein glücklicher Zufall. Sein Wagen war der einzige, der hier Müll abladen wollte. Eine laut brummende Planierraupe schob von kreischenden Möwen umschwärmt einen kleinen Abfallberg in die Tiefe.

Henry Charon öffnete den Kofferraum, um die Galoschen und die beiden in Teppichbodenreste gewickelten Abschußrohre zu beseitigen. Er warf sie auf den Abfallberg, der voraussichtlich als nächster drankommen würde. Dann holte er Sandwichpapier, Tragtüte und Kaffeebecher vom Rücksitz und warf sie dazu.

Beim Wegwerfen machte er einen Bogen um die Raupe, wobei er darauf achtete, in der Fahrspur zu bleiben, wo der Boden fester war. Ganz in der Nähe hielt ein Pickup mit Bauschutt, und der Fahrer begann abzuladen. Die große Planierraupe schob einen riesigen Berg Abfall über die Raketenabschußrohre.

Special Agent Thomas Hooper bekam die Nachricht in der FBI-Außenstelle Quantico. Hooper, Freddy Murray und ein Staatsanwalt waren eben dabei, Harrison Ronald Ford zu vernehmen, als der Anruf kam.

Bevor Hooper vor drei Jahren zur FBI-Abteilung Drogenkriminalität versetzt worden war, hatte er fünf Jahre lang das SWAT-Team geführt. Noch heute mußte er auf Abruf einsatzbereit sein. Paramilitärische FBI-Unternehmen waren sehr selten, aber gelegentlich doch notwendig. Erforderte die Situation mehr Männer, als das SWAT-Team zur Verfügung hatte, verständigte der Wachoffizier die in Reserve stehenden qualifizierten Agenten. Hooper sollte sofort zur Absturzstelle hinausfahren. Die Nachricht, der Befehl und der Unfallort wurden so knapp wie möglich übermittelt.

Hooper legte langsam auf und sah, daß die anderen ihn anstarrten – zweifellos eine Reaktion auf seinen Gesichtsausdruck. »Der Präsident ist mit dem Hubschrauber abgestürzt«, erklärte er ihnen. »Ich muß los!«

»Ist er tot?«

»Keine Ahnung«, murmelte Hooper und verließ schweigend den Raum.

Jake, Callie und Amy Grafton kamen vom Einkaufen zurück, als sie unterwegs die Nachricht im Radio hörten. Die drei trugen ihre Päckchen nach oben, und Amy lief ins Wohnzimmer, um den Fernseher einzuschalten. Die gewohnten Programme waren unterbrochen, und die Fernsehgesellschaften waren dabei, ihre besten Leute zusammenzutrommeln.

Wie viele Dutzend Millionen Zuschauer in ganz Amerika erfuhren die Graftons die Nachrichten so, wie sie bei den Sendern einliefen. Beim Absturz hatte es vier Tote gegeben; weitere vier Personen waren verletzt, drei davon lebensgefährlich. Tot waren die beiden Piloten, der Außenminister und der Nationale Sicherheitsberater. Zu den Schwerverletzten gehörte der Präsident, der mit einem Rettungshubschrauber ins Bethesda Naval Hospital gebracht worden war. Seine Frau, die in Kennebunkport Urlaub gemacht hatte, befand sich auf dem Rückflug nach Washington.

Erste Bilder zeigten das Hubschrauberwrack aus etwa hundert Meter Entfernung.

Später am Abend wurden Augenzeugen des Absturzes vor laufender Kamera interviewt. Eine ältere Frau, die bei der Gartenarbeit gewesen war, hatte den Hubschrauber abstürzen gesehen. »Ich hab' gewußt, daß sie sterben würden. Er hat gekreiselt und ist dabei so schnell gefallen. Ich hab' die Augen zugemacht und gebetet.«

»Wofür haben Sie gebetet?«

»Daß Gott ihre Seelen zu sich nehmen möge.«

In der Redaktion der *Washington Post* wurde Jack Yocke einem Team zugeteilt, das einen zusammenfassenden Bericht über die Regierungsarbeit schreiben sollte – einen Artikel, der nur erscheinen würde, falls der Präsident starb. Vor zwei Wochen hätte Yocke noch darunter gelitten, nicht Hals über Kopf zur Absturzstelle in Marsch gesetzt worden zu sein. Nicht jedoch an diesem Abend. Während er sich am

Bildschirm mit den wichtigsten Ereignissen der Amtszeit befaßte, versuchte er, sich ein genaueres Bild von dem Mann zu machen, den seine Mitbürger zu ihrem Führer gewählt hatten.

Marineflieger des Zweiten Weltkriegs, im texanischen Ölgeschäft erfolgreich, Self-made-Mann und Millionär, Politiker – weshalb hatte er sich um den schwierigsten Job der Welt beworben? Was hatte er gesagt? Worin sah er seine Aufgabe? Weshalb mied er das Rampenlicht? Hatte er eine Vorstellung davon, welchen Weg Amerika einschlagen sollte – und welche? Mit diesen Fragen schlug Jack Yocke sich herum. Zwischendurch las er Agenturmeldungen oder hockte vor dem Fernseher.

Und er nahm sich einen Augenblick Zeit, um Tish Samuels anzurufen.

»Hast du's schon gehört?«

»Ist das nicht schrecklich?«

»Ja.«

»Oh, ich fühle mit seiner Frau«, sagte Tish. »Ich bewundere sie so. Es muß schlimm für sie sein, Angst zu haben, während die ganze Welt auf einen starrt.«

Der Hubschrauber war auf eine Weide kaum hundert Meter westlich des Potomac Rivers gestürzt. Im Licht tragbarer Halogenscheinwerfer sah Special Agent Tom Hooper flüchtig die Kadaver von mindestens drei Kühen. Eine war in Stücke gerissen worden. Er fragte den State Trooper aus Virginia, der ihn zum Hubschrauber begleitete, nach der Ursache.

»Zersplitterte Rotorblätter«, antwortete der Uniformierte. »Der vordere Rotor hat sich noch gedreht, als die Maschine aufgeschlagen ist.«

Im Scheinwerferlicht wirkte das Hubschrauberwrack grotesk deformiert. Marine One war mit dem Bug aufgeprallt, wobei das Cockpit weit eingedrückt worden war. Die Piloten hatten keine Chance gehabt. Einem Rettungsteam war es erst vor kurzem gelungen, die zweite Leiche aus dem Cockpit zu bergen. Sachverständige des Heeres in olivgrünen Arbeitsanzügen begutachteten die Triebwerke. Der Rest der Maschine war fast ebenso zertrümmert wie das Cockpit. Ein Wunder, dachte Hooper, daß vier schwache Menschen diesen Aufprall überlebt hatten.

Der Chef der hier eingesetzten Männer vom Secret Service rief seine Leute zu einer improvisierten Besprechung zusammen. Hooper gesellte sich zu der Gruppe.

»Die Sachverständigen der Army sind sich zu neunundneunzig Prozent sicher, daß der Hubschrauber von Lenkwaffen getroffen worden ist. Von mindestens zwei Raketen. Vermutlich mit Infrarotsuchkopf. Mehr wissen wir morgen, wenn die Splitter der Gefechtsköpfe untersucht worden sind.«

»Soll das heißen, daß das ein Attentat gewesen ist?« fragte jemand ungläubig.

»Ja.«

Hooper war wie vor den Kopf geschlagen. Aber als er jetzt zum Wrack der Maschine hinübersah, sprangen ihm die Beweise direkt ins Auge – ein Loch und gezackte Risse in der rechten Triebwerksverkleidung und viele kleine Löcher am Triebwerksauslaß.

»Wann wollen Sie das bekanntgeben?«

»Das ist Sache des Weißen Hauses. Keiner von *euch* redet in der Öffentlichkeit davon. Wir haben 'ne Menge zu tun, Leute, packen wir's also an!«

Vom Secret Service erhielt das FBI den Auftrag, die Stelle zu finden, von der aus die Lenkwaffen abgeschossen worden waren. Auf dem Rückweg zu seinem Auto und dem Funkgerät überlegte Hooper fieberhaft. Er würde einen

Kreis mit zehn Meilen Radius um diesen Punkt ziehen und abriegeln. Danach würde er in diesem Gebiet jeden Quadratmeter Boden absuchen und jeden Menschen befragen, den er aufspüren konnte. Dafür würde er mehr Leute brauchen, als ihm voraussichtlich zur Verfügung standen. Sheriffs und State Troopers konnten die Straßensperren übernehmen, aber für die Suchaktion würde er Hunderte von Männern brauchen. Vielleicht konnten die Marines in Quantico ihm aushelfen.

Ein Attentäter... irgendwo dort draußen. Natürlich würde der Secret Service seine Anstrengungen verdoppeln, um den Vizepräsidenten zu schützen. Aber er würde lieber nachfragen, ob etwa weitere Leute gebraucht wurden.

Hooper setzte sich im Auto ans Funkgerät und fing an. Er wußte genau, daß er bis in den Morgen hinein beschäftigt sein würde – und so war es dann auch. Nur verständlich, daß er nicht mehr ans Schwurgericht und Freeman McNally dachte. Die mußten eben warten.

Henry Charon machte es sich in seinem Apartment in der New Hampshire Avenue bequem, um fernzusehen. Er knabberte Kartoffelchips und trank dazu ein Bier, als jemand an die Wohnungstür klopfte.

Ein rascher Blick in die Runde. Nirgends etwas, das Verdacht erregen konnte. Er ließ den Fernseher laufen und öffnete die Tür.

»Hallo, Mr. Tackett«, sagte Grisella Clifton. »Sie kennen mich doch? Ich bin die Hausverwalterin.« Sie trug ausgebeulte Jeans und einen schlampig gestrickten Pullover.

»Natürlich! Grisella, stimmt's?«

Sie nickte. »Mein Fernseher ist kaputt. Kann ich bei Ihnen mitsehen?«

»Klar. Kommen Sie rein.«

Sie machte es sich bequem. Er bot ihr Chips und ein Bier an. »Danke, aber ich bringe nichts runter. Ich bin nicht im geringsten hungrig. Ist das nicht eine Tragödie?«

Henry Charon stimmte zu, das sei es, und ließ sich in den Sessel fallen.

»Oh, Sie sehen NBC? Ich hab' mir CNN angeschaut. Die reden mit ein paar Augenzeugen, die den Absturz beobachtet haben. Was kann mit dem Hubschrauber bloß nicht in Ordnung gewesen sein?«

Charon zuckte mit den Schultern. »Wir können das Programm wechseln, wenn Sie wollen.«

»Wenn's Ihnen nichts ausmacht. Ich finde CNN irgendwie... aktueller.« Er stand bereitwillig auf und schaltete um. »Ich kann's einfach nicht glauben, daß mein Fernseher den Geist aufgegeben hat. Das Bild ist plötzlich ganz verschwommen gewesen. Ausgerechnet dann, wenn mal was Wichtiges passiert. Ist das nicht typisch?«

»Hmmm.«

»Oh, ich hoffe, daß dieser Überfall Sie nicht stört. Aber ich habe einfach das Bedürfnis, mit jemand zusammen zu sein. Das macht mich echt betroffen, wissen Sie?«

Er nickte wortlos. Sie schwatzte weiter. Er stellte fest, daß er die Fernsehreportage verfolgen und trotzdem genug von ihrem Geschwätz mitbekommen konnte, um zwischendurch darauf zu antworten.

Sie verstummte erst, als ein Chirurg aus dem Bethesda Naval Hospital vor die Fernsehkameras trat. Er teilte den Dutzenden von Reportern mit, welche Verletzungen der Präsident erlitten hatte, und benutzte einen Zeigestab, um die Einzelheiten an einem Menschenmodell zu erläutern.

Was ist, wenn er am Leben bleibt? fragte Charon sich. Er war dafür bezahlt worden, den Präsidenten zu ermorden, nicht, ihn ins Krankenhaus zu bringen.

Im Fernsehen war noch mit keinem Wort von einem Attentat die Rede gewesen, aber Secret Service und FBI wußten natürlich längst, was passiert war. Der abgestürzte Hubschrauber mußte dem ersten Unfallsachverständigen, der ihn begutachtet hatte, »Mord!« entgegengeschrien haben. Ein weiteres Mal an den Präsidenten heranzukommen, würde schwierig werden.

Während er Grisella Cliftons nervöses Geschwätz – weshalb war sie eigentlich so aufgeregt? – an sich vorbeirauschen ließ und auf den Fernsehschirm starrte, begann er, das Problem zu analysieren. Auch der scheinbar perfekteste Personenschutz hatte irgendwo Lücken. Darüber würde er nachdenken müssen.

Überall in Amerika, in Weilern und Großstädten und auf Farmen, versammelten sich die Menschen vor Fernsehern oder hatten unterwegs ihr Autoradio eingeschaltet. Der Präsident der USA rang im Krankenhaus mit dem Tode, und 250 Millionen Amerikaner hielten den Atem an.

Es spielte keine Rolle, ob man für oder gegen ihn gestimmt hatte, ob man mit seiner Politik einverstanden war, ob man überhaupt wußte, welche Politik er verfolgte. Man saß da und hörte zu und war zutiefst bewegt, als der Zustand des Präsidenten bekannt wurde. Er war schwer verletzt: Gehirnerschütterung, Rippenbrüche, Nierenquetschung, Milzriß und offener Beinbruch.

Im Bethesda Naval Hospital trat der Chirurg erneut vor die Kameras. Er ignorierte alle ihm zugerufenen Fragen. »Wir wissen noch nichts. Wir wissen noch nichts. Wir untersuchen weiter, dann werden wir sehen.« Er machte eine Pause, hörte sich die Kakophonie einen Augenblick an und fügte hinzu: »Er ist bewußtlos. Seine Körperfunktionen sind erratisch. Wir wissen noch nichts.«

Der Präsident war kein König, kein Diktator, sondern ein amerikanischer Mitbürger, der gewählt worden war, um die Nation vier Jahre lang zu führen. Vier Jahre – lange genug für einen engagierten Politiker, der die Stimmung im Lande richtig einschätzte, um etwas Vernünftiges zu leisten, aber nicht so lange, daß ein unfähiger Dummkopf irreparablen Schaden hätte anrichten können.

In den über zwei Jahrhunderten seit dem Amtsantritt George Washingtons hatte die Nation alle möglichen Präsidenten gehabt. Aber sie alle hatten sich als Sprecher ihrer Mitbürger verstanden und dadurch im amerikanischen Volk tiefen, bleibenden Respekt vor dem Präsidentenamt und seinen Inhabern geweckt. Eigenartigerweise schienen individuelle Verdienste oder persönliche Fehlleistungen des jeweiligen Amtsinhabers diese Wertschätzung kaum zu beeinflussen.

Vom Präsidenten erwarteten die Amerikaner, daß er bei seinen Entscheidungen die Interessen aller abwog und für sie alle sprach. Dieser im Tagesgeschäft tätige Politiker, dieser gewöhnliche Bürger, den sie ins höchste Staatsamt gewählt hatten, wurde zur Verkörperung ihrer unausgesprochenen Hoffnungen und Träume. Auf irgendeine vage, mystische Weise wurde er zum Sinnbild Amerikas. Und zur Verkörperung aller seiner Werte.

Um 21.30 Uhr an diesem Sonntagabend teilte ein Fernsehkorrespondent dem Pressesprecher des Weißen Hauses mit, seine Gesellschaft habe erfahren, der »verunglückte« Pilot von Marine One habe in seiner letzten Meldung an Dulles Approach von Explosionen »wie von Raketen« gesprochen. Die Story solle um 22 Uhr über die Sender gehen. Ob das Weiße Haus sich dazu äußern wolle?

Ja, es wollte sich dazu äußern. Der Pressesprecher sagte,

er werde um 22.15 Uhr eine Pressekonferenz geben, und ließ die Fernsehgesellschaft bitten, ihre Ausstrahlung bis dahin zu verschieben. Nach hastiger Konsultation mit New York erklärte der Korrespondent sich damit einverstanden.

Um 22.20 Uhr an diesem Abend trat der Pressesprecher des Weißen Hauses ans Rednerpult und kniff die Augen zusammen, bis sie sich ans gleißende helle Licht der Fernsehscheinwerfer gewöhnt hatten. Was er zu sagen hatte, las er von einem mitgebrachten Blatt Papier ab. Flankiert wurde er dabei von den Direktoren des Secret Service und des FBI.

»Der Vizepräsident der Vereinigten Staaten hat mich zu der Erklärung ermächtigt, daß der Hubschrauberunfall heute nachmittag, der fünf Menschenleben gefordert hat, ein Attentatsversuch gewesen ist. Wir vermuten...«

Weiter kam er nicht. Leute, die es eigentlich besser hätten wissen müssen, brüllten wild durcheinander.

Der Pressesprecher wartete darauf, daß dieser Aufruhr abklang. Er tupfte sich Schweißperlen von der Stirn und starrte weiter seine Vorlage an. Dann konnte er endlich fortfahren:

»Wir vermuten, daß der Anschlag dem Präsidenten der Vereinigten Staaten gegolten hat, obwohl diese Annahme sich gegenwärtig weder beweisen noch widerlegen läßt. Der oder die Täter scheinen mindestens zwei Lenkwaffen mit Infrarotsuchkopf auf den Hubschrauber des Präsidenten abgeschossen zu haben. Davon haben mindestens zwei getroffen und die Maschine schwer beschädigt. Der Pilot hat sofort die Kontrolle verloren. Wenig später ist der Hubschrauber aufgeschlagen. Falls Sie noch Fragen haben, sind die Direktoren von Secret Service und FBI anwesend, um mir zu helfen, sie zu beantworten.«

»Woher wissen Sie, daß der Hubschrauber mit Raketen abgeschossen worden ist?«

»Splitter der Gefechtsköpfe haben seinen Rumpf an mehreren Stellen durchbohrt«, antwortete der Direktor des Secret Service.

»Gibt es Verdächtige?«

»Noch nicht.«

»Haben Sie irgendwelche Hinweise?«

»Noch nicht.«

»Stehen Verhaftungen bevor?«

»Nein.«

»Trifft es zu, daß der Pilot des Hubschraubers in seiner letzten Meldung an Dulles Approach von Explosionen ›wie von Raketen‹ gesprochen hat?« Das war der Korrespondent, der bereit gewesen war, seine Story zurückzuhalten.

»Ja, das stimmt.«

»Weshalb ist das nicht früher bekanntgegeben worden?«

Der Pressesprecher war übermüdet und hatte einen verdammt schwierigen Abend hinter sich. Bei solchen Fragen riß ihm der Geduldsfaden. »Diese Meldung haben wir erst überprüfen müssen. Schon jetzt schwirren tausend Gerüchte herum – zum Beispiel auch, daß der Pilot betrunken gewesen war. Wir geben Informationen bekannt, sobald wir sie verifiziert haben und für zutreffend halten. Nicht schon vorher.«

»Ist der Pilot betrunken gewesen?«

»Meines Wissens nicht. Selbstverständlich wird bei allen Toten eine Autopsie vorgenommen.«

In ganz Amerika schlug die Stimmung der Fernsehzuschauer, von denen es viele Millionen gab, ins Trübselige um. Ein Attentäter. Kein gewöhnlicher Mörder, sondern einer, der die Vereinigten Staaten von Amerika direkt angegriffen hatte.

Verständlicherweise stürzten die vier nationalen Fernsehgesellschaften sich sofort auf das Attentatsmotiv. Videoclips zeigten die Ermordung Kennedys. Bilder von Lincoln, Garfield und McKinley wurden gezeigt. Persönlichkeitsprofile früherer Attentäter wurden rasch zusammengestoppelt und gesendet. Eine Gesellschaft schickte ein Team los, das mit laufender Kamera vor dem New Yorker Haus von Jacqueline Onassis Stellung bezog. Aber Kennedys Witwe ließ sich nicht blicken.

In der Redaktion der *Washington Post* blieb Mergenthaler an Yockes Schreibtisch stehen. Der Fernseher in einer Ecke des Raums zeigte gerade, wie Lee Harvey Oswald von Jack Ruby erschossen wurde. »Kommst du mit auf 'n Sandwich?«

»Okay. Ich hab' 'ne Pause verdient.«

Sie gingen zum Lift und fuhren in die Cafeteria hinunter. Normalerweise war sie um diese Zeit geschlossen – aber nicht in dieser Nacht.

»Was glaubst du?« fragte Jack Yocke. »Ein Spinner wie Oswald?«

»Unwahrscheinlich. Spinner schießen nicht mit Lenkwaffen.«

»Erinnerst du dich an die Auslieferung Chano Aldanas vor ein paar Wochen? Und an das ›Kommuniqué‹ seiner von Auslieferung bedrohten Komplizen in Kolumbien? ›Wir werden die amerikanische Regierung in die Knie zwingen!‹ «

»Natürlich. Falls sie's gewesen sind, haben sie einen guten Anfang gemacht.«

»Okay, was hältst du also davon?«

»Ich denke, daß die Kolumbianer vergessen haben, den Vizepräsidenten in ihre Berechnungen einzubeziehen.«

»Soviel ich mich erinnere, hast du ihn als ›den größten Fehler dieses Präsidenten‹ bezeichnet.«

»Das ist noch eine meiner schmeichelhaftesten Bewertungen. Ich habe auch gesagt, daß der Präsident niemals zu fürchten braucht, sein Vizepräsident könnte ihm über den Kopf wachsen.«

Sie gingen die Theke entlang und holten sich heißen Kaffee und kalte Sandwiches. Als sie saßen, sprach Mergenthaler weiter.

»Der Vize ist ein richtig netter Kerl, dem keiner vorwerfen kann, ein großer Denker zu sein, und der kein ideologisches Kreuz zu tragen hat, obwohl er ein Verfechter der konservativen Linie ist und manchmal auch daran zu glauben scheint. Genau der Typ, mit dem man am Sonntagmorgen Golf spielen möchte. Freundlich, umgänglich, mag Witze, wie sie Zahnärzte erzählen, und kann vermutlich selbst ein paar zum besten geben. Hat sein ganzes Leben lang nie Geldsorgen gehabt. Verschlägst du deinen letzten Ball in den Bach, wirft er dir grinsend einen zu und weigert sich, einen Dollar dafür zu nehmen.«

Mergenthaler trank einen Schluck Kaffee und biß von seinem Sandwich ab.

»Alle Beobachter, die ihn kennen, stimmen darin überein, daß er in sein Amt hineinwächst. Die Leute unterschätzen ihn, was lächerlich einfach ist, und sind dann verblüfft. Er ist mäßig intelligent, hat seinen Kopf aber nie benutzen müssen, bevor er in öffentliche Ämter gewählt worden ist. Also lernt er, wie man Abgeordneter, wie man Senator, wie man Vizepräsident ist. Sein Stab sagt ihm, was er sagen muß, und er sagt's. Sollte der Präsident sterben, lernt er vermutlich auch, wie man Präsident ist. Läßt man ihm genug Zeit, dürfte er bei gutem Willen aller Beteiligten lernen, ein mittelmäßiger Präsident zu sein.«

»Aber er wird keine Zeit haben«, wandte Yocke ein.

»Darauf will ich gerade hinaus. Er muß sich sofort bewähren. Außer all den Problemen, mit denen der Präsident jongliert hat, mußte sein Vize die Drogenkrise bewältigen, die mit jedem Tag heißer wird. Die Leute werden verlangen, daß dieser Junge, der in seinem Leben noch keine schwierige Entscheidung getroffen hat, etwas *tut.* Und weißt du, was? Ich wette, *daß* er etwas tut.«

Mergenthaler biß von seinem Sandwich ab, bevor er weitersprach.

»Wäre ich ein kolumbianischer Drogenschmuggler, würde ich mich ins nächste Mäuseloch verkriechen. Die größte Versuchung für den Mann im Weißen Haus ist eine Überreaktion. Schon wegen der Generäle, die für einen Vergeltungsschlag plädieren. Sollten die von Auslieferung bedrohten Kolumbianer den Anschlag auf den Präsidenten für sich reklamieren, schreit Amerika nach Blut. Das bedeutet *Krieg,* Mister! Zum Teufel mit der Sparbandenkrise, zum Teufel mit dem Bildungsnotstand, zum Teufel mit dem Haushaltsdefizit! Wir verpulvern unser letztes Geld für 'nen Trip nach Kolumbien, um dieses Hornissennest dort unten auszuräuchern. Wart's nur ab!«

»Ich glaube nicht, daß die Kolumbianer hinter diesem Attentat stecken«, sagte Jack Yocke. »Klar, Aldana hat mächtig auf die Pauke gehauen. Aber seine Terroristenmasche funktioniert hier nicht. Nicht in den Vereinigten Staaten.«

»Ich wollte, ich besäße deinen Optimismus. Nehmen wir mal an, der Vizepräsident wollte den kolumbianischen Drogenbossen eine Lektion erteilen – *das* würde nicht funktionieren. Die Leute, hinter denen wir her sind, würden untertauchen. Um sie zu fassen, müßten wir ein ganzes Land niederbrennen und die Asche durchsieben. Nein, wenn die Kolumbianer anfangen, hier Richter zu ermorden und jeden zu kaufen, der käuflich ist, wird Amerika sich verdammt schnell ändern. *Dann ist es nicht mehr das Amerika, in dem wir aufgewachsen sind.* Ich weiß ehrlich gesagt nicht, wie es dann aussehen wird. Aber ich hoffe, daß ich's nie erlebe.«

»Also können wir nur hoffen, daß der Präsident nicht stirbt.«

Ottmar Mergenthaler schnaubte. »Hoffen wir lieber, daß die Kolumbianer nicht behaupten, ihn abgeschossen zu haben.«

Kapitel einundzwanzig

In seinem Zimmer in der Kaserne des Marine Corps in Quantico blätterte Harrison Ronald Ford in der Montagsausgabe der *Washington Post* und suchte die Meldung über Ike Randolphs Leiche. Den größten Teil der Zeitung nahm die Berichterstattung über das Attentat ein. Umfangreich war auch eine detaillierte Biographie des Präsidenten mit Interviews von Leuten, die seinen Weg begleitet hatten.

Als Ford schon fürchtete, der Leichenfund sei nicht gemeldet worden, entdeckte er die drei Absätze lange Meldung doch noch auf Seite B-7. Leiche eines bisher nicht identifizierten Schwarzen mit schweren Verbrennungen und einem Kopfschuß am Sonntagmorgen von einem Militärpolizisten auf einem Streifengang um Fort McNair aufgefunden. Nun, das war besser als die Idee mit dem anonymen Anruf, obwohl der Militärpolizist bestimmt einen Hinweis bekommen hatte, wo er sich mal umsehen sollte.

Harrison Ronald war enttäuscht. Diese kümmerliche kleine Meldung würden Freeman und die Jungs, die nicht gerade richtige Leseratten waren, überhaupt nicht sehen.

Was ihnen nicht als Schlagzeile entgegenknallte, nehmen sie überhaupt nicht wahr.

Vielleicht hatte ein Lokalsender sich der Story angenommen und darüber berichtet, wenn gerade kein anderes Material da war.

Er warf die Zeitung auf den Tisch.

Daß aber auch nichts klappte! Der Gerichtstermin war verschoben worden, Hooper war unterwegs und jagte in ganz Maryland und Nordvirginia Attentäter, Freddy war im J. Edgar Hoover Building nicht zu erreichen. Und er schmorte hier im eigenen Saft, während er überlegte, was jetzt durch Freeman McNallys Kopf gehen mochte.

Bestimmt nichts Gutes, das stand fest. Wenn Sammy Z. heute abend nicht zur Arbeit kam, würde irgend jemand seine Wohnung kontrollieren. Wenigstens war er so clever gewesen, den Mustang vor der Bruchbude stehen zu lassen, obwohl Freddy den Wagen lieber im FBI-Labor hätte untersuchen lassen. Harrison hatte Hooper und Freddy sehr deutlich gesagt, was er von ihren geistigen Fähigkeiten hielt.

Sein Verschwinden war nichts, was Freeman McNally ignorieren würde. Was hatte er in bezug auf Fat Tony Anselmo gesagt? Man konnte alles rauskriegen, wenn man wußte, wen man zu fragen hatte, und genug Geld dafür ausgab.

Harrison starrte aus dem Fenster auf den kurzgeschorenen Rasen und die kugelförmig geschnittenen Bäume hinaus.

Ein trüber Tag. Stark bewölkt, bald würde es regnen.

Und er saß hier – für jeden, der ein Fernglas hatte, deutlich sichtbar. Er zog die Jalousie herunter und stellte die Lamellen schräg.

Dann warf er sich der Länge nach aufs Bett.

Zehn Monate lang diese Scheiße, und er schwitzte noch immer. Würde das jemals aufhören?

»Hast du heute morgen schon ferngesehen?« wollte Mergenthaler am Montagmorgen von Jack Yocke wissen. Der Kolumnist stand mit einem Packen Zeitungen an der Tür seines Glaskastens. Er las jeden Morgen die *New York Times,* die *Chicago Herald Tribune* und die *Los Angeles Times.*

»Ungefähr 'ne Viertelstunde.«

»Diese Idioten verherrlichen den Präsidenten, und dabei hat er noch nicht mal den Anstand gehabt, zu sterben. Ich hab' mir beim Morgenkaffee die Lobpreisungen der NBC angehört. Sollte er am Leben bleiben, ist er der erste Heilige im Weißen Haus. Dann können die Demokraten sich ihren nächsten Wahlkampf sparen.«

»Ist's wirklich so schlimm?«

»Ja! Mir ist's egal, wie melodramatisch und rührselig das Fernsehen berichtet, *wenn* er stirbt. Bleibt er aber am Leben, müssen wir einen Politiker ertragen, bei dessen bloßer Erwähnung ganz Amerika zu Tränen gerührt ist. Einen Polit-Heiligen. Puh! Mir wird ganz schlecht.«

»So schlimm wird's sicher nicht«, antwortete Yocke langsam. »Der Wähler hat ein kurzes Gedächtnis. Schon im nächsten Wahlkampf werden die Republikaner mit Millionenaufwand daran erinnern, daß der Präsident beinahe sein Leben für sein Land gelassen hat.«

»Hmpf! Na, hoffentlich behältst du recht. Dieses verdammte Land funktioniert nicht, wenn wir zu Politikern nett sein müssen. Und es funktioniert nicht, wenn wir nur eine richtige politische Partei haben.« Mergenthaler verschwand in seinem Glaskasten.

Überall in Amerika stockte an diesem Montagmorgen das Wirtschaftsleben, wenn es nicht sogar ganz stillstand. Eltern ließen ihre Kinder die Schule schwänzen und meldeten sich selbst krank. Die Fernseher blieben eingeschaltet. Von

Küste zu Küste waren Straßen, Geschäfte und Fabriken nahezu menschenleer, weil alle an dem nationalen Drama teilhatten, indem sie den redenden Köpfen im Fernsehen zusahen.

Das normale Programmschema war außer Kraft gesetzt. Jede Meldung, jedes Gerücht über den Hubschrauberabschuß und den Zustand des Präsidenten wurde immer wieder gesendet, Fachleute diskutierten über die eingeleitete Großfahndung, und Politiker hasteten von Fernsehstudio zu Fernsehstudio, um den Zuschauern zu versichern, die Regierungsarbeit gehe weiter.

Warum die Politiker es für notwendig hielten, die Öffentlichkeit zu ermahnen, nicht die Nerven zu verlieren, wurde nie ganz klar. Die einzigen wirklich aufgebrachten Leute waren ein paar ältere Damen, die bei ihren Lokalsendern anriefen und sich bitter darüber beschwerten, daß ihre Lieblingsserien ausfielen. Immerhin war die Zahl solcher Anrufe geringer, als die Fernsehgewaltigen befürchtet hatten.

Inmitten der Spekulationen über Identität und Motive der Täter machte sich allmählich ein neues Element bemerkbar: Im Fernsehen bekam der Vizepräsident mehr und mehr Sendezeit.

Er war um 7.30 Uhr rechtzeitig zu den Morgennachrichten im Presseraum des Weißen Hauses aufgekreuzt, hatte einige vorformulierte Sätze gesagt und war dann in einer schwerbewachten Wagenkolonne zum Bethesda Naval Hospital gefahren, um mit den Ärzten des Präsidenten zu sprechen, der noch immer im Koma lag.

Am frühen Vormittag hatten die großen Fernsehgesellschaften den Vize als Thema entdeckt. Seine Frau, seine Kinder, seine Schulfreunde, seine Professoren daheim in Indiana wurden vor die Kameras geholt und äußerten sich lobend über ihn. Kritische Stimmen wurden nicht gesendet.

Alle vier Gesellschaften gingen das Thema auf ganz ähnliche Weise an. Die weitverbreitete Ansicht, der Vizepräsident sei ein nicht sonderlich intelligentes politisches Leichtgewicht, wurde durch diese Interviews und sorgfältig ausgewähltes Material widerlegt. Er erschien als amtierender Präsident, der als solcher Anspruch auf Respekt hatte. Auffällig fehlten an diesem Vormittag die mitleidig-ironischen Kommentare zu seinen gedanklichen und sprachlichen Fehlleistungen, die für die Berichterstattung charakteristisch gewesen waren, seit der Präsident ihn zu seinem Vizepräsidenten bestimmt hatte.

In der Redaktion der *Washington Post* wurde Ottmar Mengenthaler als erster auf die kollektive Entscheidung der Großen Vier aufmerksam, das Image des Präsidenten aufzupolieren. Er begann herumzutelefonieren und versuchte, Produzenten und Chefredakteure zu Aussagen über die Hintergründe dieser Entscheidung zu bewegen.

Drüben im Pentagon beim Vereinten Stab fiel Toad Tarkington der Wechsel in der Berichterstattung ebenfalls auf. Und wenn Toad etwas auffiel, sorgte er rasch dafür, daß seine Umgebung davon hörte. Wie in dieser neuen Dienststelle üblich, waren seine Zuhörer älter und erfahrener, aber das schien Toad nicht sonderlich zu beeindrucken.

»Mann, jetzt versuchen sie plötzlich, diesen Quatscher für den Spitzenjob aufzubauen. Irgend jemand müßte den Fernseher im Zimmer des Präsidenten anstellen. Wenn er das sehen könnte, würd' er glatt aus dem Bett hopsen und ins Weiße Haus zurückjoggen.«

»Mr. Tarkington«, tadelte der Luftwaffenoberst mit müder, resignierter Stimme, »bitte! Muß das sein?«

»Das ist alles bloß ein schlechter Witz, stimmt's? Ruft mich, wenn wieder Werbung kommt. Ich geh' inzwischen mal runter und hol' mir 'ne Tüte Popcorn.«

»Klappe, Toad«, sagte Jake Grafton. »Haben Sie denn nichts zu arbeiten?«

»Doch, Sir. Wie Sie wissen, bereite ich einen Notfallplan zur Umrüstung unserer A-6 in Sprühflugzeuge für Agent Orange vor, damit wir die südamerikanischen Kokainfelder flachlegen können. Wenn wir das Zeug dem Treibstoff beimischen, können wir einfach mit geöffneten Treibstoffschnellablässen über die Felder fliegen und...«

»Zurück an die Arbeit!«

»Aye aye, Sir.«

Richter Snyder war Anfang Siebzig, hatte schütteres Haar, einen Bauchansatz und mächtige Pranken. Er war groß, gut über 1,85 Meter, aber er wirkte noch größer, weil er sich wie manche großen Männer etwas unbeholfen bewegte. Den meisten Leuten, die Richter Snyder kennenlernten, fiel als erstes Adjektiv »kantig« ein. Die durchgestylten jungen Rechtsanwälte, die beruflich mit ihm zusammenkamen, hätten vielleicht »saugrob« hinzugefügt. Er gehörte ganz eindeutig nicht zur Generation der modisch gekleideten Mercedesfahrer aus großen Anwaltsfirmen, mit denen er vor Gericht zu tun hatte.

Als Thanos Liarakos am Montagmorgen um 10 Uhr das Richterzimmer betrat, hatte Snyder den Fernseher angestellt und las Zeitung. Er hielt sie weit ausgebreitet vor sich, während er sich in seinen massiven Drehsessel zurücklehnte.

Mit dem Klick der sich schließenden Tür ließ Richter Snyder eine Ecke der Zeitung sinken und starrte seinen Besucher stirnrunzelnd an. »Warum sind Sie nicht daheim, Liarakos, und sitzen vor der verdammten Glotze wie alle anderen?«

»Hab' genug gesehen, Euer Ehren.«

»Ich auch. Stellen Sie den verdammten Kasten ab, ja?«

Liarakos schaltete das Gerät aus und nahm in einem der Besuchersessel Platz. Aus der Innentasche seiner Jacke zog er einen Umschlag und entnahm ihm etwas, das er dem Richter über den Schreibtisch reichte.

Snyder faltete die Zeitung widerstrebend auseinander und strich sie glatt. Er überflog das von Liakaros vorgelegte Dokument.

»Kennt der Staatsanwalt das?« fragte er knapp.

»Ja, Sir.«

»Was hat er dazu gesagt?«

»Er will nichts dazu sagen. Er wird sich an Ihre Entscheidung halten.«

»Ich *weiß,* daß er sich daran halten wird. Ich will wissen, ob er widersprechen will, bevor ich sie treffe.«

»Nein, Sir.«

»Nun?« fragte der Richter, hielt die Blätter zwischen Daumen und Zeigefinger hoch und bewegte sie leicht hin und her.

»Das Ganze ist ein persönliches Problem. Ich glaube einfach nicht, daß ich Chano Aldana ausreichend vertreten kann, und möchte von meinen Verteidigerpflichten entbunden werden. Hier in Washington gibt's Dutzende von erfahrenen, kompetenten Strafverteidigern, und Aldana könnte sich jeden von ihnen leisten. Er könnte sogar alle engagieren!«

»Warum?«

»Es handelt sich um eine Privatsache.«

»Erst letzte Woche ist ein junger Stint mit der gleichen Idee bei mir gewesen. Und warum? Weil er seinen Mandanten für schuldig gehalten hat! Sie wollen nicht zufällig die gleichen blödsinnigen Argumente vorbringen?«

»Nein. Mein Wunsch hat persönliche Gründe.«

»Sind Sie krank?«

»Nein.«

»Laufen Ermittlungen gegen Sie?«

»Nein, Sir.«

»Antrag abgelehnt.« Der Richter ließ die Zeitung über den Schreibtisch segeln. Sie blieb vor Liarakos liegen, der sie anstarrte.

»Es handelt sich um meine Frau. Sie ist kokainsüchtig.«

»Tut mir leid, das zu hören. Aber was hat das mit diesem Antrag zu tun?«

Liarakos hob die Hände und ließ sie wieder sinken. Er öffnete den Mund, machte ihn wieder zu und starrte seine Hände an. »Ich will raus«, sagte er schließlich. »Ich kann Aldana nicht guten Gewissens verteidigen. Er hat ein Anrecht auf gute Verteidigung, und *ich kann sie ihm nicht garantieren.*«

»Blödsinn!« sagte Richter Snyder energisch. »Wie viele Anwälte gibt's heutzutage, die keinen Freund haben, der drogensüchtig ist? Alle diese Idioten haben als Studenten Marihuana probiert. Später gehen sie auf Parties, und der Gastgeber stellt für Gäste, die ›in‹ sein wollen, eine Zuckerschale mit weißem Pulver hin. Ich bin vielleicht ein alter Furz, aber ich weiß recht gut, was draußen vor sich geht. Die Hälfte der hiesigen Anwaltschaft hat Ihr Problem in irgendeiner Form.«

Nach einem Blick auf Liarakos' Gesicht wurde Snyders Tonfall versöhnlicher.

»Sehen Sie, wenn ich Ihrem Antrag stattgebe, läßt Aldanas neuer Verteidiger sich fünfzig Vertragsgründe einfallen, um sich in die Akten einarbeiten zu können – und ich muß so gut wie alle akzeptieren. Andererseits möchte die Regierung aus mehreren Gründen, die außenpolitisch bedingt sind und unsere Beziehungen zu Kolumbien betreffen, das

Verfahren gegen Aldana beschleunigen. Aus guten Gründen, wie ich glaube.

Ich schlage vor, daß Sie mit Ihrem Klienten reden. Erzählen Sie ihm, was Sie mir gesagt haben. Will er einen anderen Verteidiger, ist das seine Sache. Schließlich geht's um *seinen* Arsch. Aber der neue Mann bekommt keinen Tag länger Zeit als Sie. Das können Sie Aldana auch sagen.«

»Ich habe schon mit ihm gesprochen«, antwortete Liarakos. »Er will mich.«

»Haben Sie ihm erzählt, daß Ihre Frau drogensüchtig ist?«

»Ja, Sir.«

Der Richter hätte gern gefragt, wie Aldana auf diese Mitteilung reagiert hatte, aber er hielt sich zurück. Das fiel unters Anwaltsgeheimnis. Deshalb beschränkte er sich darauf, nur die Augenbrauen hochzuziehen.

»Er hat bloß gegrinst«, murmelte Liarakos, stand auf und machte einen Rundgang durch den Raum. Er betrachtete angelegentlich die langen Buchreihen, als er hinzufügte: »Ich sollte's eigentlich nicht erzählen, aber ich tu's trotzdem. Mein Eindruck ist, daß es Chano Aldana ziemlich gleichgültig ist, von wem er verteidigt wird. Er scheint zu glauben, der Prozeß gegen ihn werde nie stattfinden.«

»Ich hab' mal 'nen Hund gehabt«, sagte Richter Snyder und reckte behaglich die Arme. »Hat dauernd auf den Teppich geschissen. Seine Erziehung ist hart gewesen, aber zuletzt hat er's kapiert.«

An diesem Nachmittag um 14 Uhr gab der Vizepräsident eine Pressekonferenz. Wie die Agenturen später meldeten, wurde sie von mehr Zuschauern als jede andere in der Geschichte des Fernsehens verfolgt.

Er kam gut an, als er ins Licht der Fernsehscheinwerfer trat und über das Meer aus Gesichtern der teilnehmenden

Medienvertreter hinausblickte, fanden seine Mitarbeiter, die ihn in den Kulissen auf einem Monitor beobachteten. Er wirkte ruhig, angemessen ernst, ganz Herr der Lage, als er einen kurzen Text verlas, der die Empörung der Nation über diesen ruchlosen Anschlag auf den Präsidenten und die Entschlossenheit der Regierung, den oder die Täter vor Gericht zu bringen, zum Ausdruck brachte. Seine Mitarbeiter nickten nach jedem Satz. Der Vizepräsident hatte diese kurze Rede eine Viertelstunde lang geübt und trug sie mit genau der richtigen Betonung vor, fanden sie.

Die erste Frage kam jedoch unerwartet und entsetzte den Stab und William C. Dorfman, der mit über dem Gürtel hängenden Bauch und Schweißperlen auf der Oberlippe mit vor dem Monitor stand. »Mr. Vice-President, eine Vereinigung kolumbianischer Drogenbosse, denen ebenfalls die Auslieferung an die Vereinigten Staaten droht, hat soeben die Verantwortung für das Attentat auf den Präsidenten übernommen. Verfügt die Regierung über irgendwelche Erkenntnisse, die diese Behauptung bestätigen oder widerlegen könnten?«

Daraufhin hatte ein Weltpublikum erneut Gelegenheit, seinen ausdruckslosen, starren Blick mit weit aufgerissenen Augen zu sehen, den ein sprachschöpferischer Journalist einmal als »Reh-im-Scheinwerferlicht-Blick« bezeichnet hatte.

»Ich... das ist mir neu«, antwortete der Vize nach einigen Sekunden. »Ist das gerade reingekommen?«

»Ja, Sir. Aus Medellin, Kolumbien.«

»Na ja, ich weiß nicht«, sagte der Vizepräsident lahm. »Wir ermitteln noch... sichten das Beweismaterial... das dauert seine Zeit. Ähhh... Spinner und Kriminelle können natürlich alles mögliche behaupten. Wir werden sehen.«

Derselbe Reporter stellte eine Zusatzfrage. »Wie werden

die Vereinigten Staaten reagieren, falls die Behauptung dieser Gruppe sich als zutreffend erweist?«

»Nun, das steht noch nicht fest, nicht wahr? Wie gesagt, Kriminelle können *alles* behaupten. Sollte das stimmen, werden wir… äh… nein, ich möchte lieber nicht… äh… darüber spekulieren, was wir tun könnten.«

In den Kulissen nickte Will Dorfman nachdrücklich. Er hatte dem Vizepräsidenten eingeschärft, er dürfe weder sich noch die Regierung in irgendeiner Frage auf einen bestimmten Kurs festlegen lassen. Bisher klappte das.

»Warum sind die Täter noch nicht gefaßt worden?« wollte ein anderer Reporter wissen.

Auf diese Frage war der Vizepräsident vorbereitet. »Die Sicherheitsbehörden tun alles in ihrer Macht Stehende, um die Attentäter aufzuspüren und zu fassen. Ich halte ihren Personaleinsatz und ihre Fahndungsmethoden für angemessen. Die Öffentlichkeit wird über den Stand der Ermittlungen unterrichtet, sobald uns Erkenntnisse vorliegen, die bekanntgegeben werden können, ohne die laufende Fahndung zu gefährden.«

»Sind Sie der Überzeugung«, fragte eine Reporterin, »dem Amt, das Sie jetzt übernommen haben, gewachsen zu sein?«

»Nun… ich… ich denke, ich kann tun, was getan werden muß. Im übrigen hoffe ich wie ganz Amerika, daß die Genesung des Präsidenten rasche Fortschritte macht, damit er sein Amt bald wieder ausüben kann.« Das klang aufrichtig und wirkungsvoll, fand Dorfman. Auch diese Antwort war sorgfältig geprobt worden. »Niemand wünscht sich seine Genesung mehr als ich. Ich bete für ihn und hoffe, daß ganz Amerika das auch tut.«

Als der Stabschef nach der Pressekonferenz an der Spitze des Gefolges in den Bürotrakt des Weißen Hauses zurückhastete, blaffte er seinen Ersten Assistenten an: »Besorgen Sie mir ein Exemplar dieser verdammten Pressemitteilung aus Kolumbien. Und lassen Sie die Leute von CIA und Außenministerium sofort hier antreten. Ich will wissen, was zum Teufel hier vorgeht und warum die Presse eher davon erfahren hat als wir. Und ich will's *sofort* wissen!«

Bei der nachfolgenden Besprechung im Cabinet Room saß der Vize auf dem Platz des Präsidenten und sagte wenig. Mit am Kabinettstisch saßen die Direktoren von FBI, CIA und DEA, der Staatssekretär im Außenministerium – der Außenminister war bei dem Hubschrauberabsturz ums Leben gekommen –, der Justizminister und der Direktor des Secret Service. Dorfman saß neben dem Vizepräsidenten und leitete die Besprechung. Wie gewöhnlich kam er sofort zur Sache.

»Stecken die Kolumbianer hinter dem Attentat?«

Das wußte niemand.

»Ich verlange, daß das schnellstens festgestellt wird!«

»Wir sind dabei, sämtliche Informationsquellen auszuschöpfen. Bald wissen wir mehr.«

»Das will ich hoffen! Wir müssen rauskriegen, wer hinter diesem Mordversuch steckt, und die Täter verhaften. Im Augenblick hält ganz Amerika den Atem an. Wir können nicht weiterregieren, wenn die Berichterstattung in den Medien zu neunzig Prozent von Attentätern und Opfern handelt. Also müssen die Täter aufgespürt werden – und zwar schnellstens!«

Anschließend sprach Dorfman unter vier Augen mit dem Vizepräsidenten – einem Mann, den er verachtet hätte, wenn er sich je die Zeit genommen hätte, über ihn nachzudenken. Dorfman war der Mittelpunkt eines eigenen Universums, und alle anderen kreisten nur um seinen Stern. Mit Menschen, die nicht seine intellektuellen Fähigkeiten besaßen, hatte er noch nie Geduld gehabt, aber faule Reiche, die ein Drohnenleben führten, provozierten die dunkelste Seite seiner aggressiven Persönlichkeit. Deshalb mußte er sich jetzt zusammenreißen, um dem Vize gegenüber einen – einigermaßen – respektvollen Tonfall anzuschlagen.

»Die Behauptung der Drogenbosse, sie stünden hinter dem Attentat, ist politisches Dynamit«, stellte er fest. »Ich möchte wetten, daß schon jetzt irgend jemand unseren Einmarsch in Kolumbien fordert. Ein einziger Fehltritt, und wir erleben, daß Südamerikaner bei uns auf der Straße zusammengeschlagen werden. Erinnern Sie sich an die Geiselnahme im Iran vor zwölf, dreizehn Jahren?«

Der amtierende Präsident erinnerte sich daran.

»Und trotzdem müssen wir angemessene, positive Maßnahmen zur Bewältigung dieser Krise ergreifen, sonst heißt es, wir seien unfähig. Was wir auch unternehmen, ist für die einen zu viel und die anderen zu wenig.«

»Ich bin auch schon eine Weile in der Politik«, sagte der Vize leicht irritiert. Er haßte den gönnerhaften Ton, den Dorfman ihm gegenüber anschlug. Deshalb war er dem Stabschef in den vergangenen Jahren möglichst aus dem Weg gegangen.

Dorfman bemühte sich, nüchtern und vernünftig zu sprechen, als er fortfuhr: »Für den Präsidenten habe ich immer den Mann fürs Grobe gespielt, der unbequeme Wahrheiten sagt und unpopuläre Entscheidungen durchdrückt. Ich schlage vor, daß Sie mich ebenso benutzen, bis der Präsident soweit wiederhergestellt ist, daß er ins Amt zurückkehren kann. Lassen Sie mich den Grobian spielen. Ergibt sich daraus etwas Positives, ist das natürlich Ihr Verdienst.«

»Das mag beim Präsidenten funktioniert haben, aber für mich ist das nichts«, sagte der Vize. »Nicht auf Dauer. Die Leute halten mich für inkompetent, für ein politisches

Leichtgewicht.« Dorfman wollte etwas einwerfen, aber er sprach weiter. »Ich habe nicht die Absicht, Sie als *de-facto*-Präsidenten amtieren zu lassen und selbst untätig zu bleiben. Das kommt nicht in Frage.«

»Das weiß ich, Sir. Ich mache lediglich einen Vorschlag. Die Entscheidung treffen Sie allein.«

Blaue Augen waren starr auf ihn gerichtet. »Gouverneur, wir wollen uns gegenseitig nichts vormachen. Jeder weiß, daß Sie sich Hoffnung auf den Posten des Vizepräsidenten gemacht haben – aber der Präsident hat sich für mich entschieden. Jeder weiß, daß Sie diesen Posten bei den nächsten Wahlen anstreben. Und jeder hat wie ich den Verdacht, Sie hätten versucht, den Präsidenten dazu zu bringen, mich durch Sie zu ersetzen.«

»Nein, das stimmt nicht«, widersprach Dorfman, der rot angelaufen war.

Der Vizepräsident sprach weiter, als habe er nichts gehört. »Im Augenblick wär's keine gute Idee, glaube ich, das Team abzulösen – zumindest nicht, bevor wir wissen, wann der Präsident imstande sein wird, seine Amtspflichten wahrzunehmen. Aber«, fügte er nüchtern hinzu, »dieses Team muß schnellstens Ergebnisse vorweisen können.«

An diesem Nachmittag um 16 Uhr besuchte Thanos Liarakos seinen Mandanten Chano Aldana kurz im Gefängnis. Der Vollzugsbeamte blieb draußen, so daß die beiden allein waren. Liarakos vermutete schon immer, die Besuchszellen würden abgehört, aber an diesem Nachmittag verschwendete er keinen Gedanken an mögliche Zuhörer.

»Ihre Freunde in Kolumbien behaupten, für das Attentat auf den Präsidenten verantwortlich zu sein.«

Aldana grunzte nur. Auf seinem schwammigen Gesicht stand sekundenlang ein fast belustigter Ausdruck.

»Also, haben sie's getan? Haben *Sie* das Attentat in Auftrag gegeben?«

»Was kümmert Sie das, Mr. Amerikanischer-Rechtsanwalt?«

»Ich bin Ihr Verteidiger. Ich will wissen, ob Sie für den Mordanschlag auf den Präsidenten verantwortlich sind.«

Aldana schnaubte. Dann grinste er hämisch. »Sie haben zwei Töchter, stimmt's? Wie heißen sie gleich wieder? Ah, richtig... Susanna und Lisa. Hören Sie mir jetzt gut zu, Mr. Thanos Liarakos. Sagen Sie Ihren Leuten, daß noch viele Amerikaner sterben werden, wenn sie mich nicht nach Kolumbien heimschicken. Ihr Dummköpfe habt in einer Traumwelt gelebt. Ich werde euch die nackte Wahrheit zeigen! Und wenn Sie mich reinzulegen versuchen, wenn Sie nicht genau das tun, was ich von Ihnen verlange, haben Sie keine hübschen kleinen Töchter mehr.« Er schnippte mit den Fingern. *»Verstehen Sie, was ich meine, Mr. Thanos Liarakos?«*

»Wache! Wache! Ich möchte gehen.« Liarakos hämmerte gegen die Zellentür. Er wischte sich die Handflächen an seiner Hose ab.

»Hören Sie mir lieber gut zu, Mr. Liarakos«, fauchte Aldana. »Glauben Sie ja nicht, ich käme nicht an Ihre Töchter heran! Ich bin an den Präsidenten herangekommen. *Ich kann jeden Menschen auf diesem Planeten ermorden lassen, haben Sie verstanden?«*

Dann wurde endlich die Tür geöffnet, und Liarakos stürmte nach einem letzten Blick auf Chano Aldanas rundes, bösartig grinsendes Gesicht aus der Zelle.

Staatsanwalt William Bader und Thanos Liarakos saßen unbehaglich in Besuchersesseln vor dem Schreibtisch von Justizminister Gideon Cohen. Liarakos war vom Gefängnis aus direkt zum Staatsanwalt gefahren, der ihn hierher ins Justizministerium begleitet hatte. Liarakos war gerade mit seinem Bericht fertig.

»Was erwartet er von der amerikanischen Regierung?« fragte Cohen mit ungläubig hochgezogenen Augenbrauen.

»Sie soll ihn nach Kolumbien zurückschicken«, antwortete Liarakos knapp. »Das habe ich Ihnen gesagt.«

»Nein.«

Der Justizminister lehnte sich in seinen Sessel zurück und starrte Liarakos an, der ihn anstarrte.

»Ich verlange Schutz für meine Töchter«, sagte der Anwalt zuletzt.

»Schicken Sie die Mädchen zu ihren Großeltern.«

»Den Scheiß können Sie sich sparen! Diese Leute kommen an jeden ran! Ich *glaube* dem Hundesohn! Ich verlange *Schutz*!«

»Zwei FBI-Agenten.«

»Tag und Nacht. In der Schule und auf dem Klo. Jede Minute des Tages.«

»Für die nächste Zeit, okay.« Der Justizminister nickte. »Aber wir kappen Aldanas Verbindungen zur Außenwelt. In Zukunft sind Sie der einzige, der noch mit ihm redet.«

Liarakos schnaubte verächtlich. »Wunschdenken! Das Vollzugspersonal geht weiter mit ihm um. Diese Leute werden ihm erzählen, was draußen vorgeht. Er wird ihnen drohen und sie bestechen. Wie wollen Sie das verhindern?«

»Quantico«, schlug Bader vor. »Wir könnten ihn ins große Militärgefängnis der Marine stecken. Alle anderen Häftlinge müßten verlegt werden.«

»Irgendwelche Einwände, Counselor?« fragte Cohen.

»Keine.« Liarakos wollte aufstehen.

»Nicht so schnell!« sagte Cohen und setzte sich auf. »Ich möchte, daß Sie mit dem FBI reden. Aldana behauptet, für vier Morde und das Attentat auf den Präsidenten verantwortlich zu sein. Außerdem hat er weitere Leute bedroht. Das alles müssen Sie in einer eidesstattlichen Aussage Wort für Wort wiederholen.«

»Nein, das tue ich nicht. Anwaltsgeheimnis.«

»Nicht unter diesen Umständen«, sagte Cohen.

»Den *Teufel* werde ich tun! Nach dieser Aussage müßten Sie einen anderen Anwalt finden, der den Schwanzlutscher verteidigt, und Richter Snyder würde mir den Arsch aufreißen. Ich habe ausgerichtet, was mein Mandant mir aufgetragen hat. *Das war's!* Informieren Sie das FBI, das Weiße Haus und wer Ihnen sonst noch einfällt. Ich habe nichts mehr damit zu tun. Und ich gehe jetzt.« Liarakos wandte sich ab.

Cohen telefonierte schon mit dem FBI, bevor sich die Tür hinter dem Verteidiger schloß.

Um Mitternacht schloß Henry Charon die Tür seines Apartments in der New Hampshire Avenue ab und verließ das Haus. Er ging einen Block weit zu seinem Wagen, setzte sich ans Steuer, rangierte vorsichtig aus der Parklücke und fuhr davon.

Die Nacht war feucht und kalt. Vielleicht würde es sogar schneien. Aber er war dafür angezogen: lange Unterhose, Wanderstiefel, Pullover und warme Jacke. Unter seinen dünnen Lederhandschuhen trug er Latexhandschuhe – für alle Fälle.

Unter genauer Einhaltung aller Verkehrsregeln fuhr Henry Charon zum National Airport hinaus und stellte seinen Wagen auf dem Gelände für Langzeitparker ab. Er steckte den Parkschein in seine Hemdtasche, blieb am

Steuer sitzen und begutachtete die anderen Fahrzeuge. Nach etwa drei Minuten wußte er, welchen Wagen er wollte. Er stieg aus, schloß sorgfältig seine Tür ab und steckte den Schlüssel in die Hosentasche.

Er hatte sich für einen Toyota entschieden. Offen war er in weniger als einer halben Minute. Charon drückte ein schmales Bandeisen zwischen Fahrerfenster und Abstreifgummi nach unten, angelte etwas herum und brachte die Kralle am unteren Ende in Position. Dann zog er das Eisen hoch. Der Sicherungsknopf kam mit leisem Klicken heraus.

Im Wagen tastete er den Boden unter der Fußmatte ab. Ohne Erfolg. Er konnte jeden Wagen in wenigen Minuten kurzschließen, aber ein Schlüssel wäre praktisch gewesen. Er sah in den üblichen Verstecken nach: Aschenbecher, Handschuhfach, Kassettenfach. Unter einer Kassette der Grateful Dead steckte ein Ersatzschlüssel.

Der Motor sprang sofort an. Der Tank war halbvoll.

Beim Hinausfahren hielt Charon dem Parkwächter den Parkschein aus seiner Hemdtasche und einen Dollar hin. Der Mann hatte sein Radio eingeschaltet und hörte Nachrichten. Während er einen Blick auf den Schein warf und den Betrag eintippte, hörte Charon, wie im Radio der Vizepräsident erwähnt wurde. Als die Schranke sich hob, gab Charon Gas. Der Parkwächter hatte ihn nicht einmal angesehen.

Er brauchte eine Stunde, um in Silver Spring das gesuchte Haus zu finden. Es stand etwas abseits der Straße unter großen, stattlichen Ahornen und noch größeren Tannen. In dieser Nebenstraße parkten keine Autos. Er fuhr bis zur Ecke weiter und auf die Hauptstraße hinaus, merkte sich, wo er abbiegen mußte, und kam wieder zurück.

Während er den Toyota in die Einfahrt hineinrollen ließ, suchte er das Haus nach Lichtern ab. In einem Raum im Erdgeschoß brannte hinter Vorhängen Licht. Der schwache Schein war gerade eben zu erkennen.

Charon ließ den Motor laufen, stellte den Wählhebel auf P, zog die Lederhandschuhe aus und legte sie auf den Beifahrersitz.

Die Pistole steckte in einer Jackentasche, der Schalldämpfer in der anderen. Das Zusammenschrauben dauerte nur wenige Sekunden. Kammer und Magazin brauchte er nicht zu kontrollieren – er wußte, daß die Waffe schußbereit war.

Er stieß die Fahrertür auf, stieg aus und drückte sie ins Schloß, bis die Innenbeleuchtung ausging.

Unter dem Vordach drückte er auf den Klingelknopf aus Messing. Er konnte die Klingel irgendwo im Haus hören.

Der kalte Wind ließ die Tannen leise ächzen. Das war ein Geräusch, das er schon immer gern gehört hatte. Jetzt blendete er es aus und konzentrierte sich auf andere: Motoren, Autotüren oder Stimmen.

Nichts.

Die Tür wurde geöffnet. Auf der Schwelle stand ein rundlicher Sechziger in Hemdsärmeln. Er sah genau wie auf dem Photo aus, das *Newsweek* letzte Woche gebracht hatte.

Na, das nennt man Glück! sagte Charon sich.

»Ja?« Der Mann hielt fragend den Kopf schief.

Henry Charons erster Schuß traf ihn mitten in die Brust. Während der Mann zusammenbrach, drückte Charon erneut ab. Als der Mann mit verdrehten Beinen in der Diele auf dem Teppich lag, trat Charon näher heran und jagte ihm eine Kugel in den Kopf.

Dann schloß er die Haustür hinter sich und ging zu seinem Wagen zurück.

Jetzt hörte er eine Stimme. »Dad! Dad!« rief eine Frau.

Charon saß bereits wieder am Steuer, als im ersten Stock Licht gemacht wurde.

Er zog den Wählhebel eine Stufe zurück, blickte nach hinten und fuhr in der Einfahrt auf den Lichtkreis der nächsten Straßenlampe zu. Kein anderes Auto in Sicht.

Henry Charon stieß rückwärts auf die Straße hinaus, wählte Stufe D und fuhr mit 25 Meilen in Richtung Hauptstraße. Er sah auf die Borduhr. 2.19 Uhr.

Um 3.05 Uhr zog er einen Parkschein aus dem Automaten an der Parkplatzeinfahrt auf dem National Airport und stellte den Wagen genau wie zuvor ab. Er legte den Schlüssel ins Kassettenfach zurück, verriegelte die Tür und ging in Richtung Terminal davon, um eine Tasse Kaffee zu trinken.

Er würde ungefähr eine Stunde verstreichen lassen, bevor er mit seinem eigenen Wagen wegfuhr und dabei den eben gezogenen Parkschein vorwies. Das war besser, als zweimal in einer Nacht nur für kurze Zeit zu parken. Beim zweiten Mal konnte es passieren, daß der Parkwächter sich den Fahrer ansah. Trotzdem würde er sich nicht an mich erinnern, dachte Charon leicht belustigt. Mein Gesicht merkt sich kein Mensch.

Nachts wachte Harrison Ronald schlagartig auf. Er merkte, daß er hellwach und schreckensstarr im Bett lag und auf die ihn umgebende Stille horchte.

Gott, wie still es hier war! Er strengte sich an, um wenigstens irgendein Geräusch zu hören.

Mit zum Zerreißen angespannten Nerven holte er die Pistole unter seinem Kopfkissen hervor und stand leise auf. Er horchte an der Tür. Nichts. Er legte sein Ohr an die Tür und blieb einige Sekunden lang so stehen, ohne etwas anderes als seine eigenen Atemzüge zu hören.

Zuletzt wandte er sich frustriert ab, schlich ans Fenster und öffnete die Jalousie einen Spalt weit. Der Scheinwerfer auf dem Lichtmast zwischen den Bäumen warf seltsame

Schatten auf den Rasen, der aus dieser Perspektive an den grünen Filz eines Billardtischs erinnerte.

Zu still. Kein Wind. Die Zweige waren völlig unbeweglich.

Was hatte ihn geweckt?

Er hob seine Armbanduhr in den schwachen Lichtschein, der durch den Spalt in der Jalousie fiel. 3.14 Uhr.

Nicht einmal ein Summen der Heizanlage. Das war's vermutlich gewesen. Sie lief nicht.

In diesem Augenblick sprang sie wieder an.

Er fühlte seine Nervosität abklingen und ging zum Bett zurück. Dort ließ er sich auf die Bettkante sinken und warf die schwere Pistole neben sich auf die Wolldecke. Harrison Ronald rieb sich das Gesicht, streckte sich dann auf seinem Bett aus und versuchte, sich zu entspannen.

Was tat Freeman im Augenblick? Wußte er Bescheid?

Natürlich wußte er Bescheid. Oder er hegte zumindest einen bestimmten Verdacht. Freeman würde neugierig sein – mit der Neugier eines Gassenköters, der andere Hunde beschnüffelt – und etwas unternehmen, um die Wahrheit rauszukriegen. Er würde Geld für Informationen ausgeben und so früher oder später die Wahrheit erfahren. Was dann?

Kapitel zweiundzwanzig

Am Dienstag ist die Welt aus den Fugen geraten. So beschrieb ein Senator später diesen Tag, und seine Worte blieben vielen Millionen von Amerikanern als zutreffende Beschreibung im Gedächtnis.

Es begann, wenn man aufwachte und den Fernseher anstellte, um etwas über den Zustand des Präsidenten zu erfahren, damit, daß statt dessen Bilder eines von Tannen umgebenen einstöckigen Cape-Cod-Hauses in einem Washingtoner Vorort geliefert wurden. Im grauen Licht des anbrechenden Tages hatte die von Fernsehscheinwerfern angestrahlte surreale Szene etwas Beunruhigendes an sich.

Das lag nicht an den Krankenwagen, den Streifenwagen mit ihren Blinkleuchten, den uniformierten Polizeibeamten und den sauber gescheitelten FBI-Agenten in ihren Anzügen von Sears; es lag auch nicht an der schluchzenden erwachsenen Tochter, die mit ihren beiden Kindern über Weihnachten bei Dad auf Besuch gewesen war. Nein, das Beunruhigende daran war, daß dieses Haus der Prototyp des amerikanischen einstöckigen Traumhauses irgendwo in den USA war. Und sein Besitzer war ermordet worden, als er einem Unbekannten die Tür geöffnet hatte.

Der Hausbesitzer war prominent gewesen: Abgeordneter Doyle Hopkis aus Minnesota, der Mehrheitsführer im Repräsentantenhaus. Er war mit drei Pistolenschüssen aus kürzester Entfernung niedergestreckt worden.

Ein Verbrechen, das den amerikanischen Mittelstand schneller in Angst und Schrecken versetzen könnte, war nur schwer vorstellbar. Die Unantastbarkeit von Heim, Nachbarschaft und Familie war brutal verletzt worden.

Die Fernsehkommentatoren, die auch nicht dumm waren, beuteten diesen Aspekt gründlich aus. »Warum hat er die Tür aufgemacht?« fragte einer von ihnen rhetorisch, als hätte nicht jeder Hausbesitzer in irgendeinem Vorort genau das schon dutzendmal gemacht, als hätten die bösen Absichten des nächtlichen Besuchers so deutlich auf seinem Gesicht gestanden, daß Hopkins sie im schwachen Licht der Eingangsbeleuchtung hätte erkennen müssen.

Wer lange genug am Fernseher blieb, erfuhr irgendwann, daß der Zustand des Präsidenten unverändert sei. Der Chef seines Ärzteteams gab eine morgendliche Pressekonferenz, von der jedoch nur ein paar Minuten übertragen wurden. Die Meldung des Tages war die Ermordung des Mehrheitsführers des Repräsentantenhauses.

Zumindest bis 9 Uhr blieb sie die Meldung des Tages. Um 8.58 Uhr Ostküstenzeit betraten fünf schwerbewaffnete Männer in langen Mänteln die Rotunde des Kapitols. Sie erschossen die vier Sicherheitsbeamten mit Pistolen, bevor die Überfallenen einen einzigen Schuß abgeben konnten, zogen Uzis unter ihren Mänteln hervor, rannten die Korridore entlang und schossen auf jeden, den sie sahen.

Um 9.01 Uhr brachte ein Kamerateam, das ein Interview mit dem Sprecher des Abgeordnetenhauses aufnehmen wollte, die ersten Bilder von dem Gemetzel. Grausige Aufnahmen zeigten, wie einer der Attentäter die Reporterin niedermähte und dann seine Waffe auf den Kameramann richtete. Während er von fünf Kugeln gegen eine Wand gehämmert wurde, krachte die Kamera auf den Marmorboden und wurde zertrümmert.

Ein in der Nähe der Senatsgarderobe stationierter Sicherheitsbeamter, der die Schüsse gehört hatte, rannte mit gezogener Pistole um eine Ecke und wäre fast mit einem der Uzi-Schützen zusammengeprallt. Die beiden schossen aus knapp eineinhalb Meter Entfernung aufeinander. Der Schußknall der Pistole des Sicherheitsbeamten ging im Hämmern der Maschinenpistole unter. Beide Männer brachen tot zusammen.

Vier Attentäter lebten noch. Einer von ihnen stürmte in einen Saal, in dem vor einem Unterausschuß eine Anhörung stattfinden sollte, und schoß ein Magazin leer. In dem erst vor kurzem zur Verbesserung der Akustik renovierten Saal war das Hämmern seiner Maschinenpistole so überwältigend laut, daß die noch Lebenden die Schreie und das Stöhnen erst hören konnten, als die Feuerstöße aufhörten. Selbst dann klangen die Stimmen so gedämpft, als kämen sie aus weiter Ferne.

Der Killer stand gelassen inmitten seiner blutenden, stöhnenden Opfer und wechselte das Magazin aus. Auch dieses zweite Magazin verschoß er in die vor Entsetzen wie gelähmte Menge. Er war dabei, das dritte Magazin in seine Waffe einzusetzen, als ein Sicherheitsbeamter in der Saaltür auftauchte und ihn mit seiner 9-mm-Magnum erschoß.

Von den Opfern des Überfalls waren 16 tot und 17 verletzt; nur drei kamen unverletzt davon.

Ein weiterer Attentäter wurde im Speisesaal des Kapitols erschossen, nachdem er mit zwei Magazinen die Gäste niedergemäht und mit dem dritten die Kronleuchter zerschossen hatte. Dann hatte seine Uzi Ladehemmung. Er kauerte zwischen Glassplittern auf dem Fußboden und versuchte, die Ladehemmung zu beseitigen, als zwei Sicherheitsbeamte von verschiedenen Eingängen aus das Feuer auf ihn eröffneten. Der Mann sackte von drei Kugeln getroffen zusammen.

Einer der Täter geriet irgendwie in den alten Sitzungssaal des Senats, der zum Glück gerade leer war. Aber das spielte keine Rolle. Er blieb in der Nähe des Rednerpults stehen und schoß zwei Magazine auf die Saaleinrichtung leer. Dann warf er die Uzi weg, zog eine Pistole und verübte mit einem Kopfschuß Selbstmord.

Der einzige lebend gefaßte Terrorist wurde von hinten angeschossen, als er einen Korridor im ersten Stock hinunterstürmte. Er hatte über ein Dutzend Menschen erschossen und neun weitere verletzt, bevor eine Sicherheitsbeamtin ihn mit einer Kugel durch die Leber niederstreckte.

Während William C. Dorfman, der Stabschef des Weißen Hauses, die Schreckensszenen im Fernsehen verfolgte – alle Washingtoner Stationen hatten innerhalb von zwanzig Minuten ein Team ins Kapitol entsandt –, bekam er einen Anruf des Wachhabenden beim FBI, der einen ersten Bericht erstatten wollte.

»Wie viele sind's gewesen?«

»Das wissen wir nicht.«

»Haben Sie sie alle geschnappt?«

»Das wissen wir nicht.«

»Zahl der Opfer?«

»Noch nicht bekannt.«

»Verflucht noch mal, rufen Sie mich an, wenn Sie was wissen, verdammter Schwachkopf!« brüllte Dorfman und knallte den Hörer mit solcher Gewalt auf die Gabel, daß das Plastikgehäuse einen Sprung bekam.

Diese Wutausbrüche waren ein Charakterfehler, der ihm politisch schadete. Das wußte Dorfman recht gut. Trotzdem...

Eine Minute später klingelte das Telefon erneut. Der Vizepräsident war am Apparat. »Ich fahre ins Kapitol rüber. Ich möchte, daß Sie mitkommen.«

»Ich glaube nicht, daß das eine gute Idee ist, Mr. Vice-President«, antwortete Dorfman, während er den Fernseher mit der Fernbedienung abstellte. »Das FBI hat eben gemeldet, daß nicht feststeht, ob schon alle Terroristen gefaßt sind. Amerika kann es sich nicht leisten, Sie jetzt...«

»Ich fahre, Dorfman. Und Sie kommen mit. Ich bin in fünf Minuten am Ausgang Rosengarten. Lassen Sie die Wagen vorfahren.« Er legte auf.

»Ja, Sir«, sagte Dorfman, obwohl es niemand hören konnte.

Dorfman wußte recht gut, daß die Regierung auf einem

Pulverfaß mit brennender Lunte saß, die verdammt kurz war. Terroristen! Nicht im Nahen Osten, nicht in irgendeinem Scheißkaff in der Dritten Welt, das niemand kannte, sondern *hier*! Mitten in Washington, D.C., der Hauptstadt der Vereinigten Staaten!

Wenigstens war der Vize clever genug, um den Ernst der Situation zu erfassen. Zweifellos wollte er deshalb den Ort des Gemetzels im Kapitol persönlich besichtigen, den Überlebenden Trost zusprechen und sich dabei Amerika im Fernsehen zeigen. Das würde alle Bürger zwischen Bangor und L.A. beruhigen, die allmählich begannen, in Panik zu geraten.

Dorfman bereute jetzt, daß er impulsiv geraten hatte, nicht hinzufahren. Der politische Instinkt des Vizepräsidenten war zuverlässig. Er hatte recht.

Dorfman ließ die Wagen vorfahren und diskutierte eine halbe Minute lang lautstark mit dem Schichtleiter der zum Personenschutz eingesetzten Geheimdienstagenten, der sich einen Dreck um politische Erwägungen kümmerte, weil ihn nur das ihm anvertraute Leben des Vizepräsidenten interessierte.

Er nahm sich auch die Zeit, Gideon Cohen anzurufen und ihn aufzufordern, ebenfalls ins Kapitol zu kommen und den FBI-Direktor mitzubringen.

Dorfman fuhr in der Limousine des Vizepräsidenten mit, der von seinem eigenen Stabschef Carney Robinson, einem hageren, gefönten Schönling, der sich als PR-Mann einen Namen gemacht hatte, begleitet wurde.

Dorfman entschuldigte sich dafür, von dieser Fahrt ins Kapitol abgeraten zu haben. Weder der Vizepräsident noch sein Stabschef äußerten sich dazu. Nach einiger Zeit räusperte sich der Vizepräsident.

»Will, benutzen Sie das Telefon dort drüben. Rufen Sie

General Land im Pentagon an. Er möchte zu uns ins Kapitol kommen.«

Dorfman nahm kommentarlos den Hörer ab und führte das Gespräch.

Henry Charon wachte kurz nach zehn Uhr in seiner Wohnung in der Hampshire Avenue auf. Während er den Kaffee durchlaufen ließ, duschte er rasch, putzte sich die Zähne und rasierte sich. Erst als er mit Schuhen und Pullover vollständig angezogen war, goß er sich eine Tasse Kaffee ein und stellte den Fernseher an, um zu sehen, was die Jäger trieben.

Er stand vor dem Gerät, starrte die Bilder an und versuchte zu begreifen, was passiert war. Terroristen? Hier im Kapitol?

Er setzte sich aufs Sofa und legte seine Füße auf den Sessel, während er mit kleinen Schlucken die heiße Flüssigkeit trank.

Nun, jedenfalls würden FBI und Polizei gründlich verwirrt sein. Das war mehr, als Charon erhofft hatte.

Und es war eine Chance.

Er trank seinen Kaffee aus und goß sich nach, während er darüber nachdachte. Nach einigen Schlucken trat er ans Fenster und sah auf die Straße hinunter. An diesem Morgen waren nicht allzu viele Leute unterwegs. Es gab allerdings einzelne Parklücken. Ein weiterer grauer Tag.

Das FBI würde bald vorbeikommen – oder die hiesige Polizei. Sie fahndeten nach Terroristen, daher würden sie an alle Türen klopfen und überall Fragen stellen. Davon hatte er nichts zu befürchten.

Er dachte wieder ans Kapitol und erinnerte sich an das Bürogebäude unmittelbar östlich des Obersten Gerichts. Wie weit war es von dort aus bis zum Kapitol? Gut 450 Meter? Konnte er aus dieser Entfernung treffen?

Über die ballistischen Voraussetzungen brauchte Henry Charon nicht nachzudenken – die kannte er auswendig. Und er wußte, wie außergewöhnlich schwierig es sein würde, ein mannsgroßes Ziel aus 500 Meter Entfernung zu treffen – zumal das Ziel ihm nicht den Gefallen tun würde, völlig stillzuhalten. Eine echte Herausforderung!

Er ging ins Wohnzimmer zurück und blieb mit der Tasse in der Hand vor dem Fernseher stehen. Der Vizepräsident sei auf der Fahrt zum Kapitol, sagte der Nachrichtensprecher. Er werde bald eintreffen. Weitere Meldungen in Kürze.

Charon, dessen Entschluß feststand, stellte Fernseher und Kaffeemaschine ab. Er machte das Licht aus, nahm seine Jacke mit und schloß die Tür hinter sich ab.

»Wie viele Tote hat's gegeben?« fragte der Vizepräsident, nachdem ein Special Agent sie begrüßt und durch ein Spalier aus Polizeibeamten geführt hatte, hinter denen sich Reporter und Kamerateams drängten. Der Vize hatte die ihm zugerufenen Fragen ignoriert.

»Einundsechzig, Sir. Einige Schwerverletzte kommen wahrscheinlich nicht durch. Dreiundvierzig Verletzte.«

»Wissen Sie schon, wer diese Leute gewesen sind?«

»Kolumbianer, Sir«, sagte der Agent. »Ein Selbstmordkommando. Einer lebt noch und hat eine Aussage gemacht, bevor er wegen innerer Blutungen bewußtlos geworden ist. Ein spanisch sprechender Agent hat mitgeschrieben, soviel er konnte. Diese Leute sind offenbar übers Wochenende ins Land geschmuggelt worden und haben heute morgen ihren Auftrag bekommen.«

»Bezahlt, um Selbstmord zu verüben?« warf Dorfman ungläubig ein.

»Ja, Sir. Fünfzigtausend Dollar vor dem Abflug und weitere fünfzigtausend für die Witwe.«

Das verwirrte die Politiker, die schweigend weitergingen. Der Agent führte sie in einen Sitzungssaal, in dem siebzehn Männer und Frauen sowie ihre Mörder so lagen, wie sie gefallen waren. Die Verletzten waren abtransportiert worden, aber Fotografen und Spurensicherer waren bei der Arbeit. Sie interessierten sich nicht für die gaffenden Politiker oder die Männer vom Secret Service, die mit schußbereiten Pistolen im Hintergrund standen.

Der Vizepräsident stand wie angenagelt da, vergrub die Hände in den Manteltaschen und betrachtete das Schlachtfeld. Er sah leere Patronenhülsen, hier und dort Einschußlöcher, viel Blut und verkrümmt liegende Leichen.

»Warum?« fragte er.

»Sir?«

»Warum, zum Teufel, verpflichtet sich jemand für Geld zu einem Mordanschlag, bei dem er draufgehen muß?«

»Nun, dieser eine, der noch lebt, hat ausgesagt, er habe daheim eine Frau und acht Kinder. Früher sind's zehn gewesen, aber zwei sind gestorben, weil er keinen Arzt bezahlen konnte, als sie krank waren. Die Familie haust in einem Slum in einer Wellblechhütte. Er war arbeitslos und hatte keine Aussicht, jemals einen Job zu bekommen. Als ihm das viele Geld geboten worden ist, hat er sich mit einem Blick auf die Kinder gesagt, dies sei vielleicht ihre einzige Chance, und sie ergriffen. Das behauptet er wenigstens.«

»Einundsechzig Menschen ermordet«, murmelte der Vize so leise, daß Dorfman einen Schritt näher an ihn herantreten mußte, um zu hören, was er sagte. »Nein, das ist ein zu milder Ausdruck. Liquidiert. Abgeschlachtet. Ausgerottet.«

Der Agent führte sie aus dem Saal und den Flur entlang in Richtung Cafeteria. Auf dem Korridor kamen sie an mehreren Leichen vorbei. Dorfman bemühte sich, nicht in ihre Gesichter zu sehen, aber der Vizepräsident beugte sich über jeden Erschossenen und betrachtete ihn zwei, drei Sekunden lang. Dann richtete er sich auf und ging weiter. Seine Hände blieben in den Manteltaschen, und er ließ die Schultern hängen.

Sie standen in der Cafeteria, als Gideon Cohen und General Land von mehreren Offizieren begleitet hereinkamen. Einer von ihnen war ein Captain – auf seinem Namensschild stand *Grafton* –, der alles mit ausdruckslosem Gesicht in sich aufnahm.

»Nach Meinung des einen Kolumbianers, der noch lebt, sind mehrere Gruppen eingeschmuggelt worden.«

»Wie sind sie hergekommen?«

»Mit einer Verkehrsmaschine. Sie sind vom Flughafen abgeholt, untergebracht und versorgt worden. Heute morgen haben sie Waffen bekommen und sind hier abgesetzt worden.«

»Wo stecken die anderen? Welche Ziele haben sie?« knurrte Dorfman.

«Das weiß er nicht.«

Justizminister Cohen ergriff erstmals das Wort. »Aldanas Verteidiger hat mir mitgeteilt, sein Mandant habe ihm gestern gesagt, er sei für das Attentat auf den Präsidenten verantwortlich. Das ist natürlich eine vertrauliche Mitteilung.«

»Der Hundesohn lügt«, sagte Dorfman nachdrücklich.

»Wetten würde ich darauf nicht abschließen«, wandte Cohen ein. »Unsere Leute in Kolumbien hören alle möglichen Gerüchte...«

Die Gruppe setzte sich von Geheimdienstleuten abgeschirmt in Bewegung. »Wir brauchen einen Raum, in dem wir reden können«, sagte der Vizepräsident. Der Secret Service brachte sie zu einem leeren Sitzungsraum – alle Sitzungsräume waren jetzt leer –, durchsuchte ihn und hielt dann vor der Tür Wache.

Der Vize entschied sich für einen Stuhl am Mittelgang. Die anderen nahmen um ihn herum Platz. In diesem Augenblick kam der FBI-Direktor mit einem weiteren Mann herein.

»Haben diese Leute den Hubschrauber des Präsidenten abgeschossen?« fragte der Vizepräsident, um die Diskussion zu eröffnen.

»Sie meinen die Männer, die hier erschossen worden sind?« fragte der FBI-Agent, der sie begleitet hatte. »Der Überlebende leugnet es, aber das braucht nicht zu stimmen.«

Der FBI-Direktor nickte dem Agenten zu, der eben gesprochen hatte. »Danke, wir brauchen Sie jetzt nicht mehr.«

Der Mann stand auf, murmelte: »Gentlemen«, und verließ den Raum.

Der Direktor des FBI sagte: »Mr. Vice-President, ich habe Special Agent Thomas Hooper mitgebracht. Er leitet unsere Sonderkommission aus Drogenfahndern und arbeitet mit dem Team zusammen, das den Attentatsversuch auf den Präsidenten aufzuklären hat. Vorhin haben wir kurz mit den für diesen Fall Zuständigen gesprochen...« Seine vage Geste umfaßte den ganzen Raum. »Hooper, berichten Sie, was Sie mir gesagt haben.«

Tom Hooper betrachtete die Gesichter der anderen. »Wir haben es hier mit einem klassischen Terroranschlag im Auftrag der Drogenmafia zu tun. Verübt worden ist er von Leuten mit minimaler Ausbildung, die man als apolitische Amateure einstufen kann. Die genaue Zahl der dabei getöteten oder verletzten Opfer ist unwichtig – das Medienecho auf den Überfall ist das Wichtigste. Dieses Gemetzel ist ein *politischer* Akt. Das versuchte Attentat auf den Präsidenten unterscheidet sich in mehreren wichtigen Punkten auffällig von diesem Terroranschlag. Es ist sorgfältig geplant und gründlich vorbereitet worden, damit der Täter die erste sich bietende Gelegenheit nutzen konnte. Mit anderen Worten: Hier haben wir's mit einem Berufskiller zu tun.«

»Mit einem Einzeltäter?« fragte jemand.

»Wahrscheinlich«, antwortete Hooper. »Wir haben die Stelle gefunden, von der aus die Raketen abgeschossen worden sind – ein kleiner Picknickplatz am Potomac –, und dort scheint nur ein Mann den Nachmittag verbracht zu haben. Er hat Gummistiefel getragen und jede Menge Spuren hinterlassen. Wir halten ihn für mittelgroß und siebzig bis fünfundsiebzig Kilo schwer. Aber das sind natürlich nur Schätzungen.«

»Wer hat das Attentat in Auftrag gegeben?« wollte Dorfman wissen.

»Keine Ahnung, Sir«, gab Hooper zu. »Wir tappen vorläufig noch im dunkeln, aber ich würde nicht gegen Sie wetten, wenn Sie dächten, hinter allem steckten dieselben Leute.«

»Aldana«, sagte Dorfman angewidert.

Der Vizepräsident sprach langsam, als taste er sich in Gedanken erst an das Problem heran: »Die Frage ist jetzt – was können wir tun, um weitere Terroranschläge zu verhindern?«

»Wir müssen die restlichen Kolumbianer aufspüren«, stellte Dorfman fest.

»Und alle öffentlichen Gebäude und sonstigen gefährdeten Orte schwer bewachen«, fügte jemand hinzu.

»So sind diese Leute nicht zu stoppen.« Diese Worte wurden ruhig, aber nachdrücklich gesagt. Alle sahen zu Captain Jake Grafton hinüber, der gesprochen hatte. »Denen geht's nur darum, Greueltaten zu verüben. Sie wollen Aufsehen erregen und Angst und Schrecken verbreiten, um dem Staat ihren Willen aufzuzwingen. Ziele für ihre Anschläge gibt's reichlich. In Kolumbien richten ihre Anschläge sich gegen

Kaufhäuser, Banken und Verkehrsflugzeuge. Die gibt es bei uns auch – und dazu Ladenpassagen und Einkaufszentren wie im Old Post Office und in der Union Station. So kurz vor Weihnachten …« Er zuckte vielsagend mit den Schultern.

»Ich habe vor, die Nationalgarde einzusetzen«, sagte der amtierende Präsident. »Wir müssen die öffentlichen Gebäude bewachen – und auch so viele Einkaufszentren wie möglich. Und wir können das Militär diese Kolumbianer suchen lassen.«

»Wollen Sie etwa den Ausnahmezustand erklären?« fragte General Land.

»Wie Sie's nennen, ist mir egal.«

»Soldaten finden diese Terroristen nie – selbst wenn sie sich hier aufhalten«, protestierte der Vorsitzende der Vereinten Stabschefs. »Wir können sie nicht von Tür zu Tür gehen und jedes Haus durchsuchen lassen. Dafür sind sie nicht ausgebildet. Das ist Aufgabe von FBI und Polizei.«

»Was sagt das FBI dazu?« fragte der Vize den Direktor.

»Dies ist eine Ausnahmesituation. Wir müssen schnellstens Erfolge erzielen. Dafür brauchen wir viele Leute. Aber nachdem die Krise bereinigt ist, macht die amerikanische Öffentlichkeit FBI und Militär dafür verantwortlich, wenn die Rechte Schuldloser verletzt worden und Ungerechtigkeiten vorgekommen sind. Das ist unvermeidlich.«

William Dorfman mischte sich energisch ein. »Die amerikanische Öffentlichkeit gibt *uns* die Schuld, wenn diese Terroristenschweine nicht verdammt schnell gefaßt werden. Wir müssen Himmel und Erde in Bewegung setzen, damit dieses Gemetzel aufhört, bevor das Land aus den Fugen gerät. *Das* ist wichtiger als alles andere. Lieber ein paar Unschuldige einsperren und später entlassen, als die Schuldigen in Freiheit zu lassen.«

»Was ist mit harmlosen Bürgern, die von neunzehnjährigen Kids mit M-16 erschossen werden?« fragte General Land ihn.

»Reden Sie keinen Unsinn!« sagte Dorfman scharf. »*Sie* sind dafür verantwortlich, daß das nicht passiert. Trauen Sie sich das nicht zu, müssen wir eben...«

Dorfman war clever genug, um nicht weiterzusprechen, denn Hayden Land war vor Zorn dunkelrot angelaufen. Jake Grafton hätte nicht geglaubt, daß jemand die Frechheit besitzen könnte, dem General ins Gesicht zu sagen, er rede Unsinn.

Die Stille, die Dorfmans Ausbruch folgte, dauerte peinliche Sekunden lang.

»Warum setzen wir nicht reguläre Truppen ein?« schlug Gideon Cohen mit einem Blick zu Land hinüber vor. »Handverlesene Offiziere und Unteroffiziere. Schließlich ist hier der Bundesbezirk. Ich glaube, daß das legal wäre. Jedenfalls zu rechtfertigen. Und selbst wenn es illegal wäre, würde es einige Zeit dauern, bis ein Richter das feststellt.«

»Nein«, sagte der Vizepräsident. »Nationalgarde.« Er stand auf. »Sobald ich wieder im Büro bin, geben wir diese Entscheidung bekannt und stellen den Einsatzbefehl aus. Außerdem sollen alle weniger wichtigen Dienststellen geräumt und das Personal nach Hause geschickt werden.«

Der Vizepräsident verließ den Raum von Geheimdienstagenten umringt als erster.

Er marschierte mit dem Werkzeugkasten in einer Hand und einem eineinhalb Meter langen Stück Abflußrohr auf der Schulter den Gehsteig entlang, als ihm die Männer auf einigen Dächern auffielen. Henry Charon blieb an der Ecke stehen und sah rasch nach oben, während er das Rohrstück auf die andere Schulter nahm.

Er war von Osten in die Stadt gefahren und hatte mühelos

einen Parkplatz gefunden. Viele Leute waren heute daheimgeblieben.

Ohne noch einmal aufzusehen, ging er weiter und erreichte das alte Bürogebäude. In der Eingangshalle stellte er seinen Werkzeugkasten ab und drückte den Rufknopf des Aufzugs. Die Eingangshalle war menschenleer. Wenn das Büro dort oben noch immer…

In der Kabine drückte er den obersten Knopf. Der altersschwache Aufzug setzte sich ächzend und rumpelnd in Bewegung. Charon stieg im sechsten Stock aus. Auf dem Flur war niemand zu sehen. Er ging zur Treppenhaustür und überzeugte sich davon, daß sie unversperrt war. Dann stellte er den Werkzeugkasten vor der Tür am Ende des Korridors ab, legte das Rohrstück daneben und befaßte sich mit dem Türschloß.

Nach einer halben Minute war die Tür offen. Er sah sich in dem leeren Raum um, holte seine Sachen herein und schloß hinter sich ab.

Durch kahle Zweige konnte er die nördliche Hälfte der zum Haupteingang des Kapitols hinaufführenden großen Freitreppe sehen. Auf ihren Marmorstufen drängten sich Menschen. Charon konnte jedoch nur eine Hälfte der Treppe einsehen. Die andere wurde durch das Gebäude des Obersten Gerichts verdeckt.

Die Fensterscheibe war schmutzig. Er rieb mit dem Jakkenärmel darüber. Der Schmutz ließ sich zum Teil abreiben. Aus dem Augenwinkel heraus beobachtete Charon einen Mann auf dem Dach des Gebäudes des Obersten Gerichts.

Damit würde er sich abfinden müssen.

Das Gewehr mit Zielfernrohr steckte in Blasenfolie gewikkelt in dem Abflußrohr, das neben der Waffe drei lange Holzstäbe enthielt, die im oberen Drittel so mit einer Schnur umwickelt waren, daß sie aufgestellt ein Stativ ergaben.

Er lud das Gewehr und legte es auf den Boden. Dann machte er sich daran, die Scheibe mit Fensterreiniger und einem Lappen zu putzen. Während er arbeitete, suchte er den Parkplatz des Kapitols und alle sichtbaren Dächer ab.

Auf den Dächern waren insgesamt vier Männer zu sehen. In der Umgebung des Kapitols hielten sich Hunderte von Menschen auf.

Im Werkzeugkasten lag eines seiner Radios. Mit eingestecktem Ohrhörer suchte er die Skala ab, bis er den Audiokanal einer hiesigen Fernsehstation gefunden hatte. Nach 15 Sekunden war klar, daß der Sprecher auf der Treppe vor dem Kapitol stand.

Charon hörte aufmerksam zu, während er das Stativ aufbaute, das Zielfernrohr auf höchste Vergrößerung einstellte und das Gewehr aufs Stativ legte.

Er stand weit vom Fenster entfernt, fast in der Mitte des Raums. Als er dann probeweise zielte, war er angenehm überrascht, wieviel er bei neunfacher Vergrößerung sehen konnte. Aber er blickte durch Zweige, die sich im Wind bewegten. Das Hin und Her der Zweige machte es schwieriger, ein Ziel zu erfassen und im Fadenkreuz zu halten.

Der Fernsehreporter kündigte an, der Vizepräsident werde mit seiner Begleitung in Kürze das Kapitol verlassen. Woher er das wußte, sagte er nicht.

Um aus dieser Entfernung zu treffen, mußte man schon ein *verdammt* guter Schütze sein. Er zielte probeweise auf einen Cop, holte tief Luft, atmete zu zwei Dritteln aus und konzentrierte sich darauf, das Fadenkreuz genau auf die Brust des Mannes gerichtet zu halten. Trotzdem beschrieb es einen kleinen Kreis. Und als Charon eben dachte, so müßte es passen, bewegte sein Ziel sich unerwartet.

Wieviel Zeit würde ihm bleiben, um nach dem Schuß das Gebäude zu verlassen? Sechzig Sekunden? Weniger?

Und das Fensterglas würde die Flugbahn des Geschosses etwas verändern. Charon durfte das Fenster nicht öffnen, sonst riskierte er, daß ein Agent auf einem Dach darauf aufmerksam wurde und jemanden heraufschickte. Deshalb würde er durch die Scheibe schießen. Wie groß die Veränderung der Flugbahn sein würde, war unmöglich abzuschätzen. Vielleicht ging der Schuß ganz knapp daneben; vielleicht verfehlte er sein Ziel gleich um zwei, drei Meter.

Darüber dachte er nach, während er das Fadenkreuz höherstellte, um die bei großen Entfernungen auftretende Abwärtsneigung der Flugbahn zu kompensieren.

Aha! Die Stimme des Fernsehreporters: »...und jetzt kommt der Vizepräsident.«

Henry Charon richtete sich auf, zog den Verschlußhebel zurück, ließ eine Patrone in die Kammer gleiten und entsicherte das Gewehr. Er legte den Gewehrlauf aufs Stativ und umfaßte die Griffschalen mit der linken Hand. Dann zog er den Kolben gegen seine Schulter und brachte das rechte Auge ans Okular des Zielfernrohrs.

Im Fadenkreuz erschien das Hauptportal des Kapitols. Dort war eine Batterie von Mikrofonen aufgebaut. Der Vizepräsident ignorierte sie und stieg von Geheimdienstleuten mit schußbereiten Maschinenpistolen umgeben die breite Treppe hinunter. Zwischen den Kameras und den Schaulustigen war eine Art Korridor frei geblieben.

Hinter dem Vize... wer war das? Ein Heeresoffizier. Dahinter ein Marineoffizier. Und mehrere Zivilisten. Aber solange sie nicht stillstanden, konnte Charon sie nicht einmal identifizieren.

Unten neben der Präsidentenlimousine blieb der Heeresoffizier stehen, um mit dem Vizepräsidenten zu sprechen. Jetzt gesellten sich die Zivilisten dazu. Sie bildeten dicht gedrängt eine kleine Gruppe.

Wer sind sie?

Dorfman! Einer von ihnen ist Dorfman. Er steht auf der Liste. Wer ist der andere? Aha! Das ist Cohen, der Justizminister. Ebenfalls auf der Liste.

Beeilung! Tief einatmen, langsam ausatmen, nicht verkrampfen und langsam abdrücken. Ganz langsam und gleichmäßig...

Die verdammten Zweige... langsam, gleichmäßig abdrükken, den Wind berücksichtigen, das Fadenkreuz immer...

Der Schuß fiel.

In dem geschlossenen Raum war der Schußknall ohrenbetäubend laut. Die Fensterscheibe zersplitterte.

Kapitel dreiundzwanzig

Jake Grafton hörte einen deutlich vernehmbaren Schlag, drehte sich um und sah gerade noch, wie Gideon Cohen sich halb um die eigene Achse drehte und zusammenbrach.

»Deckung!« brüllte der nächste Geheimdienstagent, und die beiden Agenten neben dem Vizepräsidenten stießen ihn kopfüber in seine Limousine. Einer der beiden warf sich über ihn, während der andere die Tür zuknallte.

»Los, runter! Deckung!«

Jake warf sich zu Boden, ohne Cohen aus den Augen zu lassen. Bildete er sich das nur ein, oder hatte er den Schußknall tatsächlich erst gehört, *nachdem* Cohen getroffen worden war?

Das Stöhnen des Verletzen war trotz der Angstschreie der in Panik geratenen Schaulustigen, die auseinanderliefen oder sich schreckensstarr auf die Treppe oder den Gehsteig geworfen hatten, deutlich zu hören. Ein Agent hatte sich über den Justizminister geworfen und stützte sich mit Händen und Knien ab, damit sein Gewicht nicht auf dem Verletzten lastete.

»Mein Gott!« rief eine laute Stimme. »Jemand hat versucht, den Vizepräsidenten zu erschießen!«

»Der verdammte Wagen soll endlich wegfahren!«

Die Geheimdienstleute zielten mit ihren Uzis auf die Menge und versuchten zu erkennen, wer geschossen haben könnte. Sie standen noch immer so da, als der Fahrer der gepanzerten Limousine endlich Gas gab und mit quietschenden Reifen davonfuhr.

Drei, vier Männer bemühten sich um Cohen. Jake versuchte etwas zu sehen, aber sie versperrten ihm die Sicht.

Von wo war der Schuß gekommen? Jake richtete sich kniend auf, um die Stelle zu suchen, von der aus geschossen worden war. Aber er sah nur die Rücken von Geheimdienstagenten. Also stand er auf.

»Verdammt noch mal, runter mit Ihnen, Grafton!« knurrte General Land. »Wo geschossen wird, steht man nicht auf. Sind Sie denn von gestern, Mann?«

Als Henry Charon vom Treppenhaus in die Eingangshalle stürmte, hätte er beinahe eine Frau umgerannt. Er griff nach ihr, fing sie auf und hielt sie im Gleichgewicht.

»Entschuldigung«, murmelte er und steuerte auf die Tür zur Straße zu.

»Haben Sie die Explosion gehört?« rief sie ihm nach.

»Scheint irgendwo oben gewesen zu sein«, antwortete er über die Schulter hinweg, ohne langsamer zu gehen.

Komisch, dachte sie und starrte ihm nach: Er trägt Latexhandschuhe.

Kurz nach 14 Uhr ging Billy Enright, einer von McNallys Vertrauten, der vor dem Fernseher gesessen hatte, nach nebenan und weckte Freeman McNally. Freeman stand auf und kam barfuß rüber, um zuzuhören und zuzusehen. Irgend jemand hatte auf den Vizepräsidenten geschossen, und die Feds ließen die Nationalgarde aufmarschieren.

Freeman rief T. Jefferson Brody in seinem Büro an. Normalerweise benutzte er das Telefon hier nicht für Geschäftsgespräche, weil es vermutlich abgehört wurde, aber diesmal telefonierte er mit seinem Anwalt. »Ich bin's, Tee. Hast du gehört, was passiert ist?«

»Heute morgen im Kapitol, meinst du? Klar hab' ich das gehört.«

»Ich rede von der Nationalgarde. Der *Vice* will die Nationalgarde einsetzen.«

»Ach, das! Die soll bloß öffentliche Gebäude bewachen und so'n Zeugs.«

Das Arschloch hat echt keinen Schimmer, wie alles funktioniert, sagte McNally sich. »Das ist bloß der Anfang«, erklärte er dem Anwalt geduldig. »Du mußt mit unseren Freunden reden, Tee. Dieser Gardescheiß ist nicht gut.«

»Wie deutlich soll ich werden?«

»Mach ihnen die Hölle heiß, Mann! Dieser Gardescheiß ist echt schlimm. Die Soldaten geben sich nicht damit zufrieden, ihre Stiefel zu putzen und vor der Stadtbibliothek rumzustolzieren. Sind sie erst mal da, werden sie versuchen, das Geschäft zu unterbinden. Das spür' ich ganz deutlich.«

»Soll ich notfalls energisch werden?«

»Allerdings, Tee.«

McNally legte auf und setzte sich wieder vor den Fernseher. Einige Zeit später ging er in die Küche, um sich einen Kaffee zu machen.

Als Billy Enright fünf Minuten später hereinkam und sich ein Eis aus dem Tiefkühlfach des Kühlschranks holte, saß Freeman mit seinem Kaffee am Küchentisch.

Freeman wartete, bis Billy sein Eis ausgewickelt und sich zu ihm an den Küchentisch gesetzt hatte. »Weißt du«, sagte er dann, »ich glaub', daß wir jetzt 'ne echte Chance haben, die wir nutzen sollten.«

»Wie meinst du das?«

»Was machen die Soldaten, wenn sie morgen oder übermorgen aufkreuzen?«

»Die suchen nach Mördern und Attentätern. Praktisch überall. Wir müssen 'ne Weile kürzertreten, vielleicht sogar Urlaub machen.«

McNally schüttelte den Kopf. »Die Garde ist ein, zwei Wochen lang nur auf der Suche nach diesen Kolumbianern und dem Kerl, der versucht hat, den Präsidenten umzulegen. In dieser Zeit müssen wir einige unserer kleinen Probleme lösen, damit wir uns aufs Geschäft konzentrieren können, wenn die Garde wieder *abgezogen* wird. Die Gelegenheit, 'n paar alte Rechnungen zu begleichen, ist günstig, weil die Cops im Augenblick andere Sorgen haben. Und die Garde besteht nicht aus Cops; sie besteht aus Mechanikern und Schuhverkäufern, die's jetzt auf kolumbianische Terroristen abgesehen haben. Kapiert?«

»Yeah«, sagte Billy Enright und leckte etwas Eiscreme ab, die ihm über die Finger zu fließen drohte. »Klar, ich weiß, was du meinst.«

Special Agent Freddy Murray war damit beschäftigt, die Fahndung nach dem Attentäter zu koordinieren, als ihn einer seiner Abhörspezialisten anrief. »Ich habe eben ein Telefongespräch aufgenommen, das Sie sich anhören sollten.«

»Von wem?«

»Freeman McNally. Ein Gespräch mit seinem Anwalt.«

»Das dürfen wir nicht verwenden.«

»Das ist mir klar. Aber Sie sollten es sich trotzdem anhören. Ziemlich merkwürdig.«

»Bringen Sie's mir rauf.«

Murray wandte sich wieder seiner eigentlichen Aufgabe zu. Das FBI-Labor hatte die Reifenmarke des Fahrzeugs identifiziert, mit dem der Attentäter auf dem Picknickplatz am Potomac gewesen war. Jetzt teilte Murray ganz Washington in Sektoren auf, in denen FBI-Agenten alle Reifenhändler, die diese Marke führten, aufsuchen und befragen würden. Sollte dabei nichts herauskommen, würde er die Sektoren vergrößern. Und er rechnete damit, daß das nötig sein würde.

Dies war klassische Polizeiarbeit, die bei entsprechendem Personal- und Zeitaufwand Ergebnisse liefern würde. Das Problem war nur, daß Murray nicht genügend Agenten und nicht genügend Zeit hatte. Aber trotz des Geschreis der Politiker und ihrer lautstark geforderten Fristen würde der Attentäter erst geschnappt werden, wenn's soweit war. Früher oder später würden das auch die gewählten Volksvertreter einsehen. Bis dahin konnte Murray nur geduldig weiterarbeiten.

Er nahm sich drei Minuten Zeit, um sich das Tonband zweimal anzuhören. Die Stimme gehörte tatsächlich Freeman McNally. Sein heiseres Knurren war unverkennbar.

»Was versteht er unter ›energisch werden‹?« fragte er den Abhörspezialisten.

»Keine Ahnung. Aber die Sache mit den Freunden ist klar. Ich möchte T. Jefferson Brody beschatten lassen, um rauszukriegen, wer ›unsere Freunde‹ sind.«

»Dafür haben wir keine Leute.«

»Einen oder zwei Männer.«

»Nein! Ich kann keinen einzigen entbehren. Nehmen Sie die Aufnahme mit und tragen Sie sie unter McNally ein, damit wir weiterarbeiten können.«

»Sie sind der Boß.«

Der Abhörspezialist war eben erst gegangen, als das Telefon für von außen kommende Gespräche klingelte. »Murray.«

»Harrison Ronald. Was läuft?«

»Stellen Sie den Fernseher an«, knurrte Murray. Für solche Auskünfte hatte er keine Zeit.

»Ich meine nicht diesen Attentatsscheiß! Ich meine die Anklageerhebung durchs Schwurgericht, Idiot!«

»Die ist vorläufig zurückgestellt worden.«

»Kennen Sie mich noch? Den fetten kleinen schwarzen Wurm, der an Ihrem Angelhaken gezappelt hat? *Zehn* gottverdammte Monate lang?«

»Vielleicht nächste Woche. Ich rufe Sie rechtzeitig an.«

»Sie rufen mich an. *Ha!* Ich soll hier rumhocken und warten, bis Sie mal Zeit haben, diese Leute einzusperren?«

»Harrison, ich…«

»Wie weit unten auf Ihrer verdammten Liste steh' ich eigentlich?«

»Harrison, ich verstehe, warum Sie ungeduldig sind. Aber die Prioritäten werden hier von anderen festgelegt. Ich rufe Sie an, sobald ich…«

Freddy verstummte, als er merkte, daß Harrison Ford aufgelegt hatte.

Die Abgeordnete Samantha Strader war Anfang Fünfzig und trug ihr Haar elegant dauergewellt. Ihr Stimmbezirk im Herzen der Hauptstadt ihres Heimatstaats gehörte zu den sichersten Mandaten der Demokratischen Partei in ganz Amerika, so daß sie praktisch lebenslänglich im Kongreß saß.

Nach zwanzig Jahren auf der Washingtoner Bühne verkörperte Sam Strader alle im Trend liegenden Vorurteile einer weißen Angehörigen des oberen Mittelstands: Sie war für Abtreibung und gegen das Militär; sie stand trendgerecht links und war eine glühende Feministin. Und sie war der Liebling aller politischen Karikaturisten.

Diese Frau, die auf jeden Hauch von männlichem Chauvinismus höchst empfindlich reagierte, besaß die Chuzpe, Reportern zu erklären: »Ich habe ein Gehirn und eine Gebärmutter, und ich benutze beides.« Für tatsächliche oder eingebildete Kränkungen revanchierte sie sich mit Verleumdungen, die sie wie Handgranaten warf – im allgemeinen vor Reportern, damit die Detonationen auch gehört wurden. Ihre Opfer, die meistens ein Gehirn und einen Penis besaßen, ohne damit in der Öffentlichkeit ausdrücklich anzugeben, hielten klugerweise den Mund und warteten auf ihre Chance.

Trotzdem hatte Sam Strader keine Schwierigkeiten, sich – mit scharfer Zunge, Gebärmutter und allem anderen – als erste Präsidentin der Vereinigten Staaten im Weißen Haus zu sehen. Sie führte einen mehr oder minder ständigen Feldzug mit dem Ziel, auch andere zu dieser Auffassung zu bekehren. Erfahrene politische Beobachter, die ihre Aussichten weniger voreingenommen beurteilten, waren jedoch der Meinung, Präsidentin könne sie nur werden, wenn die Republikanische Partei in einem Anfall von selbstmörderischer Verrücktheit Jim Bakker nominiere.

Daß Straders Mundwerk sie so oft in Schwierigkeiten brachte, hatte auch damit zu tun, daß sie wenig Geduld mit Leuten hatte, die sie für Dummköpfe hielt. Diese Eigenschaft hatte sie mit William C. Dorfman gemeinsam, den sie ebenfalls verachtete. Sehr weit oben auf ihrer Liste unausstehlicher Idioten stand der Vizepräsident, dessen unfreiwillig komische Aussprüche ihm in der Öffentlichkeit womöglich noch mehr schadeten als Strader ihre scharfe Zunge.

Ihrer Ansicht nach verkörperte er alles, was mit Amerika nicht in Ordnung war. Daß der verwöhnte, privilegierte Sohn eines stinkreichen Weißen, dessen Hauptfächer im College »Schnaps und Weiber« gewesen waren und der so erschreckend ungebildet geblieben war, daß er bei der Nationalgarde nicht mal die Prüfung zum Public Affairs Specialist – einem Mannschaftsdienstgrad! – bestanden hatte, trotzdem Abgeordneter, Senator, Vizepräsident und jetzt amtierender Präsident hatte werden können, mußte selbst unverbesserliche Optimisten fast verzweifeln lassen.

Als Strader das Objekt ihres Abscheus jetzt beobachtete, während William C. Dorfman erläuterte, weshalb die Nationalgarde im District of Columbia eingesetzt werden müsse, bewirkte die Erkenntnis, was die Zukunft bringen würde, bei ihr einen kleinen Schock. Der Vize war dumm, praktisch geistig behindert, und das stand für jedermann sichtbar auf seinem ausdruckslosen Gesicht. Und die ganze Welt sah zu! *Ich werde die nächste Präsidentin der Vereinigten Staaten!* Von dieser Vorahnung bekam sie eine Gänsehaut.

Der Vizepräsident saß in seinem Sessel neben dem Podium, sagte Strader später, wie ein Neandertaler, der von einem Bibelcollege in Arkansas mit einem Ehrendiplom ausgezeichnet werden sollte. Zu seinen Füßen saßen drei Dutzend Senatoren, Abgeordnete und Vertreter der wichtigsten Fernsehgesellschaften, Nachrichtenagenturen und Zeitungen Amerikas. Und der Vize machte den Eindruck, als langweile ihn das alles.

Wie Dorfman ausführte, sollte die Nationalgarde die Bewachung öffentlicher Gebäude übernehmen und für Sicherheit und Ordnung sorgen, so daß FBI und Polizei sich auf die Fahndung nach den Attentätern konzentrieren konnten, die den Außenminister, den Nationalen Sicherheitsberater und den Mehrheitsführer des Repräsentantenhauses ermordet und den Präsidenten und den Justizminister schwer verletzt hatten. Außerdem würden sie alle kolumbianischen Drogenterroristen verhaften, die vielleicht noch irgendwo lauerten.

Die Medienvertreter waren unruhig. Zu viele Fragen blieben unbeantwortet.

Sobald Dorfman sich bereit erklärte, Fragen zu beantworten, wurden sie ihm zugerufen: Wer steckte hinter diesen Gewalttaten? Wie waren die Killer ins Land gekommen? Welche Garantie konnte die Regierung dem amerikanischen Volk und den Bürgern Washingtons dafür geben, daß keine weiteren Gewalttaten mehr passieren würden?

»Wir tun unser Bestes«, sagte Dorfman, »um Sicherheit und Ordnung zu garantieren. Hier sind offenbar verschiedene kriminelle Elemente am Werk, und wir tun alles im gesetzlichen Rahmen Mögliche, um die Verantwortlichen zur Rechenschaft zu ziehen. Der Schutz des...«

Der Vizepräsident unterbrach ihn. Er stand auf und trat ans Mikrofon. »Hören Sie«, sagte er, »wenn wir wüßten, wer diese Leute sind und wo sie stecken, würden wir sie verhaften. Offensichtlich wissen wir's nicht. Wir tun, was wir können. Wir werden alles tun, was notwendig ist. Das verspreche ich Ihnen.«

»Werden Sie den Ausnahmezustand erklären?«

Der Vize wechselte einen Blick mit General Land, der neben dem Podium stand. »Wenn's notwendig ist, ja«, antwortete er langsam. »Ich werde tun, was nötig ist, um das Volk zu schützen und die Verfassung zu bewahren.«

»Was ist mit den verfassungsmäßigen Rechten der Bürger?« fragte Samantha Strader durchdringend laut.

Der Vize sah zu ihr hinüber. Sein Gesichtsausdruck blieb unverändert. »Ich verhafte jeden, der verhaftet werden muß, und überlasse es den Gerichten, irgendwann später wieder Ordnung zu schaffen.«

Die Politiker machten unbehagliche Gesichter. Die Journalisten kritzelten eifrig, während die Fernsehreporter heftig winkten und »Mr. Vice-President! Mr. Vice-President!« riefen. Aber die Pressekonferenz war zu Ende. Der Vizepräsident verließ den Saal. Dorfman, General Land und ihre Mitarbeiter folgten ihm. Sobald der Vize verschwunden war, drängten die Medienvertreter zu den Ausgängen.

Jack Yocke, der alles aus der hintersten Ecke beobachtet hatte, machte sich kopfschüttelnd einige Notizen. In seiner Nähe hatte Sam Strader sich Ott Mergenthaler geschnappt. »Glauben Sie wirklich, daß dieser Depp solche Entscheidungen selbst trifft – oder flüstert sie ihm der dicke Dorfman ein?«

Ott murmelte irgendwas. Jack Yocke grinste, weil er wußte, wie sehr Ott es haßte, Fragen gestellt zu bekommen, während er sich darauf konzentrierte, was er schreiben wollte. Aber Strader hatte ohnehin nur eine Pro-forma-Frage gestellt: *Sie* war die Auserwählte, die ihrem Schicksalsstern folgte.

»Seit fünf Jahren«, fuhr sie fort, ohne auf Otts gemurmelte Antwort einzugehen, »arbeitet die kolumbianische Drogenmafia mit Terroranschlägen. Sie hat Anschläge auf Banken und Flugzeuge verübt und Tausende von Menschen umgebracht. Jeder *wußte,* daß der Drogenterrorismus eines Tages auch unser Land erfassen würde. Jetzt will das amerikanische Volk wissen: Warum sind die Macho-Muchachos in unserer Regierung mit runtergelassenen Hosen erwischt worden, als es soweit war?«

Jack Yocke merkte, daß ein Uniformierter neben ihm

stand. Er sah sich um und erkannte Jake Grafton, der Sam Strader zuzuhören schien.

»Möchten Sie darauf antworten, Captain?« fragte Yocke und nickte zu der Abgeordneten hinüber.

»Inoffiziell?«

»Natürlich.«

Grafton zuckte mit den Schultern. »Sie sind nicht unvorbereitet gewesen. Sie sind nur nicht bereit gewesen, wenn Sie den Unterschied verstehen. Menschen, die nur Frieden gekannt haben, ist es fast unmöglich, die mentale Bereitschaft zu erreichen, die zur raschen, effektiven Abwehr eines entschlossenen Angriffs nötig ist. Der Verstand befiehlt Alarmbereitschaft, aber das Unterbewußtsein weigert sich, Adrenalin auszuschütten und die behagliche Gegenwart aufzugeben. Wir weigern uns, die Bedrohung wahrzunehmen.«

»Pearl Harbor«, sagte der Reporter nickend.

»Genau.« Grafton sah sich nach einem Team um, das die Kabel für die vielen Fernsehkameras abzubauen begann. »Na, welchen Eindruck haben Sie gehabt?«

»Ich glaube, daß Dorfman langsam merkt, wer der Boß ist.«

Jake Grafton nickte. Um seine Lippen spielte ein Lächeln, das gleich wieder verschwand.

»Sie sind heute nachmittag auf der Treppe vor dem Kapitol gewesen, als Cohen angeschossen worden ist. Warum haben Sie sich nicht hingeworfen und sind unten geblieben?«

Jake Grafton zuckte mit den Schultern. »Ich hab' mir gedacht, daß er nur einmal schießen würde.«

»Eine ziemlich riskante Vermutung.«

»Schon möglich. Aber welcher vernünftige Mensch würde auf mich schießen wollen?«

»Stimmt«, gab Yocke zu. »Aber er hat auf den Vizepräsidenten geschossen und ihn verfehlt. Der nächste Fehlschuß hätte Sie treffen können.«

»Hat er wirklich danebengeschossen?« fragte Grafton. »Ich habe das Gefühl, daß dieser Kerl trifft, worauf er zielt.«

Der Captain wandte sich ab und ging, während der Reporter sich am Kopf kratzte. Er hatte den Eindruck, Grafton habe noch etwas sagen wollen, sich die Sache dann aber doch anders überlegt.

Senator Bob Cherry hatte es eilig, als er am Spätnachmittag in sein Büro zurückkam. Als er durchs Vorzimmer hastete, sah er T. Jefferson Brody neben dem Schreibtisch seiner Sekretärin sitzen. Brody stand auf. »Abend, Senator.«

»Sie wollen zu mir?« fragte Cherry, während er auf die Tür seines Büros zusteuerte. Brody beobachtete, daß der Senator im Vorbeigehen rasch Miß Georgia zulächelte, die sein Lächeln erwiderte.

»Nur für ein paar Minuten, Senator.«

»Kommen Sie rein. Aber wirklich bloß für ein paar Minuten.«

Brody folgte ihm und schloß die Tür hinter sich. Während Cherry die Telefonnotizen auf seinem Schreibtisch überflog, nahm er seine Krawatte ab und zog sein Hemd aus.

»Was kann ich für Sie tun?«

»Sie sind im Weißen Haus gewesen, nicht wahr?«

»Um informiert zu werden. So hat's zumindest geheißen. Jesus, was für ein Tag!«

»Im Fernsehen heißt's, daß der Vizepräsident die Nationalgarde einsetzen will.«

»Stimmt.« Cherry holte ein frisches Hemd aus dem Schrank neben der Toilette und zog es an.

»Meine Mandanten haben gehofft, Sie würden sich gegen diese Maßnahme aussprechen.«

»Hätte keinen Sinn gehabt. Sein Entschluß steht fest. Außerdem bin ich seiner Meinung. Er hat recht, finde ich.«

Cherry wählte eine Krawatte aus und band sie sich vor dem Spiegel stehend. »Nur so aus Neugier – was paßt Ihren Leuten nicht?«

»Meine Mandanten sind die Leute, die so großzügig für Ihr PAK und Ihren Wahlkampffonds gespendet haben, Senator.«

Cherry verzog das Gesicht. Damit hatte er gerechnet. Brody war doch plumper, als er ihn eingeschätzt hatte. »Was paßt Ihren Leuten nicht?« wiederholte er.

»Nun, Senator, sie befürchten, daß ihr Geschäft darunter leiden könnte.«

»Verdammt kurzsichtig von ihnen, was? Ich meine, solange diese Killer nicht gefaßt sind, leiden doch sämtliche Branchen. Je schneller sie gefaßt werden, desto besser für ganz Washington.«

»Das ist gerade der springende Punkt, Senator. Meine Mandanten sind anderer Meinung. Sie glauben, daß FBI und Secret Service diese Leute aufspüren können. Einfach gesagt: Soldaten sind schlecht fürs Geschäft.«

Cherry wählte ein Sportsakko, zog es an und kam an seinen Schreibtisch zurück. Mit dem Zeigefinger schob er einige Telefonnotizen zur Seite. »Ich hab's leider eilig, Jefferson. Bevor ich gehe, muß ich noch ein paar Leute anrufen.«

»Senator, Sie verstehen mich nicht richtig, glaube ich.«

»Verstehen?«

»Ich bitte Sie nicht um einen Gefallen. Ich gebe Ihnen Anweisungen.« Brody grinste.

Der Senator setzte sich ruckartig auf. Er nahm die Schultern zurück. »Gehen Sie freiwillig – oder soll ich Sie rauswerfen lassen?«

Brody lehnte sich zurück und schlug die Beine übereinander. »Eigentlich komisch, wenn man's bedenkt. Immer wieder Spenden, ohne daß Sie sich jemals dafür interessiert haben, von wem das Geld eigentlich kommt.«

»Was ...?«

»Die FM Development Corporation ist eine wirklich in Florida existierende Aktiengesellschaft mit einem Alleinaktionär: Freeman McNally, ein prominenter hiesiger Geschäftsmann. Von dem haben Sie vielleicht schon gehört? Die Firma ABC Investments ist eine ...«

Cherry sank in seinen Sessel zurück. Er starrte Brody entgeistert an.

»Das FBI könnte Ihnen bestimmt ein umfangreiches Dossier über McNally vorlegen, Senator«, versicherte Brody ihm.

»Was wollen Sie?«

»Das habe ich schon gesagt. Keine Nationalgarde. Kein Militär.«

»Nein!« Cherry war dunkelrot angelaufen.

Brody stand auf, setzte sich auf die Schreibtischkante und lehnte sich zu Bob Cherry hinüber. »Sie haben nur noch nicht richtig darüber nachgedacht, Senator. Wenn rauskommt, daß Sie all die schönen Reisen, die Sie mit Miß Georgia gemacht haben, genau wie Ihre Wahlkampfrechnungen mit Geld bezahlt haben, das von Washingtons größtem Crackdealer stammt, ist sofort Schluß mit Ihrer Karriere. Dann sind Sie *erledigt.*«

»Ich zahle das Geld zurück. *Das hab' ich nie geahnt!* Ich werde ...«

»Reden Sie keinen Unsinn! Glauben Sie, daß die Wähler Ihnen das abnehmen? Kein Mensch nimmt Ihnen ab, daß Bob Cherry so senil, so idiotisch gewesen ist, daß er sich nie dafür interessiert hat, wer ihm die Taschen mit Geld vollstopft.«

Brody stand auf. Er rückte sich die Krawatte zurecht und knöpfte seine Jacke zu. »Jetzt ist Zahltag, Senator! Engagieren Sie sich ein bißchen. Ich möchte in der Presse lesen, wie Sie sich mutig dafür eingesetzt haben, daß im District Demokratie gewahrt wird und das Militär *draußen* bleibt. Sonst lesen Sie am kommenden Freitag etwas über hohe Zuwendungen bekannter Drogenhändler an einen bestimmten Senator.«

Auf dem Weg zur Tür blieb er stehen und drehte sich kurz um. »Noch ein guter Rat, Senator. Leute, die Freeman McNally reinlegen, leben selten lange genug, um damit angeben zu können.«

T. Jefferson Brodys zweiter Besuch galt Senator Hiram Duquesne. Er fing den Senator ab, als er gerade sein Büro verlassen wollte.

»Ich begleite Sie in die Garage hinunter, wenn Sie nichts dagegen haben«, schlug Brody vor.

Unterwegs schnitt er das Thema der Nationalgarde an.

»Wissen Sie«, sagte Duquesne, »hätte jemand heute morgen nach dem Überfall im Kapitol vorgeschlagen, die Garde einzusetzen, wäre ich dagegen gewesen. Aber nach diesem Schuß auf den Vizepräsidenten bin ich dafür. Gid Cohen geht's nicht besonders, aber die Ärzte glauben, daß er durchkommen wird. Der Schuß hat seine Schulter getroffen und den linken Lungenflügel nur um Zentimeter verfehlt. Der Schütze hat von einem fast fünfhundert Meter entfernten Gebäude aus geschossen und das Gewehr, ein Stativ und einen Werkzeugkasten zurückgelassen. Er hat nur gezielt, durch ein geschlossenes Fenster geschossen und das Gebäude fluchtartig verlassen.«

»Erstaunlich«, meinte Brody.

»Ich weiß nicht, was da gespielt wird, aber dieser Scheiß

muß aufhören. Der Vize hat richtig reagiert. Das hätte ich dem Hohlkopf gar nicht zugetraut.«

»Mein Mandant möchte, daß Sie sich gegen diese Entscheidung aussprechen. Er will auf keinen Fall, daß die Garde im District aufmarschiert.«

»Sorry, Jefferson, aber diesmal können wir nicht einfach zur Tagesordnung übergehen. Der amtierende Präsident trägt die legale und moralische Verantwortung und handelt entsprechend. Dabei unterstützt der Senat ihn auf jede nur denkbare Weise.«

Brody schwieg, während sie an dem Garagenwächter vorbeigingen. Er wartete, bis sie vor Duquesnes Wagen standen und der Senator in seinen Taschen nach dem Schlüssel angelte.

»Mein Mandant ist Freeman McNally. Von dem haben Sie bestimmt schon gehört?«

Senator Duquesne starrte ihn an.

»Freeman McNally. Er genießt nicht gerade den besten Ruf, aber er ist Geschäftsmann. Zahlt seine Anwaltshonorare, ohne zu feilschen. Spendet Geld für wohltätige Zwecke. Unterstützt auch bestimmte Politiker – beispielsweise Sie, Senator. Von ihm haben Sie über fünfundzwanzigtausend Dollar bekommen. Erinnern Sie sich an die FM Development Corporation?«

»Sie miese kleine Ratte!«

»Langsam, Senator, wir wollen doch nicht persönlich werden. Sie hätten kontrollieren können, woher das Geld gekommen ist, aber diese Mühe haben Sie sich anscheinend nie gemacht. Sie hätten es ablehnen können. Auch das haben Sie nie getan.«

»Was wollen Sie von mir?«

»Das habe ich Ihnen schon gesagt. Mein Mandant hat etwas dagegen, daß die Garde hier im District aufmarschiert.

Da er sich großzügig an Ihren Wahlkampfkosten beteiligt hat, findet er jetzt, Sie sollten sich kräftig reinhängen und ihm in dieser Sache behilflich sein.«

»Und wenn ich's nicht tue? Los, raus mit der Sprache! Was blüht mir dann?«

»Mein Mandant möchte, daß Sie im Kampf gegen den Einsatz von Soldaten in vorderster Linie stehen, Senator. Sollte der Zug jedoch ohne Sie abfahren...« Brody zuckte mit den Schultern. »Es wird schwierig sein, fünfundzwanzigtausend Dollar wegzuerklären, die Ihnen der größte Crackdealer Washingtons gespendet hat, Senator. Verdammt schwierig.«

»Hauen Sie ab, Sie Dreckskerl!« Duquesne ballte die rechte Faust und trat einen Schritt vor.

»Denken Sie darüber nach, Senator.« Brody wich leicht zurück. »An Ihrer Stelle würde ich dafür nicht meinen Ruf und meinen Senatssitz opfern. Ich würde ein bißchen nachgeben und dafür im Amt bleiben.«

Brody wandte sich ab und ging rasch davon.

»Zum Teufel mit Ihnen, Brody!« rief der Senator ihm nach.

Brody ging weiter.

Captain Jake Grafton und sein Stab verbrachten den Abend im Pentagon. Dort gab es viel zu tun. Die Nationalgarde wurde bereits im Arsenal neben dem RFK-Stadion ausgerüstet, aber der übliche Dienstweg sollte radikal verkürzt werden. Grafton und seine Mitarbeiter setzten einen Befehl auf, den der Vizepräsident unterschreiben würde, um die Washingtoner Nationalgarde dem Vorsitzenden der Vereinten Stabschefs direkt zu unterstellen.

Dadurch würde der Dienstweg um mindestens zehn Ebenen mit jeweils einem General und seinem Stab verkürzt werden. Diese Straffung hatte das Weiße Haus angeordnet. Der Befehl dazu sollte gleich morgen früh unterzeichnet werden.

Nachdem dieser Befehl ins Büro des Vorsitzenden geschickt worden war, um genehmigt und wahrscheinlich umgeschrieben zu werden, holten Grafton und Special Agent Thomas Hooper sich einen Kaffee und breiteten einen Stadtplan von Washington auf Graftons Schreibtisch aus.

Toad Tarkington, der überall dabeisein mußte, zog sich einen Stuhl heran, um mit auf den Plan sehen zu können.

»Eigentlich hab' ich dafür gar keine Zeit«, murmelte Hooper. Das wußte Jake nur allzu gut. Hooper schien ziemlich erledigt zu sein. Sein Hemd war schmuddelig, und er hatte Flecken auf seiner Jacke. Unrasiert war er auch. Aber seine Vorgesetzten hatten ihn trotzdem hergeschickt.

Jake nahm einen gelben Markierstift aus der Schublade und machte sich daran, öffentliche Gebäude wie das Weiße Haus, das Kapitol, Ministerien und so weiter auf dem Stadtplan zu kennzeichnen. Dann gab er den gelben Stift Hooper. »Jetzt sind Sie dran.«

Hooper markierte das FBI-Gebäude, Gerichtsgebäude und weitere Behördenbauten. Als er fertig war, warf er den Stift auf den Stadtplan.

»Sechsundfünfzig Gebäude«, sagte Tarkington hilfreich wie immer.

»Tag und Nacht, mindestens drei bewaffnete Männer an jedem Eingang.«

Jake zog einen Notizblock heran, um zu rechnen. »Wie viele Eingänge hat so ein Gebäude im Durchschnitt?«

»Sechs bis acht«, sagte der Luftwaffenoberst am benachbarten Schreibtisch.

»Wir haben nicht genügend Leute. Nicht mal andeutungsweise genug.«

»Fordern Sie mehr an«, verlangte Hooper. »Männer habt ihr doch reichlich!«

»Bis wir mehr haben – und das dauert einige Zeit –, können wir an jeden Eingang nur einen Posten stellen, der notfalls von mobilen Streifen unterstützt wird.«

Hooper zuckte mit den Schultern.

»Sie sind sich hoffentlich darüber im klaren«, fuhr Grafton fort, »daß es eine Schießerei gibt, sobald die Kolumbianer oder andere Leute etwas versuchen. Diese Männer bekommen Munition und werden schießen – und das mit Recht. Sie müssen sich verteidigen und sind für nichts anderes ausgebildet. Einige von ihnen, aber auch harmlose Passanten werden erschossen werden. Das wird ein richtiges Blutbad.«

»Hoffentlich nicht!« sagte Hooper. »Genau das sollen Ihre Leute schließlich verhindern.«

»Wie wär's, wenn wir die Liste zusammenstreichen und nur die wichtigsten Gebäude schützen würden?«

»Nein. Schützen wir nur die wichtigsten Gebäude, werden die ungeschützten angegriffen.«

»Aber nicht, wenn die Terroristen es auf eine Konfrontation anlegen.«

Hooper schüttelte den Kopf. »Terrorismus soll die Ohnmacht des Staates vorführen. Dazu wird jede Gelegenheit genutzt.«

Toad Tarkington meldete sich zu Wort. »Wie wär's mit einer Falle? Scheinbar unbewachte Gebäude, in denen ein ganzer Zug Soldaten auf der Lauer liegt?«

»Dazu müßten die Gebäude leer sein«, erklärte Hooper ihm. »Aber fehlender Publikumsverkehr würde jedem Beobachter sofort zeigen, daß dort irgendwas nicht stimmt.«

»Also sind wir immer die Verlierer«, stellte Jake Grafton fest.

Hooper zuckte resigniert mit den Schultern.

»Wie sind wir eigentlich da reingeraten?« fragte der Luftwaffenoberst rhetorisch. »Schon wieder?«

»Der Kampf gegen Terroristen ist nicht zu *gewinnen*«, antwortete Hooper. »Die Politiker – das ist bloß meine persönliche Meinung – lassen einen *nie* so schnell handeln, daß man Terroristen zuvorkommen könnte. Politiker reagieren nur; sie sind ständig auf der Suche nach einem Konsens.«

»Unsinn!« widersprach Jake Grafton. »Politiker sind auch nicht dumm. *Dies ist kein herkömmlicher Krieg.* Jeder abgegebene Schuß ist eine politische Erklärung. Das begreifen die Politiker intuitiv, und die Jungs in Uniform sollten es verdammt schnell erkennen. Solange wir das nicht tun, haben wir überhaupt keine Chance.«

Hooper machte ein skeptisches Gesicht. Dann rieb er sich die Augen und trank seinen Kaffee aus.

Jake Grafton griff nach dem Hörer und rief die Dienststelle des Vorsitzenden an. Wer glaubt, daß Hayden Land den Terroristen die Wahl ihrer Ziele überläßt, sagte er sich, kennt Hayden Land nicht.

Der abschließende Knüller des Abends für Dauerfernseher wurde in den 23-Uhr-Nachrichten von Küste zu Küste gezeigt. Die Fernsehgesellschaften brachten spektakuläre Aufnahmen.

Gegen 22 Uhr Ostküstenzeit hielten vier Autos vor und hinter einem zweistöckigen Reihenhaus im Nordosten Washingtons – zwei auf der Straße vor dem Gebäude, zwei in der Servicezufahrt dahinter. Die Männer auf den Beifahrersitzen schossen mit Uzis auf die Bewacher des Hauses, wechselten das Kaliber und feuerten mindestens zwei Dutzend 40-mm-Granaten durch die Fenster. Die Granaten verwüsteten das Innere des Hauses völlig und setzten das Gebäude in Brand. Danach fuhren die Autos weg.

Angeblich konnte keiner der Augenzeugen die Fahrzeuge oder die Männer beschreiben. Niemand hatte sich ein einziges Autokennzeichen gemerkt.

Ein Polizeisprecher vermutete vor laufenden Kameras, die Killer hätten Granatwerfer M-79 eingesetzt, und bestätigte, das überfallene Haus gehöre einem gewissen Willie Teal, einem mutmaßlichen Crackdealer.

Die hellen Flammen hinter Polizeibeamten und Reportern loderten in ganz Amerika auf den Bildschirmen. Der Brand wurde rasch zu einem Großbrand, der auch die benachbarten Reihenhäuser einäscherte.

Als der Brand am nächsten Morgen gelöscht war, wurden in dem mit Granaten beschossenen Reihenhaus 14 verkohlte Leichen entdeckt. Dazu kamen noch die vier Männer, die außerhalb des Hauses erschossen worden waren. Außerdem fand die Polizei die unbrauchbaren Überreste von über einem Dutzend Pistolen, drei Maschinenpistolen und fünf Schrotflinten. In den Trümmern fand sich eine wie durch ein Wunder nicht verbrannte Aktentasche mit fast einer halben Million Dollar in bar. Auch zweieinhalb Kilo Kokain hatten den Brand irgendwie überdauert und wurden von Feuerwehrleuten, die im Keller nach Glutnestern suchten, in ihrem Versteck entdeckt.

Harrison Ronald Ford verfolgte die Berichterstattung über den Großbrand von seinem Bett in der FBI-Unterkunft in Quantico aus. Er trank Limonade und hörte sich an, wie die Kommentatoren die Gewalt und den Schrecken dieses Tages aufzuarbeiten versuchten.

Als eine ernste Kommentatorin sich in beredten Schlußfolgerungen erging, stand er vom Bett auf und stellte die Glotze ab.

Freeman McNally hatte also beschlossen, die alte Rechnung mit Willie Teal endgültig zu begleichen. Eine weitere kleine Lektion für alle, die sich einbildeten, Freeman McNally ungestraft hintergehen zu können.

Granatwerfer M-79, 40-mm-Granaten durchs Fenster. Zum Beispiel durch dieses hier.

Er öffnete die Jalousie einen Spalt weit und blickte auf den Parkplatz und die Rasenflächen hinaus.

Was tust du, wenn nachts eine Granate durchs Fenster ins Schlafzimmer kracht? Verkriechst du dich unter deiner Decke? Oder hebst du sie auf und wirfst sie zurück?

Unsinn! Du stirbst, Mann! Du stirbst von Hunderten von Stahlsplittern durchsiebt. Genau wie Willie Teal.

Er atmete schwer. Sein Herz jagte, und er atmete viel zu schnell.

Er knipste das Licht aus und zog im Dunkeln ein Sweatshirt über das T-Shirt, das er bereits trug.

Im Bad versuchte er, sich zu übergeben, und konnte nicht. Sein Magen war schwer, als hätte er einen Stein verschluckt. Er schloß die Tür, stopfte ein Handtuch darunter, damit kein Lichtschein nach draußen fiel, und machte Licht.

Die Pistole Kaliber .45 war geladen und hatte eine Patrone in der Kammer. Der Hammer war zurückgezogen. Um abdrücken zu können, brauchte er nur noch mit dem Daumen die Sicherung zu lösen. Geladen und gesichert, so hatte ihr Rekrutenausbilder bei den Marines diesen Zustand bezeichnet.

Er steckte die Pistolenmündung in den Mund und schmeckte den Metallgeschmack.

Los, tu's doch! Damit kannst du Freeman viel Mühe sparen. Du weißt genau, daß er nicht beschließen würde, Willie Teal zu liquidieren und keinen Finger krummzumachen, um sein größtes Problem zu lösen – dich.

Er sah sich selbst im Spiegel. Ein Bild des Jammers.

Er steckte die Pistole in den Hosenbund, setzte sich aufs WC und schluchzte.

Kapitel vierundzwanzig

Gegen zwei Uhr morgens hörte Harrison Ronald, wie die Brandschutztür im Erdgeschoß des Treppenhauses geöffnet wurde. Ihr metallisches Knarren war oben im zweiten Stock der FBI-Unterkunft in Quantico, wo er mit seiner großkalibrigen Pistole in der Hand saß, deutlich zu hören. Zum Glück waren die Angeln der schweren Stahltüren schon jahrelang nicht mehr geölt worden.

Harrison Ronald steckte den Kopf zwischen die Streben des Treppengeländers, starrte nach unten ins Dunkel und versuchte, etwas zu erkennen. Nichts zu sehen. Nicht der geringste Lichtschimmer. Natürlich hätte im Treppenhaus Licht brennen sollen, aber Harrison Ronald hatte vor über zwei Stunden alle Glühbirnen herausgeschraubt.

Dort unten war jemand.

Er schloß die Augen und konzentrierte sich ganz auf sein Gehör. Er hielt sogar den Atem an. Ja, ein leises Scharren. Eine Schuhsohle auf dem rutschfesten Belag der Betonstufen.

Harrison Ronald zog seinen Kopf zurück, blieb unbeweglich sitzen und hielt die Pistole mit beiden Händen umklammert.

Jetzt ist es soweit, sagte er sich. Wer ein Recht hätte, dieses Treppenhaus zu benutzen, würde nicht so schleichen.

Jetzt ist es soweit!

Er saß wie versteinert da. Jede Bewegung, die er machte, konnte ihn dem anderen verraten. Seine Füße standen schlecht, und er hatte von den Betonstufen einen eiskalten Hintern. Er atmete flach und horchte angestrengt.

Ein Lichtschein! Der Mann unter ihm benutzte eine winzige Taschenlampe, um sich zu orientieren. Im nächsten Augenblick knipste er sie wieder aus.

Irgendwo draußen hupte ein Auto. Der Laut schien aus weiter, weiter Ferne zu kommen.

Der Mann stand auf dem Treppenabsatz im ersten Stock vor der Brandschutztür, die er entriegeln mußte, um sie aufziehen zu können.

Das metallische Klicken des Entriegelungsmechanismus hallte durchs Treppenhaus.

Der Mann dort unten blieb lange horchend stehen.

Harrison Ronald atmete nicht einmal.

Der Mann öffnete die Brandschutztür, trat in den Flur und bremste die sich schließende Stahltür ab, bevor ihre Verriegelung einschnappen konnte.

Stimmte das wirklich? So hatte es sich für Harrison Ronald angehört. Er stand lautlos auf, rieb sich seinen kalten Hintern und schlich dann die Stufen zum Treppenabsatz im ersten Stock hinunter.

Er tastete nach der Stahltür, ließ seine Finger über ihren Rahmen gleiten. Ja, die Tür war nur angelehnt.

Er richtete sich auf, bis er durch das Fenster in der Tür sehen und den schwach beleuchteten Flur überblicken konnte. Der Mann stand vor seiner Zimmertür. Eine stämmige, mittelgroße Gestalt mit einer langläufigen Schußwaffe.

Harrison Ronald trat von der Tür zurück, blieb in der Dunkelheit stehen und überlegte.

Obwohl der Mann die Tür nur angelehnt hatte, brauchte er nicht auf diesem Weg zurückzukommen. Auch wenn er zurückkam, konnte er darauf gefaßt sein, daß Ford ihm hier draußen auflauern würde. Was soll ich tun, wenn er in mein Zimmer geht? fragte Ford sich. Im Gang zur Zimmertür schleichen? Auf dem Treppenabsatz im zweiten Stock warten? Oder ihm unten im Erdgeschoß auflauern?

Er sah erneut durchs Fenster.

Der Mann stand leicht nach vorn gebeugt da und war damit beschäftigt, das Türschloß zu knacken. Im nächsten Augenblick hatte er die Tür offen. Nach einem letzten Blick in die Runde verschwand er im Zimmer, aus dem er gleich wieder herauskommen würde.

Was tun?

Erstaunlicherweise dachte Harrison Ronald Ford keinen Augenblick daran, dem Eindringling einfach aus dem Weg zu gehen. Er hatte zu lange mit seiner Angst leben müssen. Jetzt versuchte er, seinen Gegner zu überraschen und den winzigen Vorteil zu nutzen, den das Überraschungsmoment dem Angreifer verschaffte. Harrison Ronald Ford war entschlossen, der Angreifer zu sein. Als schwarzer Jugendlicher in den Arbeitervierteln von Evansville und als junger Soldat im Marine Corps hatte er diese Lektion gelernt: angreifen – energisch, rücksichtslos, eisern entschlossen. Immer nur angreifen.

Fords Zimmertür öffnete sich lautlos. Ein Kopf wurde herausgestreckt und suchte den schwach beleuchteten Flur nach beiden Seiten ab. Dann trat der Stämmige, der sich für einen Mann dieser Größe sehr leichtfüßig bewegte, heraus und kam den Flur entlang zurück.

Er öffnete die Tür und schlüpfte hindurch.

Ford, der auf der zweiten Stufe kauerte, traf seine Beine mit einem mit aller Kraft geführten Handkantenschlag. Der andere schlug der Länge nach hin. Auf den Betonstufen der Treppe knackte irgend etwas schrecklich laut.

Im nächsten Augenblick warf Ford sich auf ihn. Seine Hände schlossen sich um den Hals des unbeweglich Daliegenden und drückten mit aller Kraft zu. Sekunden später ließ er bereits wieder los.

Der Körper des Mannes unter ihm war völlig schlaff. Harrison Ronald fand auf seinem Rücken sitzend die Halsschlagader. Nichts.

Er drehte den Mann um und tastete in der Dunkelheit nach seinem Kopf. Die Stirn war eingedrückt, fühlte sich breiig an. Kein Blut, zumindest keine glitschige, körperwarme Flüssigkeit.

Noch immer schweratmend, noch immer mit Adrenalin vollgepumpt, packte Ford die Arme des Toten und zog die Leiche die Treppe herauf. Seine Waffe polterte scheppernd über die Stufen.

Der Tote wog mindestens hundert Kilo. Ford zog und zerrte mit aller Kraft. Er mußte zweimal eine Pause einlegen, aber dann gelang es ihm mit einer letzten gewaltigen Anstrengung, die Leiche auf den Treppenabsatz im ersten Stock zu ziehen.

Er warf einen Blick durchs Fenster in der Tür. Niemand zu sehen.

Ford stemmte die Tür mit dem Rücken auf, zerrte die Leiche hindurch und zog sie den Flur entlang, der zum Glück mit gebohnertem Linoleum ausgelegt war. Nachdem er den Toten in sein Zimmer geschleppt hatte, rannte er zurück, um die Waffe zu holen.

In dem schwachen Licht, das vom Parkplatz in sein Zimmer fiel, untersuchte er den Mann sorgfältig. Selbst mit zertrümmerter Stirn war er zu erkennen. Fat Tony Anselmo. In seiner Manteltasche steckte eine 9-mm-Pistole mit riesigem

Schalldämpfer. Die lange Schußwaffe war eine Schrotflinte, eine Remington mit abgesägtem Lauf.

Ford legte die Schrotflinte aufs Bett und durchsuchte die Taschen des Mannes. Eine Geldbörse, die Bargeld, aber keine Kreditkarten enthielt. Ford steckte die Geldbörse in Anselmos Tasche zurück. Er durchsuchte rasch die übrigen Taschen. Zigaretten, Feuerzeug, ein Motelzimmerschlüssel, etwas Kleingeld, ein Taschenmesser, zwei Papiertaschentücher. Keine Autoschlüssel.

Wie war Anselmo hergekommen?

Draußen wartete jemand.

Ford prüfte die 9-mm-Pistole. Geladen und gesichert.

Wie lange war Anselmo hier gewesen? Fünf Minuten? Vier?

Er steckte die Pistole in seinen Gürtel. Über T-Shirt und Sweatshirt trug er bereits eine warme Jacke. Das Treppenhaus war ungeheizt.

Er öffnete die Tür, warf einen Blick in den Flur und verließ sein Zimmer. Er machte sich auf den Weg zur Treppe, die in die Eingangshalle hinunterführte.

Hinter der Empfangstheke saß ein Mann mit gesenktem Kopf lesend auf einem Hocker. Harrison Ford beobachtete ihn durch das kleine Fenster in der Brandschutztür. Als er umblätterte, sah Ford, daß er eine Zeitung las.

Eine Minute verstrich. Und noch eine.

Mach schon! Willst du die ganze Nacht so dahocken, Idiot?

Der Mann griff nach seinem Kaffeebecher. Dann runzelte er die Stirn und warf einen Blick in den Becher.

Er stand auf und ging nach rechts – von Ford aus gesehen nach links.

Die Kaffeemaschine steht in dem kleinen Büro dort drüben. Also los!

Ford öffnete lautlos die Tür, überzeugte sich davon, daß der Mann nirgends zu sehen war, und zog die Tür hinter sich zu. Er durchquerte die mit Teppichboden ausgelegte Eingangshalle, verschwand nach draußen und schloß auch diese Tür hinter sich.

Hinter dem ersten Busch ging er in Deckung, um sich erst einmal zu orientieren. Hinter der kleinen Zufahrt lag ein beleuchteter Parkplatz.

Ford trabte los und erreichte wenig später eine Stelle, an der er alle Autos zwischen sich und dem Nebeneingang hatte, durch den Tony Anselmo ins Treppenhaus gekommen war. Mit der 9-mm-Pistole in der Hand schlich er tief gebückt die letzte Autoreihe entlang.

Dort vorn in der zweiten Reihe. War das nicht ein Kopf in der dunkelgrünen Limousine? Schwer zu beurteilen. Vielleicht nur eine Kopfstütze. Er schlich weiter.

Erst fünfzehn Sekunden später konnte er wieder zu der grünen Limousine hinübersehen.

Ja, ein Mann. Anscheinend ein Weißer.

Ford bewegte sich jetzt langsamer, blieb hinter einer Autoreihe in Deckung, arbeitete sich kriechend näher heran.

Gleichzeitig achtete er auf die übrigen Wagen. Die beiden konnten Verstärkung mitgebracht haben.

Die Fahrertür der grünen Limousine wurde lautlos geöffnet. Das merkte Ford, als die Innenbeleuchtung aufflammte.

Dann erlosch sie wieder. Der Mann stand zehn, zwölf Meter von Ford entfernt neben der Limousine. Er machte irgend etwas. Er hielt eine Waffe in den Händen. Er steckte Patronen ins Magazin einer Schrotflinte.

Ford hörte das typische metallische Klicken, als der andere den Ladehebel zurückzog, um eine Patrone in die Kammer einzuführen. Er kehrte Ford den Rücken zu und setzte sich in Richtung Nebeneingang in Bewegung.

Harrison Ronald Ford richtete sich etwas auf und stützte seine Hand mit der Pistole auf die Motorhaube des Wagens, hinter dem er kauerte. Das verdammte Ding hatte weder Kimme noch Korn. Er zielte rasch über den Schalldämpfer hinweg und drückte ab.

Der Mann taumelte, versuchte wegzulaufen. Ford drückte erneut ab. Wieder ein gedämpfter Knall. Und noch einer.

Der Mann ging zu Boden. Die Schrotflinte schepperte, als er auf dem Asphalt zusammenbrach.

Ford rannte geduckt nach rechts, hetzte nach dem vierten oder fünften Wagen quer über die Fahrspur und hatte nun das Heck der grünen Limousine vor sich. Er schlich wachsam, fast geräuschlos weiter – er trug Joggingschuhe mit Gummisohlen – und hielt die Pistole mit beiden Händen umklammert.

Er bog mit schußbereiter Waffe um die Motorhaube der grünen Limousine und drückte ab, sobald die neben dem Vorderreifen liegende Gestalt sichtbar wurde.

Diese Mühe hätte er sich sparen können. Vinnie Pioche war bereits tot.

Als Jake Grafton das Pentagon verließ, wartete Callie draußen im Wagen. Busse und U-Bahnen fuhren um diese Zeit nicht mehr. Jake seufzte. »Ich hab' zu Hause angerufen. Amy hat gesagt, daß du hier bist. Wie lange wartest du schon?«

»Zwei Stunden.«

»Tut mir leid.«

»Oh, Jake«, sagte Callie, als sie sich umarmten. »Ich hab' mir solche Sorgen um dich gemacht! Amy hat mich in der Universität angerufen. Sie ist völlig durcheinander, fast hysterisch gewesen. Im Fernsehen haben sie den ganzen Abend immer wieder Filmaufnahmen gezeigt. Der Justizminister wird getroffen, die Geheimdienstleute sind bereit, jeden umzulegen, der sich bloß rührt – und du stehst wie ein verdammter Idiot auf und siehst dich um!«

»Die Geschichte meines Lebens«, murmelte er.

»Küß mich noch mal, Jacob Lee.«

»Mit Vergnügen«, sagte er und zog sie an sich.

Schließlich trennte Callie sich von ihm und fuhr an. Das Radio lief. Ein Reporter schilderte einen Großbrand im Nordosten Washingtons.

»Was ist dort passiert?« fragte Jake.

»Hast du das nicht gehört? Irgend jemand hat ein Reihenhaus angegriffen. Der halbe Straßenblock ist abgebrannt.«

»Wann?«

»Heute abend gegen zehn Uhr. Bist du den ganzen Abend mit dieser Sache mit der Nationalgarde beschäftigt gewesen?«

Jake nickte und stellte das Radio lauter.

»Was geht hier vor, Jake? Attentate, Brandanschläge, Überfälle... man kommt sich vor wie im Krieg.«

»Wir *befinden* uns im Krieg.« Nachdem er eine Minute zugehört hatte, stellte er das Radio ab. »Dies ist nur die erste Schlacht. Die Habenichtse gegen die Besitzenden.«

»Hast du was gegessen?«

»Nein, aber ich setze dich bei uns ab, weil ich den Wagen brauche. Ich muß noch mal weg.«

»Oh, Jake! Nicht heute nacht! Du brauchst etwas Schlaf. In ein paar Stunden geht die Sonne auf!«

»Mmmmh«, sagte Jake. Er beobachtete weiter den spärlichen Gegenverkehr und fragte sich, wer in diesen Autos saß und wohin sie um diese Zeit fuhren. Der Kern des Problems war, daß die kolumbianischen Drogenterroristen genau wußten, wofür sie kämpften, und dafür jedes Opfer bringen würden. Sie wollten einen Platz an der Sonne.

»Eines verstehe ich nicht«, sagte Callie plötzlich.

»Warum setzt der Vizepräsident statt der Army die Nationalgarde ein?«

»Wer weiß?« Jake zuckte mit den Schultern. »Vielleicht hat er die Vorwürfe satt, er habe sich zur Nationalgarde gemeldet, um nicht nach Vietnam zu müssen. Vielleicht will er allen beweisen, was für eine gute Kampftruppe die Nationalgarde ist.«

»Stört es dich nicht, daß er sich vor Vietnam gedrückt hat?«

Jake Grafton schnaubte. »Soviel ich mich erinnere, haben die meisten meiner Altersgenossen versucht, sich zu drükken. In gewissen Kreisen ist daraus geradezu eine Religion gemacht worden.«

»Du bist hingegangen«, stellte sie fest.

»Verdammt noch mal, Callie, Vietnamveteranen werden noch heute in halb Amerika diskriminiert. Und die Regierung sagt, Agent Orange habe keinem Menschen geschadet.«

»Du bist hingegangen«, wiederholte sie.

Jake Grafton dachte kurz darüber nach. »Ich bin schon immer ein Spätentwickler gewesen«, sagte er dann.

Callie ergriff seine Hand und drückte sie. Jake erwiderte den Druck ihrer Hand.

Harrison Ronald Ford zögerte keine Sekunde lang. Er wuchtete den toten Vinnie Pioche auf den Rücksitz der grünen Limousine. Dann warf er die Schrotflinte auf den Beifahrersitz und setzte sich ans Steuer. Der Zündschlüssel steckte noch.

Er ließ den Motor an. Der Tank war dreiviertelvoll.

Wie waren zwei New Yorker Gangster an den Marines vorbeigekommen, die am Tor Wache hielten?

Er ließ den Motor im Leerlauf weiterlaufen und stieg aus, um sich die vordere Stoßstange anzusehen. Dort war ein hübscher blauer Aufkleber mit der Aufschrift *Department of Defense* angebracht. Sauber und neu.

Harrison setzte sich wieder ans Steuer. Er saß da, starrte die Tür an, durch die Fat Tony auf dem Weg nach oben gegangen war, um ihn zu ermorden, und wartete darauf, daß Puls und Atmung sich langsam normalisierten. Seine Hände zitterten noch immer von den Nachwirkungen des Adrenalinschocks.

Die beiden arbeiteten für die Familie Costello-Shapiro in New York, dem Big Bad Apple. Aber heute abend hatten sie einen kleinen Auftrag für Freeman McNally übernommen.

Natürlich hatte Ford dafür keinen Beweis, aber er brauchte keinen. Er *kannte* Freeman McNally. Freeman hatte in einer höchst riskanten Branche Erfolg, weil er jeden ermorden ließ, an dem er auch nur im geringsten zweifelte. Warum Anselmo und Pioche diesen kleinen Auftrag übernommen hatten, war eine interessante Frage, die sich aber vermutlich nie mehr beantworten lassen würde. Eine Gefälligkeit für einen neuen Partner? Der gute alte Freeman. Wirklich ein Freund der Familie.

Ford stieg nochmals aus und schloß die Fahrertür. Er suchte die nach seinem letzten Schuß auf Freund Vinnie ausgeworfene Patronenhülse und fand sie fünf Meter vom Auto entfernt. Nachdem er sie eingesteckt hatte, machte er sich auf die Suche nach den übrigen. Das kostete drei Minuten Zeit, aber er fand sie alle.

Als er danach wieder am Steuer saß, griff er nach der Pistole und zog das Magazin aus dem Griff. Es enthielt noch immer sechs Schuß. Er steckte es wieder hinein und sicherte die Waffe.

Natürlich würden weitere Killer Jagd auf ihn machen. Wenn Freeman ihn hier in der FBI-Unterkunft in Quantico erreichen konnte, war er nirgends sicher – nicht in einem

Streifenwagen in Evansville, in einer Kaserne auf Okinawa, in einer Strandhütte auf Tasmanien, *nirgends.*

Harrison Ronald brauchte ungefähr zehn Sekunden, um sich zu entscheiden. Nein, das stimmte nicht ganz. Er brauchte ungefähr zehn Sekunden, bis er soweit war, seinen längst feststehenden Entschluß zu akzeptieren.

Das ist meine einzige Chance, sagte er sich.

Tatsächlich hatte er sich schon entschieden, bevor er Vinnie auf den Rücksitz gewuchtet und die Patronenhülsen eingesammelt hatte, aber jetzt war die Sache amtlich.

Harrison Ronald gab Gas, ließ den Wagen über den Parkplatz rollen und fuhr in Richtung Haupttor, um zum Interstate nach Washington zu gelangen.

Eigentlich komisch, wenn man darüber nachdachte. Er hatte zehn Monate lang Tag und Nacht Angst gehabt – und jetzt war sie wie weggeblasen. Er pfiff sogar vor sich hin, während er fuhr.

Jake Grafton parkte drei Blocks von Willie Teals abgebranntem Haus entfernt und ging zu Fuß weiter. Überall Feuerwehrfahrzeuge und Löschwasserschläuche. Cops hielten ihn an.

Er zeigte seinen Dienstausweis vor. Durfte passieren.

Dann stand er auf der gegenüberliegenden Straßenseite und staunte. Die ganze Häuserzeile von hier bis zur nächsten Ecke lag in Trümmern. Im Licht von Scheinwerferbatterien auf Beleuchtungsmasten waren Feuerwehrleute damit beschäftigt, die letzten Glutnester zu löschen. Hinter dem gelben Polizeiabsperrband beobachteten und kommentierten mehrere hundert Schwarze die Löscharbeiten.

Jake wandte sich an den nächsten Polizeibeamten. »Ich suche einen Reporter namens Jack Yocke. Haben Sie den irgendwo gesehen?«

»Jung? Ende Zwanzig? Yeah, den hab' ich vorhin gesehen. Am besten versuchen Sie's mal dort drüben.«

Yocke war dabei, eine Frau zu interviewen. Er machte sich eifrig Notizen und stellte gelegentlich eine Frage. Zwischendurch sah er auf und erkannte Grafton. Er bedankte sich bei der Frau, steckte seinen Notizblock ein und kam auf den Marineoffizier zu.

»Irgend jemand hat behauptet, die Löschwassermengen hätten ausgereicht, um ein Schlachtschiff schwimmen zu lassen, aber wir hätten nicht erwartet, daß die Navy aufkreuzen würde, um diese Tatsache auszunutzen.«

»Wer ist das gewesen?«

Der Reporter zuckte mit den Schultern. »Die Cops sind dort drüben. Sie klappern ihre Straßenseite ab – und ich die meine. Meine Version können Sie morgen in der Zeitung lesen.«

»Los, raus mit der Sprache!«

Yocke grinste. »Nach allgemeiner Ansicht hat Freeman McNally nur einen Konkurrenten ausgeschaltet. Augenzeugen, die nicht genannt werden wollen, sprechen von vier Autos mit acht Männern. Die Kerle haben das Haus mit Granatwerfern beschossen. Feuerwehr und Polizei sind noch immer dabei, verkohlte Leichen zu bergen. Kein schöner Anblick.«

»Sind Sie hier fertig?«

Yocke zuckte mit den Schultern.

»Ich möchte mit Ihnen reden. Inoffiziell, versteht sich.«

»Geht's denn überhaupt anders?«

Auf dem Weg zu seinem Wagen fragte Grafton den Reporter: »Sind Sie hungrig?«

»Yeah.«

Sie fuhren zu einem auch nachts geöffneten Schnellrestaurant und setzten sich an einen der rückwärtigen Tische.

Das Restaurant war fast leer. Nachdem sie bestellt hatten, verlangte Jake: »Erzählen Sie mir von dieser Stadt. Erzählen Sie mir von Washington.«

»Sie sind doch nicht mitten in der Nacht unterwegs, um einen Vortrag über Staatsbürgerkunde zu hören?«

»Ich möchte wissen, wie Washington funktioniert.«

»Wenn Sie das rauskriegen, sind Sie der einzige, der das weiß.«

»Okay, Jack Yocke, Starzyniker der *Washington Post,* legen Sie los!«

»Das ist Ihr Ernst, was?«

»Natürlich.«

Jack Yocke holte tief Luft, atmete langsam aus und machte es sich dann hinter seinem improvisierten Rednerpult bequem.

»Der Großraum Washington besteht eigentlich aus drei Großstädten. Die erste und größte bilden Beamte und Angestellte im Staatsdienst, die in den Vororten leben und als Pendler in die Stadt kommen. Dies ist die reichste und stabilste Gemeinschaft Amerikas. Ihre Angehörigen sind gebildet, werden gut bezahlt und brauchen keine Angst vor Entlassungen, Zusammenschlüssen, Übernahmen, Konkurrenz oder sinkenden Erträgen zu haben. Sie leben in einem sozialistischen Utopia. Diese Leute sind Anhänger der Demokratischen Partei: Der Staat zahlt ihre Gehälter, und sie glauben mit geradezu verzweifelter Inbrunst an ihn. Die zweite Gruppe, die zahlenmäßig kleinste, besteht aus den Machern – den gewählten und ernannten Politfunktionären, die amerikanische Politik machen. Dies ist das amtliche Washington – die auf Cocktailparties in Georgetown anzutreffende Machtelite. Diese Leute sind Schauspieler auf der nationalen Bühne, und ihr Publikum sitzt in den Vororten außerhalb der Ringautobahn. Sie agieren in der City, sind aber niemals ein Teil von ihr. Die letzte Gruppe bilden die Bewohner der Inner City, die zu siebzig Prozent schwarz sind. Auch diese Leute arbeiten in Behörden und Ministerien – aber nur nachts, wenn die Reinigungskolonnen ausrücken. Die Stadtverwaltung Washington ist ihr größter Arbeitgeber: Sie beschäftigt siebenundvierzigtausend der knapp sechshunderttausend Einwohner im District of Columbia.«

Jake stieß einen Pfiff aus. »Sind das nicht verdammt viele?«

»Hier arbeitet jeder dreizehnte bei der Stadt. Der höchste Prozentsatz Amerikas. Aber in Washington gibt es schon längst keine Großindustrie mehr, so daß nur Dienstleistungsberufe übriggeblieben sind: Kellner, Zimmermädchen, Busfahrer und so weiter. Deshalb schaffen die Politiker künstlich Arbeitsplätze – wie in Rußland. Die Einwohner der Inner City sind wie die Leute in den Vororten und die Bewohner fast aller Inner Cities ebenfalls Anhänger der Demokratischen Partei. Verständlich, denn sie hängen an diesem Staat wie Kälber am Euter.«

»Woher, zum Teufel, kommen die Probleme?« fragte Jake Grafton.

»Hängt davon ab, wen Sie fragen. Die schwarzen Militanten und die politischen Prediger behaupten, daran sei der Rassismus schuld. Die Liberalen – man muß reich und weiß sein, um genügend Schuldgefühle zu entwickeln, um in diese Kategorie zu passen – behaupten, daran sei der knickerige Staat schuld, der nicht genug tue. Ich habe noch keinen Liberalen kennengelernt, der nicht für noch mehr Staat plädiert hätte – und das obwohl der District einen der höchsten Steuersätze Amerikas hat und die Bundesregierung für jeden einzelnen Washingtoner sogar noch tausend Dollar pro Jahr zuschießt.«

Jack Yocke zuckte vielsagend mit den Schultern. »Also

weiter im Text: Die Schulen in den Vororten brauchen keinen Vergleich mit den besten Amerikas zu scheuen. Die der Inner City gehören mit fünfzig Prozent vorzeitigen Abgängern, Drogen, Kriminalität, Rassenproblemen und miserablen Testergebnissen zu den absolut schlechtesten. Der durchschnittliche Bewohner der Inner City ist völlig ungebildet, arm wie eine Kirchenmaus, paranoid, was Rassenfragen betrifft, und lebt in einem verfallenden Slum. Er lebt von Sozialhilfe und beschwert sich über Schlaglöcher, die nie repariert werden, und Müll, der sich zu Bergen türmt, während die hiesigen Politiker predigen, sich in Positur werfen, mit Rassenfragen Politik machen und alles klauen, was nicht niet- und nagelfest ist. Obwohl er weiß, daß Marion Barry vermutlich ein meineidiger Drogensüchtiger ist, stimmt er für ihn als Oberbürgermeister, weil Barry das weiße Establishment als Prügelknaben für seine selbstverschuldeten Probleme benutzt. Ganz offen gesagt ist der District of Columbia eine Dritte-Welt-Kloake. Die Lokalpolitiker sind Pfuscher, Demagogen und offenkundige Diebe. Die städtischen Schulen und Krankenhäuser sind erschreckend schlecht, viele Millionen Dollar öffentlicher Mittel sind gestohlen oder vergeudet worden, Rassismusvorwürfe sind allgegenwärtig. Wenn das *Washingtoner Magazine* schreibt, der District habe die schlechteste Verwaltung Amerikas, hat es wahrscheinlich recht. Ein Senator hat sie als die korrupteste *und* unfähigste Stadtverwaltung Amerikas bezeichnet. Bis hierhin alles klar?«

Ihr Essen wurde serviert. Als die Bedienung gegangen war, fuhr Jack Yocke fort: »Außer Tourismus und Behörden hat der District keine wirtschaftliche Grundlage, die dem Mittelstand Arbeitsplätze bieten könnte. Seine Bewohner halten nichts von Ausbildung oder Selbsthilfe, sondern machen allein die amerikanische Regierung für ihre Misere verantwortlich. Läge Washington in Mittelamerika oder Afrika, hätte Barry sich selbst zum ›Maximo Lider‹ oder ›Präsidenten auf Lebenszeit‹ ernannt. Weil diese Leute jedoch das Unglück haben, von den Vereinigten Staaten umgeben zu sein, wollen sie wenigstens durchsetzen, daß ihre hundertsechsundsechzig Quadratkilometer große Bananenrepublik der einundfünfzigste Bundesstaat wird.«

»Warum?«

»Warum nicht?«

»Einem Staat Washington ginge 's auch nicht besser«, sagte Jake und biß von seinem Steaksandwich ab.

»Natürlich nicht! Aber Marion Barry könnte Gouverneur spielen, und Jesse Jackson würde Senator. Die Demokraten vergrößerten ihre Mehrheit in beiden Häusern des Kongresses und bekämen automatisch drei Wahlmännerstimmen dazu. Großer Gott, was wollen Sie mehr, verdammt noch mal?«

»Sie sind wirklich ein Zyniker, was?«

»Ach, sparen Sie sich Ihre Ironie, Sie überbezahlter Einfaltspinsel im Matrosenanzug! Ich arbeite seit drei Jahren als Reporter in dieser Stadt. Ich fahre Nacht für Nacht los und sehe mir die Opfer an. Ich verbringe meine Abende in der Notaufnahme im General Hospital mit mißbrauchten Kindern, halb totgeschlagenen Ehefrauen, Opfern von Überdosen, vergewaltigten Frauen und Leuten mit Schußwunden, die den Namen der Täter nicht preisgeben. Ich besuche Gefängnisse und sehe wieder und wieder dieselben alten Gesichter. Ich rede mit den Opfern von Brandstiftungen, Raubüberfällen, Einbrüchen und Autodiebstählen. Ich bin auf Gewalt spezialisiert, Mister. Für wen halten *Sie* sich eigentlich, verdammt noch mal?«

»Drei Jahre«, seufzte Jake Grafton. »Das ist zu lange und doch wieder nicht lange genug.«

Der Reporter sah plötzlich müde aus. Bestimmt hatte er einen ebenso langen Tag wie Jake hinter sich. »Hätte ich zehn Jahre gesagt, wäre Ihnen wahrscheinlich wohler. Gut, einigen wir uns auf zehn Jahre Erfahrung.«

»Sie treiben in einem Boot mit Glasboden eine Kloake hinunter, Yocke. Irgendwann müssen Sie reinsteigen und anfangen zu schwimmen.«

»Glauben Sie etwa, *ich* sei dafür mitverantwortlich?«

»Ich lese Zeitung. Davon habe ich bisher noch nichts unter Ihrem Namen gelesen.«

»Sie sollten Ihre Zeitung aufmerksamer lesen«, antwortete Yocke. Er rieb sich seinen Stoppelbart. »Es gibt einen Haufen hochbegabter Leute, die den Zweck ihres Lebens darin sehen, alles zu beschreiben – das Gute, das Schlechte und die Nuancen dazwischen. Das alles steht in der Zeitung. Schlimm ist nur, daß kein Mensch darauf achtet. Ebensogut könnte man Kieselsteine in den Atlantik werfen. Das stört nicht mal die Fische.«

Jake trank seinen Kaffee aus. »Sie haben gehört, daß die Nationalgarde eingesetzt wird. Wie kommt das in dieser Stadt an, die Sie beschrieben haben?«

Yocke ließ sich Zeit. Nachdem er einen Schluck Kaffee genommen hatte, bestrich er den Rest seines Sandwichs dick mit Senf. »Schwer zu sagen. Falls die Soldaten nur vor öffentlichen Gebäuden Wache halten und dabei schneidig aussehen, während die Killer daheimbleiben, ist alles in bester Ordnung.«

»Warum sagen Sie ›falls‹?«

»Wäre die Sache so einfach, lägen Sie daheim im Bett, Captain. Das wissen Sie so gut wie ich.«

Jake hielt seine Tasse hoch und machte die Bedienung auf sich aufmerksam. Sie kam mit der Kanne und schenkte ihm nach.

Nach dem letzten Bissen fuhr Yocke fort: »Viele Leute in dieser Stadt haben die Nase voll von Dealern und Politikern. Sie haben Taten gefordert und sind wie üblich mit Geschwätz abgespeist worden. Irgendwann kommt der große Knall.«

»Was soll das heißen? Sagen Sie eine Revolution voraus?«

»Überfüllte Notaufnahmen, ermordete Unbeteiligte, unterernährte, vernachlässigte und mißhandelte Kinder, übervolle Gefängnisse, um ihr Leben kämpfende Cops... Eines kann ich Ihnen sagen: *Viele* der kleinen Leute haben's verdammt satt, dauernd auf Beerdigungen zu müssen. Denen *reicht's*! Und wissen Sie, was ich glaube? Ich glaube, daß unsere politischen Kretins davon nichts ahnen. Sie springen zwischen den Regentropfen umher und schieben die Schuld auf die großen bösen Kolumbianer, das weiße Establishment oder die National Rifle Association.« Jack Yocke warf die Hände hoch. »Na ja, sogar Fidel Castro hat's zuletzt noch begriffen, kurz bevor sie ihn erschossen haben.«

Jake nickte zustimmend. »Yeah.«

Wenig später fragte ihn der Reporter: »Warum sind Sie heute aufgestanden, als auf den Vize geschossen wurde?«

»Vermutlich aus Dummheit.«

»Captain, Dummheit steht nicht auf der Liste Ihrer Eigenschaften.«

»Ich hab' mich gefragt, wo der Schuß hergekommen ist. Ich hab' mich umgesehen.«

Yocke zog kurz die Augenbrauen hoch. »Okay, danke für die Einladung.« Er schob die Rechnung über den Tisch.

»Nichts zu danken.«

Erstmals seit langer Zeit hatte Harrison Ronald keine Angst, als er sich Freeman McNallys Haus näherte. Er fuhr natürlich nicht direkt hin. Nach dem nächtlichen Feuerüberfall drüben bei Teal würde Freeman vor und hinter seinem Haus je eine Gruppe von Männern postiert haben, von denen einige Sammy Z. unweigerlich erkannt hätten.

Harrison parkte zwei Blocks entfernt und ging zu Fuß weiter.

Die Straße war still und menschenleer. Erstaunlich still. Ein leichter Wind ließ die Schatten von Zweigen auf dem Asphalt zittern.

Er kauerte sich hinter einen geparkten Wagen und beobachtete die Einmündung der hinter dem Haus vorbeiführenden Gasse. Sie wurde von einer Straßenlampe erhellt. Aber dort drüben war niemand zu sehen. Kein Wachposten.

Merkwürdig.

Er blieb hinter Autos in Deckung, arbeitete sich bis zur Einmündung vor und hatte dann die Gasse vor sich. Noch immer niemand zu sehen.

Harrison schlich mit der Pistole in der Hand weiter aufs Haus zu, flitzte von Schatten zu Schatten und blieb zwischendurch stehen, um zu beobachten und zu horchen. Nichts.

Die Rückseite des Hauses war unbewacht.

Niemand daheim. Okay, wo konnte er stecken? Während Harrison Ronald über die drei bis vier Möglichkeiten nachdachte, versuchte er, die Tür zu öffnen. Abgesperrt. Er hämmerte mit dem Pistolengriff ans Holz und trat beiseite.

Dreißig Sekunden, eine Minute. Er hielt den Schalldämpfer der Pistole ans Türschloß und drückte ab.

Drinnen brannte kein Licht. Er schlich vorsichtig, wachsam weiter. Das Haus war leer.

In der Waffenkammer wischte Harrison seine Fingerabdrücke von der Pistole – sogar vom Magazin – und warf sie in die Kiste zu den übrigen Waffen. Er suchte sich eine andere Pistole mit Schalldämpfer aus, lud sie und nahm ein paar volle Magazine mit. Als er eben gehen wollte, fiel ihm eine Uzi mit Schalldämpfer auf. Warum nicht? Er nahm sie mit und steckte vier 9-mm-Magazine ein.

Er ließ die Uzi vorerst liegen und zog die Hintertür zu. Dann trabte er die zwei Blocks weit zu dem Wagen, stieg ein und fuhr zurück.

Nachdem er rückwärts an die Tür herangefahren war, zerrte er Vinnie aus dem Wagen. Gott, wie schwer die Leiche war! So schwer war sie nicht gewesen, als er sie ins Auto gewuchtet hatte. Oder vielleicht war er zu aufgeregt gewesen, um es zu merken.

Er setzte Vinnie in den Fernsehsessel und stellte das Gerät an. Die Raumbeleuchtung blieb ausgeschaltet.

Dann holte er Vinnies Schrotflinte, die er dem Toten quer über die Knie legte. Die Patronenhülsen aus seiner Tasche warf er auf den Boden, nachdem er sie abgewischt hatte.

Bevor er wieder den Motor anließ, dachte er kurz nach, ob er nicht irgendwas vergessen hatte.

Yeah, wenn er's sich recht überlegte...

Von der Wohnzimmertür aus schoß er ein ganzes Uzimagazin leer. Während die schallgedämpfte Waffe nur guttural brummte, waren das Zersplittern des Fernsehers und die Einschläge der Kugeln in Möbel und Wände deutlich zu hören.

Als das Magazin leer war, steckte er ein neues an und ging ins Schlafzimmer. Nach drei Feuerstößen war die Küche dran, wo Ford das Magazin auf Kühlschrank, Herd und Geschirrschrank leerschoß. Danach wechselte er das Magazin erneut und schoß es in Freemans Bad auf WC, Badewanne, Waschbecken und Spiegel leer. Porzellan- und Glassplitter wirbelten durch die Luft.

Aber das war, als pißte man auf ein Hitlerbild. Irgendwie war es nicht genug.

Er ging in die Waffenkammer zurück und holte sich weitere Magazine für die Uzi. Dann sah er sich um. Unter der Couch, wo die Munitionskisten standen, fand er einen halbvollen Karton Handgranaten. Harrison bediente sich, bevor er das Haus verließ.

Vor dem Lagerhaus der Sanitary Bakery parkten sieben Autos, darunter auch Freemans großer Mercedes. Nirgends ein Wachposten in Sicht. Wahrscheinlich waren sie alle drinnen, koksten, genehmigten sich einen Drink und feierten noch immer die große Party drüben bei Willie Teal.

Während Harrison Ronald in der dunkelgrünen Limousine saß und das Gebäude beobachtete, hatte er seltsamerweise keine Angst. Nicht im geringsten. Er fühlte sich gut, echt gut, so als hätte er gekokst. Den beiden FBI-Agenten hatte er das natürlich nie erzählt, aber er hatte das Zeug vor Ike Randolphs und Billy Enright und ein paarmal auch vor Freeman und seinen Brüdern schnupfen müssen, nur um seine Vertrauenswürdigkeit zu beweisen. In Dealerkreisen war man der Überzeugung, Cops und Feds rührten niemals Stoff an.

Es war schwer gewesen, sich wieder zu entwöhnen, nachdem er das Zeug monatelang mehr oder weniger regelmäßig genommen hatte. Sogar verdammt schwer. Aber das war nicht das Schlimmste gewesen. Nervös und ängstlich war er die ganze Zeit über gewesen, aber nachdem er das Kokain wieder abgesetzt hatte, waren paranoide Schübe aufgetreten, die nicht wieder aufhören wollten. Er hatte ihnen nichts als Mut und Entschlossenheit entgegensetzen können. Und die hatten nicht genügt.

Aber jetzt waren alle diese Wogen von panikartiger Angst verebbt. Sein Entschluß stand fest. Er würde angreifen. Möglicherweise dabei sterben.

Und er fühlte sich gut, echt gut.

Er parkte die Limousine auf der Nordseite des Lagerhauses an einem Maschendrahtzaun, hinter dem Müllcontainer standen, und schloß nach dem Aussteigen die Fahrertür ab.

Die Umgebung war still bis auf die Verkehrsgeräusche, die von der New Yorker Avenue über Gleise herüberhallten. Und bis auf das drohende Knurren der beiden Dobermänner hinter dem Maschendrahtzaun. Harrison sah zwischen den Müllcontainern zu dem quadratischen schwarzen Klotz des alten Lagerhauses hinüber. Dort gab es irgendwo einen Eingang. Bei Tageslicht hatte er ihn gesehen.

Harrison erschoß die Wachhunde mit der Pistole mit Schalldämpfer. Zwei Schuß für jeden. Die Dobermänner brachen wie von einem Vorschlaghammer getroffen zusammen.

Das Tor in dem drei Meter hohen Maschendrahtzaun war mit einer starken Kette und einem Vorhängeschloß gesichert. Zwei Schüsse für das Schloß, dann sechzig Sekunden, um die Kette abzuwickeln, sich durchs Tor zu zwängen und die Kette wieder anzubringen.

Die Tür war mit einem soliden Kantholz vernagelt. Zweifellos war innen ein zweites dagegengenagelt. Er versuchte sich daran zu erinnern, ob ihm diese Tür bei einem seiner vielen Gänge durchs Lagerhaus aufgefallen war. Aber er hatte sie nie bewußt wahrgenommen. Trotzdem gab es dort drinnen garantiert Stahlbeton, von dem Geschosse abprallen konnten. Das durchs alte Lagerhaus hallende Hämmern der 9-mm-Stahlmantelgeschosse würde seine Ankunft ankündigen. Und seine Absichten.

Okay, jetzt geht's los!

Er zersägte das Kantholz mit einem halben Magazin der Uzi und trat dann mit aller Kraft dagegen. Es gab nach.

Er trat noch zwei-, dreimal gegen das Holz, das krachend zersplitterte. Dieser Lärm mußte durchs ganze riesige Mausoleum hallen. Aber der obere Rand der Tür gab noch immer nicht nach. Er schoß das Magazin auf diese Stelle leer und trat erneut gegen die Tür. Diesmal gab sie etwas nach.

Leeres Magazin raus, neues Magazin einsetzen, Uzi schußbereit. Ein letzter kräftiger Tritt, dann flog die Tür auf. Harrison Ronald war mit einem Satz hindurch, rollte sich zur Seite und hatte dann eine Mauer hinter sich.

Dort blieb er einige Sekunden lang liegen, bis seine Augen sich ans Halbdunkel gewöhnt hatten. Er lag unter der Treppe, die zu einer Empore im ersten Stock hinaufführte. Die Haupttreppe zu den oberen Stockwerken befand sich links von ihm. Der Wachraum mit dem Vordereingang lag rechts von ihm auf der anderen Seite des Gebäudes.

Er hörte jemanden rennen.

Hoch, die Mauer entlang nach rechts, Uzi schußbereit. Aus der offenen Tür des Wachraums fiel Licht ins Lagerhaus. Die einzige andere Lichtquelle war eine nackte Glühbirne auf dem Treppenabsatz im zweiten Stock am Ostende des Gebäudes. Aber sie hing so hoch und so weit entfernt, daß ihr Licht sich in dem höhlenartigen Raum zu verlieren schien.

Hinter einer Kiste an der gegenüberliegenden Wand blitzte Mündungsfeuer auf. Der Schußknall hallte ohrenbetäubend laut. Die Kugel schlug dicht neben Fords Kopf ein. Er hastete von der offenen Tür weg ins Dunkel.

Noch ein Schuß. Und noch einer.

Er gab einen ganz kurzen Feuerstoß aus der Uzi ab. Kleine Lichtblitze zeigten ihm, wo die Stahlmantelgeschosse das Mauerwerk trafen. Dann folgten etwas längere Feuerstöße. Er versuchte gar nicht erst, im Halbdunkel zu zielen, sondern bewegte die Mündung der Maschinenpistole langsam von links nach rechts. Beim dritten Mal war ein Aufschrei zu hören.

Ford sprang auf und hetzte zur Treppe am Ostende des riesigen Raums. Zwei Schüsse des getroffenen Mannes, der weiterschrie, verfehlten ihn nur knapp. Er rannte weiter und sah gerade noch die vagen Umrisse einer die Treppe herunterkommenden Gestalt.

Harrison Ronald gab im Laufen einen langen Feuerstoß auf die Treppe ab. Die Gestalt torkelte und brach zusammen. Nachdem er aus fünf Metern Entfernung ein zweites Mal kurz draufgehalten hatte, ging er schweratmend neben der Treppe in Deckung.

Sein Herz jagte und schlug zum Zerspringen laut, aber er fühlte sich gut, viel besser als seit langem. Das hier hätte er schon vor einem halben Jahr tun sollen.

Der erste Mann, den er angeschossen hatte, schrie noch immer. Und er fluchte dazwischen mit der hohen, sich fast überschlagenden Stimme eines Mannes, der gräßliche Schmerzen leidet. Wie Ike Randolphs in seinen letzten Augenblicken.

Von der Empore aus schoß jemand auf ihn. Ein scharfkantiger Splitter traf sein Gesicht. Diese Stelle brannte. Er tastete danach und stellte fest, daß er aus einer Schnittwunde blutete.

Der Mann dort oben bewegte sich. Das war deutlich zu hören.

Harrison zog eine Handgranate aus seiner Jackentasche, riß den Sicherungsstift heraus, nahm die Uzi in die linke Hand, kam aus dem Dunkel gerannt und warf die Handgranate in hohem Bogen auf die Empore.

Das verdammte Ding konnte zurückgekullert kommen, bevor es hochging, aber das war dann eben Pech…

Sie kam nicht zurückgerollt, sondern detonierte mit grellem Lichtblitz und einem Knall, der in dieser riesigen Echokammer schmerzhaft laut war. Ein großes Stück der hölzernen Empore kam mit dem Schützen von oben heruntergekracht. Der Mann klatschte keine fünf Meter von Ford entfernt auf den Betonboden und blieb bewegungslos liegen, während die Staubwolke sich allmählich setzte.

»Hey, du da unten!«

Diese Stimme kam von oben.

»Ich weiß nicht, wer zum Teufel du bist, aber hör mit diesem Scheiß auf, Mann!«

Das klang wie Billy Enrights Stimme. Und er schien oben an der Treppe zu stehen.

Diese Treppe war recht einfach konstruiert. Sie führte zu einem Absatz an der Außenmauer des Gebäudes hinauf, änderte dort ihre Richtung um 180 Grad und führte weiter zur Empore im ersten Stock. Von dort aus ging es mit jeweils einem Absatz bis in den dritten Stock weiter. Gelang es Ford, die Empore zu erreichen, saßen alle, die sich ganz oben aufhielten, in der Falle. Die Stockwerke darüber konnte man nur über die Treppe verlassen.

Er schlich auf Zehenspitzen die Treppe hinauf und machte auf der letzten Stufe halt. Den Sicherungsstift der nächsten Handgranate hatte er bereits herausgerissen. Jetzt stand er wartend und gespannt horchend da.

»Wir sind hier oben zu fünft, Mann – alle gut bewaffnet.« Billy schien gleich oben an der Treppe auf der Empore zu stehen. Seine Stimme klang gepreßt, hörbar nervös. »Hör zu, ich weiß genau«, fuhr er fort, »daß du bloß einer…«

Ford beugte sich nach vorn und warf die Handgranate.

»Scheißkerl! Verdammter…«

Diesmal spürte Ford sogar die Druckwelle der schmerzhaft lauten Detonation. Granatsplitter prallten von der Mauer ab, trafen Ford und fielen dann zu Boden.

Harrison Ronald bog mit hämmernder Uzi um die Ecke, rannte die Treppe hinauf und nahm dabei jeweils zwei Stufen auf einmal.

Billy Enright saß auf der Empore, lehnte mit dem Rücken an dem hüfthohen Geländer und versuchte, mit beiden Händen seine herausquellenden Eingeweide zurückzuhalten. Die Augen in seinem gräßlich zugerichteten Gesicht weiteten sich, als er den Angreifer erkannte. Aber aus seinem geöffneten Mund kam nur ein Blutschwall, und er sackte langsam zur Seite.

Ford hörte ein Lachen. Von woher? Er trat ins Treppenhaus zurück und suchte die Empore nach dem Mann ab, der gerade gelacht hatte.

»Hast du ihn erwischt, Billy?«

Freeman McNally!

»Nein, Freeman. Billy liegt hier und versucht, seine Eingeweide zusammenzuhalten. Vielleicht hast du ein aufmunterndes Wort für ihn. Er könnte gerade eines brauchen.«

Wieder das Lachen. »Hey, das ist doch unser guter Kumpel, der verdammte Spitzel Sammy Z.!«

»Ich bin kein Spitzel, Freeman. Ich bin ein Cop, den das FBI auf dich angesetzt hat. Ich hab' zehn Monate lang Belastungsmaterial gegen dich gesammelt. Damit bringen sie dich hinter Gitter, Freeman, bis du zu alt bist, um ihn noch hochzukriegen. Falls du diese Nacht überstehst, was sehr zweifelhaft ist.«

McNally lachte erneut. Er schien sich irgendwo über Harrison zu befinden – vielleicht ganz oben im dritten Stock? – und aus einem der Innenfenster zu sprechen.

»Heute ist nicht deine Nacht, Freeman. Auch wenn du Glück hast und mich erwischst, marschierst du sofort ins Gefängnis zu den Arschfickern. Wie man hört, haben diese

Schwulen alle Aids. Dein knackiger schwarzer Arsch wird sie begeistern.«

»Na, in einem Punkt hast du jedenfalls recht, Sammy: Ich bring' dich um, darauf kannst du Gift nehmen!«

»Das ist heute nacht schon mal versucht worden, Freeman. Hoffentlich hast du für Tony und Vinnie nicht viel Geld ausgegeben. Die beiden sind nie mehr imstande, dir was zurückzuzahlen.«

Über sich im Treppenhaus hörte Ford ein leises Geräusch – dort kam jemand die Treppe herunter.

»Ich bring' dich langsam, echt langsam um«, drohte McNally ihm. »Wie den ollen Ike. Du wirst noch um 'ne Kugel betteln, Boy!«

Ford stieg mit schußbereit gehaltener Uzi die Treppe hinauf. Nach der vierten Stufe wurde über ihm ein Kopf um die Ecke gesteckt. Ford drückte ab und hielt den Abzug gedrückt.

Der Tote kippte nach vorn auf den Treppenabsatz. Die Wand hinter ihm war mit Blut und Gehirnmasse bespritzt.

»Schwer zu beurteilen, Freeman«, rief Ford laut, »aber ich glaube, daß du jetzt 'nen Bruder weniger hast.«

Er machte halt, wechselte das Magazin, stieg über den Toten hinweg und folgte der Treppe nach oben. Vor sich hatte er jetzt die nackte Glühbirne, die den Treppenabsatz beleuchtete. Er schoß sie aus. Danach war es im Treppenhaus stockfinster. Der einzige Laut war das laute Stöhnen des Verletzten unten im Erdgeschoß.

Harrison Ronald wartete, bis seine Augen sich an die Dunkelheit gewöhnt hatten.

Als klar war, daß die Sichtverhältnisse nicht besser werden würden, streckte er seinen Kopf um die Ecke und sah nach beiden Richtungen. Nichts. Wie ein mitternächtlicher Blick in einen Bergwerksschacht.

Er zog zwei Handgranaten aus der Jacke. Die erste warf er mit herausgerissenem Sicherungsstift nach links in den Korridor, die zweite flog nach rechts. Kaum hatte er seine Hand wieder zurückgezogen, detonierte schon die erste. Die zweite folgte mit einem ohrenbetäubenden Donnerschlag.

Stille.

Grabesstille.

Er hätte lieber geredet, Freeman mit Erinnerungen an Ike gequält und dafür gesorgt, daß der Kerl litt, bevor er starb. Aber er wußte, daß er das nicht durfte. Er horchte angestrengt und bemühte sich, möglichst leise zu atmen.

So stand er da, als er dicht hinter sich einen Knall hörte und den lähmenden Schock einer in seinen Körper einschlagenden Kugel spürte.

Harrison torkelte. Er ließ seine Waffe fallen und sank auf Hände und Knie.

Zwei Hände umklammerten seinen Hals und drückten fest zu. McNally war lautlos die Treppe heruntergeschlichen.

»Ich hab' ihn, Reuben, ich hab' ihn!«

Sein Hals... er bekam keine Luft mehr...

Ford griff hinter sich, ertastete, was er suchte, und riß mit aller Kraft daran.

Freeman McNally lockerte mit einem Aufschrei seinen Würgegriff, während Ford mit verzweifelter Anstrengung versuchte, ihm die Hoden abzureißen. Seine Schmerzensschreie wurden noch lauter, als Harrison Ronald tief Luft holte und den Mann mit der rechten Hand hochzerrte, als er jetzt wieder auf die Beine kam.

Harrison Ronald legte seine linke Hand an McNallys Kehle, drückte den Kopf nach hinten und knallte ihn gegen die Wand, während er sich ernsthaft weiter bemühte, ihm die Hoden abzureißen.

Der Schrei in McNallys Kehle erstickte. Nach dem nächsten Schlag gegen die Wand drohte er Fords Händen zu entgleiten. Harrison drehte ihn sich besser hin und holte zu einem Boxhieb gegen das Zwerchfell aus, als überraschend ein weiterer Mann aufkreuzte und einen Schuß abgab.

Ford stieß Freeman beiseite und stürzte sich auf den neuen Angreifer. Die Schußwaffe flog weg, und seine Faust traf etwas Weiches. Er nahm alle Kraft zusammen und schlug wieder und wieder und wieder zu, bis der Mann, den er mit den Fäusten bearbeitete, unter ihm schlaff wurde.

Er verlor Blut. Er glaubte zu fühlen, wie es aus der Wunde sickerte. Und seine Kräfte schwanden.

Keiner der beiden Männer bewegte sich.

Er tastete nach der kleinen Taschenlampe, die er Tony Anselmo abgenommen hatte.

Reuben McNally war offenbar tot. Ford hatte ihm den Schädel eingeschlagen.

Freemans Augen starrten blicklos ins Leere.

Harrison Ronald fühlte nach seiner Halsschlagader. Kein Pulsschlag.

Ford drehte ihn wütend auf den Bauch. Genau zwischen den Schulterblättern befand sich ein Einschuß. Vom eigenen Bruder erschossen!

»Du... du... du...«

Auch Ford wußte recht gut, daß er in den Rücken getroffen war. Wenn er nicht sehr rasch ärztlich versorgt wurde, würde er wahrscheinlich innerlich verbluten.

»Du...«, sagte er Freeman ins starre Gesicht, aber mehr fiel ihm nicht ein. Übelkeit und Schmerzen fluteten in Wogen über ihn hinweg.

»O Gott, hilf mir!«

Harrison rappelte sich auf, wollte die Treppe hinuntergehen, stolperte und wäre beinahe gestürzt. Die Taschenlampe fiel auf den Beton und zersplitterte. Sie hatte ohnehin nicht viel getaugt. Ford schleppte sich weiter.

»Gott, verzeih mir, daß ich... daß ich... bitte verzeih mir.«

Er stolperte über eine Leiche und fiel das letzte Treppenstück hinunter. Er blieb in der Dunkelheit liegen und fühlte den Tod kommen.

»Nein!«

Irgendwie kam Ford wieder auf die Beine und sah das Licht unter der Tür des fast dreißig Meter entfernten Wachraums. Er stolperte darauf zu.

Der Mann hinter der Ersatzteilkiste an der Südwand war inzwischen verstummt. Tot oder bewußtlos. Zumindest hörte Ford keinen Laut, als er an ihm vorbeischlurfte.

Er nahm den Telefonhörer ab und tippte die 911 ein. »Sanitary Bakery... Lagerhaus«, sagte er, als sich eine Telefonistin meldete. Gleichzeitig betätigte er den elektrischen Türöffner.

»Die Adresse – und Ihr Name, bitte!« verlangte die Frauenstimme.

Seine Beine zitterten, und er hatte Sehstörungen. »Schikken Sie das FBI und 'nen Krankenwagen. Schnell! Das FBI und...«

Der Handapparat entglitt seinen Fingern, und er fühlte wie seine Knie nachgaben.

»Ich sterbe«, sagte er noch.

Dann schlug die Dunkelheit über ihm zusammen.

Kapitel fünfundzwanzig

Am Dienstagmorgen verkehrten U-Bahn und Busse nur innerhalb des durch die Ringautobahn begrenzten Stadtkerns. Viele Menschen, die sonst mit öffentlichen Verkehrsmitteln zur Arbeit fuhren, benutzten diesmal das eigene Auto. Das war ein großer Fehler.

Nationalgarde und State Police riegelten die Washingtoner Ein- und Ausfahrten ab und wiesen alle Fahrzeuge zurück, die in den District of Columbia fahren wollten. Nur Polizeibeamte, Leute mit militärischen Dienstausweisen, Krankenwagen und dergleichen durften passieren. Obwohl viele Pendler die Meldung rechtzeitig hörten und gleich daheimblieben, waren die Staus an diesem Morgen wahrhaft monumental.

Der Flugverkehr auf dem National Airport wurde völlig eingestellt. Züge und Überlandbusse verkehrten nicht mehr. Washington war von der Außenwelt abgeschnitten, und auf seinen Straßen patrouillierten Soldaten.

Anfangs noch nicht allzu viele. Die Nationalgarde machte erst mobil und hatte noch keine 25 Prozent ihrer Soll-Stärke erreicht. Etwa ab drei Uhr morgens landeten auf der Andrews Air Force Base laufend C-5 und C-141 mit regulären Truppen. General Hayden Land hatte eine Infanteriedivison und zwei Panzerregimenter nach Washington beordert. Aber es würde fast 36 Stunden dauern, bis alle Männer mit ihrer gesamten Ausrüstung eingetroffen waren.

Um 10 Uhr standen Panzer und Schützenpanzer vor den wichtigsten staatlichen Gebäuden der Innenstadt. Gegen Mittag waren sie auch vor allen Krankenhäusern aufgefahren. Und ab 14 Uhr hatte an jeder Kreuzung mit Kreisverkehr ein Panzer Stellung bezogen. Die Panzerbesatzungen froren, obwohl sie dicke Winterkleidung trugen. Am Vorabend waren sie noch in Georgia gewesen. Sie machten viel Gymnastik, um sich zu wärmen, und joggten auf der Stelle.

Um neun Uhr traf der Vizepräsident im East Room des Weißen Hauses mit einer Delegation aus zwei Dutzend Abgeordneten und Senatoren zusammen. Das Treffen fand in frostiger Atmosphäre statt. Außerhalb der Ringautobahn wohnende Kongreßmitglieder konnten natürlich nicht daran teilnehmen. Ihre Kollegen forderten freie Durchfahrt für Abgeordnete, Senatoren und ihre Mitglieder.

Der Vizepräsident war sofort einverstanden. »Daran hat letzte Nacht bloß keiner gedacht«, fügte er erklärend hinzu.

»Letzte Nacht ist an vieles nicht gedacht worden«, stellte Senator Bob Cherry nachdrücklich fest. »Wie sollen Lebensmitteltransporte in die Stadt kommen? Wie kommen Kranke rein oder raus? Und wichtige Medikamente? Im Radio habe ich gehört, daß auf dem National Airport und in der Union Station Tausende von Menschen festsitzen. Verdammt noch mal, Sie können diese Stadt nicht einfach vom Rest der Vereinigten Staaten abkoppeln! Das funktioniert nicht!«

»Das muß sein, bis wir die Stadt gründlich nach Terroristen absuchen können«, antwortete der Vize, der dabei von einem zum anderen sah. »Daß außergewöhnliche Maßnahmen erforderlich sind, dürfte jedem von Ihnen einleuchten.«

»Wir müssen *irgendwas* tun«, murmelte jemand.

»*Irgendwas* reicht nicht«, dröhnte Cherry. »Dieser militärische Aufmarsch ist eine blödsinnige Idee. So was kann nicht funktionieren. Warum sollen diese Kids mit Uniformen und Gewehren etwas können, wozu das FBI nicht imstande ist?«

»Schon möglich, daß das nicht funktioniert«, gab der Vizepräsident zu. »Aber wir versuchen's, weil niemand eine bessere Lösung weiß. Wir müssen dafür sorgen, daß Gewalt und Terrorismus aufhören. Endgültig aufhören. Und das versuche ich durchzusetzen.«

»Aber Sie können aus der Verfassung nicht einfach Konfetti machen!« protestierte Cherry. »Was ist mit den Bürgerrechten?«

»Senator«, antwortete der Vize geduldig, »ich bin mir darüber im klaren, daß in sechs Tagen Weihnachten ist, die Kids noch keine Ferien haben und wir etliche Leute daran hindern, zur Arbeit zu fahren und ihren Lebensunterhalt zu verdienen. Ich weiß, daß diese Maßnahme viele in finanzielle Schwierigkeiten bringt und für manche eine regelrechte Katastrophe bedeutet. Ich *weiß* recht gut, daß viele Mitbürger unter dieser Maßnahme zu leiden haben. Trotzdem ist sie notwendig.«

»*Ihrer* Meinung nach«, stellte Cherry mürrisch fest.

»Richtig, *meiner* Meinung nach«, bestätigte der Vizepräsident, den Cherry und die anderen irritierten, weil er aus Erfahrung wußte, daß es in der Politik keine Fairneß gab: Erwies der Einsatz von Armee und Nationalgarde sich als unwirksam oder schädlich, würde man ihm Vorwürfe machen; führte er jedoch zur Ergreifung der Terroristen, würden seine Berater dafür gelobt werden, daß sie ihn, den großen Tolpatsch, zu diesem Schritt überredet hatten.

»Sie hätten den Rat der Kongreßmitglieder einholen sollen, *bevor* Sie das Militär in Marsch setzten«, fuhr Cherry hartnäckig fort. »Was mich betrifft, bin ich ziemlich sauer darüber, eingestellt zu werden, um Edikte zu hören, die vom Thron herab verkündet werden.«

Dem amtierenden Präsidenten riß der Geduldsfaden. »Verdammt noch mal, Senator, das haben alle Anwesenden schon gestern gewußt. *Ich* vertrete den Präsidenten, solange er seine Amtsgeschäfte nicht wahrnehmen kann, und ich *denke* nicht daran, meine Befugnisse auf einen Ausschuß zu übertragen.«

»Ich will damit nicht…«, begann Cherry, aber der Vize ignorierte ihn und begann in das auf dem Podium stehende Mikrofon zu sprechen, wobei er gelegentlich einen Blick auf seine Notizen warf.

»Ich habe eine unabhängige überparteiliche Kommission zur Überwachung der Fahndung nach den für die Terroranschläge der letzten Tage verantwortlichen Tätern berufen. Das wird vor der Presse bekanntgegeben, sobald wir hier fertig sind. Die Kommission arbeitet mit allen Behörden und Dienststellen zusammen, deren Aufgabe die Fahndung nach den Tätern ist. Ich möchte, daß alle Tatsachen geprüft und der Öffentlichkeit vorgelegt werden. Die Kommission ist berechtigt, in allen Punkten zu ermitteln, die sie für relevant hält.

Ich werde den Kongreß noch heute in einer Botschaft bitten, Sondermittel zu bewilligen, damit diese Kommission sofort Personal einstellen und ihre Arbeit aufnehmen kann. Und ich hoffe natürlich, daß der Kongreß rasch handelt. Ich möchte mir unter keinen Umständen später vorwerfen lassen müssen, ich hätte versucht, irgend etwas zu vertuschen.« Der Vizepräsident wandte sich an den Stabschef. »Mr. Dorfman, verlesen Sie bitte die Namen.«

Will Dorfman sah irgendwie nicht ganz so häßlich und bösartig aus wie sonst, stellte die Abgeordnete Samantha Strader mit hochgezogenen Augenbrauen fest. An diesem Morgen wirkte der Gnom fast menschlich: nervös, sorgenvoll, ein bißchen erschöpft.

Dorfman las die Namen vor. Ganz oben auf der Liste stand Harlan Longstreet, der Vorsitzende des Obersten Gerichts. Das war nur angemessen. Sam Straders Name war der achte, den Dorfman vorlas. Als er sie angerufen und um ihre Mitarbeit gebeten hatte, war sie im ersten Augenblick sprachlos gewesen, was selten genug vorkam. »Warum ich?« hatte sie gefragt.

»Der Vizepräsident möchte, daß die Kommission unparteiisch arbeitet, und das läßt sich nur erreichen, wenn wir sie überparteilich besetzen.«

Nach drei Sekunden Nachdenken hatte sie zugesagt. Während sie jetzt verfolgte, wie der große Tolpatsch bewies, daß man keinen Verstand brauchte, um in höchste Staatsämter aufsteigen zu können, war sie sich sicher, die richtige Entscheidung getroffen zu haben.

Sie freute sich schon darauf, die chauvinistischen Faschisten beim FBI zu quälen, die weiß Gott viel Schlimmeres verdient hatten. Noch wichtiger war, daß sie so der blinden Welt zeigen konnte, daß der Kaiser der Vereinigten Staaten keine Kleider trug... diese militärische Hexenjagd nach irgendwelchen Schuldigen mußte mit einem Debakel enden. Und viele Millionen Wähler, die noch nie von Samantha Strader gehört hatten, würden ihren Namen bald kennen.

Es gab keinen Grund, weshalb sie nicht die nächste Präsidentin werden sollte. Schließlich besaß der Vize das Charisma eines Fischs. Das eigentliche Problem bestand darin, von der Demokratischen Partei nominiert zu werden – aber wenn sie beweisen konnte, was eine Frau im Kampf gegen den Terrorismus zu leisten imstande war, hatte sie bereits einen Fuß in der Tür.

Insgesamt würde das ein erfreuliches, interessantes Projekt werden. Wie immer hegte Samantha Strader nicht den geringsten Selbstzweifel, denn an sich und ihre Überzeugungen glaubte sie mit inbrünstigem Eifer, der einem Messias gut angestanden hätte. Trotz des Ernsts der Lage gestattete Strader sich ein zufriedenes Lächeln.

Special Agent Thomas Hooper fand seinen Kollegen Freddy Murray vor dem Schwesternzimmer der Intensivstation. »Wie geht's ihm?«

»Er wacht allmählich auf. Ansprechbar ist er erst in ein paar Stunden. Er hat die Chirurgen verblüfft. Sie haben geglaubt, er müßte auf dem Tisch sterben.«

»Sieben Tote im Lagerhaus – und einer in seinem Zimmer in Quantico. Das Zimmermädchen hat ihn entdeckt, als sie vorhin die Bettwäsche wechseln wollte. Unsere Spurensicherer versuchen rauszukriegen, wer die Leute alle sind.«

»Ich setze zehn Dollar, daß er sie alle umgelegt hat.«

»Aber ich halte nicht dagegen.«

Freddy Murray schüttelte den Kopf. »Eigentlich verrückt, was? Wir rackern uns zehn Monate lang ab, um den Kerlen was nachweisen zu können – und zuletzt haben wir nichts anderes vorzuweisen als sieben Tote.«

Die beiden Männer standen schweigend da und horchten auf die Geräuschkulisse des Krankenhauses: leise klikkende, zischende, knarrende, ächzende Laute.

»Der Tote in Harrisons Zimmer in Quantico ist ein Weißer. Einer der Agenten hält ihn für Tony Anselmo.«

»Aus New York?«

»Yeah.«

»Wir haben die Sache zu lange rausgezögert«, meinte Freddy Murray nach einer Pause. »Wir hätten Freemans Bande schon im September hochgehen lassen sollen.«

»Unsinn! Im September hätten wir noch nichts gegen ihn in der Hand gehabt.«

»Wir haben die Sache zu lange rausgezögert«, wiederholte Freddy hartnäckig.

Tom Hooper ging nicht weiter darauf ein. »Können wir uns irgendwo hinsetzen? Ich hab' bloß drei Stunden geschlafen.«

Sie ließen sich auf die Sofas im Wartezimmer der Intensivstation fallen.

Hooper seufzte erleichtert, zog ein Blatt Papier aus der Innentasche seiner Jacke und hielt es Freddy hin. »Kennst du den?«

Sein Kollege faltete das Blatt auseinander. Es war die Fotokopie eines Phantombilds eines Männergesichts, eines Durchschnittsgesichts. Darunter stand eine Personenbeschreibung: *Weißer, etwa 45 Jahre alt, 175–180 cm groß, bartlos, kurzgeschnittenes dunkles Haar, dunkle Augen.*

»Nein. Wer soll das sein?«

»Möglicherweise der Kerl, der gestern auf Gideon Cohen geschossen hat. Eine Frau ist ihm begegnet, als er das Gebäude verlassen hat. Er hat Latexhandschuhe getragen.«

Freddy betrachtete das Phantombild erneut und versuchte, sich dieses Gesicht in Wirklichkeit vorzustellen. Als er das Blatt zurückgeben wollte, winkte Hooper ab.

»Das kannst du behalten. Wir lassen Zehntausende drukken. In spätestens einer Stunde kommt das Bild in ganz Amerika im Fernsehen, und die Zeitungen bringen es heute abend und morgen früh.«

»So gut ist das Bild nun auch wieder nicht«, wandte Freddy ein.

Hooper zuckte mit den Schultern. »Du bist ein echter Sonnenstrahl.«

»Okay, was willst du wegen Harrison tun?«

»Tun?« fragte Hooper mit leicht verständnisloser Miene.

»Willst du ihn festnehmen?«

»Mit welcher Begründung? Gibt's irgendeinen Beweis dafür, daß er etwas Illegales getan hat?«

»Keine Ahnung. Deshalb frage ich ja.«

»Sieh zu, daß du ein paar Cops herbekommst – uniformierte Cops. Ich möchte, daß Tag und Nacht je ein Cop auf der Intensivstation und vor dem Schwesternzimmer Wache hält. Und ich will sofort benachrichtigt werden, wenn Ford wieder zu sich kommt.«

Hooper nahm seine ganze Energie zusammen und stemmte sich von dem weichen Sofa hoch.

»Wohin willst du?« erkundigte Freddy sich.

»Mal nachsehen, wie weit die Jungs drüben bei Willie Teal sind. Du solltest sein Haus sehen! Vierzehn Tote! Inzwischen haben wir Willie identifiziert. Er hat auf dem Klo gesessen, als der Granathagel begonnen hat. Mann, ist der tot!« Hooper warf einen Blick auf seine Uhr. »Der Durchsuchungsbefehl für McNallys Haus müßte inzwischen unterschrieben sein. Hoffentlich finden wir dort die Granatwerfer...«

Hooper sah zu Freddy hinüber. »Ich habe übrigens verhindert, daß die Presse von der Ermordung der McNallys erfährt. Erst mal sehen, was weiter passiert.«

»Was soll weiter passieren? Die Brüder McNally haben Willie Teals Bande ausradiert. Jetzt sind sie tot. Ende der Geschichte.«

Hooper murmelte irgend etwas und ging. Freddy machte sich auf die Suche nach einem Telefon. Das Polizeipräsidium würde bestimmt entzückt sein, Tag und Nacht zwei Beamte abstellen zu dürfen.

Helligkeit. Er nahm einen Lichtschein wahr, aber seine Augen ließen sich nicht scharf einstellen. Dann wurde es ihm zu anstrengend, die Augen offenzuhalten: Er schloß sie wieder und ließ sich treiben.

Er hatte geträumt und versuchte jetzt, in diesen Traum zurückzukehren. Es war Juli, ein wolkenloser Hochsommertag, und er saß auf Großmutters Veranda und zählte das Quietschen der hin und her schwingenden Schaukel. Auch seine Großmutter, die auf der Veranda saß und Bohnen putzte, war in dem Traum vorgekommen, und er hätte sie gern wiedergesehen…

Aber das Licht störte ihn erneut.

Vor ihm bewegte sich irgend jemand.

»Harrison? Verstehen Sie mich?«

Er versuchte zu antworten, aber seine Kehle war rauh wie Sandpapier. Er fuhr sich mit der Zungenspitze über die Lippen und nickte kaum merklich. »Yeah«, flüsterte er.

»Ich bin's – Freddy. Na, wie fühlen Sie sich?«

»Wo bin ich?«

»Sie liegen im Krankenhaus. Sie haben eine Menge Blut verloren. Die Ärzte haben Sie operiert, die Kugel rausgeholt und alle Löcher zugeflickt, aus denen Sie geblutet haben.«

Harrison nickte erneut, was schwierig war. Er konnte sich kaum bewegen. Aber er wollte sowieso nirgends hin.

»Harrison, können Sie mir sagen, was passiert ist?«

Er dachte darüber nach, versuchte, sich zu erinnern. Auch das war schwierig. Das Lagerhaus, die Autofahrten, alles geriet durcheinander. Nach einiger Zeit glaubte er, alles richtig eingeordnet zu haben, und sagte: »Sie sind gekommen, um mich zu erledigen.«

»Anselmo?«

»Und der andere. Der zweite Weiße. Pi… Pioche.«

Das stimmte. Er hatte die Szene wieder deutlich vor Augen. Das Treppenhaus, Fat Tonys Sturz ins Dunkel, Freeman McNallys Schreie, der zersplitternde Fernseher… Nein, da war wieder etwas durcheinandergeraten…

»Was können Sie mir noch sagen?«

Warum war Freddy so hartnäckig? »Er hat geschrien«, sagte Harrison.

»Wer?«

Wer schon? »Freeman.«

»Warum haben Sie ihn erschossen?«

Warum? Zum Teufel, du Idiot, weil… »Darum.«

»Hooper kommt in ein paar Minuten rüber, um Sie zu vernehmen, Harrison. Sie haben acht Männer erschossen. Verdammt viele. An Ihrer Stelle würde ich mir sehr gut überlegen, was Sie zu Hooper sagen. Kapiert?«

Harrison dachte erneut darüber nach. Er fühlte sich wie Scheiße und wurde allmählich wieder schläfrig. »Neun Kerle.«

»Neun?«

»Glaub' schon. Bin aber durcheinander.«

Er träumte schon wieder von der Veranda, der Schaukel und den heißen Sommertagen, als er Freddy sagen hörte: »Gut, ich lasse Sie jetzt schlafen. Wir reden später weiter.«

»Yeah«, murmelte er und befaßte sich mit dem Problem, warum seine Großmutter schon damals weißhaarig gewesen war. Sie war klein und drahtig, und ihr Haar war weiß wie Schnee. Das war es seiner Erinnerung nach schon immer gewesen.

»Senator Duquesne möchte Sie sprechen, Mr. Hooper.«

Seine Sekretärin verdrehte die Augen und trat beiseite, um Duquesne eintreten zu lassen. Der Senator war ein dikker Mann – nicht rundlich, nicht übergewichtig, sondern fett – Mitte Sechzig. Sein Doppelkinn schwabbelte, wenn er ging. Aus seinem fetten Gesicht blitzten scharfe Augen, die Hooper durchdringend anstarrten.

Der Senator ließ sich in einen Besuchersessel fallen und wartete, bis Hoopers Sekretärin die Tür hinter ihm geschlossen hatte. »Ich komme gerade von einer Besprechung mit Ihrem Direktor«, verkündete er.

»Ja, Sir. Er hat mich angerufen.«

»Ich möchte einen Vorfall melden. Ich möchte, daß Ermittlungen angestellt und in einem Bericht festgehalten werden. Und ich möchte eine Kopie davon.«

Hooper äußerte sich nicht dazu. Falls Außenstehende FBI-Berichte erhielten, war dafür der Direktor zuständig.

Als Duquesne weitersprechen wollte, klingelte Hoopers Telefon. »Entschuldigen Sie mich einen Augenblick, Senator.« Er nahm den Hörer ab. »Ja?«

»Freddy ist am anderen Apparat. Harrison ist wach.«

»Sagen Sie ihm, daß ich so schnell wie möglich komme.«

Duquesne machte ein mißmutiges Gesicht. »Sie könnten Ihre Sekretärin anweisen, keine Gespräche durchzustellen.«

»Diesen Luxus kann ich mir nicht gestatten, Senator. Erzählen Sie mir von dem Vorfall.«

Senator Duquesne schilderte die Entwicklung von seinem ersten Gespräch mit T. Jefferson Brody, das vor einigen Jahren stattgefunden hatte, bis zu dem Vorfall von gestern abend in der Tiefgarage des Senatsgebäudes. Er zählte alle seine Gespräche mit Brody auf und nannte die Beträge der dabei überreichten Schecks. Hooper machte sich Notizen und stellte gelegentlich Zwischenfragen. Das Ganze dauerte eine gute Viertelstunde.

»So, das war's«, stellte Duquesne schließlich fest. Hooper lehnte sich zurück und blätterte in seinen Notizen. »Ich will, daß dieser Ganove Brody verhaftet wird. Den peinlichen Fragen stelle ich mich.«

Hooper legte seinen Notizblock auf den Schreibtisch. »Weshalb verhafte ich ihn?«

»Versuchte Bestechung, Erpressung, was weiß ich?«

»Ich weiß auch keinen Grund. Falls alle von Brody vermittelten Spenden an PAKs legal erfolgt sind – und Ihre Ausführungen enthalten nichts, was auf eine Straftat schließen ließe –, sind Spenden eines notorischen Verbrechers für politische Zwecke keineswegs illegal. Und Sie werden schließlich zwanzigmal an jedem Tag von irgendwelchen Leuten gebeten, in politischen Fragen Stellung zu beziehen.«

»Brody hat mich nicht gebeten. Der Kerl hat mir *gedroht.* Der kleine Unterschied zwischen einer Bitte und einer Drohung ist Ihnen doch wohl klar?«

»Womit gedroht, Senator? *Sie* haben gesagt, *er* habe gesagt, wenn Sie bei Ihrer Weigerung blieben, werde er die Medien auf allgemein bekannte Tatsachen aufmerksam machen. Das ist keine Drohung, finde ich.«

Duquesne lief dunkelrot an. »Jetzt hören Sie mir mal gut zu, Sie kleiner Polyp! Versuchen Sie bloß nicht, mich mit der Leider-nichts-zu-machen-Tour abzuspeisen! Das lasse ich mir nicht bieten!«

Hoopers Gesichtsausdruck blieb unverändert. »Senator, Sie sind von einem Profi gelinkt worden. Jetzt hören Sie mir mal gut zu. Wie Sie selbst zugeben, hat der Mann nichts Strafbares getan. Ihr Gespräch hat unter vier Augen stattgefunden, und ich garantiere Ihnen, daß er alles leugnen wird, was auch nur einen Schatten auf ihn werfen könnte.«

Duquesne war sichtlich schockiert. Er saß da und schluckte trocken, während er die Schreibtischplatte anstarrte.

»Ich will Ihnen sagen, was wir tun *können.* Wir können uns seine Buchhaltung vornehmen und prüfen, ob er die Vorschriften für Spenden an PAKs eingehalten hat. So was dauert seine Zeit, aber vielleicht finden wir etwas. Brody scheint clever zu sein, aber die gesetzlichen Bestimmungen auf diesem Gebiet sind das reinste Minenfeld.«

»Dafür ist das Arschloch zu clever«, sagte Duquesne halblaut.

»Oder wir können Sie verdrahten und ein weiteres Gespräch mit Brody führen lassen. Vielleicht sagt er dabei etwas, das ihn belastet.«

»Und mich!«

»Schon möglich. Das müßten Sie riskieren.«

»Kommt nicht in Frage«, wehrte Duquesne ab.

»An wen ist Brody noch herangetreten? Welche anderen Kongreßmitglieder hat er zu beeinflussen versucht?«

»Das weiß ich nicht. Aber ich glaube gehört zu haben, Bob Cherry und drei oder vier andere hätten Spenden von ihm erhalten.«

»Die müßten sie angegeben haben, stimmt's? Okay, wir versuchen, ihre Namen festzustellen.«

»Was hätten wir davon?«

»Ich will ganz ehrlich sein, Senator. Dadurch kann jemand schwer belastet werden. Freeman McNally ist tot. Er ist letzte Nacht ermordet worden.«

Duquesne war zunächst sprachlos. »Wer... wer hat ihn umgebracht?«

»Unsere Ermittlungen laufen noch. Diese Mitteilung ist übrigens vertraulich. Wir haben McNallys Ermordung noch nicht bekanntgegeben und möchten seinen Tod noch eine Weile geheimhalten.«

Duquesne war jetzt leichenblaß. Er hatte dem FBI ahnungslos ein Tatmotiv für die Ermordung dieses Mannes geliefert.

Hooper beobachtete ihn ausdruckslos. Er wußte recht gut, was der Senator jetzt dachte, und das störte Hooper nicht im geringsten.

»Das Gute daran ist«, sagte der Agent, nachdem er Duquesne eine Weile hatte zappeln lassen, »daß Freeman nie wieder für politische Zwecke spenden wird. T. Jefferson Brody dürfte bald von Mr. McNallys bedauerlichem Hinscheiden erfahren. Natürlich hat er Sie weiter in der Hand, aber ich bezweifle, daß er versuchen wird, daraus Kapital zu schlagen. Ich glaube, daß er sehr vorsichtig ist.«

»Smart. Der Dreckskerl hält sich für smart.«

»Ah, ja, denken sie das nicht alle?«

Special Agent Hooper kam ins Wartezimmer der Intensivstation. »Wie geht's ihm?« fragte er Freddy, während er die Tür hinter sich schloß.

»Er schläft wieder. Die Schwester meint, daß er bald wieder aufwachen und ansprechbar sein wird. Sie holt mich dann.«

»In McNallys Haus haben wir einen Toten gefunden. Vinnie Pioche, glaube ich. Und die ganze Einrichtung ist zerschossen. Jemand hat sich an allen Türen aufgebaut und drauflosgeballert. Sieht schlimm aus.«

»Vermutlich Harrison. Er hat gesagt, Pioche sei mit Anselmo aufgekreuzt, um ihn zu erledigen. Und er glaubt, neun Männer erschossen zu haben. Alles reichlich verwirrend.«

Hooper ließ sich in einen Sessel fallen.

»Hat er gesagt, warum?«

»Darum. Er hat's ›darum‹ getan.«

»Das hilft uns echt weiter. Das ist genau, was ich für die Haie bei der Staatsanwaltschaft brauche.«

»Er ist noch gar nicht richtig wach, Tom. Er weiß bestimmt nicht, was er redet.«

Hooper grunzte etwas und starrte seine Zehen an. Dann zog er die Schuhe aus und massierte seine Füße. »Wir hätten den Fall im September abschließen sollen.«

»Im September haben wir noch nicht genug gehabt«, stellte Freddy fest.

Tom Hooper warf ihm einen mürrischen Blick zu und zog die Schuhe wieder an.

Eine Viertelstunde später streckte eine Krankenschwester

den Kopf ins Wartezimmer. »Er ist wach. Aber Sie dürfen nur fünf Minuten bleiben.«

Harrison Ronald hatte die Augen geschlossen, als die FBI-Agenten an sein Bett traten, aber die Schwester nickte ihnen zu und verließ den Raum.

»Harrison, ich bin's – Freddy«, sagte Freddy. »Tom Hooper ist auch da. Wie geht's?«

Fords Augen öffneten sich und bewegten sich langsam, bis sie Freddy gefunden hatten. Dann wanderte sein Blick zu Hooper hinüber.

»Hey, Tom.«

»Hey, Harrison. Tut mir leid, daß das passieren mußte.«

»Ich hab's überlebt.«

»Yeah.«

Ford fielen wieder die Augen zu. Hooper sah zu Freddy hinüber, der mit den Schultern zuckte.

»Harrison«, sagte Hooper. »Ich muß Ihnen ein paar Fragen stellen, um rauszukriegen, was passiert ist. Warum sind Sie überhaupt in das Lagerhaus gefahren?«

Die Augen öffneten sich und starrten Hoopers Gesicht an. Harrison Ronald fuhr sich mit der Zungenspitze über die Lippen, dann sagte er: »Ich will einen Anwalt.«

»Wie bitte?«

»Ich will einen Anwalt. Ich mache keine Aussage ohne meinen Anwalt.«

»Hey, was soll der Scheiß? Niemand wirft Ihnen eine Straftat vor. Sie sind der einzige Augenzeuge eines schweren...«

Das Wort »Verbrechen« lag ihm bereits auf der Zunge, aber er sprach es nicht aus. Er schluckte trocken. »Wegen dieser Todesfälle muß ermittelt werden. Das wissen Sie genau, Harrison. Sie sind schließlich ein Cop, verdammt noch mal!«

»Ich will einen Anwalt!«

»Okay, wir besorgen Ihnen einen Anwalt. Ich komme morgen wieder vorbei und sehe nach, wie's Ihnen geht.«

»Bis morgen.«

»Komm, Freddy. Wir haben zu arbeiten.«

Harrison Ronald Ford schlief wieder ein.

Kapitel sechsundzwanzig

Die Reporter warteten auf den Vizepräsidenten, als er das Bethesda Naval Hospital verließ. Er hätte ihnen leicht aus dem Weg gehen können, aber er stellte sich der Meute.

Er ignorierte die ihm zugerufenen Fragen, blieb stehen und wartete, bis er eine ganze Batterie Mikrofone vor sich hatte. »Der Präsident ist heute nachmittag für kurze Zeit zu Bewußtsein gekommen. Seine Frau ist bei ihm. Er schläft jetzt wieder. Die Ärzte rechnen damit, daß er sich rasch erholen wird. Für einen Mann seines Alters ist sein Gesundheitszustand ausgezeichnet, und wir sind sehr optimistisch.«

»Haben Sie mit ihm über die Jagd nach dem Attentäter gesprochen?« fragte jemand aus der zweiten Reihe.

»Nein«, sagte der Vize. Tatsächlich konnte der Präsident noch über gar nichts sprechen, aber das verriet er nicht. Er beschloß, es bei dieser kurzen Antwort zu belassen.

»Mr. Vice-President, was halten Sie von der Behauptung der kolumbianischen Drogenbosse, sie seien für die jüngsten Terroranschläge verantwortlich?«

Der Vize ignorierte diese Frage. Dann hörte er eine, die er nicht ignorieren konnte.

»Die Drogenbosse sagen, daß der Terrorismus aufhört, wenn Chano Aldana freigelassen werde. Wie lautet Ihr Kommentar dazu, Mr. Vice-President?«

»Wann haben sie das gesagt?« fragte der Vize mit einer Handbewegung, die alle anderen Reporter zum Schweigen brachte.

»Vor etwa einer Stunde in Kolumbien, Mr. Vice-President. Das haben die Agenturen gerade gemeldet.«

Er dachte darüber nach. »Wir verhandeln nicht mit Terroristen«, sagte er. Die Reporter warteten. Die roten Lämpchen der Fernsehkameras brannten weiter. »Aldana bekommt einen fairen Prozeß. Solange ich den Präsidenten vertrete, setze ich die ganze Macht der Vereinigten Staaten ein, um dieses Ziel unter allen Umständen zu erreichen. Das verspreche ich.«

»Sind Umstände denkbar, unter denen Sie Aldana freilassen würden?« fragte jemand.

»Wenn die Geschworenen ihn freisprechen.«

»Vor Prozeßbeginn, meine ich.«

»Eine vorzeitige Freilassung kommt überhaupt nicht in Frage«, antwortete der Vizepräsident und wandte sich ab.

»Wissen Sie«, sagte Ott Mergenthaler zu Senator Cherry, »der Mann hat die Persönlichkeit einer Schaufensterpuppe, aber er scheint doch etwas Stahl im Rückgrat zu haben.«

Ott saß im Büro des Senators, und die beiden hatten gerade den Auftritt des Vizepräsidenten gesehen. Der Senator griff nach der Fernbedienung und stellte den Fernseher ab.

Bob Cherry verzog das Gesicht. »Der Mann ist ein medizinisches Wunder. Er hat das Gehirn eines Pinguins und das Mundwerk eines Esels.«

»Da unterschätzen Sie ihn, Senator. Sie können sagen, was Sie wollen, aber diese Krise schadet seinem Ruf nicht im geringsten. Seine Mitbürger bekommen ihn erstmals in Aktion zu sehen und scheinen mit dem, was sie sehen, recht zufrieden zu sein. Ich bin es jedenfalls.«

»Ott! Soll das ein Witz sein? Sie halten die Sache mit der Nationalgarde doch nicht etwa für richtig? Großer Gott, Mann, ich habe Sie immer für intelligent gehalten.«

»Das bin ich auch, Senator. Aber ich habe schon vor Jahren gemerkt, daß es eher schadet, mit dieser Tatsache hausieren zu gehen.«

Hätte Cherry den Kolumnisten besser gekannt, hätte er das Thema gewechselt. Mergenthalers Geduld war erschöpft, wenn er anfing, trockene, leicht gereizte Antworten zu geben. Der Senator fuhr fort: »Der Vizepräsident konnte Dorfman unter Kontrolle halten, aber sein Vize ist damit überfordert. Dorfman ist ein Hai, der Vize war nur ein kleiner Fisch. Sie glauben doch nicht im Ernst, daß die Entscheidungen dort drüben von ihm getroffen werden?«

»Meines Wissens schon«, sagte Mergenthaler mild.

»Glauben Sie das ja nicht! Dorfman ist der große Drahtzieher. Und ich garantiere Ihnen, daß Will Dorfman sich keinen Deut um die amerikanische Verfassung schert! Wann rückt die Army wieder ab? Was ist mit den Bürgerrechten? Warum ist der Kongreß nicht aufgefordert worden, den Einsatz des Militärs zu genehmigen? Ich sehe eine Flut von Schadenersatzklagen auf den Staat zukommen, wenn wir…«

»Worum geht's Ihnen wirklich?«

Cherrys Miene blieb ausdruckslos. »Wie meinen Sie das?«

»Sie werfen Nebelkerzen. Ich bin seit fünfzehn Jahren Kolumnist in Washington, Bob.«

Der Senator holte tief Luft und atmete langsam aus. »Okay, okay.« Er zuckte mit den Schultern. »Dieser Vizepräsident macht mir angst. Ehrlich! Sollte der Präsident sterben, sehe ich allergrößte Probleme auf uns zukommen.«

»Die nächste Präsidentenwahl findet in zwei Jahren statt. Vielleicht ist das eine große Chance für die Demokraten.«

Cherry verzog das Gesicht. »Dieses Land kann es sich nicht leisten, zwei Jahre lang von einem Clown regiert zu werden.«

»Bob, Sie machen einen Berg aus einem Maulwurfshügel. Ich gebe zu, daß der Vize bisher eine verdammt schlechte Presse gehabt hat – teils aus eigener Schuld, teils aber auch, weil er sich so gut als Zielscheibe eignet und der Liebling der Konservativen ist. Der Mann besitzt ein unglaubliches Talent dafür, in sämtliche Fettnäpfchen zu treten. Aber unser Land ist über zweihundert Jahre alt! Wir können zwei Jahre mit *jedem* am Ruder überleben – mit ihm, mit Hanoi Jane oder mit meiner Tante Matilda.«

Aber Cherry ließ nicht locker. Einige Minuten später entschuldigte Ott Mergenthaler sich. Draußen im Korridor schüttelte er trübselig den Kopf. Attentäter und Terroristen und Massenmorde, wohin man sah – und Bob Cherry äußerte finstere Vermutungen über den Vizepräsidenten. Und was noch schlimmer war: Er erwartete, daß Ott sie für seine Kolumne verwendete.

Cherry sieht alt aus, sagte Mergenthaler sich. Sein Alter macht sich bemerkbar. Ein Nörgler – das ist der richtige Ausdruck. Er ist ein weinerlicher, nörgelnder alter Mann geworden, der sich mit Bagatellen abgibt.

Die erste Pressekonferenz im Washingtoner Arsenal der Nationalgarde hatte gerade erst begonnen, als sie abrupt beendet wurde. Ein junger Offizier meldete, auf dem U-Bahnhof

L'Enfant Plaza sei ein Terroranschlag auf Fahrgäste verübt worden. Die hohen Offiziere, darunter auch Jake Grafton, hasteten aus dem Saal.

Jack Yocke drängte sich durch die versammelten Reporter, um auf die Straße zu gelangen. Er trabte den Gehsteig entlang zum Parkplatz der Nationalgarde, den jetzt ein Dienstwagen nach dem anderen verließ. Er bückte sich, um einen Blick auf die Insassen des ersten Wagens zu werfen. Fehlanzeige. Vielleicht der nächste? Wieder nichts.

Grafton saß im dritten. Yocke sprang auf und ab, wedelte mit den Armen und rief laut: »Captain Grafton! Captain Grafton!« Der uniformierte Fahrer bremste. Yocke riß die hintere Tür auf und stieg rasch ein.

Als der Dienstwagen wieder anfuhr, musterten Jake Grafton und Toad Tarkington den Reporter.

»Reisen Sie heute per Anhalter?« fragte Grafton.

»Ich bin wirklich froh, daß Sie gehalten haben, Sir. Vielen Dank! Wenn's Ihnen recht ist, würde ich Sie gern begleiten.«

»Die Bestimmungen für den Umgang mit der Presse...«

»Ja, Sir. Ja, Sir. Die kenne ich auswendig. Die stehen in Schablonenschrift auf unserer Unterwäsche. Trotzdem wäre ich Ihnen dankbar, wenn Sie die Bestimmungen ein bißchen großzügig auslegen und mir erlauben würden, Sie ein paar Tage lang zu begleiten. Wenn Sie wollen, lege ich Ihnen die Stories vor, bevor sie in Druck gehen.«

Jake Grafton runzelte die Stirn und beobachtete den Verkehr, durch den ihr Fahrer sich schlängelte. Toad Tarkington grinste zu Yocke hinüber.

Grafton hatte sein Handfunkgerät eingeschaltet. Es spuckte blecherne, verzerrte Worte aus, die für Yocke unverständlich blieben. Grafton hielt sich das Gerät kurz ans Ohr und legte es dann wieder auf seine Knie.

»Sie müßten sich verpflichten«, sagte Jake Grafton langsam, »keine Story zu veröffentlichen, bevor diese Geschichte ausgestanden ist.«

Tarkingtons Grinsen verschwand.

»Das ist die *einzige* Bedingung?« fragte der Reporter ungläubig. »Sie wollen meine Stories nicht lesen, bevor sie in Druck gehen?«

»Nein. Sie dürfen nur nichts veröffentlichen, bevor alles vorbei ist.«

»Und die Sache hat keinen Haken?« fragte Yocke noch immer skeptisch. Eigentlich hatte er nur zur L'Enfant Plaza mitgenommen werden wollen. Jetzt war er leicht verwirrt, weil Jake Grafton bereit war, auf seinen impulsiv gemachten Vorschlag einzugehen.

»Wenn Sie wollen, können wir Sie an der nächsten Ecke absetzen«, erklärte Toad ihm mißmutig.

»Abgemacht, Captain!« sagte der Reporter hastig.

»Hmmm.«

»Was ist diesmal passiert?«

»Auf dem U-Bahnhof L'Enfant Plaza haben mehrere Bewaffnete das Feuer auf die Menge eröffnet. Es hat Tote und Verletzte gegeben, darunter auch Soldaten. Ein richtiges Blutbad.«

»Kolumbianer?«

»Keine Ahnung.«

Der Reporter zog ein Notizbuch aus der Innentasche seiner Jacke und schlug es auf. Als er in dem schwankenden Wagen zu kritzeln begann, sagte Toad: »Am besten buchstabiere ich Ihnen meinen Namen: T-A-R-K-I-N-G...«

»Den hab' ich schon, Frog. Wo stammen Sie her?«

»Aus Intercourse, Pennsylvania.«

»Haltet die Klappe, ihr beiden«, sagte Jake Grafton, der sich wieder das Handfunkgerät ans Ohr hielt.

Natürlich würde er General Land bei erster Gelegenheit

von dieser kleinen Vereinbarung informieren müssen. Aber er war sich sicher, daß der General damit einverstanden sein würde. Erst an diesem Nachmittag hatten sie über den vom Vizepräsidenten eingesetzten Ausschuß gesprochen, weil die Abgeordnete Strader einen Ausweis beantragt und erhalten hatte, der ihr Zugang zu allen militärischen Dienststellen Washingtons gewährte. Die Berufsoffiziere, die Ms. Straders Auftritte seit vielen Jahren beobachteten, hatten den Verdacht, daß sie eifrig nach Prügelknaben suchen würde, über die sie später herfallen konnte, wenn sie und ihre Kollegen nachträglich wußten, wie man alles hätte besser machen können.

Als er Jack Yocke heftig gestikulierend auf dem Gehsteig stehen gesehen hatte, war Jake Grafton auf die Idee gekommen, daß es vielleicht nicht schaden könnte, einen unparteiischen Beobachter zu gewinnen, der verhindern konnte, daß Ms. Strader *et al.* die Tatsachen verdrehten.

Jack Yocke war jung und vorlaut, aber Grafton war von seinen Artikeln aus Kuba beeindruckt gewesen. Yocke war ein guter Reporter. Er beobachtete scharf, bewies Verständnis für menschliche Schwächen und konnte sich gut ausdrücken. Er mußte nur noch etwas reifer werden. Aber er war der richtige Mann für diesen Job.

Solche Überlegungen beschäftigten Jake Grafton etwa zehn Sekunden lang, dann befaßte er sich wieder mit dem aktuellen Problem: Terroristen hatten einen U-Bahnhof überfallen. Der zuständige General hatte den Kommandeur am Tatort über Funk angewiesen, den U-Bahnhof so schnell wie möglich stürmen zu lassen. Das war nur logisch. Falls es sich um ein Selbstmordkommando wie im Kapitol handelte, war die Zahl der Opfer um so geringer, je früher die Täter zur Strecke gebracht wurden.

Der Fahrer hielt vor dem Haupteingang des U-Bahnhofs

L'Enfant Plaza. Die drei Männer stiegen aus und trabten zu einer Gruppe von Uniformierten am Eingang hinüber. Dort beriet Generalmajor Myles Greer sich mit einem Major. Durch die Türen waren Schüsse – Feuerstöße aus automatischen Waffen – zu hören. »Wann?« fragte General Greer.

»In zwei Minuten. Ich habe drei Mann am Westeingang, aber es sollten mindestens zehn sein.«

Greer sah zu Jake Grafton hinüber, der seinen Blick ausdruckslos erwiderte. Der General stand vor einer schwierigen Entscheidung, und Jake wollte seine Position als enger Mitarbeiter General Lands nicht dazu benutzen, diese Entscheidung zu beeinflussen. Die Ausgangslage war klar: Mehr Soldaten bedeuteten mehr Feuerkraft, und je mehr Feuerkraft eingesetzt wurde, desto weniger Verluste bei den Soldaten waren zu befürchten. Andererseits wurden die Schüsse, die sie hörten, von Terroristen auf unbewaffnete Zivilisten abgegeben, und jede Sekunde Verzögerung bedeutete den Tod weiterer Zivilisten.

Greer brauchte etwa drei Sekunden, um sich zu entscheiden. »Wir greifen ein«, sagte er. »Jetzt.« Der Major machte dem Leutnant im Kampfanzug ein Zeichen und sprach in sein Handfunkgerät.

Grafton wandte sich an den General. »Sind die Züge angehalten worden?« fragte er so leise, daß Jack Yocke die Frage beinahe überhört hätte.

Die Antwort schien zufriedenstellend ausgefallen zu sein, denn Grafton drehte sich nach zwei Soldaten um. »Sie sollen den Eingang bewachen, stimmt's?«

»Ja, Sir.«

»Geben Sie mir Ihr Gewehr.«

Der junge Gefreite sah zu seinem Sergeanten hinüber, der zustimmend nickte. Tarkington ließ sich das Gewehr des zweiten Soldaten geben.

»Ich komme mit«, sagte Yocke.

Der Captain hatte nichts dagegen. Die Soldaten trabten mit dem Leutnant an der Spitze los. »Bleiben Sie zwischen mir und Toad«, sagte Grafton über seine Schulter hinweg zu Yocke, der ihnen folgte.

Die Männer rannten durch eine bereits geräumte Ladenpassage. Der Korridor vor ihnen knickte mehrmals rechtwinklig ab. Die Laufenden bildeten einen lockeren Schwarm und hielten ihre Waffen schußbereit.

Die Schüsse wurden lauter. Vor der nächsten Biegung stießen die Männer auf einen Soldaten, der ausgestreckt auf dem Boden lag und mit seinem M-16 auf die Ecke zielte.

Der Leutnant benutzte Handzeichen. Sowie seine Männer bereit waren, sprang er um die Ecke, und zwei Soldaten folgten ihm. Erst dann kamen die anderen.

Sie befanden sich vor einer offenen Doppeltür, hinter der eine Rolltreppe nach unten führte. Die von allen Betonwänden widerhallenden Schüsse klangen hier schmerzhaft laut.

Der Sergeant eröffnete an der Rolltreppe stehend das Feuer auf ein unsichtbares Ziel unter ihnen. Sein M-16 war auf Einzelfeuer eingestellt.

Ein Kugelhagel von unten ließ Funken von der Decke sprühen und eine der Neonlampen zersplittern.

Der Sergeant gab einen Feuerstoß ab und polterte dann die Rolltreppe hinunter. Zwei Soldaten blieben dicht hinter ihm.

Der Leutnant trat vor, warf rasch einen Blick in die Tiefe, gab seinen Männern ein Zeichen und lief die Treppe hinunter.

Jake Grafton und Toad Tarkington, die Yocke in die Mitte genommen hatten, folgten den Soldaten.

Der erste tote Terrorist lag nur wenige Meter vom unteren Ende der Rolltreppe entfernt. Seine Uzi hatte er unter sich begraben. Um ihn herum lagen sieben weitere Tote. Jack Yocke beobachtete, wie Jake Grafton von einer leblosen Gestalt zur anderen ging und überall nach Lebenszeichen suchte. Drei Männer und vier Frauen. Einige lagen in kleinen Blutlachen. Einer der Männer war noch drei, vier Meter weit gekrochen und hatte eine dünne Blutspur hinterlassen.

Grafton richtete sich auf und schüttelte den Kopf. Dann folgte er in geduckter Haltung den Soldaten. Yocke blieb hinter ihm und Tarkington.

Sie befanden sich jetzt in einer breiten Passage, die vor ihnen auf einen quer verlaufenden Korridor stieß. Die Soldaten verteilten sich nach links und rechts. Jake Grafton sah um die Ecke und sprang zurück, als ein Feuerstoß die Wandkacheln über seinem Kopf zersplittern ließ.

Jack Yocke warf sich zu Boden, wo er stand. Der Schußwechsel steigerte sich zu einem Crescendo und hörte dann plötzlich auf. Yocke blieb trotz der jähen Stille unbeweglich liegen und fühlte sein Herz wild gegen seine Rippen hämmern.

Schließlich sah der Reporter sich vorsichtig um. Tarkington kauerte mit schußbereitem Gewehr in seiner Nähe. Grafton war nirgends zu sehen.

Tarkington setzte sich in Bewegung.

Yocke folgte ihm. Sie traten ans Geländer und sahen nach unten. Grafton stand dort auf einem der Bahnsteige und hörte zu, während der Leutnant in sein Handfunkgerät sprach. Überall lagen Tote. Im nächsten Augenblick hörte Yocke das Trampeln rennender Füße.

Er ging zu Boden. Erst dann sah er sich um. Sanitäter mit Rotkreuzarmbinden rannten mit Tragbahren an ihnen vorbei.

»Los, wir gehen auch runter«, schlug Yocke vor. Tarkington zuckte mit den Schultern.

Jake Grafton saß mit dem Rücken an eine Säule gelehnt auf dem Bahnsteig und hatte sein Gewehr quer über seine Knie gelegt. Er ließ sich nicht anmerken, ob er die Anwesenheit des Reporters wahrnahm.

»Hat's bei Ihren Leuten Verletzte gegeben?« fragte Yocke den Leutnant, der seine Männer zusammenrief.

»Einen hat's an der Schulter erwischt. Aber zwei Nationalgardisten sind runtergelaufen, als die Schießerei angefangen hat, und erschossen worden.«

»Wie viele Terroristen sind's gewesen?«

»Fünf, soviel ich weiß.«

»Und die Zivilisten?«

»Sieben Verletzte, zweiundvierzig Tote.«

Als Yocke weiterfragen wollte, kam eine blecherne Stimme aus dem Handfunkgerät, und der Leutnant ging mit dem Gerät am Ohr den Bahnsteig entlang davon.

Der Reporter sah sich hilflos um. Überall lagen verdrehte blutige Körper zwischen Aktenkoffern, Handtaschen und Tragtüten. Er ging zu einer Toten hinüber, sammelte die um sie herum verstreuten Geschenkpäckchen auf und wußte dann nicht, was er mit ihnen anfangen sollte. Zuletzt baute er sie neben der bewegungslosen Gestalt zu einem ordentlichen Stapel auf.

Die Frau war von hinten erschossen worden – offenbar auf der Flucht vor den Terroristen.

Zweiundvierzig! Großer Gott!

Wo soll das enden? fragte Yocke sich trübselig, während Trauer und Abscheu über ihn hinwegwogten. Er schloß die Augen und wandte sich ab.

Henry Charon stand in einem Gebäude in der L-Street im zweiten Stock in einem leeren Büro und beobachtete den Straßenverkehr. Von diesem Platz aus hatte er einen ausgezeichneten Blick auf die an der Ampel wartenden Autos. Und er konnte ihre Fahrer sehen.

Die auf Grün wartenden Autofahrer ließen die gelangweilte Ungeduld erkennen, die ein typisches Merkmal aller war, die das Großstadtleben ertragen mußten. Manche drehten an ihrem Radio herum, aber die meisten saßen einfach nur da, starrten die Bremslichter des Wagens vor ihnen an und sahen gelegentlich zu der über der Kreuzung hängenden Ampel auf. Zeigte sie dann Grün, krochen sie über die Kreuzung und schlossen sich der fast einen Straßenblock langen Schlange vor der nächsten Ampel an.

Dies war ein guter Platz. Hervorragend. Beinahe so gut wie der über dem Red Rock Canyon, von dem aus er im Lauf der Jahre sieben Elche geschossen hatte. Die Tiere kamen jeden Abend aus dem Eschenwald durch den Canyon herauf.

Auch *er* würde bald kommen. Er war ein Gewohnheitstier wie die Elche. Unabhängig von Verkehr oder Wetter kam er regelmäßig hier vorbei. So war es zumindest an den vier Abenden gewesen, an denen Henry Charon hier Posten bezogen hatte. Und selbst wenn er sich heute für eine andere Route entschied, würde er früher oder später hier vorbeikommen. Damit konnte man ebenso sicher rechnen wie mit den abendlichen Gewohnheiten von Hirschen, Elchen und Bären.

Neben Charon stand das Gewehr: eine nicht gerade perfekte Waffe, deren Lauf anscheinend schlecht gelagert war. Aber es genügte für heute. Diesmal war die Schußentfernung viel kleiner – weniger als sechzig Meter.

Eine Patrone steckte in der Kammer, und im Magazin befanden sich weitere drei. Henry Charon brauchte selten weniger als einen Schuß, aber er war für alle Fälle vorbereitet. Obwohl die Gewohnheiten von Lebewesen vorhersehbar waren, ließen sich Zufälle nie ganz ausschließen.

Henry Charon stand in entspannter Haltung fast unbeweglich da und beobachtete die Ampelkreuzung. Diese Fähigkeit – warten zu können – gehörte zu seinen besten Eigenschaften. Er wartete nicht wie diese Städter – ungeduldig, unaufmerksam –, sondern lag wie ein Löwe oder Fuchs auf der Lauer: stumm, wachsam, sprungbereit.

Sein Blick verließ die Autos und glitt über die Fußgänger hinweg zu den Leuten vor dem Zeitungsstand auf der gegenüberliegenden Straßenseite neben dem U-Bahneingang. Der Zeitungsverkäufer war dick eingemummt und trug eine Kosakenmütze mit unter dem Kinn zusammengebundenen Ohrenklappen. Sein Atem erzeugte in der trüben Abendluft große Dampfwolken.

Charons ruheloser Blick konzentrierte sich wieder auf die Autos. Er beobachtete, wie sie über die Kreuzung schlichen. Einer der Fahrer blockierte den Fußgängerübergang mit seinem Wagen und starrte dann geflissentlich geradeaus, während die Passanten sich vor und hinter seinem Wagen vorbeidrängten und ihn wütend anstarrten.

Dann sah er endlich den Wagen, auf den er gewartet hatte. Henry Charon setzte sein Fernglas an die Augen und stellte es scharf ein. Ja, das war *er.*

Charon beobachtete die vorausfahrenden Wagen mit geübtem Blick und schätzte ab, wie viele bei Grün über die Kreuzung kommen würden. Ungefähr sechs. Damit würde er als Dritter an der Ampel warten. Ideal.

Henry Charon legte das Fernglas weg und griff nach seinem Gewehr mit Zielfernrohr. Er tastete nach der Sicherung. Die Waffe war noch gesichert.

Die Ampel sprang auf Grün um, und der Verkehr kroch weiter. Eins, zwei, drei ... sechs! Richtig, der Wagen, auf den er es abgesehen hatte, stand in dritter Position.

Henry Charon hob das Gewehr an die Schulter, während

sein Daumen den Sicherungshebel betätigte. Das Fadenkreuz wurde sichtbar, ohne daß er seine Kopfhaltung hätte verändern müssen. Er richtete es auf den Fahrer, auf seinen Kopf, auf sein Ohr. Gleichzeitig atmete er automatisch tief ein und langsam wieder aus. Als er zu zwei Dritteln ausgeatmet hatte, betätigte sein Zeigefinger den Abzug.

Schußknall und Rückstoß fielen zusammen. Charon führte das Fadenkreuz wieder ins Ziel, um die Lage des Schusses zu kontrollieren.

Volltreffer!

Er stellte das Gewehr ab, ging rasch zur Tür, öffnete sie und überzeugte sich davon, daß das Schloß einschnappte, als er sie hinter sich zuzog. Dann lief er am Aufzug vorbei zur Treppe und sprang auf dem Weg nach unten je zwei Stufen auf einmal hinab.

Auf die Straße hinaus – um die Ecke von der Kreuzung, wo sein Opfer tot im Auto saß – und quer über die Fahrbahn weiter. Charon streifte die dünnen Gummihandschuhe ab und warf sie in den ersten Papierkorb, an dem er vorbeikam. Sein Wagen stand in einem nur fünf Straßenblocks entfernten Parkhaus. Er ging rasch, aber ohne sich auffällig zu beeilen, und beobachtete die Gesichter der Menschen auf dem Gehsteig mit dem geübten Auge eines Jägers.

Als alle Verletzten und die meisten Toten aus dem U-Bahnhof abtransportiert waren, gingen Grafton, Yocke und Tarkington langsam den Weg zurück, auf dem sie hereingekommen waren. Am Haupteingang stand General Hayden Land, der Chef des Vereinten Generalstabs, mit Generalmajor Greer inmitten einer kleinen Gruppe von Uniformierten.

Grafton gesellte sich zu dieser Gruppe und stellte sich so hin, daß General Land ihn sehen konnte. Tarkington schlenderte davon, um den Soldaten zu suchen, der ihm sein Gewehr geliehen hatte. Yocke, der im Augenblick nichts Besseres zu tun hatte, schloß sich unauffällig der Gruppe an.

Die Offiziere diskutierten ernsthaft, als plötzlich Samantha Strader aufkreuzte. Sie stolzierte schnurstracks auf die Gruppe zu. Jack Yocke, der ihren Auftritt unbedingt mitbekommen wollte, drängte sich etwas weiter nach vorn.

Einer der Männer trug keine Uniform, obwohl er soldatisch wirkte. Yocke stellte seinem Nachbarn eine geflüsterte Frage, die flüsternd beantwortet wurde: »FBI. Ein gewisser Hooper.«

Das war also Special Agent Thomas F. Hooper. Yocke notierte sich diesen Namen, während Hooper mit General Land sprach. »...sind letzte Woche mit einem Frachter angekommen. Mindestens zwanzig schwerbewaffnete Männer, die sich verpflichtet haben, für Geld Selbstmord zu begehen.«

»Also sind weitere Vorfälle dieser Art zu befürchten?« erkundigte sich General Land.

»Ja«, erwiderte Hooper knapp.

»Haben Ihre Informationen angedeutet, welche Ziele in Frage kommen könnten?«

Diese Frage hatte Jake Grafton gestellt.

»Überall, wo Leute zusammenkommen«, antwortete Hooper. »Je mehr Leute, desto besser.«

»Also, Captain?« fragte General Land.

»Wenn wir alle dazu bringen könnten, ein paar Tage daheimzubleiben, Sir, um in dieser Zeit die ganze Stadt durchsuchen zu können – jedes Gebäude, jeden Laden, jede Wohnung –, müßten zwei, drei Tage genügen. Wenn die öffentlichen Verkehrsmittel in ihren Depots bleiben und Privatfahrzeuge nicht benutzt werden dürfen, könnten wir's schaffen.«

»FBI?«

Hooper zupfte sich am rechten Ohrläppchen. »Das wäre auch meine Empfehlung, General.«

»General Greer?«

Der Generalmajor war Befehlshaber der unter einem gemeinsamen Oberkommando zusammengefaßten Einheiten von Armee und Nationalgarde. Greer überlegte nicht lange. »Das ist die einzige Möglichkeit, glaube ich. Wir müssen diese Männer aufspüren – und bis dahin größere Menschenansammlungen verhindern. Das hat absoluten Vorrang.«

»Bis Weihnachten sind's nur noch vier Tage«, warf die Abgeordnete Strader mit lauter Stimme ein.

Nach einem flüchtigen Blick zu ihr hinüber wandte General Land sich wieder an Greer und Hooper. »Okay, Sie haben zwei Tage Zeit, diese Männer aufzuspüren. Innerhalb der Ringautobahn herrscht striktes Fahrverbot außer für Feuerwehr, Krankenwagen und Militärfahrzeuge. Einen konkreten Plan, wie das alles aussehen soll, will ich in spätestens drei Stunden auf meinem Schreibtisch haben.«

»General, ich schlage vor, daß wir das Fahrverbot um Mitternacht in Kraft treten lassen«, fügte Tom Hooper hinzu. »Jeder andere Zeitpunkt müßte ein Chaos auslösen.«

»Gut, um Mitternacht«, bestätigte General Land. »Dann haben wir noch acht Stunden Zeit, um uns zu überlegen, wie wir weitermachen wollen.«

Jack Yocke, der eifrig mitschrieb, war sich der bitteren Ironie seiner Situation sehr wohl bewußt: Diese sensationellen Neuigkeiten hörte er nur, weil er Jake Grafton versprochen hatte, vorerst nicht darüber zu berichten.

Dann merkte er, daß er aus irgendeinem Grund etwas abseits der Gruppe stand. Sie hatte sich fast drei Meter von ihm wegbewegt – zweifellos deshalb, weil General Land seinen Standort verändert hatte. Wo der Vorsitzende der Vereinten Stabschefs sich aufhielt, war logischerweise der Mittelpunkt dieser Gruppe. Yocke beeilte sich, wieder zu ihr aufzuschließen.

»... stets nur Verhandlungen der Schlüssel zur unblutigen Lösung solcher Probleme sind«, sagte die Abgeordnete Strader mit fester, geschäftsmäßiger Stimme. Als doziere sie vor Anthropoiden, dachte Yocke und notierte sich diesen Eindruck.

General Lands Antwort war unverständlich leise.

Samantha Strader sprach laut weiter. »Warum haben Sie darauf verzichtet, das FBI-Krisenteam anzufordern? Diese Leute sind darauf spezialisiert, bei Geiselnahmen mit den Verbrechern oder Terroristen zu verhandeln.«

Diesmal verstand Yocke, was der General antwortete. »Hier hat keine Geiselnahme vorgelegen, Ma'am. Diesen Männern ist es nur darum gegangen, möglichst viele Menschen umzubringen. Das ist ein eiskalt geplanter Terrorakt gewesen, und die Täter haben gewußt, daß sie dabei umkommen würden.«

»Woher wollen *Sie* das wissen?«

»Ich weiß, was *Krieg* ist, wenn ich mich in einem befinde, *Madam.*«

»Und ich sage Ihnen, daß Sie nicht wissen, *was* diese Männer gewollt haben, weil General Greer sich nicht die Zeit genommen hat, mit ihnen zu *reden.* Hätte General Greer mit ihnen *geredet,* anstatt blindlings draufloszustürmen und alle abzuknallen, könnten diese Männer jetzt Gefangene sein.«

»Madam...«, begann General Land eisig.

Strader unterbrach ihn mit einer Handbewegung und brachte triumphierend ihr gewichtigstes Argument vor. »Möglicherweise ist das aggressive Verhalten *Ihrer* Soldaten schuld daran, daß diese Männer so viele Zivilisten erschossen haben.«

»General Greer hat völlig richtig gehandelt. Diese Leute wollten mit *niemandem* reden.« Lands Stimme klang rasiermesserscharf. »Sie sind damit beschäftigt gewesen, unbewaffnete Männer und Frauen aufzuspüren und wie Kaninchen abzuschlachten. Schon möglich, daß sie ihre Waffen niedergelegt hätten, *nachdem* sie alle Erreichbaren umgebracht hatten.«

»…Menschenleben aufs Spiel gesetzt.«

»Wann begreifen Schwätzer wie Sie endlich, *daß es mit Leuten, die nicht verhandeln wollen, keine Verhandlungen geben kann?*« brüllte der General los. »Hören Sie, ich habe Ihre unerbetenen Ratschläge gründlich satt! Und ich habe Wichtigeres zu tun, als mit irgendwelchen Zivilisten zu diskutieren! Wer zum Teufel *sind* Sie überhaupt?«

»Ich bin die Abgeordnete Strader. Ich bin Mitglied einer vom Vizepräsidenten eingesetzten Kommission zur…«

»Ihre Ermittlungen können Sie später führen. Nicht jetzt! Nicht hier!«

»Das würden Sie nicht sagen, wenn ich ein *Mann* wäre! Ich habe einen Sonderausweis, mit dem ich…«

»Major!« blaffte der General, »schaffen Sie mir diese Politikerin vom Hals! Auf der Stelle!«

»Ja, *Sir*!«

Sam Strader wurde mit zornrotem Gesicht höflich, aber energisch zu ihrem wartenden Wagen geführt.

Als Jack Yocke aufsah, nachdem er sich auch diesen Wortwechsel in seiner privaten Kurzschrift notiert hatte, blickte er in Toad Tarkingtons nachdenkliches Gesicht.

»Was wir hier erleben«, behauptete Tarkington, »ist Entertainment pur. Das können Sie sich auch notieren.«

»Tarkington!« rief Grafton.

Yocke folgte dem jungen Marineoffizier.

»Los, wir haben's eilig«, sagte Jake Grafton. Er trabte zu

seinem Dienstwagen. »Jemand hat auf den Vorsitzenden des Obersten Gerichts geschossen.«

»Ist er tot?«

»Offenbar.«

Kapitel siebenundzwanzig

Henry Charon parkte seinen Wagen einen Block von dem Apartment in der New Hampshire Avenue entfernt und legte den Rest des Weges zu Fuß zurück. Die Straßenlampen brannten bereits, und der Himmel war schwarz. Dicke Regentropfen klatschten auf den Asphalt und prasselten auf die Autodächer.

Unmittelbar vor dem Apartmentgebäude stand ein grüner VW-Käfer mit modischen Aufklebern. Ah, richtig, die Pulloverdame.

Er blieb am Eingang stehen, um seinen Briefkasten aufzusperren. Wie erwartet enthielt er nur Werbezettel und Drucksachen, die einfach an den »Bewohner« seines jetzigen Apartments adressiert waren. Er steckte sie ein. Er wollte nicht, daß sich in seinem Briefkasten Post ansammelte, denn irgendwann würde jemand einen Blick durch das kleine Fenster werfen. Ein FBI-Agent oder ein Polizeibeamter, vielleicht auch ein Soldat – *irgend jemand,* der nach ihm fahndete.

Er sah die Straße entlang. Der Regen wurde stärker. Wahrscheinlich würde es die ganze Nacht lang regnen.

Er sperrte die Haustür auf und betrat das Gebäude.

Die Tür des ersten Apartments stand einen Spalt weit offen, und er hörte, daß drinnen der Fernseher lief. Dort wohnte die nebenberufliche Hausverwalterin, die Pulloverdame Grisella Clifton.

Es konnte nicht schaden, ein paar Worte mit ihr zu wechseln. Er blieb an der Tür stehen und hob eine Hand, um anzuklopfen.

Sie saß mit ihrer Katze auf dem Schoß in einem Sessel vor dem Fernseher. Er stieß die Tür etwas weiter auf. Nun konnte er den Bildschirm sehen. Und die Stimme des Nachrichtensprechers hören:

»...ein Phantombild des Mannes, der gestern – vermutlich bei einem versuchten Attentat auf den Vizepräsidenten – Justizminister Gideon Cohen vor dem Kapitol angeschossen und verwundet hat. Dieser Mann ist bewaffnet und äußerst gefährlich. Sollten Sie ihn sehen, versuchen Sie *auf keinen Fall,* ihn anzuhalten oder festzunehmen, sondern benachrichtigen Sie sofort die Polizei. Unten eingeblendet sehen Sie die Nummer, die Sie anrufen sollten, wenn Sie glauben, diesen Mann schon mal gesehen zu haben. Notieren Sie sich bitte diese Nummer. Und sehen Sie sich das Bild gut an!«

Auf dem Bildschirm erschien das gezeichnete Porträt eines Mannes. Charon starrte es an. Ja, die Ähnlichkeit war unverkennbar. Vermutlich stammte die Personenbeschreibung von der Frau, die ihn beim Verlassen des Gebäudes gesehen hatte. Wer hätte gedacht, daß sie ihn sich so gut angesehen hatte? Verdammt!

Die Katze sah ihn und hob den Kopf. Grisella Clifton drehte sich halb um und fuhr leicht zusammen.

»Oh! Sie haben mich erschreckt, Mr. Tackett.«

»Entschuldigung. Ich wollte gerade anklopfen.«

Sie stand auf und drehte sich um. Die Katze verschwand unter dem Sofa. »Oh, Sie brauchen sich nicht zu entschuldigen. Ich habe die Haustür gehört, aber die Nachrichten sind heute so spannend, daß ich…«

Sie drehte sich wieder nach dem Fernseher um, der noch immer das Phantombild zeigte. Sie sah vom Bildschirm zu Charon hinüber und konzentrierte sich wieder auf das Phantombild.

Er sah ihr an, was ihr durch den Kopf ging.

Sie holte erschrocken tief Luft und schlug sich eine Hand vor den Mund. Ihre Augen wurden riesig.

»Oh! Heiliger *Himmel*!«

Er stand unschlüssig da und überlegte, was er tun sollte.

»Sie *sind's* gewesen! Sie haben versucht, den Vizepräsidenten zu ermorden!«

»Nein, das stimmt nicht«, sagte Henry Charon automatisch, leicht irritiert. Er hatte auf Gideon Cohen gezielt! Und ihn getroffen. Ein verdammt guter Schuß!

Er sah, wie ihr Brustkorb sich weitete, als sie einatmete. Sie würde schreien.

Sein Körper hatte sich wie von selbst zum Sprung geduckt. Jetzt brauchte er sich nur noch abzustoßen, um sich mit ausgestreckten Händen auf sie zu werfen.

Thanos Liarakos wußte nicht, was ihn dazu bewogen hatte, den Kopf nach rechts zu drehen, aber er tat es. Sie saß dort im Lichtschein einer Straßenlaterne auf einer Parkbank unter den kahlen schwarzen Bäumen.

Er bremste abrupt, blieb im Wagen sitzen, starrte die Gestalt zweifelnd an und war sich im Unterbewußtsein doch ganz sicher.

Der Fahrer hinter ihm hupte laut.

Liarakos nahm den Fuß von der Bremse und ließ seinen Wagen anrollen. Auf der Suche nach einem Parkplatz fuhr er einmal um den Block. Nichts. Nirgends eine Lücke. Er gab wieder Gas und schoß die nächste Straße entlang. Auch dort alles zugeparkt!

Um die nächste Ecke, ständig auf der Suche, von Minute zu Minute frustrierter.

Er begann zu fluchen. Die gottverdammte Stadtverwaltung, die gottverdammten Verkehrsplaner und die gottverdammte Baubehörde, die zuließen, daß diese gottverdammten Reihenhäuser ohne Einfahrten und Garagen gebaut wurden... er verfluchte sie alle, während er an Elizabeth dachte.

Da, ein Hydrant! Er parkte und stellte den Motor ab. Dann drückte er die Taste der automatischen Türverriegelung und spurtete los, noch bevor seine Tür zugefallen war.

Elizabeth! In einer scheußlich kalten Regennacht im Freien sitzend. O Gott – falls es dich dort oben gibt – wie konntest du das der sanften Elizabeth antun? Weshalb?

Er trabte den letzten Block entlang und lief auf die Straße hinaus, um an einem Baum vorbeisehen zu können. Dabei wäre er beinahe überfahren worden, aber er konnte dem Lieferwagen gerade noch ausweichen und hetzte über die Straße. Eine weitere barmherzige Seele hupte kräftig und bremste dabei mit quietschenden Reifen.

Liarakos nahm das alles kaum wahr. Er blieb schweratmend am Rand des Parks stehen und sah sich um.

Sie saß noch immer da. Hatte sich nicht bewegt.

Er ging auf sie zu.

Als er noch zwanzig Meter von ihr entfernt an einer Bank vorbeiging, sprach ihn ein dort hockender Stadtstreicher an: »Hey, Mann, ich will Sie nich' belästigen, aber wenn Sie 'n bißchen Kleingeld hätten...«

Sie sah nicht auf. Sie saß mit gesenktem Kopf da, starrte zu Boden und schien weder die feuchte Kälte, den schneidenden Wind noch den stetigen Regen wahrzunehmen, der Liarakos bereits durchnäßte.

»'n bißchen Kleingeld würd' schon helfen, Mann.« Der Obdachlose folgte ihm. Liarakos nahm seine Gegenwart wahr, ohne sich jedoch nach ihm umzudrehen.

Ihre Hände waren in den Manteltaschen vergraben. Der teure Mantel, den sie auf der Reise in die Klinik getragen hatte, war durch einen dünnen Baumwollfummel ersetzt worden, der unmöglich warm genug sein konnte. Ihre strähnigen Haare hingen ihr tropfnaß ins Gesicht. Sie sah nicht auf.

»Elizabeth!«

Sie starrte weiter den Boden vor ihren Füßen an. Er ging in die Hocke, um ihr ins Gesicht sehen zu können. Sie war's tatsächlich. Ihre Mundwinkel waren zu einem schwachen kleinen Lächeln verzogen.

Ihr Blick fiel jetzt auf sein Gesicht, aber sie schien ihn nicht zu erkennen.

»Mann, heut nacht ist's verdammt kalt, und 'ne Tasse Kaffee würd' echt helfen, versteh'n Sie? Ich hab' im Leben viel Pech gehabt, aber das ist nich' immer bloß meine Schuld gewesen. Wie wär's mit 'nem bißchen christlicher Nächstenliebe für 'nen armen ollen Nigger? 'n paar Münzen wär'n für Sie 'ne Kleinigkeit, aber für mich...«

Er tastete nach seiner Geldbörse, zog einen Schein heraus, ohne Elizabeth aus den Augen zu lassen, und reichte ihn nach hinten.

»Hey, das is 'n *Zwanziger*! Woll'n Sie mir wirklich...«

»Nehmen Sie ihn. Und verschwinden Sie.«

»Danke, Mister.«

Ihr Gesicht schien von innen heraus zu leuchten. *Scheiße!* Sie war völlig high.

»Ich sag' Ihnen was, Mann«, sagte der Bettler, »weil Sie echt großzügig zu mir gewesen sind. Der geht's nicht gut. Die ist echt krank, weil sie keinen Stoff mehr hat.«

»Bitte gehen Sie!«

»Yeah.«

Schlurfende Schritte entfernten sich.

Er streckte eine Hand aus, streichelte ihr Gesicht, nahm eine ihrer Hände zwischen seine.

Es regnete weiter. Sie saß mit ihrem schwachen, gefrorenen Lächeln im Taubenkot auf der Parkbank unter den glänzend schwarzen Bäumen und starrte blicklos vor sich hin.

»Was können Sie uns also sagen?« fragte Jake Grafton den Labortechniker.

»Nicht viel«, antwortete der FBI-Agent und kratzte sich am Hinterkopf. Sie standen in dem Büroraum, aus dem der Attentäter den tödlichen Schuß auf Chief Justice Longstreet abgegeben hatte. Sein Gewehr mit Zielfernrohr lag auf einem Tisch. Alle Gegenstände waren mit dem feinen dunklen Staub bedeckt, der Fingerabdrücke sichtbar machte.

»Frische Abdrücke scheint's keine zu geben. Wir haben ein paar gefunden, aber ich bezweifle, daß unser Mann welche hinterlassen hat. Das entspräche nicht seiner sonstigen Arbeitsweise.«

»Wo hat die Kugel den Obersten Richter getroffen?«

»Dicht über dem linken Ohr. Er ist augenblicklich tot gewesen. Das Geschoß haben wir noch nicht. Es hat seinen Kopf, den Beifahrersitz und die Karosserie durchschlagen und sich in den Asphalt gebohrt. Mit genau so einer Waffe wurde übrigens auch auf den Justizminister geschossen.«

Der Fußboden des Raumes, in dem sie standen, war von einer dünnen Staubschicht bedeckt, in der sich zahlreiche Fußabdrücke abzeichneten.

»Sind die etwa alle von Ihren Leuten?« fragte Jake mißmutig.

»Als erstes haben wir *seine* Abdrücke gesichert, wenn Sie

das meinen. Merkwürdig, aber unser Mann ist reingekommen, ans Fenster getreten und dort stehengeblieben. Er hat keine nervösen Füße gehabt.«

»Keine nervösen Füße«, wiederholte Jake.

Der FBI-Agent suchte nach Worten. »Er ist nicht besonders aufgeregt gewesen, wenn Sie wissen, was ich meine.«

»Ein Profi?« schlug Toad Tarkington vor.

»Schon möglich«, sagte der Spurensicherer. »Aber nicht unbedingt. Jedenfalls ein cooler Typ.«

Die um Mitternacht in Kraft tretende Ausgangssperre wurde um 19 Uhr bekanntgegeben. Wer zwischen Mitternacht und 7 Uhr auf der Straße angetroffen wurde, mußte damit rechnen, festgenommen und wegen Verstoßes gegen diese Anordnung vor ein Militärtribunal gestellt zu werden. Und wer von 7 Uhr an bis Mitternacht *mit dem Auto* unterwegs war, mußte ebenfalls damit rechnen, verhaftet und vor Gericht gestellt zu werden. Diese Ausgangssperre galt zunächst für 48 Stunden, falls sie nicht früher aufgehoben oder verlängert wurde.

Die Ausgangssperre gehörte mit der Ermordung von Chief Justice Harlan Longstreet und dem Washingtoner U-Bahn-Massaker zu den Hauptthemen der abendlichen Fernsehsendungen. Die Zahl der Toten erhöhte sich, als zwei der Angeschossenen – darunter eine schwangere Frau – ihren Verletzungen erlagen.

Die Stimmungslage der Nation, wie sie sich in Interviews von Menschen auf der Straße darstellte, war von Wut und Empörung geprägt. Bekannte Politiker forderten eine Militäraktion gegen Kolumbien. Manche befürworteten sogar eine Kriegserklärung. Zu dieser Gruppe gehörte auch Senator Bob Cherry, der in Fernsehinterviews die Regierung pauschal als unfähig und unvorbereitet brandmarkte. Er verlangte, die Truppen sollten aus Washington abgezogen und nach Kolumbien entsandt werden.

Im Gegensatz dazu fanden Senator Duquesne und mehrere seiner Kollegen sich an diesem Abend im Weißen Haus ein, um dem Vizepräsidenten ihre Unterstützung zuzusichern. Danach traten sie vor die Fernsehkameras, verzichteten ausnahmsweise auf parteitaktische Rücksichten und bekundeten übereinstimmend, sie würden die Anordnungen des amtierenden Präsidenten mittragen.

Die meisten Amerikaner verbrachten diesen Abend vor ihrem Fernseher. Zu den Zuschauern gehörte auch T. Jefferson Brody. Als er gerade hämisch über Duquesnes Fernsehauftritt grinste, klingelte sein Telefon.

Er kannte den Anrufer nicht persönlich, aber er hatte seinen Namen mehrmals gehört und erinnerte sich vage daran, daß er irgendwie für Freeman McNally tätig war.

»McNally ist tot.«

Diese Nachricht traf Brody wie ein Keulenschlag. Er hätte am liebsten ein Dutzend Fragen gestellt, aber weil er nicht wußte, von wo aus der Mann anrief – sein Telefon konnte abgehört werden –, hielt er klugerweise den Mund.

Nachdem er den Hörer aufgelegt hatte, stellte er den Fernseher mit der Fernbedienung ab.

Freeman tot! Erst Willie Teal, jetzt Freeman.

T. Jefferson spitzte die Lippen und stieß einen tonlosen Pfiff aus. Eine gefährliche Branche, das stand fest. Deshalb war damit auch so viel Geld zu verdienen.

Auf welchem Gebiet war er zuletzt für Freeman tätig gewesen? Ah, richtig, er hatte die Senatoren beeinflussen sollen. Nun, das hatte sich jetzt erledigt. Aber seine Informationen über diese Männer konnten sich später einmal bezahlt machen. Vielleicht in Diensten anderer Auftraggeber? Das blieb abzuwarten.

Dann dachte Brody sofort wieder an Sweet Cherry Lane, das Weibsbild mit den großen Titten, das ihn reingelegt und ausgeraubt hatte. Aus irgendwelchen Gründen hatte Freeman McNally ihm bei seinem kleinen Rachefeldzug nicht helfen wollen – aber jetzt war er tot, und Brody beherrschte das Feld allein. Auch Bernie Shapiro war nicht sonderlich begeistert gewesen, aber er würde sich erneut an ihn wenden.

T. Jefferson Brody saß da, starrte den dunklen Bildschirm an und stellte sich genüßlich vor, wie er sich an Sweet Cherry Lane rächen würde. Seine Lippen verzogen sich zu einem Lächeln. Diese Ausgangssperre würde in ein paar Tagen aufgehoben werden, und dann...

O ja. Und *dann*!

An diesem Abend um 21 Uhr saßen Jack Yocke und Toad Tarkington in einem Dienstwagen der Fahrbereitschaft des Pentagons und ließen den Motor laufen, damit die Heizung funktionierte. Yocke saß am Steuer. Da er die Stadt so gut kannte, hatte Jake Grafton ihn als Fahrer verpflichtet. Toad saß hinten.

Durch die Windschutzscheibe beobachteten sie, wie Grafton und ein Heeresoffizier sich über einen auf der Motorhaube eines Jeeps ausgebreiteten Stadtplan beugten. Der Jeep parkte auf dem Gehsteig unter dem bis zum Randstein reichenden Vordach eines Apartmentgebäudes.

Der Regen trommelte weiter aufs Dach der Limousine, in der Toad und Yocke saßen.

»Für einen erfolgreichen Offizier scheint Grafton erstaunlich wortkarg zu sein«, sagte Yocke, nur um das Schweigen zu brechen.

Toad schnaubte. »Aber bloß Reportern gegenüber.«

»Wie meinen Sie das?«

»Der kann reden wie ein Wasserfall. Den müßten Sie mal im Dienst erleben! Um beim Militär Karriere zu machen, braucht man Glaubwürdigkeit. Die Leute müssen einem zuhören, wenn man eine Meinung äußert, und einem glauben, daß man seine Sache versteht. Jake Grafton ist absolut glaubwürdig.«

Yocke dachte darüber nach, während er die beiden Offiziere beobachtete. Die Ausstattung des Heeresoffiziers bestand aus Kampfanzug in Tarnfarben, dicker Jacke und Stahlhelm. Im Gegensatz zu ihm trug Grafton eine ausgewaschene Khakihose, einen kurzen grünen Flugdeckmantel und eine Schirmmütze mit Khakibezug.

Diese Jacke hatte der Reporter sich genau angesehen, als Grafton ausgestiegen war. Sie wies mehrere Fettflecken auf – bestimmt Andenken an Schiffe, auf denen Grafton Dienst getan hatte. Die Hose war nicht viel besser. Obwohl sie vom vielen Waschen schon ganz ausgebleicht war, waren die Ölflecken noch deutlich erkennbar. Tarkington auf dem Rücksitz war ähnlich ausstaffiert, aber sein kurzer Mantel war khakifarben.

»Wo bekommt ihr Marineoffiziere Fettflecken auf eure Uniformen?«

»Flugdeck«, murmelte Toad, ohne diese Auskunft näher zu erläutern.

Yocke sah auf seine Uhr. Er hätte Tish Samuels gern kurz angerufen. Vielleicht ergab sich beim nächsten Halt eine Gelegenheit dazu.

Grafton kam zurück, stieg vorn neben Yocke ein und knipste die Innenbeleuchtung an. Mütze und Mantel waren tropfnaß. Der Captain zog einen Stadtplan aus der Manteltasche und studierte ihn. Wenig später hielt er ihn so ins Licht, daß die beiden anderen ihn ebenfalls sehen konnten.

»Okay. In diesen Planquadraten hier… und hier… und

hier werden systematisch alle Häuser durchsucht.« Er tippte jeweils mit dem Zeigefinger darauf. »Mit diesem dritten sind die Soldaten in ungefähr einer halben Stunde fertig. Danach kann das Bataillon noch ein Planquadrat durchkämmen, bevor es für heute nacht Schluß macht. Welches sollte es sich vornehmen?«

Toad und Yocke starrten den Stadtplan an. »Das kommt mir ein bißchen wie Roulette vor«, meinte Tarkington.

»Genau«, bestätigte Jake Grafton. »Okay, auf welches Feld setzen wir?«

Yocke deutete auf ein Planquadrat. »Warum nehmen wir nicht das hier? Dort stehen Lagerhäuser und einige städtische Wohnanlagen mit Sozialwohnungen. Diese Wohnanlagen... dort könnte man vier, fünf Kolumbianer, die kein Wort Englisch sprechen, wochenlang in einem Zimmer verstecken, ohne daß jemand davon erfährt. Und selbst wenn die Nachbarn mißtrauisch wären, würden sie ihren Verdacht nicht der Polizei melden. Sie wissen, was ihnen dann blühen würde.«

»Gut, Sie haben mich überzeugt.« Jake Grafton seufzte. Er stieg aus und ging wieder zu dem Jeep mit Funk hinüber.

Eine Minute später kam er zurück. »Los«, sagte er nur.

Während Yocke anfuhr, drehte Jake sich nach Toad um. »Ist Ihre Frau zu Hause?«

»Ja, Sir.«

»Glauben Sie, daß sie Lust hätte, uns zu begleiten?«

»Klar. Wenn wir bei uns vorbeifahren, laufe ich rauf und hole sie.«

Tarkington nannte Yocke seine Adresse. Als sie vor dem Gebäude hielten, sagte Jake noch: »Sie soll ihre älteste Uniform anziehen, okay?«

Toad nickte und verschwand rasch in dem Apartmentgebäude.

»Nett von Ihnen, daß Sie daran gedacht haben«, meinte der Reporter.

»Sie hat nur noch zehn Tage Urlaub, und ich kann ihn nicht entbehren.«

»Ganz im Vertrauen gefragt: Was tun Sie eigentlich drüben im Pentagon?«

Grafton schmunzelte. »Nun, ich leite eine kleine Arbeitsgruppe von sieben oder acht Leuten, die für Militäreinsätze zur Bekämpfung des Drogenschmuggels zuständig sind.«

»Das sagt mir nicht viel.«

»Hmmm. Zum Beispiel haben wir jetzt praktisch ständig einen Flugzeugträger im Golf von Mexiko und im Ostteil des Karibischen Meeres stationiert. Das ist eines meiner Projekte gewesen. Leider bin ich damals unterlegen.«

»Unterlegen? Ist das denn keine gute Idee?«

»Das ist gerade das Problem. In den Abendnachrichten oder in einer Wahlkampfrede in Philadelphia klingt die Luftüberwachung dieses Seegebiets wie eine erstklassige Idee. Also muß ein Flugzeugträger nach sechs bis sieben Monaten im Mittelmeer auf die notwendige Überholung verzichten und dort unten rumschippern. Diese Zeit haben die Staffeln bisher genutzt, um neue Leute auszubilden und ihre erfahrenen Besatzungen in Übung zu halten.

Jetzt verbrauchen sie den dafür vorgesehenen Treibstoff, um Kreise über dem Wasser zu fliegen. Niemand wird mehr ausgebildet. Schiffe und Flugzeuge werden nicht richtig gewartet. Und wenn sie lange genug dort unten rumgeschippert sind, schicken wir sie ins Mittelmeer zurück.«

»Aber in Philadelphia kommt das an«, stellte Yocke fest. »Ehrlich, das *ist* wichtig.«

»Zweifellos. Aber wenn wir eines Tages unerfahrene Besatzungen einsetzen müssen, werden sie *abgeschossen,* weil ihnen die Übung fehlt. Wir verlieren Flugzeuge, deren

Verlust wir uns nicht leisten können. Selbst wenn wir's schaffen, in keinen Konflikt hineingezogen zu werden, müssen die Schiffe später mit noch größerem Aufwand überholt werden. Und ich sage schon jetzt voraus, daß der Kongreß dafür kein Geld bewilligen wird. Außerdem wollen unsere Seeleute und jungen Piloten nicht ihr ganzes Leben auf See verbringen. Also quittieren sie ihren Dienst in der Navy, und wir müssen Unsummen aufwenden, um neue Leute anzuwerben und auszubilden. Ein regelrechter Teufelskreis, sage ich Ihnen!«

Grafton holte tief Luft und atmete langsam aus. »Meine Arbeitsgruppe ermittelt die Kosten der möglichen Alternativen. Dann erläutern wir sie denen, die darüber zu entscheiden haben. Das ist meine Aufgabe.«

Yocke wollte erreichen, daß Grafton weitersprach. Er wechselte das Thema. »Ich habe mir heute die Soldaten angesehen. Sie sind ziemlich jung, um mit geladenen Gewehren durch eine Großstadt zu laufen, finde ich.«

»Okay, sie *sind* jung, aber durchaus in Ordnung. Sie sind zur Army gegangen, um für sich einen Teil des amerikanischen Traums zu verwirklichen – einen Job zu haben, Geld fürs Studium zu verdienen, einen Beruf zu erlernen, von ihren Mitbürgern geachtet zu werden. Aus diesen Gründen gehen junge Männer seit Jahrhunderten zum Militär.«

»Können sie kämpfen?«

»Garantiert! Sie sind so gut wie alle Soldaten, die jemals eine amerikanische Uniform getragen haben.«

»Aber sie sind für diese spezielle Verwendung nicht ausgebildet.«

»Stimmt.«

Dann kamen Rita Moravia und Toad Tarkington aus dem Apartmentgebäude. Jack Yocke mußte ein Grinsen verbergen. Rita war eine Schönheit, aber mit Khakihose, dicker

Jacke, Wollschal, Schirmmütze und Pilotenstiefeln war sie wirkungsvoll getarnt.

»Hey, Rita«, sagte Jake Grafton.

»Captain... Mr. Yocke.«

»Jack. Bitte.«

»Danke, daß Sie mich mitfahren lassen. Was liegt an?«

»Ich schlage vor, daß wir beobachten, wie die Jungs eine Wohnanlage durchsuchen.« Grafton sah auf den Stadtplan. »Die Jefferson Projects. Kennen Sie die?« fragte er den Reporter.

»Yeah. Ich bin schon mal dort gewesen.« Yocke gab Gas und fuhr an.

Auf dem Parkplatz des Supermarkts herrschte unerwartetes Gedränge. Charon schlängelte sich zwischen Kunden mit vollgepackten Einkaufswagen hindurch und blieb vor dem Münztelefon an der Wand neben dem Zeitungsstand stehen. Nachdem er sich davon überzeugt hatte, daß niemand ihn beachtete, zog er den linken Lederhandschuh zurück, um einen Blick auf seine Uhr zu werfen. Dann nahm er den Hörer ab und las die Bedienungsanweisung. Für den Notruf brauchte man keine Münze. Wieder ein Quarter gespart.

Er wählte die 911.

Nach dem dritten Klingeln meldete sich eine Frauenstimme: »Polizeinotruf.«

Er sprach atemlos schnell. »In einem Apartmenthaus in der New Hampshire Avenue wird eine Frau ermordet. Ich kann ihre Schreie hören.« Er gab die Adresse an. »Beeilen Sie sich!« Er hängte ein und ging zu seinem Wagen zurück, der in der hintersten Ecke des Parkplatzes stand. Auf dem Weg dorthin hätte er jemandem auffallen können. Aber wie üblich achtete wieder niemand auf ihn.

Nachdem er seine Sachen aus dem Kofferraum geholt und

einige Meter entfernt abgestellt hatte, schob er einen Klumpen Plastiksprengstoff mit eingestecktem Zünder unter den Fahrersitz. Die Flüssigkristallanzeige des Zeitzünders lief schon. Als nächstes schraubte er den Revervekanister auf, kippte einen Schuß Benzin auf die Rücksitzbank und stellte den offenen Kanister hinter den Fahrersitz.

Die Benzindämpfe würden den ganzen Wagen ausfüllen. Ging in einer Stunde der Sprengsatz hoch, sollten sie dafür sorgen, daß der Wagen sofort in Flammen stand. So blieben keine Fingerabdrücke für die Polizei übrig. Auch die durch die Bombe ausgelöste Ungewißheit und Verwirrung würde die Fahndung beeinträchtigen.

Er hatte ein halbes Pfund Plastiksprengstoff genommen. Das war viel. Möglicherweise zuviel. Zu schade, daß er keine Zeit gehabt hatte, mit dem Zeug zu experimentieren, um die Sprengwirkung besser abschätzen zu können.

Der Zündschlüssel steckte noch. Den mußte er abziehen, damit nicht jemand auf die Idee kam, den Wagen zu klauen, bevor die Bombe hochging. Auch die Schlüssel legte er unter den Fahrersitz.

Was noch?

Das war's. Er versenkte den Sicherungsknopf, schloß sorgfältig die Tür und drückte dagegen, bis das Schloß klikkend einschnappte.

Der zum Tatort entsandte Streifenwagen parkte in der zweiten Reihe. Der Fahrer schloß seine Tür ab und blieb horchend auf dem Gehsteig stehen, während sein Partner um den Wagen herumging und sich dabei vergewisserte, daß seine Schrotflinte geladen und gesichert war.

»Ich höre keine Schreie.«

»Ich auch nicht.«

Die beiden stiegen die Stufen zum Eingang hinauf, als das

Gebäude buchstäblich auseinanderflog. Die Polizeibeamten waren sofort tot. Der Feuerball versengte noch den Lack von dreißig Meter entfernt geparkten Autos.

Die Cops in dem als Verstärkung entsandten zweiten Streifenwagen beobachteten die Explosion aus einiger Entfernung und meldeten sie über Funk. Unterdessen verwandelte der Trümmerhaufen, der einmal ein Apartmentgebäude gewesen war, sich in ein loderndes Inferno.

Das erste Löschfahrzeug traf vier Minuten nach der Explosion ein. Feuerwehrleute rollten Schläuche aus und schlossen sie an Hydranten an. Weitere Streifenwagen kamen herangerast; zusätzliche Löschfahrzeuge wurden angefordert.

Sechzehn Minuten nach der ersten Detonation flog ein fünfzig Meter vom Brandherd geparkter grüner 1968er VW-Käfer in die Luft. Wie Fachleute später berechneten, hatte er zwei Kilogramm des tschechischen Plastiksprengstoffs Semtex enthalten. Von der Wucht der Explosion fortgeschleuderte Autoteile wurden noch in über hundert Meter Entfernung auf Hausdächern gefunden.

Vier in der Nähe des Käfers arbeitende Feuerwehrleute waren auf der Stelle tot. Ein wegfliegendes Metallteil köpfte einen fünfzig Meter entfernt stehenden Polizeibeamten. Sämtliche Fassadenfenster des Wohnblocks auf der anderen Straßenseite wurden eingedrückt, wobei eine Frau durch Glassplitter so schwer verletzt wurde, daß sie verblutete. Über ein Dutzend Menschen erlitten Verletzungen durch Splitter und Trümmerstücke.

Die Polizei hatte den Straßenblock abgeriegelt, als Jake Grafton und seine Begleiter aufkreuzten. Sie standen einige Minuten lang an der Absperrung und beobachteten die vorerst allen Löschversuchen trotzenden Flammen. Im Feuerschein war zu sehen, wie Sprengmeister der Polizei die in der Nähe geparkten Autos überprüften.

Jake Grafton schickte Toad mit einem Auftrag ans nächste Telefon. Er sollte zur Unterstützung der Polizei ein Bombenräumkommando anfordern.

Bomben. Terroristen? Oder unser Scharfschütze, der keine nervösen Füße hat?

Nervöse Füße. Ein dämlicher Ausdruck. Natürlich hatte der Attentäter keine.

»Captain Grafton?« fragte ein Polizeibeamter.

»Ja.«

»Im Polizeipräsidium ist ein FBI-Agent, der Sie sprechen möchte, Sir. Sie möchten möglichst bald hinkommen.«

»Okay. Geben Sie durch, daß ich gleich hinfahre.«

Jake sah sich um. Yocke unterhielt sich mit Rita. Er würde wissen, wo das Polizeipräsidium war. Jake hatte keine Ahnung.

Dies war natürlich kein richtiger Wald. Wo Henry Charon hier unterhalb der Anhöhe im Rock Creek Park stand, war der Verkehrslärm ziemlich laut. Zu laut. Er hätte die Geräusche übertönt, die er hören mußte, um vor unliebsamen Überraschungen sicher zu sein. Allerdings war in dieser Winternacht vermutlich niemand unterwegs. Regen, Kälte, Wind. Ideal.

Er stieg langsam weiter hügelaufwärts: trotz des schwierigen Geländes lautlos und ohne eine Taschenlampe zu benutzen. Seine Vorräte transportierte er im Rucksack. Den Traggurt der wasserdichten Hülle, in der sein Schlafsack steckte, hatte er über der linken Schulter.

Seine Waffen lagen in einer langen Sporttasche, die er in der rechten Hand trug. Drei Handgranaten, ein zerlegtes Gewehr und reichlich Munition. Unter der Jacke trug er eine Pistole. Ihr Schalldämpfer steckte in seiner Tasche.

Er hatte keine Mühe, die kleine Höhle zwischen den Felsen zu finden. Sein Waldläuferinstinkt führte ihn auf dem kürzesten Weg dorthin. Er tastete die Rückwand der Höhle ab. Gut! Das Versteck in dem Felsspalt über seinem Kopf enthielt noch alles, was er dort deponiert hatte.

Charon stellte sein Gepäck ab und verließ lautlos die Höhle. Er machte in der Dunkelheit einen Kontrollgang, ließ sich dabei Zeit und blieb oft stehen, um zu horchen und zu beobachten. Zehn Minuten später kam er in die Höhle zurück und begann auszupacken.

Er wärmte sich eine Eintopfbüchse auf dem Spirituskocher und achtete darauf, daß die kleine Flamme nicht außerhalb der Höhle sichtbar war. Nachdem er gegessen und die Kochutensilien weggeräumt hatte, holte er das Radio aus dem Felsspalt, in dem es deponiert gewesen war, und steckte sich den Ohrhörer ins Ohr. Dann zog er die Antenne heraus und ließ sich an der Höhlenrückwand, wo es am trockensten war, im Schneideresitz nieder, um Nachrichten zu hören.

Zuerst die Audiofrequenzen des Fernsehens. Da die großen Gesellschaften ständig über die Krise berichteten, brachten sie alle halbe Stunde eine Zusammenfassung der neuesten Meldungen. So brauchte er nicht lange zu warten.

Das Chaos in der New Hampshire Avenue übertraf seine Erwartungen. Keine Fingerabdrücke, kein Beweismaterial, das die Polizei aus dem Brandschutt hätte heraussieben können. Henry Charon lächelte befriedigt vor sich hin.

Die über Washington verhängte Ausgangssperre war ihm neu, deshalb hörte er aufmerksam zu, dachte darüber nach und versuchte auszurechnen, was sie für ihn bedeutete. Die Soldaten hatten offenbar den Auftrag, nach bewaffneten kolumbianischen Terroristen zu suchen. Ihn würden sie höchstens durch Zufall aufspüren.

Bei der Ausarbeitung seines Plans hatte er nie mit einem

militärischen Aufmarsch gerechnet. Andererseits hatte er gewußt, daß es unerwartete Schwierigkeiten geben würde, so daß er jetzt nicht übermäßig besorgt war. Während er hier in der Dunkelheit saß und nachdachte, erschien es ihm als beste Lösung, versteckt zu bleiben, bis die Soldaten die Terroristen aufgespürt hatten und in ihre Standorte zurückgekehrt waren. Dann konnte er wieder in der Menge untertauchen.

Die Tatsache, daß sein Phantombild überall verbreitet worden war, beunruhigte ihn nicht sonderlich. Er hatte sein Leben lang ein anonymes Gesicht gehabt. Ein typisches Beispiel dafür war die Tankstelle in New Mexico, in der er fünf Jahre lang regelmäßig getankt hatte, bevor der Besitzer ihn wiederzuerkennen und zu grüßen begann. Und die Bewohner einer Großstadt wie Washington legten es bewußt darauf an, die Gesichter um sich herum zu ignorieren und jeglichen Blickkontakt zu meiden. Dies war keine Kleinstadt. Die menschliche Natur würde ihn schützen.

Er stellte das Radio auf die Polizeifunkfrequenz ein und drehte am Einstellknopf herum, bis er die Dispatcherin hören konnte. Um ein Gefühl dafür zu bekommen, was sich in der Stadt ereignete, würde er diese Frequenz eine Stunde lang abhören.

Natürlich hätte er den District of Columbia nachts zu Fuß verlassen, ein Auto klauen und bei Tagesanbruch auf der Rückfahrt nach New Mexico sein können. Aber an diese Möglichkeit dachte er nicht ernsthaft. Auf Tassones Liste standen noch zwei Namen: General Hayden Land und William C. Dorfman. Welchen sollte er sich zuerst vornehmen?

Oder sollte er statt dessen versuchen, den Präsidenten doch noch zu erledigen? Um an ihn heranzukommen, hätte er jetzt wohl das ganze Krankenhaus in die Luft jagen müssen: Das wäre ein Projekt gewesen! Natürlich konnte ein einzelner das nicht in so kurzer Zeit schaffen, aber es war interessant, darüber nachzudenken. Diese Sache machte überhaupt Spaß.

Henry Charon, der Killer, lächelte vor sich hin.

»Alle Anrufe bei der Notrufnummer neun-eins-eins werden aufgezeichnet«, erläuterte Special Agent Hooper. »Ich dachte, jemand vom Militär sollte sich diese Aufnahme zur Information anhören, nachdem Sie jetzt sozusagen das Kommando übernommen haben.«

»Ihre feine Ironie gefällt mir – ›sozusagen das Kommando übernommen‹...«

»Ich habe das Pentagon angerufen und bin an Sie verwiesen worden. Im Hauptquartier der Nationalgarde hat es geheißen, Sie würden dort anzutreffen sein, wo was passiert.«

Jake ging nicht darauf ein.

»Diese Aufnahme wird noch von einem Computer analysiert, der die Hintergrundgeräusche klassifiziert und einen Stimmabdruck herstellt. So bekommen wir alles heraus, was rauszukriegen ist. Aber ich dachte, Sie würden sie sich mal anhören wollen.«

»Wo?«

»Gleich dort oben.« Hooper führte Grafton eine Treppe hinauf. Toad, Rita und Yocke folgten den beiden.

»In einem Apartmenthaus in der New Hampshire Avenue wird eine Frau ermordet. Ich kann ihre Schreie hören. Eins-neun-eins-vier New Hampshire. Beeilen Sie sich!«

Hooper spielte ihnen die Aufnahme dreimal vor.

»Er redet zu schnell.«

»Er will nicht lange am Apparat bleiben.«

»Er stammt aus dem Mittleren Westen.«

»Das ist ein Weißer.«

»Jedenfalls garantiert kein Kolumbianer.«

»Captain?« fragte Tom Hooper mit einem Blick zu Jake Grafton hinüber, der schweigend dagesessen hatte, während seine Begleiter diskutierten.

Jake Grafton zuckte mit den Schultern. »Er hätte noch weniger sagen können. Obwohl er so schnell geredet hat, ist er länger als unbedingt nötig am Apparat geblieben.«

»Wie meinen Sie das?«

»Er hätte nur zu sagen brauchen: *›Eins-neun-eins-vier New Hampshire. Ich höre laute Schreie.‹*«

»Und?«

»Sie wollten wissen, was ich denke. Jetzt wissen Sie's.«

»Vielleicht ist er clever gewesen«, warf Jack Yocke ein. »Hätte die Dispatcherin sofort einen Wagen losgeschickt, wenn er nur die Adresse angegeben und laute Schreie gemeldet hätte?«

Hooper dachte darüber nach. »Keine Ahnung. Ich werde mal nachfragen. Aber wahrscheinlich nicht.«

»Er spricht also hastig, ausführlich und atemlos. Nicht eingeübt. Und das hat sofort Erfolg.«

»Richtig«, bestätigte Hooper. »Der Streifenwagen ist drei Minuten später gekommen. Und die Bombe ist dreißig Sekunden später hochgegangen.«

»Ein richtiger Großbrand«, sagte Rita Moravia. »Das hätte ich nicht erwartet.«

»Vermutlich durch Benzin«, erklärte Hooper ihr.

Jake Grafton sah auf seine Uhr. Er mußte ins Arsenal der Nationalgarde zurück und mit General Greer sprechen. Und General Land anrufen.

»Sind Sie morgen vormittag in Ihrer Dienststelle?« fragte er Hooper.

»Ja.«

»Könnten Sie mir dann sagen, was Sie bisher über den Attentäter wissen?«

»Klar. Aber das ist nicht viel.«

»Gut, ich komme gegen zehn Uhr vorbei.« Jake Grafton wandte sich an sein Gefolge. »Die Nacht ist jung, Kinder. Wir haben noch viel zu tun.«

Henry Charons Limousine explodierte, als Grafton und die anderen gerade das Polizeipräsidium verließen. Wie durch ein Wunder war niemand in der Nähe des Wagens, als er in die Luft flog, aber vier geparkte Autos wurden durch die Explosion zerstört. Der Brand wütete so heftig, daß sogar der Asphalt unter der Limousine in Flammen stand, als die Feuerwehr anrückte.

Der Attentäter hörte die aufgeregten Meldungen im Polizeifunk mit. Er schaltete das Radio befriedigt aus und legte es in einen trockenen Felsspalt zurück, bevor er die Höhle zu einem weiteren Kontrollgang verließ. Draußen waren jedoch nur seltener werdende Fahrgeräusche von der Straße herauf zu hören.

Der Wind war kalt, und es regnete weiter in Strömen.

Während er sich teilweise auszog und in seinen Schlafsack kroch, ließ er die Ereignisse der letzten Tage erneut Revue passieren. Dann lag Henry Charon angenehm ermüdet im Dunkel, spürte die wohlige Wärme des Schlafsacks, seufzte noch einmal zufrieden und schlief traumlos ein.

Kapitel achtundzwanzig

Bei ihrem Eintreffen vor dem Arsenal der Nationalgarde konnte Jake Grafton beobachten, wie über ein Dutzend junge Männer und drei Frauen in Handschellen in das Gebäude getrieben wurden. Die sie bewachenden Soldaten stießen sie mit Gewehrkolben vorwärts. Eine der Frauen, die nicht mitgehen wollte, wurde von zwei Soldaten getragen.

»Oh-oh«, murmelte Jake, während Jack Yocke auf dem Parkplatz für Dienstfahrzeuge in eine Parklücke rangierte. Beim Aussteigen hörte er, wie die Männer laut und heftig schimpften. Die Frau, die getragen wurde, kreischte gellend laut.

Ihre Schreie verfolgten sie auf dem Weg zu General Greers Dienstzimmer den Flur entlang.

Nach Auskunft des Generals hatte es bei der Durchsuchung der Jefferson Projects Schwierigkeiten gegeben. Einige Mieter weigerten sich, ihre Türen zu öffnen, manche hatten ganz offen illegale Drogen herumliegen, andere beschimpften die Soldaten oder griffen sie tätlich an. Daher hatte Hauptmann Joe White-Feather, der diese Aktion befehligte, sechzehn der am aggressivsten Widerstand Leistenden festgenommen. Und er hatte angekündigt, weitere acht Männer auf einem LKW herzuschicken. Nach Aussage mehrerer Zeugen aus den Jefferson Projects handelte es sich bei ihnen um Drogenhändler. Tatsächlich hatten die Soldaten bei ihnen kiloweise Drogen und zahlreiche Waffen sichergestellt.

»Wir können sie *nicht* verhaften«, sagte der General, und Jake nickte trübselig zustimmend. Auf sehr komplexe Weise drehte sich alles um illegale Drogen – und die Leute, die sie verkauften oder kauften. Die Soldaten würden sich mit dem Problem der Dealer und Süchtigen befassen müssen, ob sie oder ihre Vorgesetzten das wollten oder nicht.

Als Marineoffizier schreckte Captain Jake Grafton instinktiv vor den Auswirkungen dieser Lösung zurück. An sich wäre dafür die Polizei zuständig gewesen, aber als Vertreter der Regierungsgewalt vor Ort mußten die Soldaten *irgend etwas* unternehmen. Nur was? Ein Problem, das eigentlich das Skalpell eines Chirurgen erfordert hätte, sollte nun mit der Keule der U.S. Army gelöst werden.

Jake Grafton griff nach dem Telefonhörer.

Erstaunlicherweise hatte niemand im Vereinten Stab diese möglichen Komplikationen vorausgesehen. Da sie alle Berufsoffiziere waren, hatten sie das Problem ausschließlich aus militärischer Sicht betrachtet. Trotzdem waren diese Komplikationen jetzt *Realität* geworden.

In dieser Nacht kam Jake erst gegen drei Uhr nach Hause. Callie wartete auf ihn, als er hereinkam.

»Schläft Amy wenigstens?«

»Seit Stunden.«

»Hast du 'nen Kaffee für mich?«

Sie nickte wortlos und ging in die Küche voraus. Als beide mit einer Tasse Kaffee am Küchentisch saßen, fragte sie: »Wie kommt ihr voran?«

Er rieb sich das Gesicht. »Wir verhaften jeden, der gegen unsere Anordnungen verstößt oder mit Drogen gefaßt wird. Wir sperren sie im Arsenal ein. Die Gefängnisse sind voll.«

»Du bist ganz erledigt, Jake.«

»Ich habe einen der schlimmsten Tage meines Lebens hinter mir. Mein Gott, wir sind *alle* überfordert – General Land, General Greer, ich, jeder Soldat auf der Straße.«

»Hast du gestern abend was gegessen?«

»Hab' keinen Hunger gehabt.«

Sie stand auf und trat an den Kühlschrank.

»Bitte nicht, Callie. Dafür bin ich zu müde. Ich will nur duschen und mich in die Falle hauen.«

»Wir haben dich und Toad im Fernsehen gesehen. Vor der U-Bahnstation L'Enfant Plaza.«

»Ich würd's nicht glauben, wenn ich's nicht mit eigenen

Augen gesehen hätte. Das *Böse* ist geradezu körperlich spürbar gewesen. Willkürlicher Massenmord.«

Sie kam zu Jake und legte ihm einen Arm um die Schultern. »Was für Menschen würden das ihren Mitmenschen antun?« murmelte sie.

Jake Grafton schüttelte nur den Kopf und trank seinen Kaffee aus.

Am nächsten Morgen fuhr Jake vor seinem Termin im FBI-Gebäude beim Arsenal vorbei. Der Regen hatte aufgehört und war zu trübem Nebel unter tiefhängenden Wolken geworden. Die Straßen und breiten Boulevards waren geisterhaft leer. Jake sah gelegentlich Militärfahrzeuge, einige Dienstwagen und die gewohnten Streifenwagen, aber nirgends ein Privatfahrzeug.

Alle Verkehrsampeln funktionierten. Er hielt an einer, die Rot zeigte, aber sein Wagen war weit und breit der einzige an dieser Kreuzung. Er fuhr weiter.

In der Constitution Avenue wurde er an einer Straßensperre angehalten. Ein schräg vor der Beifahrertür stehender Soldat hielt sein M-16 auf ihn gerichtet, während ein Sergeant seinen Dienstausweis kontrollierte.

Der Sergeant grüßte. »Sie können weiterfahren, Sir.«

»Noch ein guter Rat, Sergeant. Die Verbrecher, hinter denen wir her sind, schießen notfalls sofort. Sie sollten dafür sorgen, daß mindestens drei Männer Ihnen Feuerschutz geben, wenn Sie einen Wagen kontrollieren. Und Sie könnten ein paar Ihrer Lastwagen quer auf die Straße stellen, damit hier niemand durchrasen kann.«

»Ja, Sir. Ich rede gleich mit meinem Leutnant.«

Im Arsenal wurden 91 Personen festgehalten – in leerstehenden Büros, auf den Korridoren und an den Seiten des riesigen Mannschaftsraums. Die Soldaten waren inzwischen nicht untätig geblieben. Sie hatten sich aus dem nächsten Eisenwarengeschäft Ketten und Vorhängeschlösser geholt, mit denen sie jetzt aufsässige Gefangene an Heizkörper, Heizungsrohre und andere feste Einbauten anketteten.

Einige der Neuankömmlinge schrien und fluchten, während andere, die schon länger da waren, zu schlafen versuchten oder leise vor sich hin schluchzten. Manche lagen in ihrem eigenen Erbrochenen. »Entzugserscheinungen«, erklärte ein Offizier Jake, dem von dem Gestank beinahe schlecht wurde. Ein Stabsarzt und mehrere Sanitäter kümmerten sich um die Leute. Jeweils zwei Soldaten führten einzelne Gefangene auf die Toilette.

Etwa die Hälfte der Festgenommenen schienen ehrbare Bürger zu sein, die nur das Fahrverbot übertreten hatten. Diese nüchternen, gut angezogenen Leute beschwerten sich lautstark bei einem Major, der sie einzeln vernahm, ihre Adressen und Führerscheine überprüfte und sie dann entließ, damit sie zu Fuß heimgehen konnten. Ihre Autos blieben auf dem Parkplatz des Arsenals.

Jake blieb stehen und hörte bei einer Vernehmung zu. Der Mann tat sein Bestes, um den Offizier einzuschüchtern. Jake machte dem Offizier ein Zeichen, worauf er seinen Mann sofort sitzen ließ, und trat mit ihm auf den Korridor hinaus. »Was tun Sie mit solchen Idioten?«

»Die Schlimmsten behalten wir hier«, antwortete der Major lächelnd. Er zeigte mit dem Daumen über seine Schulter. »Der dort drinnen ist nicht allzu schlimm. Er kann mir bloß nicht begreiflich machen, warum die Ausgangssperre für ihn nicht gegolten haben soll.«

Nach einer hastigen Besprechung mit General Greer und einem Blick auf den an der Wand hängenden Stadtplan fuhr Jake zur FBI-Zentrale weiter. Unterwegs sammelte er Toad Tarkington auf.

Toad saß schweigend neben Jake und starrte die ungewohnt leeren Straßen und die wenigen Fußgänger an.

Der uniformierte Wachposten am Haupteingang des FBI-Gebäudes telefonierte nach oben. Zwei Minuten später erschien ein junger Agent, um sie hinaufzubegleiten. »Heute haben's nicht viele geschafft, zum Dienst zu kommen«, sagte er und nickte zu den vielen leeren Büros hinüber. »Wir lassen unsere Leute mit Dienstwagen abholen, aber mehr als die Hälfte kriegen wir vermutlich nicht zusammen.«

Hooper erwartete sie. Er führte sie in sein Dienstzimmer und schenkte ihnen Kaffee aus der Kaffeemaschine auf seiner Anrichte ein. Sein Anzug war verknittert, und er brauchte eine Rasur.

»Welche Funktion haben Sie genau?« fragte er Jake.

»Der General hat mich für die Dauer dieser Krise in seinen persönlichen Stab aufgenommen. Normalerweise gehöre ich zum Vereinten Stab – gemeinsam mit Oberleutnant Tarkington hier und sechshundert weiteren Offizieren.«

Hooper äußerte sich nicht dazu. Falls die Militärbürokratie nur halb so kompliziert wie die FBI-Bürokratie war, waren weitere Fragen sinnlos. Er sah auf seine Armbanduhr.

»Ich habe ungefähr eine halbe Stunde Zeit«, sagte er. »Wie Sie wahrscheinlich wissen, ist der Hubschrauber des Präsidenten mit zwei Flak-Raketen des Typs Stinger abgeschossen worden. Aus amerikanischer Produktion. Wir lassen die Stinger-Bestände sämtlicher Munitionslager kontrollieren und überprüfen alle Fälle von Diebstahl, aber dabei ist bisher nichts rausgekommen. Wir haben mit allen Leuten gesprochen, die in zehn Meilen Umkreis um die Abschußstelle der Raketen wohnen, aber auch das hat keinen brauchbaren Hinweis gebracht.

Mehr Glück haben wir bei den Gewehren gehabt, die der Täter nach den Schüssen auf den Justizminister und den

Obersten Richter zurückgelassen hat. Zwei Winchester Modell 70, Kaliber .306. Das Gewehr, mit dem er auf den Justizminister geschossen hat, ist vor fast zehn Jahren von einem Waffengeschäft an einen Zahnarzt in Pittsburgh verkauft worden. Er hat es vor sechs Wochen über ein Zeitungsinserat verkauft. Ein Mann hat ihn wegen der Anzeige angerufen, ist eine Stunde danach aufgekreuzt, hat sich das Gewehr angesehen und hat bar gezahlt. Kein Feilschen, keine Namensangabe.

Aber wir haben nochmals Glück gehabt. Unser Zahnarzt hat den Käufer genau beschrieben – bis hin zu einer auffälligen Tätowierung am linken Unterarm. Und die ist im National Crime Computer gespeichert gewesen! Ihr Besitzer ist ein gewisser Melvin Doyle, der durch einen glücklichen Zufall vor drei Tagen in Sewickley, Pennsylvania, verhaftet worden ist, weil er seine Alte krankenhausreif geprügelt hat. Doyle hat schon wegen Unterschlagung, Urkundenfälschung und verschiedener anderer Straftaten gesessen.«

Hooper legte Jake einen Computerausdruck mit Doyles Vorstrafenregister hin. Grafton warf einen Blick darauf und gab ihn an Toad weiter, der ihn überflog und auf den Schreibtisch zurücklegte.

»Unsere Agenten haben letzte Nacht mit Doyle geredet. Als sie ihm mit einer Anklage wegen Verschwörung zu einem Attentat auf den Präsidenten gedroht haben, hat er ausgepackt. Er hat drei Winchester Modell 70 für einen gewissen Tony Pickle gekauft.« Hooper legte Jake ein Fahndungsfoto hin. »Das hier ist Tony Pickle – ein Kerl namens Pasquale Piccoli, der auch als Anthony Tassone auftritt. Er ist schon als Jugendlicher kriminell gewesen, Mitte der siebziger Jahre nach Dallas gekommen und bei Sparbanken in Texas aktiv gewesen. Seit einiger Zeit lebt er in Las Vegas.«

Er lehnte sich zurück und starrte Jake an.

»Und?« fragte der Captain.

»Und das war's«, sagte Hooper. »Das ist alles, was wir an Beweisen haben.«

»Was ist mit dem zweiten Gewehr? Gehört es zu den drei von Doyle gekauften Waffen?«

»Keine Ahnung. Doyle hat sich die Seriennummern nicht aufgeschrieben.«

»Hat er sonst noch was für diesen, ah, Tassone, besorgt?«

»Angeblich nicht. Wir gehen dieser Spur nach.«

»Okay, dann erzählen Sie mir, was Sie denken.«

»Unsere Außenstelle Texas interessiert sich sehr für Tony Pickle. Er scheint 'ne Art Mr. Fix-it für etliche sehr zweifelhafte Bankiers gewesen zu sein, gegen die nicht nur wegen betrügerischer Konkurse von Sparbanken ermittelt wird. Zwei oder drei von ihnen scheinen außerdem als Geldwäscher gearbeitet zu haben. Ein äußerst lohnendes Geschäft. Und ein Rettungsanker für jede durch notleidende Kreditschuldner von der Pleite bedrohte Sparbank.«

»Was sagt Tassone dazu?«

»Keine Ahnung. Vorläufig haben wir ihn noch nicht aufgespürt.«

»Und für wen«, fragte Toad, der erstmals das Wort ergriff, »haben diese Sparbanken Geld gewaschen?«

Special Agent Thomas F. Hooper musterte den jungen Offizier nachdenklich. »Für die großen Koksimporteure. Indirekt vielleicht auch fürs Cali- oder Medellin-Kartell. Das vermuten wir zumindest. Dabei geht's um viel Geld.« Er schob kurz die Unterlippe vor. »*Verdammt* viel Geld«, bekräftigte er und starrte dabei Anthony Tassones Fahndungsfoto an.

»Entschuldigen Sie unsere Unwissenheit«, sagte Jake Grafton. »Aber was ist fürs FBI verdammt viel Geld?«

»Über eine Milliarde. Mindestens!«

»Das ist verdammt viel«, bestätigte Toad Tarkington. »Das ist sogar drüben im Pentagon *verdammt* viel.«

Nachdem Jake und Toad die ihnen von Hooper zugebilligte halbe Stunde bis zur letzten Minute ausgenutzt hatten, verließen sie das FBI-Gebäude etwa zur gleichen Zeit, als Deputy Sheriff Willard Grimes mit seinem schlammbespritzten Streifenwagen in Apache Crossroads, New Mexico, in die dortige Tankstelle mit General Store einfuhr. Während Benzin in den Tank lief, putzte der Deputy Sheriff bei eisigem Wind und schneidender Kälte die Windschutzscheibe.

Nachdem Willard Grimes die Zapfpistole wieder eingehängt hatte, ging er hinein.

Der Wind blies durch das holzverkleidete Gebäude, als er die Tür zudrückte. »Puh!« sagte er. »Ob's jemals wieder warm wird?«

»Hallo, Willard«, begrüßte ihn der Tankstellenbesitzer und sah von der Morgenzeitung auf. »Wieviel?«

»Sechzehn Komma sechs«, antwortete Willard und füllte sich einen Styroporbecher mit dampfend heißem Kaffee.

Der Mann hinter der Theke trug 16,6 Gallonen in ein kleines grünes Buch ein und schob es Willard hin, damit er es abzeichnen konnte. Der Deputy Sheriff unterschrieb schwungvoll. Dann legte er 26 Cent für den Kaffee auf die Theke.

»Was macht das Verbrechen?« fragte der Tankstellenbesitzer.

»So lala«, sagte Willard. »Heute sind wieder die Schnellfahrer drüben auf der Interstate dran. Der Sheriff will, daß ich mindestens fünf aus anderen Staaten abkassiere. Die verdammten County Commissioners verlangen schon wieder, daß wir mehr Strafmandate ausstellen sollen.«

»Weißt du«, meinte der Mann hinter der Theke, »was mir

am Leben hier draußen am besten gefällt, ist die Tatsache, daß es bei uns keine wirklichen Verbrechen gibt. Nicht wie in den Großstädten...« Er deutete auf die vor ihm liegende Zeitung aus Santa Fé.

Deputy Sheriff Grimes warf einen Blick auf die Titelseite. Gleich unter der Schlagzeile war eine Porträtzeichnung abgebildet. »Soll das der Kerl sein, der auf den Vizepräsidenten geschossen hat?«

»Yeah. Auf den Präsidenten, seinen Vizepräsidenten und das halbe Kabinett. Der Kerl räumt in Washington ganz schön auf! Im Vergleich zu dem ist Lee Harvey Oswald noch harmlos gewesen. Und weißt du, was komisch ist? Als sie diese Zeichnung gestern abend im Fernsehen gebracht haben, hab' ich zu meiner Frau gesagt: ›Der Teufel soll mich holen, wenn der nicht wie Henry Charon aussieht, der irgendwo oben bei den Twin Buttes lebt.‹ Verrückt, auf was für Ideen man durch so 'ne Zeichnung kommen kann, was?«

»Yeah«, sagte Willard Grimes, schlürfte den heißen Kaffee, blickte aus dem Fenster und sah die Straße entlang, die unter dem wolkenverhangenen Himmel bis zum Horizont schnurgerade verlief. Er holte seine Zigaretten heraus und zündete sich eine an, bevor er einen weiteren Schluck Kaffee trank.

Yeah, jetzt erinnerte er sich. Charon, Henry Charon. Unauffällig, mittelgroß. Ziemlich mager. Sehr ruhig. Fährt einen Ford Pickup.

Grimes schlenderte an die Theke zurück und starrte erneut das Phantombild auf der Titelseite der Zeitung an. Er kniff die Augen zusammen. Nein, das war er nicht.

»Er kann's natürlich nicht gewesen sein«, sagte der Tankstellenbesitzer. »Von hier aus fährt kein Mensch bis nach Washington, bloß um Politiker abzuknallen. Das wäre unvernünftig – auch wenn ein paar von ihnen es durchaus verdient hätten. Der Kerl, der dort rumballert, ist bestimmt ein kommunistischer Spinner wie damals dieser Idiot Oswald. Aber Henry Charon? Der kauft bei mir ziemlich regelmäßig Benzin und Lebensmittel.«

»Er kann's nicht gewesen sein«, bestätigte Deputy Sheriff Willard Grimes.

»Wenn's wirklich jemand auf korrupte Politiker abgesehen hätte«, sagte der Tankstellenbesitzer, der sich für sein Thema zu erwärmen begann, »könnte er sich gleich ein paar hier bei uns vornehmen. Allein drunten in Albuquerque...«

Fünf Minuten später wollte der Deputy Sheriff gerade nach einem weiteren Becher Kaffee in Richtung Interstate losfahren, als ein Wildhüter an der Zapfsäule tankte und dann seinen grünen Pickup abstellte. Er kam herein. Grimes blieb noch da, um mit ihm zu schwatzen.

Der Wildhüter aß zu seinem Kaffee einen Krapfen und frozzelte den Tankstellenbesitzer, als sein Blick auf die Zeitung fiel. »Unglaublich!« rief er aus. »Ich will meinen Hut aufessen, wenn das nicht Henry Charon ist!«

»Wer?« fragte Willard Grimes.

»Henry Charon«, wiederholte der Wildhüter. »Hat 'ne kleine Ranch droben bei den Twin Buttes. Ich hab' den Hundesohn schon durch den ganzen Norden von New Mexico gejagt. Er ist ein gottverdammter Wilderer, aber wir haben ihn nie auf frischer Tat ertappt. Das ist er. Hundertprozentig!«

»Warum haben Sie das nicht schon gestern gemeldet?« fragte Willard Grimes mit gerunzelter Stirn. »Das Fernsehen hat dieses Bild schon dutzendmal gezeigt.«

»Mein Fernseher ist seit Wochen hin. Ich seh' dieses Bild zum erstenmal. Aber ich wette einen Wochenlohn, daß das todsicher Henry Charon ist.«

Der große Umschlag mit den Untersuchungsergebnissen im Zusammenhang mit der Schießerei im Lagerhaus der Sanitary Bakery lag vier Stunden auf seinem Schreibtisch, bevor Special Agent Freddy Murray dazu kam, ihn zu öffnen. Er überflog die Unterlagen und nahm sich dann die Zeit, sie sorgfältig zu studieren. Dabei zog er seinen Schreibblock heran und begann, sich Notizen zu machen.

Ein gewisser Antonio Anselmo war in Harrison Fords abgesperrtem Zimmer in der FBI-Unterkunft in der Marine-Corps-Kaserne in Quantico tot aufgefunden worden. Seine vordere Schädelpartie war zertrümmert, so daß der Tod augenblicklich eingetreten sein mußte. Laut Befund des Gerichtsmediziners, der den Toten am Mittwoch gegen 11 Uhr untersucht hatte, mußte Anselmo zwischen Mitternacht und vier Uhr morgens gestorben sein.

Haare, Hautfetzen und etwas Blut waren auf dem Fords Zimmer am nächsten gelegenen Treppenabsatz gefunden worden. Die festgestellte Blutgruppe entsprach der Anselmos. Auf dem Linoleum des Korridors waren Schleifspuren entdeckt worden, die von einem Körper stammen konnten.

Anselmos Geldbörse und sein Motelschlüssel trugen partielle Fingerabdrücke, die von Harrison Ford stammten.

Neben dem Toten hatte eine abgesägte Schrotflinte gelegen. Auch sie trug Fords Fingerabdrücke. Und Anselmo hatte einen winzigen Ölfleck auf dem Unterhemd gehabt – Waffenöl. Außer der Schrotflinte waren keine weiteren Waffen gefunden worden.

Der zweite Bericht enthielt zahlreiche Einzelheiten über das Lagerhaus mit seinen sechs Leichen und dem Labor zur Kokainverarbeitung. Murray blätterte ihn ohne großes Interesse durch.

Als nächstes nahm er sich den Bericht über Freeman McNallys Haus vor. Im Wohnzimmer ein Toter – der 51jährige Weiße Vinnie Pioche. Mit drei 9-mm-Kugeln im Körper: zwei im Rücken und eine in der rechten Seite, die ihn im Liegen getroffen zu haben schien. Laut Befund des Gerichtsmediziners war Pioche beim dritten Schuß bereits tot gewesen, denn die Wunde hatte kaum geblutet.

Dann der eigentliche Hammer: Die Pistole, mit der Pioche erschossen worden war, lag ohne irgendeinen Fingerabdruck in McNallys Waffenkammer.

Der Bericht zählte sorgfältig auf, wo jede der über achtzig 9-mm-Kugeln im Erdgeschoß des Hauses eingeschlagen hatte. Fernseher, Kühlschrank, Badezimmer – eine ziemlich lange Liste. Beigelegt waren Pläne der einzelnen Räume, die Murray einsah, während er den Bericht studierte.

Jetzt zu den in näherer Umgebung des Lagerhauses geparkten Fahrzeugen. In einem waren auf dem Rücksitz Blutspuren gefunden worden. Die Blutgruppe entsprach der Pioches. Den Zündschlüssel dieses Wagens hatte Harrison Ford in der Tasche gehabt.

Dann griff Freddy Murray wieder nach dem Bericht über das Lagerhaus. Als erstes las er den Befund des Gerichtsmediziners über Freeman McNallys Verletzungen. Der Hodensack teilweise abgerissen, schwere Verletzung des rechten Hodens unmittelbar vor dem Herzstillstand. Und die Todesursache: Herzschuß von hinten aus einer Entfernung von weniger als eineinhalb Metern.

Ruben McNally – halb erwürgt und durch Fausthiebe schlimm zugerichtet. Aber die Todesursache war eine Gehirnblutung als Folge der Zertrümmerung des Gesichtsschädels gewesen.

Billy Enright...

Freddy lehnte sich in seinen Schreibtischsessel zurück und stieß einen leisen Pfiff aus. Jesus. Was sollte man sonst dazu sagen? Jesus!

Er war noch immer dabei, sich Notizen zu machen, als Tom Hooper hereinkam und sich in den Besuchersessel fallen ließ.

»McNally?«

»Ja.«

»Was hältst du davon?« fragte Hooper, indem er seine Schuhe abstreifte.

»Nun«, sagte Freddy langsam, während er beobachtete, wie Hooper seinen rechten Fuß knetete. »Mir sind die vielen Ähnlichkeiten zwischen dieser Sache mit McNally und dem Massaker drüben bei Willie Teal aufgefallen.«

Hooper sah nicht auf. »Quatsch«, sagte er nur.

»Nein, das ist mein Ernst, Tom.«

Hooper stellte den rechten Fuß ab und nahm sich den linken vor. Dann setzte er beide flach auf den Fußboden und sah Freddy an. »Nein.«

»Schön, ich gebe zu, daß es auch viele Unterschiede gibt, aber tatsächlich sieht das Ganze wie das Ergebnis eines weiteren Bandenkriegs aus. Wir haben verdammt Glück gehabt, daß unser verdeckter Ermittler mit nur *einer* Kugel im Rükken davongekommen ist.«

Hooper zeigte auf den Stapel Berichte. »Sieh dir den über Ford an«, verlangte er. »Lies mir vor, was die Untersuchung seiner Kleidungsstücke, die sie ihm in der Notaufnahme ausgezogen haben, ergeben hat.«

Freddy ließ sich Zeit. Er fand die entsprechende Stelle, las sie durch und sagte dann: »Okay, festgestellt worden ist Blut – drei verschiedene Typen –, etwas Gehirnmasse...«

»Wie, zum Teufel, soll das alles an seine Kleidung gekommen sein?«

»Tom, in diesem Lagerhaus ist Blut von den Wänden gelaufen und hat Pfützen auf dem Boden gebildet. Er hat's irgendwie an seine Sachen gekriegt.«

Hooper zog seine Schuhe an und band die Schnürbänder sorgfältig zu. Als er damit fertig war, sagte er: »Hör zu, Freddy, wir wissen beide, daß Ford zum Lagerhaus gefahren ist, um diese Männer abzuknallen. Einen hat er mit bloßen Händen erschlagen. Er ist hingefahren, um sie zu erledigen. Einzig und allein aus diesem Grund.«

»Jetzt hör mir mal ’nen Augenblick zu, Tom! Wir haben tonnenweise Fakten, aber keine Story. Ein cleverer Bursche könnte daraus jede x-beliebige Story fabrizieren. Ich garantiere dir, daß der Anwalt, den Harrison Ford letztlich bekommt, ein verdammt cleverer Bursche sein wird. Sollte er angeklagt werden, spende sogar *ich* für seinen Verteidigerfonds.«

Hooper äußerte sich nicht dazu.

Murray blieb in der Offensive. »Bildest du dir etwa ein, daß nicht rauskommt, daß das FBI ihn als verdeckten Ermittler eingesetzt hat? *Ha!* Sein Strafverteidiger wird uns als unfähige Bürokraten hinstellen, die’s nicht geschafft haben, McNally vor Gericht zu bringen, und jetzt versuchen, ihrem eigenen Mann was anzuhängen. Mein Gott, Tom! Die nächsten zweihundert Leute, die wir als verdeckte FBI-Ermittler anzuwerben versuchen, werden uns ins Gesicht lachen!«

»Auch Cops und FBI-Agenten müssen sich ans Gesetz halten. Harrison ist ausgeflippt.« Hoopers Stimme klang deutlich irritiert. »Was soll eigentlich dieses Gespräch?«

»Ford hat den Fehler gemacht, nicht fest zu schlafen, als Tony Anselmo ihm mit seiner abgesägten Schrotflinte einen Besuch abgestattet hat. Wäre er einfach im Schlaf erschossen worden, dann wären uns diese Peinlichkeiten erspart geblieben.«

»Ich weiß natürlich, daß er Anselmo in Notwehr umgebracht hat«, knurrte Hooper. »Kein Mensch will ihn deswegen vor Gericht zerren.«

»Und dieser Kampf im Lagerhaus soll keine Notwehr gewesen sein? Mein *Gott,* Tom. *Er hat eine Kugel in den Rükken bekommen!*«

Hooper stand auf, trat ans Fenster und fuhr sich mit den Fingern durchs Haar. »Also, was schlägst du vor?«

»Ich finde, daß Harrison Ford genug für Amerika getan hat. Ich schlage vor, daß wir die Akte McNally schließen und Ford nach Evansville heimkehren lassen.«

»Einfach so?«

»Einfach so.«

Hooper starrte weiter aus dem Fenster.

»Wir hätten uns McNally schon im September schnappen sollen«, sagte Freddy – mehr zu sich selbst, als zu seinem Boß.

Tom Hooper war seit 26 Jahren beim FBI. Jetzt erinnerte er sich an diese Jahre und die einzelnen schweren Entscheidungen, die er manchmal hatte treffen müssen. Freddy irritierte ihn mit seinem Scheiß über September. Sie hatten diesen Fall genau richtig angepackt, bis er ihnen quasi durch höhere Gewalt entglitten war. Er dachte an Ford. Der Mann war kein guter verdeckter Ermittler. Klar, er war aufgeweckt und tapfer, aber er hatte zuviel Phantasie. Er dachte einfach zuviel.

Er stand am Fenster und zählte Fords Sünden zusammen. Zum Teufel mit diesem Arschloch!

»Ford wollte McNally und alle anderen umlegen und dann in sein Zimmer in Quantico zurückfahren. Von dort aus hätte er uns angerufen und behauptet, er sei im Kampf mit Anselmo niedergeschlagen worden und längere Zeit bewußtlos gewesen. Darum hat er in McNallys Haus die Waffen vertauscht. Daß er Pioche erschossen hat, können wir ihm nicht nachweisen. Auch Anselmo könnte ihn umgelegt haben, bevor er sich auf die Suche nach Ford gemacht hat.

Wäre Ford nicht angeschossen worden, hätten wir nie gewußt, daß er im Lagerhaus gewesen ist. Dann hätten wir bloß vor einem Berg Leichen gestanden.«

»Glaubst du?« fragte Freddy hinter ihm.

»Das *weiß* ich! Ich kann seine Gedanken lesen. Dieser Mann ist kein Cop, sondern ein verdammter Rambo! Angreifen! Immer nur angreifen!«

Hooper drehte sich um. Freddy las in den Berichten.

»Hörst du mir überhaupt zu?« fragte er Freddy.

»Ich hab' alles gehört.«

»Ford und McNally. Die beiden sind vom gleichen Schlag, sage ich dir. Recht und Gesetz sind für alle anderen da, die's nicht verstehen, mit Gesetzesverstößen durchzukommen. So denken sie beide!«

Freddy schob die Berichte zusammen und legte sie sorgfältig nach Nummern geordnet aufeinander. Erst als er damit fertig war, sprach er, ohne Hooper anzusehen.

»McNally ist aus dem Verkehr gezogen. Für immer. Ich dachte, *das* sei von Anfang an unser Hauptziel gewesen. So braucht der Staat keinen Cent für den Prozeß gegen ihn aufzuwenden. Keine lebenslängliche Vollpension in beheizter Zelle auf Kosten des Steuerzahlers. Keine Revision. Keine Vorwürfe wegen Rassismus oder Unterdrückung. Die Sache ist zu Ende.«

Er griff nach dem Papierstapel und hielt ihn Hooper hin. »Schließ den Fall ab«, forderte er ihn auf.

In diesem Augenblick summte seine Gegensprechanlage. »Ja?« fragte Freddy ins Mikrofon.

»Ein Anruf für Mr. Hooper aus New Mexico. Noch eine Identifizierung des Attentäters nach unserem Phantombild.«

»Sie möchte das Gespräch in mein Büro rüberstellen«, sagte Hooper zu Freddy. Er griff nach den Berichten und klemmte sie sich unter den Arm.

Die ersten Schüsse auf Soldaten wurden gegen 14 Uhr in einem Armenviertel im Nordosten Washingtons abgegeben. Eine Streife hatte einen klapprigen 1965er Cadillac mit zwei schwarzen Jugendlichen angehalten und führte die beiden zu einem Lastwagen, als irgend jemand einen Schuß abgab.

Die Soldaten warfen sich zu Boden und sahen sich nach dem Schützen um. Die beiden Jugendlichen liefen weg. Ein Soldat im Kampfanzug rannte hinter ihnen her. Aber er war noch keine zwanzig Meter weit gekommen, als der nächste Schuß ihn auf den Gehsteig warf.

Seine Kameraden schickten einen Bleihagel durch ein Fenster im ersten Stock über dem Lebensmittelladen an der Ecke, traten die Tür ein und stürmten die Treppe hinauf. Oben fanden sie einen Fünfzehnjährigen, der mit einem Oberarmdurchschuß auf dem Fußboden kauerte. Neben ihm lag ein alter Karabiner.

»Warum hast du geschossen?« brüllte der Sergeant. »Warum hast du auf den Soldaten geschossen?«

Der Junge gab keine Antwort. Er wurde die Treppe hinuntergeschleppt und vor den Augen einer rasch zusammenströmenden Menge auf einen LKW geworfen, um ins Krankenhaus gefahren zu werden. Neben ihm lag der Soldat, den er angeschossen hatte.

»Weiße Schweine!« kreischte eine Frau. »*Kinder* verhaften! Was habt ihr Weißen überhaupt bei uns zu suchen? Habt ihr's wieder mal auf die Nigger abgesehen?«

Ein Ziegelstein flog über die Köpfe der Menge hinweg und verfehlte einen Soldaten nur ganz knapp. Die Soldaten brauchten zwanzig Minuten, um die Menge zu zerstreuen.

Während dieser Vorfall sich ereignete, schoß in einem gut zwei Meilen entfernten Wohnblock ein Drogensüchtiger mit einer Schrotflinte durch die geschlossene Wohnungstür und traf den Soldaten, der daran klopfte, voll ins Gesicht.

Soldaten traten die Tür ein, während der Süchtige sich bemühte, die Schrotflinte aufzuklappen, um nachladen zu können. Seine Frau saß auf einem Stuhl am Fenster. Sie beobachtete schweigend, wie zwei Soldaten, deren M-16 auf Dauerfeuer gestellt waren, ihre Magazine aus zweieinhalb Meter Entfernung auf ihren Mann leerschossen. Die Soldaten waren aufgeregt und unerfahren. Einige Schüsse gingen daneben. Aber 32 Geschosse – der Leichenbeschauer zählte sie später – durchsiebten den Süchtigen, bevor er tot zusammensackte.

Kapitel neunundzwanzig

Mit Einbruch der Dunkelheit vervielfachte sich die Zahl der gemeldeten Vorfälle. In der Nachrichtenzentrale des Arsenals herrschte hektischer Betrieb, während über Funk immer wieder neue gewalttätige Demonstrationen und Schießereien gemeldet wurden.

Im Executive Office Building besprach General Land die Lage mit dem Vizepräsidenten. Da es keine andere Lösung zu geben schien, verständigten sie sich darauf, noch mehr Truppen in Marsch zu setzen und an die Brennpunkte des Geschehens zu entsenden. General Land beorderte ein Bataillon, das auf der Andrews Air Force Base in Bereitschaft stand, in die Stadt.

Jake Grafton versuchte im Arsenal anhand eines Stadtplans zu ergründen, welche Planquadrate bereits durchsucht worden waren, als er ans Telefon gerufen wurde.

»Captain, hier ist Special Agent Hooper.«

»Ja.«

»Ich wollte Sie nur auf dem laufenden halten. Unser Phantombild des Attentäters hat uns über ein Dutzend vorläufige Identifizierungen eingebracht. Wir überprüfen natürlich alle. Aber ich dachte, die hiesigen Adressen würden Sie vielleicht interessieren. Die Agenten sind noch dort. Sind Sie schreibbereit?«

»Sofort.« Jake nahm sich einen Notizzettel aus dem Kasten neben dem Telefon.

Nachdem der Captain beide Adressen aufgeschrieben und wiederholt hatte, sagte Hooper: »Die wahrscheinlichste Identifizierung dürfte aus New Mexico stammen. Dort haben ihn zwei Männer erkannt – ein Wildhüter und ein Tankstellenbesitzer. Er soll dort draußen eine kleine Ranch haben und seit langem als Wilderer verdächtigt werden. Ein erstklassiger Schütze. In den letzten sieben bis acht Jahren hat er sich darauf spezialisiert, reiche Jäger aus anderen Bundesstaaten zu führen. Ein Deputy Sheriff ist heute nachmittag zu seiner Ranch rausgefahren und hat sich umgesehen. Er hat niemanden angetroffen. Seiner Meinung nach ist die Ranch seit mindestens einer Woche verlassen.«

»Wie heißt der Kerl?«

»Charon, Henry Charon. Nach Auskunft der Führerscheinbehörde in New Mexico ist er am 6. März 1952 geboren. Wir haben bereits ein Fax des Photos auf seinem Führerschein. Ich habe es mir angesehen. Danach könnte er unser Mann sein. Das Photo zeigen unsere Agenten jetzt den Zeugen.«

»Kann ich ein paar Kopien bekommen?«

»Die zur Zeugenbefragung eingesetzten Agenten haben welche. Von denen können Sie eine bekommen. Wir schikken Ihnen so schnell wie möglich ein paar ins Arsenal.«

»Am besten gleich ein paar tausend.«

»Okay, wir tun, was wir können. Aber das dauert ein bißchen.«

»Wir brauchen die Kopien so bald wie möglich.«

»Klar.«

»Was ist mit dem National Crime Computer? Ist dieser Charon vorbestraft? Wird er mit Haftbefehl gesucht?«

»Das haben wir überprüft. Nichts. Aber wir bleiben dran.«

»Danke für den Anruf, Hooper.«

»Yeah.«

Die nächste Adresse war ein Gebäude in der Georgetown Avenue. Jack Yocke fuhr. Als sie an einer Straßensperre angehalten wurden, wies er seinen von General Greer unterschriebenen Passierschein vor, während Jake, Toad und Rita ihre grünen Dienstausweise vorzeigten. Ein Sergeant verglich die Gesichter der Offiziere sorgfältig mit den Photos auf ihren Dienstausweisen. Zwei Soldaten mit schußbereiten M-16 standen seitlich neben ihm, um notfalls freies Schußfeld zu haben.

»Sie können passieren, Sir«, sagte der Sergeant und legte grüßend seine Hand an den Helm. Jake erwiderte den Gruß, während Yocke Gas gab.

Da vor dem Gebäude kein Parkplatz frei war, parkte Yocke in der zweiten Reihe. »Endlich mal gefahrlos«, meinte er zufrieden grinsend.

»Toad, schreiben Sie ihm ein Strafmandat aus«, sagte Jake, bevor er die Tür zuknallte.

Die FBI-Agenten redeten noch mit der Hausverwalterin. Jake stellte sich vor. Einer der Agenten ging mit ihm auf den Flur hinaus und zeigte ihm ein Blatt Faxpapier mit einem Photo in der Mitte. Die stark vergrößerte Aufnahme sah wie ein typisches Führerscheinphoto aus: Es zeigte einen in die Kamera starrenden Mann, dessen Nase durch die geringe Aufnahmeentfernung leicht verzerrt war.

»Die Hausverwalterin sagt, daß dieser Mann sich hier vor vier Wochen eingemietet hat. Wir warten jetzt auf den Durchsuchungsbefehl für sein Apartment.«

»Aber ich dachte, dies sei ein Führerscheinphoto aus New Mexico?«

»Richtig. Es handelt sich um denselben Mann.«

»Henry Charon.«

»Ein interessanter Name. Aber hier ist er als Sam Donally aufgetreten. Bevor er den Mietvertrag unterschreiben durfte, hat sie sich seinen Führerschein zeigen lassen. Sie glaubt, daß er in Virginia ausgestellt worden ist, aber sie ist sich ihrer Sache nicht ganz sicher. Die Nummer hat sie sich leider nicht notiert. Wir lassen den Namen bei der Führerscheinbehörde in Virginia überprüfen. Aber ohne Geburtsdatum dauert das etwas länger.«

»Möglicherweise hat er sein richtiges Geburtsdatum angegeben. Leichter zu merken.«

»Schon möglich.«

»Wann hat sie ihn zuletzt gesehen?«

»Vor ungefähr vier Tagen. Aber sie hat ihn insgesamt nur acht- oder zehnmal zu Gesicht bekommen. Er ist häufig mehrere Tage unterwegs gewesen – angeblich als Berater im Auftrag irgendeiner Behörde. Merkwürdig ist nur, daß von den sechs im Augenblick anwesenden übrigen Mietern keiner imstande gewesen ist, dieses Photo oder unser Phantombild eindeutig zu identifizieren. Erst als ich ausdrücklich danach gefragt habe, sind drei von ihnen der Meinung gewesen, das Photo könnte Mr. Donally zeigen.«

»Erwartet die Hausverwalterin ihn zu einer bestimmten Zeit zurück?«

»Nein. Er kommt und geht, wann er will.«

»Er könnte also jederzeit reingeschneit kommen?«

»Das ist denkbar.«

»Könnte er jetzt oben sein?«

»Ich bin vor fünf Minuten die Feuertreppe raufgeschlichen und habe einen Blick in sein Apartment geworfen. Es wirkt unbewohnt.«

Jake starrte das Photo an. Die Gesichtszüge waren regelmäßig, aber in jeder Beziehung durchschnittlich, so daß niemand auf die Idee gekommen wäre, diesen Mann als gutaussehend zu bezeichnen. Er war... das ließ sich nur schwer ausdrücken. Man hätte glauben können, der Besitzer dieses Gesichts habe keine eigenständige Persönlichkeit. Sein starrer Blick, der leicht gelangweilt wirkte, versprach nichts. Keine hohe Intelligenz, kein... Hinter der glatten Stirn, den fast ausdruckslosen Gesichtszügen war nichts verborgen.

Falsch! *Alles war verborgen.*

Er zog eine Kopie des Phantombilds aus seiner Tasche und hielt es neben das Photo. Ja, das war er... und doch wieder nicht.

»Danke«, sagte Jake Grafton zu dem FBI-Agenten.

Im Wagen zeigte er das Photo den anderen. Alle drei zogen sofort ihr Phantombild heraus, um es damit zu vergleichen.

»O ja!« meinte Rita. »Das ist er!«

»Nein, das ist er nicht«, widersprach ihr Mann. »Eine gewisse Ähnlichkeit ist da, aber...«

»Los, wir fahren weiter«, forderte Jake den Reporter auf. »Zu der Adresse in der Q-Street.«

Da praktisch kein Verkehr herrschte, kamen sie ungewöhnlich schnell voran. Jack Yocke hielt an keiner einzigen roten Ampel, sondern fuhr durch, sobald er kurz nach rechts und links gesehen hatte. In seiner Eile verpaßte er sogar die Q-Street. Toad machte ihn darauf aufmerksam, und der Reporter fuhr einmal um den Block.

Keine zwanzig Meter von ihrem Ziel entfernt war eine

große Parklücke frei, aber Yocke parkte vor dem Haupteingang in der zweiten Reihe. Dann lächelte er freundlich, aber leicht verschmitzt zu Grafton hinüber.

Der Kapitän stieg seufzend aus. »Toad, rufen Sie im Arsenal an, damit wir wissen, was inzwischen passiert ist.«

Während der Oberleutnant aus der Telefonzelle in der Eingangshalle telefonierte, sprach Jake mit einem weiteren FBI-Agenten. Er saß schon wieder im Wagen, als Toad die Stufen herunterkam.

»Unruhen«, meldete Toad knapp. »Der Druck wird allmählich zu groß.«

»Schon irgendeine Spur von Terroristen?«

»Noch nicht.«

»Zurück ins Arsenal«, entschied Jake und klopfte mit den Fingerknöcheln der rechten Hand aufs Instrumentenbrett.

»Aye, aye, Sir. Was hat der Hausverwalter gesagt?«

»Nicht der Hausverwalter – der hat Urlaub. Aber einer der Mieter hat unseren Mann identifiziert. Er ist hier unter dem Namen Smithson aufgetreten. Vorname unbekannt. Sein Apartment hat er vor ungefähr vier Wochen gemietet.«

»Nur ein Mieter hat ihn erkannt?« warf Rita ein. »Was ist mit allen anderen?«

»Nur einer ist sich seiner Sache sicher. Die Agenten klappern eine Wohnung nach der anderen ab.«

»Wenn einer ihn sicher identifizieren kann, müßten die anderen ihn doch wenigstens auf dem Photo erkennen, sollte man denken.«

»Sollte man denken«, bestätigte Jake Grafton.

Nehmen wir mal an, daß diese Leute recht haben, überlegte er sich. Nehmen wir weiterhin an, Henry Charon, Smithson und Sam Donally seien identisch. Ein Mann, der gleich zwei Apartments gemietet hat… Nein, mindestens zwei. Was ist, wenn er drei oder vier hat?

Jake sah zu den Gebäuden auf, an denen sie vorbeifuhren. Er konnte irgendwo dort oben sein und gerade jetzt die Straße beobachten. Aber warum schienen ihn so wenige Leute gesehen zu haben?

Nehmen wir mal an, der Mann sei tatsächlich Henry Charon aus New Mexico. Er kommt nach Washington und mietet mehrere Apartments. Weshalb? Weil die Polizei als erstes Hotels und Motels kontrolliert. Aber sobald die Zeitungen sein Bild gebracht haben, hat er alle Wohnungen aufgeben müssen. Ein unglücklicher Zufall. Unerwartet. Er hat sich große Mühe gegeben, dafür zu sorgen, daß es keine Zeugen gibt. Aber er *ist* gesehen worden. Damit hat er immer rechnen müssen.

Apartments. Er hatte sie vor ungefähr vier Wochen gemietet. Das ließ nur einen Schluß zu: Das Attentat auf den Präsidenten war sorgfältig *geplant* gewesen. Wie Grafton wußte, waren die meisten Attentäter emotional gestörte Spinner, die impulsiv handelten, wenn sich eine Gelegenheit dazu bot. Aber Charon oder Smithson oder Donally hatte seine Tat sorgfältig geplant und den richtigen Zeitpunkt abgewartet. Dagegen war auch der Secret Service fast machtlos: ein Berufskiller, ein Menschenjäger, der seinem Opfer geduldig auflauerte.

Alles paßte zusammen. Charon war ein Wilderer und professioneller Jagdführer. Er kannte sich mit Schußwaffen aus. Er konnte schießen.

Ein Jäger. Ein Mann, der in der Natur zu Hause war.

Wo konnte er untergeschlüpft sein? Quartiere unter freiem Himmel gab es in Hinterhöfen und auf Güterbahnhöfen. Oder unter Brücken und Unterführungen, wo die Obdachlosen hausten.

Nein. Überall dort würde er sofort auffallen, wenn er sich nicht allergrößte Mühe gab, einen Obdachlosen zu spielen.

Und um sich in der Welt aus Arbeitern, Angestellten und Touristen, aus denen das übrige Washington bestand, frei bewegen zu können, mußte er einigermaßen gepflegt und gut angezogen sein.

Ein Meister der Maske? Ein Verwandlungskünstler?

Das hielt Jake für unwahrscheinlich.

War er überhaupt noch in Washington? Nun, falls alle diese Attentate von einem einzigen Mann verübt worden waren, gab es keinen erkennbaren Grund für ein Verlassen der Hauptstadt. Es sei denn, er hätte seinen Plan bereits verwirklicht – oder beschlossen, auf den Rest zu verzichten. Fragen… lauter unbeantwortete Fragen!

Sie kamen zu einem der Washingtoner Verkehrskreisel. Während Yocke dem Kreisbogen folgte, sah Jake Grafton einen Augenblick lang eine Statue zwischen Bäumen und immergrünen Büschen. Solche kleinen Parks waren für viele Washingtoner das lebendigste Stück Natur, das sie in der Steinwüste der Großstadt zu sehen bekamen.

Vielleicht ein Pickup mit Schlafkabine? Vielleicht sogar ein richtiges Wohnmobil mit Trockenklosett und Propangasherd? Bestimmt kannte Henry Charon aus New Mexico sich mit solchen Fahrzeugen aus.

Was noch? Irgend etwas fehlte noch. Henry Charon, ein Jäger und kleiner Rancher aus New Mexico. Er kommt in die Großstadt – und wird von nur *drei* Menschen gesehen? Nur drei sehen ihn und *erinnern* sich an ihn.

Das Problem lag darin, sagte Jake sich, daß er selbst zu lange in Großstädten gelebt hatte. Er sah die Großstadt nicht wie Charon als unbekanntes Terrain.

Nein, das war falsch. Charon sah die Großstadt nicht anders als Berge und Wälder. Als ein Jagdrevier.

Aber was ergab sich aus dieser Tatsache? Grafton wußte es auch nicht.

Nun wurde er wieder auf die Unterhaltung der drei anderen aufmerksam. »Wie kommt's eigentlich«, wollte Rita von Yocke wissen, »daß Presse und Fernsehen den Eindruck erwecken, als stünde ganz Washington in Flammen, und als randalierten eine Million Menschen auf den Straßen? Meine Mutter hat mich gestern abend völlig aufgelöst angerufen.«

»Die Fernsehleute sind im Show-Busineß«, antwortete Yocke leichthin.

»Hat's inzwischen weitere ›Kommuniqués‹ von Aldanas Freunden in Kolumbien gegeben?« fragte Toad.

»Ja«, antwortete der Reporter. »Sie haben Bombenanschläge auf Verkehrsflugzeuge angekündigt. Damit wollen sie Amerika in die Knie zwingen, sagen sie. Das Fernsehen bringt diese Meldung wahrscheinlich jetzt. Morgen steht sie in der Zeitung.«

Jake Grafton hörte deprimiert schweigend zu. Gott allein mochte wissen, wohin das alles führen würde... Aber Grafton vermutete, daß die Leiden der verzweifelt Hoffnungslosen, die nicht genug Bildung oder Unternehmungsgeist besaßen, um sich in Amerika durchzusetzen – die natürliche Beute der Chano Aldanas –, im Getümmel untergehen würden. *Sie* stellten das eigentliche Problem dar: die loyale Käuferschicht, der Trends oder Aufklärungsversuche nichts anhaben konnten. Die Armen hatten die geringsten Chancen, einen Therapieplatz zu bekommen; sie hatten keinerlei soziale, finanzielle und geistige Reserven, die verhindern konnten, daß jemand in den verhängnisvollen Strudel aus Sucht, Verbrechen und frühem Tod geriet.

»Wir werden Marihuana legalisieren müssen«, meinte Yocke halblaut.

Dieser Kommentar forderte Toads und Ritas heftigen Widerspruch heraus. Jake schnitt ihnen kurz das Wort ab. Ihr

Auftrag lautete, Alligatoren zu jagen; wie der Sumpf trokkengelegt werden konnte, mußten sich andere überlegen.

Der Lagerraum im Arsenal war voller Offiziere – bis hin zu General Land mit seinen Adjutanten. Jake Grafton fand Gelegenheit, den Vorsitzenden kurz über die Ergebnisse der Jagd nach dem Attentäter zu informieren, und zog sich danach wieder in den Hintergrund zurück.

Dort stand er und hörte zu, wie die Verantwortlichen ausrechneten, wie lange es dauern würde, den Rest der Stadt mit den zur Verfügung stehenden Truppen zu durchsuchen. Sie wußten so gut wie Jake, daß die Leute, hinter denen sie her waren, einfach einen halben Block weit zu einem bereits durchsuchten Gebäude gehen konnten.

General Land war sich dieser Möglichkeit peinlich bewußt. Er wollte Streifen losschicken, um Verdächtige anhalten und kontrollieren zu lassen. Die Polizei würde mithelfen, aber ihre Personalreserven waren beschränkt.

Die Militärpräsenz würde immer weiter verstärkt werden, bis die Terroristen gefaßt waren. Falls sie jemals gefaßt wurden. Eins zu null für die Drogenterroristen, dachte Jake Grafton. Selbst wenn sie sonst nichts erreichen, verschaffen sie den Washingtonern einen sehr realen Vorgeschmack auf eine Militärdiktatur.

Während ihm das durch den Kopf ging, sprachen Senator Bob Cherry und drei weitere Senatoren diese Gedanken im Fernsehen aus. Cherry ließ seine Bombe gegen Ende der Sendung platzen: Chano Aldana solle nach Kolumbien entlassen werden, sagte er, weil dann die Terroranschläge aufhören würden.

»Die Bürger Washingtons, die Bürger unseres Landes sollten nicht länger riskieren müssen, verletzt oder ermordet zu werden, nur damit der Staat Mr. Aldana vor Gericht stellen kann. Der Bürger verkriecht sich daheim, während das Militär auf den Straßen Krieg führt. Wir alle bewundern Durchhaltevermögen, aber irgendwann wird Paragraphenreiterei zur Tollkühnheit. Greueltaten, Bombenanschläge, Attentate – was sollen wir hier in Nordkolumbien noch alles erdulden müssen? Welchen Preis in Form von Fleisch und Blut ist der Vizepräsident bereit, für Aldanas Verurteilung zu zahlen?«

Toad Tarkington, der sich die Sendung gemeinsam mit Yocke in einem der Dienstzimmer im Arsenal auf einem tragbaren Fernseher ansah, schüttelte den Kopf. »Der Kerl hat eine Begabung für rhetorische Fragen, was?«

»Damit hat er's weit gebracht«, antwortete der Reporter.

Zwanzig Minuten später *sah* Jake Grafton den großen Stadtplan wie zum ersten Mal. Er hing seit drei Tagen an der Wand und war von Soldaten eifrig mit farbigen Stecknadeln und kleinen Symbolen gespickt worden, aber als jemand zur Seite trat, hatte Jake ihn plötzlich ganz vor sich. Und dabei fielen ihm all die Gebiete auf, die nicht in Planquadrate unterteilt waren, um durchsucht zu werden. Er sah zum ersten Mal die freien Flächen innerhalb des Stadtgebiets.

Das war möglich. Nicht sehr wahrscheinlich, aber durchaus möglich.

»General Greer, haben Sie eine Kompanie übrig, die Sie mir zur Verfügung stellen könnten?«

Der Generalmajor starrte ihn fragend an. »Eine Kompanie?« knurrte er. Im allgemeinen hielt er nicht viel von Marineoffizieren – die verdammten Seebären hatten meistens keine Ahnung, was *wirklicher* Krieg, Landkrieg, bedeutete –, aber dieser Fall lag anders. Auch als von den Vereinten Stabschefs angeordneter Verbindungsoffizier hatte Grafton nie versucht, ihn in seinen Entscheidungen zu beeinflussen. Ganz im Gegensatz zu den etwa fünfzig ebenfalls anwesenden Stabsoffizieren aller Teilstreitkräfte, die Greers Zeit ständig mit unerbetenen Ratschlägen vergeudeten.

»Ja, Sir. Ein paar hundert Mann. Ich möchte mit ihnen den Rock Creek Park durchkämmen.«

Der Kompaniechef ließ seine Soldaten auf einem Parkplatz des RFK-Stadions antreten. Während die Sergeanten abzählen ließen und die Ausrüstung ihrer Männer überprüften, wandte Jake sich an Toad. »Holen Sie für Rita, sich und mich je ein Gewehr und ein paar Reservemagazine. Und drei Handfunkgeräte.«

»Was ist mit Yocke?«

»Der ist ein Zivilist.« Vorerst war der Reporter noch drüben in der Einsatzzentrale, wo er sich Notizen machte. Wenn er nicht bald aufkreuzte, würde er zurückgelassen werden. Das war sein Problem.

»Aye, aye, Sir«, sagte Tarkington und setzte sich in Richtung Arsenal in Bewegung.

Der Kompaniechef, ein Hauptmann, fragte Jake, ob er einige Worte an die Truppe richten wolle.

»Nein, das können Sie besser. Sagen Sie Ihren Leuten, daß wir Jagd auf einen Killer machen – auf den Mann, der den Hubschrauber des Präsidenten abgeschossen hat. Sie sollen sich Zeit lassen, langsam vorgehen und ihre Taschenlampen benutzen. Als erstes nehmen wir uns den Rock Creek County Club vor.«

»Sie wollen diesen Mann lebendig haben, Sir?«

»Tot oder lebendig – mir ist beides recht. Auf keinen Fall soll es bei einer versuchten Gefangennahme Tote unter Ihren Männern geben. Bleibt jemand, der angerufen wird, nicht stehen, wird scharf geschossen.«

»Auf Ihre Verantwortung, Sir?«

»Auf meine Verantwortung.«

Der Hauptmann salutierte und marschierte davon, um seine Männer einzuweisen.

Zehn Minuten später, als die Männer schon auf den Lastwagen saßen, legten die Offiziere auf einem Stadtplan das Suchgebiet fest. Und als Jake und die beiden Marineoffiziere eben in ihren Dienstwagen stiegen, kam Jack Yocke atemlos über den Parkplatz gehetzt.

»Willkommen an Bord«, begrüßte Toad ihn spöttisch.

Die LKW-Kolonne rumpelte langsam durch die Straßen. Die Lebensmittelgeschäfte erlebten einen Ansturm von Fußgängern, aber die Straßen und Parkplätze waren nicht wie sonst von Autos verstopft. Ein eigenartiges Bild.

»Wie man hört, gehen vor allem Schnaps und Kondome reißend weg«, bemerkte Yocke.

»Man kann nicht dauernd vor dem Fernseher hocken«, stimmte Toad zu.

Jake Grafton seufzte.

Senator Cherry und sein Assistent fuhren in Cherrys Limousine zum Bürogebäude des Senats zurück. Wie die meisten der so kurz vor Weihnachten in Washington festsitzenden Abgeordneten und Senatoren hatte er eine vom Stab des Weißen Hauses ausgestellte Fahrerlaubnis in der Tasche.

Auf dem Korridor vor Cherrys Bürosuite warteten zwei FBI-Agenten.

Hooper kannte er bereits. Sein Begleiter hieß Murray. »Ihre Tür ist abgeschlossen«, stellte einer der beiden fest.

»Wundert Sie das etwa?« knurrte Cherry mißmutig. »Ich habe eine einzige lausige Fahrerlaubnis für *einen* Wagen bekommen und muß die verdammte Kiste selbst fahren. Soll meine Sekretärin zehn Meilen weit zu Fuß durch die Straßen pilgern, bloß um diese Tür aufzuschließen, damit Sie gemütlich warten können?«

»Nein, Sir.«

Der Assistent schloß die Tür auf, und die Agenten folgten

dem Senator in sein Büro. Nachdem er Licht gemacht und hinter dem Schreibtisch Platz genommen hatte, fragte er barsch: »Also?«

»Senator, wir ermitteln wegen der Aktivitäten eines hiesigen Rechtsanwalts, eines gewissen T. Jefferson Brody.«

Bob Cherry starrte sie an.

»Er scheint einige Wahlkampfspenden vermittelt zu haben, die...«

»Hat das Weiße Haus Sie rübergeschickt?«

»Nein, Sir. Wie ich gesagt habe, ermitteln wir...«

»Sie haben gerade einen Anruf von Will Dorfman bekommen, stimmt's? Der Kerl versucht, mich mundtot zu machen. *Dieses Arschloch!* Aber damit kommt er nicht durch! Ich sage weiterhin, was gesagt werden muß. Wenn ihm das nicht paßt, kann er sich...«

»Ich habe mit *niemandem* im Weißen Haus gesprochen, Senator«, unterbrach Hooper ihn energisch. »Ich frage Sie jetzt: Kennen Sie T. Jefferson Brody?«

»Ja, ich habe ihn kennengelernt. Ich lerne in Washington täglich neue Leute kennen, Mister... Ihr Name ist mir entfallen.«

»Hooper.«

»Richtig, Hooper. Ich bin ein amerikanischer Senator. Ich lerne Leute auf Partys und Gesellschaften kennen. Sie strömen zu Hunderten in dieses Büro. Allein hier in Washington dürfte ich in den letzten zehn Jahren zehntausend Menschen kennengelernt haben. In Florida...«

»Brody, T. Jefferson Brody. Er vermittelt Wahlkampfspenden im Auftrag von Leuten, die dadurch Einfluß gewinnen wollen. Haben Sie von ihm irgendwelche Spenden erhalten?«

»Ich verwahre mich gegen Ihre Unterstellungen, Sir! Sie unterstellen, Brody oder sonst jemand habe mich in der Tasche! Wenn Sie mir so kommen, nehmen Sie am besten Ihre kleine Plakette mit und verschwinden, bevor ich...«

»Ich unterstelle gar nichts, Sir«, sagte Hooper gelassen. Er hatte reichlich Erfahrung im Umgang mit diesen gewählten Moralaposteln. Das gehörte zu den weniger angenehmen Aspekten seines Jobs. »Ich ermittle wegen bestimmter Aktivitäten T. Jefferson Brodys. Sollten Sie keine Fragen beantworten und nicht mit uns zusammenarbeiten wollen, sind Angaben über Ihre Wahlkampffinanzierung öffentlich zugänglich. Wir brauchen die Unterlagen nur anzufordern.«

»Ich bin durchaus bereit, mit dem FBI zusammenzuarbeiten«, versicherte Cherry ihm. »Aber der Zeitpunkt könnte nicht... eigenartiger gewählt sein, nicht wahr? Ich trete im Fernsehen auf und kritisiere das Verhalten der Regierung in einer Sache, die viele Bürger betrifft. Als ich eine Stunde später in mein Büro zurückkomme, wartet dort das FBI auf mich. Sie haben keinen Anruf aus dem Weißen Haus bekommen, *sagen* Sie. Aber was ist mit Ihren Vorgesetzten? Hat Will Dorfman nicht vielleicht den Direktor angerufen? Ich will mich offen ausdrücken, Gentlemen. Ich glaube, daß Dorfman mich einzuschüchtern versucht, indem er das FBI einsetzt, um jemanden mundtot zu machen, der öffentlich kritisiert, wie die Regierung mit dem Terrorismusdebakel umgeht. Ich weiß, mit welchen schmutzigen Tricks Dorfman arbeitet. Als nächstes wird er *Lügen* über mich verbreiten. Das wäre nicht das erste Mal. Darauf versteht er sich. Die üble Nachrede, die gehässige Unterstellung – das sind Dorfmans Waffen gegen die Gegner seiner Präsidenten. Aber Sie können Ihrem Vorgesetzten von mir bestellen, daß Bob Cherry nicht mundtot zu machen ist. Sie können Ihrem Direktor ausrichten, daß er Dorfman anrufen und ihm sagen soll, daß Bob Cherry sich nicht hat einschüchtern lassen. Ich bin sicher, daß dieser perverse kleine Troglodyt sich neue

Lügen ausdenken und verbreiten wird. *Aber ich werde bis zum letzten Atemzug die Wahrheit über den Dummkopf von Vizepräsident und diesen Parasiten Dorfman sagen.*

Und jetzt verschwinden Sie gefälligst! Verlassen Sie augenblicklich mein Büro!«

Hooper und Murray gingen.

Nachdem die Tür sich hinter ihnen geschlossen hatte, saß Bob Cherry einige Minuten lang gedankenverloren da. Er griff automatisch nach den Erinnerungsstücken auf seinem Schreibtisch, berührte sie liebevoll und wischte die Staubkörnchen ab, die sich auf ihnen abgesetzt haben konnten. Der Flugzeughöhenmesser auf einem Sockel aus Walnußholz – ein Geschenk einer Veteranenvereinigung in Florida. Die Golddoublone aus einem spanischen Schatzschiff, der von Hank Aaron signierte Baseball, die großkalibrige MG-Patrone auf einem Alabastersockel – alle diese Dinge hatten ihm Gruppen von Mitbürgern aus Florida geschenkt, um seine treuen Dienste als ihr Senator, seine opferwillige Einsatzbereitschaft für ihre Anliegen zu würdigen.

Er stand aus dem Sessel auf, machte einen langsamen Rundgang, betrachtete die Photos an den Wänden, fuhr gelegentlich mit dem Zeigefinger über einen Rahmen und rückte andere wieder gerade. Er war auf allen Photos zu sehen – mit Präsidenten, Filmstars, Großindustriellen und Spitzensportlern. Viele Photos trugen handschriftliche Widmungen, die unter spiegelfreiem Glas für alle Ewigkeit gesichert waren: »Für Senator Bob Cherry, einen wahren Amerikaner«, »Für meinen Freund Bob Cherry«, »Für Senator Cherry, den wahren Freund des amerikanischen Arbeiters«, »Für Senator Bob Cherry aus Florida, der an Amerika glaubt«.

Nachdem er alle gerahmten Photos betrachtet und dafür gesorgt hatte, daß alle gerade hingen, streckte er sich auf der

Couch aus und schloß die Augen. Er hatte eine Erholungspause nötig.

Im Lift nach unten sagte Freddy Murray: »Weißt du, vielleicht wäre er von seinem hohen Roß runtergekommen, wenn du ihm erzählt hättest, daß Freeman McNally tot ist.«

»Das hab' ich vorgehabt«, antwortete Tom Hooper, »aber der Idiot hat mir keine Gelegenheit dazu gegeben.«

Obwohl Henry Charon fest geschlafen hatte, war er augenblicklich hellwach. Er lag in der Dunkelheit und horchte. Er hörte Wasser in den Bäumen tropfen – als er eben eingeschlafen war, hatte der Regen wieder eingesetzt –, wenn der Nachtwind die kahlen Zweige bewegte. Seine Augen paßten sich dem Zwielicht des Widerscheins der Großstadtlichter unter dem wolkenverhangenen Himmel an.

Irgend etwas stimmte hier nicht. Dort draußen in der Nacht war jemand unterwegs. Jemand, der nicht hergehörte. Dabei war die Nacht auffällig still. Von der parallel verlaufenden Straße drang kein Verkehrslärm herauf. Vom Himmel herab war kein Fluglärm zu hören.

Ja. Wieder ein Geräusch. Sehr leise.

Er kroch aus dem Schlafsack und zog Stiefel, Pullover und wasserdichten Parka an. Danach griff er in den Schlafsack und holte seine Pistole heraus.

In weniger als einer Minute war er vollständig angezogen, hatte die Pistole in seiner Tasche und hielt sein Gewehr in der Hand. Er schlüpfte durch die Traggurte seines Rucksacks mit den Handgranaten und packte die Sporttasche, die er zur Tarnung des Gewehrs brauchte. Alles andere ließ er liegen.

Erst jetzt blickte Henry Charon auf die Leuchtzeiger seiner Armbanduhr. Es war 23.34 Uhr.

Er verließ lautlos die kleine Höhle und schlich sechs, sieben Meter weit nach rechts zu einem etwas erhöhten Punkt hinüber, von dem aus er lauschen und horchen konnte. Dort kauerte er an einen Baumstamm gepreßt nieder, um sich nicht gegen den Himmel abzuheben; ein schwarzer, undeutlich definierter Klumpen in einem schwarzen, regennassen Universum.

Um ihn herum ragten kahle Bäume im Lichtschein der von den Wolken zurückgeworfenen Großstadtlichter auf.

Und dann hörte er das Geräusch wieder. Ein Mann, der sich langsam und vorsichtig bewegte.

Charon sah nichts. Sein Gehör verriet ihm, was er wissen wollte. Ein Mann, gut fünfzig Meter weit entfernt, etwas unter ihm am Hang.

Und er kam hierher.

Henry Charon stellte keine Hypothesen auf, wer dieser Eindringling sein mochte oder was er hier wollte. Statt dessen lauerte er wie das wachsame Raubtier, das er war. Mit unendlicher Geduld.

Dann bekam er den Unbekannten flüchtig zu sehen. Offenbar ein Soldat mit Helm und Tarnanzug, der im Unterholz kaum auszumachen war. Der Mann bewegte sich langsam und vorsichtig; er blieb zwischendurch immer wieder stehen, um zu beobachten und zu horchen.

Augenblick! Oben auf dem Höhenrücken – ein weiterer Mann. Nein, zwei Männer.

Charon drehte langsam den Kopf zur Seite, um den zweiten Mann zu erfassen. Er konnte ihn hören, aber das war bereits alles.

Dieser zweite Soldat war näher als der Mann unterhalb von Charon. Daß er so weit gekommen war, ohne sich durch Geräusche zu verraten, stellte ihm ein gutes Zeugnis aus. Der erste Mann war viel unbeholfener.

Charon mußte sich entscheiden. Sollte er abwarten, ob die Männer weitergehen würden, ohne ihn zu entdecken, oder sollte er sich davonschleichen? Falls sie ihn suchten, was wahrscheinlich war, würden sie sich für diesen Felsüberhang interessieren. Und falls sie halbwegs kompetent waren, mußten sie die Höhle und die zurückgelassene Ausrüstung finden.

Der erste Soldat, den er gehört hatte, war jetzt deutlich zu sehen, als er sich zwischen Felsen und Buschwerk bewegte. Er trug ein Gewehr in den Händen.

Der zweite Mann befand sich den Geräuschen nach etwa auf gleicher Höhe mit Charon. Aber Charon drehte nicht einmal den Kopf zur Seite. Nur seine Augen bewegten sich.

»Psst! Psst!« Das war der untere Mann. Er deutete in Charons Richtung und flüsterte laut: »Links von mir sind ein paar Felsen.«

Charon blieb zur Unbeweglichkeit erstarrt. Der Mann, der eben geflüstert hatte, verschwand hinter dem Baum, der Charon Deckung bot, aber er bewegte sich nicht, um ihn wieder zu erfassen. Der Soldat war keine vier Meter von ihm entfernt.

Aus dieser Entfernung konnte Charon jeden Schritt des anderen hören. Er hörte auch, wie der Mann tief atmete, um genug Luft zu bekommen und trotzdem kein Geräusch zu machen. Er hörte Wasser in der Feldflasche des Soldaten gluckern. Und er bekam sogar den abgestandenen Geruch kalten Zigarettenrauchs mit.

Der Mann entfernte sich langsam in Richtung Höhle. Trotzdem blieb Charon unbeweglich stehen. Er drehte ganz langsam den Kopf zur Seite und versuchte, den Mann über sich auf dem Höhenzug zu erkennen. Nichts. Der andere stand hinter Bäumen oder Felsen. Jedenfalls konnte Charon ihn in seiner geduckten Haltung nicht sehen.

Eine Minute verstrich. Der Soldat hinter ihm brach durchs Unterholz, knickte mehrere Zweige.

»Billy! Billy! Hier ist 'ne Höhle!«

Sekunden verstrichen.

»Billy! In der Höhle liegt 'ne Menge Zeug!«

»Was sagst du?«

Der Soldat hinter Charon sprach jetzt mit normaler Stimme. »Hier ist 'ne Höhle, in der ein Schlafsack und jede Menge Sachen liegen. Das müssen wir melden.«

Während das Handfunkgerät des zweiten Soldaten zum Leben erwachte, bewegte Henry Charon sich in die Richtung, aus der die Männer gekommen waren. Er schlich geduckt und lautlos davon und brachte möglichst viele Bäume, Büsche und Felsen zwischen sich und die Soldaten hinter ihm.

Die Stimmen der beiden Männer vor der Höhle trugen weit. Obwohl die Worte unverständlich wurden, waren sie noch immer zu hören, als Charon hinter einem großen Baum stehenblieb, um das Gelände zu erkunden.

Weitere Soldaten würden diesen Hang heraufkommen, um seine Höhle zu untersuchen. Er mußte zusehen, daß er weiterkam, aber er wollte nicht auf einen Mann stoßen, der irgendwo unbeweglich Wache stand. Deshalb machte er jetzt eine Pause, um zu beobachten und zu horchen.

Er konnte hören, wie sich jemand unterhalb seines Standorts hangaufwärts bewegte. Der Mann rutschte aus, ging zu Boden und rappelte sich wieder auf. Er blieb in stetiger Bewegung auf Charon zu. Zweifellos versuchte er, seine Höhle zu finden.

Charon schlich geduckt weiter.

Dann erstarrte er, weil er das Rauschen eines Handfunkgeräts hörte. Noch einer! Diesmal irgendwo links von ihm.

Er bewegte sich weiter die Hangkante entlang. Nach einigen hundert Metern bildete der Bergrücken einen Bogen. Ausgezeichnet. Die Straße unter ihm würde ebenfalls eine Kurve beschreiben, weil sie dem Bachlauf folgte. Charon bog rechtwinklig nach links ab und begann seinen Abstieg.

Durch die Bäume sah er den nassen Asphalt schimmern, als er noch gut zwanzig Meter von der Straße entfernt war. Jetzt kam er nur noch sehr langsam voran. Er schob sich von Baum zu Baum und blieb nach jedem Ortswechsel stehen, um zu beobachten und zu horchen. Er brauchte drei Minuten, um den Bach zu durchqueren, der nicht sehr breit war, aber nach dem langen Regen ziemlich viel Wasser führte.

Dann legte er sich auf den Bauch und robbte zur Straße.

Der Straßenrand war mit Unkraut und Brombeerranken überwuchert. Charon blieb unbeweglich liegen und horchte.

Nichts.

Er hob langsam, ganz langsam den Kopf. Über sich hatte er einen verkrüppelten kleinen Baum, dessen Zweige alle in Richtung Straße wuchsen. So bildeten sie eine Art Dach, in dessen schützendem Dunkel er sich halb aufrichten konnte. Charon blickte nach links und rechts und suchte die Schatten in seiner Umgebung ab.

Eine weitere Minute verstrich, während er sich vergewisserte, daß niemand in der Nähe war.

Dann kam er in geduckter Haltung auf die Beine und trabte über den Asphalt aufs Unterholz jenseits der schmalen Straße zu.

»Halt!«

Der Anruf kam von rechts, ein überraschter, halb erstickter Schrei.

Henry Charon spurtete aufs schützende Dunkel zu.

Das M-16-Geschoß traf ihn wie ein Keulenschlag und riß ihn von den Beinen. Er rollte sich ab und kam wieder hoch, obwohl seine ganze linke Körperhälfte gefühllos war. Dann erreichte er die Büsche, stürzte sich hinein und stolperte blindlings weiter, während das nächste Geschoß in einen Baumstamm dicht über seinem Kopf klatschte. Den ersten Schuß hatte er überhaupt nicht gehört, aber diesmal war der Schußknall ohrenbetäubend laut.

Schmerzen hatte er keine, aber die linke Körperhälfte war von der Achsel bis zur Hüfte gefühllos. Und sein linker Arm ließ sich nicht mehr gut bewegen. In der rechten Hand hielt er noch immer das Gewehr. Ein Glück, daß er es nicht verloren hatte!

Die Soldaten würden kommen, das wußte er. Darüber machte er sich keine Illusionen. Tatsächlich dauerte es keine Minute, bevor er auf der Straße ein Auto heranrasen hörte. Dann quietschten die Reifen, als der Fahrer scharf bremste. Henry Charon hetzte mit äußerster Kraftanstrengung hangaufwärts davon.

Der Soldat war so nervös, als Jake Grafton ausstieg, daß er nicht stillhalten konnte. Während er den Hügel hinauf zeigte, hüpfte er von einem Fuß auf den anderen.

»Ich hab' *Halt!* gerufen, aber er ist nicht stehengeblieben, darum hab' ich geschossen, und er ist zu Boden gegangen, hat sich aber wieder aufgerappelt und ist mit seinem Gewehr in der Hand weitergelaufen, und ich hab' noch mal geschossen, aber er ist verschwunden…«

»Zeigen Sie mir, wo das gewesen ist.«

Der Soldat führte ihn zu der Stelle, wo der Mann gestürzt war. Jake schaltete seine Taschenlampe ein. Sein Blick folgte dem Zeigefinger des Soldaten. An einem Busch waren deutliche Blutspuren zu erkennen.

»Wie heißen Sie?«

»Specialist Garth, Sir.«

»Sie haben ihn getroffen.« Jake schaltete sein Handfunkgerät ein und forderte Verstärkung an, bevor er sich wieder an Garth wandte. »Sie bleiben hier und sagen Ihrem Leutnant, daß er die Straßen dort oben absuchen lassen soll.« Er nickte zu dem Höhenzug hinüber, vor dem sie standen. »Dort oben gibt's Häuser und Straßen, soviel ich weiß.«

»Ja, Sir.« Specialist Garth schluckte nervös und fuhr sich mit der Zungenspitze über die Lippen. »Hoffentlich...«

»Sie haben richtig gehandelt. Sie haben Ihre Pflicht getan. Das können Sie Ihrem Leutnant sagen.« Jake kam zum Auto zurück und warf seine Mütze hinein. »Toad, Sie bleiben ungefähr zwanzig Meter rechts neben mir, Rita geht zwanzig Meter links neben mir. Wir suchen den Hang bis oben hin ab. Haltet die Augen offen!«

»Was ist mit mir?« wollte Jack Yocke wissen.

»Sie bleiben hier im Wagen.« Die Oberleutnante nahmen die ihnen zugewiesenen Positionen ein. »Nein, Sie fahren am besten außen herum und warten oben auf uns.« Jake wandte sich ab und verschwand im Unterholz.

Schon nach wenigen Metern bereute er den impulsiven Entschluß, sich von Yocke helfen zu lassen. Ein Auto mit einem unbewaffneten Mann am Steuer dort oben bereitstehen zu lassen, wenn ein zum Letzten entschlossener Verbrecher die über den Hügel verlaufende Straße erreichte, war nicht gerade die beste Idee, die er heute gehabt hatte.

Aber Jake Grafton kehrte zu spät um. Yocke hatte bereits gewendet und fuhr davon.

»Verdammt!«

Jake benutzte seine Taschenlampe. Er hielt sie in der linken Hand, während die rechte den Pistolengriff seines schußbereiten Gewehrs M-16 umklammerte. Auf dem nassen Boden war die Fährte deutlich zu erkennen. Zwischen den Stiefelabdrücken glänzte immer wieder Blut.

Hätte Fortuna auf seiner Seite gestanden, wäre er zwanzig Meter weiter auf diesen Kerl gestoßen, der bewußtlos dalag und innerlich verblutete. Aber Grafton machte sich längst keine Illusionen mehr über diese launische Göttin. Der Angeschossene war bestimmt ein verdammt zäher Kerl, der auf der Flucht bleiben würde, bis er in den Stiefeln starb.

Der gibt nicht so schnell auf! sagte Jake Grafton sich, während er stehenblieb, um das Dunkel des Waldes mit seiner Taschenlampe abzusuchen.

Genau entlang der Hangkante verlief ein hoher Maschendrahtzaun, der von drei Reihen Stacheldraht gekrönt wurde. Dahinter stand inmitten weiter Rasenflächen eine einstökkige Luxusvilla mit beleuchteten Fenstern. Für Henry Charon, der ziemlich stark blutete und jetzt auch Schmerzen hatte, war dieser Zaun ein unüberwindbares Hindernis.

Er sah nach beiden Seiten und wandte sich dann einem Impuls folgend nach rechts. Er kam rasch voran, denn er konnte noch traben, obwohl der Schock seiner Schußverletzung abklang.

Das nächste Grundstück war von einem gut eineinhalb Meter hohen Staketenzaun umgeben, den Charon ebenfalls nicht überwinden konnte. Er hastete weiter, bis er zu einem niedrigen rustikalen Zaun kam, der nur aus zwei Längsreihen ungehobelter Bretter bestand. Er überkletterte ihn und trabte bereits über den Rasen, als er auf der Straße ein Auto vorbeifahren hörte.

Autos bedeuteten Polizei oder Soldaten. Charon umrundete das Haus und machte hinter einer riesigen Thuje halt, um die Straße zu beobachten und wieder zu Atem zu kommen. Er tastete nach seiner Wunde. Blut. Auf dem Rasen hinter ihm zeichnete sich eine dünne Blutspur ab, der die Jäger nur zu folgen brauchten.

Das Auto von vorhin war nirgends zu sehen, deshalb rannte Charon die Straße hinaus und wandte sich nach rechts. Er brauchte ein Versteck, in dem er sich verkriechen und seine Wunde versorgen konnte. Oder sterben konnte, falls die Verletzung schwer war. Das war natürlich möglich. Solche Fälle hatte er schon Dutzende von Malen erlebt. Ein waidwundes Tier rannte oft meilenweit, bis es glaubte, den Jäger abgeschüttelt zu haben, legte sich dann nieder und verblutete lautlos. Hatte es zu lange gelegen, konnte es sich nicht mehr bewegen. Schock und Blutverlust schwächten es so sehr, daß es nicht mehr hochkam. Aber er würde sich nicht lange hinlegen. Er würde längst wieder auf den Beinen sein, bevor er zu steif oder schwach wurde.

Aber wo?

Dann hörte er ein weiteres Auto – möglicherweise das von vorhin, das zurückkam – und verschwand rasch in der nächsten Einfahrt. Das Haus dahinter war dunkel. Großartig.

Charon bog um die Garage und machte einen Rundgang um das Haus.

Es konnte mit einer Alarmanlage gesichert sein. Oder die Besitzer hatten einen Hund. Das mußte er riskieren.

Er benutzte seine Pistole, um das Haustürschloß aufzuschießen. Nach dem vierten Schuß ging die Tür endlich auf, als er sich mit der Schulter dagegen stemmte.

Charon zog sie hinter sich zu und blieb horchend stehen. Hier im Haus war es fast völlig finster. Er wartete, bis seine Augen sich ans Dunkel gewöhnt hatten, und durchsuchte dann rasch und lautlos alle Erdgeschoßräume.

Anscheinend leer. Er stieg mit seiner Pistole in der Hand die Treppe hinauf.

Das Bad neben dem Elternschlafzimmer war ein fensterloser Raum. Er schloß die Tür hinter sich und machte Licht.

Sein Bild im Spiegel erschreckte ihn. Der Parka war blutgetränkt. Er zog ihn vorsichtig aus. Gott, diese verdammten Schmerzen! Es war nicht einfach, auch Pullover und Hemd auszuziehen, aber er schaffte es.

Die Schußwunde befand sich knapp eine Handbreit über dem Hüftknochen; ihre Ein- und Austrittsöffnungen waren etwa 15 Zentimeter voneinander entfernt. Die Einschußwunde im Rücken konnte er nur im Spiegel sehen. Welche inneren Organe bluteten, war nicht auszumachen. Falls eine Niere oder ein anderes wichtiges Organ verletzt war, würde er wegen des Blutverlusts irgendwann ohnmächtig werden und sterben. Und das war's dann.

Im Augenblick konnte er nur versuchen, die äußere Blutung zu stillen. Und er blutete verdammt stark.

Wieviel Blut hatte er verloren? Bestimmt einen Liter, möglicherweise mehr. Ihm war leicht schwindlig. Er durfte keine Zeit mehr verlieren.

Charon knipste das Licht aus, ging ins Schlafzimmer hinüber und zog eines der Bettlaken ab. Im Bad machte er wieder Licht, schnitt das Laken mit seinem Messer ein und zerriß es in lange Streifen, die er sich mühsam und unter starken Schmerzen um seinen Unterleib wickelte.

Das würde helfen. Sobald die Blutung zum Stehen gekommen war, konnte er seine Flucht fortsetzen.

Jake Grafton folgte der Blutspur auf die Straße hinaus. Dort stand er mit Toad und Rita zusammen und untersuchte den nassen Asphalt im Licht seiner Taschenlampe. Der wieder stärker werdende Regen ließ die Blutstropfen rasch zerlaufen.

Jake trabte los.

Jack Yocke hielt neben ihm. »Rita«, sagte Grafton, »holen Sie den Hauptmann und seine Männer. Sie sollen mit den Lastwagen raufkommen. Beeilung!«

Sie sprang in die Limousine, die mit ihr davonraste.

Hundert Meter weiter hörte die schwächer gewordene Blutspur plötzlich ganz auf. Jake Grafton blieb keuchend stehen und sah sich um.

»Wo kann er stecken?« fragte Toad.

»Keine Ahnung.« Jake leuchtete die Rasenflächen, Stauden und Baumstämme in ihrer Umgebung mit seiner Taschenlampe ab. »Vermutlich in einem dieser Häuser, aber er kann auch weitergelaufen sein. Wir müssen dieses Gebiet abriegeln und durchkämmen lassen. Wenn die Lastwagen schnell genug kommen, haben wir eine Chance, diesen Kerl zu fassen.«

»Glauben Sie, daß er der Attentäter ist?«

Jake zuckte mit den Schultern. Möglich war's immerhin. Eines stand jedenfalls fest: Der Unbekannte hatte nicht die Absicht, zu einem kleinen Schwatz stehenzubleiben.

Durchs Schlafzimmerfenster sah Henry Charon den Lichtschein einer Taschenlampe auf der Straße, als er im Kleiderschrank nach passenden Sachen suchte. Er zog einige Hemden heraus und probierte eines an, während er die beiden Gestalten auf der Straße beobachtete. Zu seinem Ärger war der Herr des Hauses ein Fettwanst.

Das zweite Schlafzimmer im Obergeschoß schien einem jungen Mann zu gehören. An der Zimmerdecke hing ein RC-Modellflugzeug, und die Wände waren mit Farbpostern dekoriert, auf denen leicht bekleidete Schönheiten posierten. Charon öffnete den Kleiderschrank. Richtig. Das Hemd paßte. Er wählte einen Pullover aus und zog ihn darüber an. Die Jeans waren etwas zu weit, aber er hatte einen Gürtel.

Und er fand eine brauchbare Jacke. Keinen Parka, aber eine warme Windjacke aus Gore-Tex.

Nachdem er die Stiefel wieder angezogen hatte, ging er ins

Elternschlafzimmer zurück, um seine Waffen und den Rucksack zu holen. Die beiden auf der Straße waren etwa fünfzig Meter nach Norden weitergegangen und schienen dort zu warten.

Für Henry Charon stand fest, daß sie aufs Eintreffen der Soldaten warteten.

Er ging die Treppe hinunter und machte einen Abstecher in die Küche. Der Kühlschrank war praktisch leer. Er enthielt nur eine Packung Toastbrot in Scheiben und eine angebrochene Packung Salami. Die Familie mußte über Weihnachten verreist sein. Charon stopfte das Brot in seine Jakkentasche und verschlang die Salami. Der Blutverlust hatte wahren Heißhunger ausgelöst. Und Nahrung würde seinem Körper helfen, neue Blutkörperchen zu produzieren.

Danach stand er im Wohnzimmer hinter dem Vorhang und sah nach draußen, während er eine Scheibe Toastbrot nach der anderen in sich hineinstopfte. Mit der rechten Hand tastete er seinen Notverband ab. Er war noch nicht durchgeblutet, aber damit war zu rechnen. Für diesen Fall hatte er weitere Stoffstreifen im Rucksack.

Er mußte los.

Charon verließ das Haus durch die Hintertür, zog sie ins Schloß und folgte dann dem Plattenweg zum Swimming-Pool, der für den Winter abgedeckt war. Um den Zaun zu erreichen, würde er eine Rasenfläche überwinden müssen.

Auch das schaffte er. Der Zaun um diesen Teil des Grundstücks war fast zwei Meter hoch. Er warf seinen Rucksack und die Sporttasche mit dem Gewehr hinüber, sprang hoch und bekam den rechten Fuß über den Zaun. Vor Schmerzen wäre er beinahe ohnmächtig geworden. Aber dann zog er sich keuchend hoch und plumpste auf der anderen Seite zu Boden.

Lange Sekunden verstrichen, bevor er sich wieder bewegen konnte. Es war so angenehm, auf dem weichen Boden zu liegen und den leichten Regen auf dem Gesicht zu spüren. Hier konnte er sich ein bißchen ausruhen, vielleicht sogar schlafen, bis die Schmerzen wieder abklangen...

Er rappelte sich wieder auf und war eben dabei, sein Gepäck gleichmäßig auf beide Schultern zu verteilen, als in dem Haus vor ihm ein Hund zu kläffen begann.

Charon ließ das Haus rechts liegen, erreichte die Straße und ging mit großen, lockeren Schritten davon.

»Was ist das für ein Geräusch?«

»Irgendwo bellt ein Hund«, sagte Toad. Er hörte noch ausgezeichnet – viel besser als Grafton.

»Sie bleiben hier. Sorgen Sie dafür, daß die Soldaten sich weiträumig verteilen. Mindestens zehn Blocks weit, wenn Sie genügend Männer haben.«

Jake ging an dem Haus vorbei, vor dem sie gestanden hatten, und versuchte herauszubekommen, wo der Hund kläffte.

In dem Garten hinter dem Haus schimmerte ein Swimming-Pool. Jake ging über den Rasen und suchte mit seiner Taschenlampe nach Fußspuren. Seine Stiefel sanken in die weiche Erde ein. Jake erreichte den Zaun. Der Hund schien im Haus dahinter zu kläffen.

Dann sah er Stiefelabdrücke im weichen Boden. Er warf wie elektrisiert sein Gewehr auf den Rücken, zog sich mit beiden Händen hoch und schwang sich über den Zaun. Während er hinüberkletterte, fiel ihm ein, daß er damit einen tödlichen Fehler gemacht haben konnte.

Aber der befürchtete Schuß blieb aus. Jake stand schweratmend auf der anderen Seite des Zauns und versuchte zu horchen. Die Fußabdrücke im Gras führten an dem Haus vorbei in Richtung Straße.

Er folgte ihnen, blieb auf der Straße stehen und horchte angestrengt. Als der Hund einmal nicht bellte, glaubte Jake, links von sich einen Mann, dessen Stiefelsohlen auf den Asphalt klatschten, davonhetzen zu hören.

Jake Grafton lief in diese Richtung. Er keuchte laut und litt an Hitzestau, weil er zu dick angezogen war. Und er war in betrüblich schlechter Form.

Vor Jake knickte die Straße in einer weiten Kurve rechtwinklig ab. Sie war von etwas zurückversetzten Bungalows gesäumt, deren Fassaden teilweise hinter Koniferen und riesigen Stauden verschwanden.

Als Jake um die Kurve bog, sah er den Mann vor sich. Der Mann warf einen Blick über seine Schulter und sah ihn. Jake versuchte, schneller zu rennen.

Der Mann vor ihm spurtete wie ein Sprinter los. Und dabei hatte er eine Kugel im Leib!

Jake würde schießen müssen. Das stand außer Zweifel. Einholen konnte er diesen Mann nie. Während er weiterlief, entsicherte er sein M-16 und überzeugte sich davon, daß es auf Dauerfeuer eingestellt war. Der Abstand zwischen ihnen wurde rasch größer.

Gleich mußte der Mann vor ihm durch den Lichtkreis einer Straßenlampe laufen. Jetzt!

Er blieb stehen und warf sich auf die Straße, um liegend zu schießen. Dabei merkte er zu spät, daß eine sanfte Kuppe in der Straße vor ihm die untere Körperhälfte des Flüchtenden verdeckte.

Jake keuchte vor Anstrengung und Verzweiflung, während er sich bemühte, den Laufenden über Kimme und Korn hinweg zu erfassen. Dann hielt er den Abzug gedrückt und versuchte weiter, mit dem Visier im Ziel zu bleiben.

Er schoß das ganze Magazin mit einem einzigen ohrenbetäubenden lauten Feuerstoß von drei Sekunden Länge leer.

Dann richtete er sich vom Mündungsfeuer halb geblendet in kniender Haltung auf, blinzelte angestrengt und bemühte sich, etwas zu erkennen.

Aber der Mann, auf den er geschossen hatte, war verschwunden.

Jake ließ sich maßlos enttäuscht zurücksinken, blieb mitten auf der Straße sitzen und bemühte sich keuchend, wieder zu Atem zu kommen. Großer Gott! Mitte Vierzig und an seinen Schreibtisch gefesselt. Er bekam noch immer nicht genug Luft. Sein Herz hämmerte wie rasend.

Wenige Minuten später kam ein Militärlaster um die Ecke geröhrt und hielt mit quietschenden Reifen neben ihm. Der Sergeant auf dem Trittbrett sprang ab und hielt Jake mit seinem M-16 in Schach, während zwei Männer von der Ladefläche sprangen und nach beiden Seiten sicherten.

»Weg mit dem Gewehr!«

Er ließ es auf die Straße fallen. »Ich bin Captain…«

»Runter auf den Bauch, Mann, Arme und Beine breit, sonst knallt's!«

Jake gehorchte wortlos. In Khakihose und grüner Flugjacke sah er bestimmt nicht wie ein Soldat aus. Hände tasteten ihn grob ab und fanden seine Geldbörse, die sie ihm aus der Tasche zogen.

»Entschuldigung, Sir. Sie können jetzt aufstehen.«

Jake wälzte sich auf den Rücken und griff nach der Hand, die der Sergeant ihm entgegenstreckte. »Gehört ihr zur zweiten Kompanie, zweites Bataillon?«

»Nein, Sir. Dritte Kompanie, erstes Bataillon. Entschuldigen Sie, daß…«

»Schon gut. Leihen Sie mir Ihr Funkgerät.«

Die zweite Kompanie sammelte sich noch im Rock Creek Park. Rita schätzte, daß sie in etwa zehn Minuten abrücken konnte. Sie fragte, was mit den in der Höhle sichergestellten Gegenständen geschehen solle.

»Die bekommt das FBI. Special Agent Hooper.«

Jake und die Soldaten der dritten Kompanie suchten das Gebiet ab, in dem der Flüchtende verschwunden war.

Absolut erfolglos. Der Mann blieb wie vom Erdboden verschluckt.

Gegen ein Uhr kam Yocke mit Toad und Rita vorbei, und Jake stieg zu ihnen ein. Er war völlig erschöpft.

Kapitel dreißig

Jake Grafton holte Toad Tarkington am nächsten Morgen um acht Uhr ab. Dann fuhren die beiden zur Redaktion der *Washington Post*, um Jake Yocke mitzunehmen. Er trug noch immer dieselben Klamotten wie am Abend zuvor.

»Übernachten Sie dort oben?« fragte Toad.

»Sie wissen ja, wie's in der Großstadt ist. Der öffentliche Nahverkehr funktioniert nicht, und als Autofahrer steht man bloß im Stau.«

»Soll ich Ihnen 'ne Zahnbürste leihen?«

»Danke, das ist nicht nötig. Ein Kollege hat eine dabei, die wir alle gemeinsam benutzen. Sie werden's nicht glauben, wer in diesem Augenblick mit Ott Mergenthaler redet.« Yocke fügte ohne Pause hinzu: »Sam Strader.«

Diese Mitteilung schien die beiden Marineoffiziere nicht zu beeindrucken.

»Und unsere Chefs telefonieren praktisch ständig mit dem Weißen Haus. Sie wollen Passierscheine für unsere

Lieferwagen. Ohne Auslieferung können wir keine Zeitung machen.«

Jake grunzte nur. Er dachte an eine Tasse Kaffee, aber er wußte, daß er keine bekommen würde. Die Fast-Food-Restaurants und Schnellimbisse waren alle geschlossen, weil ihr Personal nicht zur Arbeit kommen konnte. Das Verbot privater Autobenutzung hatte diese Stadt lahmgelegt.

»Was unsere Chefs am meisten erbittert, ist die Tatsache, daß die Fernsehleute Passierscheine für ihre Kamerawagen bekommen haben.«

»Jede Station hat Passierscheine für zwei Wagen bekommen«, stellte Jake fest. »Die *Post* und die *Times* haben Hunderte von Fahrzeugen.«

»Hey, ich will mich nicht beschweren. Ich halte Sie nur auf dem laufenden. Das ist schließlich mein Beruf.«

Danach herrschte Schweigen, bis Yocke sich erneut an Jake wandte. »Wie wär's mit einer Klarstellung unserer ursprünglichen Vereinbarung? Ich darf nichts veröffentlichen, bevor ›diese Sache vorbei ist‹. Wann wird das sein?«

»Wenn die Truppen abrücken und die Stadt wieder unter ziviler Verwaltung steht.«

»Mein Redakteur hat mich danach gefragt. Ich habe angedeutet, daß ich brandheißes Material bekomme.«

»Tun Sie das?«

»Na ja, zumindest ist es warm.«

»Körpertemperatur?«

»Nicht ganz so warm. Lauwarm wäre richtiger.«

»Was können wir tun«, fragte Jake Toad, »damit dieser unerschrockene Reporter 'ne richtig heiße Story kriegt?«

»Darüber muß ich erst mal nachdenken. Ich könnte ihm erzählen, was Rita heute nacht gesagt hat, als ich noch etwas richtig Heißes verlangt habe. Aber ich bezweifle, daß das helfen würde.«

»Vermutlich nicht.«

Yocke war dabei, ihnen zu erklären, was er für heißes Material hielt, als etwas mit lautem Knall die Windschutzscheibe durchschlug. Zwischen den vorderen Sitzen war ein von konzentrischen Kreisen umgebenes sauberes Loch aus dem Glas herausgestanzt.

Toad bremste automatisch.

»Vollgas!« befahl Grafton ihm. »Bloß weg von hier!«

Tarkington trat das Gaspedal durch. Der zweite Schuß verfehlte die Fahrgastzelle und schlug irgendwo in die Karosserie ein. Beide Schüsse schienen aus ziemlicher Nähe abgegeben worden zu sein.

Toad fuhr Schlangenlinien und bog mit quietschenden Reifen um die nächste Ecke.

»Jemand verletzt?«

»Ich nicht«, sagte Grafton und machte sich daran, winzige Glassplitter vom Vordersitz zu wischen. »Übrigens können Sie jetzt wieder langsamer fahren.«

»Irgend jemand ist unzufrieden«, meinte Yocke. »Das kommt in letzter Zeit häufig vor.«

»Dieses Arschloch hätte einen von uns umbringen können«, knurrte Toad.

»Das scheint der Zweck der Übung gewesen zu sein«, stellte der Reporter trocken fest.

Toad Tarkington schüttelte nur den Kopf. Yocke war wieder mal unausstehlich.

Im Arsenal verbrachte Jake eine halbe Stunde im Lagerraum. Aus verschiedenen Stadtteilen waren über ein halbes Dutzend Fälle gemeldet worden, in denen auf vorbeifahrende Wagen geschossen worden war. Soldaten wurden dorthin entsandt, um die Heckenschützen aufzuspüren.

»Wir haben dort hinten über hundert Süchtige eingesperrt«, sagte Generalmajor Greer, »und es werden ständig mehr. Handelt es sich bloß um Entzugserscheinungen oder Besitz geringer Mengen, lasse ich sie nach Fort Nair bringen. Dort stecken wir sie in die Turnhalle, bis jemand entscheidet, was wir mit ihnen anfangen sollen. Aber die Bewaffneten, die bei der Festnahme Widerstand leisten oder größere Mengen Drogen bei sich haben, behalte ich hier. Irgendwie müssen wir die Spreu vom Weizen trennen.«

»Laufen noch immer Leute mit Waffen herum?« fragte Jake.

»In Massen! Anscheinend kämpfen sie gegeneinander *und* gegen die Soldaten. Erst vor zwei Stunden hat's in Washington Northeast 'ne Schießerei mit sieben Toten und Verletzten gegeben, bis die Soldaten gekommen sind. Mit Maschinenpistolen und Schnellfeuergewehren.«

»Wie steht's mit den Terroristen?«

»Wir suchen weiter. Aber selbst wenn wir sie finden, werde ich General Land empfehlen, den Ausnahmezustand erst aufzuheben, wenn diese Feuerüberfälle und Bandenkriege aufgehört haben. Wir können jetzt nicht einfach abrücken und den Cops einen Scherbenhaufen hinterlassen.«

Jake betrat sein Dienstzimmer, das General Greer ihm zur Verfügung gestellt hatte, und griff nach dem Telefonhörer.

»Ich möchte Ihnen etwas erzählen«, sagte Jack Yocke eine halbe Stunde später zu Jake, als Grafton und Tarkington endlich zu telefonieren aufhörten.

Irgend etwas in seinem Tonfall veranlaßte Jake Grafton dazu, die Augenbrauen hochzuziehen.

Auch Toad wurde aufmerksam. »Soll ich lieber rausgehen?« fragte er den Reporter.

»Nein. Was ich zu sagen habe, können Sie beide hören. Sie wissen dann schon, was damit zu tun ist. Selbstverständlich darf nichts davon an die Öffentlichkeit gelangen.«

»Inoffizielle Informationen?« fragte Toad.

Yocke kniff die Lippen zusammen und nickte wortlos.

Toad schlich auf Zehenspitzen zur Tür, sah auf den Korridor hinaus, schloß sie wieder und klemmte eine Stuhllehne unter die Klinke. »Okay, packen Sie aus! Aber denken Sie daran, daß selbst die Wände Ohren haben.«

»Wie ertragen Sie den bloß?« fragte Yocke den Captain.

Jake stützte sein Kinn in die linke Hand und seufzte vernehmlich.

»Vor drei, vier Wochen hat's auf Kuba eine Revolution gegeben.«

»Das haben wir gehört«, bestätigte Toad.

»Ich wollte den Reportermassen aus dem Weg gehen und auf leicht unkonventionelle Weise hinkommen, um eine interessantere Story schreiben zu können. Also bin ich nach Miami geflogen und habe dort Exilkubaner kennengelernt, die auf die Insel zurück wollten. Ich habe ihnen versprochen, nicht darüber zu schreiben, wie ich nach Kuba gekommen bin. Mein Vorschlag hat nicht gerade Begeisterung ausgelöst, aber zuletzt haben sie mich doch mitgenommen. Ich hatte ihnen wie gesagt versprochen, nichts über sie zu schreiben, aber von staatlichen amerikanischen Stellen ist nie die Rede gewesen.«

»Okay«, sagte Jake nickend.

»Auf Andros Island, die zu den Bahamas gehört, haben sie ungefähr drei Dutzend drahtgesteuerter Panzerabwehrraketen an Bord genommen. Zumindest haben sie behauptet, in den Kisten seien welche.«

»Am besten erzählen Sie uns die ganze Story«, schlug Jake vor und klappte seinen Schreibblock auf, um sich Notizen machen zu können.

Yocke begann zu erzählen. Sein Bericht dauerte eine Viertelstunde. Als er damit fertig war, stellten die beiden Offiziere ihm noch Fragen zu einigen Punkten.

»Warum haben Sie uns das alles erzählt?« fragte Jake zuletzt.

Yocke sah ihn nur an. »Ist das nicht klar?«

»Ich möchte's von Ihnen hören.«

»Ich finde, die zuständigen Stellen sollten nachforschen, woher die Panzerabwehrraketen gekommen sind. Vielleicht sind sie aus Militärbeständen gestohlen worden. Vielleicht… ich weiß nicht. Ich möchte wetten, daß sie gestohlen waren.«

»Warum sind Sie nicht zum FBI gegangen?«

»Weil ich Reporter bin. Sollte bekannt werden, daß ich dem FBI Geschichten erzähle, bin ich erledigt. Dann redet niemand mehr mit mir.«

»Warum gerade jetzt?«

Yocke zuckte mit den Schultern. »Eigentlich wollte ich gar nichts erzählen. Aber nachdem ich Sie nun kenne, kam mir der Zeitpunkt günstig vor.«

»Sie hätten in Miami umgebracht werden können«, warf Toad ein.

»Wie Sie sehen, lebe ich noch.«

»Warum wohl?« fragte Jake, lehnte sich zurück und zog die unterste Schublade heraus, um eine Fußstütze zu haben. »Warum sind Sie noch unter den Lebenden?«

»Ich habe Ihnen gesagt, was sie mir gesagt haben.«

»Hmmm. Halten Sie das für den wahren Grund?«

»Damals hat er richtig gut geklungen.«

»Wie klingt er jetzt?«

Yocke räusperte sich und fuhr sich mit dem Handrücken über den Mund, während er nachdachte. »Stichhaltig ist er nicht. Warum sollten sie mir vertrauen, wenn eine Kugel ihr Problem gelöst hätte? Sie hätten mich unterwegs über Bord werfen können. Das hätte niemand erfahren, und der Fall wäre erledigt gewesen. Ich weiß nicht, warum sie's nicht getan haben, und von den Kubanern würde ich wahrscheinlich keine andere Antwort als damals bekommen.«

»Aber Sie haben doch bestimmt eine Theorie?«

»Ja, die habe ich. Diese Sache mit General Zaba hat mich nachdenklich gemacht. Wissen Sie, es ist leicht, sich unsere Regierung als eine Ansammlung von Trotteln vorzustellen, die alles vermurksen, was sie zu tun versuchen.«

Jake zog kaum merklich die Augenbrauen hoch.

»Aber ich habe den Eindruck, daß wenigstens unser Militär seine Aufgaben im allgemeinen ganz gut erfüllt. Und ich halte es für denkbar, daß General Zaba deswegen in den Vereinigten Staaten ist, um gegen Chano Aldana auszusagen, weil die amerikanische Regierung den Rebellen geholfen hat, Fidel Castro zu stürzen.«

»Interessant«, meinte Jake Grafton.

»Ich glaube, daß ich noch lebe, weil die Kubaner für die CIA gearbeitet oder zumindest gewußt haben, daß die CIA nicht begeistert sein würde, wenn amerikanische Staatsbürger ermordet werden.«

Jake zuckte mit den Schultern. »Schon möglich. Sie haben dieses Thema hoffentlich nicht angeschnitten, weil Sie erwarten, daß ich Ihre Fragen beantworten kann?«

»Nein. Ich bin nur ein braver Bürger. Ich habe Ihnen diese Geschichte für den Fall erzählt, daß das Militär ein paar Panzerabwehrraketen vermißt und gern wüßte, wo sie hingeraten sind.«

Jake Grafton faltete die Hände hinter seinem Kopf. »Keine Sorge, wir leiten Ihre Informationen an die zuständige Stelle weiter, aber unsere Ermittlungen sind dann geheim, so daß wir Sie nicht auf dem laufenden halten können. Sollte jemand wegen Diebstahls von Panzerabwehrraketen vor Gericht gestellt werden, erfahren Sie natürlich davon – aber ob's dazu kommt, steht in den Sternen.«

Yocke hob eine Hand und nickte dabei.

»Ich wollte Ihnen diese Informationen nur nicht vorenthalten.« Yocke stand auf. »Jetzt muß ich mich im Lagerraum umhören und die Redaktion anrufen. Sollten Sie plötzlich los müssen, wäre ich Ihnen dankbar, wenn Sie mich suchen und mitnehmen.«

»Klar.«

Nachdem Yocke gegangen war, ging Toad an die Tür, wartete ungefähr eine halbe Minute lang, öffnete sie dann und sah in den Korridor hinaus. Der Reporter war nirgends mehr zu sehen. Er schloß die Tür und blieb mit dem Rücken daran gelehnt stehen.

»Ich hätte nie gedacht, daß er das mal erzählen würde.«

»Wahrscheinlich hat sein Gewissen ihm zugesetzt«, meinte Jake Grafton.

»Okay, was halten Sie davon?«

»Er ist ein ziemlich cleverer Junge. Ich vermute, daß er sich zu neunzig Prozent sicher ist und nun dafür sorgen will, daß Onkel Sam sich um die restlichen zehn Prozent kümmert.« Jake zuckte mit den Schultern. »Aber das ist nur eine Vermutung«, sagte er, stellte seine Füße auf den Boden und schloß die Schublade. »Was er wirklich denkt, wissen wir erst, wenn wir eines Tages einen Artikel mit seinem Namen darunter lesen.«

Jake riß drei Blätter von seinem Schreibblock ab und hielt sie Toad hin. »Hier. Sorgen Sie dafür, daß die CIA diese Informationen bekommt. Aber lassen Sie sie nicht herumliegen.«

»Soll ich ein Anschreiben verfassen?«

»Ja. Streng geheim.«

»Die CIA-Leute werden glauben, *Sie* hätten ihn auf dieses Thema angesprochen. Sie werden uns nicht abnehmen, daß Yocke von selbst davon angefangen hat.«

»Das Unternehmen hat Erfolg gehabt«, sagte Jake nach kurzer Pause. »Yocke weiß nichts Genaues. Er ist auf Vermutungen angewiesen. Aber Castro ist beseitigt, wir haben Zaba, und Aldana bekommt, was er verdient hat. Nur darauf kommt es an.«

»Yocke ist ein ziemlich guter Reporter«, gab Toad widerstrebend zu.

Jake schickte ihn mit einer Handbewegung hinaus.

Als nächstes rief Jake die Telefongesellschaft an und verlangte Oberstleutnant Franz. Im Vereinten Stab gehörte dieser Offizier zu seiner Arbeitsgruppe. Jake hatte ihn am Vortag zur Telefongesellschaft beordert.

»Oberstleutnant Franz, Sir.«

»Jake Grafton. Wie kommen Sie dort drüben zurecht?«

»Wir tun unser Bestes, Sir, aber wir sind leider bloß zu dritt. Da kommt man sich vor, als sollte man dem Niagara mit einer Bierdose brauchbare Proben entnehmen.«

»Mhh-hmm.«

Der Oberstleutnant seufzte. Jake hörte ihn in seinen Aufzeichnungen blättern. »Wir hören willkürlich ausgewählte Gespräche ab. Ohne bestimmte Methode. Aber wir haben drei mitgehört, in denen von Schüssen auf Soldaten die Rede gewesen ist. In einem weiteren, das ich abgehört habe, ist davon gesprochen worden, daß irgendwelche Konkurrenten ›ausgeschaltet‹ werden müßten. Aber diese Leute scheinen Abhörwarngeräte zu benutzen, denn nach zwölf oder fünfzehn Worten hat der Angerufene aufgelegt, obwohl der andere noch nicht ausgeredet hatte.«

»Was hat der Anrufer genau gesagt?«

»›Durch Willies Tod haben wir freie Bahn, aber wir müssen die Konkurrenz ausschalten, bevor…‹ Das Gespräch ist beendet worden, bevor ich mitbekommen habe, worüber da geredet wurde.«

»Noch irgendwas?«

»Eine interessante Sache. Offenbar soll heute abend eine Kundgebung stattfinden. Das haben die anderen aus Gesprächen herausgehört. Aus insgesamt fünf Telefongesprächen. Natürlich können fünfhundert Gespräche dieser Art geführt worden sein, aber wir haben eben nur fünf mitbekommen.«

»Eine *Kundgebung*?«

»Yeah. Davon ist die Rede gewesen. Von einer Kundgebung.«

»Wo?«

»Das wissen wir nicht.«

Eine Kundgebung? Was, zum Teufel, sollte das heißen? Grafton notierte sich dieses Wort.

»Hören Sie sich mal um«, wies Jake den Oberstleutnant an. »Stellen Sie fest, wie schwierig es wäre, das gesamte Telefonnetz abzuschalten. Es muß dort irgendwo ein paar Schalter geben, mit denen sich das ganze System stillegen ließe.«

»Abschalten? Wow! Wollen Sie tatsächlich...«

»Hören Sie sich um. Ich rufe Sie wieder an.«

Als nächstes versuchte Jake, General Land im Pentagon anzurufen. Aber der Vorsitzende hatte noch eine Viertelstunde lang zu tun. Sein Adjutant sagte, er werde Jake zurückrufen.

Jake kritzelte auf seinem Schreibblock herum, während er wartete. Henry Charon. Apartments. Schlafsäcke in Höhlen. Jäger, Wilderer und kleiner Rancher.

Warum ist Henry Charon noch immer in Washington? Oder hatte er die Stadt inzwischen verlassen? Jake schrieb diese Frage nieder und starrte sie an.

Er rief das FBI an und ließ sich mit Special Agent Hooper verbinden.

»Wie ich höre, haben Sie eine aufregende Nacht erlebt.«

»Leider haben wir ihn nicht erwischt«, sagte Jake. »Was gibt's Neues?«

»Die Leute in New Mexico haben sich einen Durchsuchungsbefehl ausstellen lassen, Charons Ranch durchsucht und dort Fingerabdrücke genommen. Fast alle stammen von einer einzigen Person und sind mit den Abdrücken identisch, die wir an den Sachen aus der Höhle im Rock Creek Park gefunden haben. Es handelt sich eindeutig um denselben Mann.«

»Irgendwelche Photos von ihm?«

»Nicht auf seiner Ranch in New Mexico. Kein einziges. Wir suchen weiter.«

»Wir brauchen so schnell wie möglich die versprochenen Abzüge von seinem Führerscheinphoto.«

»Die kriegen Sie in ein paar Stunden.«

»Was ist mit diesem Tassone, dem der Kerl in Pennsylvania die Gewehre verkauft hat?«

»Da gibt's nichts Neues. In Las Vegas ist er seit einigen Wochen nicht mehr gesehen worden.«

»Aber vielleicht hier in Washington?«

»In dieser Richtung ermitteln wir auch.«

»Haben Sie vor, Charons Führerscheinphoto im Fernsehen zu zeigen?«

»Heute in den Mittagsnachrichten.«

»Was wäre, wenn wir das Telefonsystem abschalten würden? Könnten Sie dann noch weiterarbeiten?«

Hooper dachte nach, bevor er antwortete. »Nun, wir haben unsere eigenen Fernmeldeverbindungen und gemietete Leitungen zur Datenübertragung zwischen Computern. Solange die in Betrieb bleiben, ist alles in Ordnung. Und die hiesige Polizei hat Funkgeräte.«

»Okay. Danke. Rufen Sie mich an, falls sich was Neues ergibt? Ich bin im Arsenal.«

»Haben Sie die Terroristen schon gefunden?«

»Das erfahren Sie als erster.«

Jake hatte gerade erst aufgelegt, als sein Telefon wieder klingelte. Am Apparat war General Lands Adjutant. Im nächsten Augenblick sprach Jake mit seinem Vorsitzenden.

»Sir, ich empfehle die Stillegung des Telefonsystems. Es wird offenbar zur Planung von Überfällen auf unsere Soldaten und konkurrierende Banden benutzt. Und irgend jemand versucht, für heute abend eine Kundgebung zu organisieren.«

»Eine *Kundgebung*?«

»Ja, Sir.«

»Unsinn! Kundgebungen gibt's keine, solange wir versuchen, die Stadt unter Kontrolle zu halten.«

»Ja, Sir. Das teile ich General Greer mit.«

»Und reden Sie mit ihm über die Abschaltung des Telefonsystems. Sollte Greer diese Stillegung für nötig halten, bin ich damit einverstanden. Richten Sie ihm aus, daß ich hinter ihm stehe, wofür er sich auch entscheidet.«

»Aye, aye, Sir.«

Jake legte auf und ging hinaus, um Generalmajor Greer zu suchen. Den Schreibblock mit den Fragen zu Henry Charon ließ er auf seinem Schreibtisch liegen.

Seine linke Körperhälfte brannte wie Feuer. Die Wundschmerzen hatten ihn geweckt. Henry Charon lag mit offenen Augen im Dunkel und kämpfte gegen sie an. Er tastete mit seiner rechten Hand nach der Taschenlampe, fand sie und knipste sie an.

Der Lichtstrahl beschrieb einen zittrigen Bogen durch den kleinen Keller und beleuchtete die Vorräte, die Ziegelwände, die Betondecke.

Sein Versteck hatte er gegen drei Uhr morgens nach einem

Viermeilenmarsch durch die Hinterhöfe und Seitenstraßen Washingtons erreicht. Es war ihm gelungen, den Militärstreifen und einer durch die Straßen ziehenden Jugendbande auszuweichen, aber die Anstrengung hatte ihn ausgelaugt. Noch nie in seinem Leben war er so erledigt gewesen.

Als Schmerzen, Kälte, Nässe und Erschöpfung ihm mehr und mehr zusetzten, hatte er sich eine Zeitlang gefragt, ob er's überhaupt schaffen würde.

Als er jetzt in seinem Schlafsack lag – noch immer in den letzte Nacht geklauten Sachen, die inzwischen halbwegs trocken waren – und gegen die starken Schmerzen ankämpfte, fragte er sich, ob er sich überhaupt würde bewegen können. Es gab nur eine Möglichkeit, das festzustellen. Er biß die Zähne zusammen und setzte sich auf.

O *Gott*! Er stöhnte laut.

Aber er würde nicht aufgeben. Noch längst nicht! Mit der rechten Hand zog er die schwere Batterielampe zu sich heran und schaltete sie ein. Sie überflutete den kleinen Raum mit Licht.

Er drehte sich zur Seite, um kontrollieren zu können, wo er im Schlafsack gelegen hatte. Etwas Blut, aber nicht allzu viel. Das war gut. Sogar sehr gut. Die Blutung war zum Stehen gekommen.

Am besten wäre es gewesen, hier ein paar Tage stillzuliegen, bis die Schußwunde zu verheilen begann, aber das war natürlich ausgeschlossen.

Trotz der starken Schmerzen war er hungrig. Er versuchte, seine Gedanken zu ordnen und eine Prioritätenliste aufzustellen. Geistig schien er hellwach zu sein. Auch das war gut und munterte ihn auf.

Als erstes brauchte er ein schmerzstillendes Mittel. Charon klappte seinen speziell zusammengestellten Erste-Hilfe-Kasten auf. Er konnte die linke Hand gebrauchen, wenn er die Schulter nicht zu stark bewegte. Die Schmerzen strahlten bis dorthin aus.

Er brauchte zwei, drei Minuten, um die Einwegspritze auszupacken, die Haut mit Alkohol zu desinfizieren und sich das schmerzstillende Mittel an vier Stellen über der Wunde zu injizieren. Die dazu nötigen Verrenkungen bewirkten, daß er sich auf die Unterlippe biß, während ihm der Schweiß ausbrach, aber das Mittel wirkte augenblicklich. Die Schmerzen klangen zu einem dumpfen Pochen ab.

Die Decke des alten Kellers war gerade so hoch, daß Charon aufrecht stehen konnte, deshalb stemmte er sich hoch und stand schwankend da, während Puls und Blutdruck sich dieser neuen Situation anpaßten. Dann machte er versuchsweise einige Schritte. Davon wurden die Schmerzen wieder so stark, daß er mit den Zähnen knirschte.

Er pinkelte in den Eimer in einer Ecke. Er kontrollierte den Harnstrahl sorgfältig. Nicht mal rosa. Ganz ohne Blut.

Essen. Und Wasser. Er brauchte beides, um den Blutverlust wettzumachen.

Er baute den Gaskocher auf und machte sich eine Dose Gulasch heiß. Während sie auf dem Kocher stand, schlang er eine Büchse Corned Beef in sich hinein und trank mindestens einen Liter Wasser.

Während das Gulasch heiß wurde, streifte er seine feuchten Sachen ab und zog eine trockene Hose, aber vorläufig noch kein Hemd an. Irgendwann später würde er den Verband wechseln müssen. Die feuchten Sachen hängte er an einen Nagel, den irgend jemand einmal in die Wand geschlagen hatte.

So! Er fühlte sich bereits besser.

Nachdem er das Gulasch gegessen hatte, riß er eine Büchse Obstsalat auf und löffelte sie aus. Dann trank er den Obstsaft und zuletzt einen weiteren Liter Wasser.

Henry Charon streckte sich angenehm übersättigt auf seinem Schlafsack aus. Dabei sah er zum ersten Mal auf die Uhr. Kurz vor 12 Uhr. Mittag oder Mitternacht? Er wußte es nicht, aber er konnte wohl kaum den ganzen Tag über durchgeschlafen haben.

Er zog das Radio zu sich heran, stellte es an und suchte den Audiokanal eines Fernsehsenders.

Mittag. Es war kurz vor Mittag. Er hatte fast sieben Stunden lang geschlafen.

Er schaltete seine Lampe aus, um die Batterie zu schonen, und hörte im Dunkel liegend Radio. Die Lautstärke war so gering, daß er die Stimme des Nachrichtensprechers gerade noch verstand. Er wollte nicht, daß jemand, der draußen im Tunnel vorbeiging, sie hörte – obwohl das unwahrscheinlich war. Mit der Machtübernahme des Militärs waren die Tunnelbauarbeiten mit Sicherheit endgültig zum Stillstand gekommen.

So lag er im Dunkel, hörte mit halbem Ohr die Fernsehnachrichten und dachte an letzte Nacht. Während er hangaufwärts geflüchtet war, hatte er das Gespräch zwischen dem Offizier und dem Soldaten noch mitbekommen. Das war wirklich verdammtes Pech gewesen. Beim Überqueren einer Straße angeschossen! Fast hätte er wie ein plattgewalztes Kaninchen oder ein totgefahrener Hund auf dem Asphalt gelegen.

Er seufzte, schloß die Augen und versuchte, die dumpf pochenden Schmerzen im Rücken zu vergessen.

Jedenfalls war das die beste Jagd seines Lebens gewesen. Die bei weitem beste. Auch die letzte Nacht, in der er unter gräßlichen Schmerzen von Soldaten gejagt worden war, hatte er als einzigartiges Erlebnis in Erinnerung. Er hatte das Leben bis zum Äußersten ausgereizt und war nur durch eigene Stärke, Gerissenheit und Willenskraft davongekommen. Was er bis dahin getan hatte, waren bloß Vorbereitungen auf die letzte Nacht gewesen – damit er zwischen Soldaten den bewaldeten Hügel hinunterschleichen konnte, damit er's schaffte, verwundet, blutend und in verzweifelter Hast den Hang hinaufzuklettern, damit er sich rechtzeitig auf die Straße warf und wegwälzte, als ein Kugelhagel über ihn hinwegstob, und damit er nicht geschnappt wurde, als er hierher flüchtete.

Die meisten Männer konnten am Ende ihres Lebens auf keine einzige gute Jagd zurückblicken. Er hatte so viele genossen. Und die letzte Nacht war die Krönung gewesen!

Er war eben dabei, sich nochmals alle Eindrücke und Emotionen ins Gedächtnis zurückzurufen, als er seinen Namen im Radio hörte. Er tastete nach dem Gerät und stellte es etwas lauter.

»...um einen Rancher und Schußwaffenexperten aus New Mexico, der als mutmaßlicher Täter gilt. Vorsicht, dieser Mann ist bewaffnet und äußerst gefährlich! Er dürfte letzte Nacht von Soldaten, die ihn im District of Columbia stellen wollten, angeschossen worden sein. Sollten Sie diesen Mann sehen, versuchen Sie bitte auf keinen Fall, sich ihm zu nähern oder ihn gar selbst festzunehmen. Rufen Sie bitte die jetzt eingeblendete Nummer an, nennen Sie Namen und Adresse und melden Sie, wo und wann Sie ihn gesehen zu haben glauben. Weshalb Henry Charon anscheinend versucht hat, den Präsidenten und den Vizepräsidenten zu ermorden, ist im Augenblick noch unklar. Wir hoffen, im Laufe des Nachmittags aus New Mexico weitere Informationen über Charons Vergangenheit zu erhalten. Damit weiter zu...«

Er stellte das Radio ab und blieb mit offenen Augen in der Dunkelheit liegen.

Die Fingerabdrücke waren's nicht gewesen. Seine Fingerabdrücke waren nirgends gespeichert. Seine Abdrücke allein waren wertlos. Es mußte die Zeichnung gewesen sein. Irgend jemand in New Mexico mußte ihn erkannt und die Polizei angerufen haben.

Nachdem er zu dieser Schlußfolgerung gekommen war, zerbrach er sich nicht weiter den Kopf darüber, sondern befaßte sich mit den Einzelheiten der vergangenen Nacht. Schließlich konnte er nichts daran ändern, was Polizei und FBI bereits wußten. Was sie wußten, wußten sie eben.

Tief in seinem Innersten hatte Henry Charon nie damit gerechnet, daß ihm die Flucht gelingen würde. Er wußte genau, wie unwahrscheinlich das gewesen wäre. Er hatte sich zu dieser Jagd verpflichtet, und sie war herrlich gewesen und hatte seine wildesten Erwartungen weit übertroffen.

Während der Feuerstoß über seinen Kopf hinwegging und das Hämmern des M-16 die Stille der Nacht zerriß, hatte er zum allerersten Mal das spannende Gefühl erlebt, dem Tod ins Auge zu blicken und mit dem Leben davonzukommen. Deshalb lag er jetzt hier in der Dunkelheit und genoß die Erinnerung an jeden dieser Augenblicke.

Irgendwann würde er sich mit dem Problem befassen, wie es mit ihm weitergehen sollte, aber das hatte noch Zeit.

»Diese gottverdammten Terroristen sind hier im District. Das wissen Sie, das weiß ich, das wissen alle. Die Frage ist nur: Was werden sie als nächstes tun?«

Generalmajor Greer stand mit Jake Grafton vor dem riesigen Stadtplan, der fast die ganze Rückwand des Lagerraums einnahm. Greer war ein stämmiger Fünfziger mit von der Sonne verbranntem Gesicht und eisgrauem Haar, das er militärisch kurz trug. Er hatte als Zehnjähriger beschlossen, Soldat zu werden, und war diesem Entschluß treu geblieben.

Er sah zu Grafton hinüber, weil er eine Antwort auf seine Frage erwartete.

»Sie können warten, bis wir sie aufspüren, Sir«, sagte Jake Grafton, »und sich dann ihrer Haut wehren.«

»Das ist Möglichkeit Nummer eins«, bestätigte Greer nikkend. Dieses laute Nachdenken war eine Angewohnheit, mit der sein Stab vertraut war. Auch Jake gewöhnte sich rasch daran. Drüben in einer Ecke sah er Jack Yocke sitzen, der sich Notizen machte.

»Oder sie können sich ein Objekt aussuchen, das sie überfallen. Oder zwei Objekte. Vielleicht auch drei, je nachdem, wie viele und wie gut bewaffnet sie sind.«

»Möglichkeit Nummer zwei.«

»Sie können hoffen, daß wir sie nicht finden und die Suche nach ihnen aufgeben.«

»Drei. Sonst noch eine?«

»Mir fällt sonst keine mehr ein.«

»Mir auch nicht. Nummer zwei halte ich für am wahrscheinlichsten. An ihrer Stelle würde ich mich dafür entscheiden. Ich vermute, daß Angehörige eines Selbstmordkommandos nicht einfach dasitzen und auf uns warten werden.«

»Das glaube ich auch nicht, Sir.«

Der General seufzte. »Okay, nehmen wir mal an, sie würden sich für Möglichkeit Nummer zwei entscheiden: Welches Objekt würden sie angreifen?«

Jakes Blick glitt über den Stadtplan. »Vielleicht das Weiße Haus?« schlug er vor.

»Ich lasse das Bethesda Naval Hospital von zwei Kompanien und zehn Panzern bewachen. Vor dem Weißen Haus sind eine Kompanie und vier Panzer stationiert – einer an jeder Ecke. Eine weitere Kompanie mit Panzern bewacht das Executive Office Building. Ebenso gesichert wird das Marineobservatorium, auf dessen Gelände der Vizepräsident wohnt. Ich lasse das Kapitol für den Fall bewachen, daß es nochmals angegriffen wird, und habe je eine Kompanie mit Panzern zum Schutz der Bürogebäude von Senat und Abgeordnetenhaus abgestellt. Fällt Ihnen sonst noch was ein?«

»Nein, Sir.«

»Dann sind wir schon zu zweit«, sagte General Greer.

»Was ist mit der Marine-Corps-Kaserne in Quantico?«

»Wo Chano Aldana einsitzt? Nein, das halte ich für unwahrscheinlich. Aldana kommt mir nicht wie ein Selbstmörder vor. Die Terroristen würden es nie schaffen, ihn dort lebend rauszuholen. Ich habe angeordnet, seine Flucht mit *allen* Mitteln zu verhindern. Nein, die Kaserne in Quantico überfallen sie bestimmt nicht!«

Bisher war erst die Hälfte Washingtons durchsucht worden. Die Durchsuchung ging sehr langsam voran. Die Soldaten wurden immer wieder aus dem Hinterhalt beschossen. Bisher hatte es zwei Tote und fünf Verwundete gegeben. Und die Soldaten schossen mit dem Erfolg zurück, daß es unter den Zivilisten bisher elf Tote gegeben hatte.

Greer kehrte dem Stadtplan den Rücken zu und fuhr sich mit einer Hand durch seinen Bürstenhaarschnitt. Er ließ sich auf den nächsten Stuhl fallen. »Wollten Sie irgendwas?« fragte er Jake.

Der Captain berichtete, was Oberstleutnant Franz ihm über die Abhöraktion bei der Telefongesellschaft gemeldet hatte.

»Eine *Kundgebung*?« wiederholte der General.

»Heute abend.«

»Eine verrückte Idee. Sollte es wirklich dazu kommen, lösen wir sie sofort auf.«

»Ich schlage vor, daß wir das Washingtoner Telefonsystem stillegen. Nach Auskunft der Telefongesellschaft ist das ohne weiteres zu machen. Wir wissen, daß Leute, die auf Soldaten oder andere Zivilisten schießen, ihre Aktivitäten telefonisch koordinieren. Was die Sache mit der geplanten Kundgebung bedeutet, weiß ich nicht, aber ich habe kein gutes Gefühl dabei. Andererseits habe ich gehört, daß das Fernsehen in den Mittagsnachrichten ein Photo des Mannes gezeigt hat, den das FBI für den Attentäter hält, und eine Telefonnummer angegeben hat, die jeder anrufen soll, der diesen Kerl sieht. Eine ähnliche Aufforderung in bezug auf die Terroristen wird seit zwei Tagen gesendet. Legen wir das Telefonsystem still, kann niemand mehr anrufen.«

»Haben Sie darüber schon mit General Land gesprochen?«

»Ja, Sir. Er überläßt die Entscheidung Ihnen. Seine Rükkendeckung haben Sie in beiden Fällen.«

»Bisher sind noch keine Anrufe eingegangen, stimmt's?«

»Richtig, Sir.«

»Diese Sache mit der Kundgebung macht mir Sorgen. Was wir wirklich nicht brauchen können, sind Massen harmloser Zivilisten, die demonstrierend durch die Straßen ziehen, während Kriminelle aus dem Hinterhalt drauflos ballern. Daraus könnte das reinste Blutbad werden.«

Greer machte eine Pause und kratzte sich nachdenklich hinter dem Ohr. »Schalten Sie die verdammten Telefone ab«, entschied er dann. »Wir setzen diese verdammte Stadt so lange unter Druck, bis irgendwas platzt.«

Kapitel einunddreißig

Die Longstreet Commission, wie der vom Vizepräsidenten eingesetzte Ausschuß seit der Ermordung des Obersten Richters hieß, zählte später viele Faktoren auf, die zu den an diesem Tag in Washington ausbrechenden Gewalttätigkeiten beigetragen hatten. Niemand konnte jedoch ihrer Vermutung widersprechen, die tiefsitzende Überzeugung der schwarzen Bevölkerung, das Opfer bewußter Diskriminierung und Unterdrückung zu sein, habe die Lage verschlimmert und die Krise erst zum Ausbruch gebracht.

Jugendliche – in der Inner City natürlich schwarze Jugendliche – rotteten sich in Banden zusammen, schlugen Schaufenster ein und plünderten Läden. Als das Militär eingriff, bewarfen sie die Soldaten mit Flaschen, Steinen und allem, was ihnen sonst in die Hände fiel.

Anfangs gaben die Soldaten nur Warnschüsse in die Luft ab. Als das nichts half, gingen sie gegen die Menge vor, griffen sich die Rädelsführer und schleiften sie zu ihren bereitstehenden Lastwagen, um sie ins Arsenal abzutransportieren.

Autos gingen in Flammen auf, als die Mobs größer und gewalttätiger wurden, während das Fernsehen die ersten Reportagen sendete. Dabei war es unvermeidlich, daß einige Randalierer von Soldaten erschossen wurden, die größtenteils kaum älter als die jungen Männer waren, von denen sie beschimpft und mit Steinen beworfen wurden. Eine Fernsehkamera beobachtete einen dieser Vorfälle, der sofort weitere Ausschreitungen auslöste.

General Land verbot weitere Fernsehaufnahmen, aber dieser Befehl kam zu spät. In den Armenvierteln brannten schon zwei Dutzend Gebäude, und Feuerwehr und Rettungsdienste kamen wegen des randalierenden Mobs nicht durch. Einige Kommandeure ließen Panzer auffahren, um die Randalierer einzuschüchtern, die mittlerweile mit selbstgebastelten Molotow-Cocktails warfen.

Als ein Panzer liegenblieb und die Besatzung sich nur mit schweren Brandwunden retten konnte, eröffnete ein zweiter mit seinem MG das Feuer auf die Menge. Über ein Dutzend Menschen wurden niedergemäht. Die Randalierer stoben nach allen Seiten auseinander, schlugen auf der Flucht Schaufensterscheiben ein und steckten Autos in Brand. Diese Schreckensbilder führte das Fernsehen einer entsetzten Nation vor.

Dunkle Rauchschwaden und der Gestank von verbranntem Gummi zogen unter wollkenverhangenem Himmel durch die Stadt. Obwohl der Rauch fast überall wahrzunehmen war, blieben die Ausschreitungen – wie schon zur Zeit des Vietnamkriegs – auf die schwarzen Armenviertel, die Gettos der Inner City, beschränkt. Das war kein Zufall, denn über die Hälfte der 12000 in Washington eingesetzten Soldaten hatten den Auftrag, öffentliche Gebäude der Hauptstadt zu schützen. Die meisten Randalierer blieben freiwillig in ihrer gewohnten Umgebung; Straßenschlachten, Plünderungen und Brandstiftungen blieben in zahlreichen Fällen aufs eigene Viertel beschränkt.

Die Generale Land und Greer hatten alle Hände voll zu tun. Ihnen blieb nichts anderes übrig, als die Truppen zu verstärken, bis die Lage sich stabilisiert hatte. Die Fahndung nach den Terroristen wurde vorerst eingestellt.

Als die Sonne unterging, sank die Temperatur, die tagsüber bei 14°C gelegen hatte, rasch auf Werte unter 10°C. General Greer und sein Stab verfolgten die sinkende Temperatur ebenso aufmerksam wie die eingehenden Lagemeldungen. Vielleicht bewirkte die Kälte, wozu die Soldaten nicht imstande gewesen waren. Noch besser wäre Regen gewesen.

Bei einbrechender Dunkelheit schickte General Greer seine letzten Reserven in die Inner City. Dort wüteten noch immer Brände, es wurde auch weiter geschossen, aber die Zahl der Randalierer auf den Straßen nahm merklich ab.

»Captain Grafton, wir haben draußen ein Problem«, sagte der junge Hauptmann entschuldigend. »General Greer ist im Augenblick zu beschäftigt. Er läßt Sie bitten, sich darum zu kümmern.«

Jake, der dabei war, einen Bericht für General Land aufzusetzen, legte seinen Kugelschreiber weg. »Ja?«

»Draußen, Sir. Würden Sie bitte mitkommen?«

Auf dem Flur erklärte ihm der jüngere Offizier: »Es handelt sich um einige Leute, die möchten, daß ihre Angehörigen entlassen werden.«

»Wie viele?«

»Nur drei. Sie sind trotz der Schießereien auf den Straßen zu Fuß hergekommen...«

»Yeah. Wie viele haben wir bisher entlassen?«

»Bisher niemanden, Sir. Wer gegen die Ausgangssperre verstößt oder mit kleinen Mengen Drogen geschnappt wird, kommt nach Fort Nair. Gewalttätige Randalierer, Plünderer und Leute, die geschossen haben, behalten wir hier.«

»In welche Kategorie fallen die Festgenommenen, deren Angehörige hier sind?«

»Es handelt sich um einen Jungen, der geschossen hat, einen Plünderer und eine Frau, die wegen Drogenbesitzes aufgegriffen worden ist. Sie hat einem Kerl in seinem Auto einen geblasen, und da sie nicht im Auto hätten unterwegs sein dürfen, haben unsere Leute sie festgenommen und durchsucht. Der Mann hatte Crack bei sich, und in ihrer

Handtasche sind Spuren von Puder und Crack gefunden worden. Also haben wir die beiden eingelocht.«

Die Zivilisten standen vor einem Schreibtisch am Eingang der großen Lagerhalle, in dem die meisten Festgenommenen untergebracht waren. Zwei schwarze Frauen und ein Weißer. Jake wandte sich als erstes an die ältere Frau.

»Ich bin Harriet Hannifan, General. Ich will meinen Jungen wiederhaben.« Sie war eine stämmige, grauhaarige Mittfünfzigerin. An ihrem Arm hing eine Handtasche. Ihre Schuhe waren abgetragen.

»Wie heißt er, Ma'am?«

»Jimmy Hannifan.«

Grafton wandte sich an den Sergeanten vom Dienst, der in seinen Unterlagen blätterte. »Als Plünderer verhaftet, Sir. Er hat ein Schaufenster mit 'nem Ziegelstein eingeworfen. Wir haben ihn erwischt, als er mit 'nem Fernseher abhauen wollte. Er hat ihn fallen lassen, aber wir haben ihn trotzdem geschnappt.«

»Ist Ihr Sohn schon früher straffällig geworden, Ma'am?«

»Er ist mein Enkel. Großer Gott, ja, er hat in der Schule Schwierigkeiten gehabt und ist in schlechte Gesellschaft geraten. Er ist erst sechzehn und will von der Schule abgehen, aber ich laß ihn nicht.«

»Lassen Sie ihn bitte herholen«, forderte Jake den Hauptmann auf. Er wandte sich an Mrs. Hannifan. »Wie weit sind Sie zu Fuß gegangen?«

»Ein paar Meilen.«

»Ziemlich gefährlich.«

»Er ist mein ein und alles.«

»Und Sie, Ma'am?« fragte Jake die andere Frau, die jünger als Mrs. Hannifan, aber weniger gut angezogen war.

»Mein Sohn. Er soll auf Leute geschossen haben. Ich hab' gesehen, wie die Soldaten ihn abgeführt haben.«

Jake war versucht, sie gleich wieder heimzuschicken. Aber er zögerte. »Wie weit sind Sie zu Fuß gegangen?«

»Von der Kreuzung Emerson Street und Georgia Avenue. Wie weit das ist, weiß ich nicht.«

»Fünf oder sechs Meilen«, warf der Sergeant ein. »Und das bei all den Schießereien.«

Jake nickte dem Hauptmann zu.

»Und Sie, Sir?«

»Mein Name ist Liarakos. Ich möchte meine Frau besuchen. Der Sergeant sagt, daß sie wegen Drogenbesitzes festgehalten wird.«

»Sie wollen, daß sie entlassen wird, meinen Sie?«

»Nein«, antwortete Liarakos energisch. »Ich will sie erst besuchen. Vielleicht beantrage ich danach ihre Freilassung, aber...« Er brachte den Satz nicht zu Ende.

Jake wandte sich an den Hauptmann. »Lassen Sie die jungen Männer in mein Dienstzimmer bringen. Und begleiten Sie diesen Gentleman zu seiner Frau.« Er forderte die beiden Frauen auf, mit ihm zu kommen.

Nachdem sie in seinem Dienstzimmer Platz genommen hatten, ließ er Toad Kaffee holen. Jack Yocke saß schweigend am zweiten Schreibtisch.

Mrs. Fulbright, die jüngere der beiden Frauen, begann zu schluchzen. »Ich weiß, daß das nicht Ihre Schuld ist«, sagte sie, »aber wie soll ein Mensch das alles bloß aushalten? Die Drogen und die Arbeitslosigkeit und die Schulen, in denen sie nichts lernen... Wie sollen sie da zu richtigen Männern heranwachsen? Das frage ich Sie!«

»Das weiß ich auch nicht.«

Während Mrs. Fulbright weiterschluchzte, wurde das Schweigen unbehaglich. Als Jake nichts einfiel, was er hätte sagen können, sah er zu Yocke hinüber. Der Reporter erwiderte seinen Blick ausdruckslos und schwieg auch.

Toad hatte gerade den Kaffee gebracht, als zwei Soldaten die jungen Männer in Handschellen hereinführen. *Männer?* Fast noch Kinder.

»Ihr werdet entlassen, Jungs«, erklärte Jake ihnen, »weil diese Frauen euch so sehr lieben, daß sie ihr Leben riskiert haben, um zu Fuß herzukommen. Viel Geld habt ihr vermutlich nicht, aber ihr besitzt etwas, das viele Leute niemals haben werden – Menschen, die euch lieben.«

Die beiden Jugendlichen wirkten verlegen. Ob's lange vorhält? fragte Jake sich. Aber vielleicht... »Toad, sobald die Ladys ihren Kaffee ausgetrunken haben, fahren Sie diese Leute heim.«

»Mein Gott, Thanos, warum bist du hergekommen?«

»Ich...«

Sie hielt eine Hand hoch, damit er ihr Gesicht nicht sehen konnte. Er zog ihre Hand weg. In ihren Augen standen Tränen.

»Du hättest nicht kommen sollen«, flüsterte sie. »O Gott, Thanos, sieh dir bloß an, was ich mir angetan habe.«

In dem Raum, den sie sich mit fünf weiteren Frauen teilen mußte, stank es nach Urin und Erbrochenem. Die gesamte Einrichtung bestand aus einem auf dem Fußboden verstreuten halben Dutzend Matratzen mit Wolldecken. Elizabeth hockte mit hochgezogenen Knien auf einer dieser Matratzen. Ihre Kleidung war verdreckt.

»Tut mir leid, das alles so gekommen ist, Thanos. Es tut mir schrecklich leid.«

»Das ist der erste Schritt auf dem Weg zurück, Elizabeth.«

»Ich fühle mich so schmutzig. Und alles ist meine eigene Schuld. Wie kannst du mich überhaupt noch...«

»Willst du heimkommen? In Zukunft ohne Drogen leben?«

»Ich weiß nicht, ob ich das kann! Aber wieso willst du… weißt du denn nicht, was ich getan habe? Weißt du, warum ich hier bin?«

»Ja, das weiß ich.«

Sie entzog ihm ruckartig ihre Hand und schlug beide Hände vors Gesicht. »Bitte geh jetzt…«

Liarakos stand auf und schlug mit der Faust an die Tür.

»Sir, ich möchte meine Frau mit nach Hause nehmen.«

Liarakos stand vor Graftons Schreibtisch. Jake zwang sich dazu, dem Mann ins Gesicht zu sehen. »Einverstanden«, sagte er. »Wo wohnen Sie?«

»Edgemoor.«

»Liegt das nicht drüben am Rock Creek Park?«

»Ja.«

»Jack, sehen Sie zu, daß Toad noch nicht wegfährt. Sagen Sie ihm, daß er zwei weitere Fahrgäste bekommt. Am besten gehen Sie gleich mit, Mr. Liarakos.«

Liarakos machte kehrt, blieb dann aber stehen und sah sich um. »Danke, ich…«

Jake winkte ab.

Zehn Minuten später kam Yocke zurück. »Toad hat alle mitgenommen«, berichtete er und setzte sich auf den Stuhl vor Jakes Schreibtisch. »Wissen Sie, wer dieser Mann gewesen ist?«

»Li-irgendwas. Ich hab' den Namen vergessen.«

»Thanos Liarakos. Er ist Chano Aldanas Verteidiger.«

»Jeder hat seine Probleme«, sagte Jake Grafton und konzentrierte sich wieder auf seinen Bericht.

»Sie haben ihn gleich erkannt, stimmt's?«

»Sie sind schlimmer als Tarkington. Lassen Sie mich jetzt in Ruhe arbeiten, ja?«

Yocke stand unschlüssig auf. Er machte einen kurzen Rundgang durch Jakes Dienstzimmer, trat auf den Korridor hinaus und folgte ihm zu dem Vorraum, in dem die Personalien neuer Häftlinge aufgenommen wurden. Dort wartete er, bis der Sergeant zwei weitere mürrische Festgenommene eingetragen hatte, und fragte dann: »Wer ist der Mann, der mit Mrs. Liarakos verhaftet worden ist?«

»Augenblick, den hab' ich hier.« Der Sergeant blätterte in dem grünen Diensttagebuch. »Der Kerl hat sich geweigert, seine Personalien anzugeben. Aber der Inhalt seiner Brieftasche weist ihn als einen gewissen T. Jefferson Brody aus. Rechtsanwalt von Beruf, so unglaublich das klingt. Vor drei Stunden reingekommen. Er ist in Ladebucht fünf, falls Sie mit ihm reden wollen.« Der Sergeant zeigte mit einer vagen Handbewegung nach links.

Einige Häftlinge waren noch immer betrunken und aggressiv. Sie reagierten sich mit obszönen Ausdrücken lautstark ab. Der Gestank von Schweiß und Urin verpestete die Luft. Yocke versuchte, ganz flach zu atmen.

Er fand die auf drei Seiten von hüfthohen Betonwänden umschlossene Ladebucht fünf, in der sonst Lastwagen der Nationalgarde be- und entladen wurden. Auf dem ölfleckigen Betonboden hockten mehrere Dutzend Männer in Handschellen. Genau gegenüber, aber durch eine breite Fahrspur getrennt, befand sich eine weitere Ladebucht für Frauen. Die weiblichen Häftlinge kehrten den Männern den Rücken zu.

Yocke hatte Mühe, T. Jefferson Brody zu erkennen. Der Anwalt stand in einem eleganten, aber völlig verdreckten blauen Anzug da, zerrte an seinen Handschellen und kreischte mit sich überschlagender Stimme zu den Frauen hinüber. *»Du gottverdammte Nutte! Ich reiß dir mit bloßen Händen das Herz aus dem Leib! Wir sind nicht ewig hier* *drin, verfluchte Schlampe! Dann kannst du dich auf was gefaßt machen! Dich krieg' ich – und wenn ich dafür...«*

Einer der Wachposten kam auf ihn zumarschiert. »Hey, Großmaul, halt endlich die Klappe! Ich sag's dir nicht noch mal. Schluß damit, verstanden?«

»Die verdammte Nutte hat mich *ausgeraubt*!« jammerte Brody. »Sie hat mir...«

»Halt die Klappe, Mann, sonst wirst du geknebelt. Das ist meine letzte Warnung!«

T. Jefferson Brody verstummte. Aber er starrte weiter zu den Frauen hinüber. Auch als er sich nun setzte, ließ er sie nicht aus den Augen.

Jack Yocke wandte sich angewidert ab. Die Hölle kann kaum schlimmer sein, dachte er. Dabei lief ihm ein kalter Schauer über den Rücken.

Die erste Bombe detonierte um 6.30 Uhr. Ein mit fünf Tonnen Dynamit beladener Lastwagen durchbrach den Maschendrahtzaun des riesigen Umspannwerks Greenleaf Point an der Mündung des Anacostia Rivers. Als der Fahrer durch die Lücke im Zaun davonlief, wurde er von zwei Soldaten verfolgt, die vergeblich hinter ihm herschossen. Er tauchte in einer Wohnsiedlung unter. Die Soldaten kamen eben zurück, um den LKW zu untersuchen, als seine Ladung mit einem Donnern explodierte, das meilenweit zu hören und zu spüren war. Das Umspannwerk wurde völlig zerstört. In der gesamten Innenstadt und im Südosten Washingtons fiel der Strom aus.

In der nächsten Viertelstunde wurden drei weitere Umspannwerke durch LKW-Bomben so schwer beschädigt, daß nun ganz Washington ohne Strom war.

»Wenigstens kann das verdammte Fernsehen jetzt nicht mehr senden«, sagte Toad Tarkington zu Rita Moravia, die auf der Ladefläche eines Militärlasters ins Arsenal gekommen war.

Während General Greer auf diese Anschläge reagierte, wurde die große Erdgaspumpstation in Arlington in die Luft gesprengt. Die Detonation glich einer kleinen Atombombenexplosion und verwandelte die Pumpstation sekundenschnell in ein flammendes Inferno. In der Dunkelheit, die seit dem Stromausfall über der Stadt lag, war der Feuerschein von allen Hausdächern aus deutlich zu sehen.

Während diese Explosionen Washington erschütterten, wurde auf dem Capitol Beltway eine Gruppe Soldaten von zwanzig mit Schnellfeuergewehren bewaffneten Männern überfallen und erschossen. Drei Männer in Uniform hielten den Lastwagen an und erschossen den Fahrer und den Sergeanten, als die beiden aus der Fahrerkabine stiegen. Mehrere Soldaten wurden von einer MG-Garbe niedergemäht, als sie von der Ladefläche springen wollten. Die unter der Plane gefangenen zwölf Überlebenden warfen ihre Gewehre über die Heckklappe und ergaben sich. Sie wurden in den Entwässerungsgraben neben der Autobahn getrieben und erschossen. Ihre Waffen, Munition und Handfunkgeräte wurden eingesammelt und auf dem Lastwagen verstaut.

Die Angreifer drängten sich auf den Sitzbänken unter der Plane zusammen. In der Fahrerkabine untersuchten zwei Uniformierte Lenkung und Schaltung des Fahrzeugs, dessen Motor noch lief, und schafften es, den ersten Gang einzulegen und loszufahren.

Der Lastwagen benutzte die Ausfahrt Kenilworth Avenue und fuhr mit 25 Meilen nach Süden in Richtung Washington. Um zu verhindern, daß jugendliche Fahrer den Motor überdrehten, hatte die Army schon vor vielen Jahren Drehzahlbegrenzer eingeführt, aber dem ungeübten Fahrer gelang es nicht, einen höheren Gang einzulegen.

Die beiden mit Metallgittern geschützten Scheinwerfer lieferten nur wenig Licht, das jedoch ausreichte. Die riesigen Reifen rollten mühelos über die Schlaglöcher und Risse im Asphalt hinweg, mit denen die Pendler sich seit Jahren abgefunden hatten.

Die vordere Stoßstange des Lastwagens bildete ein breiter Stahlträger, der wie das ganze Fahrzeug olivgrün gestrichen war. Mit dieser massiven Stoßstange sollte das Fahrzeug liegengebliebene oder festsitzende LKWs anschieben können.

An der Kreuzung Kenilworth Avenue/New York Avenue bewachten fünf Nationalgardisten eine Straßensperre. Der Fahrer des erbeuteten Lastwagens nahm nicht einmal den Fuß vom Gas. Der Stahlträger rammte einen als Hindernis quer auf die Fahrbahn gestellten Bus und schob ihn beiseite, während der Lastwagen mit aufheulendem Motor weiterraste. Gleichzeitig eröffneten die Männer auf der Ladefläche das Feuer auf die völlig überraschten Nationalgardisten.

Wenige hundert Meter weiter röhrte der Lastwagen an einem großen Schild vorbei, hinter dem der District of Columbia begann – eine weiße Tafel mit kunstvoll über und unter der Silhouette des Kapitols angeordneter blauer Schrift: WELCOME TO WASHINGTON, A CAPITAL CITY. MARION C. BARRY, MAYOR.

Henry Charon weichte den alten Verband mit Wasser aus dem Kanister auf und wickelte ihn dann langsam ab. Jede Bewegung schmerzte, also versuchte er gar nicht erst, die Schußwunde zu begutachten. Er legte sich nur einen neuen Verband aus Leinenstreifen an, die er sauber verknotete.

Dann zog er ein Flanellhemd und darüber ein Sweatshirt an.

Die Jacke, die er letzte Nacht aus dem Kleiderschrank des Studenten mitgenommen hatte, war modisch, aber nicht zweckmäßig genug. Er ließ sie am Nagel hängen und schlüpfte in seinen Reserveparka. Charons Füße steckten in zwei Paar Socken und den altbewährten Jagdstiefeln.

Seinen Gürtel zog er so durch eine Scheide für ein Jagdmesser, daß es in seiner rechten Hüfttasche steckte. Als der Gürtel richtig unter dem Behelfsverband saß, steckte Charon sein Finnmesser mit schmaler, rasiermesserscharfer Klinge in die Lederscheide und schloß den Druckknopf des Sicherungsriemens.

Zum Schluß setzte er seine Mütze auf: eine Jägermütze mit Wollfutter, Schirm und vorerst noch hochgebundenen Ohrenklappen. Die Mütze war dunkelbraun und wies die Flecken und sonstigen Spuren vieler Winter auf.

Der Schalldämpfer ließ sich leicht und mühelos auf die 9-mm-Pistole schrauben. Er überzeugte sich davon, daß das Magazin voll war, und zog den Schlitten zurück, bis er das Messing der Patronenhülse in der Kammer sah. Nachdem er die Waffe gesichert hatte, steckte er sie mit der rechten Hand hinten in seinen Hosenbund. Die Handgranaten und zwei volle Reservemagazine für die Pistole verstaute er in den Parkataschen.

Er öffnete seine Sporttasche, um die Winchester Modell 70 zu kontrollieren. Das Gewehr und eine Schachtel Munition lagen gut verpackt in der Tasche. Er zog den Reißverschluß zu und legte den Traggurt über die rechte Schulter.

Was noch? Richtig, die kleine Stabtaschenlampe. Er prüfte sie, schaltete sie wieder aus und steckte sie in eine Tasche seines Parkas.

Das Radio blieb hier. Es wäre praktisch gewesen, aber es war zu sperrig. Essen, Wasser? Eine Handvoll Trockenfleisch und eine kleine Plastikflasche mit Wasser mußten genügen. Und ein Stadtplan.

Noch irgend etwas?

Handschuhe. Er zog sie langsam an: gute Schweinslederhandschuhe, die wie angegossen paßten.

Gewiß, er hatte keine Pirsch auf Dickhornschafböcke oberhalb der Baumgrenze in den Rocky Mountains bei Schneetreiben und Temperaturen weit unter dem Gefrierpunkt vor sich. Aber er würde Jagd auf das allerscheueste, schwierigste Wild machen – auf einen Menschen. Henry Charon grinste in stiller Vorfreude und schaltete die Batterielampe aus.

Der erbeutete Lastwagen fuhr langsam durchs Tor des Arsenals und kam auf dem Parkplatz zum Stehen. Sein Fahrer schaltete das Licht aus, stellte den Motor ab und stieg aus. Rechts ging der Sergeant nach hinten, um zu beobachten, wie seine Männer von der Ladefläche kletterten.

Die Männer traten jedoch nicht an, sondern gingen sofort in Zweier- und Dreiergruppen davon.

Der Parkplatz wurde von einer Notbeleuchtung auf Holzmasten erhellt. Der Strom kam aus laut brummenden Notstromgeneratoren. Das Licht war nicht sonderlich hell, aber es reichte gerade aus.

Der Sergeant und sechs seiner Männer marschierten zum offenen Tor des Arsenals und verschwanden darin. Zwei der Männer blieben am Eingang der großen Lagerhalle stehen und beobachteten kurz die angeketteten Gefangenen. Im trüben Schein der Notbeleuchtung, die sich automatisch eingeschaltet hatte, als der Strom ausgefallen war, bot sich ihnen eine gespenstische Szenerie. Hier waren über zweihundert schluchzende, fluchende, weinende Männer und Frauen angekettet. Der Lärm hätte zu einem Alptraum über ein Irrenhaus gepaßt.

Nach einigen Sekunden stummer Beobachtung konzentrierten die Eindringlinge sich auf die Wachposten, das Kommen und Gehen anderer Soldaten und die zu einer Galerie mit Diensträumen hinaufführende Stahltreppe.

Zwei Männer durchquerten die große Lagerhalle bis zum Tor am anderen Ende, während der Sergeant und seine beiden Begleiter dem Hauptkorridor des Arsenals folgten. Obwohl der Sergeant kein Englisch sprach und die Wegweiser nicht lesen konnte, steuerte er zielsicher auf die große offene Doppeltür am Ende des Korridors zu, die offenbar in einen Raum mit viel Betrieb führte. Auf dem Weg dorthin kamen ihm mehrere Amerikaner entgegen, die ihn jedoch keines Blickes würdigten. Mit seinem dunklen südamerikanischen Teint paßte er genau in die vielrassige US-Army.

Der angebliche Sergeant und seine Begleiter blieben an der offenen Doppeltür stehen. An den Wänden hingen Stadtpläne und Landkarten, auf den Schreibtischen standen Funkgeräte und Telefone. Hinter einem großen Schreibtisch in der Mitte dieses Raums saß ein stämmiger Mann mit je zwei Silbersternen an den Kragenecken.

Der Sergeant nickte seinen Männern zu, die nun wie er unauffällig Handgranaten von ihren Webkoppeln hakten und die Sicherungsstifte herauszogen. Dann warfen sie die Handgranaten in hohem Bogen in die Mitte des Raums und gingen hinter den nächsten Schreibtischen in Deckung.

»Handgranaten!«

Dieser Schrei elektrisierte die Soldaten. Männer sprangen auf, rannten los oder warfen sich in Deckung, als die kleinen Bomben detonierten. Granatsplitter durchsiebten die Notbeleuchtung, die sofort ausfiel.

Die kurze Stille nach den Detonationen wurde nur durch die gellenden Schreie irgendeines tödlich verwundeten armen Teufels unterbrochen. Dann begannen die Eindringlinge mit ihren Gewehren zu schießen.

Draußen in der Lagerhalle waren die Detonationen nur gedämpft, aber trotzdem deutlich zu hören. Als die Soldaten anfingen, darauf zu reagieren, machten die jeweils zwei Terroristen an den beiden Ausgängen sich sehr geschäftsmäßig daran, Uniformierte zu erschießen, so schnell sie nur zielen und abdrücken konnten.

Aber die Soldaten waren zu zahlreich. In weniger als zwanzig Sekunden waren alle vier Eindringlinge tot.

Draußen auf dem Parkplatz wurde weiter geschossen, wurden weiter Handgranaten geworfen. Ein Terrorist erreichte ein auf einem Jeep drehbar montiertes Maschinengewehr M-60 und mähte damit reihenweise Soldaten nieder. Er wurde erschossen, aber ein anderer nahm seinen Platz ein. In der ersten halben Minute der Schießerei brachen über achtzig Soldaten tot oder verwundet zusammen.

Die meisten Soldaten, die im Lageraum Dienst taten, waren unbewaffnet. Aber das spielte keine große Rolle. Der einzige Lichtschein war das Mündungsfeuer der auf Dauerfeuer gestellten M-16 der Terroristen. Die Soldaten, die den Handgranatenangriff überlebt hatten, lagen flach auf dem Fußboden, während hämmernde Feuerstöße die Schreibtische, Funkgeräte und Telefone durchsiebten. Wie durch ein Wunder zielten alle drei Terroristen deutlich zu hoch.

Ein Offizier hatte eine Dienstpistole. Als die Feuerstöße aufhörten, glaubte er, die Eindringlinge hätten ihre Magazine leergeschossen und würden sie wechseln, richtete sich auf und schoß in die Richtung, in der er das Mündungsfeuer beobachtet hatte. Er traf zwei der Terroristen, bevor der dritte, der schneller nachgeladen hatte, ihn mit einem kurzen Feuerstoß tödlich traf.

Dieser Attentäter schoß sein Magazin leer und hakte eine weitere Handgranate los. Als er eben den Sicherungsstift herauszog, tauchte ein Gefreiter hinter ihm auf und erledigte ihn mit einem Feuerstoß aus seinem M-16 aus kürzester Entfernung. Die Handgranate fiel unbemerkt zu Boden, detonierte Sekunden später und zerriß den Gefreiten. Zwischen der ersten und dieser letzten Detonation lag nicht einmal eine Minute.

Draußen auf dem Parkplatz dauerte das Feuergefecht länger. Das hämmernde MG und die auf Dauerfeuer gestellten M-16 forderten unglaublich viele Tote und Verletzte.

Aber die Soldaten, die gar nicht oder nur leicht verwundet waren, setzten sich zur Wehr. In der allgemeinen Verwirrung schossen manche Amerikaner aufeinander.

Die Schießerei ging weiter, bis irgend jemand brüllte: »Feuer einstellen! Feuer einstellen!« Nun hörte das Schießen endlich auf.

Die Sergeanten waren dabei, die erschossenen Terroristen umzudrehen und ihre Taschen zu durchsuchen, als Jake Grafton mit seinem Gewehr ins Freie kam. Er war während des Überfalls auf der Toilette gewesen.

»Sie sehen alle südamerikanisch aus, Sir«, meldete ihm jemand.

»Der hier lebt noch.« Der Terrorist, den der Soldat meinte, brabbelte auf spanisch vor sich hin. Er starrte seine Bauchwunde an, aus der ein breiter Blutstrom quoll, und betete dabei den Rosenkranz herunter.

»Kolumbien, *sí*?«

Der Verletzte betete weiter. Der Soldat packte ihn an der Jacke seines Kampfanzuges, riß ihn daran hoch und schüttelte ihn heftig. »Kolumbien, *sí*?«

»Sí, sí, sí...«

»Hoffentlich verreckst du langsam, Scheißkerl!« Der Soldat ließ ihn auf den Asphalt zurückplumpsen.

»Wie hoch sind unsere Verluste?« fragte Jake einen Major, der neben ihm stand.

»Wir zählen noch. Mein Gott, ich glaube, daß viele unserer Leute aufeinander geschossen haben. Jeder hat auf jeden geschossen.« Der Major schüttelte trübselig den Kopf. »Die armen Schweine…«

Jake Grafton wurde von einer schrecklichen Lethargie befallen. Am liebsten hätte er einfach sein Gehirn abgeschaltet.

»General Greer ist tot, Sir.«

Jake nickte langsam. Irgendwie überraschte ihn das nicht. Toad, Rita, wo waren die beiden?

Er fand sie im Arsenal, wo sie bei Verwundeten Erste Hilfe leisteten. Rita legte einem Soldaten mit einer pfeifenden Brustwunde einen Druckverband an, und Toad bemühte sich, die Blutung eines Soldaten mit einem glatten Oberschenkeldurchschuß zu stillen.

Jake ließ sie weiterarbeiten und machte sich auf die Suche nach einem Funkgerät, das noch funktionierte.

Das Funkgerät, dessen Metallgehäuse von Granatsplittern durchschrammt war, stand im Lageraum. Im Licht von Batterie- und Taschenlampen arbeiteten dort Sanitäter und Freiwillige fieberhaft, um die Verwundeten zu retten. Die Toten lagen unbeachtet in ihrem eigenen Blut. Jake Grafton kämpfte gegen einen heftigen Brechreiz an, während er sich davon überzeugte, daß die richtige Frequenz eingestellt war, und nach dem Mikrofon griff.

Sein Anruf wurde sofort beantwortet, aber dann mußte Jake endlos lange warten. Zwischendurch schluckte er immer wieder trocken. Sein Blick blieb starr auf das Funkgerät gerichtet.

Nach einer kleinen Ewigkeit kam die Stimme des Vorsitzenden der Vereinten Stabschefs aus dem Lautsprecher. Jake griff nach seinem Mikrofon.

»Captain Grafton, Sir. Die Terroristen haben uns überfallen. Sie sind vor etwa zehn Minuten hier ins Arsenal eingedrungen. Schätzungsweise achtzehn bis zwanzig Mann. Wir haben noch keine genauen Zahlen, aber ich denke, daß unsere Verluste bei fünfzig Toten und hundert Verwundeten liegen.«

Schweigen. Was hätte General Land dazu sagen sollen? Seine Antwort bestand aus einer Frage: »Wer ist der ranghöchste Heeresoffizier, der dort drüben noch auf den Beinen ist?«

»Colonel Jonat, Sir. Er kümmert sich auf dem Parkplatz um die Verwundeten. General Greer und die beiden Brigadegenerale, die hier waren, sind tot.«

»Ich komme so bald wie möglich mit dem Hubschrauber rüber. Aber vorher will der Vizepräsident mich im Weißen Haus sprechen. Sagen Sie Colonel Jonat, daß er die Stellung halten soll.«

»Ja, Sir.«

Jake ging nach draußen, um Colonal Jonat zu suchen und etwas frische Luft zu bekommen. Die Notstromaggregate brummten weiter, und die Scheinwerfer auf den Lichtmasten tauchten die Szenerie in helles Licht.

Nach einem kurzen Gespräch mit dem Colonel, der dabei war, den Abtransport der Verwundeten in ein Krankenhaus zu organisieren, schnorrte Jake eine Zigarette. Er stand am Eingang des Arsenals und genoß den bitteren Tabakgeschmack, als Rita ins Freie trat. »Ich wußte gar nicht, daß Sie rauchen, Sir.«

Jake Grafton nahm einen weiteren Zug.

Die Entfernung betrug über 500, vermutlich 550 Meter. Leicht böiger Seitenwind mit schätzungsweise zehn Knoten. Mal rechnen – die Kugel würde ungefähr eine Sekunde lang in der Luft sein. Wie weit würde sie bei diesem Wind abgetrieben werden? Er versuchte, sich an die Windtabellen zu erinnern. Zehn Knoten waren fünf Meter in der Sekunde. Allerdings kam der Wind aus 45 Grad – also etwa vier Meter. Die Kugel würde in jeder Sekunde vier Meter abgetrieben werden, *falls* er Windrichtung und -geschwindigkeit richtig einschätzte und *falls* der Wind gleichmäßig blieb, was er nicht tun würde.

Und die Senkung der Flugbahn – bei dieser Schußentfernung etwa drei Meter.

Ein unmöglicher Schuß!

Nur ein Volltrottel konnte sich diesen Schuß zutrauen.

Henry Charon legte sein Gewehr auf die Betonbrüstung und betrachtete das Arsenal durchs Zielfernrohr. Selbst bei neunfacher Vergrößerung sahen die Männer winzig aus.

Der Attentäter drehte den Parallaxenring des Zielfernrohrs auf Unendlich und stellte ihn danach wieder eine Kleinigkeit zurück. Er zog das Gewehr nochmals an die Schulter und beobachtete die Szene vor dem Haupteingang des Arsenals.

Er war hierhergekommen, weil er wußte, daß General Land irgendwann im Arsenal erscheinen würde. Nach der zweiten wüsten Ballerei dort drüben mußte der Vorsitzende der Vereinten Stabschefs um so früher eintreffen. Charon brauchte nur zu warten. Und seinen Schuß anzubringen.

Augenblick! Wer ist der Kerl mit der Zigarette am Haupteingang? Ist das nicht der Offizier von gestern nacht im Rock Creek Park? Ist das nicht der Mann, der im Licht der Straßenlaterne vor dem Haus gestanden hat?

Ja, das ist er... Dieselbe Aufmachung, derselbe Körperbau, dieselbe Kopfform.

Natürlich hatte er nicht den Schuß abgegeben, der Charon getroffen hatte, aber er hatte ein ganzes M-16-Magazin haarscharf über seinen Kopf hinweggejagt. Er hatte sich alle Mühe gegeben, ihn zu erledigen. Ob er's noch mal versuchen würde, falls er eine Gelegenheit dazu bekam?

Dieser Gedanke amüsierte Charon.

Er hob kurz den Kopf, rieb sich die Augen und zog das Gewehr dann wieder an seine Schulter. Nachdem er die Waffe mit einer Daumenbewegung entsichert hatte, richtete er das Fadenkreuz nur so zum Spaß auf einen Punkt etwa dreieinhalb Meter über und dreieinhalb Meter rechts neben Jake Graftons Brust. Das war der Zielpunkt.

Er holte tief Luft, atmete langsam aus und konzentrierte sich darauf, das Gewehr absolut ruhig zu halten, während er am Abzug Druckpunkt nahm.

Charon streckte den bereits gekrümmten Zeigefinger wieder und atmete mehrmals durch, während er sich daran erinnerte, was er letzte Nacht als Gejagter empfunden hatte.

Aber jetzt... jetzt lag alles *hinter* ihm. Er blickte *zurück*.

Was würde er, Henry Charon, mit zehn Millionen Dollar anfangen, falls ihm durch irgendein Wunder die Flucht glückte? An einem Palmenstrand sitzen und tropische Drinks schlürfen? Vielleicht eine Europareise machen? Er versuchte, sich selbst zu sehen, wie er die Rive Gauche entlangschlenderte oder Burgen am Rhein besichtigte. Wem wollte er etwas weismachen? Er hatte nie damit gerechnet, mit dem Leben davonzukommen. Drei oder vier Jahrzehnte erzwungener Untätigkeit wären so schlimm wie eine lebenslängliche Haftstrafe.

Er atmete aus, zielte erneut und krümmte langsam und stetig den Zeigefinger. Wie alle hervorragenden Schützen konzentrierte er sich ganz aufs Fadenkreuz, ohne an den Augenblick zu denken, in dem der Schuß fallen würde. Deshalb war er angenehm überrascht, als die Kugel den Lauf verließ.

Ein Schlag streifte Jake Graftons Oberarm und ließ ihn heftig zusammenzucken. Er sah hin. Ein Loch. Ein Loch in seinem Jackenärmel! Was...

Gleichzeitig hörte er den Schußknall, einen kurzen trokkenen Knall.

»Deckung!« rief er laut. *»Deckung!«* Er stieß Rita zu Boden und warf sich neben sie auf den Asphalt. *»Wir werden beschossen!«*

Von woher? Jake sah sich um. Am Horizont ragte der wuchtige Bau der RFK-Stadions auf. Jake sprang auf und rannte los. In den oberen Rängen des Stadions blitzte Mündungsfeuer auf. Irgend etwas surrte an seinem Ohr vorbei.

Zum Glück hielt er sein M-16 noch in der Hand. Das Magazin war voll.

Während er durchs Tor und nach rechts in Richtung Stadion rannte, zog er den Reißverschluß seiner Jacke auf, streifte sie ab und ließ sie fallen. Aus der Helligkeit des Parkplatzes gelangte er ins schützende Dunkel, lief keuchend weiter, spürte sein Herz jagen, bekam nicht genug Luft, mußte langsamer traben...

Dieser gottverdammte Scharfschütze! Irgendein Verrückter, ein Drogensüchtiger? Oder ein Ablenkungsmanöver, um die Soldaten aus dem Arsenal zu locken?

Irgend jemand folgte ihm, lief hinter ihm her. Aber Jake sah sich nicht um.

Das Stadion war von einem hohen Maschendrahtzaun mit einer Doppelreihe Stacheldraht umgeben. In dieser gottverdammten Stadt war alles eingezäunt! Jake trabte weiter auf einen Rundbogen zu, vor dem er ein Tor im Zaun vermutete. Er hatte sich nicht getäuscht.

Das massive Gittertor war mit einem Vorhängeschloß gesichert. Jake zerschoß es. Trotzdem wollte es sich nicht öffnen lassen, als er daran zerrte. Beim nächsten Mal hielt er die Gewehrmündung an eines der Kettenglieder und drückte ab. Funken sprühten, und Metallsplitter trafen ihn, aber die Kette fiel herunter.

Er strengte sich an, den Torflügel aufzuziehen. In diesem Augenblick kam Rita herangerannt. Auch sie war mit einem M-16 bewaffnet. Sie half ihm, das Tür zu öffnen.

»Lassen Sie das Stadion außerhalb des Zauns abriegeln. Die Männer sollen auf jeden schießen, der rauskommt – außer auf mich!«

»Glauben Sie, daß er noch dort drinnen ist?«

»Weiß ich nicht. Bleiben Sie in Bewegung, damit Sie kein stationäres Ziel sind.« Jake schlüpfte durchs Tor und rannte auf den Rundbogen zu.

Auf beiden Seiten führten Steilrampen nach oben. Er wandte sich nach links und trabte die Rampe hinauf.

Auf der zweiten Ebene machte er halt, um wieder zu Atem zu kommen und zu horchen. Der gewaltige Bau war finster wie ein Mausoleum.

Verrückt. Was er hier tat, war einfach verrückt.

Rita hielt eine Gruppe Soldaten auf, die unter Führung eines Sergeanten mit schußbereit gehaltenen Sturmgewehren im Laufschritt zum Stadion trabte. »Lassen Sie Ihre Männer das Stadion abriegeln«, wies sie ihn an. »Aber sie sollen außerhalb des Zauns bleiben. Captain Grafton ist drinnen. Sollte sonst jemand rauskommen, wird ohne Anruf geschossen!«

»Auch ohne Warnschüsse?«

»Ohne Warnschüsse«, bestätigte Rita. »Und sorgen Sie dafür, daß Ihre Männer in Deckung liegen. Der Kerl ist ein gefährlich guter Scharfschütze.« Sie nickte dem Sergeanten zu. »Sie laufen ins Arsenal zurück und bitten den Colonel um ein Dutzend Männer. Das Stadion muß abgeriegelt werden.«

»Was haben Sie jetzt vor?«

»Ich gehe auch rein.« Sie schlüpfte durch das Tor im Zaun und lief auf die Rampe zu.

Jake ging langsam weiter, hielt sein Gewehr mit beiden Händen schußbereit und hatte den Zeigefinger am Abzug. Seine Augen hatten sich inzwischen an die hier herrschenden Lichtverhältnisse gewöhnt. In den letzten Jahren hatte er Schwierigkeiten mit seinem Nahsehvermögen gehabt, aber seitdem er das Rauchen aufgegeben hatte, sah er nachts fast wieder normal. Aber vorhin hatte er eine Zigarette geraucht!

Im Stadion war es totenstill. Ein riesiger Bau mit dunklen, fast schwarzen Betonflächen, langen Korridoren und hohen Durchgängen, die zu den Sitzreihen hinausführten.

Auf der dritten Ebene bog Jake ab und ging zu den Sitzreihen hinaus, um das Stadioninnere überblicken zu können. Ein von den Wolken reflektierter, ganz schwacher Lichtschein ließ ihn die Umrisse des Bauwerks erkennen. Aber das reichte nicht aus, um jemanden auf der Gegentribüne zu sehen – falls dort jemand zu sehen gewesen wäre.

Er ging in die Hocke, um hinter der nächsten Sitzreihe wenigstens halb in Deckung zu sein, und suchte die regelmäßig angeordnete Kombination aus Sitzen und Aufgängen sorgfältig mit den Augen ab. Nach einer Minute veränderte er seine Position und nahm sich die andere Seite vor.

Nichts.

Klar, er brauchte irgendein System. Etwas Wissenschaftliches. Einen Plan.

Okay. Er würde ganz nach oben steigen, einen Rundgang ums Stadion machen und zwischendurch haltmachen, um die Sitzreihen abzusuchen. Danach würde er sich die nächst tiefere Ebene vornehmen und von dort aus weitersuchen.

Falls der Kerl noch hier ist…

Aber er ist vermutlich längst fort. Wozu sollte er hierbleiben?

Jake stand auf, blieb aber geduckt und ging die Sitzreihe entlang. Er wollte nicht wieder an derselben Stelle auftauchen wie vorhin. Das war sträflich dumm gewesen.

Eine Kugel ließ den Sitz neben Jake zersplittern, während der Schußknall durchs weite Rund des Stadions hallte. Er warf sich zu Boden, robbte die Sitzreihe entlang weiter und schob dabei sein M-16 vor sich her.

Nun, zumindest war damit seine Frage beantwortet. Der Unbekannte war noch da.

Colonel Orrin Jonat schickte weitere zwölf Soldaten zum RFK-Stadion hinüber. Da der größte Teil seiner Männer entweder selbst verwundet oder damit beschäftigt war, die Verwundeten in Krankenhäuser zu transportieren und die Gefallenen aufzustapeln, blieben ihm nach dem Abmarsch dieses Dutzends keine fünfzig Soldaten mehr, um fast vierhundert Häftlinge zu bewachen *und* weiter Krieg zu führen.

Als erstes veranlaßte er, daß das Arsenalgelände von vier Gruppen zu je zwei Mann gesichert wurde. Das reichte an sich nicht, aber im Augenblick hatte er einfach nicht mehr Leute. Auch er hatte sich überlegt, daß der Scharfschütze im Stadion ein Ablenkungsmanöver sein konnte. Trotzdem durfte er seine sonstigen Aufgaben nicht vernachlässigen. Als nächstes würde er einige Kompanien von den Straßen zurückholen müssen. Seine wenigen Männer konnten nicht genügend neue Funkgeräte bedienen, um ihn über die Standorte aller draußen operierenden Einheiten auf dem laufenden zu halten.

Auch der Heeresleutnant, der an der Spitze der Zwölfergruppe über den riesigen leeren Parkplatz des RFK-Stadions trabte, hörte den Schuß. Am Zauntor erwartete ihn der Sergeant, der gleich wieder zurückgelaufen war.

»Sollten wir nicht reingehen, Sir?« schlug der Sergeant vor.

»Die Navyleute wollen, daß wir draußen bleiben, stimmt's?«

»Ja, Sir.«

»Dort drinnen im Dunkel sind jetzt zwei unserer Leute und mindestens ein Angreifer. Schicken wir weitere Männer rein, schießen sie zuletzt auf die falschen Leute. Das ist unvermeidlich. Genau *das* haben wir vorhin im Arsenal erlebt. Nicht schon wieder! Verteilen Sie die Männer rund ums Stadion. Wer sich rauszuschleichen versucht, wird ohne Anruf erschossen!«

Henry Charon amüsierte sich ausgesprochen gut. Er stand unter einem der tunnelförmigen Tribünenausgänge und hatte das Zielfernrohr ans Auge gesetzt. Es zeigte ihm die schemenhafte Gestalt eines Mannes, der auf der Gegentribüne die Treppe zum nächsten Ausgang hinaufhetzte. Wirklich ein verdammt gutes Zielfernrohr! Es verstärkte die in der Umgebung vorhandene Helligkeit, so daß man damit besser als mit bloßem Auge sah.

Charon richtete das Fadenkreuz auf einen Punkt haarscharf rechts neben dem Laufenden und drückte ab. Während der Knall durchs Stadion hallte, spürte er den Rückschlag als befriedigend festen Schlag gegen seine rechte Schulter.

Er zog den Ladehebel zurück, machte kehrt und verschwand wieder im Tunnel. Im Tribünengang wandte er sich nach links und trabte leichtfüßig weiter.

Er fühlte sich wohl. Seine linke Körperhälfte schmerzte, aber die Schmerzen waren erträglich, und er konnte sich ausreichend bewegen. Er war fit. Er hätte zehn Meilen weit traben können, ohne auch nur zu schwitzen.

Henry Charon fragte sich, ob der andere Mann sich auch so gut amüsierte wie er.

»Colonel, draußen kommt ein Haufen Leute die Straße entlang auf uns zu«, meldete ein Soldat.

Colonel Jonat starrte den Mann ungläubig an. »Wie bitte?«

»Ein Haufen Leute. Anscheinend unbewaffnet. Sie sind hierher unterwegs.«

»Wie viele sind ein Haufen?«

»Hunderte. Schwer zu schätzen.«

Orrin Jonat folgte dem Soldaten nach draußen. Er trat ans Tor und blickte die Straße entlang. Großer Gott, sie war voller Menschen!

Der Colonel trat aufs Arsenalgelände zurück, rief die Wachen in die Umzäunung und ließ das Tor schließen. Es bestand lediglich aus einem mit Maschendraht bespannten Rohrrahmen. Jonat wies den wachhabenden Sergeanten an, das Vorhängeschloß anzubringen.

»Ich weiß nicht, wo das Schloß ist, Sir.«

»Gehen Sie's suchen«, befahl Colonel Jonat ihm. »Oder holen Sie eines der Schlösser, mit denen wir die Häftlinge angekettet haben. Los, los, Beeilung!«

Jonat blieb wartend stehen. Die Spitze der Marschkolonne schwenkte nach rechts, und zehn, zwölf Männer und Frauen kamen Schulter an Schulter aufs Tor zu.

»Aufmachen!«

Die Menge bestand hauptsächlich aus Schwarzen. Vereinzelt waren Weiße zu sehen, aber die weitaus meisten waren schwarze Männer und Frauen sämtlicher Altersstufen.

Am Rand der Kolonne fuhr sogar ein Rollstuhlfahrer mit. Der Mann vor Colonel Jonat war etwa vierzig.

»Machen Sie das Tor auf!« forderte er energisch.

»Dies ist eine militärische Einrichtung. Ich bin Colonel Jonat, der kommandierende Offizier. Ich befehle Ihnen, diese Versammlung aufzulösen. Hier dürfen Sie auf keinen Fall herein.«

»Wie Sie selbst sehen, sind wir unbewaffnet, Colonel. Vor Ihnen stehen rund tausend Menschen, von denen keiner auch nur ein Taschenmesser bei sich hat. Machen Sie das Tor auf!«

»Es ist nicht versperrt, Tom«, stellte der Mann neben ihm fest.

Wo, zum *Teufel*, bleibt der Sergeant? fragte Jonat sich.

»Machen Sie das Tor auf, sonst öffnen wir es mit Gewalt. Dies ist meine letzte Aufforderung.«

»Was wollen Sie hier? Ich verlange eine Erklärung!«

Der Sprecher trat beiseite. »Macht das Tor auf«, sagte er zu den hinter ihm stehenden Menschen. Sie drängten eifrig vor und stießen das Tor auf.

Jonat brachte sich mit einem großen Sprung in Sicherheit. Er wich drei, vier Meter weit zurück und blieb dann von Soldaten mit schußbereiten Gewehren umringt stehen. »Halt, verdammt noch mal, sonst eröffnen wir das Feuer!«

Die Menge drängte durchs offene Tor und machte dicht vor dem Colonel halt. Auf der Straße versammelten sich immer mehr Menschen. Tausend? Wahrscheinlich weit mehr.

»Wir wollen Ihre Gefangenen.«

»Die kriegen Sie nicht. Verschwinden Sie jetzt von diesem Militärgelände, sonst...«

»Sonst was? Sie würden auf unbewaffnete Zivilisten schießen lassen, die friedlich vor Ihnen stehen? Was sind Sie eigentlich – irgendein Nazi?«

Jonat versuchte, dem Mann gut zuzureden. Er sprach laut, damit möglichst viele ihn hören konnten.

»Hört zu, Leute. Ich weiß nicht, was euch hergeführt hat, aber ich kann die Gefangenen nicht freilassen. Sie haben auf Soldaten geschossen, geplündert, Häuser angezündet, mit Drogen gehandelt und andere Straftaten begangen. Dafür müssen sie sich verantworten. Sie erhalten einen fairen Prozeß, in dem Bundesrichter faire Urteile garantieren. Gehen Sie jetzt bitte heim, damit diese Stadt wieder zur Normalität zurückfindet. Ihre Söhne und Ehemänner werden fair behandelt. Das verspreche ich Ihnen!«

»Wir wollen diese Leute jetzt haben.«

»Raus! Verschwindet, sonst lasse ich euch auf der Stelle niederschießen!«

Die Menge drängte wieder nach vorn. Eine Frau baute sich so dicht vor einem Soldaten neben Jonat auf, daß die Mündung seines M-16 ihre Brust berührte.

»Nur zu, Colonel!« verlangte sie. »Befehlen Sie ihm, daß er schießen soll. Er kann mich gar nicht verfehlen. Ich halte ganz still.«

Sie war eine Schwarze, Anfang Dreißig, mit starkem, stolzem Gesicht. Orrin Jonat starrte sie an, aber sie hatte nur Augen für den Soldaten mit dem M-16. Auch er war schwarz. Der Soldat erwiderte ihren forschenden Blick, ohne den Finger vom Abzug zu nehmen.

»Könntest du's tun?« fragte sie ihn halblaut. »Könntest du bis ans Ende deiner Tage damit leben, einen Menschen erschossen zu haben, der dir nichts Böses wollte?«

Der Soldat hob sein M-16, so daß die Mündung in den Nachthimmel zeigte, und trat einen halben Schritt zurück.

»Lassen Sie uns durch, Colonel. Machen Sie uns Platz.« Die Stimme des Sprechers klang stahlhart, obwohl er ebenfalls nur halblaut sprach.

Der Colonel wich unwillkürlich einen Schritt zurück. Darauf trat die Menge wie auf ein Zeichen hin geschlossen einen weiteren Schritt vor.

»Befehlen Sie Ihren Männern, uns den Weg freizumachen, Colonel. Oder wollen Sie der Reinhard Heydrich Washingtons sein? Ihre Männer sollen uns durchlassen!«

»Wir *wissen*, wer diese Leute sind. Wir spüren sie auf und verhaften sie wieder. Sie entgehen ihrer Strafe so wenig wie *Sie* der Ihren!«

»Ich weiß, daß Sie die Wahrheit sagen, Colonel. Lassen Sie uns jetzt durch.«

Orrin Jonat war klug genug, um zu erkennen, daß weiterer Widerstand zwecklos gewesen wäre. Er rief seinen Soldaten zu: »Nicht schießen, Männer! Nach links wegtreten!«

Der Sprecher führte die Menge ins Arsenal und bog in Richtung Lagerhalle ab. Am Eingang blieb er kurz stehen, um einen Blick auf die dort aufgereiht liegenden Toten zu werfen. Dann sah er zu den angeketteten Gefangenen hinüber. Auf sein Zeichen hin wollte sich die Menge wieder in Bewegung setzen.

Toad Tarkington war eben dabei, die Personalien der Toten von ihren Erkennungsmarken in eine Liste zu übertragen, als die Zivilisten an der Tür auftauchten. Jetzt stellte er sich zwischen den erkennbaren Anführer und die Gefangenen. »Halt, stehenbleiben!« rief er laut. »Keinen verdammten Schritt weiter, Kumpel!«

»Machen Sie Platz.« Der Mann sprach ruhig, aber mit hörbarer Autorität in der Stimme.

Die Menge flutete an Toad und ihm vorbei. Frauen, Männer, alte Leute – ein schier endloser Strom.

Toad griff unter seine Jacke und brachte eine Pistole zum Vorschein. Er zielte damit auf den Sprecher der Menge und zog den Hammer zurück.

»Ich kann nicht alle erschießen, Mann, aber Sie bestimmt! Okay, rufen Sie diese Leute zurück, sonst haben Sie ein Loch im Kopf!«

Aus dem Augenwinkel heraus sah Toad irgend etwas auf sich zukommen. Als er abdrückte, gingen die Lichter aus.

Jake Grafton stand auf der dritten Ebene im Tribünengang und horchte angestrengt. Hier war es so dunkel, daß er nicht einmal seine Hände sehen konnte. Er schloß die Augen und konzentrierte sich ganz auf sein Gehör.

Vom Arsenal her drangen leise Hintergrundgeräusche an sein Ohr, aber hier drinnen war es totenstill. Still wie in einem Pharaonengrab.

Jake öffnete die Augen und tastete sich die Wand entlang. Vor sich hatte er einen schwachen Lichtschein, wo eine Außenrampe des Stadions heraufführte. Er blieb stehen. Sobald er in diesen helleren Bereich kam, gab er ein erstklassiges Ziel ab. Falls jemand in der Nähe war.

Er atmete tief durch, um seine flatternden Nerven zu beruhigen, und schlich dann weiter.

Eine Ebene höher. Er mußte zur nächsten Ebene hinauf.

Fünf Minuten waren vergangen, seit der zweite Schuß einen Sitz neben ihm getroffen hatte, als er die Treppe hinaufgerannt war, um sich im Tribünengang in Sicherheit zu bringen. Er brauchte zu lange. In dieser Zeit hätte er mehr als nur hundert Meter zurücklegen müssen.

Er hätte sich irgendwo in einen Hinterhalt legen sollen. Solange dieser Kerl nicht weiß, wo ich bin, sagte Jake sich, bin ich im Vorteil.

Dort vorn war die Rampe. Sollte er versuchen, sie zu erreichen?

Sein Mund war trocken. Er fuhr sich mit der Zungenspitze über die Lippen und wischte sich mit dem Handrücken

Schweißperlen von der Stirn. Okay. Ja oder nein? Die Rampe war keine fünfzehn Meter von ihm entfernt.

Er rannte los. Er bog um die Ecke und lehnte sich schwer atmend an die Wand. Dann hörte er etwas, das ihn verblüffte. Ein leises Lachen.

Irgendwo lachte jemand!

»So ist's wirklich zu einfach. Sie müssen mehr mitdenken, Mister!«

Hinterhalt. Er mußte die richtige Stelle finden. Er mußte irgendwo lauern und diesen Verrückten zu sich kommen lassen. Er mußte auf ihn warten – und wenn es die ganze Nacht dauerte! Aber wo?

Jake schlich weiter. Nach gut fünfzig Metern erreichte er eine andere Stelle, wo zwei von unten heraufführende Rampen sich vereinigten. Dort schien es etwas heller als überall sonst zu sein. Aha, dort drüben lag das Arsenal, und der Lichtschein kam vom Parkplatz herüber. Jake sah sich um. Wenn er diesem Gang nach Norden folgte, konnte er hierher zurücksehen. Und sobald der Unbekannte auftauchte... *peng*!

Sein Entschluß stand fest. Er folgte dem Tribünengang gut zwanzig Meter weit und legte sich an der Außenwand so zu Boden, daß er die beiden Rampen im Auge behalten konnte.

Natürlich war er so von hinten verwundbar, aber falls der Scharfschütze von dort kam, würde er ihn kommen hören. Vielleicht. Wichtig war jetzt, daß er an einer Stelle blieb und keinen Laut von sich gab.

Wer war dieser Scharfschütze überhaupt? Etwa Henry Charon? Nein, Charon war ein Attentäter, der's nur auf Großwild abgesehen hatte. Der hätte keine Kugel an ein Mäuschen verschwendet.

Toad Tarkington trudelte. Er saß im Cockpit eines wild kreiselnden Flugzeugs und spürte, wie die Beschleunigungskräfte ihn nach vorn aus dem Sitz drückten. Die Nadel des Höhenmessers drehte sich rasend schnell entgegen dem Uhrzeigersinn. Er konnte seine Arme nicht heben, sich überhaupt nicht mehr bewegen. Der Blutandrang bewirkte, daß er rote Schleier vor den Augen und starke Kopfschmerzen hatte. Er trudelte sich überschlagend endlos weiter...

Dann öffnete er ein Auge – und sah Jack Yockes Gesicht vor sich.

Der Reporter betrachtete ihn interessiert. »Nicht viel passiert, glaub' ich. Zum Glück haben Sie 'nen harten Schädel. Aber an Ihrer Stelle würd' ich nicht gleich versuchen, mich aufzusetzen.«

»Was ist passiert?«

»Na ja, ein Mann hat Sie mit 'nem Axtstiel niedergeschlagen. Und Sie haben auf einen Mann geschossen, einen gewissen Tom Shannon.«

»Ist er tot?«

»Nein. Ihn hat's an der Schulter erwischt. Er sitzt neben Ihnen. Wenn Sie den Kopf nach links drehen, können Sie ihn sehen.«

Toad versuchte es. Aber davon wurden die Kopfschmerzen so schlimm, daß er fürchtete, wieder das Bewußtsein zu verlieren. Als er völlig stillag, klangen die Schmerzen allmählich ab.

Dann öffnete er die Augen und drehte den Kopf ganz langsam zur Seite. Yocke war dabei, einen von der Taille aufwärts nackten Mann zu verbinden. Toad stellte fest, daß er auf dem Fußboden der Lagerhalle des Arsenals lag.

Er hielt sich den Kopf und sah zur anderen Seite hinüber. Alle Gefangenen waren verschwunden! Yocke, Shannon und er waren in dem riesigen Raum allein.

»Wie lange bin ich bewußtlos gewesen?«

»Fünfzehn bis zwanzig Minuten. Irgendwas in dieser Richtung.«

»Der Teufel soll Sie holen, Yocke!«

»Hey, Toad.« Der Reporter kam herüber und starrte auf ihn herab. »Sie hätten Shannon tödlich treffen können.«

»Wenn er das Arschloch vorn dran gewesen ist, hab' ich's versucht. Mir tut's leid, daß ich's nicht geschafft habe!«

Yocke wirkte müde. »Ich hab' nicht gewußt, daß Sie 'ne Pistole unter der Jacke hatten.«

»Wer viel mit Grafton zusammen ist, muß...«

»Liegen Sie lieber still. Sie haben bestimmt eine Gehirnerschütterung.«

»Idiot. Verdammter Schmierer. *Aasgeier!*« Toad wollte sich aufsetzen. Davon wurde ihm jedoch so schwindlig, daß er sich mit beiden Händen vom Fußboden abstützen mußte.

Als er wieder die Augen öffnete, starrte er Shannon durchdringend an. »Sie haben sie also mitgenommen, was? Aber wir holen sie uns zurück. Diese Schweine kommen nicht mit Soldatenmorden und dem ganzen anderen Scheiß durch, bloß weil ein Mob sie befreit.«

Shannon starrte ihn nur an.

Yocke beugte sich über Toad, strich sein Haar auseinander und begutachtete eine Stelle an seinem Hinterkopf. »Sie haben 'ne ganz schöne Beule, Toad.«

»Wir finden diese Arschlöcher, Shannon, und wenn wir dazu die ganze Stadt auf den Kopf stellen müssen!«

»Toad«, warf Yocke mit leiser Stimme ein. »Sie haben diese Leute nicht freigelassen.«

Toad Tarkington starrte ihn verständnislos an. Er begriff nicht, was das heißen sollte. Er sah erneut zu einer der Ladebuchten hinüber, in denen die Gefangenen angekettet gewesen waren. Sie war leer. »Was soll das heißen?«

»Sie haben sie nicht befreit, Toad. Sie sind dabei, sämtliche Gefangenen aufzuhängen.«

Eine Ironie des Schicksals wollte es, daß Sweet Cherry Lane unter denselben Lichtmast geschleppt wurde, der schon für T. Jefferson Brody bestimmt war.

»Nutte, Schlampe, Niggerfotze! Hoffentlich kommen wir in der Hölle in denselben Ofen, damit ich dir 'ne Million Jahre lang in den Hintern treten kann!«

Während zwei Frauen und zwei Männer ihn an den Armen festhielten, legte der Mann vor Jefferson ihm die Schlinge um den Hals. Er setzte sich verzweifelt zur Wehr. *Das können sie mir nicht antun! Ich bin Mitglied der Anwaltskammer!*

»Ich bin reich. Ich zahle jede Summe, wenn ihr mich freilaßt. Bitte! Um Himmels willen, laßt mich laufen!«

Er spürte, wie die Schlinge sich zuzog, als die acht Leute vor ihm das Seil strafften. Verdammter Mist! Es würde dazu kommen. Sie würden ihn *tatsächlich* henken.

T. Jefferson Brody machte sich in die Hose.

Sweet Cherry Lane stand schweigend da und beobachtete ihn, während zwei Männer ihre Arme festhielten und ein dritter ihr die Schlinge über den Kopf warf.

»Warum?« fragte er sie krächzend. »Warum hat Freeman dich beschützt?«

»Ich bin seine Halbschwester«, antwortete sie.

Bevor Jefferson mehr sagen konnte, ließen die Leute seine Arme los, und das um seinen Hals gelegte Seil hob ihn ruckartig hoch, so daß er den Boden unter den Füßen verlor. Während er höher und höher gezogen wurde, umkrallten seine Hände das Seil, ohne den Druck mildern zu können, der ihn unbarmherzig erdrosselte. Er trat wild um sich, so daß er sich erst nach einer, dann nach der anderen Seite drehte. Langsam wurde ihm schwarz vor den Augen. Kann nicht mehr sehen, kann nicht mehr atmen, kann nicht mehr...

Er hörte einen Schritt. An die leicht gekrümmte Außenwand des Tribünengangs gepreßt, hörte er ein leises Geräusch, dem ein weiteres folgte. Nicht wie das Klicken von Lederabsätzen auf einem Holzboden, sondern ein eben wahrnehmbares Scharren von Leder auf Beton... Der Betonboden, auf dem Jake ausgestreckt lag, leitete dieses Geräusch gut weiter. Das waren Schritte. Es konnte nichts anderes sein.

Jake Grafton faßte sein Gewehr fester und entsicherte es mit dem Daumen. Er zielte damit auf die Stelle, wo die beiden Rampen zusammenkamen. Sobald der Kerl diesen helleren Fleck betrat...

Noch ein Schritt. Er kam langsam, methodisch, Schritt für Schritt näher. Aber wie weit war er noch entfernt? Wie weit pflanzte das Geräusch seiner Schritte sich hier im Tribünengang fort? Ungefähr hundert Meter, schätzte Jake. Vielleicht doppelt so weit. Nein, eher nur fünfzig.

Die Schritte hörten auf, begannen wieder.

Er kommt.

Jake lief der Schweiß in die Augen, aber er bewegte sich nicht. Er blinzelte nur und versuchte, das Brennen zu ignorieren.

Plötzlich wurde ihm klar, was für eine verdammt schlechte Stelle er sich ausgesucht hatte. Er hätte sich in den Eingang einer der Toiletten legen sollen, um nach beiden Richtungen beobachten zu können. Mit dieser Erkenntnis verbunden war der schreckliche Gedanke, der Mann, dem er auflauern sollte, wäre vermutlich im Dunkel hinter ihm.

Jake wollte sich umdrehen.

»Nein, Freundchen«, sagte die leise Stimme. »Keine Bewegung!«

Jake erstarrte.

»Das ist eine hübsche kleine Jagd gewesen, nicht wahr? Wir haben uns angepirscht und angepirscht – und jetzt ist sie zu Ende.«

»Hier kommen Sie nicht lebend raus, Charon.«

Der Mann lachte. »Ich werde Sie ziemlich lange überleben.«

Er stand hinter Jake. Aber auf welcher Seite des Tribünenganges? Vermutlich an der Außenwand, sonst wären die Schritte nicht so gut zu hören gewesen.

Jake überlegte, was er tun sollte. In tiefster Seele wußte er, daß alles, was er versuchte, fehlschlagen würde. Aber er konnte sich nicht einfach wie ein Hund abknallen lassen! Wenn er sich jetzt umdrehte, mußte er sich kniend aufrichten und gleichzeitig sein Gewehr hochreißen.

Jake stellte das M-16 auf Dauerfeuer. Dann sah er sich um und versuchte zu erkennen, wo der andere stand.

»Sie überlegen, ob Sie sich umdrehen und schießen sollen, stimmt's? Nur zu! Aber dann haben Sie gleich die erste Kugel im Arsch.«

»Wer ist Ihr Auftraggeber?«

Wieder ein leises Lachen. »Stellen Sie sich vor, das hat mich nie interessiert. Ich weiß es nicht.«

»Wieviel haben Sie dafür bekommen?«

»Einen Haufen Geld. Aber wissen Sie, was komisch ist? Ich hätt's auch ohne Geld gemacht, glaub' ich.« Ein weiteres leises Lachen.

Sobald der Kerl wieder redete. Während Charon sprach, würde Jake sich herumwerfen und ihn mit Blei vollpumpen.

»Eigentlich brauchen Sie mich nicht mehr umzubringen, stimmt's? Sie haben Ihren Spaß gehabt.«

»Das ist ein interessanter ...«

Das Mündungsfeuer eines Feuerstoßes zuckte durch den Tribünengang. Jake hatte eben begonnen, sich herumzuwerfen. Er brachte diese Bewegung zu Ende, blieb mit dem Gewehr im Anschlag liegen und starrte ins Dunkel hinein.

In der danach eintretenden Stille hörte er etwas Weiches, etwas Schweres auf den Beton sinken. Und er hörte ein Seufzen.

»Captain, nicht schießen! Ich bin's!«

Rita!

Er kam langsam auf die Beine und hatte so weiche Knie, daß er kaum stehen konnte. Dann flammte ein Licht auf. Rita hatte eine kleine Taschenlampe, die sie jetzt auf Henry Charon richtete. Er lag auf dem Rücken. Sein Gewehr befand sich eben außer Reichweite der rechten Hand.

Jake trat auf den Liegenden zu und starrte auf ihn hinab. Er hielt sein Gewehr weiter schußbereit und hatte den Zeigefinger am Abzug.

»Wie ...?« keuchte Charon. Seine Brust war von mindestens drei Kugeln durchsiebt. Der rote Fleck wurde rasch größer.

Rita schien zu verstehen, was er meinte. Sie richtete die Taschenlampe auf ihre Füße. Sie stand nur in Socken da. »Ich hab' meine Stiefel ausgezogen.«

Als sie danach wieder Charons Gesicht beleuchtete, grinste er. Das Grinsen verschwand, als die Muskeln erschlafften. Er war tot.

»Kommen Sie, Rita«, sagte Jake, »wir gehen.«

Rita knipste die Taschenlampe aus. Sie gingen nebeneinander her durch den Tribünengang auf das Licht zu.

An allen Lichtmasten baumelten Gehenkte. Jake Grafton starrte sie an und versuchte zu begreifen, was hier passiert sein mußte. An einigen Masten hingen ganze Menschentrauben, an anderen waren es nur drei oder vier. Aber alle waren leblos und bewegten sich nur, wenn der kalte Nachtwind sie ins Schwingen brachte.

In der Lagerhalle umringten die Soldaten Toad Tarkington, der auf dem Betonboden saß und sich den Kopf hielt. Neben ihm stand Jack Yocke und sprach mit einem Zivilisten.

»Soll ich darüber berichten, warum Sie's getan haben, Tom? Ihnen ist natürlich klar, daß Sie wegen zahlreicher Straftaten, vielleicht sogar wegen Massenmordes vor Gericht gestellt werden?«

Der auf dem Betonboden Sitzende – ein Schwarzer mittleren Alters mit Stirnglatze – wurde von einem Sanitäter versorgt, der ihm einen Schulterverband anlegte. Seine Brust und seine Hose waren blutverschmiert.

Der Sitzende ignorierte die Neugierigen um sie herum. Er starrte Yocke durchdringend an. »Schreiben Sie die Wahrheit? Schreiben Sie's, wie ich's Ihnen sage?«

»Sie wissen, daß Sie sich auf mich verlassen können. Sie kennen meine Artikel.«

»Angefangen hat's in den Jefferson Projects. Erinnern Sie sich daran?«

Der Reporter nickte. Und wie er sich daran erinnerte! Der Mord an Jane Wilkens, die von einem vor den Cops flüchtenden Crackdealer erschossen worden war. Ein weiteres Opfer dieses todbringenden Geschäfts. »Jane«, sagte er.

»Yeah, Jane.« Shannon holte tief Luft und verzog schmerzhaft das Gesicht. »Das Ganze ist meine Idee gewesen. Wir sind alle Opfer. Wir haben alle viel verloren – Kinder, Ehepartner, vielleicht sogar die eigene Seele. Wir haben *verloren*, weil wir darauf gewartet haben, daß andere an unserer Stelle das Böse bekämpfen. Wir haben gewartet und gewartet, aber sie haben's nie getan. Oh, sie haben davon *geredet*, aber…«

Er hob seine unverletzte Hand. »Wer nicht gegen das Böse kämpft, *wird* selbst böse, verstehen Sie? Wer nicht Teil der Lösung ist, ist Teil des Problems – *so* einfach ist das. Deshalb haben wir Opfer beschlossen, uns gemeinsam zur Wehr zu setzen. Dann haben die Terroranschläge begonnen. Und die Drogenschmuggler haben angefangen, Bandenkriege zu führen, um der Konkurrenz voraus zu sein, wenn die Verhältnisse sich wieder normalisiert haben. Ich will Ihnen etwas sagen, Jack Yocke, das Sie genauso bringen müssen: Ich *hoffe*, daß die Schwätzer mich vor Gericht stellen. Ich *hoffe*, daß Anklage gegen mich erhoben wird. Die Menschen, die nicht mehr Opfer sein wollen, sollen erkennen, wie es sein *muß*. Wir können nicht auf den Präsidenten und die übrigen Schwätzer warten. Wir können nicht auf die Polizei warten. *Wir* müssen *selbst* Stellung beziehen.

Meine Haltung steht fest. Wer meine Frau und meine Kinder umbringt, soll nicht versuchen, sich hinter dem Gesetz zu verstecken, denn dafür ist es nicht groß genug. Statt dessen wird das Recht, wird die Gerechtigkeit siegen! Es gibt genügend Leute wie mich. Mehr als genug! Warten Sie's nur ab!«

Der Sanitäter war fertig und breitete auf einer Tragbahre eine Wolldecke aus. Vier Männer hoben den Verletzten auf die Tragbahre.

»Ich kann mich nicht gut ausdrücken«, sagte der Mann noch zu Yocke. »Ich bin vorzeitig von der Schule abgegangen. Aber ich kann Recht von Unrecht unterscheiden und weiß, auf welcher Seite ich stehe. Ich habe meinen Standpunkt eingenommen. *Hier* stehe ich.«

»Was kann ein einzelner ausrichten?« fragte Jack Yocke.

»Ein Heer führen, das Rote Meer teilen, die Menschheit

bekehren. Wahrscheinlich nicht gerade ich. Aber hier stehe *ich*, bis die Welt zu mir aufschließt.«

Zwei Soldaten trugen ihn fort.

Eine Viertelstunde später traf der Vorsitzende der Vereinten Stabschefs mit dem Hubschrauber ein. Zehn Minuten später kam auch der Vizepräsident mit seinem Stab. Gemeinsam gingen sie über den Parkplatz und sahen zu den Hunderten von baumelnden Leichen auf.

Jake Grafton kam zu Rita und Toad, die in seinem Dienstzimmer saßen. »Kommt, wir fahren endlich heim. Haben Sie den Autoschlüssel, Toad?«

»In meiner Tasche.«

»Rita, nehmen Sie den Schlüssel und fahren Sie den Wagen vor.«

»Was ist mit Yocke?« fragte Toad, als Jake ihm vorn einsteigen half.

»Der ist drüben bei den Bonzen und kümmert sich um seine Story. Kommt, wir fahren heim.«

Als der Wagen den Parkplatz des Arsenals verließ, deutete Toad auf die Militärs und Politiker auf dem Parkplatz auf der anderen Straßenseite. »Was die jetzt wohl denken?«

»Sie sind Politiker. Tom Shannon und seine Mitbürger haben ihnen heute nacht eine Botschaft überbracht. Jetzt sind sie dabei, sie zu lesen.«

Kapitel zweiunddreißig

Bürger hörten die Meldung über die Lynchmorde auf dem Parkplatz des Arsenals aus Batterieradios und liefen nach nebenan, um ihre Nachbarn zu informieren. Diese Nachricht schien der schon angeschlagenen Großstadt den letzten Rest Kraft zu rauben. Am nächsten Morgen lag sie erschöpft und benommen da, und ihre Bürger wirkten abgespannt und kraftlos.

Es gab keine Unruhen, keine Plünderungen, keine Brandstiftungen. Soldaten patrouillierten auf den Straßen, während Bautrupps fieberhaft daran arbeiteten, die Stromversorgung der Wohnviertel wiederherzustellen. Die beschädigten Umspannwerke würden erst nach monatelangen Instandsetzungsarbeiten wieder ans Netz gehen können, aber bis zum Abend waren wenigstens einige Stadtteile wieder mit Strom versorgt. Wo es keinen Strom gab, wurden die Menschen in Schulen und Turnhallen untergebracht, in denen die Army Notstromaggregate installierte. Eine Woge gegenseitiger Hilfsbereitschaft verband die Bürger der Stadt.

Jake Grafton verbrachte den Tag in verschiedenen Besprechungen, in denen die zuständigen Bundesbehörden Mittel und Wege suchten, um kurzfristig weitere Terroranschläge im Auftrag der kolumbianischen Drogenbosse zu verhindern. Auf längere Sicht war das eigentliche Problem die südamerikanische Kokainindustrie.

Am nächsten Tag wurde das allgemeine Fahrverbot aufgehoben, und Washington erlebte unglaubliche Verkehrsstaus. Nach einer Besprechung mit den Direktoren von FBI, DEA und CIA, die General Land versicherten, ihres Wissens seien keine weiteren Terroristen im Lande, ordnete er den Beginn des Truppenabzugs an.

Er bestellte Jake Grafton, Rita und Toad zu sich und ließ sich von ihnen ausführlich Bericht erstatten. Als der Vorsitzende nach einer Stunde zu erkennen gab, die Besprechung sei zu Ende, bat Jake ihn um Urlaub für Toad und sich. Rita hatte noch Urlaub. Seiner Bitte wurde entsprochen.

Draußen vor dem Pentagon fragte Jake die beiden Oberleutnants: »Hättet ihr Lust, Weihnachten mit Callie, Amy und mir in unserem Strandhaus zu verbringen?«

Die beiden wechselten einen Blick und nahmen seine Einladung dankend an.

Am 29. Dezember verließen die letzten Soldaten die Hauptstadt. Am nächsten Tag wurde der Präsident aus dem Bethesda Naval Hospital entlassen und kehrte ins Weiße Haus zurück.

Nachmittags gab er eine Pressekonferenz, die in ganz Amerika live übertragen wurde. Justizminister Gideon Cohen saß neben ihm.

Der Präsident sagte, er fühlte sich gut und sein Zustand bessere sich von Tag zu Tag. Es sei ihm ein Bedürfnis, dem Vizepräsidenten für seine ausgezeichnete Vertretung zu danken – was er dann in Gegenwart führender Abgeordneter, Senatoren und Oberster Richter tat. Außerdem gab er die Bildung einer Kommission des Präsidenten bekannt, die das amerikanische Drogenproblem untersuchen und Vorschläge zu seiner Lösung ausarbeiten sollte. Als Vorsitzender wurde Gideon Cohen benannt.

»Ich habe den Justizminister gebeten, den Kommissionsvorsitz zu übernehmen, weil er zu den schärfsten Kritikern unserer bisher ergriffenen Maßnahmen gehört hat. Ich weiß, daß er die zweifellos noch vorhandenen Mängel gründlich und unparteiisch durchleuchten wird. Und ich verspreche

Ihnen, daß wir den Kongreß auffordern werden, den Empfehlungen der Kommission Gesetzeskraft zu verleihen.«

Dann kam der Präsident zur Sache. »Die Drogenproblematik ist ein komplexes gesellschaftliches Problem, das sich nicht von selbst in Wohlgefallen auflösen wird. Zu seinen Ursachen gehören die Armut in Kolumbien und Peru ebenso wie Armut und miserable Schulen hierzulande. Die Wurzel des Problems liegt darin, daß so viele Menschen vom Wohlstand ausgeschlossen bleiben: Menschen in der Dritten Welt, Menschen in unserem Land. Ich weiß keine Lösungen – jedenfalls keine einfachen –, aber ich verspreche Ihnen eines: Wir werden das Problem anpacken.«

Mit seiner Pressekonferenz hatte der Präsident das durch Vorwürfe und Gegenvorwürfe vergiftete politische Klima reinigen wollen. Aber dieser Versuch kam etwas zu spät.

Kritiker wie die Abgeordnete Samantha Strader verurteilten das Verhalten des Militärs während der Krise und verdammten Tom Shannon als psychotischen Lynchmörder. Wäre er nicht schwarz gewesen, wäre er mit Bernard Goetz in einen Topf geworfen worden. Ohne diesmal die rassistische Stinkbombe werfen zu können, taten die Gegner verschärfter Gesetze zur Bekämpfung des Drogenmißbrauchs sich mit Politikern zusammen, die aus persönlichem Ehrgeiz sehr egoistische Ziele verfolgten, und forderten gemeinsam mit ihnen, Shannon müsse angeklagt, abgeurteilt und auf den elektrischen Stuhl geschickt werden.

Auf der anderen Seite stellten sich alle, nach deren Meinung die Regierung im Kampf gegen den Drogenmißbrauch zu lasch gewesen war, hinter Tom Shannon. Es sei ungerecht, behaupteten sie, Shannon auf dem Altar der Schuld des weißen Mannes zu opfern.

Jack Yockes Artikel in der *Washington Post* zeichneten die sich entwickelnde Schlachtordnung nach. Im Brennpunkt dieser an Schärfe zunehmenden Auseinandersetzung stand Tom Shannon – seltsamerweise ganz allein. Nach einer Besprechung mit seinem engsten Berater Will Dorfman verzichtete der Präsident darauf, das FBI oder die Polizei nach den Leuten fahnden zu lassen, die mit Shannon zum Arsenal marschiert waren. Auch Shannons Gegner hatten kein Interesse daran, daß die Öffentlichkeit endlos lange Abend für Abend die Leidensgeschichte von tausend Opfern des Drogenhandels präsentiert bekam. So sollte Tom Shannon als einziger angeklagt werden – wegen gemeinschaftlichen Lynchmordes mit einem oder mehreren Unbekannten an insgesamt 382 Personen.

Shannon wirkte keineswegs geknickt, als Jack Yocke ihn im Krankenhaus besuchte. »Niemand will uns alle vor Gericht zerren, aber sie hoffen, daß die anderen Opfer in Zukunft stillhalten werden. Da täuschen sie sich! Diese Leute haben zu viele Kinder und zu viele Ehepartner begraben.«

»Wie stehen Sie zur Legalisierung der Drogen?« fragte der Reporter gegen Ende seines Interviews. »Seit Weihnachten ist davon viel die Rede. Was halten Sie davon?«

»Persönlich bin ich dagegen«, sagte Shannon. »Es gibt zu viele Dummköpfe, die dann erst süchtig werden würden. Andererseits glaube ich, daß es keine andere Möglichkeit gibt. Wir müssen verhindern, daß mit Drogen weiter das große Geld gemacht wird. Ist's damit vorbei, steigen die Gangster aus. Dann hört auch die Rekrutierung immer jüngerer Kids auf, denen sonst ein Verbrecherleben im Drogenmilieu bevorstünde. So geht eine ganze Generation schwarzer Kids zum Teufel. Das muß aufhören!«

Trotz des Sturms, der sich über Washington zusammenbraute, kehrte das Leben im übrigen Amerika rasch zur Normalität zurück. Das Fernsehen brachte tagsüber die gewohnten Seifenopern und abends die gewohnten Sit-Coms. Fernsehkritiker nörgelten, in diesem Winter schienen sexuelle Anspielungen an sich schon als komisch zu gelten. Ein Fernsehdirektor sagte, die Kritiker wüßten eben nicht, was komisch sei.

Auf dem New Yorker Times Square wurde ausgelassen Silvester gefeiert, und viele Leute wachten am Neujahrsmorgen verkatert auf – aber weniger als in früheren Jahren, meldete eine Zeitung als Ergebnis einer Umfrage, weil heutzutage weniger getrunken wurde.

Die Frau eines berühmten Filmstars reichte die Scheidung ein und beschuldigte ihn, eine Affäre mit der Hauptdarstellerin seines letzten Films zu haben. Die betrogene Ehefrau zog von einer Vormittags-Talkshow zur anderen, erzählte ihre Story und schilderte den mitfühlend zuhörenden Moderatoren, was für schreckliche Geldsorgen sie hatte – sie müsse mit einer halben Million im Monat auskommen und die Kids in der Schule unterstützen.

Die Demokratische Partei verlangte zu wissen, wann die Regierung endlich Ernst mit Steuererhöhungen machen würde, und die Republikanische Partei verlangte zu wissen, wann die Demokraten endlich Ernst mit der Kürzung der Staatsausgaben machen würden.

Ein weiterer Abgeordneter bekannte sich als Schwuler.

Während das alles passierte, schied Senator Bob Cherry unauffällig aus dem amerikanischen Senat aus. Der Presse seines Heimatstaats Florida erklärte Cherry, er sei amtsmüde und habe das Menschenmögliche für sein Land getan. Das Ratespiel, wen der Gouverneur zu Cherrys Nachfolger bestimmen würde, beschäftigte ganz Florida.

In dieser ersten Woche des neuen Jahres fiel in Washington fast ununterbrochen ein feiner Nieselregen, der kaum mehr als ein Nebel war. Dann frischte der Wind auf und blies die Wolken nach Osten auf den Atlantik hinaus.

Thanos Liarakos sah erneut auf das Straßenschild und warf einen Blick in seinen Stadtplan. Er fuhr langsam zwei Blocks weiter und fand endlich die Straße, die er suchte. Im bläßlichen Sonnenschein wirkten die Straßenbäume dieser Vorortsiedlung kümmerlich besenartig. Sie würden natürlich wachsen, aber es dauerte drei bis vier Jahrhunderte, bis solche Neubaugebiete permanent bewohnt aussahen.

Er fand das Gebäude, mußte einen halben Block weiterfahren, um einen Parkplatz zu finden, und kam zu Fuß zurück. Der große eingeschossige Klinkerbau war auf drei Seiten von einem Maschendrahtzaun umgeben. Hinter dem Zaun sah er Sandkästen, Rutschen und Schaukeln. Und Kinder. Viele Kinder, die lachend und kreischend durcheinanderliefen.

Liarakos betrat das Gebäude und ging den leeren Flur entlang. Er blieb vor einer Tür mit der Aufschrift OFFICE stehen, nahm die Schultern zurück, klopfte an und trat ein.

»Ich möchte zu Miss Judith Lewis. Können Sie mir sagen, wo ich sie finde?«

Die etwas eulenhafte junge Frau, die in einem dicken Pullover und mit glänzenden rosa Lippen hinter dem Schreibtisch saß, stellte fest, daß er Anzug und Krawatte trug, lächelte mechanisch und erklärte ihm: »Sie hat gerade Pausenaufsicht. Wahrscheinlich ist sie hinten draußen.«

»Und wie...?«

»Den Flur entlang, dann links und ins Freie. Nicht zu verfehlen.«

»Danke«, sagte Liarakos.

Judith Lewis stand mit verschränkten Armen vor einem kleinen Jungen, der ihr mit Tränen in den Augen und großen Gesten irgendein Leid klagte. Dann bückte sie sich, wischte ihm die Tränen ab, putzte ihm die Nase und fuhr ihm übers Haar. Dabei schleifte ihr Mantelsaum durch eine Schlammpfütze. Aber Liarakos vermutete, daß *das* Judith Lewis nicht sonderlich stören würde.

Der Kleine konnte plötzlich wieder lachen und lief zu seinen Freunden zurück.

»Hallo, Judith.«

Sie drehte sich um, sah ihn und richtete sich auf. »Hallo«, antwortete sie ohne große Begeisterung. Sie wandte sich halb ab, um die Kinder im Auge behalten zu können. Er kam näher, blieb neben Judith stehen und beobachtete ebenfalls die Kinder.

»Na, schöne Feiertage gehabt?« fragte er.

»Ja.« Ihre Stimme klang hart und ausdruckslos. Sie sah auf ihre Armbanduhr.

»Nette Kinder.«

»Die Pause ist in drei Minuten zu Ende. Sagen Sie, was Sie sagen wollten.«

»Okay. Was dieser kubanische General Zaba weiß, reicht für eine Verurteilung Chano Aldanas aus. Und er redet wie ein Buch, wie ein Wasserfall. Ich habe Protokolle seiner Vernehmung gelesen. Gelingt es dem Staatsanwalt, Zaba in den Zeugenstand zu holen, ist ein Schuldspruch unvermeidlich.«

»Warum erzählen Sie mir das alles?«

»Muß ich Ihnen das erklären?«

»Ich arbeite nicht für Sie, Mr. Liarakos. Ich dachte, das hätte ich klargestellt.«

»Sie haben klargestellt, Mrs. Lewis, daß Sie Chano Aldana für den Leibhaftigen in Person halten, der hinter Schloß und Riegel gehöre, damit er nicht länger morden und terrorisieren und das Leben von Kindern wie diesen hier ruinieren könne.«

»Soweit ich mich erinnere, haben Sie Ihre Meinung ebenso nachdrücklich vertreten, Mr. Liarakos.« Ihr Tonfall war ätzend. »Wie jeder reiche, erfolgreiche Verbrecher hat Aldana Anspruch auf den besten Strafverteidiger, der für Geld zu bekommen ist – und das sind natürlich *Sie*. Und wenn Sie die Geschworenen täuschen und einwickeln können, sind Sie selbstverständlich dazu verpflichtet. Dann fahren Sie heim zu Ihrer schönen Frau und Ihren hübschen Töchtern, genießen ein köstliches Dinner und ruhen sich in dem Bewußtsein aus, mal wieder Ihre Pflicht getan zu haben. Wollten Sie nicht darauf hinaus? Oh, ich habe unser letztes Gespräch nicht vergessen, Mr. Liarakos! Ich glaube nicht, daß ich's jemals vergessen werde. Es hat alle Zweifel bekräftigt, die ich schon während des Studiums und dann erst recht im Berufsalltag erlebt habe.«

Eine Klingel schrillte. Alle Kinder drängten zum Eingang.

»Wenn Sie mich jetzt...«, begann Judith, aber er unterbrach sie.

»Ich bin hier, um Sie zu bitten, wieder bei mir zu arbeiten.«

Sie starrte ihn an, während der Schulhof sich leerte und die letzten Kinder im Gebäude verschwanden.

»Hören Sie, der Anwaltsberuf ist nicht nur da, damit die Chano Aldanas dieser Welt gute Verteidiger bekommen. Irgend jemand muß imstande sein, all denen zu helfen, die jemanden brauchen, der für sie spricht. Irgend jemand muß Jane Roe und Karen Ann Quinlan und John T. Scopes und alle anderen vertreten, die einen guten Anwalt brauchen. Deshalb haben Sie Jura studiert, nicht wahr?«

»Ja, das stimmt«, bestätigte sie fast unhörbar leise. Sie hob ihren Mantelsaum hoch und wischte den daran haftenden Schmutz ab.

»Wie bekommt man Ihrer Meinung nach die Erfahrung, um diesem einen Mandanten von hundert zu helfen? Man bekommt sie, indem man täglich in den Gerichtssaal geht und sich mit den Staatsanwälten, den Richtern und dem System auseinandersetzt. *Irgend jemand* muß wissen, wie man mit dem System umgeht.«

Sie drehte sich nach der Schule um.

»Irgend jemand muß sich dafür interessieren. Irgend jemand muß sich tagtäglich nach besten Kräften mit ihm auseinandersetzen. Tut das niemand, kommen die kleinen Leute nicht mehr zu ihrem Recht. Und ich frage Sie jetzt: Wer soll's denn tun, wenn *Sie's* nicht tun?«

»Mir stellen Sie immer diese gottverdammten rhetorischen Fragen, Mr. Liarakos«, sagte sie erbittert. »Und dabei vertreten *Sie* Chano Aldana.«

»Er zahlt die Anwaltsgebühren. Die Firma braucht das Geld. Ich brauche das Geld. Ich werde mein Bestes tun, um den Hundesohn freizubekommen.«

»Warum?«

»Mrs. Lewis, wenn Sie das fragen müssen, bleiben Sie lieber hier bei Ihren Schulkindern.«

»Aldana wird freigesprochen.«

Liarakos schnaubte. »Nein, das wird er nicht! Zabas Aussage ist so belastend, daß er verurteilt werden muß. Ich habe die Vernehmungsprotokolle gelesen. Er singt wie ein Kanarienvogel. Die Staatsanwaltschaft hat sämtliche Einzelheiten: Namen, Orte, Daten, Beträge, Mengen – einfach alles. Zaba ist Aldanas Verbindungsmann auf Kuba gewesen und hat sich mindestens siebenmal mit ihm getroffen. Er hat sogar die Ermordung mehrerer DEA-Agenten durch den kubanischen Geheimdienst eingefädelt. Das alles ist der Anklage bekannt.«

»Okay – und was haben Sie vor?«

»Ich?« Liarakos zuckte mit den Schultern. »Ich werde Aldana nach besten Kräften verteidigen und erleben müssen, wie die Staatsanwaltschaft die Oberhand behält. Nicht mal

Clarence Darrow könnte den Schweinehund freibekommen. Das ist völlig ausgeschlossen. Glauben Sie mir, das *weiß* ich aus langjähriger Berufserfahrung. Chano Aldana ist schuldig, und die Geschworenen werden dafür sorgen, daß er für den Rest seines Lebens hinter Gitter kommt.«

»Und Sie?«

»Ich fahre nach der Urteilsverkündung heim, Mrs. Lewis, genehmige mir einen steifen Drink und danke Gott für die Einrichtung des Geschworenensystems.«

»Aber was ist, wenn die Geschworenen Aldana *nicht* schuldig sprechen?«

»Hören Sie, Judith, man muß an seine Mitmenschen glauben, sonst bleibt einem gar keine Hoffnung mehr. Wozu dieser ganze Aufwand, wenn die gewöhnlichen Männer und Frauen auf der Geschworenenbank ihn nicht schuldig sprechen? Sollten sie das nicht tun, haben sie ihn *verdient.*«

Sie rieb weiter an ihrem Mantel herum.

»Vor ein paar Wochen haben Sie in meinem Büro eine schöne kleine Rede gehalten, Judith. Sie haben mir erklärt, das Gesetz sei dazu da, alle zu schützen, die sich nicht selbst schützen können. Und dazu gehören auch die hier.« Seine Handbewegung umfaßte das Schulgebäude. »Ich dachte, das sei wirklich Ihre Überzeugung.«

Sie fuhr sich mit einer Hand durchs Haar. »Soll ich wirklich wiederkommen?«

»Wir sehen uns morgen im Büro«, antwortete er. »Oder übermorgen. Wann Sie frühestens können.«

Sie rieb noch immer an ihrem Mantel herum.

»Oh, wir haben übrigens einen neuen Mandanten. Einen gewissen Tom Shannon. Ich bin sein Pflichtverteidiger.«

»Shannon?« wiederholte sie. »Ist das nicht der Mann, der mit dem Lynchmob vors Arsenal gezogen ist? Der jetzt zum Sündenbock gemacht werden soll?«

»Richtig, das ist er«, bestätigte Liarakos. »Sie scheinen vieles mit ihm gemeinsam zu haben. Auch er behauptet, den Unterschied zwischen Gut und Böse zu kennen.«

Er wandte sich ab, ging zum Eingang des Schulgebäudes zurück, verschwand darin und ließ Judith Lewis, die ihm nachstarrte, während sie automatisch den Mantelstoff zwischen ihren Fingern rieb, mitten auf dem leeren Pausenhof stehen.

»Verdammter Kerl«, flüsterte sie. »Gottverdammter Kerl.« Und sie begann zu weinen.

Sie hatte geglaubt, damit abgeschlossen zu haben. Und nun das! Rektor und Schulausschuß hatten sie angestellt, weil sie zu bleiben versprochen hatte. Jetzt würden sie Judith Lewis für eine schreckliche Lügnerin halten.

Sie setzte sich auf eine Bank an der Südwand des Gebäudes und bemühte sich, ihre Fassung zurückzugewinnen.

Gleich morgen früh konnte sie unmöglich wieder anfangen. Die Mitglieder des Schulausschusses würde sie nachmittags anrufen, aber sie mußte ihnen mindestens einen Tag Zeit geben, einen vorläufigen Ersatz für sie zu finden.

Sie fuhr sich mit dem Handrücken über die Augen, um ihre Tränen zu trocknen.

Der Arzt trat bewußt jovial auf. Er strahlte Zuversicht und Selbstvertrauen aus. Das alles schien er in Kurs 101 *Umgang mit Patienten* gelernt zu haben.

»Ihre Genesung macht sehr zufriedenstellende Fortschritte. Wir wechseln weiter jeden dritten Tag den Verband und ziehen den Drain etwas weiter heraus. Aber ich glaube, daß wir Sie nach Hause entlassen können.«

Harrison Ronald Ford nickte zufrieden und schlenkerte mit den Füßen, während der Arzt die Operationswunde auf seinem Rücken untersuchte. Das Krankenbett, auf dessen

Rand er saß, war so hoch, daß seine Füße den Boden nicht erreichten. Normalerweise stellte die Krankenschwester einen kleinen Hocker darunter.

»Bitte stillhalten.«

Harrison gehorchte. Da der Arzt sein Gesicht nicht sehen konnte, grinste er.

»Ja, sieht alles bestens aus. Natürlich bleibt eine ziemliche Narbe, aber vielleicht lassen Sie sich dort tätowieren, dann merkt's keiner. Ich habe ein tolles Bild von einer nackten Frau auf einem Hengst, das Sie sich mal ansehen sollten, falls Sie an ein klassisches Motiv denken.«

»Große Titten?«

»Melonen.«

»Okay, her damit!«

»Sollten irgendwelche Komplikationen auftreten, rufen Sie mich sofort an. Und Sie müssen weiter täglich zur Bewegungstherapie kommen. Vereinbaren Sie diese Termine bitte, bevor Sie uns heute nachmittag verlassen.«

»Klar.«

Der Arzt trat wieder nach vorn. »Die Schwester legt Ihnen gleich den neuen Verband an. Ich wollte Sie nur noch mal untersuchen und Ihnen die Hand schütteln.«

»Danke, Doc.«

Als Ford wieder verbunden war, wurde er im Rollstuhl zur Verwaltung gefahren, damit er den Papierkram erledigen konnte. Die Sachbearbeiterin fragte ihn nach Adresse und Telefonnummer, und er gab die des Apartments an, in dem er als Sammy Z. gewohnt hatte. »Gut, dann bis morgen um zehn Uhr.«

»Klar.« Der Arzt kreuzte noch mal auf, und Harrison schüttelte allen zum zweitenmal die Hand.

Auf seine Bitte riefen sie ihm ein Taxi. Es wartete schon draußen, als er zum letzten Mal seinen Namen kritzelte.

Eine Schwester hielt seinen Ellbogen umklammert, und er stemmte sich aus dem Rollstuhl und manövrierte sich auf den Rücksitz des Taxis; es klappte gar nicht so schnell. Sie überwachte den Taxifahrer, während er die beiden Reisetaschen, die Freddy Murray ihm aus Quantico mitgebracht hatte, in den Kofferraum stellte. Harrison winkte ihr zu, als der Wagen anfuhr.

Sie lächelte geistesabwesend und verschwand mit dem Rollstuhl durch den Haupteingang.

»Wohin?«

»National Airport.«

»Welche Fluggesellschaft?«

»Weiß ich nicht. Ich hab' noch kein Ticket.«

»Kein Problem. Der große Urlaubsandrang ist vorbei. Wohin soll's denn gehen?«

»Evansville, Indiana.«

»Über Chicago oder Cleveland?«

»Mir egal.«

»Wie wär's mit U.S. Air?«

»Okay.«

Harrison Ronald lehnte sich zurück und betrachtete den unter grauem Winterhimmel vorbeifließenden Verkehr. Wie lange war er in Washington gewesen? Knapp elf Monate. Eine kleine Ewigkeit.

Der Taxifahrer pfiff nach einem Gepäckträger, und Harrison gab ihm zwei Dollar Trinkgeld. Der Fahrer behielt recht. Er bekam mühelos ein Ticket für die nächste Maschine, die in einer Stunde abfliegen würde.

Harrison Ronald schlenderte zu dem angegebenen Flugsteig, nahm dort Platz und beobachtete die Geschäftsleute und die Mütter mit Kindern. Die Männer in Nadelstreifenanzügen lasen oder schrieben Berichte und hasteten zwischendurch zu den Telefonzellen, um Kreditkartengespräche zu führen. Die Kinder lärmten, liefen durcheinander und verlangten, daß ihre Mütter sich um sie kümmerten. Er seufzte. Alles war so normal, so … Nach allem, was er in den letzten Monaten erlebt hatte, war dies fast eine andere Welt. Er schüttelte verwundert den Kopf. Das Leben ging in der Tat weiter.

Erstaunlicherweise startete die Maschine sogar pünktlich. Die meisten Sitze waren leer. Harrison rutschte vom Gang auf einen Fensterplatz hinüber und warf einen letzten Blick auf Washington, das unter ihm zurücksank.

Jetzt war alles vorbei. Wirklich und wahrhaftig zu Ende. Keine Angst mehr, kein Warten auf seine Enttarnung mehr, keine dieser schlaflosen Nächte mehr, in denen er sich überlegte, was Freeman McNally hören oder denken mochte. Vorbei.

Was würde er in Zukunft machen? Bisher war er dieser Frage ausgewichen, aber als Washington nun zurückblieb und das Allegheny-Gebirge wie Rippen vor ihm sichtbar wurde, befaßte er sich damit.

Ins Marine Corps zurück? Schon möglich. Sobald seine Wunde ausgeheilt war. Für Bewegungstherapie, Verbandwechsel und Drainüberwachung, die den Leuten in Washington solche Sorgen machten, würde er sich einen Arzt suchen. Oder er konnte zum Corps gehen, um sich dort auszukurieren. Auch eine Möglichkeit. Darüber würde er erst nachdenken müssen. Im Augenblick fühlte er sich wunderbar, beinahe euphorisch. Er konnte sich kaum vorstellen, wie es sein würde, wieder Streifendienst zu tun.

Er war so müde, daß er seine Lehne nach hinten kippte und die Augen schloß. Wichtig war nur, daß er auf die Veranda vor dem Haus zurückkehrte. Irgendwann würde der Frühling kommen, dann der Sommer mit schwülwarmer Hitze. Er würde in der Hollywoodschaukel sitzen und zusehen, wie seine Großmutter Bohnen und Mais zum Einmachen vorbereitete. Vielleicht an heißen Sommerabenden ins Stadion gehen. Und ihr Haus streichen – das würde er tun. Er dachte an die Farbe, an ihren Geruch, während ihm die Sonne auf den Rücken brannte. Mit diesen Bildern vor seinem inneren Auge döste er ein.

Er wachte auf, als der Sinkflug nach Chicago begann. Das Flugzeug nach Evansville war eine vierstrahlige Turbopropmaschine, die nach dem Start vom O'Hare Airport in den Wolken verschwand und erst im Landeanflug auf Evansville wieder herauskam. Harrison klebte dicht am Fenster, starrte den Ohio an, der sich in weiten Windungen an der Stadt vorbeischlängelte, und staunte wieder einmal über die exakt quadratischen Straßenblocks. Er sah die High School, auf die er gegangen war, und das kleine Baseballstadion, in dem er als Jugendlicher jeden Sommer Hot dogs verkauft hatte.

Vom Flughafen aus nahm er sich ein Taxi.

Die kleinen Häuser sahen genau wie früher aus. Die Schaukel war für den Winter weggeräumt, und die Bäume waren kahl, aber der Rasen war noch einmal gemäht worden, bevor die Kälte alles Wachstum stoppte. Das Haus mußte noch immer gestrichen werden. Und die Giebelverkleidung auf der Wetterseite – die würde er auch erneuern.

Da der Arzt ihm verboten hatte, schwere Sachen zu heben, ließ er sich sein Gepäck vom Taxifahrer auf die Veranda stellen. Dann drückte er gegen die Haustür. Unversperrt.

Er trat ins Haus.

»Grandmom! Ich bin's – Harrison!«

»Wer?«

Ihre Stimme kam aus der Küche am Ende des Flurs.

Er ging darauf zu und sah sie schon, bevor er die Küchentür erreichte. Sie war alt und klein und weißhaarig. Ihre Bewegungen waren nicht mehr allzu flink, aber er glaubte, niemals eine schönere Frau gesehen zu haben.

»Oh, Harrison! Eine wunderbare Überraschung! Du bist wieder daheim!«

»Yeah, Grandmom, ich bin wieder daheim.«

Er schloß sie in die Arme.